BERNARD MINIER

Bernard Minier, né en 1960, originaire de Béziers, a grandi au pied des Pyrénées. *Glacé* (2011), son premier roman, a reçu le prix du meilleur roman francophone du Festival Polar de Cognac. Son adaptation en série télévisée par Gaumont Télévision et M6 a été diffusée en 2017 et est disponible sur Netflix depuis octobre 2017. Après *Le Cercle* (2012) et *N'éteins pas la lumière* (2014), *Une putain d'histoire* (2015) a également reçu le prix du meilleur roman francophone du Festival Polar de Cognac. Son dernier ouvrage, *Nuit*, a paru en 2017. Ses livres, traduits en 19 langues, sont tous publiés aux Éditions XO et repris chez Pocket.

Retrouvez toute l'actualité de l'auteur sur :
www.bernard-minier.com
www.facebook.com/bernard.minier

GLACÉ

DU MÊME AUTEUR
CHEZ POCKET

GLACÉ
LE CERCLE
N'ÉTEINS PAS LA LUMIÈRE
UNE PUTAIN D'HISTOIRE
NUIT

BERNARD MINIER

GLACÉ

XO ÉDITIONS

© 2011, XO Éditions
ISBN : 978-2-266-21997-6

*À la mémoire de mon père.
À ma femme, à ma fille et à mon fils.*

*À Jean-Pierre Schamber
et Dominique Matos Ventura,
qui ont tout changé.*

DE :
DIANE BERG
GENÈVE

À :
DR WARGNIER
INSTITUT PSYCHIATRIQUE WARGNIER
SAINT-MARTIN-DE-COMMINGES

Curriculum vitae de Diane Berg
Psychologue FSP
Spécialiste en psychologie légale SSPL

Date de naissance : 16 juillet 1976
Nationalité : Suisse

DIPLÔMES :
2002 : Diplôme d'études supérieures en psychologie clinique (DES), université de Genève. Mémoire de diplôme : « Économie pulsionnelle, nécrophilie et dépeçage chez les tueurs compulsifs »

1999 : Licence de psychologie, université de Genève. Mémoire de licence : « Quelques aspects des peurs enfantines chez les 8-12 ans »
1995 : Maturités, classique et latine
1994 : *First Certificate of English*

Expériences professionnelles :
2003 – Cabinet privé de psychothérapie et de psychologie légale, Genève
2001 – Assistante de P. Spitzner à la faculté de psychologie et des sciences de l'éducation (FPSE), Université de Genève
1999-2001 – Psychologue stagiaire, Institut universitaire de médecine légale, Genève
Psychologue stagiaire du Service médical de la prison de Champ-Dollon

Sociétés professionnelles :
International Academy of Law and Mental Health (IALMH)
Association genevoise des psychologues-psychothérapeutes (AGPP)
Fédération suisse des psychologues (FSP)
Société suisse de psychologie légale (SSPL)

Intérêts :
Musique classique (dix ans de violon), jazz, lecture
Sports : natation, course à pied, plongée, spéléologie, saut en parachute

PROLOGUE

Dgdgdgdgdgd – tactactac – ddgdgdgdgdg –
tactactac

Les bruits : celui, régulier, du câble et, par intermittence, les roues des pylônes lorsque le sabot du
téléphérique passait dessus, communiquant ses
secousses à la cabine. À quoi s'ajoutait la plainte flû-
tée du vent, omniprésente, comme des voix d'enfants
en détresse. Et celles des occupants de la cabine, gueulant pour couvrir le vacarme. Ils étaient cinq – Huysmans compris.

Dgdgdgdgdgd – tactactac – ddgdgdgdgdg –
tactactac

— Putain ! J'aime pas monter là-haut par ce temps !
dit l'un d'eux.
Silencieux, Huysmans guettait l'apparition du lac
inférieur – mille mètres plus bas, à travers les rafales
de neige qui cernaient la cabine. Les câbles semblaient étrangement lâches, décrivant une double
courbe qui s'enfonçait paresseusement dans la
grisaille.

11

Les nuages s'entrouvrirent. Le lac apparut. Brièvement. Pendant un instant, il eut l'air d'une flaque sous le ciel, un simple trou d'eau entre les cimes et les bandes de nuages qui se déchiraient sur les hauteurs.

— Qu'est-ce que ça peut foutre, le temps ? dit un autre. On va passer une semaine coincés sous cette putain de montagne, de toute façon !

L'usine hydroélectrique d'Arruns : une série de salles et de galeries creusées à soixante-dix mètres sous terre et perchées à deux mille mètres d'altitude. La plus longue mesurait onze kilomètres. Elle conduisait l'eau du lac supérieur vers les conduites forcées : des tubes d'un mètre et demi de diamètre qui dévalaient la montagne et précipitaient l'eau du lac supérieur vers les turbines assoiffées des groupes de production, en bas dans la vallée. Pour accéder à l'usine, au cœur de la montagne, un seul chemin : un puits d'accès dont l'entrée se trouvait presque au sommet, la descente en monte-charge jusqu'à la galerie principale qu'on suivait, vannes neutralisées, à bord de tracteurs à deux places : un voyage d'une heure au cœur des ténèbres, le long de huit kilomètres de galeries.

L'autre moyen, c'était l'hélico – mais uniquement en cas d'urgence. Une aire avait été aménagée près du lac supérieur, accessible quand le temps s'y prêtait.

— Joachim a raison, dit le plus vieux. Avec un temps pareil, l'hélico ne pourrait même pas atterrir.

Ils savaient tous ce que cela voulait dire : une fois les vannes rouvertes, les milliers de mètres cubes d'eau du lac supérieur s'engouffreraient en rugissant dans la galerie qu'ils allaient emprunter dans quelques minutes. En cas d'accident, il faudrait deux heures pour la vider à nouveau, une autre heure en tracteur à travers la galerie pour revenir au puits d'accès, quinze minutes pour remonter à l'air libre, dix de descente en télécabine jusqu'à la centrale et trente autres de route jusqu'à Saint-Martin-de-Comminges – à supposer que la route ne fût pas coupée.

Si un accident survenait, ils ne seraient pas à l'hôpital avant quatre bonnes heures. Et l'usine vieillissait… Elle fonctionnait depuis 1929. Chaque hiver, avant la fonte des neiges, ils passaient là-haut quatre semaines, isolés du monde, pour l'entretien et la réfection de machines d'un autre âge. Un travail pénible, dangereux.

Huysmans suivait le vol d'un aigle qui se laissait porter sur le plat du vent, à cent mètres environ de la cabine.

Silencieux.

Il tourna son regard vers les vertiges glacés qui s'étendaient sous le plancher.

Les trois énormes tuyaux des conduites forcées plongeaient vers l'abîme, collés au relief de la montagne. La vallée avait depuis longtemps quitté leur champ de vision. Le dernier pylône était visible trois cents mètres plus bas, dressé là où le flanc de la montagne formait un épaulement, se profilant solitaire au milieu du brouillard. À présent, la cabine grimpait tout droit vers le puits d'accès. Si le câble venait à rompre, elle ferait une chute de plusieurs dizaines de mètres, avant d'exploser comme une noix sur la paroi rocheuse. Elle se balançait dans la tempête tel un panier au bras d'une ménagère.

— Eh, cuistot ! Qu'est-ce qu'on va bouffer cette fois ?

— Pas du bio, en tout cas.

Seul Huysmans ne rit pas ; il suivait des yeux un minibus jaune sur la route de la centrale. Celui du directeur. Puis le minibus sortit lui aussi de son champ de vision, avalé par les bandes de nuages, pareil à une diligence rattrapée par des Indiens.

Chaque fois qu'il grimpait là-haut, il avait l'impression de saisir une vérité élémentaire de son existence. Mais il était incapable de dire laquelle.

Huysmans déplaça son regard vers le sommet.

Le terminus de la télécabine – un échafaudage métallique accroché à l'entrée bétonnée du puits d'accès – se rapprochait. Une fois la cabine immobilisée, les hommes emprunteraient une série de passerelles et d'escaliers jusqu'au blockhaus de béton.

Le vent soufflait avec violence. Il devait faire dans les moins dix dehors.

Huysmans plissa les yeux.

Il y avait quelque chose d'inhabituel dans la forme de l'échafaudage.

Quelque chose *en plus...*

Comme une ombre parmi les entretoises et les poutrelles d'acier balayées par les bourrasques.

Un aigle, songea-t-il, un aigle s'est pris dans les câbles et les poulies.

Non, absurde. Mais c'était pourtant ça : un grand oiseau aux ailes déployées. Un vautour peut-être, prisonnier de la superstructure, empêtré entre les grilles et les barreaux.

— Eh, regardez ça !

La voix de Joachim. Il l'avait repéré, lui aussi. Les autres se tournèrent vers la plate-forme.

— Bon Dieu ! qu'est-ce que c'est ?

Ce n'est pas un oiseau en tout cas, songea Huysmans.

Une inquiétude diffuse montait en lui. C'était accroché au-dessus de la plate-forme, juste en dessous des câbles et des poulies – comme suspendu dans les airs. Cela ressemblait à un papillon géant, un papillon sombre et maléfique qui se détachait sur la blancheur de la neige et du ciel.

— Bordel ! c'est quoi ce truc ?

La cabine ralentit sur son erre. Ils arrivaient. La forme grandit.

— Sainte Mère de Dieu !

Ce n'était pas un papillon – ni un oiseau.

La cabine s'immobilisa, les portes s'ouvrirent automatiquement.

Une rafale glacée chargée de flocons fouetta leurs visages. Mais personne ne descendit. Ils restèrent là, à contempler l'œuvre de folie et de mort. Ils savaient déjà qu'ils n'oublieraient jamais cette vision.

Le vent hurlait autour de la plate-forme. Ce n'étaient plus des cris d'enfants que Huysmans entendait, mais ceux d'un autre supplice, des cris atroces couverts par les hurlements du vent. Ils reculèrent d'un pas à l'intérieur.

La peur les percuta comme un train en marche. Huysmans se rua vers le casque à écouteurs, le vissa sur son crâne.

— La centrale ? Ici Huysmans ! Appelez la gendarmerie ! Vite ! Dites-leur de rappliquer ! Il y a un cadavre ici ! Un truc de malade !

I

L'HOMME QUI AIMAIT
LES CHEVAUX

1.

Les Pyrénées. Diane Berg les vit se dresser devant elle au moment où elle franchissait une colline.

Une barrière blanche encore distante étirée sur toute la largeur de l'horizon : la houle des collines venait se briser dessus. Un rapace décrivait des cercles dans le ciel.

9 heures du matin, le 10 décembre.

À en croire la carte routière sur le tableau de bord, elle devait emprunter la prochaine sortie et prendre la direction du sud, vers l'Espagne. Elle n'avait ni GPS ni ordinateur de bord dans sa vieille Lancia hors d'âge. Elle aperçut un panneau au-dessus de l'autoroute : « Sortie n° 17, Montréjeau/Espagne, 1 000 m ».

Diane avait passé la nuit à Toulouse. Un hôtel économique, une chambre minuscule avec une salle d'eau en plastique moulé et une minitélé. Dans la nuit, une série de hurlements l'avait réveillée. Le cœur battant, elle s'était assise à la tête du lit, aux aguets – mais l'hôtel était demeuré parfaitement silencieux et elle avait d'abord cru qu'elle avait rêvé, jusqu'à ce que les hurlements reprennent de plus belle. Son estomac s'était retourné, puis elle avait compris que des chats se battaient sous sa fenêtre. Elle avait eu du mal à se rendormir après ça. La veille encore, elle était à Genève et elle arrosait son départ en compagnie de collègues et d'amis. Elle avait contemplé le décor de sa chambre à la faculté en se demandant à quoi ressemblerait la prochaine.

Sur le parking de l'hôtel, tandis qu'elle déverrouillait sa Lancia au milieu de la neige fondue qui descendait sur les carrosseries, elle avait brusquement réalisé qu'elle laissait derrière elle sa jeunesse. Elle le savait : dans une semaine ou deux elle aurait oublié sa vie d'avant. Et d'ici quelques mois, elle aurait changé en profondeur. Étant donné l'endroit qui allait constituer le décor de son existence pour les douze mois à venir, il ne pouvait en être autrement. « Reste toi-même », lui avait conseillé son père. En quittant la petite aire pour s'élancer sur l'autoroute déjà encombrée, elle se demanda si ces changements seraient positifs. Quelqu'un a dit que certaines adaptations sont des amputations, elle pouvait juste espérer que ce ne serait pas le cas pour elle.

Elle ne cessait de penser à l'Institut.

À ceux qui y étaient enfermés…

La veille, toute la journée, Diane avait été hantée par cette pensée : « *Je ne vais pas y arriver. Je ne vais pas être à la hauteur. Bien que je me sois préparée et que je sois la plus qualifiée pour ce poste, je ne sais absolument pas ce qui m'attend. Ces gens vont lire en moi comme dans un livre ouvert.* »

Elle pensait à eux comme à des gens, à des hommes – non comme à des… *monstres*.

C'était pourtant ce qu'ils étaient : des individus authentiquement monstrueux, des êtres aussi éloignés d'elle, de ses parents et de tous ceux qu'elle connaissait qu'un tigre l'est d'un chat.

Des tigres…

C'était ainsi qu'il fallait les voir : imprévisibles, dangereux, capables d'une cruauté inconcevable. *Des tigres enfermés dans la montagne…*

Au péage, elle s'aperçut qu'absorbée dans ses pensées elle avait oublié où elle avait mis son ticket. L'employée la toisa d'un air sévère tandis qu'elle fouillait fébrilement sa boîte à gants puis son sac à main. Pourtant, rien ne pressait : il n'y avait personne en vue.

Au rond-point suivant, elle prit la direction de l'Espagne et des montagnes. Brutalement, au bout de quelques kilomètres, la plaine s'interrompit. Les premiers contreforts du piémont pyrénéen jaillirent du sol et la route se trouva entourée de mamelons boisés et arrondis qui n'avaient rien à voir, cependant, avec les hautes cimes dentelées qu'elle apercevait dans le fond. Le temps aussi changea : les flocons se firent plus nombreux.

Au détour d'un virage, la route surplomba brusquement un paysage de prairies blanches, de rivières et de bois. Diane découvrit une cathédrale gothique perchée au sommet d'une butte, avec un petit bourg. À travers le va-et-vient des essuie-glaces, le paysage se mit à ressembler à une vieille gravure à l'eau-forte.

« Les Pyrénées, ce n'est pas la Suisse », l'avait prévenue Spitzner.

Sur le bord de la route, les monticules de neige s'épaissirent.

Elle distingua la lueur des gyrophares à travers les flocons avant de voir le barrage. Ils tombaient de plus en plus dru. Les hommes de la maréchaussée se tenaient en dessous, agitant leurs bâtons lumineux. Diane remarqua qu'ils étaient armés. Un fourgon et deux motos étaient garés dans la neige sale du bas-côté, au pied des grands sapins. Elle abaissa sa vitre, de gros flocons duveteux mouillèrent aussitôt son siège.

— Vos papiers, s'il vous plaît, mademoiselle.

Elle se pencha pour les prendre dans la boîte à gants. Elle perçut les chapelets de messages crépitant sur les radios, mêlés au rythme rapide de ses essuie-glaces et au bruit accusateur de son pot d'échappement. Une humidité froide lui enveloppa le visage.

— Vous êtes journaliste ?

— Psychologue. Je me rends à l'Institut Wargnier.

Le gendarme l'examina, penché sur sa vitre ouverte. Un grand type blond, qui devait mesurer pas loin du mètre quatre-vingt-dix. Elle nota, derrière la toile sonore tissée par les radios, le grondement de la rivière dans la forêt.

— Qu'est-ce que vous venez faire dans le coin ? La Suisse, c'est pas la porte à côté.

— L'Institut est un hôpital psychiatrique, je suis psychologue : vous voyez le rapport ?

Il lui rendit ses papiers.

— C'est bon. Allez-y.

En redémarrant, elle se demanda si la police française contrôlait toujours les automobilistes de cette façon ou s'il s'était passé quelque chose. La route décrivit plusieurs virages en suivant les méandres de la rivière (le « gave », selon son guide) qui coulait entre les arbres. Puis la forêt disparut, cédant la place à une plaine qui devait bien faire cinq kilomètres de large. Une longue avenue droite bordée de campings déserts, leurs oriflammes battant tristement au vent, des stations-service, de belles maisons aux allures de chalets alpins, un défilé de panneaux publicitaires vantant les mérites des stations de ski voisines...

Dans le fond, Saint-Martin-de-Comminges, 20 863 habitants – à en croire l'écriteau peint de couleurs vives. Au-dessus de la ville, des nuages gris noyaient les cimes, troués çà et là par des lueurs qui sculptaient l'arête d'un sommet ou le profil d'un col comme le pinceau d'un phare. Au premier rond-point, Diane délaissa la direction « centre-ville » et emprunta une petite rue sur la droite, derrière un immeuble dont la grande vitrine clamait en lettres de néon : *Sport & Nature*. Pas mal de piétons dans les rues et de nombreux véhicules en stationnement. « Ce n'est pas un endroit très réjouissant pour une jeune femme. » Les paroles de Spitzner lui revinrent en mémoire alors qu'elle glissait le long des rues dans le tête-à-tête familier et rassurant de ses essuie-glaces.

La route s'éleva. Elle aperçut brièvement les toits serrés au bas de la pente. Au sol, la neige se changeait en une boue noirâtre qui giflait le plancher de la voiture. « Tu es sûre de vouloir aller là-bas, Diane ? Ça n'a pas grand-chose à voir avec Champ-Dollon. » Champ-Dollon était le nom de la prison suisse où elle avait effectué des missions d'expertise légale et de prise en charge de délinquants sexuels après sa licence de psychologie. Elle y avait rencontré des violeurs en série, des pédophiles, des cas de maltraitance sexuelle intrafamiliale – un euphémisme administratif pour les viols incestueux. Elle avait aussi été amenée à pratiquer des expertises de crédibilité, en tant que coexpert, sur des mineurs qui se prétendaient victimes d'abus sexuels – et elle avait découvert avec effroi combien ce genre d'exercice pouvait être biaisé par les présupposés idéologiques et moraux de l'expert, souvent au détriment de l'objectivité.

— On raconte de drôles de choses sur l'Institut Wargnier, avait dit Spitzner.

— J'ai eu le Dr Wargnier au téléphone. Il m'a fait un très bon effet.

— Wargnier est très bon, avait admis Spitzner.

Elle savait cependant que ce ne serait pas lui qui l'accueillerait, mais son successeur à la tête de l'Institut : le Dr Xavier, un Québécois qui venait de l'Institut Pinel de Montréal. Wargnier avait pris sa retraite six mois plus tôt. C'était lui qui avait examiné sa candidature et qui l'avait accueillie favorablement avant de quitter ses fonctions, lui aussi qui l'avait mise en garde contre les difficultés de sa tâche au cours de leurs nombreux entretiens téléphoniques.

— Ce n'est pas un endroit facile pour une jeune femme, docteur Berg. Je ne parle pas seulement de l'Institut, je parle des environs. Cette vallée... Saint-Martin... Ce sont les Pyrénées, le Comminges. Les hivers sont longs, les distractions sont rares. Sauf si vous aimez les sports d'hiver, bien entendu.

— Je suis suisse, ne l'oubliez pas, avait-elle répondu avec humour.

— Dans ce cas, si j'ai un conseil à vous donner, c'est de ne pas trop vous laisser absorber par votre travail, de vous ménager des plages de liberté – et de passer votre temps libre à l'extérieur. C'est un lieu qui peut devenir... *perturbant*... à la longue.

— J'essaierai de m'en souvenir.

— Autre chose : je n'aurai pas le plaisir de vous accueillir. C'est mon successeur, le Dr Xavier, de Montréal, qui s'en chargera. Un praticien qui a très bonne réputation. Il doit arriver ici la semaine prochaine. Il est très enthousiaste. Comme vous le savez, ils ont là-bas une certaine avance sur nous dans la prise en charge des patients agressifs. Je pense qu'il sera intéressant pour vous de confronter vos points de vue.

— Je le pense aussi.

— Il fallait depuis longtemps un adjoint au chef de cet établissement, de toute façon. Je n'ai pas assez délégué.

De nouveau, Diane roulait sous le couvert des arbres. La route n'avait cessé de s'élever pour s'enfoncer finalement dans une vallée étroite et boisée qui semblait calfeutrée dans une intimité délétère. Diane avait entrouvert sa vitre et un parfum pénétrant de feuilles, de mousse, d'aiguilles et de neige mouillée chatouillait ses narines. Le bruit du torrent tout proche couvrait presque celui du moteur.

— Un endroit solitaire, commenta-t-elle à voix haute pour se donner du courage.

Dans la grisaille de cette matinée d'hiver, elle conduisait prudemment. Ses phares écorchaient les troncs des sapins et des hêtres. Une ligne électrique suivait la route ; des branches s'appuyaient dessus comme si elles n'avaient plus la force de se soutenir elles-mêmes. Parfois, la forêt s'écartait devant des granges aux toits d'ardoise couverts de mousse – fermées, abandonnées.

Elle aperçut des bâtiments un peu plus loin, au-delà d'un virage. Ils réapparurent après le tournant. Plusieurs édifices de béton et de bois adossés à la forêt, percés de grandes baies vitrées au rez-de-chaussée. Un chemin partait de la route, franchissait le torrent sur un pont métallique et traversait une prairie enneigée jusqu'à eux. Visiblement déserts, aspect délabré. Sans qu'elle sache pourquoi, ces bâtiments vides, perdus au fond de cette vallée, la firent frissonner.

« COLONIE DE VACANCES DES ISARDS »

Le panneau rouillait à l'entrée du chemin. Toujours aucune trace de l'Institut. Et pas le moindre écriteau. De toute évidence, l'Institut Wargnier ne recherchait pas la publicité. Diane commença à se demander si elle ne s'était pas trompée. La carte de l'IGN au 1/25 000 était dépliée sur le siège passager à côté d'elle. Un kilomètre et une dizaine de virages plus loin, elle avisa une aire de stationnement bordée par un parapet de pierre. Elle ralentit et donna un coup de volant. La Lancia cahota sur les trous d'eau en soulevant de nouvelles gerbes de boue. Elle s'empara de la carte IGN et descendit. L'humidité l'enveloppa aussitôt comme un drap moite et glacé.

Elle déplia sa carte malgré les flocons. Les bâtiments de la colonie qu'elle venait de dépasser étaient indiqués par trois petits rectangles. Son regard parcourut la distance approximative qu'elle avait couverte, en suivant le tracé sinueux de la départementale. Deux autres rectangles étaient représentés un peu plus loin ; ils se rejoignaient en forme de T et – bien qu'il n'y eût aucune indication sur la nature des bâtiments – il ne pouvait guère s'agir d'autre chose, car la route s'arrêtait là et il n'y avait aucun autre symbole sur sa carte.

Elle était tout près...

Elle se retourna, marcha jusqu'au muret – *et les vit.*

En amont du cours d'eau, sur l'autre rive, plus haut sur la pente : deux longs bâtiments en pierre de taille. Malgré la distance, elle devina leurs dimensions. Une architecture de géants. Cette même architecture cyclopéenne qu'on retrouvait un peu partout dans la montagne, dans les centrales comme dans les barrages et les hôtels du siècle dernier. C'était bien ça : l'antre du cyclope. *Sauf qu'il n'y avait pas un Polyphème au fond de cette caverne – mais plusieurs.*

Diane n'était pas du genre à se laisser impressionner, elle avait voyagé dans des endroits déconseillés aux touristes, elle pratiquait depuis l'adolescence des sports qui comportaient une part de risque : enfant comme adulte, elle n'avait jamais eu froid aux yeux. Mais quelque chose dans cette vision provoqua un trou d'air dans son ventre. Ce n'était pas une question de risque physique, non. C'était autre chose… *Le saut dans l'inconnu…*

Elle sortit son téléphone portable et composa un numéro. Elle ignorait s'il y avait une antenne dans le coin pour relayer son appel mais, au bout de trois sonneries, une voix familière lui répondit.

— Spitzner.

Elle se sentit aussitôt soulagée. La voix chaude, ferme et tranquille avait toujours eu le don de l'apaiser, de chasser ses doutes. C'était Pierre Spitzner – son mentor à la faculté – qui l'avait amenée à s'intéresser à la psychologie légale. C'était son cours intensif SOCRATES sur les droits de l'enfant, sous l'égide du réseau interuniversitaire européen « Children's Rights », qui l'avait rapprochée de cet homme discret et séduisant, bon mari et père de sept enfants. L'illustre psychologue l'avait prise sous son aile au sein de la faculté de psychologie et des sciences de l'éducation ; il avait permis à la chrysalide de devenir papillon – même si cette image aurait sans doute paru trop convenue à l'esprit exigeant de Spitzner.

— C'est Diane. Je ne te dérange pas ?

— Bien sûr que non. Comment ça se passe ?

— Je ne suis pas encore arrivée… Je suis sur la route… Je vois l'Institut de là où je suis.

— Quelque chose ne va pas ?

Sacré Pierre. Même au téléphone, il était capable de discerner la moindre de ses inflexions.

— Non, tout va bien. C'est juste que… ils ont voulu isoler ces types du monde extérieur. Ils les ont collés dans l'endroit le plus sinistre et le plus reculé qu'ils ont pu trouver. Cette vallée me donne la chair de poule…

Elle regretta aussitôt d'avoir dit ça. Elle se comportait comme une ado qui se trouve pour la première fois livrée à elle-même – ou comme une étudiante frustrée amoureuse de son directeur de thèse et qui fait tout pour attirer son attention. Elle se dit qu'il devait être en train de se demander comment elle ferait pour tenir le coup si la simple vue des bâtiments l'effrayait déjà.

— Allons, dit-il. Tu as déjà eu ton lot d'abuseurs sexuels, de paranoïaques et de schizophrènes, non ? Dis-toi que ce sera la même chose ici.

— Ce n'étaient pas tous des assassins. En vérité, un seul d'entre eux l'était.

Elle ne put s'empêcher de le revoir en pensée : un visage mince, des iris couleur de miel qui se posaient sur elle avec la convoitise du prédateur. Kurtz était un authentique sociopathe. Le seul qu'elle eût jamais rencontré. Froid, manipulateur, instable. Sans le moindre soupçon de remords. Il avait violé et tué trois mères de famille dont la plus jeune était âgée de quarante-six ans et la plus âgée de soixante-quinze. C'était son truc, les femmes mûres. Et aussi les cordes, les liens, les bâillons, les nœuds coulants… Chaque fois qu'elle s'efforçait de *ne pas* penser à lui, il s'installait au contraire dans son esprit, avec son sourire ambigu et son regard de fauve. Cela lui rappelait l'écriteau que Spitzner avait placardé sur la porte de son bureau, au premier étage du bâtiment de psychologie : « NE PENSEZ PAS À UN ÉLÉPHANT ».

— Il est un peu tard pour se poser ce genre de questions, Diane, tu ne crois pas ?

La remarque lui fit venir le rouge aux joues.

— Tu seras à la hauteur, j'en suis sûr. Tu as le profil rêvé pour ce poste. Je ne dis pas que ce sera facile, mais tu t'en tireras, je te le garantis.

— Tu as raison, répondit-elle. Je suis ridicule.

— Mais non. Tout le monde réagirait de la même façon à ta place. Je connais la réputation de cet endroit. Ne t'arrête pas à ça. Concentre-toi sur ton travail. Et quand tu nous reviendras, tu seras la plus grande experte en déséquilibres psychopathiques de tous les cantons. Je dois te laisser. Le doyen m'attend pour me parler finances. Tu sais comment il est : je vais avoir besoin de toutes mes facultés. Bonne chance, Diane. Tu me tiens au courant.

La tonalité. Il avait raccroché.

Le silence – seulement troublé par le bruit du torrent. Il retomba sur elle comme une bâche mouillée. Le *floc* d'un gros paquet de neige se détachant d'une branche la fit sursauter. Elle rangea le portable dans la poche de son duvet, plia la carte et remonta dans la voiture.

Puis elle manœuvra pour quitter l'aire.

Un tunnel. La lueur des phares se refléta sur ses parois noires et ruisselantes. Pas d'éclairage, un virage à la sortie. Un petit pont enjambant le torrent sur sa gauche. Et le premier panneau enfin, fixé à une barrière blanche : « CENTRE DE PSYCHIATRIE PÉNITENTIAIRE

CHARLES WARGNIER ». Elle vira lentement et franchit le pont. La route s'éleva brusquement et hardiment, décrivant quelques lacets au milieu des sapins et des congères – et elle eut peur que sa vieille guimbarde ne patine sur la pente verglacée. Elle n'avait ni chaînes ni pneus hiver. Mais la route atteignit bientôt une partie moins pentue.

Un dernier virage et ils furent là, tout près.

Elle se tassa sur son siège lorsque les bâtiments vinrent à sa rencontre à travers la neige, la brume et les bois.

11 h 15 du matin, le mercredi 10 décembre.

2.

Cimes des sapins enneigées. Vues d'en haut, selon une verticale et vertigineuse perspective. Ruban de la route qui file, droite et profonde, entre ces mêmes sapins aux troncs cernés de brume. Défilement des cimes à grande vitesse. Là, tout au fond, entre les arbres, une Jeep Cherokee grosse comme un scarabée roule au pied des grands conifères. Ses phares trouent les vapeurs ondoyantes. Le chasse-neige a laissé de hautes congères sur les côtés. Au-delà, des montagnes blanches barrent l'horizon. D'un coup, la forêt s'arrête. Un escarpement rocheux que la route contourne en un virage serré avant de longer une rivière rapide. La rivière franchit un petit barrage dévalé par des eaux bouillonnantes. Sur l'autre rive, la bouche noire d'une centrale hydroélectrique s'ouvre dans la montagne à vif. Sur l'accotement, un panneau :

« SAINT-MARTIN-DE-COMMINGES : PAYS DE L'OURS – 7 km »

Servaz regarda l'écriteau en passant.

Un ours des Pyrénées peint sur fond de montagnes et de sapins.

Des Pyrénées, tu parles ! Des ours slovènes, que les bergers du coin rêvaient de tenir au bout de leur fusil.

Ces ours, selon eux, s'approchaient trop des habitations ; ils s'attaquaient aux troupeaux ; ils devenaient même dangereux pour l'homme. La seule espèce dangereuse pour l'homme, c'est l'homme lui-même, songea Servaz. Il découvrait chaque année de nouveaux cadavres à la morgue de Toulouse. Et ce n'étaient pas des ours qui les avaient tués. *Sapiens nihil affirmat quod no probet.* « Le sage n'affirme rien qu'il ne prouve », se dit-il. Il ralentit quand la route amorça un virage et s'enfonça de nouveau dans les bois – mais ce n'étaient pas de hauts conifères, cette fois : plutôt un sous-bois indistinct plein de taillis. Les eaux du « gave » chantaient tout près. Il les entendait par la vitre entrouverte malgré le froid. Leur chant cristallin couvrait presque la musique qui montait du lecteur de CD : Gustav Mahler, *Cinquième Symphonie*, l'allégro. Une musique pleine d'angoisse et de fièvre, qui collait avec ce qui l'attendait.

Soudain, devant lui, le clignotement de gyrophares et des silhouettes au milieu de la route, agitant leurs bâtons lumineux.

Des pandores...

Lorsque la gendarmerie ne savait pas par où commencer une enquête, elle dressait des barrages. Il se souvint des paroles d'Antoine Canter, le matin même, au SRPJ de Toulouse :

— Ça s'est passé cette nuit, dans les Pyrénées. À quelques kilomètres de Saint-Martin-de-Comminges. C'est Cathy d'Humières qui a appelé. Tu as déjà travaillé avec elle, je crois.

Canter, un colosse à l'accent rocailleux du Sud-Ouest, un ancien joueur de rugby plein de vice, qui aimait châtier ses adversaires sous la mêlée, un flic parti d'en bas devenu directeur adjoint de la police judiciaire locale. La peau de ses joues était grêlée de petits cratères comme un sable criblé par la pluie, ses gros yeux d'iguane épiaient Servaz. « Ça s'est passé ? Qu'est-ce qui s'est passé ? » avait demandé celui-ci. Les lèvres de Canter, aux commissures scellées par un dépôt blanchâtre, s'étaient entrouvertes : « Aucune idée. » Servaz l'avait fixé, interloqué : « Comment ça ? – Elle n'a rien voulu me dire au téléphone, juste qu'elle t'attendait, et qu'elle voulait la plus entière discrétion. – Et c'est tout ? – Oui. » Servaz avait regardé son patron, désorienté. « Saint-Martin, ce n'est pas là où se trouve cet asile ? – L'Institut Wargnier, avait confirmé Canter, un établissement psychiatrique unique en France, et même en Europe. On y enferme des assassins reconnus comme fous par la justice. »

Une évasion et un crime commis pendant une cavale ? Cela aurait expliqué les barrages. Servaz ralentit. Il identifia des pistolets-mitrailleurs MAT 49 et des fusils à pompe Browning BPS-SP parmi les armes de la maréchaussée. Il abaissa sa vitre. Des dizaines de flocons descendaient dans l'air froid. Le flic brandit sa carte sous le nez du gendarme.

— C'est par où ?

— Vous devez vous rendre à l'usine hydroélectrique. (L'homme élevait la voix pour couvrir les messages jaillissant des radios ; son haleine se condensait en vapeur blanche.) À une dizaine de kilomètres d'ici dans la montagne. Au premier rond-point à l'entrée de Saint-Martin, à droite. Puis encore à droite au rond-point suivant. Direction « lac d'Astau ». Ensuite, vous n'avez qu'à suivre la route.

— Ces barrages, c'est une idée de qui ?

— Madame le procureur. Simple routine. On ouvre les coffres, on examine les papiers. On ne sait jamais.

— Hmm-hmm, fit Servaz, dubitatif.

Il redémarra, augmenta le volume du lecteur de CD. Les cors du scherzo envahirent l'habitacle. Quittant un court instant la route des yeux, il s'empara du café froid glissé dans le porte-gobelet. Le même rituel chaque fois : il se préparait toujours de la même façon. Il savait d'expérience que le premier jour, la première heure d'une enquête sont décisifs. Qu'il faut, dans ces instants-là, être à la fois éveillé, concentré et ouvert. Le café pour l'éveil ; la musique pour la concentration – et pour se vider l'esprit. *Caféine et musique... Et aujourd'hui sapins et neige*, se dit-il en regardant le bord de la route avec un début de crampe à l'estomac. Servaz était un citadin dans l'âme. La montagne lui faisait l'effet d'un territoire hostile. Il se souvint pourtant qu'il n'en avait pas toujours été ainsi – que, chaque année, son père l'emmenait en balade dans ces vallées lorsqu'il était enfant. En bon professeur, son père lui expliquait les arbres, les roches, les nuages, et le jeune Martin Servaz l'écoutait tandis que sa mère étalait la couverture sur l'herbe printanière et ouvrait le panier à pique-nique en traitant son mari de « pédant » et de « raseur ». En ces jours alcyoniens, l'innocence régnait sur le monde. Tout en fixant la route, Servaz se demanda si la véritable raison pour laquelle il n'était jamais revenu ici ne tenait pas au fait que le souvenir de ces vallées était indéfectiblement attaché à celui de ses parents.

Quand pourras-tu enfin vider le grenier, là-haut, bon Dieu ? Il fut un temps où il voyait un psy. Au bout de trois ans cependant, le psy lui-même avait baissé les bras : « Je suis désolé, je voudrais vous aider mais je ne le peux pas. Je n'ai jamais rencontré de telles résistances. » Servaz avait souri et répondu que cela n'avait pas d'importance. Sur le moment, il avait surtout songé à l'impact positif qu'aurait la fin de l'analyse sur son budget.

Il jeta un nouveau coup d'œil autour de lui. Voilà pour le cadre. Manquait le tableau. Canter avait déclaré ne rien savoir. Et Cathy d'Humières, la proc qui dirigeait le parquet de Saint-Martin, avait insisté pour qu'il vienne seul. *Pour quelle raison ?* Il s'était bien gardé de dire, toutefois, que cela l'arrangeait : il était à la tête d'un groupe d'enquête de sept personnes, et ses hommes (en vérité six hommes et une femme) avaient suffisamment de pain sur la planche. La veille, ils avaient bouclé une enquête sur le meurtre d'un sans domicile fixe. Son corps roué de coups avait été découvert à demi immergé dans un étang, non loin de l'autoroute qu'il venait d'emprunter, près du village de Noé. Il n'avait pas fallu plus de quarante-huit heures pour retrouver les coupables : le vagabond, âgé d'une soixantaine d'années, avait été aperçu quelques heures avant sa mort en compagnie de trois adolescents du village. Le plus âgé avait dix-sept ans, le plus jeune douze. Ils avaient d'abord nié puis – assez vite – avoué. Pas de mobile. Et pas de remords non plus. Le plus âgé avait juste dit : « C'était un rebut de la société, un bon à rien… » Aucun d'eux n'était connu des services de police ni des services sociaux. Des jeunes gens de bonne famille. Scolarités normales, pas de mauvaises fréquentations. Leur indifférence avait glacé le sang de tous ceux qui participaient à l'enquête. Servaz avait encore en mémoire leurs visages poupins, leurs grands yeux clairs et attentifs qui le fixaient sans crainte – et même avec défi. Il avait essayé de déterminer lequel avait entraîné les autres : dans ce genre d'affaire, il y avait toujours un

35

meneur – et il croyait l'avoir trouvé. Ce n'était pas le plus âgé, mais celui d'un âge intermédiaire. *Un garçon paradoxalement nommé Clément…*

— Qui nous a dénoncés ? avait demandé le garçon devant son avocat consterné, car il avait refusé de s'entretenir avec lui, comme il en avait le droit, sous le prétexte que son avocat « était un naze ».

— C'est moi qui pose les questions ici, avait dit le policier.

— Je parie que c'est la mère Schmitz, cette pute.

— Du calme. Surveille ton langage, lui avait dit l'avocat engagé par son père.

— Tu n'es pas dans la cour du lycée, avait fait observer Servaz. Tu sais ce que vous risquez, toi et tes copains ?

— Ceci est prématuré, avait faiblement protesté l'avocat.

— Elle va se faire niquer la tête, cette conne. Elle va se faire tuer. J'ai la rage.

— Arrête de jurer ! avait dit l'avocat, excédé.

— Tu m'écoutes ? s'était énervé Servaz. Vous risquez vingt ans de prison. Fais le calcul : quand tu ressortiras, tu seras vieux.

— S'il vous plaît, avait dit l'avocat. Pas de…

— Vieux comme toi, c'est ça ? Quel âge t'as ? Trente ? Quarante ? Pas mal, ta veste en velours ! Elle doit valoir de la tune. Qu'est-ce que vous me saoulez, là ? C'est pas nous ! On n'a rien fait, putain ! Franchement, on n'a rien fait. Vous êtes idiots ou quoi ?

Un adolescent sans histoires, s'était souvenu Servaz pour désamorcer la colère qui montait en lui. Qui n'avait jamais eu maille à partir avec la police. Ni d'histoires au lycée. L'avocat était très pâle, il suait à grosses gouttes.

— Tu n'es pas dans une série télé, avait dit calmement Servaz. Tu ne t'en sortiras pas. Tout est déjà bouclé. L'idiot ici, c'est toi.

Tout autre que cet adolescent aurait accusé le coup. Mais pas lui. Pas ce garçon nommé Clément ; le garçon nommé Clément ne semblait nullement prendre la mesure des faits qui lui étaient reprochés. Servaz avait déjà lu des articles là-dessus, sur ces mineurs qui violaient, qui tuaient, qui torturaient – et qui semblaient parfaitement inconscients de l'horreur de leur geste. Comme s'ils avaient participé à un jeu vidéo ou à un jeu de rôle qui aurait simplement mal tourné. Il avait refusé d'y croire jusqu'à ce jour. Des exagérations journalistiques. Et voilà qu'il était lui-même confronté au phénomène. Car, plus terrifiant encore que l'apathie de ces trois jeunes assassins, était le fait que ce genre d'affaire n'avait plus rien d'exceptionnel. Le monde était devenu un immense champ d'expérimentations de plus en plus démentes que Dieu, le diable ou le hasard brassaient dans leurs éprouvettes.

En rentrant chez lui, Servaz s'était longuement lavé les mains, il avait ôté ses vêtements et il était resté vingt minutes sous la douche, jusqu'à ce qu'il n'y ait plus que de l'eau tiède, comme pour se décontaminer. Après quoi, il avait pris son Juvénal sur les étagères de la bibliothèque et l'avait ouvert à la Satire XIII : « Existe-t-il une fête, une seule, assez sacrée pour donner trêve aux aigrefins, aux escrocs, aux voleurs, aux crimes crapuleux, aux égorgeurs, aux empoisonneurs, aux chasseurs de fric ? Les honnêtes gens sont rares, à peine autant, en comptant bien, que les portes de Thèbes. »

Ces gosses, c'est nous qui les avons faits tels qu'ils sont, s'était-il dit en refermant le livre. Quel avenir ont-ils ? Aucun. Tout va à vau-l'eau. Des salauds s'en mettent plein les poches et paradent à la télé pendant que les parents de ces gamins se font licencier et passent pour des perdants aux yeux de leurs enfants. Pourquoi ne se révoltaient-ils pas ? Pourquoi ne mettaient-ils pas le feu aux boutiques de luxe, aux banques, aux palais du pouvoir plutôt qu'aux autobus ou aux écoles ?

Je pense comme un vieux, s'était-il dit après coup. Était-ce parce qu'il allait avoir quarante ans dans quelques semaines ? Il avait laissé son groupe d'enquête s'occuper des trois gamins. Cette diversion était la bienvenue – même s'il ignorait ce qui l'attendait.

Suivant les indications du gendarme, il contourna Saint-Martin sans y entrer. Aussitôt après le second rond-point, la route se mit à grimper et il aperçut les toits blancs de la ville en contrebas. Il stoppa sur le bas-côté et descendit. La ville était plus étendue qu'il ne l'aurait cru. À travers la grisaille, il distinguait à peine les grands champs de neige par où il était arrivé, ainsi qu'une zone industrielle et des campings à l'est, de l'autre côté de la rivière. Il y avait aussi plusieurs cités HLM constituées d'immeubles bas et longs. Le centre-ville, avec son écheveau de petites rues, s'étalait au pied de la plus haute des montagnes environnantes. Sur ses pentes couvertes de sapins, une double rangée de télécabines traçait une faille verticale.

La brume et les flocons introduisaient une distance entre la ville et lui, gommant les détails – et il se dit que Saint-Martin ne devait pas se livrer facilement, que c'était une ville à aborder obliquement, et non de manière frontale.

Il remonta dans la Jeep, la route grimpait toujours. Une végétation exubérante en été ; une surabondance de verts, d'épines, de mousse, que même la neige ne parvenait pas à masquer l'hiver. Et partout le bruit de l'eau : sources, torrents, ruisseaux… Vitre baissée, il traversa un ou deux villages dont la moitié des maisons étaient fermées. Un nouveau panneau : « CENTRALE HYDROÉLECTRIQUE, 4 KM ».

Les sapins disparurent. Le brouillard aussi. Plus aucune végétation mais des murs de glace à hauteur d'homme sur le bord de la route et une lumière violente, boréale. Il mit la Cherokee en position verglas.

Enfin, la centrale apparut, avec son architecture typique de l'âge industriel : un bâtiment cyclopéen en pierre de taille, creusé de fenêtres hautes et étroites, couronné par un grand toit d'ardoise qui retenait de gros paquets de neige. Derrière, trois tuyaux gigantesques partaient à l'assaut de la montagne. Il y avait du monde sur le parking. Des véhicules, des hommes en uniforme – et des journalistes. Une camionnette de la télévision régionale avec une grande antenne parabolique sur le toit et plusieurs voitures banalisées. Servaz aperçut des badges de presse derrière les pare-brise. Il y avait aussi une Land Rover, trois 306 breaks, deux fourgons Transit, tous aux couleurs de la gendarmerie, et un fourgon au toit surélevé, dans lequel il reconnut le laboratoire ambulant de la Section de recherche de la gendarmerie de Pau. Un hélicoptère attendait également sur l'aire d'atterrissage.

Avant de descendre, il s'examina brièvement dans le rétroviseur intérieur. Il avait les yeux cernés et les joues un peu creuses, comme toujours – il ressemblait à un type qui a fait la bringue toute la nuit, ce qui n'était pourtant pas le cas –, mais il se dit aussi que personne ne lui aurait donné quarante ans. Il coiffa tant bien que mal ses épais cheveux bruns avec ses doigts, frotta sa barbe de deux jours pour se réveiller et remonta son pantalon. Bon Dieu ! il avait encore minci !

Quelques flocons caressèrent ses joues mais rien à voir avec ce qui tombait dans la vallée. Il faisait très froid. Il réalisa tout de suite qu'il aurait dû s'habiller plus chaudement. Les journalistes, les caméras et les micros se tournèrent vers lui – mais personne ne le reconnut et leur curiosité disparut aussitôt. Il se dirigea vers le bâtiment, gravit trois marches et exhiba sa carte.

— Servaz !

Dans le hall, la voix roula comme un canon à neige. Il se tourna vers la silhouette qui avançait dans sa direction. Une femme grande et mince, vêtue avec élégance, la cinquantaine. Des cheveux teints en blond, une écharpe jetée sur un manteau d'alpaga. Catherine d'Humières s'était déplacée en personne au lieu d'envoyer un de ses substituts : une décharge d'adrénaline parcourut Servaz.

Son profil et ses yeux étincelants étaient ceux d'un rapace. Les gens qui ne la connaissaient pas la trouvaient intimidante. Ceux qui la connaissaient aussi. Quelqu'un avait dit un jour à Servaz qu'elle préparait d'extraordinaires *spaghetti alla puttanesca*. Servaz se demanda ce qu'elle mettait dedans. Du sang humain ? Elle lui serra brièvement la main – une poignée de main sèche et puissante comme celle d'un homme.

— De quel signe vous êtes, déjà, Martin ?

Servaz sourit. Dès leur première rencontre, alors qu'il venait d'arriver à la crim de Toulouse et qu'elle n'était encore qu'une substitut parmi d'autres, elle lui avait posé la question.

— Capricorne.

Elle fit mine de ne pas remarquer son sourire.

— Voilà qui explique votre côté prudent, contrôlé et flegmatique, hein ? (Elle le scruta intensément.) Tant mieux, on va voir si vous restez aussi contrôlé et flegmatique après ça.

— Après quoi ?

— Venez, je vais vous présenter.

Elle le précéda à travers le hall, leurs pas résonnant dans le vaste espace sonore. Pour qui avait-on bâti tous ces édifices de montagne ? Pour une future race de surhommes ? Tout en eux clamait la confiance en un avenir industriel radieux et colossal ; une époque de foi en l'avenir depuis longtemps révolue, se dit-il. Ils se dirigèrent vers une cage vitrée. À l'intérieur, des classeurs métalliques et une dizaine de bureaux. Se faufilant parmi eux, ils rejoignirent un petit groupe au centre. D'Humières fit les présentations : le capitaine Rémi Maillard, qui dirigeait la brigade de gendarmerie de Saint-Martin, et le capitaine Irène Ziegler, de la Section de recherche de Pau ; le maire de Saint-Martin – petit, large d'épaules, crinière léonine et visage buriné – et le directeur de la centrale hydroélectrique, un ingénieur à l'allure d'ingénieur : cheveux courts, lunettes et look sportif sous un pull à col roulé et un anorak doublé.

— J'ai demandé au commandant Servaz de nous prêter main-forte. Quand j'étais substitut à Toulouse, j'ai eu l'occasion de faire appel à ses services. Son équipe nous a aidés à résoudre plusieurs affaires délicates.

« Nous a aidés à résoudre »... Du d'Humières tout craché. Cela lui ressemblait bien de vouloir se placer au centre de la photo. Mais, aussitôt, il se dit que c'était une pensée un peu injuste : il avait trouvé en elle une femme qui aimait son métier – et qui ne comptait ni son temps ni sa sueur. C'était quelque chose qu'il appréciait. Servaz aimait les gens sérieux. Lui-même se considérait comme appartenant à cette catégorie : sérieux, coriace et probablement ennuyeux.

— Le commandant Servaz et le capitaine Ziegler dirigeront conjointement l'enquête.

Servaz vit le beau visage du capitaine Ziegler se flétrir. Une nouvelle fois, il se fit la réflexion que l'affaire devait être importante. Une enquête menée conjointement par la police et la gendarmerie : une source intarissable de querelles, de rivalités et de dissimulations de pièces à conviction – mais c'était aussi dans l'air du temps. Et Cathy d'Humières était assez ambitieuse pour ne jamais perdre de vue l'aspect politique des choses. Elle avait gravi tous les échelons : substitut, premier substitut, procureur adjoint... Elle était arrivée cinq ans plus tôt à la tête du parquet de Saint-Martin et Servaz était sûr qu'elle ne comptait pas s'arrêter en si bon chemin : Saint-Martin était un trop petit parquet, trop éloigné des feux de l'actualité, pour une ambition aussi dévorante que la sienne. Il était convaincu que, d'ici un an ou deux, elle présiderait un tribunal de première importance.

— Le corps, demanda-t-il, on l'a trouvé ici, à la centrale ?

— Non, répondit Maillard, là-haut (il tendit le doigt vers le plafond), au terminus du téléphérique, à deux mille mètres.

— Le téléphérique, il est utilisé par qui ?

— Les ouvriers qui montent entretenir les machines, répondit le directeur de la centrale. C'est une sorte d'usine souterraine, qui fonctionne toute seule ; elle canalise l'eau du lac supérieur vers les trois conduites forcées qu'on voit dehors. Le téléphérique est le seul moyen d'y accéder en temps normal. Il y a bien une piste d'hélicoptère – mais uniquement pour les cas d'urgence médicale.

— Pas de chemin, pas de route ?

— Il y a un chemin qui grimpe là-haut en été. En hiver, il est enseveli sous des mètres de neige.

— Vous voulez dire que celui qui a fait ça a utilisé le téléphérique ? Comment il fonctionne ?

— Rien de plus simple : il y a une clef et un bouton pour le mettre en marche. Et un gros bouton rouge pour tout stopper en cas de pépin.

— L'armoire où se trouvent les clefs est ici, intervint Maillard en désignant une boîte métallique fixée au mur sur laquelle on avait posé les scellés. Elle a été forcée. Et la porte a été fracturée. Le corps a été suspendu au dernier pylône, tout en haut. Pas de doute : le ou les types qui ont fait ça ont emprunté le téléphérique pour le transporter.

— Pas d'empreintes ?

— Pas de traces visibles en tout cas. On a des centaines de traces latentes dans la cabine. Les transferts ont été envoyés au labo. On est en train de prendre les empreintes de tous les employés pour comparaison.

Il hocha la tête.

— Le corps, il était comment ?

— Il a été décapité. Et dépecé : la peau déployée de chaque côté comme de grandes ailes. Vous verrez ça sur la vidéo : une mise en scène vraiment macabre, les ouvriers ne s'en sont pas encore remis.

Servaz fixa le gendarme, tous ses sens brusquement en éveil. Même si l'époque était à l'ultra-violence, c'était loin d'être une affaire banale. Il nota que le capitaine Ziegler ne disait rien, mais écoutait attentivement.

— Un maquillage ? (Il agita une main.) Les doigts ont été tranchés ?

Dans le jargon, un « maquillage » désignait le fait de rendre la victime difficilement identifiable en détruisant ou en ôtant les organes ordinairement utilisés pour l'identification : visage, doigts, dents...

L'officier ouvrit de grands yeux étonnés.

— Comment... on ne vous a rien dit ?

Servaz fronça les sourcils.

— Dit quoi ?

Il vit Maillard lancer un regard affolé en direction de Ziegler, puis de la proc.

— Le corps, bafouilla le gendarme.

Servaz se sentit près de perdre patience, mais il attendit la suite.

— Il s'agit d'un cheval.

— *UN CHEVAL ?*...

Servaz considéra le reste du groupe, incrédule.

— Oui. Un cheval. Un pur-sang d'environ un an d'après ce qu'on sait.

Ce fut au tour de Servaz de se tourner vers Cathy d'Humières.

— Vous m'avez fait venir pour un *cheval* ?

— Je croyais que vous le saviez, se défendit-elle. Canter ne vous a rien dit ?

Servaz repensa à Canter dans son bureau et à sa façon de feindre l'ignorance. *Il savait.* Et il savait aussi que Servaz aurait refusé de se déplacer pour un cheval avec le meurtre du SDF sur les bras.

— J'ai trois gosses qui ont massacré un sans-abri et vous me faites venir pour un canasson ?

La réponse de d'Humières fusa, conciliante mais ferme.

— Pas n'importe quel cheval. Un pur-sang. Une bête très chère. Qui appartient sans doute à Éric Lombard.

Nous y voilà, se dit-il. Éric Lombard, fils d'Henri Lombard, petit-fils d'Édouard Lombard… Une dynastie de financiers, de capitaines d'industrie et d'entrepreneurs qui régnait sur ce coin des Pyrénées, sur le département et même sur la région depuis six décennies. Avec, bien entendu, un accès illimité à toutes les antichambres du pouvoir. Dans ce pays, les pur-sang d'Éric Lombard avaient certainement plus d'importance qu'un SDF assassiné.

— Et n'oublions pas qu'il y a non loin d'ici un asile rempli de fous dangereux. Si c'est l'un d'entre eux qui a fait ça, ça veut dire qu'il est actuellement dans la nature.

— L'Institut Wargnier… Vous les avez appelés ?

— Oui. D'après eux, aucun de leurs pensionnaires ne manque à l'appel. Et, de toute façon, aucun n'est autorisé à sortir, même temporairement. Ils affirment qu'il est impossible de faire le mur, que les conditions de sécurité sont draconiennes – plusieurs enceintes de confinement, des mesures de sécurité biométriques, un personnel trié sur le volet, et cetera. Nous allons vérifier tout ça, bien entendu. Mais l'Institut a une grande réputation – du fait de la notoriété et du caractère… *particulier* de ses pensionnaires.

— Un cheval ! répéta Servaz.

Du coin de l'œil, il vit le capitaine Ziegler sortir enfin de sa réserve pour esquisser un sourire. Ce sourire, qu'il était le seul à avoir surpris, désamorça sa colère naissante. Le capitaine Ziegler avait des yeux verts d'une profondeur de lac et, sous sa casquette d'uniforme, des cheveux blonds tirés en chignon qu'il soupçonna d'être fort beaux. Ses lèvres ne portaient qu'un soupçon de rouge.

— Alors, tous ces barrages, ça sert à quoi ?

— Tant que nous ne sommes pas tout à fait sûrs qu'aucun des pensionnaires de l'Institut Wargnier ne s'est évadé, ils ne seront pas levés, répondit d'Humières. Je ne veux pas être accusée de négligence.

Servaz ne dit rien. Mais il n'en pensait pas moins. D'Humières et Canter avaient reçu des ordres tombés d'en haut. C'était toujours la même chose. L'un comme l'autre avaient beau être de bons chefs, bien supérieurs à la plupart des carriéristes qui peuplaient parquets et ministères, ils n'en avaient pas moins développé comme les autres un sens aigu du danger. Quelqu'un à la direction générale, peut-être le ministre lui-même, avait eu la bonne idée de tout ce cirque pour obliger Éric Lombard, un ami personnel des plus hautes autorités de l'État.

— Et Lombard ? Où est-ce qu'il est ?

— Aux États-Unis, en voyage d'affaires. Nous voulons être sûrs qu'il s'agit bien d'un de ses chevaux avant de le prévenir.

— Un de ses régisseurs nous a signalé ce matin la disparition d'une de leurs bêtes, expliqua Maillard. Son box était vide. Elle correspond au signalement. Il ne devrait pas tarder à arriver.

— Qui a trouvé le cheval ? Les ouvriers ?

— Oui, en montant là-haut, ce matin.

— Ils y montent souvent ?

— Au moins deux fois l'an : au début de l'hiver et avant la fonte des neiges, répondit le directeur de la centrale. L'usine est ancienne, ce sont de vieilles machines. Il faut les entretenir régulièrement, même si ça fonctionne tout seul. La dernière fois qu'ils sont montés là-haut, c'était il y a trois mois.

Servaz remarqua que le capitaine Ziegler ne le quittait pas des yeux.

— On sait à quand remonte la mort ?

— D'après les premières constatations, à cette nuit, dit Maillard. L'autopsie apportera plus de précisions. En tout cas, on dirait que celui ou ceux qui l'ont placé là-haut savaient que les ouvriers allaient monter bientôt.

— Et la nuit ? La centrale, elle n'est pas surveillée ?

— Si. Par deux vigiles, leur local se trouve au bout de ce bâtiment. Ils disent qu'ils n'ont rien vu, rien entendu.

Servaz hésita. À nouveau, il fronça les sourcils.

— Pourtant, un cheval, ça ne se transporte pas comme ça, non ? Même mort. Il faut au moins une remorque. Un van. Pas de visite, de voiture ? Rien du tout ? Peut-être qu'ils dormaient et qu'ils n'osent pas l'avouer ? Ou bien ils étaient en train de regarder un match à la télé. Ou un film. Et charger la dépouille à bord de la cabine, monter là-haut, la fixer, redescendre, ça prend du temps. Combien de personnes faut-il pour trimballer un cheval, à propos ? Le téléphérique, il fait du bruit quand il fonctionne ?

— Oui, intervint le capitaine Ziegler, s'exprimant pour la première fois. Il est impossible de ne pas l'entendre.

Servaz tourna la tête. Le capitaine Ziegler s'était posé les mêmes questions que lui. *Quelque chose ne collait pas.*

— Vous avez une explication ?

— Pas encore.

— Il faudra les interroger séparément, dit-il. Ça veut dire aujourd'hui, avant de les laisser repartir.

— Nous les avons déjà séparés, répondit Ziegler avec calme et autorité. Ils sont dans deux pièces distinctes, sous bonne garde. Ils… *vous attendaient.*

Servaz nota le coup d'œil glacial de Ziegler en direction de d'Humières. Soudain, le sol se mit à vibrer. Il lui sembla que la vibration se propageait à tout le bâtiment. Pendant un instant de pur égarement, il pensa à une avalanche, ou à un tremblement de terre – avant de comprendre : le téléphérique. Ziegler avait raison : impossible de l'ignorer. La porte de la cage s'ouvrit.

— Ils descendent, annonça un planton.

— Qui ça ? demanda Servaz.

— Le corps, expliqua Ziegler. Par le téléphérique. Et les « TIC ». Ils ont fini leur travail là-haut.

Les techniciens en identification criminelle : le laboratoire ambulant leur appartenait. À l'intérieur, du matériel photographique, des caméras, des mallettes pour les prélèvements d'échantillons biologiques et pour les scellés, qui seraient ensuite envoyés pour analyse à l'IRCGN – l'Institut de recherche criminelle de la gendarmerie nationale, à Rosny-sous-Bois, en région parisienne. Il y avait sans doute aussi un frigo pour les prélèvements les plus périssables. Tout ce remue-ménage pour un cheval.

— Allons-y, dit-il. Je veux voir la vedette du jour, le gagnant du Grand Prix de Saint-Martin.

En ressortant, Servaz fut surpris par le nombre de journalistes. Il aurait admis qu'ils soient là pour un meurtre, mais pour un cheval ! Il fallait croire que les petits ennuis privés d'un milliardaire comme Éric Lombard étaient devenus un sujet digne d'intérêt pour la presse people comme pour ses lecteurs.

Il marcha en essayant d'éviter autant que possible à ses chaussures d'être souillées par la neige et il sentit que, là encore, il faisait l'objet d'une attention scrupuleuse de la part du capitaine Ziegler.

Et puis, tout à coup, il le vit.

Comme une vision infernale… Si l'enfer avait été fait de glace…

Malgré sa répulsion, il s'obligea à regarder. La dépouille du cheval était maintenue par de larges sangles disposées en brassières et fixées à un grand diable élévateur pour charges lourdes équipé d'un petit moteur et de vérins pneumatiques. Servaz se dit que le même genre de diable avait peut-être servi à ceux qui avaient accroché l'animal là-haut… Ils étaient en train de sortir du téléphérique. Servaz remarqua que la cabine était de grande taille. Il se souvint des vibrations, quelques instants plus tôt. Comment les vigiles avaient-ils pu ne se rendre compte de rien ?

Puis il reporta, à contrecœur, son attention sur le cheval. Il n'y connaissait rien en chevaux mais il lui sembla que celui-ci avait dû être très beau. Sa longue queue formait une touffe de crins noirs et brillants plus sombres que le poil de sa robe, qui était couleur de café torréfié avec des reflets rouge cerise. Le splendide animal semblait sculpté dans un bois exotique lisse et poli. Les jambes, elles, étaient du même noir charbon que la queue et que ce qui restait de la crinière. Une multitude de petits glaçons blanchissaient sa dépouille. Servaz calcula que si ici la température était tombée en dessous de zéro, il devait faire plusieurs degrés de moins là-haut. Peut-être les gendarmes avaient-ils utilisé un chalumeau ou un fer à souder pour faire fondre la glace autour des liens. À part ça, l'animal n'était plus qu'une plaie – et deux grandes portions de peau détachées du corps pendaient sur les côtés telles des ailes repliées.

Un effroi vertigineux avait saisi l'assistance.

Là où la peau avait été retirée, la chair était à vif, chaque muscle distinctement visible, comme sur un dessin d'anatomie. Servaz jeta un rapide coup d'œil autour de lui : Ziegler et Cathy d'Humières étaient livides ; le directeur de la centrale semblait avoir vu un fantôme. Servaz lui-même avait rarement vu tableau aussi insoutenable. À son grand désarroi, il se rendit compte qu'il était si habitué au spectacle de la souffrance humaine que la souffrance animale le choquait et l'émouvait davantage.

Et puis, il y avait la tête. Ou plutôt l'absence d'icelle, avec la grande plaie à vif au niveau du cou. Cette absence conférait à l'ensemble une étrangeté difficilement supportable. Comme celle d'une œuvre qui clamerait la folie de son auteur. De fait, ce spectacle témoignait d'une démence incontestable – et Servaz ne put s'empêcher de repenser à l'Institut Wargnier : difficile de ne pas faire le lien, malgré l'affirmation du directeur qu'aucun de ses pensionnaires n'avait pu s'évader.

Instinctivement, il admit que l'inquiétude de Cathy d'Humières était justifiée : ce n'était pas seulement une histoire de cheval, la façon dont cet animal avait été tué faisait froid dans le dos.

Soudain, un bruit de moteur les fit se retourner.

Un grand 4 × 4 noir de marque japonaise jaillit sur la route et se gara à quelques mètres d'eux. Les caméras se tournèrent aussitôt vers lui. Sans doute les journalistes espéraient-ils l'apparition d'Éric Lombard mais ils en furent pour leurs frais : l'homme qui descendit du tout-terrain aux vitres teintées avait une soixantaine d'années et des cheveux gris fer coupés en brosse. Avec sa taille et sa carrure, il ressemblait à un militaire ou à un bûcheron à la retraite. Du bûcheron, il avait aussi la chemise à carreaux. Ses manches étaient retroussées sur des avant-bras puissants, il ne semblait pas sentir le froid. Servaz vit qu'il ne quittait pas la dépouille des yeux. Il ne s'aperçut même pas de leur présence et marcha rapidement vers l'animal en contournant leur petit groupe. Servaz vit ensuite ses larges épaules s'affaisser.

Lorsque l'homme se tourna vers eux, ses yeux rouges brillaient. De douleur – mais aussi de colère.

— Quelle est l'ordure qui a fait ça ?

— Vous êtes André Marchand, le régisseur de M. Lombard ? demanda Ziegler.

— Oui, c'est moi.

— Vous reconnaissez cet animal ?

— Oui, c'est Freedom.

— Vous en êtes certain ? dit Servaz.

— Évidemment.

— Pourriez-vous être plus explicite ? Il manque la tête.

L'homme le foudroya du regard. Puis il haussa les épaules et se retourna vers la dépouille de l'animal.

— Vous croyez qu'il y a beaucoup de yearlings bais comme lui dans la région ? Pour moi, il est aussi reconnaissable que votre frère ou votre sœur l'est pour vous. Avec ou sans tête. (Il pointa un doigt vers la jambe avant gauche.) Tenez, cette balzane à mi-paturon, par exemple.

— Cette quoi ? dit Servaz.

— La bande blanche au-dessus du sabot, traduisit Ziegler. Merci, monsieur Marchand. Nous allons transporter la dépouille au haras de Tarbes, où elle sera autopsiée. Freedom suivait-il un traitement médicamenteux quelconque ?

Servaz n'en crut pas ses oreilles : ils allaient pratiquer un examen toxicologique sur un cheval !

— Il était en parfaite santé.

— Vous avez apporté ses papiers ?

— Ils sont dans le 4 × 4.

Le régisseur retourna fouiller dans la boîte à gants et revint avec une liasse de feuillets.

— Voilà la carte d'immatriculation et le livret d'accompagnement.

Ziegler examina les documents. Servaz aperçut par-dessus son épaule un tas de rubriques, de cases et de cartouches remplis d'une écriture manuscrite serrée et précise. Et des dessins de chevaux, de face et de profil.

— M. Lombard adorait ce cheval, dit Marchand. C'était son préféré. Il était né au centre. Un yearling magnifique.

La rage et le chagrin traversaient sa voix.

— Un *yearling* ? glissa Servaz à Ziegler.

— Un pur-sang dans sa première année.

Tandis qu'elle se penchait sur les documents, il ne put s'empêcher d'admirer son profil. Elle était séduisante, et il émanait d'elle une aura d'autorité et de compétence. Il lui donna dans les trente ans. Elle ne portait pas d'alliance. Servaz se demanda si elle avait un petit ami ou si elle était célibataire. À moins qu'elle ne fût divorcée comme lui.

— Il paraît que vous avez trouvé sa stalle vide ce matin, dit-il à l'éleveur de chevaux.

Marchand lui jeta un nouveau regard aigu dans lequel transparaissait tout le dédain du spécialiste pour le béotien.

— Certainement pas. Aucun de nos chevaux ne dort dans une stalle, assena-t-il. Ils disposent tous d'un box. Et de stabulations libres ou de prés avec abris le jour pour les socialiser. J'ai trouvé son box vide, en effet. Et des traces d'effraction.

Servaz ignorait la différence entre une stalle et un box mais elle semblait importante aux yeux de Marchand.

— J'espère que vous allez trouver les salauds qui ont fait ça, dit celui-ci.

— Pourquoi dites-vous « les » ?

— Sérieusement, vous voyez un homme seul monter un cheval là-haut ? Je croyais que la centrale était gardée ?

Voilà une question à laquelle personne ne voulut répondre. Cathy d'Humières, qui s'était tenue à l'écart jusqu'à présent, s'avança vers le régisseur.

— Dites bien à M. Lombard que tout sera mis en œuvre pour retrouver celui ou ceux qui ont fait ça. Il peut m'appeler à n'importe quelle heure. Dites-le-lui.

Marchand examina la femme haut fonctionnaire comme s'il était un ethnologue ayant devant lui la représentante d'une tribu amazonienne des plus bizarres.

— Je le lui dirai, répondit-il. J'aimerais aussi récupérer la dépouille après l'autopsie. M. Lombard voudra sans doute l'enterrer sur ses terres.

— *Tarde venientibus ossa*, déclara Servaz.

Il surprit une nuance de stupeur dans le regard du capitaine Ziegler.

— Du latin, constata-t-elle. Qui veut dire ?

— « Celui qui vient tard à table ne trouve que des os. » J'aimerais monter là-haut.

Elle plongea ses yeux dans les siens. Elle était presque aussi grande que lui. Servaz devina un corps ferme, souple et musclé sous l'uniforme. Une fille saine, belle et décomplexée. Il pensa à Alexandra jeune.

— Avant ou après avoir interrogé les vigiles ?

— Avant.

— Je vais vous emmener.

— Je peux y aller tout seul, dit-il en désignant le départ du téléphérique.

Elle eut un geste vague.

— C'est la première fois que je rencontre un flic qui parle latin, fit-elle en souriant. Le téléphérique a été mis sous scellés. On prend l'hélico.

Servaz blêmit.

— C'est vous qui pilotez ?

— Ça vous étonne ?

3.

L'hélico s'élança à l'assaut de la montagne comme un moustique survolant le dos d'un éléphant. Le grand toit d'ardoise de la centrale et le parking plein de véhicules s'éloignèrent brusquement – trop brusquement au goût de Servaz, qui sentit un trou d'air lui siphonner l'estomac.

Sous l'appareil, les techniciens allaient et venaient, en combinaison blanche sur le blanc de la neige, de la gare du téléphérique au fourgon-laboratoire, transportant des mallettes qui contenaient les prélèvements effectués là-haut. Vue d'ici, leur agitation paraissait dérisoire : l'effervescence d'une colonne de fourmis. Il espéra qu'ils connaissaient leur travail. Ce n'était pas toujours le cas, la formation des techniciens en scènes de crime laissait parfois à désirer. Manque de temps, manque de moyens, budgets insuffisants – toujours la même rengaine, malgré les discours politiques promettant des jours meilleurs. Puis le corps du cheval fut emballé dans sa housse, la fermeture à glissière tirée sur lui et le tout roulé sur une grande civière jusqu'à une longue ambulance qui démarra sirène hurlante, comme s'il y avait une quelconque urgence pour ce pauvre canasson.

Servaz regarda devant lui à travers la bulle de Plexi-glas.

Le temps s'était dégagé. Les trois tuyaux géants qui émergeaient de l'arrière du bâtiment escaladaient le flanc de la montagne ; les pylônes du téléphérique suivaient le même trajet. Il hasarda un nouveau coup d'œil vers le bas – et le regretta aussitôt. La centrale était déjà loin au fond de la vallée, les voitures et les fourgons rapetissaient à grande vitesse, dérisoires points de couleur aspirés par l'altitude. Les tuyaux plongeaient vers la vallée comme des sauteurs à skis du haut d'un tremplin : un vertige de pierre et de glace à couper le souffle. Servaz pâlit, déglutit et se concentra sur le haut du massif. Le café qu'il avait avalé au distributeur dans le hall flottait quelque part dans son œsophage.

— Ça n'a pas l'air d'aller.

— Pas de problème. Tout va bien.

— Vous avez le vertige ?

— Non…

Le capitaine Ziegler sourit sous son casque à écouteurs. Servaz ne voyait plus ses yeux derrière ses lunettes de soleil – mais il pouvait admirer son bronzage et le léger duvet blond de ses joues caressées par la lumière violente qui se réverbérait sur les crêtes.

— Tout ce cirque pour un cheval, dit-elle soudain.

Il comprit qu'elle n'approuvait pas plus que lui ce déploiement de moyens et qu'elle profitait qu'ils fussent à l'abri des oreilles indiscrètes pour le lui faire savoir. Il se demanda si sa hiérarchie lui avait forcé la main. Et si elle avait renâclé.

— Vous n'aimez pas les chevaux ? dit-il pour la taquiner.

— Je les aime beaucoup, répondit-elle sans sourire, mais ce n'est pas le problème. Nous avons les mêmes préoccupations que vous : manque de moyens, de matériel, de personnel, et les criminels ont toujours deux longueurs d'avance. Alors, consacrer autant d'énergie à un animal…

— En même temps, quelqu'un capable de faire ça à un cheval…

— Oui, admit-elle avec une vivacité qui lui fit penser qu'elle partageait son inquiétude.

— Expliquez-moi ce qui s'est passé là-haut.

— Vous voyez la plate-forme métallique ?

— Oui.

— C'est l'arrivée du téléphérique. C'est là qu'était accroché le cheval, au portique, juste en dessous des câbles. Une vraie mise en scène. Vous verrez ça sur la vidéo. De loin, les ouvriers ont d'abord cru qu'il s'agissait d'un oiseau.

— Combien d'ouvriers ?

— Quatre, plus le cuistot. La plate-forme supérieure du téléphérique les conduit au puits d'entrée de l'usine souterraine : c'est le truc en béton, là, derrière la plate-forme. Grâce à une grue, ils descendent au fond du puits le matériel qui est chargé sur des tracteurs à deux places avec des remorques. Le puits débouche soixante-dix mètres plus bas dans une galerie, au cœur de la montagne. Soixante-dix mètres, ça fait une sacrée descente. Ils utilisent la même galerie qui conduit l'eau du lac supérieur aux conduites forcées pour accéder à l'usine : les vannes du lac supérieur sont neutralisées le temps que les hommes passent.

L'appareil survolait à présent la plate-forme plantée dans le flanc de la montagne comme un derrick. Elle était presque suspendue dans le vide – et Servaz sentit de nouveau le vertige lui nouer le ventre. En dessous de la plate-forme, la pente plongeait en un à-pic vertigineux. Le lac inférieur était visible mille mètres plus bas, entre les cimes, avec son grand barrage en arc de cercle.

Servaz aperçut des traces dans la neige autour de la plate-forme, là où les techniciens avaient effectué leurs prélèvements et pelleté la neige. Des rectangles de plastique jaune avec des numéros noirs là où ils avaient trouvé des indices. Et des projecteurs à halogène encore aimantés sur le métal des piliers. Il se dit que, pour une fois, il n'avait pas été difficile d'isoler la scène du crime mais que le froid avait dû leur poser des problèmes.

Le capitaine Ziegler désigna l'échafaudage.

— Les ouvriers ne sont même pas sortis de la cabine. Ils ont appelé en bas et ils sont redescendus aussi vite. Ils avaient une peur bleue. Peut-être craignaient-ils que le cinglé qui a fait ça ne soit encore dans les parages.

Servaz épia la jeune femme. Plus il l'écoutait, plus il sentait croître son intérêt et le nombre des questions.

— Un seul homme a-t-il pu hisser le corps d'un cheval mort à cette hauteur et le fixer au milieu des câbles sans aide, d'après vous ? Ça paraît difficile, non ?

— Freedom était un yearling d'environ deux cents kilos, répondit-elle. Même si on enlève la tête et l'encolure, cela fait quand même près de cent cinquante kilos de viande à trimballer. Cela dit, vous avez vu le diable tout à l'heure : ce genre d'engin peut déplacer des charges utiles énormes. Sauf que, en admettant qu'un homme puisse parvenir à trimballer un cheval à l'aide d'un chariot ou d'un diable, il n'a pas pu le suspendre et l'arrimer seul au portique comme il l'était. Et puis, vous avez raison : il a bien fallu un véhicule pour l'amener jusque-là.

— Et les vigiles n'ont rien vu.

— Et ils sont deux.

— Et ils n'ont rien entendu.

— Et ils sont deux.

Ni l'un ni l'autre n'avait besoin qu'on lui rappelle que 70 % des auteurs d'homicides étaient identifiés dans les vingt-quatre heures qui suivent le crime. Mais qu'en était-il lorsque la victime était un cheval ? Voilà le genre de question qui n'entrait probablement pas dans les statistiques de la police.

— Trop simple, dit Ziegler. C'est ce que vous pensez. Trop simple. Deux vigiles et un cheval. Quelle raison auraient-ils de faire ça ? S'ils avaient voulu s'en prendre à un cheval d'Éric Lombard, pourquoi auraient-ils été le coller précisément en haut de ce téléphérique, là où ils travaillent, pour être les premiers soupçonnés ?

Servaz réfléchit à ce qu'elle venait de dire. Pourquoi, en effet ? D'un autre côté, était-il possible qu'ils n'aient rien entendu ?

— Et puis, pourquoi feraient-ils une chose pareille ?

— Personne n'est simplement vigile, flic ou gendarme, dit-il. Tout le monde a ses secrets.

— Vous en avez, vous ?

— Pas vous ?

— Oui, mais il y a l'Institut Wargnier, s'empressa-t-elle de dire en manœuvrant l'hélico. (Servaz retint de nouveau son souffle.) Il y a sûrement plus d'un type là-dedans capable d'un truc pareil.

— Vous voulez dire quelqu'un qui aurait réussi à sortir et à revenir sans que le personnel de l'établissement s'en aperçoive ? (Il réfléchit.) À aller jusqu'au centre équestre, à tuer un cheval, à le sortir de son box et à le charger tout seul à bord d'un véhicule ? Tout ça sans que personne s'aperçoive de rien, ni ici ni là-bas ? Et aussi à le dépecer, à le monter là-haut, à...

— D'accord, d'accord, c'est absurde, le coupat-elle. Et puis, on en revient toujours au même point : comment même un fou réussirait-il à accrocher un cheval là-haut sans l'aide de personne ?

— Deux cinglés alors, s'échappant sans être vus et réintégrant leurs cellules sans chercher à filer ? Ça ne tient pas debout !

— Rien ne tient debout dans cette histoire.

L'appareil s'inclina brusquement sur la droite pour faire le tour de la montagne – ou bien ce fut la montagne qui s'inclina dans le sens opposé : Servaz n'aurait su le dire et il déglutit de nouveau. La plate-forme et le blockhaus d'entrée disparurent derrière eux. Des tonnes de roches défilèrent sous la bulle de Plexiglas, puis un lac apparut, beaucoup plus petit que celui d'en bas. Sa surface, nichée au creux de la montagne, était couverte d'une épaisse pellicule de glace et de neige ; on aurait dit le cratère d'un volcan gelé.

Servaz découvrit une maison d'habitation au bord du lac, collée à la roche, près du petit barrage de retenue.

— Le lac supérieur, dit Ziegler. Et le « chalet » d'habitation des ouvriers. Ils y accèdent par un funiculaire qui remonte directement des profondeurs de la montagne à l'intérieur de la maison et qui la relie à l'usine souterraine. C'est là qu'ils dorment, qu'ils mangent, qu'ils vivent une fois leur journée finie. Ils passent cinq jours ici avant de redescendre dans la vallée pour le week-end, et cela trois semaines durant. Ils ont tout le confort moderne, et même la télévision par satellite – mais ça reste quand même un travail éprouvant.

— Pourquoi ne passent-ils pas par là pour accéder à l'usine en arrivant, plutôt que d'être obligés de neutraliser la rivière souterraine ?

— La centrale n'a pas d'hélico. Cette aire n'est utilisée qu'en cas d'extrême urgence, tout comme la zone d'atterrissage en bas, par les secours en montagne. Et encore, quand le temps s'y prête.

L'appareil descendit doucement vers une surface plane aménagée au milieu d'un chaos de névés et de moraines éparses. Un nuage de poudreuse les encercla. Servaz devina un grand H sous la neige.

— Nous avons de la chance, lança-t-elle dans les écouteurs. Il y a cinq heures, quand les ouvriers ont découvert le corps, on n'aurait pas pu arriver jusqu'ici : le temps était trop mauvais !

Les patins de l'appareil entrèrent en contact avec le sol. Servaz se sentit revivre. La terre ferme – même à plus de deux mille mètres d'altitude. Mais il allait falloir redescendre par le même chemin et cette perspective lui tordit l'estomac.

— Si je comprends bien, par mauvais temps, une fois la galerie remplie d'eau, ils sont prisonniers de la montagne. Comment font-ils en cas d'accident ?

Le capitaine Ziegler eut une moue éloquente.

— Il leur faut vider à nouveau la galerie et revenir au téléphérique par le puits d'accès. Au moins deux heures avant d'être à la centrale, plutôt trois.

Servaz aurait été curieux de savoir quelles primes touchaient ces types pour courir de tels risques.

— À qui appartient l'usine ?

— Au groupe Lombard.

Le groupe Lombard. L'enquête démarrait à peine et c'était la deuxième fois qu'il apparaissait sur leurs écrans radar. Servaz imagina une nébuleuse de sociétés, de filiales, de holdings, en France mais aussi vraisemblablement à l'étranger, une pieuvre dont les tentacules s'étendaient partout, l'argent remplaçant le sang à l'intérieur de ses membres et coulant par milliards des extrémités vers le cœur. Servaz n'était pas un spécialiste des affaires mais, comme tout le monde aujourd'hui, il connaissait à peu près le sens du mot « multinationale ». Une vieille usine comme celle-là était-elle vraiment rentable pour un groupe comme Lombard ?

La rotation des pales ralentit et le sifflement de la turbine décrut.

Le silence.

Ziegler posa son casque, ouvrit sa portière et mit un pied à terre. Servaz en fit autant. Ils s'avancèrent lentement vers le lac gelé.

— Nous sommes à deux mille cent mètres, annonça la jeune femme. Ça se sent, non ?

Servaz respira profondément l'éther pur, enivrant et glacé. La tête lui tournait légèrement – peut-être à cause du vol en hélicoptère ou bien à cause de l'altitude. Mais c'était une sensation plus exaltante que perturbante qu'il assimila à l'ivresse des profondeurs. Il se demanda s'il existait une ivresse des cimes. La beauté et la sauvagerie du site le frappèrent. Cette solitude minérale, ce désert lumineux et blanc. Les volets de la maison étaient fermés. Servaz imagina ce que les ouvriers devaient ressentir en se levant chaque matin et en ouvrant les fenêtres qui donnaient sur le lac, avant de descendre dans les ténèbres. Mais peut-être ne pensaient-ils qu'à ça, justement : à la journée qui les attendait en bas, dans les profondeurs de la montagne, au bruit assourdissant et à la lumière artificielle, aux longues heures pénibles à tirer.

— Vous venez ? Les galeries ont été percées en 1929, l'usine installée un an plus tard, expliqua-t-elle en marchant vers la maison.

Elle était pourvue d'un avant-toit supporté par de gros piliers de pierre brute, formant une galerie sur laquelle donnaient toutes les fenêtres sauf une, sur le côté. Sur l'un des piliers, Servaz aperçut le manchon de fixation d'une antenne parabolique.

— Vous avez examiné les galeries ?

— Bien sûr. Nos hommes sont encore dedans. Mais je ne pense pas que nous trouverons quoi que ce soit ici. Le ou les types ne sont pas venus jusqu'ici. Ils se sont contentés de mettre le cheval dans le téléphérique, de l'accrocher là-haut et de redescendre.

Elle tira sur la porte en bois. À l'intérieur, toutes les lampes étaient allumées. Il y avait du monde dans toutes les pièces : des chambres à deux lits ; un salon avec une télé, deux canapés et un bahut ; une grande cuisine avec une table de réfectoire. Ziegler entraîna Servaz vers l'arrière de la maison, là où elle s'enfonçait dans la roche – une pièce qui semblait servir à la fois de sas et de vestiaire, avec des casiers métalliques et des patères fixées au mur. Servaz découvrit le grillage jaune du funiculaire au fond de la pièce et, derrière, le trou noir d'une galerie creusée dans les entrailles obscures de la montagne.

Elle lui fit signe de monter, referma la grille sur eux puis appuya sur un bouton. Aussitôt, un moteur s'enclencha et la cabine s'ébranla. Elle se mit à descendre doucement le long de rails luisants, en vibrant légèrement, suivant une pente de quarante-cinq degrés. Le long de la paroi de roche noire, à travers le grillage, des néons rythmaient leur descente à intervalles réguliers. Le boyau déboucha sur une grande salle taillée à même la roche, brillamment éclairée par des rangées de néons. Un atelier plein de machines-outils, de tuyaux et de câbles. Des techniciens portant la même combinaison blanche que ceux aperçus à la centrale s'activaient un peu partout.

— Ces ouvriers, j'aimerais les interroger tout de suite, même si on doit y passer la nuit. Ne les laissez pas rentrer chez eux. Ce sont toujours les mêmes qui montent ici, chaque hiver ?

— À quoi pensez-vous ?

— À rien pour le moment. Une enquête à ce stade, c'est comme un carrefour en forêt : tous les chemins se ressemblent, mais un seul est le bon. Ces séjours dans la montagne, à huis clos, loin du monde, ça doit créer des liens mais aussi des tensions. Il faut avoir la tête solide.

— D'anciens ouvriers qui en voudraient à Lombard ? Dans ce cas, pourquoi une telle mise en scène ? Quand quelqu'un cherche à se venger de son employeur, il surgit sur son lieu de travail avec une arme et il s'en prend à son patron ou à ses collègues avant de la retourner contre lui. Il ne s'embête pas à accrocher un cheval en haut d'un téléphérique.

Servaz savait qu'elle avait raison.

— Procurons-nous les antécédents psychiatriques de tous ceux qui travaillent et ont travaillé à la centrale ces dernières années, dit-il. Et particulièrement de ceux qui ont fait partie des équipes séjournant ici.

— Très bien ! hurla-t-elle pour couvrir le bruit. Et les vigiles ?

— D'abord les ouvriers, ensuite les vigiles. On y passera la nuit s'il le faut.

— Pour un cheval !

— Pour un cheval, confirma-t-il.

— Nous avons de la chance ! En temps normal, le vacarme est infernal ici ! Mais on a fermé les vannes et l'eau du lac ne coule plus dans la chambre de rupture.

Servaz trouva que, côté bruit, ce n'était déjà pas si mal.

— Comment est-ce que ça fonctionne ? demanda-t-il en élevant la voix.

— Je ne sais pas trop ! Le barrage du lac supérieur se remplit à la fonte des neiges. L'eau est amenée par les galeries souterraines jusqu'aux conduites forcées : ces gros tuyaux qu'on voit dehors et qui la précipitent vers les groupes hydrauliques de la centrale, en bas dans la vallée. La puissance de sa chute actionne les turbines. Mais il y a aussi des turbines ici : on dit que l'eau est turbinée « en cascade », quelque chose comme ça. Les turbines convertissent la force motrice de l'eau en énergie mécanique, puis les alternateurs transforment cette énergie mécanique en électricité, qui est évacuée sur des lignes à haute tension. L'usine et la centrale produisent cinquante-quatre millions de kilowattheures par an, soit la consommation d'une ville de trente mille habitants.

Servaz ne put s'empêcher de sourire devant cet exposé didactique.

— Pour quelqu'un qui ne sait pas, vous êtes drôlement au courant.

Il balaya du regard la caverne de roche noire tapissée de grillages et de structures métalliques sur lesquelles couraient des faisceaux de câbles, des rampes de néons, des tuyaux d'aération, puis les énormes machines d'un autre âge, les panneaux de contrôle, le sol bétonné...

— Très bien, dit-il. On remonte : on ne trouvera rien ici.

Le ciel s'était assombri quand ils ressortirent. Des nuées sombres et mouvantes passaient au-dessus du cratère gelé qui prenait tout à coup un aspect sinistre. Un vent violent charriait des flocons. Le décor, brusquement, collait avec le crime : quelque chose de chaotique, de noir, de glaçant – où les hennissements désespérés d'un cheval pouvaient facilement se perdre dans les hurlements du vent.

— Dépêchons-nous, le pressa Ziegler. Le temps se gâte !

Ses cheveux blonds étaient malmenés par les rafales, des mèches folles se détachaient de son chignon.

4.

— Mademoiselle Berg, je ne vous cacherai pas que je ne comprends pas pourquoi le Dr Wargnier a tenu à vous engager. Je veux dire : la psychologie clinique, la psychologie génétique, la théorie freudienne – tout ce... *fatras.* À tout prendre, j'aurais préféré encore la méthode clinique anglo-saxonne.

Le Dr Francis Xavier était assis derrière un grand bureau. C'était un petit homme très soigné, encore jeune, avec une cravate aux motifs floraux exubérants sous sa blouse blanche, des cheveux teints et d'extravagantes lunettes rouges. Et un léger accent québécois.

Diane fit pudiquement glisser son regard sur le DSM-IV, le *Manuel des désordres mentaux*, publié par l'Association américaine de psychiatrie, seul livre présent sur le bureau. Elle fronça légèrement les sourcils. La tournure que prenait la discussion lui déplaisait, mais elle attendit que le petit homme eût fini d'abattre ses cartes.

— Comprenez-moi bien, je suis psychiatre. Et – comment dire ? Je ne vois pas très bien quel intérêt vous pouvez présenter pour notre établissement... soit dit sans vous offenser...

— Je… je suis ici… dans un but d'approfondisse-ment et de formation, docteur Xavier. Le Dr Wargnier a dû vous le dire. D'autre part, votre prédécesseur a recruté un adjoint avant son départ et il a donné son accord à mon absence… pardon, à ma présence ici. Il a engagé cet établissement auprès de l'université de Genève. Si vous étiez opposé à ma venue, vous auriez pu nous en faire part av…

— Dans un but *d'approfondissement et de forma-tion* ? (Xavier pinça imperceptiblement les lèvres.) Où est-ce que vous vous croyez ? Dans une fac ? Les assassins qui vous attendent au fond de ces couloirs, dit-il en désignant la porte de son bureau, sont plus monstrueux que les pires créatures qui ont pu hanter vos cauchemars, mademoiselle Berg. Ils sont notre Némésis. Notre châtiment pour avoir tué Dieu, pour avoir bâti des sociétés où le Mal est devenu la norme.

Elle trouva cette dernière phrase un brin grandilo-quente. Comme tout du reste chez le Dr Xavier. Mais la façon dont il l'avait prononcée – un très curieux mélange de crainte et de volupté – la fit frémir. Elle sentit ses cheveux se dresser sur sa nuque. *Il a peur d'eux. Ils reviennent le hanter la nuit quand il dort, ou peut-être qu'il les entend hurler depuis sa chambre.*

Elle fixa la teinture peu naturelle de ses cheveux et pensa au personnage de Gustav von Aschenbach dans *La Mort à Venise* qui se teint les cheveux, les sourcils et la moustache pour plaire à un éphèbe aperçu sur la plage et tromper l'approche de la mort. Sans se rendre compte à quel point sa tentative est désespérée et pathétique.

— J'ai une expérience en psychologie légale. J'ai rencontré plus de cent délinquants sexuels en trois ans.

— Combien de meurtriers ?

— Un.

Il lui décocha un petit sourire sans tendresse. Se pencha sur son dossier.

— Licence de psychologie, diplôme d'études supérieures en psychologie clinique de l'université de Genève, lut-il, ses lunettes rouges glissant sur son nez.

— J'ai travaillé pendant quatre ans dans un cabinet privé de psychothérapie et de psychologie légale. J'y ai effectué des missions d'expertise civile et pénale pour les autorités judiciaires. C'est écrit dans mon CV.

— Des stages en établissements pénitentiaires ?

— Un stage au service médical de la prison de Champ-Dollon pour des missions d'expertise légale en tant que coexpert et la prise en charge de délinquants sexuels.

— International Academy of Law and Mental Health, Association genevoise des psychologues-psychothérapeutes, Société suisse de psychologie légale… Bien, bien, bien…

Il posa à nouveau les yeux sur elle. Elle eut la désagréable impression de se retrouver face à un jury.

— Il y a juste un point… Vous n'avez absolument pas l'expérience nécessaire pour ce genre de patients, vous êtes jeune, vous avez encore beaucoup de choses à apprendre, vous pourriez – sans le vouloir, bien sûr – *abîmer* tout ce que nous essayons de mettre en place par votre inexpérience. Autant d'éléments qui pourraient s'avérer une cause supplémentaire de tourments pour notre clientèle.

— Que voulez-vous dire ?

— Je suis désolé, mais j'aimerais que vous restiez à l'écart de nos sept pensionnaires les plus dangereux :

ceux de l'unité A. Et je n'ai pas besoin d'un adjoint, j'ai déjà une infirmière en chef pour me seconder.

Elle demeura silencieuse si longtemps qu'il finit par hausser un sourcil. Lorsqu'elle parla, ce fut d'une voix posée mais ferme.

— Docteur Xavier, c'est pour eux que je suis ici. Le Dr Wargnier a dû vous le dire. Vous devez avoir dans vos dossiers la correspondance que nous avons échangée. Les termes de notre accord sont très clairs : non seulement le Dr Wargnier m'a autorisée à rencontrer vos sept pensionnaires de l'unité A, mais il m'a demandé d'établir à la fin de ces entretiens un rapport d'expertise psychologique – et spécialement en ce qui concerne Julian Hirtmann.

Elle le vit se rembrunir. Son sourire disparut.

— Mademoiselle Berg, ce n'est plus le Dr Wargnier qui dirige cet établissement, c'est moi.

— Dans ce cas, je n'ai rien à faire ici. Il me faudra en référer à votre autorité de tutelle, ainsi qu'à l'université de Genève. Et au Dr Spitzner. Je viens de loin, docteur. Vous auriez dû m'épargner ce déplacement inutile.

Elle se leva.

— Mademoiselle Berg, allons, allons ! dit Xavier en se redressant et en écartant les mains. Ne nous emballons pas ! Asseyez-vous ! Asseyez-vous, je vous en prie ! Vous êtes la bienvenue ici. Comprenez-moi bien : je n'ai rien contre vous. Je suis sûr que vous ferez de votre mieux. Et qui sait ? Peut-être que… qu'un point de vue… un apport, disons… « interdisciplinaire » pourra favoriser la compréhension de ces *monstres*. Oui, oui – pourquoi pas ? Ce que je vous demande juste, c'est de ne pas multiplier les contacts plus qu'il n'est strictement nécessaire, et de suivre à la lettre le règlement intérieur. La tranquillité de ces lieux repose sur un équilibre fragile. Même si les mesures de sécurité sont ici dix fois plus nombreuses que dans n'importe quel établissement psychiatrique, tout désordre aurait des conséquences incalculables.

Francis Xavier contourna son bureau.

Il était encore plus petit qu'elle l'aurait cru. Diane mesurait un mètre soixante-sept et Xavier était sensiblement de la même taille – talonnettes comprises. Sa blouse trop grande, d'un blanc immaculé, flottait autour de lui.

— Venez. Je vais vous montrer.

Il ouvrit un placard. Des blouses blanches, alignées, pendues à des cintres. Il en prit une, la tendit à Diane. Elle sentit une odeur de renfermé et de lessive.

Sa courte silhouette la frôla. Il posa une main aux ongles trop soignés sur le bras de Diane.

— Ce sont des gens véritablement effrayants, dit-il suavement en la regardant dans les yeux. Oubliez ce qu'ils sont, oubliez ce qu'ils ont fait. Concentrez-vous sur votre travail.

Elle se souvint des paroles de Wargnier au téléphone. Presque la même chose, au mot près.

— J'ai déjà croisé des sociopathes, objecta-t-elle – mais sa voix manquait d'assurance, pour une fois.

À travers les lunettes rouges, l'étrange regard flamba un bref instant.

— Pas comme ceux-là, mademoiselle. *Pas comme ceux-là.*

Murs blancs, sol blanc, néons blancs... Diane, comme la plupart des gens en Occident, associait cette couleur à l'innocence, à la candeur, à la virginité. Au cœur de tout ce blanc vivaient pourtant des assassins monstrueux.

— À l'origine, le blanc était la couleur de la mort et du deuil, lui lança Xavier comme s'il lisait dans ses pensées. C'est encore le cas en Orient. C'est aussi une valeur limite – comme le noir. C'est enfin la couleur associée aux rites de passage. C'en est un pour vous en ce moment, n'est-ce pas ? Mais ce n'est pas moi qui ai choisi la décoration – je ne suis ici que depuis quelques mois.

Des grilles d'acier coulissèrent devant et derrière eux, des verrous électroniques claquèrent dans l'épaisseur des murs. La courte silhouette de Xavier la précédait.

— Où sommes-nous ? demanda-t-elle tout en comptant les caméras de surveillance, les portes, les issues.

— Nous quittons les locaux de l'administration pour entrer dans l'unité psychiatrique proprement dite. C'est la première enceinte de confinement.

Diane le regarda insérer une carte magnétique dans un boîtier fixé au mur. Après lecture, la carte fut recrachée par l'appareil. La grille s'ouvrit. Une cage vitrée de l'autre côté. Deux gardiens en combinaison orange se tenaient à l'intérieur, assis devant des écrans de télésurveillance.

— Actuellement, nous avons quatre-vingt-huit patients considérés comme dangereux avec un risque de passage à l'acte agressif. Notre clientèle provient d'institutions pénales ou d'autres établissements psychiatriques en France, mais aussi en Allemagne, en Suisse, en Espagne... Il s'agit d'individus présentant des problèmes de santé mentale doublés de délinquance, de violence et de criminalité. Des patients qui se sont révélés trop violents pour demeurer dans les hôpitaux qui les avaient accueillis, des détenus dont les psychoses sont trop graves pour être soignées en prison ou des meurtriers déclarés irresponsables par la justice. Notre clientèle exige un personnel très qualifié et des installations qui assurent à la fois la sécurité des malades et celle du personnel et des visiteurs. Nous sommes ici dans le pavillon C. Il y a trois niveaux de sécurité : faible, moyen et fort. Ici, nous sommes dans une zone de niveau faible.

Diane tiquait chaque fois que Xavier parlait de clientèle.

— L'Institut Wargnier fait preuve d'une maîtrise unique dans la prise en charge des patients agressifs, dangereux et violents. Notre pratique est fondée sur les standards les plus élevés et les plus récents. Dans un premier temps, nous effectuons une évaluation psychiatrique et criminologique comportant notamment une analyse fantasmatique et pléthysmographique.

Elle sursauta. L'analyse pléthysmographique consistait à mesurer les réactions d'un patient soumis à des stimuli audio et vidéo suivant différents types de scénarios et de partenaires, comme la vision d'une femme nue ou d'un enfant.

— Vous pratiquez des traitements aversifs sur les sujets présentant des profils déviants à l'examen pléthysmographique ?

— En effet.

— La pléthysmographie aversive est loin de faire l'unanimité, fit-elle remarquer.

— Ici ça marche, répondit Xavier fermement.

Elle le sentit se raidir. Chaque fois qu'on lui parlait de traitement aversif, Diane pensait à *Orange mécanique*. Le traitement aversif consistait à associer au fantasme déviant enregistré sur une cassette ou un DVD

– vision de viols, d'enfants dévêtus, etc. – des sensations très pénibles voire douloureuses : un choc électrique ou une bouffée d'ammoniac, par exemple, au lieu des sensations agréables que ce fantasme procurait habituellement au patient. La répétition systématique de l'expérience était censée modifier durablement le comportement du sujet. Une sorte de conditionnement pavlovien en quelque sorte, testé sur les abuseurs sexuels et les pédophiles dans certains pays comme le Canada.

Xavier jouait avec le bouton du stylo qui dépassait de sa poche de poitrine.

— Je sais que beaucoup de praticiens de ce pays sont sceptiques sur l'approche thérapeutique comportementaliste. Cette pratique est inspirée des pays anglo-saxons et de l'Institut Pinel de Montréal, d'où je viens. Elle donne des résultats étonnants. Mais, bien entendu, vos confrères français ont du mal à reconnaître une méthode aussi empirique venue qui plus est d'outre-Atlantique. Ils lui reprochent de faire l'impasse sur des notions aussi fondamentales que l'inconscient, le surmoi, la mise en œuvre des pulsions dans les stratégies du refoulement…

Derrière ses lunettes, ses yeux couvaient Diane avec une indulgence exaspérante.

— Beaucoup dans ce pays continuent à préconiser une approche qui tiendrait davantage compte des acquis de la psychanalyse, un travail de remodelage des couches profondes de la personnalité. C'est ignorer que l'absence totale de culpabilité et d'affects des grands pervers psychopathes mettra toujours en échec ces tentatives. Avec ce genre de malades, une seule chose fonctionne – le « dressage ». (Sa voix coula sur ce mot comme un filet d'eau glacée.) Une responsabilisation du sujet à l'égard de son traitement grâce à toute une gamme de récompenses et de sanctions, et la création de comportements conditionnés. Nous effectuons aussi des évaluations de dangerosité à la demande des autorités judiciaires ou hospitalières, poursuivit-il en s'arrêtant devant une nouvelle porte en verre Securit.

— La plupart des études ne démontrent-elles pas la faible valeur de ces évaluations ? demanda Diane. Selon certaines, les évaluations psychiatriques de dangerosité se tromperaient une fois sur deux.

— C'est ce qu'on dit, admit Xavier. Mais plutôt dans le sens où la dangerosité est surévaluée que le contraire. En cas de doute, nous préconisons systématiquement un maintien en détention ou la prolongation de l'hospitalisation dans notre rapport d'évaluation. Et puis, ajouta-t-il avec un sourire d'une fatuité absolue, ces évaluations répondent à un besoin profond de nos sociétés, mademoiselle Berg. Les tribunaux nous demandent de résoudre à leur place un dilemme moral *qu'en vérité personne n'est capable de trancher* : comment être sûr que les dispositions prises à l'égard de tel ou tel individu dangereux répondent aux nécessités qu'impose la protection de la société sans porter atteinte aux droits fondamentaux de cet individu ? Personne n'a la réponse à cette question. Aussi les tribunaux font-ils semblant de croire que les expertises psychiatriques sont fiables. Ça ne trompe personne, bien entendu. Mais ça permet de faire tourner la machine judiciaire perpétuellement menacée d'engorgement tout en donnant l'illusion que les juges sont des gens sages et que leurs décisions sont prises en connaissance de cause – ce qui, soit dit en passant, est le plus grand de tous les mensonges sur lesquels nos sociétés démocratiques sont fondées.

Un nouveau boîtier noir, encastré dans le mur, nettement plus sophistiqué que le précédent. Il comportait un petit écran et seize touches pour taper un code mais aussi un gros palpeur rouge sur lequel Xavier pressa son index droit.

— Évidemment, nous n'avons pas ce genre de dilemme avec nos pensionnaires. Ils ont fait plus qu'amplement la preuve de leur dangerosité. Voici la deuxième enceinte de confinement.

Il y avait un petit bureau vitré sur la droite. De nouveau, Diane aperçut deux silhouettes derrière la vitre. À son grand regret, Xavier les dépassa sans s'arrêter. Elle aurait bien aimé qu'il la présente au reste du personnel. Mais elle était déjà persuadée qu'il n'en ferait rien. Les regards des deux hommes la suivirent à travers la vitre. Diane se demanda soudain comment elle allait être accueillie. Est-ce que Xavier avait parlé d'elle ? Lui avait-il insidieusement savonné la planche ?

Pendant une fraction de seconde, elle revit avec nostalgie sa chambre d'étudiante, ses amis à l'université, son bureau à la faculté... Puis, elle pensa à quelqu'un. Elle sentit le rouge lui venir aux joues et elle s'empressa de reléguer l'image de Pierre Spitzner le plus loin possible au fond de son esprit.

Servaz s'examina dans le miroir, à la lueur balbutiante du néon. Il était blafard. S'appuyant des deux mains sur le bord ébréché du lavabo, il s'efforça de respirer calmement. Puis il se pencha et s'aspergea le visage d'eau froide.

Ses jambes le portaient à peine, il éprouvait la sensation étrange de marcher sur des semelles remplies d'air. Le voyage de retour en hélicoptère avait été mouvementé. Là-haut, le temps s'était vraiment gâté et le capitaine Ziegler avait dû se cramponner aux commandes. Secoué par les rafales, l'appareil était redescendu en se balançant comme un canot de sauvetage sur une mer déchaînée. À peine ses patins avaient-ils touché le sol que Servaz s'était précipité dans les toilettes de la centrale pour vomir.

Il se retourna, les cuisses écrasées contre la rangée de lavabos. Des graffitis tracés au stylo à bille ou au feutre profanaient certaines portes : BIB LE ROI DE LA MONTAGNE... (fanfaronnade ordinaire). SOFIA EST UNE SALOPE... (suivi d'un numéro de téléphone portable). LE DIRECTEUR EST UN SALE CON... (une piste ?). Ensuite un dessin représentant plusieurs petits personnages à la Keith Haring se sodomisant en file indienne.

Servaz sortit de sa poche le petit appareil photo numérique que Margot lui avait offert pour son dernier anniversaire, s'approcha des portes et les photographia une par une.

Puis il ressortit et longea le couloir jusqu'au hall.

Dehors, il s'était remis à neiger.

— Ça va mieux ?

Il lut une indulgence sincère dans le sourire d'Irène Ziegler.

— Oui.

— Si nous allions interroger ces ouvriers ?

— Si vous n'y voyez pas d'inconvénient, je préfère les interroger seul.

Il vit le beau visage du capitaine Ziegler se fermer. De dehors lui parvenait la voix de Cathy d'Humières en train de parler aux journalistes : des bribes de phrases stéréotypées, le style habituel des technocrates.

— Jetez un coup d'œil aux graffitis dans les toilettes, vous comprendrez pourquoi, dit-il. En présence d'un homme, il y a des informations qu'ils seront peut-être tentés de livrer… qu'ils tairont si une femme est présente.

— Très bien. Mais n'oubliez pas que nous sommes deux sur cette enquête, commandant.

Les cinq hommes suivirent son entrée avec des regards où se mêlaient anxiété, lassitude et colère. Servaz se souvint qu'ils étaient enfermés dans cette pièce depuis le matin. Visiblement, on leur avait apporté à manger et à boire. Des reliefs de pizzas et de sandwichs, des gobelets vides et des cendriers pleins jonchaient la grande table de conférence. Leurs barbes avaient poussé et ils étaient aussi hirsutes que des naufragés sur une île déserte, sauf le cuistot – un barbu au crâne lisse et brillant et aux lobes des oreilles percés de plusieurs anneaux.

— Bonjour, dit-il.

Pas de réponse. Mais ils se redressèrent insensiblement. Il lut dans leurs yeux qu'ils étaient surpris par son allure. On leur avait annoncé un commandant de la brigade criminelle et ils avaient devant eux un type qui avait l'allure d'un prof ou d'un journaliste avec sa silhouette de quadra en forme, ses joues mal rasées, sa veste en velours et ses jeans élimés. Servaz repoussa sans un mot un carton de pizza maculé de graisse et un gobelet où des mégots flottaient dans un fond de café. Puis il posa une fesse sur le bord de la table, passa une main dans ses cheveux bruns et se tourna vers eux.

Il les dévisagea. Un par un. S'attardant chaque fois plusieurs dixièmes de seconde. Tous baissèrent les yeux – sauf un.

— Qui l'a vu en premier ?

Un type assis dans un coin de la pièce leva la main. Il portait un sweat-shirt à manches courtes « UNIVERSITY OF NEW YORK » sur une chemise à carreaux.

— Vous vous appelez comment ?

— Huysmans.

Servaz sortit son calepin de sa veste.

— Racontez.

Huysmans soupira. Sa patience avait été mise à rude épreuve au cours des dernières heures et ce n'était pas quelqu'un d'ordinairement patient. Il avait déjà raconté son histoire une bonne demi-douzaine de fois, aussi son récit fut-il un peu mécanique.

— Vous êtes redescendus sans avoir mis le pied sur la plate-forme. Pourquoi ?

Un silence.

— La peur, avoua enfin celui qui venait de parler. Nous avions peur que le type rôde encore dans le coin, ou qu'il soit planqué dans les galeries.

— Qu'est-ce qui vous fait penser qu'il s'agit d'un homme ?

— Vous voyez une femme en train de faire ça ?

— Il y a des querelles, des histoires entre les ouvriers ?

— Comme partout, dit un deuxième. Des bagarres d'ivrognes, des histoires de bonnes femmes, des types qui ne peuvent pas se sentir. C'est tout.

— Quel est votre nom ? demanda Servaz.

— Etcheverry, Gratien.

— La vie là-haut, ça doit quand même être dur, non ? dit Servaz. Les risques, l'isolement, la promiscuité, ça crée des tensions.

— Les hommes qu'on envoie là-haut sont costauds dans leur tête, commissaire. Le directeur a dû vous le dire. Sinon, ils restent en bas.

— Pas commissaire, commandant. Quand même, les jours de tempête, avec le mauvais temps et tout, il y a de quoi péter les plombs, non ? insista-t-il. On m'a dit qu'avec l'altitude il est très difficile de trouver le sommeil.

— C'est vrai.

— Expliquez-moi.

— La première nuit, on est tellement crevés par l'altitude et le boulot qu'on dort comme une pierre. Mais ensuite, on dort de moins en moins. Les dernières nuits, à peine deux ou trois heures. C'est la montagne qui veut ça. On récupère les week-ends.

Servaz les regarda de nouveau. Plusieurs hochèrent la tête pour confirmer.

Il fixait ces hommes durs au mal, ces types qui n'avaient pas fait de hautes études et qui ne se prenaient pas pour des lumières, qui ne cherchaient pas non plus l'argent facile, mais qui accomplissaient sans bruit un travail pénible dans l'intérêt de tous. Ces hommes avaient à peu près son âge – entre quarante et cinquante ans, trente pour le plus jeune. Il eut soudain honte de ce qu'il était en train de faire. Puis il croisa de nouveau le regard fuyant du cuistot.

— Ce cheval, il vous dit quelque chose ? Vous le connaissiez ? Vous l'aviez déjà vu ?

Ils le fixèrent, étonnés, puis ils agitèrent lentement la tête en signe de dénégation.

— Il y a déjà eu des accidents là-haut ?

— Plusieurs, répondit Etcheverry. Le dernier, il y a deux ans : un type y a laissé une main.

— Que fait-il aujourd'hui ?

— Il travaille en bas, dans les bureaux.

— Son nom ?

Etcheverry hésita. Son visage s'empourpra. Il regarda les autres, gêné.

— Schaab.

Servaz se dit qu'il lui faudrait se renseigner sur ce Schaab : *un cheval perd sa tête / un ouvrier perd une main*…

— Des accidents mortels ?

Etcheverry eut un nouveau geste de dénégation.

Servaz se tourna vers le plus âgé. Un type costaud qui portait un T-shirt à manches courtes mettant en valeur ses bras musclés. C'était le seul qui, avec le cuistot, n'avait pas encore parlé – et le seul qui n'eût pas baissé les yeux devant Servaz. Une lueur de défi brillait d'ailleurs dans ses yeux pâles. Un visage plat et massif. Un regard froid. Un esprit borné, sans nuances, qui ne laisse pas de place au doute, se dit Servaz.

— C'est vous le plus ancien ?

— Ouaip, dit l'homme.

— Depuis combien de temps vous travaillez ici ?

— En haut ou en bas ?

— En haut et en bas.

— Vingt-trois ans là-haut. Quarante-deux au total.

Une voix plate, dénuée d'inflexions. Étale comme un lac de montagne.

— Comment vous vous appelez ?

— Pourquoi tu veux le savoir ?

— C'est moi qui pose les questions, d'accord ? Alors, tu t'appelles comment ? dit Servaz, répondant au tutoiement par le tutoiement.

— Tarrieu, lâcha l'homme, vexé.

— Quel âge tu as ?

— Soixante-trois.

— Quels sont les rapports avec la direction ? Vous pouvez parler sans crainte : ça ne sortira pas d'ici. J'ai lu un graffiti tout à l'heure dans les toilettes qui disait : « Le directeur est un con. »

Tarrieu afficha un rictus mi-méprisant, mi-amusé.

— C'est vrai. Mais s'il s'agissait d'une vengeance, c'est lui qu'on aurait dû trouver là-haut. Pas ce cheval. Tu ne crois pas, *monsieur le policier* ?

— Qui parle d'une vengeance ? répliqua Servaz sur le même ton. Tu veux mener l'enquête à ma place ? T'as envie d'entrer dans la police ?

Il y eut quelques ricanements. Servaz vit une violente rougeur envahir le visage de Tarrieu comme un nuage d'encre se diluant dans de l'eau. À l'évidence, l'homme était capable de violence. Mais jusqu'à quel point ? C'était l'éternelle question. Tarrieu ouvrit la bouche pour répliquer puis, au dernier moment, se ravisa.

— Non, dit-il finalement.

— L'un d'entre vous connaissait-il le centre équestre ?

Le cuistot aux boucles d'oreilles leva une main d'un air gêné.

— Vous vous appelez ?

— Marousset.

— Vous faites du cheval, Marousset ?

Tarrieu gloussa dans son dos, imité par les autres. Servaz sentit la colère le gagner.

— Non... je suis le cuistot... De temps en temps, je vais donner un coup de main au cuisinier de M. Lombard... au château... quand il y a des fêtes...

pour les anniversaires... le 14 juillet... Le centre équestre est juste à côté...

Marousset avait de grands yeux clairs avec des pupilles grosses comme des têtes d'épingle. Et il suait abondamment.

— Ce cheval, vous l'aviez déjà vu ?

— Je m'intéresse pas aux chevaux. Peut-être... des chevaux, là-bas, y en a plein...

— Et M. Lombard, vous le voyez souvent ?

Marousset fit signe que non.

— Je vais là-bas qu'une fois par an... ou deux... et je quitte presque pas les cuisines...

— Mais vous l'apercevez quand même de temps en temps, non ?

— Oui.

— Il vient parfois à l'usine ?

— Lombard ici ? dit Tarrieu d'un ton sarcastique. Cette usine, pour Lombard, c'est un grain de sable. Tu examines chaque brin d'herbe quand tu tonds ta pelouse ?

Servaz se tourna vers les autres. Ils confirmèrent d'un petit signe de tête.

— Lombard, il vit ailleurs, poursuivit Tarrieu du même ton provocant. À Paris, à New York, aux Antilles, en Corse... Et cette usine, il s'en fout. Il la garde parce que c'était dans le testament de son paternel qu'il devait la garder. Mais il n'en a strictement rien à foutre.

Servaz hocha la tête. Il eut envie de répondre quelque chose de cinglant. Mais à quoi bon ? Peut-être que Tarrieu avait ses raisons. Peut-être était-il tombé un jour sur des flics ripoux ou incompétents. Les gens sont des icebergs, pensa-t-il. Sous la surface gît une énorme masse de non-dits, de douleurs et de secrets. Personne n'est vraiment ce qu'il paraît.

— Je peux te donner un conseil ? dit soudain Tarrieu.

Servaz se figea, sur ses gardes. Mais le ton avait changé : il n'était plus hostile, ni méfiant ou sarcastique.

— Je t'écoute.

— Les vigiles, dit l'ancien. Plutôt que de perdre ton temps avec nous, tu devrais interroger les vigiles. Secoue-les un peu.

Servaz le fixa intensément.

— Pourquoi ?

Tarrieu haussa les épaules.

— C'est toi le flic, dit-il.

Servaz suivit le couloir et franchit les portes battantes, passant brusquement d'une atmosphère surchauffée à celle, glaciale, du hall. Des flashes à l'extérieur, peuplant le hall de brèves lueurs et de grandes ombres inquiétantes. Servaz aperçut Cathy d'Humières qui remontait dans sa voiture. Le soir tombait.

— Alors ? demanda Ziegler.

— Ces types n'y sont probablement pour rien, mais je veux un complément d'information sur deux d'entre eux. Le premier, c'est Marousset, le cuistot. Le second s'appelle Tarrieu. Et aussi sur un certain Schaab : le type a eu la main coupée dans un accident l'an dernier.

— Et les deux autres : pourquoi eux ?

— Simple vérification.

Il revit le regard de Marousset.

— Je veux aussi qu'on joigne les Stups, voir s'ils n'ont pas le cuistot dans leur base.

Le capitaine Ziegler le fixa attentivement mais elle n'ajouta rien.

— L'enquête de voisinage, elle en est où ? demanda-t-il.

— On interroge les habitants des villages sur la route de la centrale. Au cas où l'un d'eux aurait vu passer un véhicule cette nuit. Jusqu'à présent, ça n'a rien donné.

— Quoi d'autre ?

— Des graffitis dehors, sur les murs de la centrale. S'il y a des tagueurs qui traînent dans le coin, ils ont peut-être vu ou entendu quelque chose. Ce genre de mise en scène a dû demander des préparatifs, des repérages. Ce qui nous ramène aux vigiles. Peut-être qu'ils savent qui a fait ces tags. Et pourquoi n'ont-ils rien entendu ?

Servaz pensa aux paroles de Tarrieu. Maillard les avait rejoints. Il prenait des notes dans un petit carnet.

— Et l'Institut Wargnier ? dit Servaz. D'un côté on a un acte visiblement commis par un dément, de l'autre des fous criminels enfermés à quelques kilomètres d'ici. Même si le directeur de l'Institut assure qu'aucun de ses pensionnaires n'a fait le mur, il faudra explorer cette piste à fond. (Il considéra Ziegler puis Maillard.) Vous avez un psychiatre dans vos cartons ?

Ziegler et Maillard échangèrent un regard.

— Un psychocriminologue doit arriver dans les jours qui viennent, répondit Irène Ziegler.

Servaz fronça imperceptiblement les sourcils. *Un psychocriminologue pour un cheval…* Il savait que la gendarmerie avait plusieurs longueurs d'avance sur la police dans ce domaine comme dans d'autres, mais il se demanda si ce n'était pas quand même pousser le bouchon un peu loin : même la gendarmerie ne devait pas mobiliser ses experts si aisément.

Éric Lombard avait le bras vraiment long...

— Vous avez de la chance que nous soyons là, ironisa-t-elle, le tirant de ses pensées. Sans quoi, il vous aurait fallu faire appel à un expert indépendant.

Il ne releva pas. Il savait où elle voulait en venir : faute de former leurs propres profileurs, comme la gendarmerie, les flics devaient souvent faire appel à des experts extérieurs – des psys pas toujours compétents pour ce genre de travail.

— En même temps, il ne s'agit que d'un cheval, répondit-il sans conviction.

Il la regarda. Irène Ziegler ne souriait plus. Il lut au contraire la tension et l'inquiétude sur ses traits. Elle lui jeta un regard plein d'interrogations. *Elle ne prend plus du tout cette histoire à la légère*, songea-t-il. En elle aussi l'idée que cet acte macabre cachait peut-être quelque chose de plus grave était en train de faire son chemin.

5.

— Vous avez lu *La Machine à explorer le temps* ?
Ils avançaient le long de couloirs déserts. Leurs pas
résonnaient et emplissaient les oreilles de Diane, en
même temps que le bavardage du psychiatre.

— Non, répondit-elle.

— Socialiste, H.G. Wells était préoccupé par les
questions de progrès technologique, de justice sociale
et de lutte des classes. Il a traité avant tout le monde
des thèmes comme les manipulations génétiques avec
L'Île du docteur Moreau ou les folies de la science
avec *L'Homme invisible*. Dans *La Machine à explorer
le temps*, il imagine que son narrateur voyage dans le
futur. Il y découvre que l'Angleterre est devenue une
sorte de paradis terrestre où vit un peuple pacifique
et insouciant : les Éloïs. (Sans cesser de la regarder,
il introduisit sa carte dans un nouveau boîtier.) Les
Éloïs sont les descendants des couches privilégiées de
la société bourgeoise. Au cours des milliers d'années
qui ont précédé, ils ont atteint un tel degré de confort
et de stabilité que leur intelligence s'est affaiblie, au
point qu'ils ont le quotient intellectuel d'enfants de
cinq ans. N'ayant eu aucun effort à faire pendant des
siècles, ils se fatiguent très facilement. De jolis êtres

doux et gais mais aussi d'une indifférence terrifiante : lorsque l'un d'eux se noie sous les yeux des autres, pas un ne se porte à son secours.

Diane ne l'écoutait que d'une oreille ; de l'autre elle essayait de capter un signe de vie, d'humanité – et de se repérer dans ce labyrinthe.

— C'est lorsque la nuit tombe que le narrateur découvre une autre réalité, encore plus terrifiante : les Éloïs ne sont pas seuls. Sous terre vit une deuxième race, hideuse et redoutable, les Morlocks. Ce sont eux les descendants du prolétariat. Petit à petit, à cause de la cupidité de leurs maîtres, ils se sont éloignés des classes supérieures au point de devenir une race distincte, aussi laide que l'autre est gracieuse, reléguée au fond de galeries et de puits. Ils ont tellement perdu l'habitude de la lumière qu'ils ne sortent de leurs terriers qu'à la nuit tombée. C'est pourquoi, dès que le soleil se couche, les Éloïs fuient craintivement leur campagne idyllique pour se regrouper dans leurs palais en ruine. Car, pour survivre, les Morlocks sont devenus cannibales...

Diane commençait à se sentir exaspérée par le bavardage du psychiatre. Où voulait-il en venir ? À l'évidence, l'homme adorait s'écouter parler.

— N'est-ce pas une description assez exacte de nos sociétés, mademoiselle Berg ? D'un côté des Éloïs dont l'intelligence et la volonté se sont affaiblies dans le bien-être et l'absence de danger, et dont l'égoïsme et l'indifférence se sont accrus. De l'autre, des prédateurs qui leur rappellent la vieille leçon : celle de la peur. Vous et moi sommes des Éloïs, mademoiselle Berg... et nos pensionnaires sont des Morlocks.

— N'est-ce pas une vision un peu simpliste ?

Il ignora sa remarque.

— Vous savez quelle était la morale de cette histoire ? Car il y en a une, bien sûr : Wells estimait que l'affaiblissement de l'intelligence est une conséquence naturelle de la... disparition du danger. Qu'un animal en parfaite harmonie avec son milieu n'est qu'un pur mécanisme. La nature ne fait appel à l'intelligence que si l'habitude et l'instinct ne suffisent pas. L'intelligence ne se développe que là où il y a changement – *et là où il y a danger.*

Il la regarda longuement, un large sourire sur sa face.

— Si nous parlions du personnel, dit-elle. Nous n'avons pas croisé grand monde jusqu'à présent. Tout est automatisé ?

— Nous employons une trentaine d'aides-soignants. Plus six infirmiers, un médecin, un sexologue, un chef cuistot, sept personnes en cuisine et au service, neuf agents d'entretien – tous à mi-temps, bien sûr, réductions budgétaires obligent, à l'exception de trois aides-soignants de nuit, de l'infirmière en chef, du cuistot... et de moi. La nuit, nous sommes donc six à dormir ici. Plus les gardes qui, je l'espère, ne dorment pas. (Il eut un petit rire sec et bref.) Avec vous, ça fera sept, conclut-il avec un sourire.

— Six pour... quatre-vingt-huit patients ?

Combien de gardes ? se demanda-t-elle aussitôt. Elle pensa à cette immense bâtisse vidée de ses employés la nuit, avec quatre-vingt-huit dangereux psychotiques enfermés au fond de ses couloirs déserts, et un frisson la traversa.

Xavier parut percevoir son malaise. Son sourire s'agrandit, en même temps que son regard l'enveloppa, noir et luisant comme une flaque de pétrole.

— Je vous l'ai dit : les systèmes de sécurité sont non seulement nombreux mais redondants. L'Institut Wargnier n'a connu aucune évasion ni même aucun incident notable depuis sa création.

— Quel genre de pharmacopée employez-vous ?

— L'utilisation de substances antiobsessionnelles s'est avérée plus efficace que les substances classiques, comme vous le savez. Notre traitement de base consiste à associer une médication à base hormonale, type LHRH, à un traitement d'antidépresseurs SSRI. Ce traitement agit directement sur la production d'hormones liées à l'activité sexuelle et diminue les troubles obsessifs. Bien entendu, ces traitements sont totalement inefficaces sur nos sept pensionnaires de l'unité A...

Ils venaient de déboucher dans un grand hall, au pied d'un escalier dont les marches ajourées laissaient voir un mur de pierre brute. Diane supposa qu'il s'agissait des formidables murailles qu'elle avait contemplées en arrivant, percées de rangées de petites fenêtres comme une prison. Les murs de pierre, l'escalier en béton, le sol de ciment : Diane se demanda quelle était la destination de cet édifice à l'origine. Une baie vitrée donnait cependant sur les montagnes lentement avalées par la nuit. Elle fut surprise par l'obscurité précoce derrière la vitre. Elle n'avait pas vu le temps passer. Soudain, une ombre silencieuse fut auprès d'elle, et Diane étouffa un hoquet de surprise.

— Mademoiselle Berg, je vous présente notre infirmière en chef, Élisabeth Ferney. Comment vont nos « champions », ce soir, Lisa ?

— Ils sont un peu nerveux. Je ne sais pas comment ils ont fait, mais ils sont déjà au courant pour la centrale.

Une voix froide, autoritaire. L'infirmière en chef était une grande femme dans la quarantaine aux traits un peu sévères mais pas désagréables pour autant. Des cheveux châtains, un air de supériorité, un regard direct mais sur la défensive. En entendant la dernière phrase, Diane se remémora le barrage sur la route.

— J'ai été arrêtée par la gendarmerie en venant, dit-elle. Que s'est-il passé ?

Xavier ne prit même pas la peine de répondre. Diane semblait devenue quantité négligeable tout à coup. Lisa Ferney tourna vers elle ses yeux bruns, puis ils revinrent se fixer sur le psychiatre.

— Vous ne comptez pas l'amener dans l'unité A ce soir, au moins ?

— Mademoiselle Berg est notre nouvelle… *psychologue*, Lisa. Elle est ici pour un moment. Et elle aura accès à tout.

Une fois de plus, les yeux de l'infirmière en chef s'attardèrent sur elle.

— Dans ce cas, je suppose que nous allons être amenées à nous voir souvent, commenta Lisa Ferney en gravissant les marches.

L'escalier en béton conduisait à une nouvelle porte, tout en haut de l'édifice. Celle-ci n'était pas vitrée mais fabriquée dans un acier très épais percé d'un hublot rectangulaire. Diane en vit une seconde identique derrière le hublot. Un sas – comme on en trouvait dans les sous-marins ou les sous-sols des banques. Au-dessus du chambranle d'acier, une caméra les filmait.

— Bonsoir, Lucas, dit Xavier en levant la tête vers l'objectif. Tu nous ouvres ?

Une lampe à deux diodes passa du rouge au vert et Xavier tira la lourde porte blindée. Une fois à l'intérieur, ils attendirent en silence qu'elle se reverrouille. Dans cet espace confiné, Diane sentit, par-dessus l'odeur minérale et métallique, le parfum de l'infirmière chef debout à côté d'elle. Soudain, à travers la seconde porte, un long hurlement la fit tressaillir. Le cri mit longtemps à s'éteindre.

— Avec les sept pensionnaires de l'unité A, dit Xavier sans paraître avoir noté le hurlement, comme je vous l'ai dit, nous pratiquons une thérapie aversive d'un genre spécial. Une sorte de « dressage ». (C'était la deuxième fois qu'il employait ce mot et, à nouveau, Diane se raidit.) Je le répète, ces individus sont des sociopathes purs : pas de remords, pas d'empathie, pas d'espoir de guérison. En dehors de ce dressage, nous nous contentons d'une thérapie minimale, par exemple contrôler régulièrement le taux de sérotonine : un taux trop bas de sérotonine dans le sang est associé à l'impulsivité et à la violence. Pour le reste, il s'agit de ne jamais leur donner l'occasion de nuire. Ces monstres n'ont peur de rien. Ils savent qu'ils ne ressortiront jamais. Aucune menace, aucune autorité ne les atteint.

Un signal retentit et Xavier posa ses doigts manucurés sur la seconde porte blindée.

— Bienvenue en enfer, mademoiselle Berg. Mais pas ce soir. Non, pas ce soir, Lisa a raison. Ce soir, j'entre seul : Lisa va vous reconduire.

Servaz fixa le deuxième vigile :
— Donc, tu n'as rien entendu ?
— Non.
— À cause de la télé ?
— Ou de la radio, répondit l'homme. Quand on ne regarde pas la télé, on écoute la radio.

— À fond ?

— Assez fort, oui.

— Et vous avez regardé ou écouté quoi, cette nuit ?

Ce fut au tour du vigile de soupirer. Entre les gendarmes et ce flic, c'était la troisième fois qu'il répétait sa version des faits.

— Un match de foot : Marseille / Atlético Madrid.

— Et après le match, vous avez mis un DVD, c'est ça ?

— C'est ça.

La lumière du néon faisait briller son crâne. Ses cheveux étaient coupés ras, Servaz voyait une belle cicatrice au travers. Dès son entrée dans la pièce, instinctivement, il avait décidé de recourir au tutoiement. Avec ce genre d'individu, il fallait pénétrer d'emblée dans son espace vital, lui faire sentir qui tenait le manche.

— Et le film, c'était quoi ?

— Un film d'horreur... une série B : *Les Yeux de la nuit*.

— Le son, il était comment ?

— Fort, je vous l'ai dit.

Les longs silences de Servaz mettaient le vigile mal à l'aise. Il ressentit le besoin de s'expliquer :

— Mon collègue est un peu sourd. Et puis, on est tout seuls ici. Alors, pourquoi se gêner ?

Servaz acquiesça d'un air compréhensif. Presque mot pour mot les réponses de son équipier.

— Un match de foot, ça dure combien de temps ?

Le vigile le regarda comme s'il débarquait d'une autre planète.

— Deux fois quarante-cinq minutes... Plus la mi-temps et les arrêts de jeu... Deux heures. En gros...

— Et le film ?

— Ch'ais pas… Une heure trente… deux heures…

— À quelle heure a débuté le match ?

— C'était la Coupe d'Europe – 20 h 45.

— Hum, hum… Ce qui nous amène aux alentours de minuit trente… Et après, vous avez fait une ronde ?

Le vigile baissa la tête d'un air penaud.

— Non.

— Pourquoi ?

— On a regardé un autre film.

Servaz se pencha. Il surprit son reflet dans la vitre. Dehors, il faisait nuit noire. La température devait être tombée bien en dessous de zéro.

— Encore un film d'horreur ?

— Non…

— Alors quoi ?

— Un porno…

Servaz haussa un sourcil et lui servit son sourire de lapin cruel et dépravé. L'espace d'un instant, il eut l'air d'un personnage de dessin animé.

— Hmm, je vois… Jusqu'à quelle heure ?

— Ch'ais pas. 2 heures, environ…

— Mazette ! Et après ?

— Après quoi ?

— Vous avez fait une ronde ?

Cette fois, les épaules du vigile s'affaissèrent carrément.

— Non.

— Encore un film ?

— Non, on est allés dormir.

— Vous n'êtes pas censés faire des rondes ?

— Si.

— À quelle fréquence ?

— Toutes les deux ou trois heures.

— Et vous n'en avez pas fait une seule, cette nuit, je me trompe ?

Le vigile fixait la pointe de ses chaussures. Il semblait absorbé dans la contemplation d'une petite tache.

— Non...

— J'ai pas entendu.

— NON.

— Pourquoi ?

Cette fois, le vigile releva la tête.

— Écoutez, qui... qui aurait l'idée de monter ici en plein hiver ? Y a jamais personne... C'est le désert... Alors, à quoi ça pourrait bien servir qu'on fasse des rondes ?

— Mais c'est quand même pour ça qu'on vous paye, non ? Et les tags sur les murs ?

— Des jeunes qui montent jusqu'ici parfois... Mais uniquement à la belle saison...

Servaz se pencha un peu plus, son visage à quelques centimètres de celui du vigile.

— Donc, si une voiture était montée pendant le film, vous ne l'auriez pas entendue ?

— Non.

— Et le téléphérique ?

Le vigile hésita pendant un quart de seconde. Cela n'échappa pas à Servaz.

— Pareil.

— Tu en es sûr ?

— Euh... oui...

— Et les vibrations ?

— Quoi, les vibrations ?

— Le téléphérique produit des vibrations. Je les ai senties. Vous ne les avez pas senties, cette nuit ?

Nouvelle hésitation.

— On était absorbés par le film.

95

Il mentait. Servaz en avait la conviction absolue. Un tissu de mensonges qu'ils avaient mis au point ensemble, avant l'arrivée des gendarmes. Les mêmes réponses, les mêmes hésitations.

— Un match plus deux films, ça nous fait environ cinq heures, calcula Servaz comme s'il était un restaurateur tapant une addition sur sa caisse enregistreuse. Mais il n'y a pas du bruit tout le temps pendant un film, non ? Il y a des plages de silence dans un film. Même dans un film d'horreur... *Surtout* dans un film d'horreur... Quand la tension monte, quand le suspense est à son comble... (Servaz se pencha encore. Son visage touchait presque celui du vigile. Il pouvait sentir sa mauvaise haleine – et sa peur.) Les acteurs ne passent quand même pas leur temps à pousser des hurlements et à se faire égorger, non ? Et le téléphérique, il met combien de temps pour monter là-haut ? Quinze minutes ? Vingt ? Pareil pour la descente. Tu vois où je veux en venir ? Ce serait quand même une sacrée bon Dieu de coïncidence si le vacarme du téléphérique avait été entièrement couvert par les bruits du film, non ? Qu'est-ce que t'en penses ?

Le vigile lui jeta un regard de bête traquée.

— Ch'ais pas, dit-il. C'était peut-être avant... ou pendant le match... En tout cas, on n'a rien entendu.

— Vous l'avez toujours, ce DVD ?

— Euh... oui...

— Parfait, on fera une petite reconstitution – pour voir s'il est matériellement possible que votre petit spectacle très privé ait couvert tout ce bruit. Et on essaiera aussi avec un match de football. Et même avec un porno, tiens – histoire de faire les choses à fond.

Servaz vit que la sueur dégoulinait sur le visage du vigile.

— On avait un peu bu, lâcha-t-il, d'une voix si basse que Servaz dut lui faire répéter.

— Pardon ?

— *On avait bu…*

— Beaucoup ?

— Pas mal.

Le vigile leva les mains, paumes vers le haut.

— Écoutez… Vous ne pouvez pas imaginer à quoi ça ressemble les nuits d'hiver ici, commissaire. Vous avez maté le décor ? Quand la nuit tombe, on a pour ainsi dire l'impression d'être seuls au monde. C'est comme si… comme si on était au milieu de nulle part… sur une île déserte, tiens… Une île perdue au milieu d'un océan de neige et de glace, ajouta-t-il avec un lyrisme surprenant. À la centrale, tout le monde s'en fout de ce qu'on fiche ici la nuit. Pour eux, on est invisibles, on n'existe pas. Tout ce qu'ils veulent, c'est que personne ne vienne saboter le matériel.

— Pas commissaire, commandant. N'empêche que quelqu'un a quand même réussi à monter jusqu'ici, à fracturer la porte, à mettre en marche le téléphérique et à charger un cheval mort à bord, dit Servaz patiemment. Ça prend du temps tout ça. Et ça ne passe pas inaperçu.

— On avait fermé les volets. Il y avait de la tempête, cette nuit. Et le chauffage fonctionne mal. Alors, on se calfeutre, on boit un coup pour se réchauffer et on met la télé ou la musique à fond pour ne pas entendre le vent. Si ça se trouve, pétés comme on l'était, on a pris ça pour les bruits de la tempête. On n'a pas fait notre boulot, c'est vrai – mais le cheval, c'est pas nous.

Un point pour lui, nota Servaz. Il n'avait aucun mal à imaginer ce que signifiait une tempête ici. Les rafales de vent, la neige, les vieux bâtiments déserts pleins de courants d'air, les volets et les portes qui grincent… Une crainte instinctive – celle qui saisissait les premiers hommes devant la fureur incontrôlée des éléments. Même pour deux durs à cuire.

Il hésita. Les versions des deux hommes concordaient. Pourtant, il n'y croyait pas. De quelque façon qu'il tournât le problème, Servaz était au moins sûr d'une chose : *ils mentaient*.

— Alors ?
— Leurs témoignages concordent.
— Oui.
— Un peu trop.
— C'est aussi mon avis.

Maillard, Ziegler et lui s'étaient réunis dans une petite pièce sans fenêtres, éclairée par un néon blafard. Sur le mur, une affiche clamait : « Médecine du travail, prévention et évaluation des risques professionnels » avec des consignes et un numéro de téléphone. La fatigue se lisait sur le visage des deux gendarmes. Servaz savait que c'était la même chose pour lui. À cette heure et en ce lieu, ils avaient l'impression d'être arrivés au bout de tout : au bout de la fatigue, au bout du monde, au bout de la nuit…

Quelqu'un avait apporté des gobelets pleins de café. Servaz regarda sa montre : 5 h 32. Le directeur de la centrale était rentré chez lui deux heures plus tôt, le visage gris et les yeux rouges, après avoir salué tout le monde. Servaz fronça les sourcils en voyant Ziegler pianoter sur un petit ordinateur portable. Malgré la fatigue, elle se concentrait sur son rapport.

— Ils se sont mis d'accord sur ce qu'ils allaient dire avant même qu'on les ait séparés, conclut-il en avalant son café. Soit parce qu'ils ont fait le coup, soit parce qu'ils ont quelque chose d'autre à cacher.

— Qu'est-ce qu'on fait ? demanda Ziegler.

Il réfléchit un instant, froissa son gobelet en polystyrène et le lança dans la corbeille mais la manqua.

— On n'a rien contre eux, dit-il en se penchant pour le ramasser. On les laisse partir.

Servaz revit les vigiles. Aucun des deux ne lui inspirait confiance. Des types comme eux, il en avait rencontré des wagons en dix-sept ans de métier. Avant l'interrogatoire, Ziegler lui avait appris qu'ils étaient *stiqués* – autrement dit, leurs noms apparaissaient dans le STIC (Système de traitement des infractions constatées), ce qui n'avait pas la moindre signification : vingt-six millions d'infractions, pas moins, étaient répertoriées dans le STIC, dont certaines contraventions de cinquième classe applicables aux délits mineurs, au grand dam des défenseurs des libertés individuelles qui avaient décerné à la police française un Big Brother Award pour l'instauration de ce « mirador informatique ».

Mais Ziegler et lui avaient aussi découvert que tous deux figuraient également au bulletin n° 1 du casier judiciaire. Chacun avait purgé plusieurs peines de prison relativement brèves eu égard aux faits mentionnés : coups et blessures aggravés, menaces de mort, séquestration, extorsion de fonds et toute une gamme de violences variées – dont certaines sur leurs compagnes. Malgré des casiers judiciaires aussi volumineux qu'un *Bottin mondain*, à eux deux ils ne totalisaient en tout et pour tout que cinq années de zonzon. Ils s'étaient montrés doux comme des agneaux pendant les interrogatoires, affirmant être rentrés dans le rang et avoir compris la leçon. Leurs professions de foi étaient identiques, leur sincérité nulle : le baratin habituel, que seul un avocat aurait pu faire semblant de gober. Instinctivement, Servaz avait perçu que, s'il n'avait pas été flic et s'il avait posé les mêmes questions au fond d'un parking désert, il aurait passé un sale quart d'heure et ils auraient pris plaisir à lui faire mal.

Il se passa une main sur la figure. Les beaux yeux d'Irène Ziegler étaient cernés et il la trouva encore plus séduisante. Elle avait laissé tomber la veste d'uniforme, la lumière du néon jouait dans ses cheveux blonds. Il regarda son cou. Il y avait un petit tatouage qui dépassait de son col. Un idéogramme chinois.

— On va faire une pause et dormir quelques heures. Quel est le programme demain ?

— Le centre équestre, dit-elle. J'ai envoyé des hommes mettre le box sous scellés. Les « TIC » s'en occuperont demain.

Servaz se souvint que Marchand avait parlé d'une effraction.

— On commencera par le personnel du centre. Il est impossible que personne n'ait rien vu ni rien entendu. Capitaine, dit-il à Maillard, je ne crois pas qu'on aura besoin de vous. On vous tiendra au courant.

Maillard acquiesça d'un hochement de tête.

— Il y a deux questions auxquelles nous devons répondre en priorité. Où est passée la tête du cheval ? Et pourquoi s'être donné la peine d'accrocher cet animal en haut d'un téléphérique ? Ce geste a forcément une signification.

— L'usine est la propriété du groupe Lombard, dit Ziegler, et Freedom était le cheval préféré d'Éric Lombard. De toute évidence, c'est lui qui est visé.

— Une accusation ? suggéra Maillard.

— Ou une vengeance.

— Une vengeance peut aussi être une accusation, dit Servaz. Un type comme Lombard a sûrement des ennemis, mais je ne vois pas un simple rival en affaires se livrer à ce genre de mise en scène. Cherchons plutôt parmi les employés, ceux qui ont été licenciés, ceux qui ont des antécédents psychiatriques.

— Il y a une autre hypothèse, dit Ziegler en refermant son ordinateur portable. Lombard est une multinationale présente dans de nombreux pays : la Russie, l'Amérique du Sud, l'Asie du Sud-Est... Il est possible que le groupe ait croisé la route de mafias, de groupes criminels, à un moment donné.

— Très bien. Gardons toutes ces hypothèses présentes à l'esprit et n'excluons rien pour le moment. Il y a un hôtel correct dans le coin ?

— Il y a plus de quinze hôtels à Saint-Martin, répondit Maillard. Ça dépend du genre que vous cherchez. Mais moi, si j'étais vous, j'essaierais Le Russell.

Servaz enregistra l'information tout en repensant aux vigiles, à leurs silences, à leur embarras.

— Ces types ont peur, dit-il soudain.

— Quoi ?

— Les vigiles : quelque chose ou quelqu'un leur a fait peur.

6.

Servaz fut réveillé en sursaut par son portable. Il regarda l'heure au radio-réveil : 8 h 37. *Merde !* Il n'avait pas entendu la sonnerie, il aurait dû demander à la patronne de l'hôtel de le réveiller. Irène Ziegler devait passer le prendre dans vingt minutes. Il s'empara du téléphone.

— Servaz.

— Comment ça s'est passé là-haut ?

La voix d'Espérandieu... Comme d'habitude, son adjoint était au bureau avant tout le monde. Servaz l'imagina en train de lire une BD japonaise ou de tester les nouvelles applications informatiques de la police, une mèche retombant sur le front, vêtu d'un pull griffé à la dernière mode choisi par son épouse.

— Difficile à dire, répondit-il en se dirigeant vers la salle de bains. Disons que ça ne ressemble à rien de connu.

— Mince, j'aurais bien aimé voir ça.

— Tu le verras sur la vidéo.

— Ça ressemble à quoi ?

— Un cheval accroché à un portique de téléphérique, à deux mille mètres d'altitude, répondit Servaz

102

en réglant la température de la douche de sa main libre.

Il y eut un bref silence.

— Un cheval ? En haut d'un téléphérique ?

— Oui.

Le silence s'éternisa.

— Putain, dit sobrement Espérandieu en buvant quelque chose tout près du microphone.

Servaz aurait parié qu'il s'agissait de quelque chose d'effervescent plutôt que d'un simple café. Espérandieu était un spécialiste des molécules : molécules pour l'éveil, molécules pour le sommeil, pour la mémoire, pour le tonus, contre la toux, le rhume, la migraine, les maux d'estomac… Le plus incroyable, c'est qu'Espérandieu n'était pas un vieux policier proche de la retraite, mais un jeune limier de la criminelle d'à peine trente ans. En pleine forme. Qui courait trois fois par semaine le long de la Garonne. Sans problème de triglycérides ou de cholestérol, il s'inventait une collection de maux imaginaires qui, pour certains du moins, finissaient par devenir réels à force d'application.

— Quand est-ce que tu rentres ? On a besoin de toi ici. Les gosses prétendent que la police les a *frappés*. Leur avocat dit que la vieille est une ivrogne, poursuivit Espérandieu. Que son témoignage ne vaut rien. Il a demandé la relaxe immédiate pour l'aîné au juge des détentions. Les deux autres sont rentrés chez eux.

Servaz réfléchit.

— Et les empreintes ?

— Pas avant demain.

— Appelle le substitut. Dis-lui de faire traîner pour l'aîné. On sait que c'est eux : les empreintes vont

« chanter ». Qu'il en parle au juge. Et essaie de faire activer le labo.

Il raccrocha, totalement éveillé à présent. En sortant de la douche, il se sécha rapidement et passa des vêtements propres. Il se lava les dents et s'inspecta dans la glace au-dessus du lavabo en pensant à Irène Ziegler. Il se surprit à s'examiner plus longuement que d'habitude. Il se demanda ce que la gendarme voyait en lui. Un type encore jeune et plutôt pas mal de sa personne mais à l'air terriblement fatigué ? Un flic un peu borné mais efficace ? Un homme divorcé dont la solitude se lisait sur le visage et dans l'état de ses vêtements ? S'il avait dû se décrire lui-même, qu'aurait-il vu ? Sans nul doute les cernes sous les yeux, le pli autour de la bouche et celui, vertical, entre les sourcils – il avait l'air de sortir du tambour d'une machine à laver. Malgré cela, il restait persuadé qu'en dépit de l'ampleur du sinistre quelque chose de juvénile et d'ardent continuait d'affleurer. Bon sang ! qu'est-ce qui lui prenait tout à coup ? Il se fit soudain l'effet d'un ado en chaleur, haussa les épaules et sortit sur le balcon de sa chambre. L'hôtel Le Russell se dressait parmi les rues hautes de Saint-Martin et le panorama de sa chambre embrassait une bonne partie des toits de la ville. Les mains sur la rambarde, il regarda les ténèbres refluer dans les rues étroites, remplacées par une aurore lumineuse. À 9 heures du matin, le ciel au-dessus des montagnes avait la transparence et la luminosité d'un dôme de cristal. Là-haut, à deux mille cinq cents mètres d'altitude, les glaciers sortaient de l'ombre, étincelant dans le soleil qui demeurait cependant caché. Droit devant lui, c'était la vieille ville, le centre historique. Sur la gauche, au-delà de la rivière, les barres HLM. De l'autre côté de la grande cuvette, à deux kilomètres de là, se levant comme une vague, le haut flanc boisé blessé par la large tranchée des télécabines. De son poste de guet, Servaz voyait des silhouettes se faufiler dans l'ombre des petites rues du centre-ville, se rendant sur leur lieu de travail, ainsi que les phares allumés des camions de livraison, des adolescents juchés sur des scooters pétaradants qui se dirigeaient vers les collèges et les lycées de la ville, des commerçants levant leur rideau de fer. Il frissonna. Non à cause du froid – mais parce qu'il venait de penser au cheval accroché là-haut et à celui ou ceux qui avaient fait ça.

Il se pencha par-dessus la rambarde. Ziegler l'attendait en bas, adossée à sa 306 de fonction. Elle avait délaissé l'uniforme pour un col roulé et une veste en cuir. Elle fumait une cigarette, une sacoche en bandoulière.

Servaz la rejoignit et l'invita à prendre un café. Il avait faim et il voulait manger quelque chose avant de partir. Elle consulta sa montre, fit la moue puis se détacha finalement de la voiture pour le suivre à l'intérieur. Le Russell était un hôtel des années 1930 avec des chambres mal chauffées, des couloirs interminables et lugubres et des hauts plafonds à moulures. Mais la salle à manger, une vaste véranda avec d'agréables tables fleuries, jouissait d'une vue à couper le souffle. Servaz s'installa à une table près de la baie et commanda un café noir et une tartine beurrée, Ziegler une orange pressée. À la table voisine, des touristes espagnols – les premiers de la saison – parlaient volubilement, ponctuant leurs phrases de mots très virils.

En tournant la tête, il eut l'attention attirée par un détail qui le laissa songeur : non seulement Irène Ziegler était en civil, mais elle avait passé ce matin-là un fin anneau d'argent dans sa narine gauche, qui brillait dans la lumière traversant la vitre. C'était le genre de bijou qu'il s'attendait à découvrir sur le visage de sa fille – pas sur celui d'un officier de gendarmerie. Les temps changent, se dit-il.

— Bien dormi ? demanda-t-il.

— Non. J'ai fini par prendre la moitié d'un somnifère. Et vous ?

— Je n'ai pas entendu le réveil. Au moins, l'hôtel est calme ; la plupart des touristes ne sont pas encore arrivés.

— Ils n'arriveront pas avant deux semaines. C'est toujours calme en cette saison.

— En haut des télécabines, dit Servaz en montrant la double ligne de pylônes sur la montagne en face, il y a une station de ski ?

— Oui, Saint-Martin 2000. Quarante kilomètres pour vingt-huit pistes dont six noires, quatre télésièges, dix téléskis. Mais vous avez aussi la station de Peyragudes, à quinze kilomètres d'ici. Vous skiez ?

Un sourire de lapin farceur apparut sur le visage de Servaz.

— La dernière fois que je suis monté sur des skis, j'avais quatorze ans. Je n'en garde pas un très bon souvenir. Je ne suis pas… *très sportif*…

— Pourtant vous avez l'air en forme, dit Ziegler en souriant.

— Tout comme vous.

Bizarrement, cela la fit rougir. La conversation était balbutiante. La veille, ils étaient deux policiers plongés dans la même enquête qui échangeaient des observations professionnelles. Ce matin, ils tentaient de faire maladroitement connaissance.

106

— Je peux vous poser une question ?

Il hocha la tête affirmativement.

— Hier, vous avez demandé un complément d'enquête pour trois ouvriers. Pourquoi ?

Le serveur revint avec leur commande. Il avait l'air aussi vieux et triste que l'hôtel lui-même. Servaz attendit qu'il soit parti pour raconter son interrogatoire des cinq hommes.

— Ce Tarrieu, dit-elle. Quel effet il vous a fait ?

Servaz revit le visage plat et massif et le regard froid.

— Un homme intelligent mais plein de colère.

— Intelligent. C'est intéressant.

— Pourquoi ?

— Toute cette mise en scène… cette *folie*… je crois que celui qui a fait ça est non seulement fou mais intelligent. Très intelligent.

— Dans ce cas, on peut éliminer les vigiles, dit-il.

— Peut-être. Sauf si l'un d'eux simule.

Elle avait sorti son ordinateur portable de sa sacoche et l'avait ouvert sur la table, entre son orange pressée et le café de Servaz. De nouveau, la même pensée que tout à l'heure : les temps changeaient, une nouvelle génération d'enquêteurs prenait la relève. Elle manquait peut-être d'expérience mais elle était aussi plus en phase avec son époque – et l'expérience viendrait, de toute façon.

Elle pianota quelque chose et il en profita pour l'observer. Elle était très différente de la veille, lorsqu'il l'avait découverte dans son uniforme. Il fixa le petit tatouage qu'elle avait dans le cou, l'idéo-gramme chinois qui dépassait de son col roulé. Il pensa à Margot. Qu'est-ce que c'était que cette mode des tatouages ? Ça et les piercings. Quelle signification fallait-il leur donner ? Ziegler avait un tatouage et un anneau dans le nez. Peut-être qu'elle avait d'autres bijoux intimes ailleurs : au nombril, voire même au niveau des tétons ou du sexe, comme il l'avait lu quelque part. Cette idée le troubla. Est-ce que cela changeait sa façon de raisonner ? Il se demanda soudain en quoi consistait la vie intime d'une femme comme elle tout en étant conscient que la sienne se réduisait depuis quelques années à un désert. Il chassa cette pensée.

— Pourquoi la gendarmerie ? demanda-t-il.

Elle releva la tête, hésita un instant.

— Oh, dit-elle, vous voulez dire pourquoi j'ai choisi la gendarmerie ?

Il acquiesça, sans la quitter des yeux. Elle sourit.

— Pour la sécurité de l'emploi, je suppose. Et pour ne pas faire comme les autres...

— C'est-à-dire ?

— J'étais à la fac, en socio. Je faisais partie d'un groupe libertaire. J'ai même vécu dans un squat. Les flics, les gendarmes, c'était l'ennemi : des fachos, les chiens de garde du pouvoir, l'avant-poste de la réaction – ceux qui protégeaient le confort petit-bourgeois et qui opprimaient les faibles, les immigrés, les sans-domicile... Mon père était gendarme, je savais qu'il n'était pas comme ça, mais je pensais quand même que mes copains de fac avaient raison : mon père était l'exception, voilà tout. Et puis, après la fac, quand j'ai vu mes amis révolutionnaires devenir médecin, clerc de notaire, employé de banque ou DRH et parler de plus en plus fric, placements, investissements, taux de rentabilité... j'ai commencé à me poser des questions. Comme j'étais au chômage, j'ai fini par passer le concours.

Aussi simple que ça, se dit-il.

— Servaz, ce n'est pas un nom d'ici, remarqua-t-elle.

— Ziegler non plus.

— Je suis née à Lingolsheim, près de Strasbourg.

Il allait répondre à son tour quand le portable de Ziegler bourdonna. Elle fit un geste d'excuses et répondit. Il la vit froncer les sourcils en écoutant son interlocuteur. En refermant le téléphone, elle posa sur lui un regard dénué d'expression.

— C'était Marchand. Il a retrouvé la tête du cheval.

— Où ça ?

— Au centre équestre.

Ils quittèrent Saint-Martin par une route différente de celle par laquelle il était arrivé. À la sortie de la ville, ils passèrent devant le siège de la gendarmerie en montagne, dont les représentants étaient de plus en plus souvent amenés à intervenir avec la médiatisation des sports à risques.

Trois kilomètres plus loin, ils quittèrent la route principale pour une route secondaire. Ils roulaient à présent à travers une vaste plaine encerclée par les montagnes, qui se tenaient toutefois à distance, et il avait l'impression de respirer un peu. Bientôt, des barrières apparurent de chaque côté de la route. Le soleil brillait, éblouissant, sur la neige.

— Nous sommes sur le domaine de la famille Lombard, annonça Irène Ziegler.

Elle conduisait vite, malgré les cahots. Ils parvinrent à un carrefour où leur route croisa une allée forestière. Deux cavaliers coiffés de bombes les regardèrent passer, un homme et une femme. Leurs montures avaient la même robe noir et brun que le cheval mort. *Bai*, se souvint Servaz. Un peu plus loin, un panneau « CENTRE ÉQUESTRE » les invita à tourner à gauche.

La forêt s'écarta.

Ils dépassèrent plusieurs bâtiments bas ressemblant à des granges, et Servaz aperçut de grands enclos rectangulaires semés d'obstacles derrière des barrières, un bâtiment tout en longueur abritant les box, un paddock ainsi qu'une construction plus imposante qui abritait peut-être un manège. Un fourgon de gendarmerie stationnait devant.

— Bel endroit, dit Ziegler en descendant de voiture. (Elle promena un regard circulaire sur les enclos.) Trois carrières, dont une pour le saut d'obstacles et une pour le dressage, un parcours de cross et surtout, là-bas, dans le fond, une piste de galop.

Un gendarme vint à leur rencontre. Servaz et Ziegler lui emboîtèrent le pas. Ils furent accueillis par des hennissements nerveux et des bruits de sabots, comme si les chevaux sentaient qu'il se passait quelque chose. Une sueur froide inonda aussitôt le dos de Servaz. Plus jeune, il avait essayé de se mettre à l'équitation. Un échec cuisant. Les chevaux lui faisaient peur. Tout comme la vitesse, les hauteurs ou encore les foules trop importantes. Parvenus à l'extrémité des box, ils découvrirent un ruban jaune « gendarmerie nationale » tendu sur le côté du bâtiment, à environ deux mètres de celui-ci. Ils durent marcher dans la neige pour en faire le tour. Marchand et le capitaine Maillard les attendaient à l'arrière, en dehors du périmètre délimité par le ruban plastifié, avec deux autres gendarmes. Dans l'ombre du mur en brique s'élevait un gros tas de neige. Servaz le fixa un certain temps avant de distinguer plusieurs taches brunes. Il frémit en comprenant que deux de ces taches étaient les oreilles d'un cheval et la troisième un œil clos, paupière baissée. Maillard et ses hommes avaient bien travaillé : dès qu'ils avaient eu vent de ce qu'ils allaient trouver, ils avaient isolé le périmètre sans chercher à s'approcher du tas. La neige avait sûrement été piétinée avant leur arrivée, à commencer par les pas de celui qui avait trouvé la tête, mais ils avaient évité d'y ajouter les leurs. Les « TIC » n'étaient pas encore là. Personne n'entrerait dans le périmètre tant qu'ils n'auraient pas fini leur travail.

— Qui l'a découvert ? demanda Ziegler.

— C'est moi, dit Marchand. Ce matin, en passant devant les box, j'ai remarqué des traces de pas dans la neige qui contournaient le bâtiment. Je les ai suivies et j'ai découvert le tas. J'ai tout de suite compris de quoi il s'agissait.

— Vous les avez *suivies* ? dit Ziegler.

— Oui. Mais, compte tenu des circonstances, j'ai immédiatement pensé à vous : j'ai soigneusement évité de les piétiner et je me suis tenu à distance.

L'attention de Servaz s'accrut.

— Vous voulez dire que ces traces sont restées intactes, que personne n'a marché dessus ?

— J'ai interdit à mes employés de s'approcher de la zone et de marcher dans la neige, répondit le régisseur. Il n'y a que deux sortes de traces ici : les miennes et celles de l'ordure qui a décapité mon cheval.

— Si j'osais, je vous embrasserais, monsieur Marchand, déclara Ziegler.

Servaz vit le vieux patron d'écurie rougir et il sourit. Ils revinrent sur leurs pas et regardèrent par-dessus le ruban jaune.

— Là, dit Marchand en montrant les traces qui longeaient le mur, d'une netteté à faire rêver n'importe quel technicien en identité judiciaire. Ça, ce sont les siennes ; les miennes sont là.

Marchand avait gardé ses pas à un bon mètre de ceux de son prédécesseur. À aucun moment leurs traces ne se croisaient. Il n'avait cependant pas résisté à la tentation de s'approcher du tas, comme en témoignait la fin de l'itinéraire suivi par ses empreintes.

— Vous n'avez pas touché au tas ? lui demanda Ziegler en voyant jusqu'où allaient les traces.

Il baissa la tête.

— Si. C'est moi qui ai dégagé les oreilles et l'œil. Comme je l'ai déjà dit à vos collègues, j'ai failli la dégager entièrement – mais j'ai réfléchi, et je me suis arrêté à temps.

— Vous avez très bien fait, monsieur Marchand, le félicita Ziegler.

Marchand tourna vers eux un regard hébété, où se lisaient inquiétude et incompréhension.

— Quel genre d'individu peut faire ça à un cheval ? Vous y comprenez quelque chose, vous, à cette société ? Est-ce qu'on est en train de devenir fous ?

— La folie est contagieuse, répondit Servaz. Comme la grippe. Voilà une chose que les psychiatres auraient dû comprendre depuis longtemps.

— Contagieuse ? fit Marchand, dérouté.

— Elle ne saute pas d'un individu à l'autre comme la grippe, précisa Servaz. Mais d'un groupe de population à un autre. Elle contamine toute une génération. Le vecteur du paludisme, c'est le moustique. Celui de la folie, ou du moins son vecteur préféré, ce sont les médias.

Marchand et Ziegler le regardèrent, abasourdis. Servaz fit un petit signe de la main, l'air de dire « ne faites pas attention à moi », et s'éloigna. Ziegler consulta sa montre. 9 h 43. Elle regarda le soleil qui flamboyait au-dessus des arbres.

— Bon sang ! qu'est-ce qu'ils font ? La neige ne va pas tarder à fondre.

De fait, le soleil avait tourné et une partie des traces, à l'ombre quand ils étaient arrivés, était à présent exposée à ses rayons. Il faisait encore suffisamment froid pour que la neige n'ait pas commencé à fondre, mais plus pour longtemps. Une sirène s'éleva enfin du côté de la forêt. Ils virent le fourgon-laboratoire des TIC surgir dans la cour une minute plus tard.

Le trio des TIC mit plus d'une heure à photographier et à filmer les lieux, à préparer les moulages en élastomère des empreintes de semelle, à prélever la neige là où le visiteur avait marché et, enfin, à dégager lentement la tête du cheval, sans cesser d'effectuer prélèvements et photographies un peu partout dans le périmètre et en dehors de celui-ci. Munie d'un calepin à spirale, Ziegler notait scrupuleusement chacune des étapes de la procédure et chaque commentaire des techniciens.

Pendant ce temps, Servaz marchait de long en large en fumant cigarette sur cigarette à une dizaine de mètres de là, le long d'un ruisseau qui coulait entre deux murs de ronces. Au bout d'un moment cependant, il se rapprocha pour observer en silence le travail des techniciens. Sans franchir le ruban. Un gendarme s'approcha avec une bouteille Thermos et lui servit un café.

Près de chaque indice ou trace à photographier, un cavalier en plastique jaune portant un chiffre noir avait été posé sur la neige. Accroupi devant une des traces, un TIC la photographiait au flash, tout en augmentant et en diminuant la profondeur de champ. Une réglette graduée en PVC noir reposait sur la neige près de l'empreinte. Un deuxième homme s'approcha avec une mallette qu'il ouvrit, et Servaz reconnut un kit de moulage d'empreintes. Le premier technicien vint lui prêter main-forte, car ils devaient agir vite : en plusieurs endroits la neige fondait déjà. Pendant qu'ils opéraient, le troisième homme dégageait la tête du cheval. Le mur arrière étant orienté au nord, il prenait tout son temps, à la différence de ses collègues. Servaz avait l'impression de suivre le patient travail d'un archéologue exhumant un artefact d'une valeur particulière. Enfin, la tête entière apparut. Servaz n'y connaissait rien – mais il aurait parié que, même pour un spécialiste, Freedom avait été une bête splendide. L'animal avait les yeux clos, il donnait l'impression de dormir.

— On dirait qu'il a été endormi avant d'être tué et décapité, observa Marchand. Au moins, si c'est le cas, il n'aura pas souffert. Et ça expliquerait pourquoi personne n'a rien entendu.

Servaz échangea un regard avec Ziegler : l'examen toxicologique le confirmerait, mais c'était effectivement le premier élément de réponse à leurs interrogations. De l'autre côté du ruban, les techniciens effectuaient les derniers prélèvements à l'aide de brucelles et les scellaient dans des tubes. Servaz savait que moins de 7 % des enquêtes criminelles étaient

114

résolues grâce aux preuves matérielles trouvées sur la scène de crime, mais il n'en admirait pas moins la patience et les efforts que ces hommes déployaient.

Quand ils eurent terminé, il fut le premier à franchir le ruban et il se pencha sur les traces.

— Du 45 ou du 46, estima-t-il. Un homme à 99 %.

— D'après le technicien, ce sont des chaussures de marche, dit Ziegler. Et le type qui les porte appuie un peu trop sur le talon et sur la partie externe du pied. Mais de manière imperceptible. Sauf pour un orthopédiste. Il y a aussi des défauts caractéristiques là, là et là.

À l'image des empreintes digitales, les traces laissées par une paire de chaussures se distinguaient non seulement par le dessin des semelles et la pointure, mais aussi par toute une série de minuscules défauts acquis au cours de son utilisation : traces d'usure, gravillons incrustés dans la semelle, balafres, trous et coupures provoqués par des branches, des clous, des morceaux de verre ou de métal ou par des cailloux tranchants... Sauf qu'à la différence des empreintes digitales ces traces n'avaient qu'une durée de vie limitée. Seule une comparaison rapide avec la paire d'origine permettait de l'identifier formellement. Avant que des kilomètres de marche sur toutes sortes de terrains ne gomment tous ces petits défauts pour les remplacer par d'autres.

— Vous avez prévenu M. Lombard ? demanda-t-il à Marchand.

— Oui, il est effondré. Il va écourter son séjour aux États-Unis pour rentrer le plus vite possible. Il prend l'avion dès ce soir.

— C'est donc vous qui dirigez l'écurie ?

— Le centre équestre, oui.

— Combien de personnes travaillent ici ?

— Ce n'est pas un grand centre. L'hiver, nous sommes quatre. Tous plus ou moins polyvalents. Disons qu'il y a un palefrenier, il y a moi, il y a Hermine, qui sert surtout de groom à Freedom et à deux autres chevaux – c'est elle la plus atteinte – et il y a un moniteur d'équitation. L'été, nous embauchons du personnel supplémentaire : des moniteurs et des guides pour les randonnées, des saisonniers.

— Combien dorment ici ?

— Deux : le palefrenier et moi.

— Ils sont tous là aujourd'hui ?

Marchand les regarda l'un après l'autre.

— Le moniteur est en vacances jusqu'à la fin de la semaine. L'automne, c'est la morte-saison. Je ne sais pas si Hermine est venue ce matin. Elle est très affectée. Venez.

Ils traversèrent la cour en direction du plus haut des bâtiments. Dès l'entrée, l'odorat de Servaz fut assailli par l'odeur de crottin. Son visage se couvrit instantanément d'une mince pellicule de sueur. Ils dépassèrent une sellerie et se retrouvèrent à l'entrée d'un grand manège couvert. Une cavalière faisait travailler une monture à la robe blanche ; le cheval décomposait chacun de ses pas avec une grâce infinie. La cavalière et sa monture semblaient ne faire qu'un. Le blanc du cheval tirait sur le bleu : de loin, son poitrail et son museau avaient la couleur de la porcelaine. Servaz pensa à un centaure féminin.

— Hermine ! lança le chef d'écurie.

La cavalière tourna la tête et dirigea lentement sa monture vers eux, la stoppa et descendit. Servaz vit qu'elle avait les yeux rouges, gonflés.

— Qu'est-ce qu'il y a ? demanda-t-elle en flattant l'encolure et le chanfrein du cheval.

— Va chercher Hector. La police veut vous interroger. Rendez-vous dans mon bureau.

Elle acquiesça en silence. Pas plus de vingt ans. Plus petite que la moyenne, plutôt jolie, avec un côté garçon manqué, des cheveux couleur de foin mouillé et des taches de son. Elle jeta à Servaz un coup d'œil douloureux, puis s'éloigna en entraînant le cheval avec elle, la tête basse.

— Hermine adore les chevaux ; c'est une excellente cavalière et une excellente entraîneuse. Et une chic fille, mais avec un sacré caractère. Elle a juste besoin de mûrir un peu. C'était elle qui s'occupait de Freedom. Depuis qu'il est né.

— Ça consistait en quoi ? demanda Servaz.

— À se lever tôt d'abord, à soigner et à panser le cheval, à le nourrir, à le sortir au pré et à le détendre. Le groom est une sorte de cavalier-soigneur. Hermine s'occupe aussi de deux autres pur-sang adultes. Des chevaux de compétition. Ce n'est pas un métier où on compte ses heures. Bien entendu, elle n'aurait commencé à débourrer Freedom que l'année prochaine. M. Lombard et elle attendaient ça avec impatience. C'était un cheval très prometteur, avec un très beau pedigree. C'était un peu la mascotte, ici.

— Et Hector ?

— C'est le plus vieux d'entre nous. Il travaille ici depuis toujours. Il était là bien avant moi, bien avant nous tous.

— Combien de chevaux ? lui demanda Ziegler.

— Vingt et un. Des pur-sang, des selles français, un holsteiner. Quatorze sont à nous, les autres sont en pension. Nous faisons de la pension, du poulinage et du coaching pour une clientèle extérieure.

— Combien de box ?

— Trente-deux. Plus un box de poulinage de quarante mètres carrés avec vidéosurveillance. Et aussi des barres gynécologiques, des salles de soins, deux stabulations, un centre d'insémination, deux carrières avec un parc d'obstacles pro, huit hectares de paddocks, de lices et de traverses avec des abris de prairie et une piste de galop.

— C'est un très beau centre, confirma Ziegler.

— La nuit, vous n'êtes que deux pour surveiller tout ça ?

— Il y a un système d'alarme et tous les box et les bâtiments sont verrouillés : ces chevaux valent cher.

— Et vous n'avez rien entendu ?

— Non, rien.

— Vous prenez quelque chose pour dormir ?

Marchand lui lança un regard dédaigneux.

— Ce n'est pas la ville, ici. On dort bien. On vit comme on doit vivre : au rythme des choses.

— Pas le moindre bruit suspect ? Quelque chose d'inhabituel ? Qui vous aurait réveillé au milieu de la nuit ? Essayez de vous souvenir.

— J'y ai déjà réfléchi. Si c'était le cas, je vous l'aurais dit. Il y a toujours des bruits dans un endroit comme celui-ci : les animaux bougent, le bois craque. Avec la forêt à côté, ce n'est jamais silencieux. Il y a longtemps que je n'y prête plus attention. Et puis, il y a Cisco et Enzo, ils auraient aboyé.

— Des chiens, dit Ziegler. Quelle race ?

— Cane corso.

— Je ne les vois pas. Où sont-ils ?

— Nous les avons enfermés.

Deux chiens et un système d'alarme.
Et deux hommes sur place...

Combien pesait un cheval ? Il essaya de se souvenir de ce qu'avait dit Ziegler : environ deux cents kilos. Impossible que les visiteurs soient venus et repartis à pied. Comment avaient-ils pu tuer un cheval, le décapiter, le charger à bord d'un véhicule et repartir sans être remarqués par personne, sans réveiller ni les chiens ni les occupants ? Et sans déclencher l'alarme ? Servaz n'y comprenait rien. Ni les chiens ni les hommes n'avaient été alertés – et les vigiles de la centrale n'avaient rien entendu, eux non plus : c'était tout bonnement impossible. Il se tourna vers Ziegler.

— Est-ce qu'on pourrait demander à un vétérinaire de venir faire une prise de sang sur les chiens ? La nuit, ils sont en liberté ou dans un chenil ? demanda-t-il à Marchand.

— Ils sont dehors mais attachés à une longue chaîne. Personne ne peut atteindre les box sans passer à portée de leurs crocs. Et leurs aboiements m'auraient réveillé. Vous pensez qu'ils ont été drogués, c'est ça ? Ça m'étonnerait : ils étaient bien réveillés hier matin, et dans leur état normal.

— L'analyse toxicologique nous le confirmera, répondit Servaz, tout en se demandant déjà pourquoi le cheval avait été drogué et pas les chiens.

Le bureau de Marchand était un petit local encombré d'étagères couvertes de trophées coincé entre la sellerie et les écuries. La fenêtre donnait sur la forêt et sur des prairies enneigées délimitées par un réseau complexe de barrières, de lices et de haies vives. Sur son bureau se trouvaient un ordinateur portable, une lampe et un fouillis de factures, de classeurs et de livres sur le cheval.

Au cours de la demi-heure précédente, Ziegler et Servaz avaient fait le tour des installations et examiné le box de Freedom où les TIC s'activaient déjà. La porte du box était fracturée, il y avait beaucoup de sang sur le sol. De toute évidence, Freedom avait été décapité sur place, probablement avec une scie, probablement après avoir été endormi. Servaz se tourna vers le palefrenier.

— Vous n'avez rien entendu, cette nuit ?

— Je dormais, répondit le grand vieillard.

Il n'était pas rasé. Il semblait assez vieux pour avoir pris sa retraite depuis longtemps. Des poils gris hérissaient son menton et ses joues creuses comme des piquants de porc-épic.

— Pas le moindre bruit ? Rien ?

— Il y a toujours du bruit dans une écurie, dit-il, comme Marchand avant lui, mais – contrairement aux réponses des deux vigiles – cela ne sonnait pas comme une réplique préparée à l'avance.

— Il y a longtemps que vous travaillez pour M. Lombard ?

— Depuis toujours. Avant de travailler pour lui, je travaillais pour son père.

Il avait les yeux injectés et de petites veinules éclatées dessinaient un fin réseau violacé sous la peau trop fine de son nez et de ses pommettes. Servaz aurait parié qu'il n'utilisait pas de somnifères mais qu'il avait toujours à portée de main un autre soporifique, du genre liquide.

— Quel genre de patron est-ce ?

L'homme fixa ses yeux rouges sur Servaz.

— On ne le voit pas souvent, mais c'est un bon patron. Et il adore les chevaux. Freedom était son préféré. Né ici. Un pedigree royal. Il était fou de ce cheval. Tout comme Hermine.

Le vieil homme baissa la tête. Servaz vit qu'à côté de lui la jeune femme se retenait pour ne pas pleurer.

— Vous croyez que quelqu'un pourrait en vouloir à M. Lombard ?

De nouveau, l'homme baissa la tête.

— Ce n'est pas à moi de le dire.

— Mais vous n'avez jamais entendu parler de menaces ?

— Non.

— M. Lombard a beaucoup d'ennemis, intervint Marchand.

Servaz et Ziegler se tournèrent vers le régisseur.

— Que voulez-vous dire ?

— Juste ce que je dis.

— Vous en connaissez ?

— Je ne m'intéresse pas aux affaires d'Éric. Seuls les chevaux m'intéressent.

— Vous avez prononcé le mot « ennemis », ce n'est pas anodin.

— C'est une façon de parler.

— Mais encore ?

— Il y a toujours de la tension dans les affaires d'Éric.

— Tout ça manque furieusement de précision, insista Servaz. Est-ce involontaire ou intentionnel ?

— Oubliez ma remarque, répondit le régisseur. C'était juste une parole en l'air. Je ne sais rien des affaires de M. Lombard.

Servaz n'en crut rien. Il le remercia cependant. En ressortant du bâtiment, le ciel bleu et la neige en train de fondre sous les rayons du soleil lui sautèrent au visage. Les têtes fumantes des chevaux dans leurs box, d'autres montés qui bondissaient au-dessus des obstacles, Servaz resta là, à reprendre ses esprits, le visage dans le soleil…

Deux chiens et un système d'alarme. Et deux hommes sur place.

Et personne n'avait rien vu ni rien entendu, à la centrale comme ici… Impossible… Absurde…

À mesure qu'il en découvrait les détails, cette affaire de cheval prenait des proportions de plus en plus importantes dans son esprit. Il avait l'impression d'être un légiste qui déterre un doigt, puis une main, puis un bras, puis le cadavre entier. Il se sentait de plus en plus inquiet. Tout, dans cette histoire, était extraordinaire. Et incompréhensible. D'instinct, comme un animal, Servaz percevait le danger. Il se rendit compte qu'il frissonnait, malgré le soleil.

7.

Vincent Espérandieu leva un sourcil en voyant un Servaz au visage couleur de homard entrer dans son bureau du boulevard Embouchure.

— Tu as pris un coup de soleil, constata-t-il.

— C'est la réverbération, répondit Servaz en guise de salut. Et je suis monté dans un hélicoptère.

— Toi, dans un hélicoptère ?

Espérandieu savait depuis longtemps que son patron n'aimait ni la vitesse ni l'altitude : à partir de cent trente kilomètres heure, il devenait tout pâle et se tassait dans son siège.

— Tu as quelque chose contre le mal de tête ?

Vincent Espérandieu ouvrit un tiroir.

— Aspirine ? Paracétamol ? Ibuprofène ?

— Quelque chose d'effervescent.

Son adjoint sortit une petite bouteille d'eau minérale, un verre et les lui tendit. Il posa un gros comprimé rond devant Servaz puis avala lui-même une gélule qu'il fit passer avec un peu d'eau. Par la porte ouverte, quelqu'un émit un hennissement parfaitement imité ; quelques rires fusèrent.

— Bande de cons, dit Servaz.

— Tout de même, ils n'ont pas tort : la brigade criminelle pour un cheval...

— Un cheval appartenant à Éric Lombard.

— Ah.

— Et si tu l'avais vu, tu te demanderais comme moi si ceux qui ont fait ça ne sont pas capables d'autre chose.

— Tu dis « ceux » ? Tu crois qu'ils sont plusieurs ?

Servaz jeta un coup d'œil distrait à la ravissante petite fille blonde qui souriait de toutes ses dents sur l'écran d'ordinateur d'Espérandieu, avec une grosse étoile peinte autour de l'œil gauche à la façon d'un clown.

— Tu te vois en train de trimballer deux cents kilos de barbaque tout seul en pleine nuit et les suspendre à trois mètres du sol ?

— C'est un argument qui se défend, concéda son adjoint.

Servaz haussa les épaules et regarda autour de lui. Les stores étaient baissés sur un ciel gris et les toits de Toulouse d'un côté, sur la cloison vitrée qui les séparait du couloir de l'autre. Le second bureau, occupé par Samira Cheung, une nouvelle recrue, était vide.

— Et les mômes ? demanda-t-il.

— Le plus âgé a été mis en détention provisoire. Comme je te l'ai dit, les deux autres sont rentrés chez eux.

Servaz hocha la tête.

— J'ai parlé au père de l'un d'entre eux, ajouta son adjoint, un assureur. Il ne comprend pas. Il est effondré. En même temps, quand j'ai évoqué la victime, il s'est mis en colère : « Ce type était un vagabond. Ivre toute la sainte journée ! Vous n'allez

124

quand même pas mettre des enfants en prison à cause d'un SDF ? »

— Il a dit ça ?

— Texto. Il m'a reçu dans son grand bureau. La première chose qu'il m'a dite, c'est : « Mon fils n'a rien fait. Il n'a pas été élevé comme ça. Ce sont les autres. Il a été entraîné par ce Jérôme, son père est au chômage. » Il a prononcé le mot comme si, à ses yeux, chômage équivalait à trafic de drogue ou à pédophilie.

— Son fils, c'est lequel ?

— Le garçon nommé Clément.

Le meneur, pensa Servaz. Tel père tel fils. Et le même mépris pour les autres.

— Leur avocat a contacté le juge, poursuivit Espérandieu. Visiblement, leur stratégie est toute tracée : ils vont charger le plus âgé.

— Le fils du chômeur.

— Oui.

— Le maillon faible.

— Ces gens me donnent envie de gerber, dit Espérandieu.

Il avait une voix traînante et juvénile. À cause d'elle et de son côté un peu maniéré, certains collègues le soupçonnaient de ne pas s'intéresser qu'aux femmes, fussent-elles aussi belles que la sienne. Servaz lui-même s'était posé la question à son arrivée dans le service. Vincent Espérandieu avait aussi des goûts vestimentaires qui hérissaient le poil de certains Cro-Magnon de la brigade. Ceux pour qui un flic digne de ce nom se devait d'afficher tous les attributs de la virilité et du machisme triomphants.

La vie avait souri à Espérandieu. À trente ans, il avait fait un beau mariage et il avait une très jolie petite fille de cinq ans – celle dont le sourire illuminait l'écran de son ordinateur. Servaz avait rapidement fraternisé avec son adjoint et il avait été invité à dîner une demi-douzaine de fois par son subordonné depuis deux ans que celui-ci avait intégré la brigade. Chaque fois, il avait perdu tous ses moyens devant le charme et l'esprit de Mme et Mlle Espérandieu : toutes deux auraient pu figurer dans des magazines – dans des publicités pour des dentifrices, des voyages ou des vacances en famille.

Et puis, un incident s'était produit entre le nouveau venu et les vétérans de la brigade, à qui l'éventualité de partager leur quotidien avec un jeune collègue possiblement bisexuel semblait donner des envies de meurtre. Servaz avait dû s'en mêler. À cette occasion, il s'était attiré quelques durables inimitiés. Il y avait notamment deux types, deux machos patentés, tendance beaufs, deux durs à cuire, qui ne lui pardonneraient jamais. L'un d'eux avait été un peu secoué au cours de l'explication. Mais Servaz s'était aussi acquis la reconnaissance et l'estime définitives d'Espérandieu. Qui lui avait demandé d'être le parrain de son prochain enfant – car Charlène Espérandieu était à nouveau enceinte.

— Un journaliste de France 3 a appelé, et plusieurs journalistes de la presse écrite. Ils voulaient savoir si nous avions des preuves contre les enfants. Mais surtout, ils voulaient savoir si nous les avions frappés. Des *rumeurs de violences policières sur mineurs* : c'est l'expression qu'ils ont employée. Comme d'habitude, ils se passent le mot. Du copié-collé, c'est tout ce qu'ils savent faire. Mais quelqu'un a bien lancé la rumeur en premier.

Le front de Servaz se plissa. Si les journalistes flairaient le filon, le téléphone ne s'arrêterait pas de sonner. Il y aurait des déclarations, des dénégations, des conférences de presse – et un ministre viendrait à la télévision promettre de « faire toute la lumière ». Et même une fois qu'on aurait prouvé que tout s'était passé dans les règles, si on y parvenait jamais, le soupçon demeurerait.

— Tu veux un café ? demanda son adjoint.

Servaz acquiesça. Espérandieu se leva et sortit. Servaz regarda les écrans d'ordinateur palpiter dans la pénombre. Il pensa une nouvelle fois à ces trois jeunes gens – à ce qui les avait conduits à ce geste insensé.

Ces jeunes, on leur vendait du rêve et du mensonge à longueur de journée. On les leur *vendait* : on ne les leur donnait pas. Des marchands cyniques avaient fait de l'insatisfaction adolescente leur fonds de commerce. Médiocrité, pornographie, violence, mensonge, haine, alcool, drogue – tout était à vendre dans les vitrines clinquantes de la société de consommation de masse, et les jeunes offraient une cible de choix.

Espérandieu revint avec les cafés.

— Les chambres des ados ? demanda Servaz.

Samira Cheung fit son entrée. La nouvelle recrue portait ce matin-là un court blouson en peau trop léger pour la saison, un sweat-shirt qui clamait : *I am an Anarchist*, un pantalon de cuir noir et de hautes bottes cuissardes en PVC rouge.

— Salut, dit-elle, les écouteurs de son iPod pendouillant sur son blouson, un gobelet fumant à la main.

Servaz lui rendit son salut, non sans éprouver un mélange de fascination et de perplexité devant la dégaine invraisemblable de sa subordonnée. Samira Cheung était d'origine chinoise par son père et franco-marocaine par sa mère. Elle avait raconté à

127

Espérandieu (qui lui-même s'était empressé de le rapporter à Servaz) que sa mère, décoratrice d'intérieur de réputation internationale, était tombée follement amoureuse d'un client de Hong Kong vingt-six ans plus tôt – un homme d'une beauté et d'une intelligence hors du commun, à en croire Samira – mais qu'elle était rentrée enceinte à Paris après avoir découvert que le père de Samira était un fervent adepte des drogues dures et qu'il fréquentait presque quotidiennement les prostituées. Détail troublant : Samira Cheung alliait un corps parfait à l'un des visages les plus laids que Servaz eût jamais vu. Des yeux globuleux rehaussés d'un trait épais d'*eye-liner*, une bouche immense peinte d'un rouge agressif et un menton pointu. L'un des phallocrates de la brigade avait résumé son look d'une phrase : « Avec elle, c'est Halloween tous les jours. » Il y avait cependant un point à mettre au crédit de ses gènes ou de son éducation : Samira Cheung avait un cerveau en parfait état de marche. Et elle n'hésitait pas à s'en servir. Elle avait rapidement intégré les rudiments du métier et, à plusieurs reprises, elle avait fait preuve d'initiative. Spontanément, Servaz lui avait confié des tâches de plus en plus complexes et, de son côté, elle multipliait les heures supplémentaires pour en venir à bout.

Elle posa les talons de ses bottes sur le bord de son bureau et se rejeta contre le dossier de son fauteuil, avant de se tourner vers eux.

— Nous avons fouillé les chambres des trois garçons, déclara-t-elle, répondant à la question de Servaz. Dans l'ensemble, on n'a pas trouvé grand-chose – à part un détail.

Servaz la regarda.

— Chez les deux premiers, il y avait des jeux vidéo très violents. Le genre où il faut exploser la tête de ses adversaires pour gagner le maximum de points ; d'autres où il faut bombarder des populations ou trucider ses ennemis avec toutes sortes d'armes sophistiquées. Des trucs bien gores, quoi, bien sanglants.

Servaz se souvint d'une polémique récente dans la presse concernant ces jeux vidéo violents. Des éditeurs de jeux s'étaient offusqués, affirmant « être très attentifs à ce problème de la violence et ne pas faire n'importe quoi ». Ils avaient jugé certaines accusations « inacceptables ». Tout en continuant à proposer à la vente des jeux où le joueur pouvait se livrer à des meurtres, à des braquages et à de la torture. À cette occasion, certains psychiatres avaient doctement affirmé qu'il n'y avait pas de corrélation entre les jeux vidéo et la violence chez les jeunes. Mais d'autres études démontraient au contraire que les jeunes s'adonnant à des jeux vidéo violents faisaient preuve d'une indifférence plus grande et d'une moindre réactivité face à la souffrance des autres.

— En revanche, chez celui nommé Clément, il n'y avait aucun jeu. Pourtant, il y avait une console…

— Comme si quelqu'un avait tout nettoyé, dit Espérandieu.

— Le père, suggéra Servaz.

— Oui, répondit son adjoint, nous le soupçonnons d'avoir fait disparaître ces jeux pour donner une image plus lisse de son fils. Et mieux charger les deux autres.

— Vous avez mis les scellés sur les chambres ?

— Oui, mais l'avocat de la famille a introduit un recours pour les faire lever, au motif que ce n'est pas la scène de crime.

— Ces gosses avaient des ordinateurs dans leurs chambres ?

— Oui, nous les avons examinés mais quelqu'un a très bien pu effacer des données. Nous avons donné l'ordre aux parents de ne toucher à rien. Il nous faudrait y retourner avec un technicien pour faire parler les disques durs.

— Nous pourrons établir la préméditation, intervint Samira, si nous pouvons prouver que ces jeunes ont préparé leur crime. Cela réduirait à néant la thèse de l'accident.

Servaz la regarda d'un air interrogateur.

— Comment ça ?

— Eh bien, jusqu'à présent rien ne prouve qu'ils aient vraiment voulu le tuer. La victime avait un taux élevé d'alcool dans le sang. Les avocats de la défense invoqueront peut-être la noyade comme cause principale du décès : cela va dépendre des résultats de l'autopsie.

— La noyade dans cinquante centimètres d'eau ?

— Pourquoi pas ? Ça s'est déjà vu.

Servaz réfléchit un moment : Samira avait raison.

— Et les empreintes ? dit-il.

— On attend.

Elle reposa les talons de ses bottes sur le sol et se leva.

— Il faut que j'y aille. J'ai rendez-vous avec le juge.

— Bonne recrue, non ? dit Espérandieu quand elle fut sortie de la pièce.

Servaz hocha la tête en souriant.

— Tu l'apprécies, on dirait.

— Elle bosse bien, elle est réglo et elle ne demande qu'à apprendre.

Servaz opina. Il n'avait pas hésité à confier le gros de l'enquête sur la mort du SDF à Vincent et à Samira. Ils partageaient le même bureau, pas mal de goûts communs (dont certains vestimentaires) et ils semblaient s'entendre autant qu'on pouvait l'attendre de deux flics ayant des caractères bien trempés.

— On organise une petite soirée samedi, dit Vincent. Tu es invité. Charlène a insisté.

Servaz pensa à la troublante beauté de l'épouse de son adjoint. La dernière fois qu'il l'avait vue, elle portait une robe de soirée rouge qui mettait son corps en valeur, ses longs cheveux roux dansant dans la lumière comme des flammes, et il avait senti sa gorge se serrer. Charlène et Vincent s'étaient montrés des hôtes adorables, il avait passé une excellente soirée, mais il n'avait pas pour autant l'intention de faire partie de leur cercle d'amis. Il déclina l'offre, prétextant qu'il avait promis la soirée à sa fille.

— J'ai mis le dossier des gosses sur ton bureau ! lança son adjoint au moment où il ressortait.

Une fois dans son bureau, Servaz mit son téléphone portable en charge et alluma son ordinateur. Deux secondes plus tard, son mobile lui indiquait qu'il avait un texto et il le déverrouilla. À contrecœur. Servaz n'était pas loin de considérer les téléphones portables comme le stade ultime de l'aliénation technologique. Mais Margot l'avait forcé à en acquérir un après qu'il fut arrivé avec une demi-heure de retard à l'un de leurs rendez-vous.

papa c moi samedi a-m tu peu te libérer ? bisous

C'est quoi ce langage ? s'interrogea-t-il. Est-ce qu'on est en train de remonter sur l'arbre après en être descendus ? Il eut tout à coup l'impression qu'il avait perdu la clef. C'était l'effet que lui faisait le monde d'aujourd'hui : il ne s'y serait pas senti plus étranger s'il avait débarqué tout droit du XVIIIe siècle à bord d'une machine à voyager dans le temps. Il sélectionna un numéro en mémoire et obtint la voix de sa fille expliquant en substance qu'elle rappellerait toute personne lui laissant un message sur un fond sonore qui lui fit penser que l'enfer était peuplé de mauvais musiciens.

Son regard tomba ensuite sur le dossier du SDF. Logiquement, il aurait dû se plonger dedans sans tarder. Il le devait à ce pauvre type dont l'existence déjà amochée s'était terminée de la manière la plus stupide qui soit. Mais il ne s'en sentait pas la force.

Servaz avait autre chose en tête ; il alluma son ordinateur, se connecta sur Google et pianota une suite de mots-clefs. Le moteur de recherche lui fournit pas moins de 20 800 résultats pour « Éric Lombard groupe entreprise ». Moins que s'il avait tapé Obama ou les Beatles, certes, mais tout de même un chiffre significatif. Rien d'étonnant à cela : Éric Lombard était un personnage charismatique et médiatique et, dans le classement des fortunes nationales, il devait arriver en cinquième ou sixième position.

Servaz parcourut rapidement les premières pages. Plusieurs sites proposaient des biographies d'Éric Lombard, de son père Henri et de son grand-père Édouard ; il y avait aussi des articles de la presse économique, people et même sportive – car Éric Lombard avait monté une écurie de champions en herbe. Quelques articles consacrés aux exploits sportifs d'Éric Lombard lui-même. L'homme était un véritable athlète et un aventurier : alpiniste chevronné, marathonien, triathlonien, pilote de rallye ; il avait également participé à des expéditions au pôle Nord et en Amazonie. Plusieurs clichés le représentaient à moto dans le désert ou aux commandes d'un avion de ligne. Des mots anglais dont Servaz ignorait totalement le sens émaillaient ces articles : *freeride*, *base jump*, *kitesurf*…

Une photo, presque toujours la même, en accompagnait certains. Un *Viking*. C'est à ça que Servaz pensa en la voyant. Cheveux blonds, barbe blonde, regard bleu acier. Bronzé. Sain. Énergique. Viril. Sûr de lui. Fixant l'objectif comme il devait fixer ses interlocuteurs : avec l'impatience de celui qu'on attend ici et qui est déjà là.

Une publicité vivante pour le groupe Lombard.

Âge : trente-six ans.

D'un point de vue juridique, le groupe Lombard était une SCA : une société en commandite par actions, mais la société mère – Lombard Entreprises – était une holding.

Les quatre principales filiales du groupe étaient Lombard Média (livres, presse, distribution, audiovisuel), Lombard Group (vente d'équipements sportifs, de vêtements, de voyages et de produits de luxe et quatrième acteur mondial du luxe), Lombard Chimie (pharmacie, chimie) et AIR, spécialisée dans l'industrie aéronautique, spatiale et de défense (AIR était l'acronyme d'Aéronautique, ingénierie et recherche). Le groupe Lombard possédait quinze pour cent d'AIR par l'intermédiaire de sa holding mère, Lombard Entreprises. Éric Lombard lui-même étant gérant commandité et P-DG de Lombard SCA, P-DG de Lombard Group et de Lombard Chimie et président du directoire d'AIR. Diplômé d'une école de commerce française et de la London School of Economics, il avait commencé sa carrière en travaillant dans l'une des filiales de Lombard Group : un équipementier sportif bien connu.

Le groupe comptait un effectif de plus de 78 000 personnes réparties dans près de soixante-quinze pays et avait dégagé l'année précédente un chiffre d'affaires de 17 928 millions d'euros pour un résultat d'exploitation de 1 537 millions d'euros et un résultat net de la part du groupe de 677 millions, tandis que ses dettes financières s'élevaient à 3 458 millions d'euros. Des chiffres qui auraient donné le vertige à tout individu normalement constitué mais probablement pas aux spécialistes de la finance internationale. En les découvrant, Servaz comprit que si le groupe avait conservé la petite usine hydroélectrique vieillissante, ce ne pouvait être que pour des raisons historiques et sentimentales. C'était ici, dans les Pyrénées, que l'empire Lombard était né.

En accrochant le cheval là-haut, c'était donc un symbole qu'on avait visé. On avait cherché à frapper Éric Lombard à la fois dans son histoire familiale et dans la première de ses passions : les chevaux.

Car c'est ce qui ressortait de tous les articles consacrés au dernier rejeton mâle de la dynastie : de toutes ses passions, celle des chevaux arrivait en tête. Éric Lombard possédait des haras dans plusieurs pays, Argentine, Italie, France... Mais il revenait toujours à ses premières amours : le centre équestre où il avait fait ses débuts de cavalier, près du château familial, dans cette vallée du Comminges.

Servaz fut tout à coup convaincu que la mise en scène de la centrale n'était pas le geste d'un dément échappé de l'Institut, mais bien un acte conscient, prémédité, planifié.

Il interrompit sa lecture pour réfléchir. Il hésitait à s'engager dans une voie où il allait devoir ressortir tous les squelettes des placards d'un empire industriel rien que pour élucider la mort d'un cheval. D'un autre côté, il y avait la terrible vision de l'animal décapité sortant du téléphérique et le choc qu'il avait alors éprouvé. Qu'avait dit Marchand ? « M. Lombard a beaucoup d'ennemis. »

Le téléphone sonna. Servaz décrocha. C'était d'Humières.

— Les vigiles, ils ont disparu.

— Ne leur tournez jamais le dos, dit le Dr Xavier.

Derrière les grandes baies vitrées, le soleil couchant incendiait les montagnes et sa lave rouge se répandait dans la salle.

— Soyez attentive. À chaque seconde. Ici, pas le droit à l'erreur. Vous apprendrez vite à reconnaître les signaux : un regard qui fuit, un sourire en forme de rictus, une respiration un peu trop rapide… Ne relâchez jamais votre vigilance. Et ne leur tournez jamais le dos.

Diane opina. Un patient approchait. Une main sur le ventre.

— Où est l'ambulance, docteur ?

— L'ambulance ? dit Xavier, tout sourire.

— Celle qui doit m'emmener à la maternité. J'ai perdu les eaux. Elle devrait déjà être là.

Le patient était un homme d'une quarantaine d'années, qui mesurait plus d'un mètre quatre-vingt-dix et qui devait peser dans les cent cinquante kilos. Des cheveux longs, un visage mangé par une barbe épaisse et des petits yeux brillants, fiévreux. À côté, Xavier avait l'air d'un enfant. Pourtant, il ne semblait pas inquiet.

— Elle ne va pas tarder, répondit-il. C'est un garçon ou une fille ?

Les petits yeux le fixèrent.

— C'est l'Antéchrist, dit l'homme.

Il s'éloigna. Diane remarqua qu'un infirmier le suivait du regard dans tous ses déplacements. Il y avait une quinzaine de patients dans la salle commune.

— Il y a pas mal de dieux et de prophètes ici, commenta Xavier sans cesser de sourire. De tout temps, la folie a puisé dans les répertoires religieux et politique. Avant, nos pensionnaires voyaient des communistes partout. Aujourd'hui, ils voient des terroristes. Venez.

Le psychiatre s'approcha d'une table ronde où trois hommes jouaient aux cartes. L'un d'eux ressemblait à un taulard avec ses bras musclés et ses tatouages, les deux autres avaient l'air normaux.

— Je vous présente Antonio, dit Xavier en désignant le tatoué. Antonio était dans la Légion. Malheureusement, il était persuadé que le camp où il avait été affecté était plein d'espions et, une nuit, il a fini par en étrangler un. N'est-ce pas, Antonio ?

Antonio acquiesça sans quitter les cartes des yeux.

— Mossad, dit-il. Ils sont partout.

— Robert, lui, s'en est pris à ses parents. Il ne les a pas tués, non, juste terriblement amochés. Il faut dire que ses parents le faisaient trimer à la ferme depuis l'âge de sept ans, le nourrissaient de pain et de lait et l'obligeaient à dormir à la cave. Robert a trente-sept ans. C'est eux qu'on aurait dû enfermer, si vous voulez mon avis.

— Ce sont les Voix qui m'ont dit de le faire, dit Robert.

— Enfin, voici Greg. Peut-être le cas le plus intéressant. Greg a violé une dizaine de femmes en moins de deux ans. Il les repérait à la poste ou au supermarché, les suivait et retrouvait leur adresse. Puis il s'introduisait chez elles pendant leur sommeil, les frappait, les ligotait et les mettait sur le ventre avant d'allumer la lumière. Passons sur les détails de ce qu'il leur faisait subir : sachez simplement que ses victimes en garderont des séquelles toute leur vie. Mais il ne les tuait pas, non. Au lieu de ça, il s'est mis un beau matin à leur écrire. Il était persuadé que ces... *rapports* les avaient rendues amoureuses et qu'elles étaient toutes enceintes de ses œuvres. Il leur a donc laissé son nom et son adresse et la police n'a pas tardé à débarquer chez lui. Greg continue de leur écrire. Bien entendu, nous n'envoyons pas les lettres. Je vous les montrerai. Ce sont des lettres absolument magnifiques.

Diane regarda Greg. Un homme séduisant, dans la trentaine : brun, des yeux clairs – mais lorsque son regard croisa celui de Diane, elle frémit.

— On continue ?

Un long couloir, incendié par le crépuscule.

Une porte percée d'un hublot, sur leur gauche. Des voix la traversaient. Un bavardage rapide, nerveux. Le débit était précipité. Elle jeta un coup d'œil par le hublot au passage et elle eut un choc. Elle venait d'apercevoir un homme allongé sur une table d'opération, un masque à oxygène sur le visage, des électrodes sur les tempes. Des infirmiers se tenaient autour de lui.

— Qu'est-ce que c'est ? demanda-t-elle.

— Électroconvulsivothérapie.

Électrochocs… Diane sentit ses cheveux se hérisser sur sa nuque. Dès leur apparition en psychiatrie dans les années 1930, l'utilisation des électrochocs avait fait l'objet de controverses, leurs détracteurs les qualifiant de traitement inhumain, dégradant et de torture. Si bien que, dans les années 1960, avec l'apparition des neuroleptiques, le recours à l'ECT, l'électroconvulsivothérapie, avait considérablement diminué. Avant de reprendre de plus belle au milieu des années 1980 dans de nombreux pays – dont la France.

— Comprenez bien, dit Xavier devant son mutisme, l'ECT actuelle n'a plus rien à voir avec les séances d'autrefois. Elle est pratiquée sur des patients atteints de dépressions majeures qui sont placés sous anesthésie générale et à qui on administre un relaxant musculaire à élimination rapide. Ce traitement donne des résultats remarquables : il est efficace dans plus de 85 % des cas de dépressions sévères. Un taux supérieur aux antidépresseurs. C'est indolore et, grâce aux méthodes actuelles, il n'y a plus de séquelles au niveau du squelette ni de complications orthopédiques.

— Mais il y en a au niveau de la mémoire et de la cognition. Et le patient peut rester en état de confusion pendant plusieurs heures. Et on ne sait toujours pas quelle est l'action réelle de l'ECT sur le cerveau. Vous avez beaucoup de dépressifs ici ?

Xavier lui adressa un regard circonspect.

— Non. 10 % seulement de nos patients le sont.

— Combien de schizophrènes, de psychopathes ?

— Environ 50 % de schizos, 25 % de psychopathes et 30 de psychotiques, pourquoi ?

— Bien sûr, vous ne pratiquez l'ECT que sur les cas de dépression ?

Elle sentit comme un infime déplacement d'air. Xavier la fixa.

— Non, nous la pratiquons aussi sur les occupants de l'unité A.

Elle haussa un sourcil en signe d'étonnement.

— Je croyais qu'il fallait le consentement du patient ou d'un tuteur légal pour… ?

— C'est le seul cas où nous nous en passons…

Elle parcourut du regard le visage fermé de Xavier. Quelque chose lui échappait. Elle prit une profonde inspiration et essaya de donner à sa voix un ton aussi neutre que possible :

— Dans quel but ? Pas thérapeutique… Aucune efficacité de l'ECT sur d'autres pathologies que la dépression, les manies et certaines formes très limitées de schizophrénie n'a été démontrée et…

— *Dans un but d'ordre public.*

Le front de Diane se plissa légèrement.

— Je ne comprends pas.

— C'est pourtant évident : il s'agit d'un châtiment.

Il lui tournait le dos à présent, il regardait le soleil orangé en train de disparaître derrière les montagnes noires. Son ombre s'étirait sur le sol.

— Avant que vous ne pénétriez dans l'unité A, il faut que vous compreniez une chose, mademoiselle Berg : plus rien ne peut effrayer ces sept-là. Pas même l'isolement. Ils sont dans leur monde à eux ; rien ne peut les atteindre. Mettez-vous bien ceci en tête : vous n'avez jamais rencontré de patients comme ceux-là. Jamais. Et, bien sûr, les châtiments corporels sont interdits, ici comme ailleurs.

Il se retourna et la fixa.

— Ils ne craignent qu'une chose... les électrochocs.

— Vous voulez dire, hésita Diane, que sur eux vous les pratiquez... ?

— Sans anesthésie.

8.

En roulant sur l'autoroute, le lendemain, Servaz pensait aux vigiles. Selon Cathy d'Humières, la veille, ils ne s'étaient pas présentés à leur travail. Au bout d'une heure, le directeur de la centrale avait décroché son téléphone.

Il les avait appelés sur leurs portables. L'un après l'autre. Pas de réponse. Morane avait alors prévenu la gendarmerie, qui avait dépêché des hommes à leurs domiciles, à vingt kilomètres de Saint-Martin pour l'un, à une quarantaine pour l'autre. Les deux hommes vivaient seuls ; l'un comme l'autre avaient l'interdiction de résider dans les mêmes départements que leurs anciennes compagnes, qu'ils avaient menacées de mort à plusieurs reprises, et – au moins pour l'une d'entre elles – envoyée à l'hôpital. Servaz savait pertinemment que, dans la pratique, la police ne se souciait guère de faire respecter ce genre d'obligations. Pour une raison évidente : il y avait désormais trop de criminels, trop de contrôles judiciaires, trop de procédures, trop de peines prononcées pour les appliquer toutes. Cent mille condamnés à de la prison ferme étaient en liberté, attendant leur tour de purger leur peine ou ayant choisi de prendre la poudre d'escampette à la sortie du tribunal, en sachant qu'il y avait peu de risques pour que l'État français consacre de l'argent et des hommes à leur recherche et en espérant se faire oublier le temps que leur peine soit prescrite.

Après lui avoir parlé des vigiles, la proc lui avait annoncé qu'Éric Lombard allait rentrer des États-Unis et qu'il voulait parler sans délai aux enquêteurs. Servaz avait failli perdre son sang-froid. Il avait une affaire de meurtre sur les bras ; même s'il voulait découvrir qui avait tué ce cheval, même s'il redoutait que cette affaire ne soit le prélude à quelque chose de plus grave, il n'était pas à la disposition d'Éric Lombard.

— Je ne sais pas si je pourrais, avait-il répondu sèchement. Il y a beaucoup à faire ici avec la mort de ce SDF.

— Il vaudrait mieux y aller, avait insisté d'Humières. Il semble que Lombard ait appelé la garde des Sceaux, laquelle a appelé le président du tribunal de grande instance, qui m'a appelée moi. Et moi, je vous appelle vous. Une vraie réaction en chaîne. D'ailleurs, Canter ne va pas tarder à vous dire la même chose ; je suis sûre que Lombard a aussi joint l'Intérieur. De toute façon, je croyais que vous teniez les coupables pour le sans-abri.

— On a un témoignage plutôt fragile, avoua Servaz à contrecœur, car il ne tenait pas à entrer dans les détails pour le moment. Et on attend le résultat des empreintes. Il y en avait pas mal sur place : des traces dactylaires, de semelles, de sang…

— Pas capricorne pour rien, hein ? Servaz, ne me faites pas le coup du policier débordé, j'ai horreur de ça. Je ne vais pas vous supplier. Rendez-moi ce service. Quand pouvez-vous retourner là-bas ? Éric Lombard vous attendra dans son château de Saint-Martin dès demain. Il y passera la fin de la semaine. Trouvez un moment.

— Très bien. Mais sitôt l'entretien terminé je reviens ici boucler l'enquête sur le SDF.

Sur l'autoroute, il s'arrêta dans une station-service pour faire le plein. Le soleil brillait, les nuages avaient fui plus loin. Il en profita pour joindre Ziegler. Elle avait rendez-vous à 9 heures au haras de Tarbes pour assister à l'autopsie du cheval. Elle lui suggéra de pousser jusque-là. Servaz accepta mais dit qu'il l'attendrait à l'extérieur.

— Comme vous voudrez, lui répondit-elle, sans cacher sa surprise.

Comment lui expliquer qu'il avait peur des chevaux ? que traverser un haras plein de ces animaux représentait pour lui une épreuve insurmontable ? Elle lui donna le nom d'un bistrot à proximité, avenue du Régiment-de-Bigorre. Elle l'y rejoindrait dès qu'ils auraient fini. Lorsqu'il parvint à Tarbes, un soleil presque printanier illuminait la ville. Aux portes du parc national des Pyrénées, elle dressait ses buildings au milieu de la verdure, avec dans le fond la barrière des montagnes, d'une blancheur immaculée sous le ciel bleu. Pas un nuage. Le ciel était immensément pur et les sommets étincelants semblaient assez légers et vaporeux pour s'élever dans l'azur comme des mont-golfières. *C'est comme une barrière mentale*, se dit Servaz en les voyant. L'esprit se heurte à ces cimes comme à un mur. L'impression d'un territoire si peu familier à l'homme, une *terra incognita*, un finistère – au sens littéral.

Il entra dans le café qu'elle lui avait indiqué, s'installa à une table près de la vitre et commanda un crème et un croissant. Dans un coin au-dessus du bar, une télé était branchée sur une chaîne d'infos en continu. Le volume poussé au maximum gênait Servaz dans sa réflexion. Il était sur le point de demander si on ne pouvait pas le baisser un peu quand il entendit le nom d'Éric Lombard prononcé par un journaliste qui se tenait, micro au poing, au bord d'une piste d'aérodrome. Des montagnes blanches exactement semblables à celles qui se trouvaient dehors apparaissaient en arrière-plan, et son attention fut happée par l'appareil. Quand le visage d'Éric Lombard s'encadra à son tour sur l'écran, Servaz se leva et s'approcha du bar.

Le milliardaire était interviewé à sa descente d'avion à l'aéroport de Tarbes. Derrière lui se trouvait un jet privé d'un blanc étincelant avec LOMBARD écrit en lettres bleues sur le fuselage. Lombard avait l'air grave de quelqu'un qui a perdu un être cher. Le journaliste était en train de lui demander *si cet animal avait pour lui une valeur particulière.*

— Ce n'était pas seulement un cheval, répondit l'homme d'affaires d'une voix où l'émotion et la fermeté étaient soigneusement dosées, c'était un compagnon, un ami, un partenaire. Ceux qui aiment vraiment les chevaux savent que ce sont bien plus que des animaux. Et Freedom était un cheval d'exception. En qui nous placions de grands espoirs. Mais par-dessus tout, c'est la façon dont il est mort qui est insupportable. Je veillerai à ce que tout soit fait pour retrouver les coupables.

Servaz vit le regard d'Éric Lombard se déplacer pour venir fixer l'objectif de la caméra et, à travers lui, les téléspectateurs – un regard qui était passé de la douleur à la colère, au défi et à la menace.

— Ceux qui ont fait ça doivent être bien conscients qu'ils ne m'échapperont pas – *et que je suis un homme assoiffé de justice.*

Servaz jeta un coup d'œil autour de lui. Tout le monde fixait l'écran du téléviseur. *Pas mal*, se dit-il, *joli numéro*. Préparé à l'avance, c'était évident, mais qui n'en dégageait pas moins une sincérité brutale. Servaz se demanda jusqu'où un homme comme Éric Lombard était capable d'aller dans l'exécution de cette menace. Il passa les deux heures suivantes à essayer de faire le bilan des choses qu'ils savaient et de celles qu'ils ignoraient. Évidemment, à ce stade, les secondes l'emportaient largement sur les premières. Lorsque Irène Ziegler apparut enfin sur le trottoir, derrière la vitre, il resta un instant sans voix : elle avait revêtu une combinaison de motarde en cuir noir bardé de protections rigides en métal gris aux épaules et aux genoux, chaussé des bottes renforcées à la pointe et au talon et elle tenait un casque intégral à la main. *Une amazone…* Il fut de nouveau frappé par sa beauté. Il s'aperçut qu'elle était presque aussi belle que Charlène Espérandieu, mais dans un genre différent – plus sportif, moins sophistiqué. Charlène ressemblait à une gravure de mode, Irène Ziegler à une championne de surf. De nouveau, il se sentit troublé. Il se remémora les pensées qu'il avait eues en voyant l'anneau dans sa narine. Irène Ziegler était une femme attirante, incontestablement.

Servaz regarda sa montre. Déjà 11 heures.

— Alors ? dit-il.

Elle lui expliqua que l'autopsie ne leur avait pas appris grand-chose, sinon que l'animal avait été dépecé *post mortem*. Marchand était venu. Le légiste avait laissé entendre que le cheval avait probablement été drogué, l'analyse toxicologique le confirmerait. À la sortie, le patron du centre équestre avait paru soulagé. Il avait finalement accepté que l'animal parte à l'équarrissage. Sauf la tête, que son patron comptait récupérer. D'après Marchand, il voulait la faire empailler pour la mettre au mur.

— La mettre au mur ? répéta Servaz, incrédule.

— Vous croyez qu'ils sont coupables ? demanda la gendarme.

— Qui ça ?

— Les vigiles.

— Je ne sais pas.

Il sortit son téléphone portable et composa le numéro du château. Une voix féminine lui répondit.

— Commandant Servaz, de la brigade criminelle de Toulouse. Je voudrais parler à Éric Lombard.

— Quel nom dites-vous ?

— Servaz.

— Ne quittez pas.

Une sonnerie interminable. Puis une voix d'homme entre deux âges, cette fois.

— Oui ?

— Je voudrais parler à Éric Lombard.

— De la part… ?

— Commandant Servaz, brigade criminelle.

— C'est à quel sujet ?

Servaz sentit aussitôt la moutarde lui monter au nez.

— Écoutez, c'est votre patron qui a demandé à me voir. J'ai un tas de choses à faire en dehors de ça. Alors, je n'ai pas de temps à perdre !

— Épelez-moi votre nom distinctement et rappelez-moi la raison de votre appel, dit l'homme au bout du fil imperturbablement. M. Lombard non plus n'a pas de temps à perdre.

L'arrogance de l'homme laissa Servaz sans voix. Il faillit raccrocher, mais se retint.

— Servaz, s, e, r, v, a, z. C'est au sujet de son cheval, Freedom.

— Vous ne pouviez pas le dire plus tôt ? Ne quittez pas.

L'homme revint en ligne au bout de vingt secondes.

— M. Lombard vous attend à 15 heures cet après-midi.

Ce n'était pas une invitation, c'était un ordre.

En pénétrant sur les terres d'Éric Lombard, ils eurent le sentiment d'entrer dans un conte de fées. Ils avaient abandonné moto et voiture sur le parking de la gendarmerie à Saint-Martin et emprunté une voiture de service. La même route que la dernière fois : celle qui menait au centre équestre mais, au lieu de tourner à gauche dans la forêt, ils continuèrent tout droit.

Ils roulèrent ensuite à travers un paysage aéré et vallonné de prairies plantées de tilleuls, de chênes, de sapins et d'ormes. Le domaine était très vaste, il s'étendait à perte de vue. Partout, il y avait des barrières, des chevaux dans les prés et des engins agricoles garés au bord des chemins, prêts à servir. La neige subsistait par endroits mais l'air était lumineux et clair. Servaz pensa à un ranch dans le Montana ou à une hacienda en Argentine. Dans un premier temps, ils aperçurent de loin en loin des écriteaux « PROPRIÉTÉ PRIVÉE / DÉFENSE D'ENTRER » fixés au tronc des arbres et aux barrières le long des champs. Mais pas de clôture. Puis, cinq kilomètres plus loin, ils découvrirent le mur de pierre. Il faisait quatre mètres de haut et barrait une partie du paysage. Des bois s'étendaient au-delà. Ils freinèrent devant les grilles. Une plaque en granit était vissée sur l'un des piliers.

Servaz lut « CHÂTEAU-BLANC » en lettres dorées.

Au sommet du pilier, une caméra pivota. Ils n'eurent pas à descendre pour parler dans l'interphone : les grilles s'ouvrirent presque immédiatement.

Ils roulèrent encore un bon kilomètre le long d'une allée bordée de chênes centenaires. La route, rectiligne, impeccablement asphaltée, formait un glacis noir sous les branches tordues des grands arbres. Servaz vit la demeure venir lentement vers eux du fond du parc. Quelques instants plus tard, ils se garaient devant un parterre de bruyères d'hiver et de camélias rose pâle recouverts par la neige. Servaz fut déçu : le château était moins grand que prévu. Mais un second examen corrigea aussitôt cette impression : c'était un édifice d'une beauté enfantine, probablement construit à la fin du XIXe siècle ou au début du XXe, moitié château de la Loire, moitié manoir anglais. Un château de conte de fées… Devant les fenêtres du rez-de-chaussée se dressait une rangée de grands buis taillés en forme d'animaux : un éléphant, un cheval, une girafe et un cerf, qui se détachaient sur la neige. À gauche, vers l'est, Servaz aperçut un jardin à la française avec des statues pensives et des bassins. Une piscine bâchée et un court de tennis. Une vaste orangerie dans le fond, avec un tas d'antennes bizarres sur le toit.

Il se souvint des chiffres lus sur Internet : Éric Lombard était l'une des premières fortunes de France, et l'un de ses citoyens les plus influents. Il était à la tête d'un empire présent dans plus de soixante-dix pays. Il était probable que l'ancienne orangerie avait été transformée en centre de communication ultramoderne. Ziegler claqua sa portière.

— Regardez.

Elle montrait les arbres. Il suivit des yeux la direction indiquée. Compta une trentaine de caméras fixées aux troncs, entre les branches. Elles devaient couvrir tout le périmètre. Aucun angle mort. Quelque part dans le château, on les observait. Ils suivirent une allée gravillonnée entre les massifs de fleurs et passèrent entre deux lions accroupis taillés dans le buis. Chacun faisait cinq mètres de haut. *Étrange*, pensa Servaz. *On dirait un jardin conçu pour le divertissement d'enfants très riches.* Mais il n'avait lu nulle part qu'Éric Lombard eût des enfants. Au contraire, la plupart des articles parlaient d'un célibataire endurci et de ses nombreuses conquêtes. Ou bien ces sculptures de verdure dataient-elles de son enfance à lui ? Un homme d'une soixantaine d'années les attendait en haut des marches. Grand, vêtu de noir. Il posa sur eux un regard dur comme la glace. Bien qu'il le vît pour la première fois, Servaz sut immédiatement à qui il avait affaire : l'homme à qui il avait parlé au téléphone – et il sentit sa colère revenir. Le type les accueillit sans sourire et leur demanda de le suivre avant de tourner les talons. Le ton employé indiquait qu'il s'agissait, là encore, moins d'une demande que d'un ordre.

Ils franchirent le seuil.

Une enfilade de salons vastes, vides et sonores, qui traversait de part en part toute la profondeur du bâtiment, car ils distinguaient la clarté du jour à l'autre bout de la bâtisse, comme provenant du fond d'un tunnel. L'intérieur était monumental. Les fenêtres du premier étage éclairaient en réalité le hall, le plafond étant très lointain. L'homme en noir les précéda à travers le hall et un premier salon dépourvu de mobilier avant de se diriger vers une double porte sur leur droite. Une bibliothèque aux murs couverts de livres anciens, dont les quatre hautes portes-fenêtres donnaient sur la forêt. Éric Lombard se tenait devant l'une d'elles. Servaz le reconnut immédiatement, bien qu'il leur tournât le dos. L'homme d'affaires parlait dans un casque-micro.

— La police est là, dit l'homme en noir d'un ton mi-déférent, mi-méprisant pour les visiteurs.

— Merci, Otto.

Otto quitta la pièce. Lombard termina sa conversation en anglais, ôta son casque-microphone qu'il posa sur une table de chêne. Son regard s'attarda sur eux. Servaz d'abord, Ziegler ensuite, plus longuement – avec une brève lueur d'étonnement pour sa tenue. Il sourit chaleureusement.

— Veuillez excuser Otto. Il s'est trompé d'époque. Il a parfois tendance à me prendre pour un prince ou un roi, mais c'est aussi quelqu'un sur qui je peux compter en toutes circonstances.

Servaz ne dit rien. Il attendait la suite.

— Je sais que vous êtes très occupés. Et que vous n'avez pas de temps à perdre. Moi non plus. Je tenais énormément à ce cheval. C'était un animal merveilleux. Je veux être sûr que tout, absolument tout sera fait pour retrouver celui qui a commis cette abomination.

Il les scruta de nouveau. Il y avait de la tristesse dans ses yeux bleus, mais aussi de la dureté et de l'autorité.

— Ce que je veux que vous compreniez, c'est que vous pouvez m'appeler à n'importe quelle heure du jour et de la nuit, me poser toutes les questions que vous jugerez utiles, même les plus saugrenues. Je vous ai demandé de venir afin de m'assurer que vous ne négligerez aucune piste, aucun moyen de boucler cette enquête. Ce que je veux, c'est que toute la lumière soit faite et on m'a garanti que vous étiez d'excellents enquêteurs. (Il sourit, puis le sourire disparut.) Dans le cas contraire, si vous veniez à faire preuve de négligence, à traiter cette affaire par-dessus la jambe sous prétexte qu'il ne s'agit que d'un cheval, je me montrerais impitoyable.

La menace n'était même pas voilée. *Ce que je veux...* L'homme était sans détours. Il n'avait pas de temps à perdre et il allait droit au but. Du coup, il parut presque sympathique à Servaz. Tout comme son amour pour cet animal.

Mais Irène Ziegler ne l'entendait visiblement pas de cette oreille. Servaz vit qu'elle était devenue très pâle.

— Vous n'obtiendrez rien par la menace, riposta-t-elle avec une colère froide.

Lombard la fixa. D'un coup, son visage se radoucit et il afficha une mine sincèrement contrite.

— Je vous demande pardon. Je suis sûr que vous êtes tous deux parfaitement compétents et consciencieux. Vos supérieurs ne tarissent pas d'éloges à votre sujet. Je suis un idiot. Ces... *événements* m'ont bouleversé. Acceptez mes excuses, capitaine Ziegler. Elles sont sincères.

Ziegler hocha la tête à contrecœur mais elle ne dit rien de plus.

— Si vous n'y voyez pas d'inconvénient, intervint Servaz, j'aimerais que nous commencions tout de suite à vous poser des questions, puisque nous sommes là.

— Bien sûr. Suivez-moi. Permettez-moi de vous offrir un café.

Éric Lombard ouvrit une autre porte dans le fond. Un salon. Le soleil traversait les portes-fenêtres et tombait sur le cuir de deux canapés et une table basse, sur laquelle on avait disposé un plateau portant trois tasses et une aiguière. Servaz jugea cette dernière ancienne et de grand prix. Comme le reste du mobilier. Tout était déjà prêt, y compris le sucre, des viennoiseries et un pot de lait.

— Ma première question, attaqua Servaz sans préambule, voyez-vous quelqu'un qui aurait pu commettre ce crime, qui aurait du moins une raison pour le faire ?

Éric Lombard était en train de servir le café.

Il interrompit son geste pour plonger son regard dans celui de Servaz. Ses cheveux blonds se reflétaient dans le grand miroir derrière lui. Il portait un chandail à col roulé écru et un pantalon de laine grise. Et il était très bronzé.

Ses yeux clairs ne cillèrent pas quand il répondit :

— Oui.

Servaz tressaillit. À côté de lui, Ziegler avait réagi aussi.

— Et non, ajouta-t-il aussitôt. Ce sont là deux questions en une : oui, je connais un tas de gens qui auraient des raisons pour le faire. Non, je ne vois personne qui soit capable de l'avoir fait.

— Précisez votre pensée, dit Ziegler, agacée. Pourquoi auraient-ils des raisons de tuer ce cheval ?

— Pour me faire mal, pour se venger, pour m'impressionner. Vous vous en doutez : dans mon métier et avec ma fortune, on se fait des ennemis, on suscite des jalousies, on vole des marchés à des concurrents, on rejette des offres, on pousse des gens à la ruine, on licencie des centaines de personnes… Si je devais dresser une liste de tous ceux qui me détestent, elle aurait la taille d'un annuaire.

— Vous ne pourriez pas être un tout petit peu plus précis ?

— Malheureusement, non. Je comprends votre raisonnement : on a tué mon cheval préféré et on l'a accroché en haut d'un téléphérique qui m'appartient. C'est donc à moi qu'on en veut. Tout me désigne, je suis bien d'accord avec vous. Mais je n'ai pas la moindre idée de celui qui a fait ça.

— Pas de menaces écrites ou verbales, de lettres anonymes ?

— Non.

— Votre groupe est présent dans soixante-quinze pays, dit Servaz.

— Soixante-dix-huit, corrigea Lombard.

— Entretient-il des rapports même indirects avec des mafias, avec le crime organisé ? J'imagine qu'il y a des pays où ce genre de… *contact* est plus ou moins inévitable.

De nouveau, Lombard fixa Servaz intensément, mais sans agressivité cette fois. Il s'autorisa même un sourire.

— Vous êtes direct, commandant. Vous pensez peut-être à cette tête de cheval coupée dans *Le Parrain* ? Non, mon groupe n'a pas de rapports avec le crime organisé. En tout cas, pas que je sache. Je ne dis pas qu'il n'y a pas quelques pays où nous devons fermer les yeux sur certains agissements, en Afrique ou en Asie, mais il s'agit, parlons net, de dictatures, pas de mafias.

— Ça ne vous gêne pas ? demanda Ziegler.

Lombard leva un sourcil.

— De faire des affaires avec des dictateurs, précisa-t-elle.

Lombard sourit de nouveau d'un air indulgent – mais ce sourire était celui d'un monarque qui hésiterait entre rire de l'impertinence d'un de ses sujets et le faire décapiter sur-le-champ.

— Je ne crois pas que répondre à cette question vous aide beaucoup dans votre enquête, répondit-il. Et sachez aussi que je ne suis pas le seul maître à bord, contrairement aux apparences : dans beaucoup de domaines, nous avons des partenaires, dont l'État français est le premier. Il y a parfois des aspects « politiques » que je ne maîtrise pas.

Direct mais sachant aussi manier la langue de bois quand il le fallait, pensa Servaz.

— Il y a une chose que j'aimerais comprendre. C'est comment personne n'a pu entendre ni voir quoi que ce soit, ni au centre équestre, ni à la centrale. On ne trimballe pas un cheval mort comme ça en pleine nuit.

Le visage de Lombard s'assombrit.

— Vous avez raison. C'est une question que je me suis posée, moi aussi. Il y a forcément quelqu'un qui ment. *Et j'aimerais beaucoup savoir qui*, ajouta-t-il d'un ton lourd de menaces.

Il reposa la tasse si violemment qu'ils sursautèrent.

— J'ai convoqué tout le monde, le personnel de la centrale de jour et de nuit, les employés du haras. Je les ai tous interrogés un par un en arrivant. Ça m'a pris quatre heures. Vous me croirez sans peine si je vous dis que j'ai exercé sur eux toutes les pressions dont je suis capable. Personne n'a rien entendu, cette nuit-là. C'est bien sûr impossible. Je n'ai aucun doute sur la sincérité de Marchand et d'Hector : ils n'auraient jamais fait de mal aux chevaux et ils sont au service de la famille depuis très longtemps. Ce sont des hommes droits, compétents, et mes rapports avec eux ont toujours été excellents. Ils font pour ainsi dire partie de la famille. Vous pouvez les rayer de votre liste. *Idem* pour Hermine. C'est une chic fille, qui adorait Freedom. Et cette histoire l'a terrassée.

— Vous êtes au courant que les vigiles ont disparu ? demanda Servaz.

Lombard fronça les sourcils.

— Oui. Ce sont les seuls que je n'ai pas interrogés.

— Ils sont deux et il a fallu au moins deux personnes pour suspendre ce cheval là-haut. Et ils ont un casier judiciaire.

— Deux suspects idéaux, commenta Lombard d'un air dubitatif.

— Vous n'avez pas l'air convaincu ?

— Je ne sais pas... Pourquoi ces deux types auraient été accrocher Freedom à l'endroit même où ils travaillaient ? C'était le meilleur moyen d'attirer les soupçons sur eux, non ?

Servaz hocha la tête en signe d'approbation.

— Ils ont quand même pris la poudre d'escampette, objecta-t-il.

— Mettez-vous à leur place. Avec leurs casiers. N'en prenez pas ombrage, mais ils savent bien que quand la police tient un coupable, elle va rarement voir plus loin.

— Qui les a embauchés ? demanda Ziegler. Que savez-vous à leur sujet ? Je parie que vous vous êtes renseigné depuis hier.

— Exact. C'est Marc Morane, le directeur de la centrale, qui les a engagés. Dans le cadre d'un programme de réinsertion d'anciens détenus de la centrale de Lannemezan.

Il ne s'agissait pas d'une centrale électrique, cette fois, mais pénitentiaire.

— Ont-ils déjà été mêlés à des histoires au sein de la centrale ?

— Morane m'a assuré que non.

— Des employés ont-ils été licenciés à la centrale ou au domaine ces dernières années ?

Lombard les regarda à tour de rôle. Ses cheveux, sa barbe et ses yeux bleus lui donnaient vraiment l'air d'un séduisant loup de mer. Il ressemblait à ses photos.

— Je ne m'occupe pas de ces détails. La gestion du personnel n'est pas de mon ressort. Pas plus, bien entendu, que celle de petites structures comme la centrale. Mais vous pourrez avoir accès à tous les dossiers du personnel et mes collaborateurs sont à votre disposition. Ils ont tous reçu des ordres dans ce sens. Ma secrétaire va vous envoyer une liste de noms et de numéros de téléphone. N'hésitez pas à les solliciter. Si l'un d'eux vous fait des difficultés, appelez-moi. Je vous l'ai dit, en ce qui me concerne, cette affaire est de la plus haute importance – et je suis moi-même à votre disposition vingt-quatre heures sur vingt-quatre. (Il sortit une carte de visite et la tendit à Ziegler.) Par ailleurs, vous avez vu l'usine hydro-électrique : elle est vétuste et pas vraiment rentable. Nous ne la conservons que pour des raisons liées à l'histoire du groupe et de la famille. Marc Morane, son directeur actuel, ajouta-t-il, je le connais depuis l'enfance : on était à l'école primaire ensemble. Mais je ne l'avais pas revu depuis des années.

Servaz comprit que cette dernière remarque était destinée à hiérarchiser les intervenants. Pour l'héritier de l'empire, le directeur de la centrale n'était qu'un employé parmi d'autres, tout en bas de l'échelle, au même niveau ou presque que ses ouvriers.

— Combien de jours par an passez-vous ici, monsieur Lombard ? demanda la gendarme.

— Voilà une question difficile : laissez-moi réfléchir... disons entre six et huit semaines. Pas plus. Je passe bien sûr plus de temps dans mon appartement parisien que dans ce vieux château. J'en passe aussi beaucoup à New York. Et, à vrai dire, je suis en voyage d'affaires la moitié du temps. Mais j'adore venir ici, surtout pendant la saison de ski et l'été, profiter de mes chevaux. J'ai d'autres haras, comme vous le savez peut-être. Mais c'est ici que j'ai vécu l'essentiel de mon enfance et de mon adolescence, avant que mon père ne m'envoie faire mon éducation ailleurs. Cette demeure peut vous paraître sinistre, mais je m'y sens pourtant chez moi. J'y ai vécu tant de choses, bonnes et mauvaises. Mais même les mauvaises finissent par paraître bonnes avec le temps : la mémoire fait son travail...

Sa voix s'était comme voilée sur la fin. Servaz se raidit, tous les sens en alerte. Il attendit la suite, mais elle ne vint pas.

— Qu'est-ce que vous voulez dire par « des choses bonnes ou mauvaises » ? demanda doucement Ziegler à côté de lui.

Lombard balaya la question d'un geste.

— Aucune importance. Tout ça est si loin... Cela n'a aucun rapport avec la mort de mon cheval.

— Il nous appartient d'en juger, répliqua Ziegler.

Lombard hésita.

— Disons qu'on pourrait penser que la vie d'un petit garçon comme moi dans un lieu pareil était idyllique, mais c'était loin d'être le cas...

— Vraiment ? dit la gendarme.

Servaz vit l'homme d'affaires lui lancer un regard prudent.

— Écoutez, je ne crois pas que…

— Que quoi ?

— Laissez tomber. Ça ne présente pas d'intérêt…

À côté de lui, Servaz entendit Ziegler soupirer.

— Monsieur Lombard, dit la gendarme, vous nous avez mis la pression en disant que si nous traitions cette affaire par-dessus la jambe, nous allions le regretter. Et vous nous avez invités à ne négliger aucune piste, même la plus saugrenue. Nous sommes des enquêteurs, pas des fakirs ou des devins. Nous avons besoin d'en savoir le plus possible sur le contexte de cette enquête. Qui sait si l'origine de cette boucherie n'a pas un lien avec le passé ?

— C'est notre métier de trouver des connexions et des mobiles, renchérit Servaz.

Lombard les fixa l'un après l'autre, et ils devinèrent qu'il soupesait mentalement le pour et le contre. Ni Ziegler ni lui ne bougeaient. L'homme d'affaires hésita encore un peu, puis il haussa les épaules.

— Laissez-moi vous parler d'Henri et de Édouard Lombard, mon père et mon grand-père, dit-il soudain. C'est une histoire assez édifiante. Laissez-moi vous dire qui était vraiment Henri Lombard. Un homme froid comme la glace, dur comme la pierre, d'une rigidité absolue. Un homme violent et égoïste aussi. Et un fanatique de l'ordre, comme son père avant lui.

La stupéfaction se peignit sur le visage de Ziegler ; Servaz, de son côté, retenait son souffle. Lombard s'interrompit de nouveau. L'homme d'affaires resta un moment à les dévisager. Les deux enquêteurs attendirent la suite en silence, le silence s'éternisa.

— Comme vous le savez peut-être, l'entreprise Lombard a vraiment commencé à prospérer pendant la Seconde Guerre mondiale. Il faut dire que mon père et mon grand-père ne virent pas du tout d'un mauvais œil l'arrivée des Allemands. Mon père avait alors à peine vingt ans, c'est mon grand-père qui dirigeait l'entreprise, ici et à Paris. Une des périodes les plus prospères de son histoire – elle fit de très bonnes affaires avec ses clients nazis.

Il s'inclina en avant. Son geste fut inversement reproduit par le miroir dans son dos – comme si la copie se désolidarisait de ce qu'allait dire l'original.

— À la Libération, mon grand-père fut jugé pour collaboration, condamné à mort puis, finalement, gracié. Il fut détenu à Clairvaux où, soit dit en passant, il eut comme voisin Rebatet. Puis libéré en 1952. Il mourut un an plus tard d'une crise cardiaque. Entre-temps, son fils Henri avait pris les commandes. Il entreprit de développer l'affaire familiale, de la diversifier et de la moderniser. Contrairement à son père, le mien – malgré ou peut-être à cause de son jeune âge – avait senti le vent tourner dès 1943 et, à l'insu de mon grand-père, il s'était rapproché de la Résistance et du gaullisme. Pas par idéal, non. Par pur opportunisme. C'était un homme brillant, clairvoyant même. À partir de Stalingrad, il a compris que les jours du IIIe Reich étaient comptés et il a joué sur les deux tableaux : les Allemands d'un côté, la Résistance de l'autre. C'est mon père qui a fait du groupe Lombard ce qu'il est, dans les années 1950, 1960 et 1970. Après la guerre, il a su tisser un réseau de relations décisif parmi les barons du gaullisme et les anciens de la Résistance replacés à des postes-clefs. C'était un grand capitaine d'industrie, un bâtisseur d'empire, un visionnaire – mais à la maison c'était un tyran, un père et un époux brutal, insensible et distant. Physiquement, c'était un homme qui en imposait : grand, longiligne, toujours vêtu de noir. Les gens de Saint-Martin le respectaient ou le détestaient, mais tous le craignaient. Un homme éprouvant un immense amour pour lui-même et n'en ayant plus à donner aux autres. Pas même à sa femme ou à ses enfants…

Éric Lombard se leva. Servaz et Ziegler le virent se diriger vers un bahut. Il attrapa une photo encadrée et la tendit à Servaz. Des vêtements sombres, une chemise d'une blancheur immaculée, un homme grand au visage sévère, avec des yeux étincelants de rapace, un long nez plein de vigueur et des cheveux blancs. Henri Lombard ne ressemblait guère à son fils. Plutôt à un clergyman ou à un prédicateur fanatique. Servaz ne put s'empêcher de penser à son propre père, homme mince et racé dont le visage refusait de se fixer sur la plaque photographique de sa mémoire.

— À la maison comme dans ses sociétés, mon père faisait régner la terreur. Il exerçait une véritable violence psychologique et même physique sur ses employés, sur sa femme et sur ses enfants. (Servaz discerna une fêlure dans la voix de Lombard. L'aventurier des temps modernes, l'icône des magazines avait cédé la place à quelqu'un d'autre.) Ma mère est morte d'un cancer à l'âge de quarante-neuf ans. C'était sa troisième femme. Pendant les dix-neuf années où elle a été mariée avec mon père, elle n'a cessé de subir sa tyrannie, ses colères, ses sarcasmes – et ses coups. Il a aussi viré de nombreux domestiques et des employés. Je fais partie d'un milieu où la dureté est une qualité. Mais celle de mon père allait au-delà de l'acceptable. Son cerveau était dévoré par les ombres.

Servaz et Ziegler se regardèrent. L'un comme l'autre étaient conscients que c'était une histoire incroyable que l'héritier de l'empire leur servait : n'importe quel paparazzi en aurait fait son miel. Éric Lombard avait apparemment décidé de leur faire confiance. *Pourquoi ?* Soudain, Servaz comprit. Au cours des dernières vingt-quatre heures, l'homme d'affaires avait probablement passé quantité de coups de fil. Servaz se remémora encore une fois les chiffres vertigineux lus sur la Toile et il sentit un désagréable chatouillis courir le long de sa colonne vertébrale. Éric Lombard avait assez d'argent et de pouvoir pour obtenir n'importe quelle information. Brusquement, le policier se demanda s'il n'avait pas diligenté une enquête parallèle, une enquête dans l'enquête – qui concernerait non seulement la mort de son cheval, mais qui s'intéresserait aussi de très près aux enquêteurs officiels. C'était évident. Lombard en savait sans doute autant sur eux qu'ils en savaient sur lui.

— C'est une information importante, estima finalement Ziegler. Vous avez bien fait de nous la communiquer.

— Vous croyez ? J'en doute. Toutes ces histoires sont enterrées depuis longtemps. Bien entendu, ce que je viens de vous dire est strictement confidentiel.

— Si ce que vous dites est exact, dit Servaz, nous avons un mobile : la haine, la vengeance. De la part d'un ancien employé, par exemple, d'une ancienne relation, d'un vieil ennemi de votre père.

Lombard secoua la tête, sceptique.

— Dans ce cas, pourquoi si tard ? Il y a onze ans que mon père est mort.

Il était sur le point d'ajouter quelque chose lorsque le portable d'Irène Ziegler bourdonna. Elle consulta le numéro et les regarda.

— Excusez-moi.

La gendarme se leva et s'éloigna dans un coin de la pièce.

— Votre père est né en 1920 si je ne me trompe pas, continua Servaz. Et vous en 1972. Le moins qu'on puisse dire, c'est qu'il vous a eu sur le tard. Il a eu d'autres enfants ?

— Ma sœur Maud. Née en 1976, quatre ans après moi. Tous les deux, nous sommes issus de son troisième et dernier mariage. Il n'a pas eu d'enfants avant celui-là. Pourquoi, je n'en sais rien. Officiellement, il avait rencontré ma mère à Paris dans un théâtre où elle était actrice…

De nouveau, Lombard parut se demander jusqu'où il pouvait aller dans la confidence. Il sonda Servaz, les yeux dans les yeux, puis se décida.

— Ma mère était effectivement une assez bonne actrice, mais elle n'a jamais mis les pieds sur une scène ni dans un théâtre, du moins ailleurs que dans le public – et pas davantage sur un plateau de cinéma. Son talent consistait plutôt à jouer la comédie pour une seule personne à la fois : les hommes d'âge mûr et fortunés qui payaient très cher sa compagnie. Il semble qu'elle ait eu une clientèle fidèle de riches hommes d'affaires. Elle était très demandée. Mon père était l'un des plus assidus. Sans doute a-t-il été jaloux très vite. Il la voulait pour lui tout seul. Comme pour tout le reste, il lui fallait être le premier – et écarter ses rivaux d'une manière ou d'une autre. Alors, il l'a épousée. Ou plutôt, dans son optique à lui, il l'a « achetée ». À sa façon. Il n'a jamais cessé de la considérer comme une… *pute*, même après leur mariage. Quand mon père l'a épousée, il avait cinquante et un ans, elle en avait trente. De son côté, elle a dû juger que sa « carrière » arrivait à son terme et qu'il était temps de penser à sa reconversion. Mais elle ignorait que l'homme qu'elle épousait était violent. Elle en a bavé.

Éric Lombard s'assombrit d'un coup. *Il n'a jamais pardonné à son père.* Servaz réalisa en frissonnant qu'il existait une étroite parenté entre Lombard et lui : pour l'un comme pour l'autre, les souvenirs familiaux constituaient un millefeuille de joies et de souffrance, d'instants solaires et d'horreur. Du coin de l'œil, il surveillait Ziegler. Elle parlait toujours dans son téléphone, à l'autre bout de la pièce, dos tourné aux deux hommes.

Elle se retourna brusquement et son regard croisa celui de Servaz.

Il fut aussitôt en alerte : quelque chose venait d'être dit au téléphone qui l'avait bouleversée.

— Toutes ces choses sur vos parents, qui vous les a apprises ?

Lombard eut un rire sans joie.

— J'ai engagé un journaliste, il y a quelques années, pour fouiner dans l'histoire familiale. (Il hésita un court instant.) Depuis longtemps, je voulais en savoir plus sur mon père et ma mère, j'étais bien placé pour savoir qu'ils ne formaient pas un couple harmonieux, c'est le moins qu'on puisse dire. Mais je ne m'attendais pas à un tel déballage. Ensuite, j'ai acheté le silence de ce journaliste. Cher. Mais ça en valait la peine.

— Et depuis, aucun autre journaliste n'est venu mettre son nez là-dedans ?

Lombard fixa Servaz. Il était redevenu l'homme d'affaires intraitable.

— Si. Bien sûr. Je les ai tous achetés. Un par un. J'ai dépensé des fortunes... *Mais, au-delà d'une certaine somme, tout le monde est à vendre...*

Il fixa Servaz et le flic comprit le message : *même vous.* Servaz sentit la colère le gagner. Une telle arrogance l'exaspérait. Mais, en même temps, il sut que l'homme qui lui faisait face avait raison. Peut-être aurait-il eu la force de refuser pour lui-même, au nom du code éthique qu'il avait adopté à son entrée dans la police. Mais, à supposer qu'il eût été journaliste et que l'homme en face de lui eût proposé pour sa fille les meilleures écoles, les meilleurs professeurs, les meilleures universités et, plus tard, une place assurée dans le métier dont elle rêvait : aurait-il eu le courage de refuser un tel avenir à Margot ? D'une certaine façon, Lombard avait raison : au-delà de certaines limites, tout le monde était à vendre. Le père avait acheté sa femme ; le fils achetait des journalistes – et sans doute aussi des hommes politiques : Éric Lombard était plus proche de son père qu'il ne le croyait.

Servaz n'avait plus de questions.

Il reposa sa tasse vide. Ziegler les rejoignit. Il l'observa à la dérobée. *Elle était tendue et inquiète.*

— Bien, à présent, dit Lombard froidement, j'aimerais savoir si vous avez une piste.

La sympathie que Servaz avait ressentie un instant disparut d'un coup ; ce type leur parlait à nouveau comme s'ils étaient ses larbins.

— Désolé, s'empressa-t-il de répondre avec un sourire de contrôleur fiscal. À ce stade, nous préférons éviter de commenter l'enquête avec toute personne impliquée dans celle-ci.

Lombard le dévisagea longuement. Servaz le vit distinctement hésiter entre deux options : à nouveau la menace ou une retraite provisoire. Il choisit la seconde.

— Je comprends. De toute façon, je sais à qui m'adresser pour obtenir cette information. Merci d'être venus et d'avoir pris sur votre temps.

Il se leva. L'entretien était terminé. Il n'y avait rien à ajouter.

Ils refirent le chemin en sens inverse. Autour d'eux, les ténèbres gagnaient l'enfilade des salons. Dehors, le vent avait forci, il faisait gronder et bouger les arbres. Servaz se demanda s'il allait reneiger. Il regarda sa montre. 16 heures passées de quarante minutes. Le soleil déclinait ; les longues ombres des animaux en topiaire s'étiraient sur le sol. Il jeta un coup d'œil derrière lui, vers la façade du château, et découvrit Éric Lombard à l'une des nombreuses fenêtres de l'étage qui les observait, immobile. Il y avait deux hommes autour de lui, dont le dénommé Otto. Servaz repensa à son hypothèse : les enquêteurs faisant eux-mêmes l'objet d'une enquête. Dans le rectangle sombre de la fenêtre, Lombard et ses hommes de main ressemblaient à des reflets dans une glace. Tout aussi étranges, silencieux et inquiétants. Dès qu'ils furent remontés en voiture, il se tourna vers Ziegler.

— Qu'est-ce qui se passe ?

— Rosny-sous-Bois vient d'appeler. Ils ont terminé leurs analyses ADN.

Il la regarda, incrédule. Les prélèvements avaient été effectués à peine quarante-huit heures plus tôt. Aucune analyse ADN n'était réalisée en si peu de temps : les labos étaient débordés ! Quelqu'un de très haut placé avait dû mettre le dossier tout en haut de la pile.

— La plupart des traces d'ADN trouvées dans la cabine – cheveux, salive, poils, ongles – correspondent bien aux ouvriers ou à des employés de la centrale. Mais ils ont aussi trouvé une trace de salive sur une vitre. Une trace appartenant à quelqu'un d'étranger à la centrale, quelqu'un qui est cependant fiché dans le FNAEG. *Quelqu'un qui n'aurait jamais dû se trouver là…*

Servaz se raidit. Le FNAEG était le fichier national des empreintes génétiques. Un fichier sujet à controverse : y était non seulement consigné l'ADN des violeurs, des meurtriers et des pédophiles, mais aussi celui de personnes ayant commis toutes sortes de délits mineurs allant du vol à l'étalage à la détention de quelques grammes de cannabis. Résultat : l'année précédente, le nombre de profils présents dans la base s'était élevé à 470 492. Le fichier avait beau être le plus juridiquement contrôlé de France, cette dérive préoccupait à juste titre avocats et magistrats. En même temps, cette tendance du fichier à s'étendre au-delà de ses limites naturelles avait déjà permis quelques beaux coups de filet, car la délinquance débordait souvent des cases dans lesquelles on voulait la ranger : un « pointeur » – le terme désignant un violeur dans l'argot des prisons – pouvait aussi être un monte-en-l'air ou un braqueur. Et des traces ADN retrouvées dans des cambriolages avaient déjà conduit à l'arrestation d'abuseurs sexuels en série.

— Qui ? demanda-t-il.

Ziegler lui lança un regard dérouté.

— Julian Hirtmann, ça vous dit quelque chose ?

Quelques flocons descendaient à nouveau dans l'air froid. Le vent de la folie avait fait irruption dans l'habitacle. Impossible ! lui cria son cerveau.

Servaz se souvenait d'avoir lu plusieurs articles dans *La Dépêche du Midi* à l'occasion du transfert du célèbre tueur en série suisse dans les Pyrénées. Des articles qui s'attardaient sur les mesures de sécurité exceptionnelles entourant ce transfert. Comment Hirtmann avait-il pu parvenir à quitter l'enceinte de l'Institut, commettre cet acte démentiel et réintégrer sa cellule ensuite ?

— C'est impossible, souffla Ziegler, faisant écho à ses propres pensées.

Il la fixait, toujours aussi incrédule. Puis il observa les flocons, à travers le pare-brise.

— *Credo quia absurdum*, dit-il finalement.

— Encore du latin, constata-t-elle. Qui veut dire ?

— « Je le crois parce que c'est absurde. »

9.

Diane était assise à son bureau depuis une heure quand sa porte s'ouvrit brusquement et se referma. Elle leva les yeux en se demandant qui pouvait bien entrer ainsi sans frapper et s'attendit à voir Xavier ou Lisa Ferney devant elle.

Personne.

Son regard s'attarda sur la porte fermée, perplexe. Des pas résonnèrent dans la pièce… *Mais la pièce était vide*… La lumière provenant de la fenêtre en verre dépoli avait une teinte bleu-gris et elle n'éclairait qu'un papier peint fané et un classeur métallique. Les pas s'arrêtèrent, on tira une chaise. D'autres pas – des talons de femme, cette fois – s'arrêtèrent à leur tour.

— Comment sont les pensionnaires aujourd'hui ? demanda la voix de Xavier.

Elle fixa le mur. *Le bureau du psychiatre*, les bruits provenaient de la pièce d'à côté. Pourtant, un mur très épais l'en séparait. Elle mit une demi-seconde à comprendre. Ses yeux se posèrent sur la bouche d'aération en haut du mur, dans le coin sous le plafond : les sons passaient par là.

— Nerveux, répondit Lisa Ferney. Tout le monde ne parle que de cette histoire de cheval. Ça les excite tous, on dirait.

L'étrange phénomène acoustique rendait chaque mot, chaque syllabe prononcés par l'infirmière chef parfaitement audibles.

— Augmentez les doses s'il le faut, dit Xavier.

— C'est déjà fait.

— Très bien.

Elle pouvait même saisir la moindre nuance, la moindre inflexion – y compris lorsque les voix n'étaient guère plus qu'un murmure. Elle se demanda si Xavier le savait. Probablement ne s'en était-il jamais aperçu. Il n'y avait personne dans cette pièce avant elle et Diane ne faisait pas beaucoup de bruit. Peut-être même les sons ne circulaient-ils que dans un sens. Elle occupait une petite pièce poussiéreuse de quatre mètres sur deux qui était auparavant un débarras – il y avait encore des boîtes d'archives empilées dans un coin. Cela sentait la poussière mais aussi autre chose – une odeur indéfinissable mais désagréable. On avait beau lui avoir installé en catastrophe un bureau, un ordinateur et un fauteuil, cela faisait à peu près le même effet que d'avoir son bureau dans un local poubelles.

— La nouvelle, qu'est-ce que tu en penses ? demanda Élisabeth Ferney.

Diane se redressa, prêtant l'oreille.

— Et toi, qu'est-ce que tu en penses ?

— Je ne sais pas, c'est bien ça le problème. Tu as pensé que la police va sûrement venir ici à cause de ce cheval ?

— Et alors ?

— Ils vont fouiner partout. Tu n'as pas peur ?

— Peur de quoi ? dit Xavier.

Un silence. Diane leva la tête vers le conduit d'aération.

— Pourquoi devrais-je avoir peur ? Je n'ai rien à cacher.

Mais la voix du psychiatre, même à travers une bouche d'aération, disait le contraire. Diane se sentit tout à coup très mal à l'aise. Elle était en train d'espionner malgré elle une conversation qui prendrait une tournure extrêmement embarrassante si on la surprenait. Elle sortit son téléphone portable de sa blouse et s'empressa de l'éteindre, bien qu'il y eût peu de chances pour qu'on l'appelât ici.

— À ta place, je me débrouillerais pour qu'ils en voient le moins possible, dit Lisa Ferney. Tu comptes leur montrer Julian ?

— Uniquement s'ils le demandent.

— Il faudrait peut-être que j'aille lui rendre une petite visite, dans ce cas.

— Oui.

Diane perçut le crissement de la blouse de Lisa Ferney lorsque celle-ci bougea, de l'autre côté. De nouveau, le silence.

— Arrête, dit Xavier au bout d'une seconde, ce n'est pas le moment.

— Tu es trop tendu, je pourrais t'aider.

Dans le conduit, la voix de l'infirmière chef s'était faite enjôleuse, caressante.

— Oh, bon Dieu, Lisa… si quelqu'un venait…

— Sale petit cochon, tu démarres au quart de tour.

— Lisa, Lisa, je t'en prie… Pas ici… *Ô Seigneur, Lisa…*

Diane sentit une violente rougeur enflammer ses joues. Depuis combien de temps Xavier et Lisa étaient-ils amants ? Le psychiatre n'était à l'Institut que depuis six mois. Puis elle se fit la réflexion *qu'elle-même et Spitzner…* Pourtant elle n'arrivait pas à placer ce qu'elle entendait sur le même plan. Peut-être était-ce dû à cet endroit, à toutes ces pulsions, haines, psychoses, colères, manies mijotant comme un brouet insalubre, mais il y avait dans cet échange quelque chose de profondément malsain.

— Tu veux que j'arrête, c'est ça ? susurra Lisa Ferney de l'autre côté. Dis-le. Dis-le et j'arrête.

— *Nooooon…*

— Allons-nous-en. On nous observe.

La nuit était tombée. Ziegler tourna la tête et découvrit à son tour Lombard derrière la fenêtre. Seul, à présent.

Elle mit le moteur en marche et fit demi-tour dans l'allée. Comme précédemment, les grilles s'ouvrirent devant eux. Servaz jeta un coup d'œil dans le rétroviseur. Il crut apercevoir la silhouette de Lombard s'éloignant de la fenêtre, qui elle-même rapetissait.

— Et les empreintes digitales, les autres prélèvements ? demanda-t-il.

— Pour l'instant, rien de probant. Mais ils sont loin d'avoir terminé. Il y a des centaines d'empreintes et de traces. Il y en a pour des jours. Jusqu'à présent, toutes semblent appartenir au personnel. Celui qui a fait le coup a utilisé des gants, c'est évident.

— Mais il a quand même laissé un peu de salive sur la vitre.

— Vous pensez à une sorte de message de sa part ?

Elle quitta un instant la route des yeux pour le regarder.

— Un défi... Qui sait ? dit-il. Rien dans cette affaire n'est à écarter.

— Ou un accident tout bête. Ça arrive plus souvent qu'on le croit, il suffit qu'il ait éternué près de la vitre.

— Que savez-vous sur ce Hirtmann ?

Ziegler mit en route les essuie-glaces : les flocons étaient de plus en plus nombreux dans le ciel sombre.

— C'est un tueur organisé. Ce n'est pas un tueur psychotique et délirant, comme certains pensionnaires de l'Institut, mais un grand pervers psychopathe, un prédateur social particulièrement redoutable et intelligent. Il a été condamné pour le meurtre de sa femme et de l'amant de celle-ci dans des circonstances atroces, mais il est aussi soupçonné du meurtre de près de quarante personnes. Uniquement des femmes. En Suisse, en Savoie, en Italie du Nord, en Autriche... Cinq pays au total. Seulement, il n'a jamais rien avoué. Et on n'a jamais rien pu prouver. Même dans le cas de sa femme, il n'aurait jamais été pris sans un concours de circonstances.

— Vous semblez bien connaître le dossier.

— Je me suis un peu intéressée à lui à mes moments perdus il y a seize mois, lorsqu'il a été transféré à l'Institut Wargnier. La presse en a parlé, à cette occasion. Mais je ne l'ai jamais rencontré.

— En tout cas, ça change tout. Il nous faut désormais partir de l'hypothèse qu'Hirtmann est bien l'homme que nous recherchons. Même si, de prime abord, ça semble impossible. Que savons-nous de lui ? Dans quelles conditions est-il enfermé à l'Institut ? Ces questions deviennent prioritaires.

Elle acquiesça d'un signe de tête, sans cesser de regarder la route.

— Il nous faut aussi réfléchir à ce que nous allons dire, ajouta Servaz. Aux questions que nous allons lui poser. Nous devons préparer cette visite. Je ne connais pas le dossier aussi bien que vous, mais c'est évident : Hirtmann n'est pas n'importe qui.

— Il y a aussi la question de complicités éventuelles à l'intérieur de l'Institut, souleva Ziegler. Et des failles dans la sécurité.

Servaz acquiesça.

— Il nous faut absolument une réunion préparatoire. Les choses viennent brusquement de se préciser, mais aussi de se compliquer. Nous devons envisager tous les aspects du problème avant de nous rendre là-bas.

Ziegler était d'accord. L'Institut devenait la priorité, mais ils n'avaient pas toutes les compétences requises, ni toutes les cartes en main.

— Le psy doit arriver de Paris lundi, dit-elle. Et je dois donner une conférence demain à Bordeaux sur les constats. Je ne vais quand même pas l'annuler à cause d'un cheval ! Je suggère que nous attendions lundi pour nous rendre à l'Institut.

— D'un autre côté, fit Servaz, si Hirtmann est vraiment derrière tout ça et qu'il a pu sortir de l'Institut, nous devons à tout prix nous assurer que d'autres pensionnaires ne puissent pas en faire autant.

— J'ai demandé des renforts au groupement départemental de Saint-Gaudens. Ils sont en route.

— Il faut contrôler tous les accès à l'Institut, fouiller toutes les voitures qui entrent et qui sortent, même celles du personnel. Et mettre des équipes en planque dans la montagne pour surveiller les alentours.

Ziegler hocha la tête.

— Les renforts prendront la relève cette nuit. J'ai aussi demandé du matériel pour la vision nocturne et le tir de nuit. Et la permission de doubler les effectifs sur place, mais ça m'étonnerait qu'on l'obtienne. On a aussi deux équipes cynophiles qui vont se joindre au dispositif. De toute façon, certaines des montagnes autour de l'Institut sont infranchissables sans équipement. La seule voie d'accès véritable est la route et la vallée. Cette fois, même s'il arrive à déjouer les systèmes de sécurité de l'Institut, Hirtmann ne pourra pas passer.

Il n'est plus question d'un cheval cette fois, se dit-il. *Désormais, c'est beaucoup plus sérieux.*

— Il y a une autre question à laquelle il va falloir répondre.

Elle lui jeta un regard interrogateur.

— Quel est le lien entre Hirtmann et Lombard ? Pourquoi diable s'en est-il pris à ce cheval ?

À minuit, Servaz ne dormait toujours pas. Il éteignit son PC – une antique bécane quasi préhistorique qui fonctionnait encore avec Windows 98 et dont il avait hérité après son divorce – et la lampe sur son bureau et il referma la porte derrière lui. Il traversa le living-room, tira la porte vitrée et sortit sur le balcon. La rue était déserte, trois étages plus bas. À part une voiture qui, de temps en temps, se frayait un passage entre la double rangée de véhicules garés pare-chocs contre pare-chocs. Comme la plupart des villes, celle-ci avait un sens aigu de l'espace occupé. Et, comme la plupart des villes, même quand ses habitants dormaient, celle-ci ne dormait jamais complètement. À toute heure, elle ronronnait et vrombissait comme une machine. En bas, des bruits de vaisselle montaient des cuisines d'un restaurant. L'écho d'une conversation – ou plutôt d'une dispute – entre un homme et une femme résonnait quelque part. Un type dans la rue faisait pisser son chien sur une voiture. Il rentra dans le séjour, fouilla dans sa collection de CD et mit la *Huitième* de Mahler, version Bernstein, à un niveau sonore décent. À cette heure-là, ses voisins du dessous, des couche-tôt, dormaient profondément : même les terribles coups de marteau de la *Sixième* ou le grand accord discordant de la *Dixième* ne seraient pas parvenus à les tirer de leur sommeil.

Julian Hirtmann…

Le nom ressurgit encore une fois. Depuis qu'Irène Ziegler l'avait prononcé, quelques heures plus tôt, dans la voiture, il était dans l'air. Au cours des heures écoulées, Servaz avait cherché à en savoir le plus possible sur le pensionnaire de l'Institut Wargnier. Non sans stupeur, il avait découvert que Julian Hirtmann avait, comme lui, une prédilection pour la musique de Mahler. C'était quelque chose qu'ils avaient en commun. Il avait passé plusieurs heures à surfer sur Internet et à prendre des notes. Tout comme pour Éric Lombard, mais pour d'autres raisons, il avait trouvé des centaines de pages consacrées au Suisse sur la Toile.

Le mauvais pressentiment qu'avait Servaz depuis le début se répandait à présent comme un nuage toxique. Jusque-là, ils n'avaient qu'une histoire bizarre – la mort d'un cheval dans des circonstances insolites – qui n'aurait jamais pris de telles proportions si, au lieu d'un milliardaire, le propriétaire de l'animal avait été un fermier du coin. Et voilà qu'elle se trouvait reliée – sans qu'il pût comprendre ni comment ni pourquoi –

à l'un des plus redoutables tueurs de l'ère moderne. Servaz avait tout à coup l'impression de se retrouver devant un long couloir plein de portes closes. Chacune cachait un aspect insoupçonné et inquiétant de l'enquête. Il redoutait de s'engager dans ce couloir et de les pousser. Dans son esprit, le couloir était bizarrement éclairé par une lampe rouge – rouge comme le sang, rouge comme la fureur, rouge comme un cœur qui bat. Tandis qu'il s'aspergeait le visage à l'eau froide, un nœud d'angoisse au ventre, il acquit la certitude que de nombreuses autres portes allaient bientôt s'ouvrir – révélant des pièces toutes plus obscures et sinistres les unes que les autres. *Ce n'était qu'un début...*

Julian Alois Hirtmann était détenu depuis bientôt seize mois dans l'unité A de l'Institut Wargnier, celle réservée aux prédateurs sociaux les plus dangereux, qui ne comptait en tout et pour tout que sept pensionnaires. Mais Hirtmann se distinguait des six autres à plus d'un titre :

1°) il était intelligent, contrôlé et la longue série de ses meurtres supposés n'avait jamais pu être prouvée ;

2°) il avait occupé, cas rare mais pas totalement exceptionnel pour un criminel en série, une position sociale élevée, puisqu'au moment de son arrestation il était procureur près le tribunal de Genève ;

3°) son arrestation – suite au « malheureux concours de circonstances » évoqué par Ziegler – et son procès avaient déclenché un imbroglio politico-criminel sans précédent dans la chronique judiciaire helvétique.

Le concours de circonstances évoqué par Ziegler était une invraisemblable histoire, qui aurait pu paraître cocasse si elle n'avait surtout été tragique et incroyablement sordide. Le soir du 21 juin 2004, tandis qu'un violent orage se déchaînait sur le lac Léman, Julian Hirtmann, en un geste de grandiose mansuétude, avait invité l'amant de sa femme à dîner dans sa propriété des bords du lac. Motif de cette invitation : il voulait « clarifier les choses et organiser entre gentlemen le départ d'Alexia ».

Sa ravissante épouse lui avait en effet annoncé qu'elle voulait le quitter pour vivre avec son amant, magistrat comme lui au tribunal de Genève. À la fin du repas, au cours duquel ils avaient écouté les sublimes *Kindertotenlieder* de Mahler et discuté les modalités du divorce (Servaz s'arrêta un instant sur cette information, interdit, en se demandant quel enquêteur scrupuleux l'avait notée : ces « Chants pour les enfants morts » étaient une de ses œuvres musicales préférées), Hirtmann avait sorti une arme et contraint le couple à descendre au sous-sol. Hirtmann et sa femme avaient transformé celui-ci en une « caverne de délices sadomasochistes » où ils organisaient des partouzes fréquentées par des amis de la bonne société genevoise. Hirtmann aimait en effet voir sa très belle femme prise et battue par plusieurs hommes, soumise à toutes sortes de tortures raffinées, menottée, enchaînée, fouettée et livrée à d'étranges machines en vente dans des boutiques spécialisées d'Allemagne et des Pays-Bas. Il n'en était pas moins devenu fou de jalousie en apprenant qu'elle s'apprêtait à le quitter pour un autre. Circonstance aggravante : il considérait l'amant de sa femme comme un individu parfaitement stupide et insipide.

Un des nombreux articles consultés par Servaz montrait Hirtmann posant en compagnie de sa future victime au tribunal de Genève.

L'homme semblait petit à côté du procureur – qui était très grand et maigre. Sur la photo, Servaz lui donnait la quarantaine. Le géant avait posé une main amicale sur l'épaule de l'amant et collègue, et il le couvait du regard comme un tigre couve sa proie. Rétrospectivement, Servaz se demanda si Hirtmann savait alors qu'il allait le tuer. La légende disait : *Le procureur Hirtmann et sa future victime, le juge Adalbert Berger, en robe de magistrat, posant dans la salle des pas perdus.*

Cette nuit du 21 juin, Hirtmann avait obligé l'amant et sa femme à se dévêtir et à s'allonger sur un lit du sous-sol, puis à boire du champagne jusqu'à ce qu'ils fussent ivres tous les deux. Il avait ensuite ordonné à l'amant de vider un magnum sur le corps d'Alexia étendue tremblante sur le lit, tout en répandant lui-même du champagne sur le corps de son amant. Ces libations terminées, il avait tendu à l'amant un des gadgets qui traînaient en ces lieux : l'objet ressemblait à une grosse perceuse électrique dont on aurait remplacé la mèche par un godemiché. De tels instruments, pour étranges qu'ils paraissent au commun des mortels, ne sont pas rares dans les boutiques spécialisées, et les invités des soirées des bords du lac en faisaient occasionnellement usage. Dans l'après-midi, Hirtmann avait soigneusement bricolé l'instrument, de telle sorte qu'en cas d'examen les fils électriques dénudés apparussent comme un défaut purement accidentel à un expert suspicieux. Il avait aussi remplacé le disjoncteur en parfait état de marche de son tableau électrique par un de ces disjoncteurs de contrefaçon totalement inefficaces qui circulent sur les marchés parallèles. Lorsque l'amant de sa femme eut introduit l'objet ruisselant dans le sexe de sa maîtresse, Hirtmann, sa main gantée de caoutchouc isolant, brancha l'appareil. Le résultat ne se fit pas attendre, le champagne étant visiblement un bon conducteur. Et Hirtmann aurait sans doute pris un plaisir très vif à contempler les corps secoués par des tremblements incontrôlables, poils et cheveux hérissés comme de la limaille de fer sur un aimant, si n'était intervenu à ce moment le « concours de circonstances » dont avait parlé Ziegler.

Du fait du disjoncteur défectueux, aucune coupure n'aurait pu sauver les deux amants de l'électrocution, la surtension eut toutefois une conséquence qu'Hirtmann n'avait pas prévue : elle déclencha le système d'alarme de la maison. Le temps qu'Hirtmann se ressaisisse et la diligente police suisse, alertée par le hurlement puissant de la sirène et par le voisinage, était à sa porte.

Le procureur n'avait pas perdu tout sang-froid pour autant. Comme il avait prévu de le faire un peu plus tard dans la soirée, il avait décliné son identité et sa qualité de magistrat et annoncé, effondré et confus, qu'un tragique accident venait de se produire au sous-sol. Puis il invita, honteux et bouleversé, les agents de police à descendre à la cave. C'est alors qu'intervint le deuxième concours de circonstances : pour faire cesser la sirène – et paraître avoir secouru les amants –, Hirtmann avait été contraint de couper tardivement le courant ; le gendarme Christian Gander, de la police cantonale de Genève, déclara que, lorsque son collègue et lui-même étaient entrés dans la sinistre cave, l'une des victimes était encore vivante. C'était la femme d'Hirtmann, Alexia. Dans la lueur des torches, elle se réveilla soudain et elle eut le temps de désigner son bourreau d'un air terrifié avant de s'écrouler définitivement. Les deux gendarmes mirent alors le géant en joue et le menottèrent, malgré ses protestations et ses menaces. Puis ils passèrent deux appels : le premier aux secours, le second à la brigade criminelle de Genève. Arrivés sur les lieux quinze minutes plus tard, les renforts se livrèrent à une fouille systématique et trouvèrent assez rapidement le pistolet automatique – chargé et cran de sûreté ôté – glissé sous un meuble. Hirtmann fut emmené et une équipe de l'identité judiciaire appelée à son tour en renfort. L'analyse des restes du dîner devait démontrer que le procureur assassin avait aussi drogué ses victimes.

Ce furent des documents et des coupures de presse trouvés un peu plus tard dans le bureau d'Hirtmann qui firent le lien entre lui et une vingtaine de disparitions de jeunes femmes survenues au cours des quinze dernières années et jamais résolues. Tout à coup, l'affaire prenait une autre dimension : on passait d'un drame passionnel à un *serial killer*. L'ouverture d'un coffre à la banque permit d'exhumer plusieurs classeurs remplis de coupures de presse ; elles concernaient d'autres disparitions dans cinq pays : les Alpes françaises, les Dolomites, la Bavière, l'Autriche et la Suisse. Au total, une quarantaine de cas étalés sur vingt-cinq ans. Aucune de ces disparitions n'avait jamais été élucidée. Bien entendu, Hirtmann prétendit qu'il s'était intéressé à ces affaires d'un point de vue purement professionnel et il fit même preuve d'un certain sens de l'humour en déclarant qu'il soupçonnait ces jeunes femmes d'être les victimes d'un seul et même tueur. Ces derniers dossiers furent toutefois juridiquement disjoints de la première affaire – dont ils différaient tant par le mobile que par la nature même du crime.

À l'audience, Hirtmann révéla enfin sa vraie nature. Loin de chercher à minimiser ses penchants, il les étala au contraire avec complaisance. Une série de scandales retentissants éclata au cours du procès, car plusieurs membres du tribunal et de la bonne société genevoise avaient participé à ses soirées. Hirtmann donna leurs noms en pâture avec délectation, ruinant un nombre incalculable de réputations. L'affaire devint un séisme politico-criminel sans précédent mêlant sexe, drogue, argent, justice et médias. De cette période subsistaient de nombreuses photos parues dans la presse du monde entier et légendées : *La maison de l'horreur* (où l'on voyait la grande maison des bords du lac avec sa façade couverte de lierre*)*, *Le monstre sortant du tribunal* (où Hirtmann apparaissait revêtu d'un gilet pare-balles et protégé par des policiers qu'il dépassait d'une bonne tête), *Genève prise dans la tourmente*, *Untel accusé d'avoir participé aux orgies Hirtmann*, etc.

Au cours de ses pérégrinations virtuelles, Servaz constata que certains internautes vouaient un véritable culte à Hirtmann. De nombreux sites lui étaient consacrés, la plupart le présentant non comme un fou criminel mais plutôt comme l'emblème du sado-masochisme ou – sans rire – de la *volonté de puissance*, comme un *astre incandescent de la galaxie satanique* ou même comme un *surhomme nietzschéen et rock*. Les forums s'avérèrent pires. Même lui, Servaz, en sa qualité de policier, n'aurait jamais imaginé qu'il y avait autant de dingos en circulation. Des individus s'affublant de pseudos aussi grotesques que 6-BORG, SYMPATHY FOR THE DEVIL ou DÉESSE KALI se répandaient en théories aussi fumeuses que leurs identités de contrefaçon. Servaz se sentit déprimé par tous ces univers de rechange, tous ces forums, tous ces sites. Il se dit qu'auparavant tous ces cinglés se seraient crus les seuls de leur espèce et qu'ils se seraient terrés dans leur coin. Aujourd'hui, grâce aux moyens de communication modernes, lesquels communiquent d'abord la sottise et la folie et – plus parcimonieusement – la connaissance, ils découvraient qu'ils n'étaient pas seuls, entraient en contact, et cela les confortait dans leur dinguerie. Servaz se rappela ce qu'il avait dit à Marchand et rectifia mentalement : la folie était bien une épidémie – mais ses deux vecteurs préférés étaient les médias et Internet.

Il se souvint brusquement du message de sa fille lui demandant s'il pourrait se libérer le samedi. Il regarda sa montre : 1 h 07. Samedi, c'était aujourd'hui. Servaz hésita. Puis il composa le numéro pour lui laisser un message sur son répondeur.

— Allô ?

Il tiqua. Elle avait répondu immédiatement – d'une voix si différente de celle qu'elle avait d'ordinaire qu'il se demanda s'il ne s'était pas trompé de numéro.

— Margot ?

— Papa, c'est toi ? s'exclama-t-elle dans un murmure. Tu sais quelle heure il est !

Il devina instantanément qu'elle attendait un autre coup de fil que le sien. Elle devait laisser son téléphone portable ouvert la nuit à l'insu de sa mère et de son beau-père et répondre planquée sous sa couette. De qui attendait-elle un coup de fil ? Son petit ami ? Quel genre de petit ami appelait à une heure pareille ? Puis il se souvint qu'on était vendredi soir, le jour où les étudiants sont de sortie.

— Je t'ai réveillée ?

— À ton avis ?

— Je voulais juste te dire que j'ai eu ton message, dit-il. Pour cet après-midi, je vais tâcher de me libérer. 17 heures, ça te va ?

— Tu es sûr que ça va, papa ? Tu as une drôle de voix…

— Ça va, ma puce. C'est juste que… j'ai beaucoup de travail en ce moment.

— Tu dis toujours ça.

— Parce que c'est vrai. Tu sais, il ne faut pas croire que ceux qui gagnent beaucoup d'argent sont les seuls à travailler beaucoup. Ce sont des mensonges.

— Je sais, papa.

— Ne crois jamais un homme ou une femme politique, ajouta-t-il sans réfléchir. Ce sont tous des menteurs.

— Papa, tu as vu l'heure ? On ne pourrait pas parler de ça une autre fois ?

— Tu as raison. D'ailleurs, les parents ne devraient pas essayer de manipuler leurs enfants, même s'ils pensent que ce qu'ils disent est juste. Mais plutôt leur apprendre à penser par eux-mêmes. Même si leurs enfants pensent différemment d'eux…

C'était un bien long discours pour une heure aussi tardive.

— Tu ne me manipules pas, papa. Ça s'appelle un échange, et je suis capable de penser toute seule.

Servaz se sentit tout à coup ridicule. Mais cela le fit sourire.

— Ma fille est merveilleuse, dit-il.

Elle rit doucement.

— Finalement, tu as l'air assez en forme.

— Je suis en pleine forme et il est 1 h 15 du matin. La vie est merveilleuse. Et ma fille aussi. Bonne nuit, ma fille. À demain.

— Bonne nuit, papa.

Il retourna sur le balcon. La lune brillait au-dessus du clocher de Saint-Sernin. Des étudiants passèrent dans la rue en chahutant. Cris, rires, une cavalcade, et les joyeux drilles se fondirent dans la nuit où leurs rires tardèrent à s'éteindre, tel un écho lointain de sa jeunesse. Vers 2 heures, Servaz s'étendit sur son lit et s'endormit enfin.

Le lendemain, samedi 13 décembre, Servaz réunit une partie de son groupe d'enquête pour faire le point sur le meurtre du SDF. Samira Cheung portait ce matin-là de hautes chaussettes à rayures horizontales rouges et blanches, un short en cuir des plus moulants et des bottes à talons de douze centimètres avec un tas de boucles métalliques à l'arrière. Servaz se fit la réflexion qu'elle n'aurait même pas eu besoin de se déguiser si elle avait dû infiltrer les milieux de la prostitution locale, puis il se dit que c'était exactement le genre de réflexion qu'auraient pu avoir Pujol et Simeoni, les deux beaufs de la brigade qui s'en étaient pris à son adjoint. Espérandieu, de son côté, arborait un pull marin à rayures horizontales qui lui donnait un air encore plus juvénile et pas du tout celui d'un flic. Pendant un instant de pure angoisse métaphysique, Servaz se demanda s'il dirigeait un groupe d'enquête ou s'il avait été téléporté en fac de lettres. Samira comme Vincent avaient sorti leurs ordinateurs portables perso. Comme toujours, la gamine avait autour du cou son baladeur numérique et Espérandieu passait un doigt sur son iPhone – un gadget noir qui, aux yeux de Servaz, ressemblait à un gros téléphone cellulaire extra-plat – comme s'il tournait les pages d'un livre. À sa demande, Samira souligna à nouveau l'un des points faibles de l'accusation : rien ne prouvait l'implication directe des trois jeunes gens dans la mort du SDF. L'autopsie avait établi que la victime était morte noyée dans cinquante centimètres d'eau après avoir perdu connaissance, sans doute suite à une série de coups, dont un très violent porté à la tête. Ce « sans doute » était des plus embarrassants. Car le sans-abri avait également un taux de 1,9 g d'alcool dans le sang au moment des faits. Servaz et Espérandieu étaient parfaitement conscients que le rapport d'autopsie allait être exploité par la défense pour tenter de requalifier les faits en « violences volontaires ayant entraîné la mort sans intention de la donner », voire même pour mettre en doute le fait que les coups portés fussent à l'origine de la noyade, qui pouvait être imputée à l'ivresse de la victime – mais ils avaient soigneusement évité d'aborder le sujet jusqu'à présent.

— C'est du ressort du juge, trancha finalement Servaz. Cantonnez-vous dans vos rapports à ce que vous savez, pas à ce que vous supposez.

Ce même samedi, il considéra avec perplexité la liste que lui tendait sa fille.

— Qu'est-ce que c'est ?

— Ma liste de cadeaux. Pour Noël.

— Tout ça ?

— C'est une liste, papa. Tu n'es pas obligé de tout acheter, le china-t-elle.

Il la regarda. Son fin anneau d'argent était toujours en place sur sa lèvre inférieure, de même que le piercing couleur rubis à son sourcil gauche, mais une cinquième boucle était venue s'ajouter aux quatre autres sur son oreille gauche. Servaz eut une pensée fugitive pour sa coéquipière dans l'enquête en cours. Il remarqua aussi que Margot s'était cognée, car elle avait un bleu à la pommette droite. Puis il parcourut de nouveau la liste : un iPod, un cadre photonumérique (il s'agissait d'un cadre où, lui expliqua-t-elle, les photos stockées en mémoire défilaient sur un écran), une console de jeu portable Nintendo DS Lite (avec le « programme d'entraînement cérébral avancé du docteur Kawashima »), un appareil photo compact (si possible doté d'un capteur de sept mégapixels, d'un zoom X3, d'un écran 2,5 pouces et d'un stabilisateur d'images) et un ordinateur portable avec un écran de 17 pouces (et, de préférence, un processeur Intel Centrino 2 Duo à 2 GHz, 2 Go de mémoire vive, un disque dur de 250 Go et un lecteur graveur de CD et de DVD). Elle avait hésité pour l'iPhone mais avait jugé, en fin de compte, que cela coûterait « un peu cher ». Servaz n'avait pas la moindre idée du prix de ces objets ni de ce que signifiait, par exemple, « 2 Go de mémoire vive ». Mais il savait au moins une chose : *il n'existait pas de technologie innocente.* Dans ce monde technologique et interconnecté, les interstices de liberté et de pensée authentiques se faisaient de plus en plus rares. À quoi correspondait cette frénésie d'achats, cette fascination pour les gadgets les plus superflus ? Pourquoi un membre d'une tribu de Nouvelle-Guinée lui paraissait-il désormais plus sain d'esprit et plus avisé que la plupart des gens qu'il côtoyait ? Était-ce lui ou bien, comme le vieux philosophe dans son tonneau, contemplait-il un monde qui avait perdu la raison ? Il glissa la liste dans sa poche et l'embrassa sur le front.

— Je vais y réfléchir.

Le temps avait changé en cours d'après-midi. Il pleuvait, le vent soufflait fort et ils s'étaient mis à l'abri sous un auvent de toile secoué par les rafales, devant l'une des nombreuses vitrines brillamment éclairées du centre-ville. Les rues étaient pleines de monde, de voitures et de décorations de Noël.

Quel temps faisait-il là-haut ? se demanda-t-il soudain. Neigeait-il sur l'Institut ? Servaz imagina Julian Hirtmann dans sa cellule, dépliant son grand corps pour regarder la neige tomber en silence devant sa fenêtre. Depuis la veille, depuis les révélations du capitaine Ziegler dans la voiture, la pensée du géant suisse ne l'avait pratiquement pas quitté.

— Papa, tu m'écoutes ?

— Oui, bien sûr.

— Tu n'oublieras pas ma liste, hein ?

Il la rassura sur ce point. Puis il lui proposa d'aller prendre un verre dans un café, place du Capitole. À sa grande surprise, elle demanda une bière. Jusqu'à présent, elle commandait des Coca light. Servaz prit brutalement conscience que sa fille avait dix-sept ans et qu'il continuait à la regarder, malgré l'évidence anatomique, comme si elle en avait cinq de moins. Peut-être était-ce à cause de cette myopie qu'il ne savait plus très bien comment s'y prendre avec elle depuis quelque temps. Son regard tomba de nouveau sur le bleu à sa pommette. Il épia sa fille un instant. Elle avait les yeux cernés et elle les baissait sur son verre de bière avec un regard triste. Tout à coup, les questions affluèrent. Qu'est-ce qui la rendait triste ? De qui attendait-elle un coup de fil à 1 heure du matin ? Qu'est-ce que c'était que cet hématome sur sa joue ? Des questions de flic, se dit-il. Non : des questions de père…

— Ce bleu, dit-il. Tu t'es fait ça comment ?

Elle leva les yeux.

— Quoi ?

— Ce bleu à ta pommette… ça vient d'où ?

— Euh… je me suis cognée. Pourquoi ?

— Cognée où ?

— C'est important ?

Le ton était cinglant. Il ne put s'empêcher de rougir. C'était plus facile d'interroger un suspect que sa propre fille.

— Non, dit-il.

— Maman dit que ton problème, c'est que tu vois le mal partout. Déformation professionnelle.

— Elle a peut-être raison.

Ce fut à son tour de baisser les yeux sur sa bière.

— Je me suis levée dans le noir pour aller pisser et je me suis pris une porte. Ça te va comme réponse ?

Il la dévisagea en se demandant s'il devait la croire. C'était une explication plausible, lui-même s'était déjà ouvert le front de cette façon, en pleine nuit. Cependant, il y avait quelque chose dans le ton et l'agressivité de la réponse qui le mettait mal à l'aise. Ou bien se faisait-il des idées ? Pourquoi voyait-il si clair en général dans les personnes qu'il interrogeait, et pourquoi sa propre fille lui demeurait-elle si opaque ? Et, plus globalement, pourquoi était-il comme un poisson dans l'eau lorsqu'il enquêtait et si inapte aux rapports humains ? Il savait ce qu'un psy aurait dit. Il lui aurait parlé de son enfance…

— Si on allait au cinéma ? dit-il.

Ce soir-là, après avoir mis un plat cuisiné dans le micro-ondes et avalé un café (il s'aperçut trop tard qu'il n'en avait plus et dut ressortir un vieux pot de café soluble périmé), il se replongea dans la biographie de Julian Alois Hirtmann. La nuit était tombée sur Toulouse. À l'extérieur, il ventait et il pleuvait mais dans son bureau régnait la musique de Gustav Mahler (*Sixième Symphonie*) montant du salon et une intense concentration favorisée par l'heure tardive et la pénombre que trouaient seulement une petite lampe de travail et l'écran lumineux de son PC. Servaz avait ressorti son carnet et il continuait de prendre des notes. Elles noircissaient déjà plusieurs pages. Tandis que le son des violons s'élevait du living-room, il se replongea dans la carrière du tueur en série. Le juge suisse ayant demandé une expertise psychiatrique pour établir sa responsabilité pénale, les experts désignés avaient conclu, après une longue série d'entretiens, à « l'irresponsabilité totale », invoquant des crises délirantes, des hallucinations, l'usage intensif de stupéfiants ayant altéré le jugement et renforcé la schizophrénie du sujet et une absence totale d'empathie – ce dernier point étant incontestable, même pour Servaz. Selon les termes du rapport, leur patient n'avait pas « les moyens psychiques de contrôler ses actes, ni le degré de liberté intérieure permettant de choisir et de décider ».

À en juger par les données que Servaz put consulter sur certains sites suisses de psychiatrie légale, les experts désignés avaient la nostalgie d'une méthodologie scientifique laissant peu de place à l'interprétation personnelle : ils avaient soumis Hirtmann à une batterie de tests standardisés, expliquant s'être appuyés sur le DSM-IV, le manuel statistique des désordres mentaux, et Servaz se demanda si Hirtmann ne connaissait pas ce manuel au moins aussi bien qu'eux au moment des tests.

Toutefois, reconnaissant la dangerosité du sujet, ils avaient recommandé une mesure de sûreté et le placement dans un établissement spécialisé « pour une durée indéterminée ». Hirtmann avait séjourné dans deux hôpitaux psychiatriques helvètes avant d'atterrir à l'Institut Wargnier. Il n'était pas le seul pensionnaire de l'unité A venu de l'étranger, car l'Institut, établissement unique en Europe, représentait la première tentative de prise en charge psychiatrique effectuée dans le cadre d'un futur espace judiciaire européen. Servaz fronça les sourcils en lisant ces mots : qu'est-ce que cela pouvait bien vouloir dire, alors que les justices européennes affichaient de telles différences en matière de lois, de durées des peines et de budgets, celui de la France étant par habitant la moitié de celui de l'Allemagne, des Pays-Bas ou même du Royaume-Uni ?

Se levant pour prendre une bière dans le frigo, il réfléchit : il y avait une contradiction évidente entre la personnalité socialement intégrée, professionnellement reconnue du Hirtmann décrit par la presse et celle ténébreuse, en proie à des fantasmes de meurtre incontrôlés et à une jalousie pathologique, établie par les experts. Jekyll et Hyde ? Ou bien Hirtmann avait-il réussi, grâce à ses talents de manipulateur, à échapper à la prison ? Servaz aurait volontiers parié pour la seconde hypothèse. Il était convaincu que, lorsqu'il était apparu pour la première fois devant eux, le Suisse savait très exactement comment il devait se comporter et ce qu'il devait dire aux experts. Cela voulait-il dire qu'eux-mêmes allaient être confrontés à un acteur et à un manipulateur hors pair ? Comment le percer à jour ? Le psychologue envoyé par la gendarmerie en serait-il capable quand trois experts suisses s'étaient fait rouler dans la farine ?

Servaz se demanda ensuite quel raisonnement pouvait bien mener d'Hirtmann à Lombard. Le seul lien évident était la géographie. Hirtmann s'en était-il pris au cheval par hasard ? L'idée lui était-elle venue en passant devant le centre équestre ? Le haras se trouvait à l'écart des principales voies de communication de la vallée. Hirtmann n'avait aucune raison de se trouver là. Et si c'était lui qui avait tué le cheval, pourquoi les chiens n'avaient-ils pas senti sa présence ? Et pourquoi n'en avait-il pas profité pour s'enfuir ? Comment avait-il déjoué les systèmes de sécurité de l'Institut ? Chaque question en entraînait une nouvelle.

Soudain, Servaz pensa à quelque chose de différent : *sa fille avait les yeux cernés et un regard triste.* Pourquoi ? Pourquoi avait-elle l'air si triste et si fatiguée ? Elle avait répondu au téléphone à 1 heure du matin. De qui attendait-elle un coup de fil ? Et ce bleu à la pommette : les explications de Margot étaient loin de l'avoir convaincu. Il en parlerait à sa mère.

Servaz continua à fouiller l'existence de Julian Hirtmann jusqu'au petit matin. Quand il alla s'allonger, ce dimanche 14 décembre, ce fut avec l'impression d'avoir entre les mains les pièces de deux puzzles différents : aucune ne s'emboîtait.

Sa fille avait les yeux cernés et un regard triste. Et elle avait un bleu à la pommette. Qu'est-ce que cela signifiait ?

Ce soir-là, Diane Berg pensait à ses parents. Son père était un homme secret, un bourgeois, un calviniste rigide et distant tel que la Suisse en produisait avec la même facilité qu'elle fabriquait du chocolat et des coffres-forts. Sa mère vivait dans un monde à elle, un monde secret et imaginaire où elle entendait la musique des anges et dont elle était le centre et la raison d'être – son humeur évoluant en permanence entre l'euphorie et la dépression. Une mère bien trop occupée d'elle-même pour prodiguer à ses enfants autre chose qu'une affection au compte-gouttes, et Diane avait très tôt appris que le monde bizarre de ses parents n'était pas le sien.

Elle avait fait sa première fugue à quatorze ans. Elle n'était pas allée bien loin. La police genevoise l'avait ramenée chez elle après qu'elle eut été prise la main dans le sac en train de voler un CD de Led Zeppelin en compagnie d'un garçon de son âge rencontré deux heures auparavant. Dans un tel environnement *harmonieux* la révolte était inévitable et Diane était passée par des phases « grunge », « néo-punk », « gothique » avant de se diriger vers la fac de psychologie où elle avait appris à se connaître elle-même et à connaître ses parents à défaut de les comprendre.

La rencontre avec Spitzner avait été déterminante. Diane n'avait pas eu beaucoup d'amants avant lui, même si, extérieurement, elle donnait l'impression d'être une jeune femme sûre d'elle et entreprenante. Mais pas pour Spitzner. Lui l'avait très vite percée à jour. Dès le départ, elle avait soupçonné qu'il n'en était pas à sa première conquête parmi ses étudiantes, ce qu'il avait lui-même confirmé, mais elle s'en foutait. Tout comme elle se moquait de la différence d'âge et du fait que Spitzner fût marié et père de sept enfants. Si elle avait dû exercer ses talents de psychologue sur son propre cas, elle aurait vu dans leur relation un pur cliché : Pierre Spitzner représentait tout ce que ses parents n'étaient pas. Et tout ce qu'ils détestaient.

Une fois, elle s'en souvenait, ils avaient eu une longue conversation très sérieuse.

— Je ne suis pas ton père, avait-il dit à la fin. Ni ta mère. N'exige pas de moi certaines choses que je ne pourrai jamais te donner.

Il était allongé sur le canapé du petit studio de célibataire que l'université mettait à sa disposition, un verre de Jack Daniel's à la main, mal rasé, hirsute et torse nu, exhibant avec une certaine vanité son corps remarquablement ferme pour un homme de son âge.

— Comme quoi, par exemple ?

— La fidélité.

— Tu couches avec d'autres femmes en ce moment ?

— Oui, ma femme.

— Je veux dire : avec *d'autres*.

— Non, pas en ce moment. Satisfaite ?

— Je m'en fous.

— Mensonge.

— Bon d'accord, je ne m'en fous pas.

— Moi, je me fous de savoir avec qui tu couches, avait-il répliqué.

Mais il y avait une chose que ni lui ni personne n'avait repérée : l'habitude des portes closes, des pièces où il était « interdit de pénétrer » et des secrets maternels avait développé chez Diane une curiosité qui allait bien au-delà de la norme. Une curiosité qui la servait dans son métier mais qui lui avait parfois valu de se fourrer dans des situations inconfortables. Diane émergea de ses pensées et regarda la lune glisser derrière les nuages qui s'effilochaient comme de la gaze. L'astre réapparut quelques secondes plus tard dans une nouvelle trouée, puis disparut de nouveau. Près de sa fenêtre, la branche d'un sapin floqué de neige sembla un instant phosphorescente sous le lait blanc tombant du ciel – puis tout retomba dans l'obscurité.

Elle se détourna de la fenêtre étroite et profonde. Les bâtonnets rouges de son radio-réveil brillaient dans la pénombre. 0 h 25. Rien ne bougeait. Il y avait bien un ou deux gardes éveillés à l'étage, elle le savait, mais ils étaient probablement en train de regarder la télé, avachis dans leurs fauteuils, à l'autre extrémité du bâtiment.

Dans cette partie de l'Institut régnaient le silence et le sommeil.

Mais pas pour tout le monde...

Elle se déplaça vers la porte de sa chambre. Parce qu'il y avait un espace de quelques millimètres sous le battant, elle avait éteint la lumière. Une caresse d'air glacé frôla ses pieds nus et elle se mit aussitôt à frissonner. À cause du froid mais aussi de l'adrénaline qui courait dans ses veines. *Quelque chose avait réveillé sa curiosité.*

Minuit trente...

Le bruit fut si faible qu'elle faillit ne pas l'entendre.

Comme la nuit précédente. Comme les autres nuits.

Une porte qu'on ouvre. *Très lentement.* Puis plus rien. Quelqu'un qui ne voulait pas qu'on le surprenne.

De nouveau le silence.

La personne guettait – comme elle.

Le déclic d'un interrupteur, puis un rai de lumière sous sa porte. Des pas dans le couloir. Si étouffés qu'ils étaient presque noyés par les battements de son cœur. Une ombre barra un instant la lumière qui filtrait sous la porte. Elle hésita. Puis elle se décida brusquement et l'ouvrit. Trop tard. L'ombre avait disparu.

Le silence retomba, la lumière s'éteignit.

Elle s'assit au bord du lit, dans l'obscurité, frissonnante dans son pyjama d'hiver et son peignoir à capuche. Une fois de plus, elle se demanda qui pouvait se promener toutes les nuits dans l'Institut. Et surtout pour quoi faire ? De toute évidence, une chose qui devait rester discrète – car la personne prenait beaucoup de précautions pour ne pas être entendue.

La première nuit, Diane s'était dit que c'était un des aides-soignants ou bien une infirmière qui avait une petite fringale et qui ne voulait pas qu'on sache qu'il ou elle s'empiffrait en cachette. Mais l'insomnie l'avait tenue éveillée et la lumière du couloir ne s'était rallumée que deux heures plus tard. La nuit suivante, épuisée, elle s'était endormie. Mais la nuit dernière, rebelote : l'insomnie était de retour, et avec elle l'infime grincement de porte, la lumière dans le couloir et l'ombre glissant furtivement vers l'escalier.

Vaincue par la fatigue, elle s'était cependant endormie avant son retour. Elle se glissa sous l'édredon et contempla sa petite chambre glaciale de douze mètres carrés avec salle d'eau et WC dans le rectangle pâle de la fenêtre. *Il fallait qu'elle dorme.* Demain dimanche, elle aurait quartier libre. Elle en profiterait pour réviser ses notes, puis descendrait à Saint-Martin. Mais lundi serait une journée décisive, le Dr Xavier le lui avait annoncé : lundi, il l'emmènerait visiter l'unité A…

Il fallait qu'elle dorme.

Quatre jours… Elle avait passé quatre jours à l'Institut et il lui semblait que, dans ce laps de temps, ses sens s'étaient aiguisés. Était-il possible de changer en si peu de temps ? Si oui, qu'en serait-il dans un an, lorsqu'elle quitterait cet endroit pour rentrer chez elle ? Elle se morigéna. Elle devait cesser de penser à ça. Elle était ici pour de nombreux mois.

Elle n'arrivait toujours pas à comprendre comment on avait pu enfermer des fous criminels dans un endroit pareil. Ce lieu était de loin le plus sinistre et le plus insolite qu'elle eût connu.

Mais c'est chez toi pour un an, ma vieille.

À cette pensée, toute envie de dormir s'envola.

Elle s'assit à la tête du lit et alluma sa lampe de chevet. Puis elle brancha son ordinateur, l'ouvrit et attendit qu'il se mette en route pour consulter sa messagerie. Par chance, l'Institut était connecté à Internet et équipé de bornes Wi-Fi.

[Pas de nouveaux mails.]

Elle éprouva un sentiment mitigé. S'était-elle vraiment attendue à ce qu'il lui écrive ? Après ce qui s'était passé ? C'était elle qui avait pris la décision d'arrêter, même si cette décision l'avait déchirée. Il l'avait acceptée avec son stoïcisme habituel et elle s'était sentie blessée. Elle avait été surprise par la profondeur de sa propre détresse.

Elle hésita avant de pianoter sur son clavier.

Elle savait qu'il ne comprendrait pas son silence. Elle avait promis de lui donner des détails et de lui écrire rapidement. Comme tous les spécialistes de psychiatrie légale, Pierre Spitzner brûlait de curiosité pour tout ce qui touchait à l'Institut Wargnier. Quand il avait appris que la candidature de Diane était acceptée, il y avait vu non seulement une chance pour elle, mais aussi une occasion pour lui d'en apprendre plus sur cet endroit autour duquel couraient tant de rumeurs.

Elle tapa les premiers mots :

Cher Pierre,
Je vais bien. Cet endroit…

Sa main s'immobilisa.

Une image venait de surgir… Un flash net et coupant comme de la glace…

La grande maison de Spitzner surplombant le lac, la chambre dans la pénombre, le silence de la maison vide. Pierre et elle dans le grand lit. Au départ, ils étaient juste venus prendre un dossier qu'il avait oublié. Son épouse était à l'aéroport, attendant son avion pour Paris, où elle devait donner une conférence intitulée Personnages & Points de vue *(la femme de Spitzner était l'auteur d'une dizaine de romans policiers complexes et sanglants à forte connotation sexuelle qui avaient remporté un certain succès). Pierre en avait profité pour lui faire visiter la maison. Arrivés devant la chambre du couple, il avait ouvert la porte et pris Diane par la main. Elle avait d'abord refusé de faire l'amour dans ce lieu, mais il avait insisté avec cet air enfantin qui la bouleversait et qui rompait ses digues. Il avait aussi insisté pour que Diane passe les sous-vêtements de son épouse. Des sous-vêtements achetés dans les boutiques les plus chères de Genève… Diane avait hésité. Mais l'atmosphère transgressive, la saveur d'interdit exerçaient sur elle une attraction bien trop forte pour qu'elle écoutât longtemps ses scrupules. Elle avait constaté qu'elle avait les mêmes mensurations que l'épouse de son amant. Elle était sous lui, les yeux clos, leurs deux corps parfaitement accordés et soudés, le visage écarlate de Pierre au-dessus d'elle, lorsque la voix, détachée, sèche, cassante, s'était élevée depuis le seuil de la pièce :*

— *Emmène ta pute hors d'ici.*

Elle referma l'ordinateur, toute envie d'écrire envolée. Elle tourna la tête pour éteindre. *Et eut une secousse.* L'ombre était sous sa porte… *Immobile…* Elle retint sa respiration, incapable de faire le moindre mouvement. Puis la curiosité et l'irritation reprirent le dessus et elle bondit en direction de la porte.

Mais l'ombre avait de nouveau disparu.

II

BIENVENUE EN ENFER

10.

Le dimanche 14 décembre, à 7 h 45 du matin, Damien Ryck, dit Rico, vingt-huit ans, quitta son domicile pour une course solitaire dans la montagne. C'était un jour gris et il savait déjà que le soleil n'apparaîtrait pas ce jour-là. Dès le réveil, il s'était avancé sur la grande terrasse de sa maison et il avait constaté qu'un épais brouillard noyait les toits et les rues de Saint-Martin ; au-dessus de la ville, des nuages enroulaient leurs fuligineuses arabesques autour des sommets.

En raison de la météo, il opta pour une simple balade dégrisante, suivant un itinéraire qu'il connaissait par cœur. La veille, ou plus précisément quelques heures plus tôt, il était rentré chez lui en titubant après une fête arrosée chez des amis, au cours de laquelle il avait fumé plusieurs joints, et s'était couché tout habillé. Au réveil, après une douche, un bol de café noir et un nouveau joint fumé sur la terrasse, il avait estimé que l'air pur des hauteurs lui ferait le plus grand bien. Rico avait l'intention d'achever, un peu plus tard dans la matinée, l'encrage d'une planche – une tâche délicate qui demandait une main ferme.

Rico était auteur de bandes dessinées.

Un métier merveilleux qui lui permettait de travailler à domicile et de vivre de sa passion. Ses BD en noir et blanc, très sombres, étaient appréciées des connaisseurs et sa notoriété grandissait dans le petit monde de la BD indépendante. Amateur de ski hors piste, d'alpinisme, de VTT, de parapente et grand voyageur, il avait trouvé en Saint-Martin un lieu idéal pour poser ses valises. Son métier et les moyens modernes de communication lui permettaient de vivre loin de Paris où se trouvait le siège des éditions d'Enfer et où il se rendait une demi-douzaine de fois par an. Au début, les habitants de Saint-Martin avaient eu un peu de mal à s'habituer à son look d'altermondialiste caricatural, avec ses dreadlocks noir et jaune, son bandana et son poncho orange, ses nombreux piercings et sa barbiche rose. L'été venu, ils pouvaient également admirer la dizaine de tatouages qui couvraient son corps quasi anorexique : épaules, bras, dos, cou, mollets, cuisses – de véritables œuvres d'art en trois couleurs qui débordaient de partout de ses shorts et de ses débardeurs. Pourtant, Rico gagnait à être connu : non seulement c'était un dessinateur talentueux, mais c'était aussi un type charmant, doté d'un humour pince-sans-rire, et d'une extrême gentillesse avec le voisinage, les enfants et les personnes âgées.

Ce matin-là, Rico enfila ses chaussures spéciales pour la course en pleine nature, coiffa un bonnet à oreilles comme en portent les paysans des hauts plateaux andins sur les écouteurs de son baladeur numérique et s'élança au petit trot vers le GR, qui commençait juste après le supermarché, à deux cents mètres de chez lui.

Le brouillard ne s'était pas levé. Sur le parking désert du supermarché, il dérivait autour des rangées de Caddie abandonné. Une fois sur le sentier, Rico allongea sa foulée. Derrière lui, les cloches de l'église sonnèrent 8 heures. Il lui sembla que leurs voix lui parvenaient à travers plusieurs couches d'ouate.

Il devait prendre garde à ne pas se tordre les chevilles sur le sol inégal jonché de racines et de grosses pierres. Deux kilomètres de faux plat dans le fracas du torrent qu'il traversa et retraversa sur de solides petits ponts en dosses de sapin – puis la pente s'accentua et il sentit ses jarrets se tendre sous l'effort. La brume s'était un peu dissipée. Il aperçut le pont métallique qui enjambait le torrent un peu plus haut, là où ce dernier se précipitait en un bouillon rugissant. La partie la plus ardue du parcours. Une fois là-haut, le terrain redeviendrait presque plat. En levant la tête et en dosant son effort, il constata que quelque chose pendait sous le pont. *Un sac ou un objet volumineux, accroché au tablier métallique.*

Il baissa la tête pour avaler les derniers lacets avant de la relever en arrivant à hauteur du pont. Son cœur était monté à cent cinquante. Mais, lorsqu'il leva les yeux, son cœur explosa : ce n'était pas un sac qui pendait sous le pont – mais un corps ! Rico se figea. L'émotion violente jointe à la montée lui avaient coupé le souffle. La bouche grande ouverte, il fixa le corps en cherchant sa respiration ; il fit les derniers mètres en marchant, les mains sur les hanches.

BORDEL, c'est quoi ce truc ?

Dans un premier temps, Rico eut du mal à comprendre ce qu'il voyait. Il se demanda s'il n'était pas victime d'une hallucination, due peut-être aux excès de la nuit, mais il sut aussitôt que ce n'était pas une vision. C'était trop réel, trop... terrifiant. Rien à voir avec les films d'horreur qu'il affectionnait. Ce qu'il avait sous les yeux, c'était un homme... *un homme mort, nu et pendu à un pont* !

PUTAIN DE MERDE !!!

Un froid polaire s'insinua dans ses veines.

Il jeta un coup d'œil autour de lui et un frisson glacé courut le long de sa colonne vertébrale. L'homme n'était pas mort tout seul, il ne s'était pas suicidé : en plus de la sangle qui lui serrait la gorge, plusieurs autres sangles le reliaient à la structure métallique du pont et, sur sa tête, quelqu'un avait mis... *une capuche*... Une capuche en tissu imperméable noir qui lui cachait le visage, prolongée par une cape qui lui pendait dans le dos.

PUTAIN ! PUTAIN ! PUTAIN !

La panique le submergea. Il n'avait jamais rien vu de semblable. Et ce qu'il voyait faisait gicler dans ses veines le venin de la peur. Il était seul dans la montagne, à quatre kilomètres de toute habitation, et il n'y avait qu'un seul chemin pour arriver jusqu'ici – celui qu'il avait emprunté.

Tout comme l'assassin l'avait fait...

Il se demanda si le meurtre venait d'avoir lieu. En d'autres termes, *si le meurtrier n'était pas encore dans le secteur.* Rico fouilla avec appréhension les rochers et la brume du regard. Puis il prit deux profondes respirations et tourna les talons. Deux secondes plus tard, il dévalait le sentier en direction de Saint-Martin.

Servaz n'avait jamais été très sportif. À la vérité, il détestait le sport. Sous toutes ses formes. Dans les stades comme à la télé. Il détestait assister à une manifestation sportive comme il détestait faire du sport lui-même. L'une des raisons pour lesquelles il n'avait pas de télé était qu'on y diffusait trop de sport à son goût et, de plus en plus, à n'importe quelle heure du jour et de la nuit.

Autrefois, c'est-à-dire pendant les quinze années de son mariage, il s'était pourtant astreint à une activité physique minimale, à savoir trente-cinq minutes, pas une de plus, de course à pied le dimanche. Malgré ou grâce à cela, il n'avait pas pris le moindre kilo depuis l'âge de dix-huit ans, et il achetait toujours les mêmes pantalons. Il connaissait l'origine de ce prodige : il avait les gènes de son père, lequel était resté mince et fringant comme un lévrier toute sa vie, sauf à la fin, lorsque la boisson et la dépression l'avaient rendu presque squelettique.

Mais depuis son divorce, Servaz avait cessé toute activité ressemblant de près ou de loin à de l'exercice.

S'il avait tout à coup résolu de s'y remettre, en ce dimanche matin, c'était à cause d'une remarque que Margot avait faite, la veille : « Papa, j'ai décidé qu'on allait passer les vacances d'été ensemble. Tous les deux. En tête à tête. Très loin de Toulouse. » Elle lui avait parlé de la Croatie, de ses criques, de ses îles montagneuses, de ses monuments et de son soleil. Elle voulait des vacances à la fois *ludiques et sportives* : c'est-à-dire course à pied et nage le matin, *farniente* et visite des monuments l'après-midi, et le soir il l'emmènerait danser ou se promener sur le bord de mer. Le programme était déjà établi. Autrement dit, Servaz avait intérêt à être en forme.

Par conséquent, il avait enfilé un vieux short et un T-shirt informes, chaussé des baskets et il s'était élancé sur les berges de la Garonne. Le temps était gris, il y avait un peu de brume. Lui qui, d'ordinaire, ne mettait jamais le nez dehors avant midi quand il n'était pas en service réalisa qu'il flottait sur la ville rose une atmosphère étonnamment paisible comme si, le dimanche matin, même les salauds et les imbéciles faisaient relâche.

Tout en courant à une allure modérément élevée, il repensa à ce qu'avait dit sa fille. *Très loin de Toulouse…* Pourquoi très loin de Toulouse ? Il revit encore une fois son air *triste et fatigué* et son inquiétude se réveilla. Y avait-il quelque chose à Toulouse à quoi elle voulait échapper ? Quelque chose ou *quelqu'un* ? Il repensa au bleu sur sa pommette et, tout à coup, il fut pris d'un mauvais pressentiment.

La seconde d'après, sa poitrine le lâcha…

Il était parti beaucoup trop vite.

Il s'arrêta, le souffle court, les mains sur les genoux, les poumons en feu. Son T-shirt était trempé de sueur. Servaz consulta sa montre. Dix minutes ! Il avait tenu dix minutes ! Lui qui avait l'impression d'avoir couru pendant une demi-heure ! *Bon sang, il était éreinté !* Quarante ans à peine et je me traîne comme un vieillard ! se lamenta-t-il au moment où son téléphone vibrait au fond de son short.

— Servaz, éructa-t-il.

— Qu'est-ce qui se passe ? demanda Cathy d'Humières. Vous ne vous sentez pas bien ?

— Je faisais du sport, aboya-t-il.

— J'ai l'impression que vous en avez besoin, en effet. Désolée de vous déranger un dimanche. Mais il y a du nouveau. Cette fois, j'en ai peur, il ne s'agit pas d'un cheval.

— Comment ça ?

— Il y a un mort, à Saint-Martin.

Il se redressa.

— Un… mort… ? (Il cherchait toujours sa respiration.) Quel genre de mort ? On connaît… son identité ?

— Pas encore.

— Pas de papiers sur lui ?

— Non. Il était nu – à part ses bottes et un K-Way noir.

Servaz eut l'impression d'avoir reçu un coup de sabot de jument. Il écouta d'Humières lui exposer ce qu'elle savait : le jeune homme parti faire le tour du lac, le pont métallique au-dessus du torrent, le corps pendu en dessous…

— S'il était pendu à un pont, c'est peut-être un suicide, hasarda-t-il sans conviction – car qui voudrait faire sa sortie dans une tenue aussi ridicule ?

— D'après les premières constatations, il s'agirait plutôt d'un meurtre. Je n'ai pas plus de détails. J'aimerais que vous me rejoigniez sur place.

Servaz sentit une main glacée lui caresser la nuque. Ce qu'il redoutait était arrivé. D'abord l'ADN d'Hirtmann – et maintenant ça. Qu'est-ce que ça signifiait ? Était-ce le début d'une série ? Cette fois, il était impossible que le Suisse fût parvenu à quitter l'Institut. *Dans ce cas, qui avait tué l'homme sous le pont ?*

— D'accord, répondit-il, je préviens Espérandieu.

Elle lui dit où se rendre puis elle raccrocha. Il y avait un banc à proximité, Servaz s'y assit. Il se trouvait dans le parc de la Prairie aux Filtres, dont les pelouses descendaient en pente douce vers la Garonne, au pied du Pont-Neuf. De nombreux joggeurs couraient le long du fleuve.

— Espérandieu, dit Espérandieu.

— On a un mort, à Saint-Martin.

Il y eut un silence. Puis Servaz entendit la voix d'Espérandieu qui parlait à quelqu'un. Elle était étouffée par la main de son adjoint sur le téléphone. Il se demanda si celui-ci était encore au lit avec Charlène.

— D'accord, je me prépare.

— Je passe te prendre dans vingt minutes.

Puis il réfléchit, mais trop tard, que c'était impossible : il avait mis dix minutes pour arriver jusque-là en courant et, dans son état, il était incapable de refaire le chemin en sens inverse aussi rapidement. Il rappela Espérandieu.

— Oui ?

— Prends ton temps. Je ne serai pas là avant une bonne demi-heure.

— Tu n'es pas chez toi ? demanda Espérandieu, surpris.

— Je faisais du sport.

— Du sport ? Quel genre de sport ?

Le ton témoignait de l'incrédulité de son adjoint.

— De la course à pied.

— Toi, tu fais de la course à pied ?

— C'était ma première séance, se justifia Servaz, agacé.

Il devina qu'Espérandieu souriait au bout du fil. Peut-être même que Charlène Espérandieu souriait elle aussi, étendue à côté de son mari. Est-ce qu'il leur arrivait de se moquer de lui, de ses manières de divorcé, quand ils étaient seuls ? D'un autre côté, il était certain d'une chose : Vincent l'admirait. Il s'était montré absurdement fier quand Servaz avait accepté d'être le parrain de son prochain enfant.

Il rejoignit sa voiture garée sur le parking du cours Dillon handicapé par un point de côté planté dans son flanc comme un clou. Une fois à l'appartement, il se doucha, se rasa et se changea. Puis il repartit en direction de la banlieue.

Un pavillon neuf précédé par une pelouse sans clôture et une allée semi-circulaire goudronnée menant au garage et à l'entrée, à l'américaine. Servaz descendit de voiture. Un voisin perché en haut d'une échelle installait un père Noël au bord de son toit ; des enfants jouaient au ballon un peu plus loin dans la rue ; un couple dans la cinquantaine passa en courant sur le trottoir, grands et minces, vêtus de justaucorps fluo. Servaz remonta l'allée et sonna.

Il tourna la tête pour suivre les dangereuses évolutions du voisin qui se débattait avec son père Noël et ses guirlandes au sommet de l'échelle.

Quand il la tourna à nouveau, il faillit sursauter : Charlène Espérandieu avait ouvert la porte sans faire de bruit et elle se tenait devant lui en souriant. Elle portait un gilet à capuche en maille claire ouvert sur un T-shirt lilas et un jean de grossesse. Elle était pieds nus. Impossible d'ignorer son ventre rond. Et sa beauté. Tout en Charlène Espérandieu n'était que légèreté, esprit et finesse. C'était comme si même sa grossesse ne parvenait pas à l'alourdir, à lui ôter ses ailes d'artiste et son humour. Charlène dirigeait une galerie d'art dans le centre de Toulouse ; Servaz avait été invité à quelques vernissages et il avait découvert sur les murs blancs des œuvres étranges, dérangeantes et parfois fascinantes. L'espace d'un instant, il resta là sans bouger. Puis il se ressaisit et lui sourit, de ce sourire qui lui rendait hommage.

— Entre. Vincent finit de se préparer. Tu veux un café ?

Il se rendit compte qu'il n'avait toujours rien avalé depuis qu'il s'était levé. Il la suivit dans la cuisine.

— Vincent m'a dit que tu t'étais mis au sport, dit-elle en poussant une tasse devant lui.

Le ton badin ne lui échappa pas. Il lui fut reconnaissant de détendre l'atmosphère.

— Ce n'était qu'une tentative. Assez pitoyable, je dois dire.

— Persévère. Ne renonce pas.

— *Labor omnia vincit improbus.* « Un travail opiniâtre vient à bout de tout », traduisit-il en hochant la tête.

Elle sourit.

— Vincent m'a dit que tu faisais souvent des citations latines.

— C'est un petit truc pour obtenir l'attention dans les moments importants.

Un instant, il fut tenté de lui parler de son père. Il n'en avait jamais parlé à personne mais, s'il y avait quelqu'un à qui il aurait pu se confier, c'était elle : il l'avait senti dès le premier soir, lorsqu'elle l'avait soumis à un véritable interrogatoire – mais un interrogatoire amical et même tendre, par moments. Elle approuva d'un hochement de tête avant de déclarer :

— Vincent a beaucoup d'admiration pour toi. Je m'aperçois qu'il essaie parfois de te copier, d'agir ou de répondre comme il pense que tu agirais ou répondrais. Au début, je ne comprenais pas d'où venaient ces changements chez lui ; c'est en t'observant que j'ai compris.

— J'espère qu'il ne copiera que les bons côtés.

— Je l'espère aussi.

Il garda le silence. Espérandieu fit irruption dans la cuisine en enfilant un blouson argenté que Servaz ne fut pas loin de trouver déplacé pour la circonstance.

— Je suis prêt ! (Il posa une main sur le ventre rond de sa femme.) Prends soin de vous deux.

— Combien de mois ? demanda Servaz dans la voiture.

— Sept. Prépare-toi à être parrain. Si tu me résumais ce qui s'est passé ?

Servaz lui dit le peu qu'il savait.

Une heure trente plus tard, ils se garaient sur le parking du supermarché envahi par les véhicules de gendarmerie, les deux-roues et les badauds. D'une manière ou d'une autre, l'information avait filtré. La brume s'était un peu levée, elle ne formait plus qu'un voile diaphane – comme s'ils regardaient le décor à travers une vitre embuée. Servaz vit plusieurs véhicules de presse, dont un de la télévision régionale. Les journalistes et les curieux s'étaient massés au bas de la rampe en béton ; à mi-hauteur, le ruban jaune de la gendarmerie leur interdisait d'aller plus loin. Servaz sortit sa carte et souleva le ruban. Un des plantons leur indiqua le sentier. Ils laissèrent l'agitation derrière eux et remontèrent le sentier en silence, de plus en plus tendus. Ils ne rencontrèrent personne jusqu'aux premiers lacets – mais le brouillard s'épaissit à mesure qu'ils avançaient. Il était froid et humide comme un gant mouillé.

À mi-côte, Servaz sentit son point de côté ressurgir. Il ralentit pour reprendre son souffle avant d'attaquer le dernier virage et leva la tête. Il aperçut de nombreuses silhouettes qui allaient et venaient dans la brume au-dessus d'eux. Et un grand halo de lumière blanche – comme si un camion était garé là-haut dans le brouillard, tous ses phares allumés.

Il gravit les cent derniers mètres avec le sentiment croissant que le tueur avait choisi son décor. Comme la première fois.

Il ne laissait rien au hasard.

Il connaissait la région.

Ça ne colle pas, se dit-il. Hirtmann était-il déjà venu ici avant d'être transféré à l'Institut ? Se pouvait-il qu'il connût la région ? Autant de questions auxquelles il allait leur falloir répondre. Il se souvint de ce qu'il avait immédiatement pensé quand d'Humières lui avait téléphoné : il était impossible, cette fois, qu'Hirtmann eût quitté l'Institut. Dans ce cas, qui avait tué l'homme sous le pont ?

À travers la brume, Servaz reconnut les capitaines Ziegler et Maillard. Ziegler était en grande conversation avec un petit homme bronzé, à la crinière blanche et léonine, que Servaz se souvint d'avoir déjà vu. Puis cela lui revint : Chaperon, le maire de Saint-Martin – il était présent à la centrale. La gendarme dit deux mots au maire puis elle se dirigea vers eux. Servaz la présenta à Espérandieu. Elle leur montra le pont d'acier sous lequel on devinait une vague silhouette dans le halo de lumière blanche.

— C'est atroce ! cria-t-elle par-dessus le vacarme de l'eau qui déferlait.

— Qu'est-ce qu'on sait ? cria-t-il à son tour.

La gendarme désigna un jeune homme vêtu d'un poncho orange assis sur une pierre, puis elle lui résuma la situation : le jeune homme qui faisait son jogging, le corps sous le pont, le capitaine Maillard qui avait bouclé le périmètre et confisqué le portable du seul témoin et, malgré cela, l'information qui avait filtré jusqu'à la presse.

— Qu'est-ce que le maire fait ici ? voulut savoir Servaz.

— Nous lui avons demandé de venir pour identifier le corps, au cas où il s'agirait d'un de ses administrés. C'est peut-être lui qui a informé la presse. Les politiciens ont toujours besoin des journalistes – même les petits.

Elle fit demi-tour et prit la direction de la scène de crime.

— On a sans doute identifié la victime. D'après le maire et Maillard, il s'agirait d'un certain Grimm, pharmacien à Saint-Martin. Selon Maillard, sa femme a appelé la gendarmerie pour signaler sa disparition.

— Sa disparition ?

— D'après elle, son mari est parti hier pour sa soirée poker du samedi et il aurait dû rentrer vers minuit. Elle a appelé pour dire qu'il n'était pas rentré et qu'elle n'avait aucune nouvelle.

— À quelle heure ?

— 8 heures. Quand elle s'est réveillée, ce matin, elle s'est étonnée de ne pas le trouver dans la maison et son lit était froid.

— *Son* lit ?

— Ils faisaient chambre à part, confirma-t-elle.

Ils approchaient. Servaz se prépara. De puissants projecteurs étaient allumés de chaque côté du pont. La brume qui passait devant eux évoquait la fumée des canons sur un champ de bataille. Dans la lueur aveuglante des projecteurs, tout était vapeurs, brumes, écume. Le torrent lui-même fumait, tout comme les rochers – qui avaient le tranchant et le luisant d'armes blanches. Servaz s'avança. Le grondement de l'eau emplissait ses oreilles et se mêlait à celui de son sang.

Le corps était nu.

Gras.

Blanc.

À cause de l'humidité, sa peau luisait comme si elle était huilée dans le halo aveuglant des projecteurs. Sa première pensée fut que le pharmacien était gros – très gros même. Il eut d'abord l'attention attirée par le nid de poils noirs et le sexe minuscule, recroquevillé entre les cuisses massives, où l'on distinguait des plis de graisse. Puis son regard remonta le long du torse bombé, blanc, glabre, plein de plis de graisse lui aussi, comme les cuisses, jusqu'à la gorge serrée par une sangle si profondément enfoncée dans la chair qu'elle y disparaissait presque. Et, pour finir, la capuche rabattue sur le visage et la grande cape noire imperméable dans le dos.

— Pourquoi mettre un K-Way sur la tête de sa victime et la pendre ensuite à poil ? dit Espérandieu d'une voix altérée, à la fois rauque et aiguë.

— Parce que le K-Way a une signification, répondit Servaz. Tout comme la nudité.

— Putain de spectacle, ajouta son adjoint.

Servaz se tourna vers lui. Il lui montra le jeune homme au poncho orange assis un peu plus bas.

— Emprunte une voiture, ramène-le à la gendarmerie et prends sa déposition.

— D'accord, dit Espérandieu, et il s'éloigna rapidement.

Deux techniciens en combinaison blanche portant des masques chirurgicaux se penchaient par-dessus la rambarde métallique. L'un d'eux avait sorti une lampe-stylo et il en promenait le pinceau lumineux sur le corps en dessous de lui.

Ziegler le montra du doigt.

— Le légiste pense que la strangulation est la cause de la mort. Vous voyez les sangles ?

Elle désignait les deux sangles qui serraient fortement les poignets du mort et les reliaient au pont au-dessus de lui, bras levés et écartés en forme de V, en plus de celle, verticale, qui étranglait sa gorge.

— Il semble que l'assassin ait descendu progressivement le corps dans le vide en jouant sur la longueur des sangles latérales. Plus il donnait du mou, plus la sangle centrale se resserrait autour du cou de la victime et l'étranglait. Elle a dû mettre très longtemps à mourir.

— Une mort atroce, dit quelqu'un derrière eux.

Ils se retournèrent. Cathy d'Humières avait les yeux rivés sur le mort. Tout à coup, elle avait l'air vieillie et usée.

— Mon mari veut vendre ses parts dans sa boîte de com et ouvrir un club de plongée en Corse. Il aimerait que je laisse tomber la magistrature. Il y a des matins comme aujourd'hui où j'ai envie de l'écouter.

Servaz savait qu'elle n'en ferait rien. Il l'imaginait sans peine en épouse de choc, vaillant petit soldat de la vie mondaine, capable après une éreintante journée de travail d'accueillir ses amis, de rire avec eux et de supporter sans broncher les vicissitudes de l'existence comme si celles-ci n'étaient guère plus qu'un verre de vin renversé sur la table.

— On sait qui est la victime ?

Ziegler lui répéta ce qu'elle avait dit à Servaz.

— Le légiste, on sait comment il s'appelle ? demanda Servaz.

Ziegler s'approcha du procédurier, puis revint lui rapporter l'information. Il hocha la tête, satisfait. À ses débuts, il avait eu maille à partir avec un médecin légiste qui avait refusé de se déplacer sur une scène de crime dans le cadre d'une enquête dont il avait la charge. Servaz s'était rendu au CHU de Toulouse et il était entré dans une colère noire. Mais la doctoresse lui avait tenu tête avec aplomb. Plus tard, il avait appris que cette même personne avait fait la une de la presse locale dans une affaire de tueur en série célèbre – un tueur dont les meurtres perpétrés sur des jeunes femmes de la région avaient été pris pour des suicides par suite d'incroyables négligences.

— Ils vont remonter le cadavre, annonça Ziegler.

Il faisait beaucoup plus froid et humide ici qu'en bas, et Servaz resserra son écharpe autour de son cou, puis il pensa à la sangle enfoncée dans le cou de la victime, et il s'empressa de la dénouer.

Tout à coup, il remarqua deux détails auxquels, dans l'effroi de la première vision, il n'avait pas prêté attention.

Le premier était les bottes en cuir, le seul élément vestimentaire qui subsistait sur le pharmacien en dehors de la cape : elles avaient l'air curieusement petites pour un si gros bonhomme.

Le second était la main droite de la victime.

Il manquait un doigt.

L'annulaire.

Et ce doigt avait été tranché.

— Allons-y, dit d'Humières lorsque les techniciens eurent remonté le corps et l'eurent allongé sur le tablier du pont.

Le pont métallique vibra et résonna sous leurs pas et Servaz eut un instant de pure appréhension en voyant le vide en dessous, dans lequel se ruait le torrent. Accroupis autour du corps, les techniciens relevèrent précautionneusement la capuche. *Un mouvement de recul parcourut l'assistance.* En dessous, le visage était bâillonné avec du ruban adhésif indéchirable de couleur argentée. Servaz n'eut aucune peine à imaginer la terreur et les hurlements de souffrance de la victime étouffés par la bande adhésive : le pharmacien avait les yeux exorbités. Un deuxième examen lui fit comprendre que les yeux de Grimm n'étaient pas écarquillés naturellement : son assassin lui avait retourné les paupières ; il avait tiré dessus, sans doute à l'aide d'une pince, et il les avait ensuite agrafées en dessous des sourcils et sur les joues. *Il l'avait obligé à voir...* Le meurtrier s'était en outre tellement acharné sur le visage de sa victime, probablement à l'aide d'un objet lourd tel qu'un marteau ou un maillet, qu'il avait quasiment arraché le nez – qui n'était plus retenu que par une mince bande de chair et de cartilage. Enfin, Servaz remarqua des traces de boue dans les cheveux du pharmacien.

Pendant un moment, personne ne parla. Puis Ziegler se retourna vers la rive. Elle fit signe à Maillard, qui prit le maire par le bras. Servaz les regarda approcher. Chaperon avait l'air terrorisé.

— C'est bien lui, bégaya-t-il. C'est Grimm. *Ô mon Dieu ! qu'est-ce qu'on lui a fait ?*

Ziegler poussa doucement le maire vers Maillard, qui l'entraîna loin du cadavre.

— Hier soir, il était en train de jouer au poker avec Grimm et un ami à eux, expliqua-t-elle. Ce sont les dernières personnes à l'avoir vu vivant.

— Je crois que, cette fois, nous avons un problème, dit d'Humières en se redressant.

Servaz et Ziegler la regardèrent.

— Nous allons avoir droit aux honneurs de la presse. En première page. Et pas seulement la presse régionale.

Servaz comprit où elle voulait en venir. Les quotidiens, les hebdos, les JT nationaux : ils allaient se retrouver dans l'œil du cyclone. Au centre d'une tempête médiatique. Ce n'était pas la meilleure façon de faire progresser une enquête, mais ils n'auraient pas le choix. C'est alors qu'il remarqua un détail qui, sur le coup, lui avait totalement échappé : ce matin-là, Cathy d'Humières était très élégamment vêtue. Cela ne sautait pas aux yeux, c'était presque imperceptible, car la proc était toujours tirée à quatre épingles – mais elle avait fait un effort supplémentaire. Le chemisier, le tailleur, le manteau, le collier et les boucles d'oreilles : tout était impeccablement assorti. Jusqu'au maquillage qui mettait en valeur son visage à la fois austère et agréable. Sobre, mais elle avait dû passer beaucoup de temps devant sa glace pour arriver à cette sobriété-là.

Elle a prévu la presse et elle s'est préparée en conséquence.

Contrairement à Servaz qui ne s'était même pas donné un coup de peigne. Encore heureux qu'il se soit rasé !

Néanmoins, il y avait une chose qu'elle n'avait pas prévue : les dégâts qu'allait faire sur elle la vision du mort. Ils avaient ruiné une partie de ses efforts et elle avait l'air vieille, aux abois et lasse, malgré sa tentative pour garder le contrôle. Servaz s'approcha du technicien qui mitraillait le cadavre à coups de flashes.

— Je compte sur vous pour qu'aucune de ces photos ne s'égare, dit-il. Ne laissez rien traîner.

Le TIC hocha la tête. Avait-il saisi le message ? Si un de ces clichés atterrissait dans la presse, Servaz l'en tiendrait pour personnellement responsable.

— Le légiste a-t-il examiné la main droite ? demanda-t-il à Ziegler.

— Oui. Il pense que le doigt a été coupé avec un outil tranchant du genre pince ou sécateur. Un examen plus approfondi le confirmera.

— L'annulaire de la main droite, commenta Servaz.

— Et personne n'a touché à son alliance ni aux autres doigts, fit observer Ziegler.

— On pense à la même chose ?

— Une chevalière ou une bague.

— L'assassin voulait-il la voler, l'emporter comme un trophée, ou faire en sorte qu'on ne la voie pas ?

Ziegler le regarda avec étonnement.

— Pour quelle raison aurait-il voulu la dissimuler ? Et puis, il lui suffisait de l'enlever.

— Peut-être qu'il n'y est pas arrivé. Grimm a de gros doigts.

En redescendant, Servaz aperçut la meute des journalistes et des badauds et il eut aussitôt envie de faire demi-tour. Mais il n'y avait pas d'autre issue que la rampe en béton derrière le supermarché. Sauf à crapahuter à travers la montagne. Il se composa un visage de circonstance et se préparait à plonger dans la mêlée quand une main le stoppa.

— Laissez-moi faire.

Catherine d'Humières avait retrouvé son aplomb. Servaz resta en retrait et il admira la prestation, sa façon de noyer le poisson en donnant l'impression de faire des révélations. Elle répondait à chaque journaliste en le regardant dans les yeux, avec gravité, ponctuant sa réponse d'un petit sourire complice mais retenu qui ne perdait pas de vue l'horreur de la situation.

Du grand art.

Il se faufila parmi les journalistes pour rejoindre sa voiture sans attendre la fin du speech. La Cherokee était garée de l'autre côté du parking, au-delà des files de Caddie. Elle était à peine visible à travers la brume. Cinglé par les rafales, il releva le col de sa veste en pensant à l'artiste qui avait composé ce tableau effroyable, là-haut. *S'il s'agit du même que pour le cheval, il aime les hauteurs, les endroits surélevés.*

En s'approchant de la Jeep, il fut soudain conscient qu'il y avait quelque chose en elle d'inhabituel. Il la fixa avant de comprendre. Ses pneus étaient affaissés sur l'asphalte comme des ballons dégonflés. On les avait crevés. Les quatre… Et on avait rayé sa carrosserie avec une clef ou un objet pointu.

Bienvenue à Saint-Martin, se dit-il.

11.

Dimanche matin à l'Institut. Un calme étrange régnait. Diane eut l'impression que l'endroit avait été déserté par ses habitants. Aucun bruit. Elle sortit de sous sa couette et se dirigea vers la minuscule – et glaciale – salle d'eau. Une douche en vitesse ; elle se lava les cheveux, les sécha, se brossa les dents aussi vite que possible à cause du froid.

En ressortant, elle jeta un coup d'œil par la fenêtre. Le brouillard. Comme une présence fantomatique qui aurait profité de la nuit pour s'installer. Il flottait au-dessus de l'épaisse couche de neige, noyait les sapins blancs. L'Institut était cerné par la brume ; à dix mètres de là, la vue butait sur un mur de blancheur vaporeuse. Elle serra sur elle les pans de son peignoir.

Elle avait prévu de descendre faire un tour à Saint-Martin. Elle s'habilla rapidement et sortit de sa chambre. La cafétéria du rez-de-chaussée était vide à part l'employée de service, elle demanda un cappuccino et un croissant et alla s'asseoir près de la baie vitrée. Elle n'était pas assise depuis deux minutes qu'un homme d'une trentaine d'années en blouse blanche entrait dans la salle et prenait un plateau. Elle l'observa discrètement en train de commander un grand café au lait, un jus d'orange et deux croissants puis elle le vit se diriger vers elle avec son plateau.

— Bonjour, je peux m'asseoir ?

Elle hocha la tête en souriant.

— Diane Berg, dit-elle en tendant la main, je suis…

— Je sais. Alex. Je suis un des infirmiers psys. Alors, vous vous y faites ?

— Je viens juste d'arriver…

— Pas facile, hein ? La première fois que je suis arrivé ici, quand j'ai vu l'endroit, j'ai failli remonter dans ma voiture et m'enfuir, dit-il en riant. Et encore, moi je ne dors pas ici.

— Vous habitez à Saint-Martin ?

— Non, je n'habite pas dans la vallée.

Il avait dit ça comme si c'était la dernière chose qu'il aurait eu envie de faire.

— Vous savez s'il fait toujours aussi froid dans les chambres l'hiver ? demanda-t-elle.

Il la regarda en souriant. Il avait un visage plutôt agréable et ouvert, des yeux marron chaleureux et des cheveux bouclés. Il avait aussi un gros nævus au milieu du front qui lui faisait comme un troisième œil. Pendant un instant, elle eut le regard désagréablement attiré par cette marque et elle rougit quand elle vit qu'il s'en était aperçu.

— Oui, j'en ai bien peur, dit-il. Le dernier étage est plein de courants d'air et le système de chauffage est assez ancien.

Derrière la grande vitre, le paysage de neige et de sapins noyé de brume était magnifique et tout proche. C'était si étrange d'être là à boire un café au chaud séparée de toute cette blancheur par une simple vitre que Diane eut l'impression de contempler un décor de cinéma.

— Quel est votre rôle exactement ? demanda-t-elle, bien décidée à saisir l'occasion qui se présentait d'en savoir plus.

— Vous voulez dire : quel est le rôle d'un infirmier ici ?

— Oui.

— Eh bien… en tant qu'infirmiers psys, on prépare et on distribue les traitements, on s'assure que les patients les prennent bien, qu'il n'y a pas d'effets iatrogènes après les prises… On surveille les pensionnaires aussi, bien sûr… Mais on ne se contente pas de les surveiller : on organise des activités, on parle avec eux, on observe, on se rend disponibles, on est à l'écoute… Pas trop quand même. Le boulot d'infirmier, c'est de n'être ni trop présent ni trop absent. Ni indifférence ni aide systématique. On doit rester à notre place. Surtout ici. Avec ces…

— Les traitements, demanda-t-elle en essayant de ne plus se focaliser sur la marque à son front. Ils sont lourds ?

Il lui lança un regard circonspect.

— Oui… Ici, les doses dépassent largement les normes recommandées. C'est un peu Hiroshima version médocs. On ne fait pas dans la dentelle. Attention, on ne les shoote pas pour autant. Regardez-les : ce ne sont pas des zombies. Simplement, la plupart de ces… *individus*… sont chimio-résistants. Alors, on jongle avec des cocktails de tranquillisants et de neuroleptiques à assommer un bœuf, quatre prises par jour au lieu de trois, et puis il y a les électrochocs, la camisole et, quand rien d'autre ne fonctionne, on a recours à la molécule miracle : la clozapine…

223

Diane en avait entendu parler : la clozapine était un antipsychotique atypique utilisé pour traiter des cas de schizophrénie réfractaires aux autres médicaments. Comme pour la plupart des molécules utilisées en psychiatrie, les effets secondaires pouvaient être redoutables : incontinence, hypersalivation, vision brouillée, prise de poids, convulsions, thrombose...

— Ce qu'il faut bien comprendre, ajouta-t-il avec un demi-sourire qui se figea en rictus, c'est qu'ici la violence n'est jamais loin – ni le danger...

Elle eut l'impression d'entendre Xavier : « L'intelligence ne se développe que là où il y a changement – *et là où il y a danger.* »

— En même temps, rectifia-t-il avec un petit rire, c'est un endroit plus sûr que certains quartiers de grandes villes.

Il secoua la tête.

— Entre nous, il n'y a pas si longtemps la psychiatrie en était encore à l'âge de pierre, on se livrait sur les patients à des expériences d'une barbarie incroyable. Rien à envier à l'Inquisition ou aux toubibs nazis... Les choses ont évolué, mais il reste beaucoup à faire... On ne parle jamais de guérison ici. On parle de stabilisation, de décompression...

— Vous avez d'autres tâches à remplir ? demanda-t-elle.

— Oui. Il y a tout le truc administratif : on s'occupe de la paperasse, des formalités...

Il regarda brièvement dehors.

— Et puis, il y a les entretiens infirmiers prescrits par le Dr Xavier et l'infirmière chef.

— Ça consiste en quoi ?

— C'est très balisé. On utilise des techniques bien rodées, ce sont des entretiens structurés, des questionnaires plus ou moins standard, mais on improvise aussi... Il faut adopter une attitude aussi neutre que possible, ne pas se montrer trop invasif pour faire baisser l'anxiété... respecter les temps de silence... faire des pauses... Sinon, on risque de se retrouver très vite face à un problème...

— Xavier et Ferney aussi font des entretiens ?

— Oui, bien sûr.

— Quelle différence entre les vôtres et les leurs ?

— Il n'y en a pas vraiment. Sauf que certains patients nous confieront des choses qu'ils ne leur confieraient pas. Parce que nous sommes plus proches d'eux au quotidien, que nous essayons de créer une relation de confiance entre soignants et patients, tout en respectant la distance thérapeutique... Sinon, ce sont Xavier et Élisabeth qui décident des traitements et des protocoles de soins...

Il avait prononcé cette dernière phrase avec une drôle de voix. Diane fronça imperceptiblement les sourcils.

— On dirait que vous n'approuvez pas toujours leurs choix.

Elle fut surprise par son mutisme. Il mit si longtemps à répondre qu'elle haussa un sourcil.

— Vous êtes nouvelle ici, Diane... Vous verrez...

— Je verrai quoi ?

— ...

Il lui jeta un coup d'œil par en dessous. À l'évidence, il n'avait pas envie de s'aventurer sur ce terrain-là. Mais elle attendit, son regard en forme de question.

— Comment dire ?... Vous avez bien conscience que vous êtes dans un endroit qui ne ressemble à aucun autre... Nous gérons des patients que tous les autres établissements ont été incapables de soigner... Ce qui se passe ici n'a rien à voir avec ce qui se passe ailleurs.

— Comme les électrochocs sans anesthésie pour les patients de l'unité A, par exemple ?

Elle regretta aussitôt d'avoir dit ça. Elle vit son regard se refroidir de plusieurs degrés.

— Qui vous a parlé de ça ?

— Xavier.

— Laissez tomber.

Il baissa les yeux sur son café au lait en fronçant les sourcils. Il avait l'air mécontent de s'être laissé entraîner dans cette discussion.

— Je ne suis même pas sûre que ce soit légal, insista-t-elle. La loi française autorise ce genre de choses ?

Il releva la tête.

— La loi française ? Vous savez combien il y a d'hospitalisations psychiatriques forcées chaque année dans ce pays ? *Cinquante mille*... Dans les démocraties modernes, les hospitalisations d'office sans consentement du patient sont exceptionnelles. Pas chez nous... Les malades mentaux – et même ceux qui sont simplement supposés l'être – ont moins de droits que les citoyens normaux. Vous voulez arrêter un criminel ? Il vous faut attendre 6 heures du matin. En revanche, s'il s'agit d'un type accusé d'être cinglé par son voisin qui a signé une HDT, une hospitalisation à la demande d'un tiers, la police peut débarquer jour et nuit. La justice n'interviendra qu'une fois que la personne aura déjà été privée de sa liberté. Et encore… seulement si cette personne a connaissance de ses droits et sait comment les faire respecter… C'est ça, la psychiatrie, dans ce pays. Ça et l'absence de moyens, l'abus de neuroleptiques, les mauvais traitements… Nos hôpitaux psychiatriques sont des zones de non-droit. Et celui-ci encore plus que les autres…

Il avait prononcé cette longue tirade d'un ton amer et tout sourire avait déserté son visage. Il se leva en repoussant sa chaise.

— Jetez un coup d'œil partout et faites-vous votre propre idée, conseilla-t-il.

— Ma propre idée sur quoi ?

— Sur ce qui se passe ici.

— Parce qu'il se passe quelque chose ?

— Quelle importance ? C'est bien vous qui vouliez en savoir plus, non ?

Elle le regarda rapporter son plateau et sortir de la salle.

La première chose que Servaz fit fut de baisser les stores et d'allumer les néons. Il voulait éviter qu'un journaliste ne les mitraille au téléobjectif. Le jeune auteur de BD était rentré chez lui. Dans la salle de réunion, Espérandieu et Ziegler avaient sorti leurs ordinateurs portables et pianotaient dessus. Cathy d'Humières parlait au téléphone, debout dans un coin de la pièce. Elle referma l'appareil et vint s'asseoir à la table. Servaz les observa un instant puis il tourna sur lui-même.

Il y avait un tableau blanc dans un angle près de la fenêtre. Il le ramena en pleine lumière, attrapa un marqueur et traça deux colonnes :

CHEVAL	GRIMM
dépecé	nu
décapité	étranglé
	doigt tranché, bottes, cape
tué de nuit ?	tué de nuit ?
ADN Hirtmann	ADN Hirtmann ?

— Est-ce que ça suffit pour considérer que les deux actes ont été commis par les mêmes personnes ? demanda-t-il.

— Il y a des similitudes et il y a des différences, répondit Ziegler.

— Tout de même, deux crimes commis à quatre jours d'intervalle dans la même ville, fit Espérandieu.

— D'accord. L'hypothèse d'un deuxième criminel est hautement improbable. C'est sans doute la même personne.

— Ou *les* mêmes personnes, précisa Servaz. N'oubliez pas notre discussion dans l'hélico.

— Je ne l'oublie pas. De toute façon, il y a une chose qui nous permettrait de relier définitivement les deux crimes…

— L'ADN d'Hirtmann.

— L'ADN d'Hirtmann, confirma-t-elle.

Servaz écarta les lames des stores. Il jeta un coup d'œil dehors puis les laissa retomber avec un claquement sec.

— Vous croyez vraiment qu'il a pu sortir de l'Institut et échapper à la vigilance de vos hommes ? demanda-t-il en se retournant.

— Non, c'est impossible. J'ai vérifié moi-même le dispositif. Il n'a pas pu passer entre les mailles du filet.

— Dans ce cas, ce n'est pas Hirtmann.

— En tout cas, pas cette fois.

— Si ce n'est pas Hirtmann cette fois, on peut peut-être envisager que ce n'était pas lui non plus la fois d'avant, suggéra Espérandieu.

Toutes les têtes se tournèrent vers lui.

— Hirtmann n'est jamais monté en haut du téléphérique. Quelqu'un d'autre l'a fait. Quelqu'un qui est en contact avec lui à l'Institut et qui, volontairement ou non, a transporté avec lui un de ses cheveux ou un de ses poils.

Ziegler tourna vers Servaz un regard interrogatif. Elle comprit qu'il n'avait pas tout dit à son adjoint.

— Sauf que ce n'est ni un poil ni un cheveu qu'on a trouvé dans la cabine du téléphérique, précisa-t-elle, mais de la salive.

Espérandieu la regarda. Puis il déplaça à son tour son regard vers Servaz, qui inclina la tête en signe d'excuses.

— Je ne vois pas de logique dans tout ça, dit celui-ci. Pourquoi tuer d'abord un cheval et ensuite un homme ? Pourquoi accrocher cet animal en haut d'un téléphérique ? Et l'homme en dessous d'un pont ? À quoi ça rime ?

— D'une certaine manière, les deux ont été pendus, dit Ziegler.

Servaz l'observa.

— Très juste.

Il s'approcha du tableau, effaça certaines mentions et inscrivit :

CHEVAL	GRIMM
suspendu téléphé-rique	suspendu pont métal
lieu isolé	lieu isolé
dépecé	nu
décapité	étranglé, doigt tranché, bottes, cape
tué de nuit ?	tué de nuit ?
ADN Hirtmann	ADN Hirtmann ?

— D'accord. Pourquoi s'en prendre à un animal ?

— Pour atteindre Éric Lombard, répéta Ziegler encore une fois. L'usine électrique et le cheval mènent à lui. C'est lui qui est visé.

— Soit. Admettons que Lombard soit la cible. Que vient faire le pharmacien là-dedans ? D'autre part, le cheval a été décapité et à moitié dépecé, le pharmacien était nu avec une cape. Quel rapport entre les deux ?

— Dépecer un animal, c'est un peu le mettre à nu, hasarda Espérandieu.

— Et le cheval avait deux grands morceaux de peau déployés autour de lui, dit Ziegler. On a d'abord cru qu'ils imitaient des ailes – mais peut-être bien qu'ils imitaient une cape…

— Possible, dit Servaz sans conviction. Mais pourquoi l'avoir décapité ? Et cette cape, ces bottes : que représentent-elles ?

Personne n'avait de réponse à ces questions. Il poursuivit :

— Et on bute toujours sur la même interrogation : que vient faire Hirtmann dans ce tableau ?

— Il vous lance un défi ! s'écria une voix depuis la porte.

Ils se retournèrent. Un homme se tenait à l'entrée de la salle.

Servaz crut d'abord qu'il s'agissait d'un journaliste et il s'apprêta à le flanquer dehors. L'homme avait dans la quarantaine, de longs cheveux châtain clair, une barbe bouclée et de petites lunettes rondes ; il les ôta pour essuyer la buée que le passage du froid au chaud avait déposée sur les verres avant de les remettre et de les considérer de ses yeux clairs. Il portait un gros pull et un pantalon de velours épais. Il avait l'air d'un enseignant en sciences humaines, d'un syndicaliste ou d'un nostalgique des sixties.

— Vous êtes qui ? demanda sèchement Servaz.

— C'est vous le directeur d'enquête ?

Le visiteur s'avança, la main tendue.

— Simon Propp, je suis le psychocriminologue. J'aurais dû arriver demain, mais la gendarmerie m'a appelé pour me dire ce qui s'était passé. Alors, me voilà.

Il fit le tour de la table et serra la main de chacun. Puis il s'arrêta pour examiner les chaises libres. Il en choisit une à la gauche de Servaz. Celui-ci était sûr qu'il l'avait choisie dans un but précis et il se sentit vaguement irrité – comme si on essayait de le manipuler.

Simon Propp regarda le tableau.

— Intéressant, dit-il.

— Vraiment ? (Le ton de Servaz était involontairement sarcastique.) Qu'est-ce que ça vous inspire ?

— Je préférerais que vous continuiez comme si je n'étais pas là, si ça ne vous ennuie pas, répondit le psy. Désolé de vous avoir interrompus. Bien entendu, je ne suis pas là pour juger vos méthodes de travail. (Servaz le vit agiter une main.) J'en serais d'ailleurs incapable. Ce n'est pas la raison de ma présence ici. Je suis là pour vous apporter mon aide quand on abordera la personnalité de Julian Hirtmann ou quand il s'agira de dresser un tableau clinique à partir des indices laissés sur la scène de crime.

— Vous avez dit en entrant qu'il nous lance un défi ? insista Servaz.

Il vit le psy plisser ses petits yeux jaunes derrière ses lunettes. Il avait des joues rondes rougies par le froid sous sa barbe lustrée qui lui donnaient l'air d'un lutin rusé. Servaz eut la désagréable sensation d'être disséqué mentalement. Il n'en soutint pas moins le regard du nouveau venu.

— D'accord, dit celui-ci. J'ai fait mes devoirs hier dans ma maison de vacances. Je me suis penché sur le dossier d'Hirtmann quand j'ai appris qu'on avait trouvé son ADN dans la cabine du téléphérique. Il est évident que c'est un manipulateur, un sociopathe et un type intelligent. Mais ça va plus loin que ça : Hirtmann est un cas à part même chez les tueurs organisés. Il est rare en effet que les troubles de la personnalité dont ils souffrent ne finissent pas par affecter leurs facultés intellectuelles et leur vie sociale d'une manière ou d'une autre. Et que leur monstruosité puisse passer complètement inaperçue de leur entourage. C'est pour ça qu'il leur faut souvent un complice, en général une épouse aussi monstrueuse qu'eux, pour les aider à maintenir un minimum de façade. Hirtmann, lui, du temps où il était libre, arrivait parfaitement à cliver sa vie sociale et la partie de lui-même en proie à la rage et à la démence. Il donnait le change à la perfection. Il y a d'autres sociopathes qui y sont parvenus avant lui, mais aucun n'exerçait un métier aussi en vue que le sien.

Propp se leva et fit lentement le tour de la table, passant derrière chacun. Avec une irritation croissante, Servaz devina que c'était encore un de ses tours de passe-passe façon psy.

— On le soupçonne d'avoir commis plus de quarante meurtres de jeunes femmes en vingt-cinq ans. Quarante meurtres et pas le moindre indice, pas la moindre piste les reliant à leur auteur ! Sans les articles de presse et les dossiers qu'il avait conservés chez lui ou dans son coffre à la banque, jamais on ne serait remonté jusqu'à lui.

Il s'arrêta derrière Servaz, qui se refusa à tourner la tête et se contenta de regarder Irène Ziegler de l'autre côté de la table.

— Et, tout à coup, il laisse une trace, évidente, grossière, banale.

— Vous oubliez un détail, dit Ziegler.

Propp se rassit.

— À l'époque où il a commis la plupart de ses meurtres, les analyses ADN soit n'existaient pas, soit étaient bien moins performantes qu'aujourd'hui.

— C'est vrai mais…

— Vous estimez donc que ce qui se passe aujourd'hui ne ressemble pas du tout au Hirtmann qu'on connaît, c'est bien ça ? dit Ziegler en plongeant son regard dans celui du psy.

Propp cligna des yeux et hocha la tête affirmativement.

— Donc, pour vous, malgré la présence de son ADN, ce ne serait pas lui qui aurait tué le cheval ?

— Je n'ai pas dit ça.

— Je ne comprends pas.

— N'oubliez pas que Hirtmann est sous les verrous depuis plusieurs années, et il meurt d'ennui. Pour lui, les circonstances ont changé. Il se consume à petit feu, lui un homme auparavant si actif. Il a envie de jouer. Réfléchissez à ceci : avant d'être pris pour ce stupide meurtre passionnel, il avait une vie sociale intense, stimulante, exigeante. Il était professionnellement considéré. Il avait une très belle femme et il organisait des partouzes fréquentées par le fleuron de la bonne société genevoise. Parallèlement, il enlevait, torturait, violait et tuait des jeunes femmes dans le plus grand secret. Autrement dit, pour un monstre comme lui, la vie rêvée. Il n'avait certainement pas envie que ça s'arrête. Raison pour laquelle il mettait tant de soin à faire disparaître les cadavres.

Propp joignit le bout de ses doigts sous sa barbe.

— Aujourd'hui, il n'a plus aucune raison de se cacher. Au contraire : il veut qu'on sache que c'est lui ; il veut faire parler de lui, attirer l'attention.

— Il aurait pu s'évader définitivement et reprendre ses agissements tout en étant libre, objecta Servaz. Pourquoi serait-il retourné dans sa cellule ? Ça n'a pas de sens.

Propp se gratta la barbe.

— J'avoue que c'est aussi la question qui me taraude depuis hier. Pourquoi être retourné à l'Institut ? Au risque évident de ne plus pouvoir en sortir si les mesures de sécurité sont renforcées. Pourquoi courir un tel risque ? Dans quel but ? Vous avez raison : ça n'a pas de sens.

— Sauf si nous supposons que le jeu l'excite plus que la liberté, dit Ziegler. *Ou s'il est sûr de pouvoir s'évader à nouveau…*

— Comment pourrait-il l'être ? s'étonna Espérandieu.

— Je croyais qu'il était impossible qu'Hirtmann ait commis le deuxième meurtre, insista Servaz. Compte tenu du dispositif policier. C'est bien ce que nous venons de dire, non ?

Le psy les regarda un par un tout en continuant à caresser sa barbe d'un air songeur. Derrière ses lunettes, ses petits yeux jaunes avaient l'air de deux grains de raisin trop mûrs.

— Je crois que vous sous-estimez grandement cet homme, dit-il. Je crois que vous ne vous rendez absolument pas compte à qui vous avez affaire.

— Les vigiles, lança Cathy d'Humières. On en est où avec eux ?

— Nulle part, répondit Servaz. Je ne les crois pas coupables. Malgré leur fuite. Trop subtil pour eux. Jusqu'à présent, ils ne se sont distingués que par des violences et des trafics d'une banalité à pleurer. Un peintre en bâtiment ne devient pas Michel-Ange du jour au lendemain. Les prélèvements effectués dans la cabine et en haut du téléphérique nous diront s'ils ont été présents sur la scène de crime, mais je ne crois pas. Et pourtant, ils cachent quelque chose, c'est évident.

— Je suis d'accord, dit Propp. J'ai étudié les procès-verbaux d'interrogatoire. Ils n'ont pas du tout le profil. Mais je vais quand même vérifier qu'ils n'aient pas d'antécédents psychiatriques. On a déjà vu des petits délinquants sans envergure se transformer du jour au lendemain en monstres d'une cruauté inouïe. L'esprit humain recèle bien des mystères. N'excluons rien a priori.

Servaz secoua la tête en fronçant les sourcils.

— Il y a aussi cette partie de poker la veille. Voyons s'il n'y a pas eu de dispute. Peut-être que Grimm avait des dettes...

— Il y a une autre question qu'il faut régler rapidement, dit la procureur. Jusqu'à présent, nous n'avions qu'un cheval mort, nous pouvions nous permettre de prendre notre temps. Cette fois, il y a mort d'homme. Et la presse ne va pas tarder à faire le rapprochement avec l'Institut. Si par malheur l'information vient à filtrer que nous avons trouvé l'ADN d'Hirtmann sur le lieu du premier crime, ils vont nous tomber dessus. Vous avez vu le nombre de journalistes dehors ? Les deux questions auxquelles nous devons répondre prioritairement sont donc celles-ci : les mesures de sécurité de l'Institut Wargnier ont-elles été prises en défaut ? Les barrages que nous avons mis en place sont-ils suffisants ? Plus vite nous répondrons à ces questions, mieux ce sera. Je suggère que nous rendions visite à l'Institut dès aujourd'hui.

— Si nous faisons ça, objecta Ziegler, les journalistes qui campent dehors risquent de nous coller au train. Ce n'est peut-être pas la peine de les attirer là-bas.

La proc réfléchit pendant un instant.

— Soit, mais nous devons répondre à ces questions le plus vite possible. Je suis d'accord pour remettre la visite à demain. Pendant ce temps, j'organiserai une conférence de presse pour détourner l'attention des journalistes. Martin, comment vous envisagez la suite ?

— Le capitaine Ziegler, le Dr Propp et moi, nous nous rendrons à l'Institut dès demain pendant que vous donnerez votre conférence de presse, le lieutenant Espérandieu assistera à l'autopsie. En attendant, nous allons interroger la veuve du pharmacien.

— Très bien, faisons ça. Mais ne perdons pas de vue qu'il y a deux priorités : a) déterminer si oui ou non Hirtmann a pu quitter l'Institut, b) trouver un lien entre les deux crimes.

— Il y a un angle d'attaque que nous n'avons pas envisagé, déclara simon propp au sortir de la réunion.

— Lequel ? demanda Servaz.

Ils se trouvaient sur le petit parking à l'arrière du bâtiment, loin des regards de la presse. Servaz pointa sa clef télécommandée vers la Cherokee qu'une société de dépannage avait déposée après avoir mis quatre pneus neufs. Quelques flocons voletaient dans l'air froid. Au fond de la plaine, les sommets étaient blancs, mais le ciel était d'un gris soutenu juste au-dessus : il n'allait pas tarder à reneiger.

— L'orgueil, répondit le psy. Quelqu'un dans cette vallée joue à être Dieu. Il se croit au-dessus des hommes et des lois, et il joue à manipuler les misérables mortels que nous sommes. Il faut pour cela un orgueil incommensurable. Un tel orgueil doit se manifester d'une manière ou d'une autre chez celui qui le possède – à moins qu'il ne le dissimule sous les apparences d'une extrême fausse modestie.

Servaz s'immobilisa et regarda le psy.

— Voilà un portrait qui correspondrait assez bien à Hirtmann, dit-il. Fausse modestie mise à part.

— Et à un tas d'autres gens, rectifia Propp. L'orgueil n'est pas une denrée rare, croyez-moi, commandant.

La maison du pharmacien était la dernière de la rue. Une rue qui n'était, en réalité, guère plus qu'un chemin carrossable. En la voyant, Servaz pensa à un coin de Suède ou de Finlande, à une maison scandinave : elle était recouverte de bardeaux peints en bleu délavé et pourvue d'une grande terrasse en bois qui occupait une partie du premier étage, sous le toit. Des bouleaux et des hêtres poussaient tout autour.

Servaz et Ziegler descendirent de voiture. De l'autre côté du chemin, des enfants emmitouflés fabriquaient un bonhomme de neige. Servaz releva son col et les regarda racler la couche qui subsistait sur les pelouses avec leurs gants. Signe des temps, ils avaient armé leur création d'un calibre en plastique. L'espace d'un instant, malgré le simulacre guerrier, il se réjouit que des enfants pussent encore se livrer à des joies aussi simples au lieu d'être cloîtrés dans leurs chambres, rivés à leurs ordinateurs et à leurs consoles de jeu.

Puis son sang se figea. Un des jeunes garçons venait de s'approcher d'une des grandes poubelles rangées le long de la rue. Servaz le vit se mettre sur la pointe des pieds pour l'ouvrir. Sous les yeux du flic stupéfait, il plongea un bras à l'intérieur et en sortit un chat crevé. L'enfant attrapa le petit cadavre par la peau du cou, traversa la pelouse enneigée et déposa le trophée à deux mètres du bonhomme de neige.

La scène était saisissante de vérité : on avait vraiment l'impression que le bonhomme de neige avait abattu le chat d'un coup de pistolet !

— Seigneur, dit Servaz, pétrifié.

— D'après les pédopsychiatres, dit Irène Ziegler à côté de lui, ce n'est pas dû à l'influence de la télé et des médias. Ils savent faire la part des choses.

— Bien sûr, dit Servaz, je jouais à être Tarzan quand j'étais gosse, mais je n'ai jamais cru un seul instant que je pourrais réellement me déplacer de liane en liane ou affronter des gorilles.

— Et pourtant ils sont bombardés de jeux violents, d'images violentes et d'idées violentes dès leur plus jeune âge.

— Il ne reste plus qu'à prier pour que les pédopsychiatres aient raison, ironisa-t-il tristement.

— Pourquoi ai-je l'impression qu'ils se trompent ?

— Parce que vous êtes flic.

Une femme les attendait sur le seuil, fumant une cigarette qu'elle tenait le reste du temps entre l'index et le majeur. Elle les regarda approcher en plissant les yeux derrière le ruban de fumée. Bien que prévenue du meurtre de son mari par la gendarmerie trois heures plus tôt, elle ne semblait pas très affectée.

— Bonjour Nadine, dit Chaperon à qui le capitaine Ziegler avait demandé de les accompagner, je te présente mes très sincères condoléances. Tu sais combien j'aimais Gilles… C'est terrible… ce qui s'est passé…

Les mots sortaient avec difficulté, le maire avait encore du mal à en parler. La femme l'embrassa du bout des lèvres mais, quand il voulut la prendre dans ses bras, elle le tint fermement à distance avant de reporter son attention sur les nouveaux venus. Elle était grande et sèche, la cinquantaine, un visage long et chevalin, des cheveux gris. À son tour, Servaz lui présenta ses condoléances. Il eut droit en retour à une poignée de main qui le surprit par sa force. Il sentit tout de suite l'hostilité qui était dans l'air. Qu'avait dit Chaperon ? Qu'elle travaillait dans l'humanitaire.

— La police voudrait te poser quelques questions, poursuivit le maire. Ils m'ont promis de ne poser pour l'instant que les questions les plus urgentes et de garder les autres pour plus tard. On peut entrer ?

Sans un mot, la femme fit demi-tour et les précéda à l'intérieur. Servaz constata que la maison était bel et bien bâtie tout en bois. Un vestibule minuscule, avec à droite un comptoir supportant une lampe à abat-jour et un renard empaillé qui tenait dans sa gueule un corbeau. Servaz pensa à une auberge pour chasseurs. Il y avait aussi un portemanteau, mais Nadine Grimm ne leur proposa pas de les débarrasser. Elle disparut dans l'escalier raide qui grimpait immédiatement après le petit comptoir et qui débouchait sur la terrasse du premier. Sans émettre le moindre son, elle leur montra un canapé en rotin plein de coussins usagés qui faisait face aux champs et aux bois. Elle-même se laissa tomber dans un rocking-chair près de la rambarde et tira une couverture sur ses genoux.

— Merci, dit Servaz. Ma première question, ajouta-t-il après un instant d'hésitation, est-ce que vous avez une idée de celui ou celle qui a pu faire ça ?

Nadine Grimm exhala la fumée de sa cigarette en plongeant son regard dans celui de Servaz. Les ailes de son nez frémirent comme si elle venait de sentir une odeur désagréable.

— Non. Mon mari était pharmacien, pas gangster.

— Avait-il déjà reçu des menaces, des appels bizarres ?

— Non.

— Des visites de drogués à la pharmacie ? Des cambriolages ?

— Non.

— Il distribuait de la méthadone ?

Elle les considéra avec une impatience mêlée d'exaspération.

— Vous avez encore beaucoup de questions de ce genre ? Mon mari ne s'occupait pas de drogués, il n'avait pas d'ennemis, il ne trempait pas dans des affaires louches. C'était juste un imbécile et un ivrogne.

Chaperon pâlit. Ziegler et Servaz échangèrent un regard.

— Que voulez-vous dire ?

Elle les regarda avec un dégoût de plus en plus marqué.

— Rien d'autre que ce que j'ai dit. Ce qui vient de se passer est ignoble. J'ignore qui a pu faire une chose pareille. Et encore plus pourquoi. Je ne vois qu'une explication : un de ces dingues enfermés là-haut est parvenu à s'échapper. Vous feriez mieux de vous en préoccuper au lieu de perdre votre temps ici, ajouta-t-elle amèrement. Mais, si vous vous attendez à trouver une veuve éplorée, vous en serez pour vos frais. Mon mari ne m'aimait pas beaucoup et je ne l'aimais pas non plus. J'avais même pour lui le plus profond mépris. Cela faisait longtemps que notre mariage n'était plus qu'une sorte de… *modus vivendi*. Mais ce n'est pas pour ça que je l'ai tué.

Pendant une seconde d'égarement, Servaz crut qu'elle était en train d'avouer le meurtre – avant de comprendre qu'elle disait exactement le contraire : elle ne l'avait pas tué bien qu'elle aurait eu des raisons de le faire. Rarement il avait vu autant de froideur et d'hostilité concentrées dans une même personne. Tant d'arrogance et de détachement le désarçonnaient. Il hésita un instant sur la conduite à adopter. De toute évidence, il y avait des choses à creuser dans la vie des Grimm – mais il se demanda si c'était le bon moment.

— Pourquoi le méprisiez-vous ? demanda-t-il enfin.

— Je viens de vous le dire.

— Vous avez dit que votre mari était un imbécile. Qu'est-ce qui vous autorise à dire ça ?

— J'étais quand même la personne la mieux placée pour le savoir, non ?

— Soyez plus précise, je vous prie.

Elle fut sur le point de dire quelque chose de désagréable. Mais elle croisa le regard de Servaz et se ravisa. Elle rejeta la fumée de sa cigarette tout en gardant les yeux plongés dans les siens en un geste de défi muet avant de répondre :

— Mon mari a fait des études de pharmacie parce qu'il n'était pas assez intelligent et trop paresseux pour être médecin. Il a acheté la pharmacie grâce à l'argent de ses parents, qui tenaient un commerce prospère. Un bel emplacement, en plein centre de Saint-Martin. Malgré cela, par paresse et parce qu'il était totalement dénué des qualités nécessaires, il n'a jamais réussi à rendre cette officine rentable. Il y a six pharmacies à Saint-Martin. La sienne était de loin celle qui attirait le moins de clients, les gens ne s'y rendaient qu'en dernier recours, ou par hasard : des touristes, qui passaient devant et qui avaient besoin d'une aspirine. Même moi, je ne lui faisais pas confiance lorsque j'avais besoin d'un médicament.

— Pourquoi ne pas avoir divorcé dans ce cas ?

Un ricanement.

— Vous me voyez refaire ma vie à mon âge ? Cette maison est assez grande pour deux. Nous avions chacun notre territoire, et nous évitions le plus possible d'empiéter sur celui de l'autre. En outre, je passe beaucoup de temps loin d'ici pour mon travail. Cela rend… rendait les choses plus faciles.

Servaz pensa à une locution latine juridique : *Consensus non concubitus facit nuptias* : « C'est le consentement, non le lit, qui fait le mariage. »

— Tous les samedis soir, il avait ses parties de poker, dit-il en se tournant vers le maire. Qui y participait ?

— Moi et quelques amis, répondit Chaperon. Comme je l'ai déjà dit au capitaine.

— Qui était présent hier soir ?

— Serge Perrault, Gilles et moi.

— Ce sont vos partenaires habituels ?

— Oui.

— Vous pariez de l'argent ?

— Oui, de petites sommes. Ou des restaurants. Il n'a jamais signé de reconnaissances de dettes, si c'est à ça que vous pensez. D'ailleurs, Gilles gagnait très souvent : c'était un très bon joueur, ajouta-t-il avec un regard en direction de la veuve.

— Il ne s'est rien passé de particulier pendant cette partie ?

— Comme quoi ?

— Je ne sais pas. Une dispute…

— Non.

— Ça s'est passé où ?

— Chez Perrault.

— Et après ?

— Gilles et moi, nous sommes rentrés ensemble, comme toujours. Et puis, Gilles est parti de son côté et je suis allé me coucher.

— Vous n'avez rien remarqué pendant votre trajet ? Vous n'avez croisé personne ?

— Non, pas que je me souvienne.

— Il ne vous avait rien signalé d'anormal ces derniers temps ? demanda Ziegler à Nadine Grimm.

243

— Non.

— Il avait l'air soucieux, inquiet ?

— Non.

— Votre mari fréquentait-il Éric Lombard ?

Elle les regarda sans comprendre. Puis il y eut une brève étincelle dans ses yeux. Elle écrasa le mégot contre la rambarde et sourit.

— Vous croyez qu'il y a un rapport entre le meurtre de mon mari et cette histoire de cheval, c'est ça ? C'est grotesque !

— Vous n'avez pas répondu à ma question.

Elle eut un ricanement bref.

— Pourquoi quelqu'un comme Lombard irait-il perdre son temps à fréquenter un raté comme mon mari ? Non. Pas à ma connaissance.

— Auriez-vous une photo de votre mari ?

— Pour quoi faire ?

Servaz faillit perdre son sang-froid et oublier qu'elle était devenue veuve à peine quelques heures plus tôt. Mais il se contint.

— Il me faut une photo pour les besoins de l'enquête, répondit-il. Plusieurs seraient encore mieux. Récentes autant que possible.

Il croisa brièvement le regard de Ziegler et celle-ci comprit : *le doigt tranché*. Servaz espérait que la chevalière figurerait sur l'une des photos.

— Je n'ai aucune photo récente de mon mari. Et je ne sais pas où il a mis les autres. Je fouillerai dans ses affaires. Autre chose ?

— Pas pour le moment, répondit Servaz en se levant.

Il se sentait glacé jusqu'aux os, il n'avait qu'une envie : filer d'ici. Il se demanda si ce n'était pas pour ça que la veuve Grimm les avait installés sur cette terrasse, pour les faire déguerpir plus vite. L'inquiétude et le froid lui tordaient le ventre. Car il venait d'apercevoir un détail qui l'avait frappé comme un coup de seringue, un détail qu'il était le seul à avoir remarqué : *au moment où Nadine Grimm tendait le bras pour écraser sa cigarette sur la rampe, la manche de son pull était remontée... Bouche bée, Servaz avait nettement distingué les petites lèvres blanches, ressoudées, de plusieurs cicatrices sur son poignet osseux : cette femme avait tenté de mettre fin à ses jours.*

Dès qu'ils furent dans la voiture, il se tourna vers le maire. Une idée avait fait son chemin pendant qu'il écoutait la veuve.

— Grimm avait-il une maîtresse ?

— Non, répondit Chaperon sans hésiter.

— Vous en êtes sûr ?

Le maire lui adressa un regard étrange.

— On n'est jamais sûr à 100 %. Mais, pour ce qui est de Grimm, j'en mettrais ma main à couper. C'était quelqu'un qui n'avait rien à cacher.

Servaz réfléchit pendant une seconde à ce que le maire venait de dire.

— S'il y a une chose que nous apprenons dans ce métier, dit-il, c'est que les gens sont rarement ce qu'ils paraissent. Et que tout le monde a quelque chose à cacher.

Au moment où il prononçait ces paroles, il leva les yeux vers le rétroviseur intérieur et fut le témoin, pour la deuxième fois en quelques minutes, d'une scène inattendue : Chaperon était devenu très pâle et, l'espace d'un instant, *une terreur absolument pure se lut dans son regard.*

Diane sortit de l'Institut et le vent glacial la cingla. Heureusement qu'elle avait revêtu sa doudoune, un pull à col roulé et des bottes fourrées. En traversant l'esplanade en direction de sa Lancia, elle sortit ses clefs. Elle était soulagée de pouvoir quitter un moment cet endroit. Assise derrière le volant, elle mit le contact et entendit le clac-clac du démarreur. Les voyants s'allumèrent mais ils s'éteignirent presque aussitôt. Rien d'autre ne se passa. *Merde !* Elle recommença. Même résultat. *Oh non !* Elle insista encore et encore, tournant et retournant la clef. Rien…

La batterie, songea-t-elle. *Elle est morte.*

Ou alors, c'est le froid.

Elle se demanda si quelqu'un à l'Institut pourrait l'aider mais une vague de découragement s'abattit sur elle sans prévenir. Elle resta immobile derrière le volant, à regarder les bâtiments à travers le pare-brise. Son cœur cognait sans raison particulière dans sa poitrine. Tout à coup, elle se sentit très loin de chez elle.

12.

Ce soir-là, Servaz reçut un coup de fil de son ex-femme Alexandra. C'était à propos de Margot. Servaz se sentit immédiatement inquiet. Alexandra lui expliqua que leur fille avait décidé d'arrêter le piano et le karaté. Deux activités qu'elle pratiquait depuis le plus jeune âge. Elle n'avait donné aucun motif valable à sa décision : elle avait juste fait savoir à sa mère qu'elle ne reviendrait pas dessus.

Alexandra était désemparée. Depuis quelque temps, Margot avait changé. Sa mère avait l'impression qu'elle lui cachait quelque chose. Elle ne parvenait plus à communiquer avec leur fille comme avant. Servaz laissa son ex-femme s'épancher, tout en se demandant si elle s'était épanchée de la même façon auprès du beau-père de Margot, ou si celui-ci était tenu à l'écart. Sans se mentir sur sa propre mesquinerie, il se surprit à espérer que la seconde éventualité fût la bonne. Puis il demanda :

— Elle a un copain ?

— Je crois que oui. Mais elle refuse d'en parler. Ça ne lui ressemble pas.

Il demanda ensuite à Alexandra si elle avait fouillé dans les affaires de Margot. Il la connaissait assez pour savoir qu'elle l'avait sûrement fait. Comme il s'y attendait, elle répondit par l'affirmative. Mais elle n'avait rien trouvé.

— Maintenant, avec tous ces messages électroniques et ces SMS, on ne peut plus espionner leur courrier, fit observer Alexandra sur un ton de regret. Je suis inquiète, Martin. Essaie d'en savoir plus. À toi, elle se confiera peut-être.

— Ne t'inquiète pas. Je vais essayer de lui parler. Ce n'est sûrement rien.

Mais il revit le regard triste de sa fille. Ses yeux cernés. Et surtout le bleu à la pommette. Et il sentit ses entrailles se nouer de nouveau.

— Merci, Martin. Et toi, tu vas bien ?

Il éluda la question et lui parla de l'enquête en cours, sans toutefois rentrer dans les détails. Du temps où ils étaient mariés, Alexandra avait parfois des intuitions surprenantes et une vision innovante des choses.

— Un cheval et un homme nu ? C'est vraiment bizarre. Tu crois qu'il va y en avoir d'autres ?

— C'est ce que je crains, avoua-t-il. Mais ne parle de ça à personne. Pas même à ton monte-en-l'air, ajouta-t-il, refusant comme d'habitude d'appeler par son nom le pilote de ligne qui lui avait volé sa femme.

— Il faut croire que ces gens ont fait quelque chose de très moche, dit-elle après qu'il eut évoqué l'homme d'affaires et le pharmacien. Et qu'ils l'ont fait ensemble. Tout le monde a quelque chose à cacher.

Servaz l'approuva silencieusement. *Tu sais de quoi tu parles, hein ?* Ils avaient été mariés pendant quinze ans. Pendant combien d'années l'avait-elle trompé avec son pilote ? Combien de fois avaient-ils profité d'une escale commune pour s'envoyer en l'air – un terme idoine pour une hôtesse et un commandant de bord ? Et, chaque fois, elle rentrait à la maison et elle reprenait sa vie de famille comme si de rien n'était, avec toujours un petit cadeau pour chacun. Jusqu'au jour où elle avait sauté le pas. Elle lui avait dit pour se justifier que Phil ne faisait pas de cauchemars, qu'il n'avait pas d'insomnies – et « qu'il ne vivait pas au milieu des morts ».

— Pourquoi un cheval ? demanda-t-il. Quel rapport ?

— Je ne sais pas, répondit-elle avec indifférence – et il comprit ce que cette indifférence signifiait : que le temps où ils échangeaient des points de vue sur ses enquêtes était révolu. C'est toi le flic, ajouta-t-elle. Bon, il faut que je te laisse. Essaie de parler à Margot.

Elle raccrocha. À quel moment les choses avaient-elles mal tourné ? À quel moment leurs chemins avaient-ils commencé à se séparer ? Lorsqu'il s'était mis à passer de plus en plus de temps au bureau et de moins en moins chez lui ? Ou avant ? Ils s'étaient connus à l'université, et ils s'étaient mariés au bout de six mois à peine, contre l'avis de ses parents à elle. À cette époque, ils étaient encore étudiants ; Servaz voulait enseigner les lettres et le latin comme son père et écrire le « grand roman moderne » ; Alexandra, plus modestement, poursuivait des études de tourisme. Puis il était rentré dans la police. Officiellement sur un coup de tête. En vérité à cause de son passé.

« *Il faut croire que ces gens ont fait quelque chose de très moche. Et qu'ils l'ont fait ensemble.* »

Avec son esprit rapide et non policier, Alexandra avait mis le doigt sur l'essentiel. Mais Lombard et Grimm pouvaient-ils s'être livrés ensemble à quelque acte susceptible de provoquer une vengeance ? Cela lui parut aussitôt terriblement invraisemblable. Et si oui, que venait faire Hirtmann dans ce scénario ?

Soudain, une autre pensée envahit son esprit comme un nuage d'encre : Margot – était-elle en danger d'une quelconque façon ? Le nœud dans son estomac refusait de se défaire. Il attrapa sa veste et sortit de sa chambre. Descendu à la réception, il demanda s'il y avait un ordinateur et une webcam disponibles quelque part. La réceptionniste lui répondit que oui et sortit de derrière son comptoir pour le conduire à un petit salon. Servaz la remercia et ouvrit son téléphone portable.

— Papa ? dit la voix de sa fille dans l'appareil.

— Connecte-toi sur ta webcam, dit-il.

— Tout de suite ?

— Oui, tout de suite.

Il s'assit et lança le logiciel de vidéoconférence. Au bout de cinq minutes, sa fille n'était toujours pas connectée et Servaz commençait à perdre patience quand l'avertissement « Margot est connectée » apparut dans le coin inférieur droit de l'écran. Servaz lança aussitôt la vidéo et une écharde de lumière bleue s'alluma au-dessus de la caméra.

Margot était dans sa chambre, une tasse fumante à la main, elle lui jeta un regard intrigué et prudent. Derrière elle, sur le mur, il y avait une grande affiche d'un film intitulé *La Momie*, avec un personnage armé d'un fusil sur fond de désert, de coucher du soleil et de pyramides.

— Qu'est-ce qui se passe ? dit-elle.

— C'est à moi de te demander ça.

— Pardon ?

— Tu laisses tomber le piano et le karaté, pourquoi ?

Il se rendit compte un peu tard que sa voix était beaucoup trop cassante et son approche trop abrupte. Évidemment, c'était le résultat de son attente, il le savait. Il détestait attendre. Mais il aurait dû s'y prendre autrement, commencer par évoquer des sujets moins brûlants et la faire sourire avec leurs blagues habituelles. Quelques principes élémentaires de manipulation, même avec sa propre fille.

— Oh ! Alors maman t'a appelé...

— Oui.

— Et qu'est-ce qu'elle t'a dit d'autre ?

— C'est tout... Alors ?

— Ben, c'est très simple : je ne serai jamais qu'une pianiste médiocre, alors à quoi bon insister ? C'est pas mon truc, c'est tout.

— Et le karaté ?

— Ça me saoule.

— Ça te saoule ?

— Oui.

— Hmm-hmm. Comme ça, tout d'un coup ?

— Non, pas tout d'un coup : j'ai bien réfléchi.

— Et tu comptes faire quoi à la place ?

— J'en sais rien. Je suis obligée de faire quelque chose ? Il me semble que j'ai un âge où je peux décider toute seule, non ?

— C'est un argument qui se défend, reconnut-il en s'efforçant de sourire.

Mais, de l'autre côté, sa fille ne souriait pas. Elle fixait la caméra et, à travers elle, elle le fixait *lui* d'un œil noir. Dans la lumière de la lampe qui éclairait son visage de côté, le bleu sur sa pommette était encore plus visible. Son piercing à l'arcade étincelait comme un vrai rubis.

— Pourquoi toutes ces questions ? Vous êtes en train de me faire quoi là ? demanda Margot, sa voix montant de plus en plus dans les aigus. Pourquoi est-ce que j'ai l'impression d'être l'objet d'un putain d'interrogatoire de police ?

— Margot, c'était juste une question… Et tu n'es pas obligée de…

— Ah bon ? Tu sais quoi, papa ? Si tu t'y prends toujours comme ça pour interroger tes suspects, tu ne dois pas obtenir beaucoup de résultats.

Elle donna un coup de poing sur le bord de son bureau et l'impact résonna dans le haut-parleur et le fit sursauter.

— *Merde, ça fait chier !*

Il se sentit devenir tout froid à l'intérieur. Alexandra avait raison : ce n'était pas le comportement habituel de leur fille. Restait à savoir si ce changement était provisoire et dû à des circonstances qu'il ignorait, ou bien à l'influence d'une autre personne.

— Désolé, ma puce, dit-il. Je suis un peu à cran à cause de cette enquête. Tu veux bien m'excuser ?

— Mm-mm.

— On se voit dans quinze jours, d'accord ?

— Tu me rappelleras avant ?

Il sourit intérieurement. Cette phrase appartenait à la Margot qu'il connaissait.

— Bien sûr. Bonne nuit, ma puce.

— Bonne nuit, papa.

Il remonta dans sa chambre, se débarrassa de sa veste sur le lit et chercha une mignonnette de scotch dans le minibar. Puis il sortit sur le balcon. Il faisait presque nuit, le ciel était dégagé, un peu plus clair à l'ouest qu'à l'est, au-dessus de la masse noire des montagnes. Quelques étoiles commençaient à percer, brillantes comme si on les avait astiquées. Servaz se dit qu'il allait faire très froid. Les illuminations de Noël formaient des coulées de lave scintillante dans les rues mais toute cette agitation lui parut dérisoire sous le regard immémorial des Pyrénées. Même le crime le plus atroce devenait petit, ridicule, face à l'éternité colossale des montagnes. Guère plus qu'un insecte écrasé sur une vitre.

Servaz s'appuya à la balustrade. Il rouvrit son téléphone.

— Espérandieu, répondit Espérandieu.

— J'ai besoin que tu me rendes un service.

— Qu'est-ce qui se passe ? Il y a du nouveau ?

— Non. Ça n'a rien à voir avec l'enquête.

— Ah bon.

Servaz chercha ses mots.

— Je voudrais qu'une ou deux fois par semaine tu files Margot à la sortie du lycée. Pendant, disons, deux ou trois semaines. Je ne peux pas le faire moi-même : elle me repérerait…

— Quoi ?

— Tu as bien entendu.

Au bout du fil, le silence s'éternisa. Servaz entendait du bruit en arrière-plan. Il comprit que son adjoint se trouvait dans un bar.

Espérandieu soupira.

— Martin, je ne peux pas faire ça.

— Pourquoi pas ?

— C'est contraire à toutes les…

— C'est un service que je demande à un ami, l'interrompit Servaz. Juste une fois ou deux dans la semaine pendant trois semaines. La suivre à pied ou en voiture. Rien de plus. Il n'y a qu'à toi que je puisse demander ça.

Nouveau soupir.

— Pourquoi ? dit Espérandieu.

— Je la soupçonne d'avoir de mauvaises fréquentations.

— Et c'est tout ?

— Je crois que son petit copain la bat.

— Merde !

— Oui, dit Servaz. Maintenant, imagine qu'il s'agisse de Mégan et que ce soit toi qui me le demandes. D'ailleurs, ça arrivera peut-être un jour.

— D'accord, d'accord, je vais le faire. Mais une ou deux fois par semaine, pas plus, on est d'accord ? Et dans trois semaines, j'arrête tout, même si je n'ai rien trouvé.

— Tu as ma parole, dit Servaz, soulagé.

— Que feras-tu si tes soupçons sont confirmés ?

— Nous n'en sommes pas là. Pour le moment, je veux juste savoir ce qui se passe.

— D'accord, mais admettons que tes soupçons se vérifient et qu'elle se soit mise à la colle avec un petit salaud tordu et violent, que vas-tu faire ?

— Est-ce que j'ai pour habitude d'agir impulsivement ? dit Servaz.

— Parfois.

— Je veux juste savoir ce qui se passe.

Il remercia son adjoint et raccrocha. Il pensait toujours à sa fille. À ses tenues, à ses tatouages, à ses piercings… Puis il voyagea en pensée jusqu'à l'Institut. Il vit les bâtiments en train de s'endormir lentement sous la neige, là-haut. À quoi rêvaient ces monstres, la nuit, dans leurs cellules ? Quelles créatures glissantes, quels fantasmes nourrissaient leur sommeil ? Il se demanda si certains restaient éveillés, les yeux ouverts sur leur macabre monde intérieur, convoquant le souvenir de leurs victimes.

Un avion passa loin au-dessus des montagnes, venant d'Espagne et se dirigeant vers la France. Un minuscule copeau d'argent, étoile filante, comète métallisée, ses feux de position palpitant dans le ciel nocturne – et Servaz sentit une nouvelle fois à quel point cette vallée était isolée, loin de tout.

Il rentra dans sa chambre et alluma la lumière.

Puis il sortit un livre de sa valise et s'assit à la tête du lit. Horace, les *Odes*.

En se réveillant le lendemain, Servaz constata qu'il avait neigé : les toits et les rues étaient blancs, l'air froid frappa sa poitrine. Il s'empressa de quitter le balcon et de retourner dans sa chambre, se doucha et s'habilla. Puis il descendit prendre son petit déjeuner.

Espérandieu était déjà assis sous la grande véranda Art déco, près des baies vitrées. Il avait terminé. Il lisait. Servaz l'observa de loin : son adjoint était complètement absorbé par sa lecture. Servaz s'assit et regarda la couverture du livre avec curiosité : *La Course au mouton sauvage,* d'un certain Haruki Murakami. Un Japonais. Un auteur dont il n'avait jamais entendu parler. En compagnie d'Espérandieu, Servaz avait parfois l'impression qu'ils ne parlaient pas la même langue, qu'ils venaient de deux contrées fort éloignées l'une de l'autre, chacune ayant sa culture propre, ses mœurs, ses usages. Les centres d'intérêt de son adjoint étaient aussi nombreux que différents des siens : la bande dessinée, la culture japonaise, la science, la musique contemporaine, la photographie...

Espérandieu leva la tête avec l'air d'un enfant à la table du petit déjeuner et regarda sa montre.

— L'autopsie est à 8 heures, dit-il en refermant le livre. Je file.

Servaz acquiesça d'un signe de tête. Sans rien ajouter. Son adjoint connaissait son boulot. Servaz but une gorgée de café et il sentit aussitôt que sa gorge était irritée.

Dix minutes plus tard, c'était à son tour de marcher dans les rues enneigées. Il avait rendez-vous dans le bureau de Cathy d'Humières avec Ziegler et Propp avant leur visite à l'Institut. La procureur devait leur présenter le juge à qui elle allait confier l'instruction. En marchant, il prolongea sa réflexion de la veille. Qu'est-ce qui avait désigné Lombard et Grimm comme victimes ? Quel rapport y avait-il entre eux ? Selon Chaperon et la veuve, Lombard et Grimm ne se connaissaient pas. Lombard était peut-être passé une fois ou deux à la pharmacie mais rien n'était moins sûr : il y avait cinq autres pharmacies à Saint-Martin – et Éric Lombard devait sûrement envoyer quelqu'un faire ce genre de course à sa place.

Il en était là de ses réflexions lorsqu'il se raidit d'un coup. Quelque chose, une sensation, avait fait s'affoler ses antennes. *L'impression désagréable d'être suivi…* Il fit brusquement volte-face et scruta la rue derrière lui. Il n'y avait rien. À part un couple qui piétinait la neige en riant et une vieille femme qui tournait à l'angle d'une rue, un cabas à la main.

Merde, cette vallée me rend parano.

Cinq minutes plus tard, il franchissait les grilles du palais de justice. Des avocats devisaient sur les marches en fumant cigarette sur cigarette, des familles de justiciables attendaient la reprise des débats en se rongeant les ongles. Servaz traversa la salle des pas perdus et se dirigea vers l'escalier d'honneur, sur la gauche. Au moment où il parvenait au palier intermédiaire, un petit homme surgit de derrière une colonne de marbre, dévalant les étages.

— Commandant !

Servaz s'arrêta. Il considéra le personnage qui arrivait à sa hauteur.

— Ainsi donc, c'est vous le flic venu de Toulouse.

— On se connaît ?

— Je vous ai aperçu hier matin sur les lieux du crime en compagnie de Catherine, répondit l'homme en lui tendant la main. C'est elle qui m'a dit votre nom. Elle semble penser que vous êtes l'homme de la situation.

Catherine... Servaz serra la main tendue.

— Et vous êtes ?

— Gabriel Saint-Cyr, juge d'instruction honoraire à la retraite. J'ai instruit dans ce palais pendant près de trente-cinq ans. (Le petit homme désigna le grand hall d'un geste large.) Je connais le moindre de ses placards. Tout comme je connais chaque habitant de cette ville ou peu s'en faut.

Servaz le détailla. De petite taille mais doté d'une carrure de lutteur, un sourire bonhomme et un accent qui indiquait qu'il était né ou avait grandi non loin d'ici. Servaz surprit cependant un regard aigu filtrant sous les paupières et il comprit que l'ex-magistrat dissimulait derrière cette bonhomie de façade un esprit pénétrant – à l'inverse de tant d'autres qui cachent derrière le masque du cynisme et de l'ironie leur absence d'idées.

— Est-ce une offre de services ? dit-il joyeusement.

Le juge éclata de rire. Un rire clair, sonore, communicatif.

— Ma foi, juge un jour, juge toujours. Je ne vous cacherai pas que je regrette d'avoir pris ma retraite quand je vois ce qui se passe aujourd'hui. Nous n'avons jamais rien eu de ce genre auparavant. Un meurtre passionnel de temps en temps, une querelle de voisinage qui se termine par un coup de fusil : les éternelles manifestations de la bêtise humaine. Si l'envie vous prend d'en discuter autour d'un verre, je suis votre homme.

— Vous avez déjà oublié le secret de l'instruction, juge ? répliqua Servaz amicalement.

Saint-Cyr lui décocha un clin d'œil.

— Oh, vous ne serez pas obligé de tout me dire. Mais vous ne trouverez personne qui connaisse mieux que moi les secrets de ces vallées, commandant. Songez-y.

Servaz y songeait déjà. L'offre de services ne manquait pas d'intérêt : un contact au sein de la population. Un homme qui avait passé presque toute sa vie à Saint-Martin et que sa profession avait amené à connaître pas mal de secrets.

— Le métier vous manque, on dirait.

— Je mentirais si je disais le contraire, avoua Saint-Cyr. J'ai pris ma retraite il y a deux ans pour des raisons de santé. Depuis, j'ai l'impression d'être un mort vivant. Vous croyez que c'est Hirtmann qui a fait le coup ?

Servaz eut un sursaut.

— De quoi parlez-vous ?

— Oh, allons ! Vous savez bien, l'ADN trouvé dans le téléphérique.

— Qui vous a parlé de ça ?

Le petit juge partit d'un rire sonore en dévalant les marches.

— Je vous l'ai dit : je sais tout ce qui se passe dans cette ville. À bientôt, commandant ! Et bonne chasse !

Servaz le regarda disparaître par la grande double porte dans un tourbillon de flocons.

— Martin, je vous présente le juge Martial Confiant. C'est à lui que j'ai confié l'information ouverte hier.

Servaz serra la main du jeune magistrat. La petite trentaine, grand et mince, une peau très sombre, d'élégantes lunettes rectangulaires à fine monture. La poignée de main était franche, le sourire chaleureux.

— Contrairement aux apparences, dit Cathy d'Humières, Martial est un enfant du pays. Il est né et a grandi à vingt kilomètres d'ici.

— Avant que vous arriviez, madame d'Humières me disait tout le bien qu'elle pensait de vous, commandant.

L'homme gardait dans la voix l'onctuosité et le soleil des îles, mais elle s'était quand même teintée d'une pointe d'accent local. Servaz sourit.

— Nous allons à l'Institut ce matin, dit-il. Vous voulez vous joindre à nous ?

Il s'aperçut qu'il avait du mal à parler, que sa gorge était douloureuse.

— Vous avez prévenu le Dr Xavier ?

— Non. Le capitaine Ziegler et moi, nous avons décidé de leur faire une petite visite impromptue.

Confiant opina.

— D'accord, je viens, dit-il. Mais rien que pour cette fois : je ne veux pas m'imposer. J'ai pour principe de laisser la police travailler. À chacun son métier, ajouta-t-il.

Servaz acquiesça en silence. C'était plutôt une bonne nouvelle si cette déclaration de principe se traduisait dans les faits.

— Où est le capitaine Ziegler ? demanda d'Humières.

Il regarda sa montre.

— Elle ne va pas tarder. Elle a peut-être des difficultés pour venir avec la neige.

Cathy d'Humières se tourna vers la fenêtre d'un air pressé.

— Bon, j'ai une conférence de presse à donner, moi. De toute façon, je ne vous aurais pas accompagnés. Un endroit aussi sinistre par un temps pareil, brrrrr, très peu pour moi !

13.

— Anoxie cérébrale, dit Delmas en se lavant les mains et les avant-bras au savon antimicrobien, puis en les rinçant sous le robinet autoclave.

L'hôpital de Saint-Martin était un grand bâtiment de brique rouge qui tranchait sur la neige recouvrant ses pelouses. Comme souvent, l'accès à la morgue et à la salle d'autopsie se trouvait loin de l'entrée principale, au bas d'une rampe en béton. Les membres du personnel appelaient cet endroit « l'Enfer ». Quand il était arrivé trente minutes plus tôt, en écoutant The Gutter Twins chanter *Idle Hands* dans ses écouteurs, Espérandieu avait découvert un cercueil qui attendait sur des tréteaux, contre le mur du fond. Dans le vestiaire, il avait trouvé les Dr Delmas, le légiste de Toulouse, et Cavalier, chirurgien à l'hôpital de Saint-Martin, qui passaient des blouses à manches courtes et des tabliers de protection plastifiés. Delmas décrivait à Cavalier comment ils avaient découvert le corps. Espérandieu avait commencé à se changer, puis il avait glissé une pastille mentholée dans sa bouche et sorti un pot de crème à base de camphre.

— Vous devriez éviter ça, lui avait aussitôt lancé Delmas. C'est très corrosif.

— Désolé, docteur, mais j'ai la narine sensible, répondit Vincent avant d'ajuster un écran facial sur sa bouche et son nez.

Depuis son arrivée à la brigade, Espérandieu avait été à plusieurs reprises chargé d'assister à des autopsies et il savait qu'il y avait un moment – lorsque le légiste ouvrait le ventre et effectuait des prélèvements sur les viscères : foie, rate, pancréas, intestins – où se répandaient dans la pièce des odeurs insoutenables pour un odorat normalement constitué.

La dépouille de Grimm les attendait sur une table d'autopsie légèrement inclinée, munie d'une bonde et d'un tuyau d'évacuation. Une table assez rudimentaire en comparaison des grandes tables élévatrices qu'Espérandieu avait observées au CHU de Toulouse. Le corps était en outre surélevé à l'aide de plusieurs traverses métalliques pour lui éviter de baigner dans ses propres liquides biologiques.

— D'abord, il y a les signes qu'on observe dans toutes les asphyxies mécaniques…, commença Delmas sans plus attendre en manœuvrant le bras mobile de la lampe au-dessus du corps.

Il désigna les lèvres bleuies du pharmacien, puis le pavillon des oreilles, qui avait également viré au bleu :

— … la coloration bleuâtre des muqueuses et des téguments…

Il montra l'intérieur des paupières agrafées :

— L'hyperémie conjonctivale…

Il désigna le visage tuméfié et violet du pharmacien :

— La congestion en pèlerine… Malheureusement, ces signes sont rendus difficilement observables par l'état du visage, dit-il à Cavalier qui avait du mal à fixer la bouillie sanguinolente d'où émergeaient les deux yeux exorbités. On va aussi trouver des pétéchies à la surface des poumons et du cœur. Ce sont là des symptômes classiques. Ils démontrent juste un syndrome asphyxique non spécifique : la victime est bien morte d'une asphyxie mécanique qui a été précédée d'une agonie plus ou moins longue. Mais ils ne fournissent pas davantage d'informations sur l'étiologie du décès.

Delmas ôta ses lunettes pour les essuyer puis les remit en place. Il ne portait pas de masque chirurgical. Il sentait l'eau de Cologne et le savon bactéricide. C'était un petit bonhomme replet aux joues roses et lisses et aux grands yeux bleus saillants.

— Celui qui a fait ça avait visiblement quelques notions de médecine ou à tout le moins d'anatomie, annonça-t-il. Il a choisi le mode opératoire qui permettait l'agonie la plus longue et la plus pénible.

Delmas pointa son index boudiné vers le sillon laissé par la sangle dans le cou du pharmacien.

— D'un point de vue physiopathologique, il y a trois mécanismes qui peuvent provoquer une mort par pendaison. Le premier est le mécanisme vasculaire, c'est-à-dire qu'on empêche le sang d'arriver au cerveau par l'occlusion simultanée des deux artères carotides. C'est ce qui se passe lorsque le nœud coulant se trouve à l'arrière, sur la nuque. Dans ce cas, l'anoxie cérébrale est directe et la perte de connaissance presque instantanée, elle-même suivie d'un décès rapide. On ne saurait trop conseiller à ceux qui choisissent de se suicider par pendaison de placer le nœud sur la nuque, ajouta-t-il.

Espérandieu s'était arrêté de noter. Il avait du mal en général avec l'humour des légistes. Cavalier, de son côté, buvait littéralement les paroles de son confrère.

— Ensuite, il y a le mécanisme neurologique : si notre homme avait balancé le pharmacien dans le vide au lieu de le descendre progressivement en jouant sur les sangles attachées à ses poignets, les lésions bulbaires et médullaires causées par le choc, c'est-à-dire les lésions du bulbe rachidien et de la moelle épinière, ajouta-t-il à l'intention d'Espérandieu en soulevant délicatement le crâne de ce qui avait été Grimm, auraient provoqué une mort quasi instantanée. Mais ce n'est pas ce qu'il a fait…

Derrière les lunettes, les grands yeux bleu pâle cherchèrent ceux d'Espérandieu.

— Oh, non, jeune homme ! *Ce n'est pas ce qu'il a fait*… Notre homme est un petit malin : il a pris soin de placer le nœud coulant sur le côté. De cette manière, l'apport sanguin au cerveau reste assuré par au moins l'un des deux axes carotidiens : celui opposé au nœud. Quant aux sangles attachées aux poignets, elles ont permis d'empêcher tout choc traumatique sur la moelle épinière. Notre homme savait très bien ce qu'il faisait, croyez-moi. L'agonie a dû être très très longue pour ce pauvre type.

Son doigt boudiné mais impeccablement propre se promena ensuite le long du sillon qui marquait profondément le cou.

— En tout cas, il s'agit bien d'une pendaison. Regardez : le sillon est placé haut, il passe juste en dessous de l'angle des mâchoires et il remonte vers le point de suspension. Il est aussi incomplet, ce qui ne serait pas le cas s'il y avait eu préalablement une strangulation au lien, qui laisse généralement un sillon bas et régulier, complet sur tout le pourtour du cou.

Il adressa un clin d'œil à Espérandieu.

— Vous savez : quand le mari étrangle sa femme avec une corde et qu'il veut ensuite nous faire croire qu'elle s'est pendue.

— Vous lisez trop de romans policiers, docteur, répliqua Espérandieu.

Delmas réprima un petit rire – puis redevint aussi sérieux qu'un pape à l'heure de la bénédiction. Il fit descendre la lampe à hauteur du nez à demi arraché, du visage tuméfié et des paupières agrafées.

— Ça, c'est vraiment un des trucs les plus dégueulasses qu'il m'ait été donné de voir, dit-il. Il y a là-dedans une rage, une fureur insupportables.

Le psy les avait rejoints. Il était assis à l'arrière, en compagnie du juge. Ziegler pilotait le 4 × 4 avec la fluidité et l'assurance d'un pilote de rallye. Servaz admirait sa façon de conduire. Tout comme il avait admiré sa maîtrise dans l'hélicoptère. À l'arrière, le juge avait demandé à Propp de lui parler d'Hirtmann. Ce qu'il venait d'entendre de la bouche du psy l'avait plongé dans un état de stupeur profonde et, à présent, il observait le même mutisme que ses voisins. Le caractère morbide de la vallée ne faisait qu'accroître l'impression de malaise.

La route sinuait sous un ciel sombre, parmi de grands sapins touffus gantés de blanc. Le chasse-neige était passé par là : il avait laissé de hautes congères sur le bord de la route. Ils dépassèrent une dernière ferme prisonnière du froid – les barrières de ses champs disparaissant presque sous le manteau neigeux, un tortillon de fumée s'élevant de sa cheminée – puis ce fut le règne définitif du silence et de l'hiver.

Il avait cessé de neiger mais la couche était très épaisse. Un peu plus loin, ils rejoignirent et dépassèrent le chasse-neige, dont le fanal tournoyant jetait une vive lueur orangée sur les sapins blancs, et la route devint difficile.

Ils roulèrent alors à travers un paysage pétrifié de hautes sapinières impénétrables et de tourbières gelées prises dans les méandres de la rivière. Au-dessus d'eux se levaient, formidables et gris, les flancs boisés de la montagne. Puis la vallée se resserra encore. La forêt surplomba la route qui surplomba le torrent, tandis qu'à chaque virage ils voyaient devant eux les grandes racines des hêtres mises à nu par les affouillements du talus. Au détour d'un virage, ils découvrirent plusieurs bâtiments en béton et en bois. Avec des rangées de fenêtres aux étages et de grandes baies vitrées au rez-de-chaussée. Un sentier traversait le torrent sur un pont rouillé puis une prairie blanche et menait jusqu'à eux. Servaz vit un écriteau rouillé en passant : « COLONIE DES ISARDS ». Les bâtiments avaient un aspect délabré. Ils étaient déserts.

Il se demanda qui avait bien pu coller une colonie de vacances dans un endroit aussi lugubre. Il sentit un courant d'air froid sur son échine en pensant au voisinage de l'Institut. Mais il était probable, vu son état d'abandon, que la colonie avait fermé bien avant que l'Institut Wargnier n'ouvre ses portes.

Cette vallée était d'une beauté terrassante, qui transit Servaz.

Une atmosphère de conte de fées.

C'était bien ça : une version moderne et adulte des sinistres contes de fées de son enfance. Car, au fond de cette vallée et de cette forêt blanche, songea-t-il en frissonnant, c'étaient bien des ogres qui les attendaient.

— Bonjour, je peux m'asseoir ?

Elle leva la tête et elle découvrit l'infirmier psy qui l'avait rembarrée la veille – comment s'appelait-il déjà ? Alex – debout devant sa table. La cafétéria était bondée, cette fois. On était lundi matin et tout le personnel était là. L'endroit bruissait de conversations.

— Bien sûr, répondit-elle, les dents serrées.

Elle était seule à sa table. Visiblement, personne n'avait jugé bon de l'inviter. De temps en temps, elle surprenait des regards dans sa direction. Elle se demanda une nouvelle fois ce que le Dr Xavier avait dit à son sujet.

— Euh... je voudrais m'excuser pour hier..., commença-t-il en s'asseyant, j'ai été un peu... brusque... Je ne sais pas pourquoi... Vos questions étaient légitimes, après tout... Veuillez accepter mes excuses...

Elle l'étudia attentivement. Il avait l'air sincèrement contrit. Elle hocha la tête, mal à l'aise. Elle n'avait pas envie de revenir là-dessus. Ni même de l'entendre s'excuser.

— Pas de problème... J'avais déjà oublié...

— Tant mieux. Vous devez me trouver bizarre...

— Pas du tout. Mes questions étaient elles-mêmes assez... *impertinentes*.

— C'est vrai, rigola-t-il. Vous n'avez pas votre langue dans votre poche.

Il mordit gaillardement dans son croissant.

— Que s'est-il passé en bas hier ? demanda-t-elle pour changer de sujet. J'ai surpris plusieurs conversations : apparemment, quelque chose de grave est arrivé…

— Un homme est mort, un pharmacien de Saint-Martin…

— Comment ?

— On l'a trouvé pendu sous un pont.

— Oh ! Je vois…

— Mmm, fit-il, la bouche pleine.

— Quelle horrible façon de mettre fin à ses jours !

Il releva la tête et avala la bouchée qu'il était en train de mastiquer.

— Il ne s'agit pas d'un suicide.

— Ah non ?

Il plongea son regard dans le sien.

— Meurtre.

Elle se demanda s'il plaisantait. Elle scruta son expression avec un sourire. Apparemment pas… Son sourire disparut. Elle sentit un léger froid lui courir entre les omoplates.

— C'est horrible ! On en est sûr ?

— Oui, dit-il en se penchant vers elle pour se faire entendre sans élever la voix malgré le brouhaha alentour. *Et ce n'est pas tout…*

Il s'inclina encore plus. Elle trouva que son visage était un peu trop près. Elle ne voulait surtout pas donner lieu à des rumeurs dès son arrivée. Elle recula légèrement.

— Selon ce qui se dit, *il était nu à part une cape et des bottes…* Et il aurait subi des sévices, des tortures… C'est Rico qui l'a trouvé. Un dessinateur de BD qui fait de la course à pied tous les matins.

Diane digéra l'information en silence. *Un meurtre dans la vallée… Un crime de dément à quelques kilomètres de l'Institut…*

— Je sais à quoi vous pensez, dit-il.

— Oh, vraiment ?

— Vous vous dites : c'est un crime de dément et il y a plein de fous meurtriers ici.

— Oui.

— Il est impossible de sortir d'ici.

— Vraiment ?

— Oui.

— Il n'y a jamais eu d'évasion ?

— Non. (Il avala une autre bouchée.) Et, de toute façon, personne ne manque à l'appel.

Elle avala une gorgée de son cappuccino et essuya le chocolat sur ses lèvres avec une serviette en papier.

— Me voilà rassurée, plaisanta-t-elle.

Cette fois, Alex rit de bon cœur.

— Oui, j'avoue que c'est déjà assez flippant d'être ici en temps normal quand on est nouveau. Alors, ce truc affreux par-dessus le marché… Pas le genre de chose qui vous aide à décompresser, hein ? Désolé d'être le porteur de mauvaises nouvelles !

— Du moment que ce n'est pas vous qui l'avez tué…

Il rit de plus belle, si fort que quelques têtes se tournèrent.

— C'est de l'humour suisse ? J'adore !

Elle sourit. Entre sa sortie de la veille et sa bonne humeur d'aujourd'hui, elle ne savait toujours pas à quoi s'en tenir en ce qui le concernait. Mais il lui était plutôt sympathique. D'un mouvement de tête, elle désigna les gens autour d'eux.

— J'espérais un peu que le Dr Xavier me présenterait à l'ensemble du personnel. Pour l'instant, il n'en a rien fait. Pas facile de s'intégrer si… personne ne vous tend la main…

Il l'enveloppa d'un regard amical et hocha doucement la tête.

— Je comprends. Écoutez, voici ce que je vous propose : ce matin je ne peux pas, j'ai une réunion fonctionnelle avec mon équipe thérapeutique. Mais, un peu
plus tard, je vous ferai faire la tournée des popotes et
je vous présenterai au reste de l'équipe…

— C'est très gentil à vous.

— Non, c'est normal. Je ne comprends même pas
pourquoi Xavier ou Lisa ne l'ont pas déjà fait.

Elle se dit qu'en effet c'était une bonne question.

Le légiste et le Dr Cavalier étaient en train de
découper l'une des bottes à l'aide d'un costotome et
d'un écarteur à deux griffes.

— À l'évidence, ces bottes n'appartenaient pas à la
victime, annonça Delmas. Au moins trois pointures en
dessous. Elles ont été enfoncées de force. J'ignore
pendant combien de temps ce pauvre homme les a
portées mais ça a dû être très douloureux. Bien sûr,
moins que ce qui l'attendait…

Espérandieu le regarda, son bloc-notes à la main.

— Pourquoi lui mettre des bottes plus petites ?
demanda-t-il.

— Ça, c'est à vous de le dire. Peut-être qu'il voulait
simplement lui mettre des bottes et qu'il n'en avait
pas d'autres sous la main.

— Mais pourquoi le déshabiller, le déchausser et lui
faire enfiler des bottes ensuite ?

Le légiste haussa les épaules et lui tourna le dos
pour poser la botte découpée sur une paillasse. Il
s'empara d'une loupe et d'une paire de pinces et il
détacha méticuleusement les brins d'herbe et les

minuscules graviers qui adhéraient à la boue et au caoutchouc. Il laissa tomber les échantillons dans une série de petites boîtes cylindriques. Après quoi, Delmas saisit les bottes et hésita ostensiblement entre un sac-poubelle noir et un grand sac en papier kraft. Finalement, il choisit le second. Espérandieu lui lança un regard interrogateur.

— Pourquoi j'ai choisi le sac en papier plutôt que l'autre ? Parce que la boue sur les bottes, bien que sèche en apparence, ne l'est peut-être pas complètement. Les pièces à conviction humides ne doivent jamais être conservées dans des sacs plastique, l'humidité pourrait entraîner la formation de moisissures qui détruiraient irrémédiablement les preuves biologiques.

Delmas fit le tour de la table d'autopsie. Il s'approcha du doigt tranché, une grosse loupe à la main.

— Tranché avec un outil coupant et rouillé : une cisaille, un sécateur. Et tranché alors que la victime était encore vivante. Passez-moi les pinces, là, et un sachet, dit-il à Espérandieu.

Espérandieu obtempéra. Delmas étiqueta le sachet puis il jeta les derniers déchets dans l'une des poubelles alignées contre le mur et il retira ses gants avec un claquement sonore.

— On a fini. Pas de doute : c'est bien l'asphyxie mécanique, donc la pendaison, qui a tué Grimm. Je vais envoyer ces prélèvements au labo de la gendarmerie à Rosny-sous-Bois, comme me l'a demandé le capitaine Ziegler.

— Combien de chances d'après vous pour que deux brutes épaisses se soient livrées à cette mise en scène ?

Le légiste fixa Espérandieu.

— Je n'aime pas les supputations, dit-il. Mon domaine, ce sont les faits. Les hypothèses, c'est votre boulot. Quel genre de brutes ?

— Des vigiles. Des types déjà condamnés pour des coups et blessures, pour de petits trafics. Des crétins sans imagination ayant un encéphalogramme presque plat et un trop-plein d'hormones mâles.

— S'ils sont bien tels que vous les décrivez, je dirais autant de chances que de voir tous les crétins machistes de ce pays comprendre un jour que les voitures sont plus dangereuses que les armes à feu. Mais je le répète, c'est à vous de tirer les conclusions.

Il avait beaucoup neigé et ils avaient l'impression de s'enfoncer au cœur d'une confiserie géante. Une végétation surabondante obstruait le fond de la vallée ; l'hiver l'avait changée, comme par un coup de baguette magique, en un réseau de toiles d'araignées de givre étroitement enchevêtrées. Servaz pensa à des coraux de glace, aux profondeurs d'un océan congelé. La rivière y coulait entre deux bourrelets de neige.

Creusée dans la roche même, bordée d'un solide parapet, la route épousait le relief de la montagne. Elle était si étroite que Servaz se demanda ce qu'ils feraient s'ils venaient à croiser un camion.

À la sortie d'un énième tunnel, Ziegler ralentit et traversa la chaussée pour se garer le long du parapet, là où il formait une sorte de balcon au-dessus de la végétation givrée.

— Que se passe-t-il ? demanda Confiant.

Sans répondre, elle ouvrit la portière et descendit. Elle s'approcha du bord et les trois autres la rejoignirent.

— Regardez, dit-elle.

Ils suivirent des yeux la direction indiquée et découvrirent les bâtiments au loin.

— Mince ! C'est sinistre ! s'exclama Propp. On dirait une prison médiévale.

Alors que la partie de la vallée où ils se trouvaient était plongée dans l'ombre bleue de la montagne, là-haut les bâtiments étaient inondés par une lumière matinale jaune qui coulait des sommets comme un glacier. C'était un endroit incroyablement solitaire et sauvage, mais aussi d'une beauté qui laissa Servaz sans voix. La même architecture cyclopéenne qu'il avait découverte à la centrale. Il se demanda à quel usage avaient bien pu être dévolus ces bâtiments avant de devenir l'Institut Wargnier. Car il était évident qu'ils dataient de la même époque glorieuse que la centrale et l'usine souterraine : une époque où l'on construisait des murailles et des charpentes qui devaient durer des siècles. Où on avait moins le souci de la rentabilité immédiate que celui du travail bien fait. Où l'on jugeait moins une entreprise à ses bilans financiers qu'à la grandeur de ses réalisations.

— J'ai de plus en plus de mal à croire que quelqu'un qui a réussi à s'évader de cet endroit ait envie d'y retourner, ajouta le psy.

Servaz se tourna vers lui. Il venait de se faire la même réflexion. Puis il chercha Confiant et le découvrit à quelques mètres de là, qui parlait dans son téléphone. Servaz se demanda à qui il éprouvait le besoin de téléphoner dans un moment pareil.

Le jeune juge referma son appareil et marcha vers eux.

— Allons-y, dit-il.

Un kilomètre plus loin, après un nouveau tunnel, ils quittèrent la route de la vallée pour une autre encore plus étroite qui franchit le torrent avant de se mettre à grimper entre les sapins. Sous l'épaisse couche de neige, la nouvelle route se distinguait à peine des congères du bas-côté mais plusieurs véhicules avaient laissé leurs traces. Servaz en compta jusqu'à dix puis il s'arrêta de compter. Il se demanda si cette route menait ailleurs qu'à l'Institut et il eut la réponse deux kilomètres plus loin quand ils débouchèrent devant les bâtiments : la route n'allait pas plus loin.

Ils claquèrent leurs portières et le silence retomba. Comme saisis d'une crainte respectueuse, ils se turent en promenant leurs regards alentour. Il faisait très froid, et Servaz enfouit son cou dans le col de sa veste.

Bâti là où la pente était la plus faible, l'Institut dominait le secteur haut de la vallée. Ses petites fenêtres regardaient la montagne en face, avec ses immenses pentes boisées couronnées de vertigineuses falaises de roc et de neige.

Puis il aperçut, à plusieurs centaines de mètres dans la montagne, des gendarmes en capote d'hiver, qui parlaient dans des talkies-walkies tout en les observant à la jumelle.

Un petit homme en blouse blanche jaillit de l'Institut et vint à leur rencontre. Le flic jeta un coup d'œil surpris à ses voisins. Confiant eut un geste d'excuses.

— J'ai pris sur moi de prévenir le Dr Xavier, dit le juge d'instruction. C'est un ami.

14.

Le Dr Xavier semblait ravi d'avoir des visiteurs. Il traversa la petite esplanade enneigée les bras grands ouverts.

— Vous tombez bien mal. Nous étions en pleine réunion fonctionnelle. Tous les lundis, je réunis une par une les équipes thérapeutiques de chaque unité de soins : médecins, infirmiers, aides-soignants, travailleurs sociaux.

Mais son large sourire semblait indiquer qu'il n'était pas fâché d'avoir dû mettre fin à l'une de ces ennuyeuses séances. Il serra la main du juge avec une chaleur particulière.

— Il a fallu ce drame pour que tu viennes enfin voir mon travail.

Le Dr Xavier était un petit homme tiré à quatre épingles, encore jeune. Servaz remarqua une cravate dernier cri sous le col de sa blouse. Il ne cessait de sourire, ses yeux couvant les deux enquêteurs d'un regard à la fois bienveillant et pétillant d'humour. Servaz fut aussitôt sur ses gardes : il se méfiait instinctivement des gens élégants au sourire trop facile.

Il leva la tête vers les hautes murailles. L'Institut était constitué de deux grands bâtiments de quatre étages qui se rejoignaient en forme de T – un T dont la barre horizontale était trois fois plus longue que la barre verticale. Il scruta les rangées de petites fenêtres creusées dans l'épaisseur des murs – des murs de pierre grise qui auraient sans doute résisté à l'attaque d'un lance-roquettes. Une chose était sûre : les pensionnaires ne risquaient pas de s'évader en creusant au travers.

— Nous sommes là pour évaluer les chances qu'un de tes pensionnaires ait pu s'évader, dit Confiant au psychiatre.

— C'est rigoureusement impossible, répondit Xavier sans l'ombre d'une hésitation. D'ailleurs, personne ne manque à l'appel.

— Nous le savons, dit Servaz.

— Je ne comprends pas, dit le psychiatre, dérouté. Dans ce cas, que faites-vous ici ?

— Notre hypothèse est qu'un de vos pensionnaires a pu s'absenter, tuer le cheval d'Éric Lombard et réintégrer sa cellule, dit Ziegler.

Les yeux du psychiatre s'étrécirent.

— Vous ne parlez pas sérieusement ?

— C'est bien ce que je pensais, s'empressa d'intervenir Confiant en regardant sévèrement les deux enquêteurs. Cette hypothèse est parfaitement absurde. Mais ils veulent néanmoins s'en assurer.

Servaz eut l'impression d'avoir reçu une décharge électrique : non seulement le jeune juge avait averti Xavier sans les prévenir, mais il venait de démolir leur travail devant un tiers.

— Vous pensez à quelqu'un en particulier ? s'enquit Xavier.

— Julian Hirtmann, répondit Servaz sans se démonter.

Le psychiatre le regarda, mais cette fois il ne dit rien. Il se contenta de hausser les épaules et de tourner les talons.

— Suivez-moi.

L'entrée se trouvait près d'un des angles formés par la jonction des deux barres du T : une triple porte vitrée en haut de cinq marches.

— Tous les visiteurs qui se présentent ici comme tous les membres du personnel passent par cette entrée, expliqua Xavier en grimpant les marches. Il y a quatre sorties de secours au rez-de-chaussée et une au sous-sol : deux sur les côtés aux extrémités du couloir central, une au niveau des cuisines, une autre dans l'annexe, dit-il en montrant la petite barre du T, après la salle de gym – mais il est rigoureusement impossible de les ouvrir de l'extérieur, et pour le faire de l'intérieur il faut une clef spéciale. Elles se déverrouilleraient cependant automatiquement en cas d'incendie de grande ampleur. Et uniquement dans ce cas.

— Ces clefs, qui les possède ? demanda Servaz.

— Une vingtaine de personnes, répondit Xavier en franchissant les portes vitrées. Chaque responsable d'unité de soins, les trois surveillants du rez-de-chaussée, l'infirmière chef, le chef cuisinier, moi… Mais, de toute façon, le déverrouillage d'une de ces portes déclencherait aussitôt un signal d'alarme dans le poste de contrôle.

— Il nous faudrait la liste de ces personnes, dit Ziegler.

— Le poste de contrôle, il y a quelqu'un en permanence ? demanda Servaz.

— Oui. Vous allez voir, il est juste là.

Ils venaient de pénétrer dans un grand hall. Sur leur droite, ils contemplèrent ce qui s'apparentait à une salle d'attente, avec une rangée de sièges en plastique fixés sur une barre horizontale et des plantes vertes. Face à eux, une cage vitrée semi-circulaire qui ressemblait à un guichet de banque ou à un bureau d'accueil. Elle était vide. Sur leur gauche, un vaste espace dont les murs laqués de blanc étaient décorés de dessins et de peintures. Des visages torturés, montrant des dents aiguisées comme des couteaux ; des corps tordus ; des couleurs criardes. Servaz comprit qu'il s'agissait d'œuvres réalisées par les pensionnaires.

Puis son regard passa des dessins à une porte en acier munie d'un hublot. Le poste de contrôle. Xavier traversa le hall dans sa direction. Il introduisit une clef reliée à sa ceinture par une chaînette et poussa la porte blindée. Deux gardes se trouvaient à l'intérieur, surveillant des dizaines d'écrans. Ils étaient vêtus de combinaisons orange ouvertes sur des T-shirts blancs. Des trousseaux de clefs et des menottes cliquetaient à leur ceinture chaque fois qu'ils se déplaçaient. Servaz aperçut aussi des bombes lacrymogènes accrochées au mur. Mais pas d'armes à feu.

Les écrans montraient de longs corridors déserts, des escaliers, des salles communes et une cafétéria. Les deux hommes tournèrent vers eux des regards indifférents ; ils exprimaient le même vide conceptuel que ceux des vigiles de la centrale.

— L'Institut est équipé de quarante-huit caméras, expliqua Xavier, quarante-deux à l'intérieur, six à l'extérieur, toutes évidemment placées dans des endroits stratégiques.

Il désigna les deux hommes.

— Il y a toujours au moins une personne ici la nuit. Deux dans la journée.

— Une personne pour surveiller plus de quarante écrans, souligna Servaz.

— Il n'y a pas que les caméras, répondit Xavier. L'établissement est divisé en plusieurs secteurs, chacun ayant un degré de confinement plus ou moins important en fonction de la dangerosité de ses occupants. Tout passage d'un secteur à un autre sans autorisation déclenche aussitôt un signal d'alarme. (Il leur montra une rangée de petites lampes rouges au-dessus des écrans.) À chaque niveau de sécurité correspondent également des mesures biométriques adaptées. Pour accéder à l'unité A, où se trouvent les pensionnaires les plus dangereux, il faut franchir un double sas sécurisé contrôlé en permanence par un garde.

— Tous les membres du personnel peuvent accéder à l'unité A ? demanda Ziegler.

— Bien sûr que non. Seule l'équipe thérapeutique chargée de l'unité A y a accès, ainsi que l'infirmière chef, les deux gardiens du quatrième étage, notre médecin, l'aumônier et moi. Et, depuis peu, une psychologue qui vient d'arriver de Suisse.

— Il nous faudra cette liste-là aussi, dit Ziegler. Avec les habilitations et les fonctions de chacun.

— Tout ça est informatisé ? demanda Servaz.

— Oui.

— Qui a mis le système en place ?

— Une société de sécurité privée.

— Et qui s'occupe de la maintenance ?

— La même société.

— Il y a des plans quelque part ?

Le psychiatre parut décontenancé.

— Quel genre de plans ?

— Les plans des installations, des câblages, des dispositifs biométriques, du bâtiment...

— Je suppose que la société de sécurité les possède, hasarda Xavier.

— Il nous faudra son adresse, sa dénomination sociale et son numéro de téléphone. Ils envoient quelqu'un faire des vérifications ?

— Ils contrôlent tout à distance. S'il y avait une panne ou une défaillance quelque part, leurs ordinateurs les avertiraient aussitôt.

— Vous ne trouvez pas ça dangereux ? Que les sas puissent être contrôlés de l'extérieur par quelqu'un que vous ne connaissez pas ?

Xavier se rembrunit.

— Ils n'ont aucun moyen de déverrouiller les portes. Ni de faire que les systèmes de sécurité cessent de fonctionner. Ils peuvent juste voir ce qui se passe, et si tout fonctionne.

— Les gardiens, dit Servaz en regardant les deux hommes, ils sont fournis par la même société ?

— Oui, dit Xavier en ressortant du poste de contrôle. Mais ce ne sont pas eux qui interviennent sur les patients en cas de crise, ce sont les aides-soignants. Comme vous le savez, la tendance est partout à « l'externalisation des tâches », comme on dit dans les ministères. (Il s'arrêta au milieu du hall pour les considérer.) Nous sommes comme les autres, nous faisons avec les moyens du bord – et ces moyens manquent de plus en plus. Depuis plus de vingt ans, tous les gouvernements de ce pays ont discrètement fermé plus de cinquante mille lits en psychiatrie et supprimé des milliers de postes. Or, dehors, au nom du libéralisme et des impératifs économiques, la pression n'a jamais été aussi forte sur les individus ; il y a de plus en plus de fous, de psychotiques, de paranoïaques, de schizophrènes en circulation.

Il se dirigea vers un grand couloir au fond du hall. L'interminable corridor semblait traverser tout le bâtiment dans le sens de la longueur ; ils étaient cependant arrêtés à intervalles réguliers par des grilles dont Servaz supposa qu'elles se verrouillaient la nuit venue. Il aperçut aussi des portes avec des plaques en cuivre au nom de plusieurs docteurs, dont une au nom de Xavier lui-même, puis une autre marquée : « Élisabeth Ferney, infirmière chef ».

— Mais je suppose que nous devons quand même nous estimer privilégiés, ajouta Xavier en leur faisant franchir une deuxième grille. Pour pallier le manque de personnel, nous disposons ici des systèmes de sécurité et de surveillance les plus sophistiqués qui soient. C'est loin d'être le cas ailleurs. En France, quand on veut masquer les réductions d'effectifs et de budgets, on multiplie les concepts fumeux : des escroqueries sémantiques, comme l'a très justement fait remarquer quelqu'un : « démarche qualité », « projets annuels de performance », « diagnostic infirmier »… Savez-vous ce que c'est que le diagnostic infirmier ? Cela consiste à faire croire aux infirmiers qu'ils sont capables de poser un diagnostic à la place du médecin, ce qui permet évidemment de réduire le nombre des médecins hospitaliers. Résultat : un de mes confrères a vu des infirmières envoyer un patient en psychiatrie après l'avoir étiqueté « paranoïaque dangereux » au motif qu'il était très énervé et en conflit avec son employeur, qu'il menaçait d'attaquer en justice ! Heureusement pour ce pauvre homme, mon confrère, qui l'a reçu à son arrivée à l'hôpital, a immédiatement infirmé le diagnostic et l'a renvoyé chez lui.

Le Dr Xavier s'arrêta au beau milieu du couloir et leva vers eux un regard étonnamment grave.

— Nous vivons une époque de violence institutionnalisée à l'égard des plus faibles et de mensonges politiques sans précédent, dit-il sombrement. Les gouvernements actuels et leurs serviteurs poursuivent tous un double but : la marchandisation des individus et le contrôle social.

Servaz regarda le psychiatre. Il n'était pas loin de penser la même chose. Mais il se demanda quand même si, à l'époque de leur toute-puissance, les psychiatres n'avaient pas scié la branche sur laquelle ils étaient assis en se livrant à toutes sortes d'expérimentations aux fondements moins scientifiques qu'idéologiques – des expérimentations aux conséquences souvent destructrices, dont les cobayes étaient des êtres humains.

Servaz vit en passant deux autres gardes en combinaison orange dans une cage de verre.

Puis apparut sur leur droite la cafétéria aperçue sur les écrans.

— La cafétéria du personnel, précisa Xavier.

Pas de fenêtres ici, mais de hautes baies vitrées donnant sur le paysage de neige et des murs peints de couleurs chaudes. Une demi-douzaine de personnes bavardaient en prenant un café. Ils découvrirent ensuite une pièce haute de plafond aux murs saumon décorés de grandes photos de paysages. Des fauteuils bon marché mais d'apparence confortable étaient disposés en plusieurs endroits, de façon à former de petits coins tranquilles et accueillants.

— Le parloir, dit le psychiatre. C'est ici que les familles s'isolent avec leurs proches hospitalisés à l'Institut. Bien entendu, ce dispositif ne concerne que les pensionnaires les moins dangereux, ce qui ici ne veut pas dire grand-chose. Une caméra surveille les rencontres en permanence, et des aides-soignants ne sont jamais très loin.

— Et les autres ? demanda Propp, ouvrant la bouche pour la première fois.

Xavier détailla le psy avec circonspection.

— La plupart ne reçoivent jamais de visites, répondit-il. Ce n'est ni un hôpital psychiatrique ni une prison modèle courant, ici. Nous sommes dans un établissement pilote unique en Europe. Il nous vient des patients d'un peu partout. Et tous nos patients sont des gens très violents : viols, sévices, tortures, meurtres... Sur leurs familles ou sur des inconnus. Tous multirécidivistes. Tous sur le fil du rasoir. Nous ne recevons que la crème de la crème, ajouta Xavier avec un sourire bizarre. Peu de gens ont envie de se souvenir que nos patients existent. C'est peut-être pour ça que cet établissement a été placé dans un lieu aussi isolé. Nous sommes leur dernière famille.

Servaz trouva cette dernière phrase un brin grandiloquente – comme presque tout, du reste, chez le Dr Xavier.

— Combien de niveaux de sécurité ?

— Trois. En fonction de la dangerosité de la clientèle : légère, moyenne et haute, qui détermine non seulement la quantité et les performances des systèmes de sécurité et le nombre des gardes, mais aussi la nature des soins et les rapports entre les équipes de soins et les pensionnaires.

— Qui juge de la dangerosité des arrivants ?

— Nos équipes. Nous combinons des entretiens cliniques, des questionnaires et bien sûr la lecture des dossiers rassemblés par les confrères qui nous les envoient à une nouvelle méthode d'évaluation révolutionnaire importée de mon pays. Tenez, nous avons justement un arrivant qui est évalué en ce moment même. Suivez-moi.

Il les entraîna vers un escalier fait de larges lames de béton ajourées qui vibrèrent sous leurs pas. Parvenus au premier étage, ils se retrouvèrent face à une porte de verre renforcé par un fin maillage métallique.

Cette fois, Xavier dut appliquer sa main sur un palpeur de reconnaissance biométrique en plus du code qu'il pianota sur un petit clavier.

Un écriteau au-dessus de la porte annonçait :

SECTEUR C : DANGEROSITÉ FAIBLE — RÉSERVÉ AUX PERSONNELS DES CATÉGORIES C, B ET A

— C'est le seul accès à cette zone ? demanda Ziegler.

— Non, il y a un deuxième sas au bout du couloir qui permet de passer de cette zone à la suivante, de sécurité moyenne, un sas par conséquent réservé aux seuls personnels habilités aux niveaux B et A.

Il les entraîna le long d'un nouveau couloir. Puis il s'arrêta devant une porte étiquetée « Évaluation », qu'il ouvrit.

Xavier s'effaça pour les laisser passer.

Une pièce sans fenêtres. Si exiguë qu'ils durent se serrer à l'intérieur. Deux personnes étaient assises devant un écran d'ordinateur. Un homme et une femme. L'écran affichait à la fois l'image d'une caméra et plusieurs autres fenêtres où défilaient des diagrammes et des lignes d'informations. La caméra filmait un homme assez jeune assis sur un tabouret dans une seconde pièce aveugle, guère plus grande qu'un placard à balais. Servaz vit que l'homme portait un casque de réalité virtuelle. Puis son regard fut attiré plus bas et il eut un léger tremblement : le pantalon de l'homme était baissé sur ses cuisses et un étrange tube d'où émergeaient des fils électriques était placé autour de son sexe.

— Cette nouvelle méthode d'évaluation des déviances sexuelles repose sur la réalité virtuelle, sur un système de suivi oculomoteur et sur la pléthysmographie pénienne, expliqua le psychiatre. C'est cet appareil que vous voyez au niveau de son sexe : il permet de mesurer la part physiologique de l'excitation en réponse à des stimuli variés, autrement dit son érection. Parallèlement à la réponse érectile, les réponses oculomotrices du sujet sont mesurées à l'aide d'un appareil de suivi à infrarouge, qui détermine les temps d'observation des images qui lui sont proposées dans le casque de réalité virtuelle. Ainsi que l'endroit exact de la scène où se fixe son attention.

Le psychiatre se pencha et pointa un doigt vers l'une des fenêtres sur l'écran. Servaz vit monter et descendre des barres de couleur dans un diagramme orthogonal. Sous chaque barre de couleur était inscrite la catégorie du stimulus : « adulte mâle », « adulte femelle », « enfant mâle », etc.

— Les stimuli qui sont envoyés dans le casque représentent alternativement un homme adulte, une femme adulte, une fillette de neuf ans, un garçonnet du même âge, ainsi qu'un personnage contrôle asexué et neutre. Chaque animation dure trois minutes. Nous mesurons chaque fois la réponse physique et oculaire.

Il se redressa.

— Il faut dire que l'essentiel de notre « clientèle » est composé d'abuseurs sexuels. Nous avons au total quatre-vingt-huit lits : cinquante-trois dans le secteur C, vingt-huit dans le B plus les sept pensionnaires de l'unité A.

Servaz s'appuya contre la cloison. Il transpirait et il était parcouru de frissons. Sa gorge le brûlait. Mais c'était surtout la vision de cet homme placé dans une situation à la fois surréaliste et humiliante, cet homme dont on réveillait artificieusement les fantasmes déviants pour mieux les mesurer, qui le mettait physiquement mal à l'aise.

— Parmi eux, combien de meurtriers ? demanda-t-il d'une voix mal assurée.

Xavier le dévisagea intensément.

— Trente-cinq. La totalité des patients des secteurs B et A le sont.

Diane les regarda traverser le grand hall et emprunter le couloir en direction de l'escalier de service. Trois hommes et une femme. Xavier leur parlait mais il avait l'air tendu, sur la défensive. L'homme et la femme qui l'encadraient le bombardaient de questions. Elle attendit qu'ils se fussent éloignés puis elle s'approcha des portes vitrées. Un 4 × 4 était garé sur la neige, à une dizaine de mètres de là.

Le mot « gendarmerie » était inscrit sur ses portières.

Diane se souvint de la conversation qu'elle avait eue avec Alex au sujet de ce pharmacien assassiné : apparemment, la police avait elle aussi fait le rapprochement avec l'Institut.

Puis une autre pensée la frappa : la bouche d'aération dans son bureau, la conversation surprise entre Lisa et Xavier. Et cette bizarre histoire de cheval… Déjà, à cette occasion, Lisa Ferney avait évoqué l'éventualité d'une visite de la police. Se pouvait-il qu'il y eût un rapport entre les deux ? La police devait probablement se poser la même question. Puis sa pensée revint vers la bouche d'aération...

Elle se détourna des portes vitrées et traversa le hall au pas de charge.

— Vous avez quelque chose contre le rhume ?

De nouveau, le psychiatre lorgna Servaz, puis il ouvrit un tiroir de son bureau.

— Bien sûr. (Xavier lui tendit un tube de couleur jaune.) Tenez, prenez ça : paracétamol plus éphédrine. C'est assez efficace, en général. Vous êtes vraiment très pâle. Vous ne voulez pas que j'appelle un médecin ?

— Merci, ça ira.

Xavier se dirigea vers un petit frigo dans un coin de la pièce et il revint avec une bouteille d'eau minérale et un verre. Le bureau de Xavier était meublé sans prétention, avec des classeurs métalliques, un frigo-bar, une table vide à l'exception d'un téléphone, d'un ordinateur et d'une lampe, une petite bibliothèque aux rayonnages chargés d'ouvrages professionnels et quelques plantes en pot, sur le rebord de la fenêtre.

— N'en prenez qu'un à la fois. Quatre par jour maximum. Vous pouvez garder le tube.

— Merci.

Pendant un instant, Servaz s'absorba dans la contemplation du comprimé en train de se dissoudre. Une migraine lui fouaillait le crâne derrière les yeux. L'eau froide fit du bien à sa gorge. Il était en nage ; sous sa veste, sa chemise collait à son dos. Il avait sûrement de la fièvre. Il avait aussi froid – mais c'était un froid intérieur : le voyant de la climatisation près

287

de la porte indiquait 23 °C. Il revit l'image sur l'écran de l'ordinateur : le violeur à son tour violé par des machines, des sondes, des instruments électroniques – et, de nouveau, la bile lui monta dans la gorge.

— Nous allons devoir visiter l'unité A, dit-il après avoir reposé le verre.

Sa voix s'était voulue ferme mais le feu dans sa gorge l'avait réduite à un filet éraillé. De l'autre côté du bureau, le regard pétillant d'humour se ternit brusquement. Servaz eut la vision d'un nuage passant devant le soleil et transformant un paysage jusque-là printanier en quelque chose de bien plus sinistre.

— *Est-ce que c'est vraiment nécessaire ?*

Le regard du psychiatre chercha discrètement le soutien du juge assis à la gauche des deux enquêteurs.

— Oui, réagit aussitôt Confiant en se tournant vers eux, est-ce que nous avons vraiment besoin de… ?

— Je crois que ça l'est, le coupa Servaz. Je vais vous confier quelque chose qui doit rester entre nous, dit-il en se penchant vers Xavier. Mais peut-être… *le savez-vous déjà…*

Il avait tourné son regard vers le jeune juge. Pendant un court instant, les deux hommes se jaugèrent en silence. Le regard de Servaz glissa ensuite de Confiant à Ziegler et il lut clairement le message muet qu'elle lui adressait : *tout doux…*

— De quoi parlez-vous ? demanda Xavier.

Servaz s'éclaircit la voix. Le médicament ne ferait pas effet avant plusieurs minutes. Ses tempes étaient prises dans un étau.

— Nous avons trouvé l'ADN d'un de vos pensionnaires… là où le cheval de M. Lombard a été tué : au sommet du téléphérique… L'ADN de… Julian Hirtmann…

Xavier ouvrit de grands yeux.

— Grand Dieu ! c'est impossible !

— Vous comprenez ce que cela signifie ?

Le psy regarda Confiant d'un air égaré puis baissa la tête. Sa stupeur n'était pas feinte. *Il ne savait pas.*

— Cela veut dire, poursuivit Servaz implacablement, que de deux choses l'une : soit Hirtmann lui-même était là-haut cette nuit-là, soit quelqu'un qui peut l'approcher d'assez près pour obtenir sa salive s'y trouvait... Cela veut dire que, Hirtmann ou pas, quelqu'un dans votre établissement est mêlé à cette affaire, docteur Xavier.

15.

— Mon Dieu, c'est un cauchemar, laissa tomber Xavier.

Le petit psychiatre tournait vers eux un regard aux abois.

— Mon prédécesseur, le Dr Wargnier, s'est battu pour ouvrir cet endroit. Il n'a pas manqué d'oppositions à ce projet, vous vous en doutez. Elles sont toujours là, prêtes à ressurgir. Des gens qui pensent que ces criminels devraient être en prison. Qui n'ont jamais accepté leur présence dans cette vallée. Si cela vient à se savoir, c'est l'existence même de l'Institut qui sera menacée.

Xavier ôta ses extravagantes lunettes rouges. Il sortit un chiffon de sa poche et se mit à en essuyer rageusement les verres.

— Les gens qui échouent ici n'ont plus d'autre endroit où aller. Nous sommes leur dernier refuge : après nous, il n'y a rien. Ni les hôpitaux psychiatriques classiques, ni la prison ne peuvent les accueillir. Il n'y a que cinq unités pour malades difficiles en France – et l'Institut est la seule de son espèce. Nous recevons des dizaines de demandes d'admission chaque année. Il s'agit soit d'auteurs de crimes atroces jugés irresponsables, soit de détenus atteints de troubles de la personnalité tels que la prison ne peut plus les accueillir, soit de psychotiques d'une dangerosité telle qu'elle est incompatible avec leur maintien dans une unité de soins classique. Même les autres UMD nous en envoient. Où iront ces gens si nous fermons nos portes ?

Les cercles sur les verres de ses lunettes se firent de plus en plus rapides.

— Je vous l'ai dit : cela fait trente ans qu'au nom de l'idéologie, de la rentabilité et des priorités budgétaires, on sinistre la psychiatrie dans ce pays. Cet établissement coûte cher à la collectivité. Bien sûr, à la différence des autres UMD, c'est une expérience menée à un niveau européen et financée en partie par la Communauté. Mais en partie seulement. Et, à Bruxelles aussi, il y a pas mal de gens qui voient cette expérience d'un mauvais œil.

— Nous n'avons pas l'intention d'ébruiter cette information, précisa Servaz.

Le psychiatre lui jeta un regard dubitatif.

— Elle finira par l'être, tôt ou tard. Comment pourriez-vous mener votre enquête sans l'ébruiter ?

Servaz savait qu'il avait raison.

— Il n'y a qu'une solution, intervint Confiant. Nous devons élucider cette affaire au plus vite, si nous voulons éviter que la presse ne s'en empare et ne fasse circuler les rumeurs les plus folles. Si nous parvenons à trouver lequel de tes employés a participé à ça avant que la presse n'apprenne cette histoire d'ADN, nous aurons au moins prouvé que personne n'a pu sortir d'ici.

Le psychiatre acquiesça d'un signe de tête.

— Je vais moi-même mener ma petite enquête, dit-il. Et je ferai tout ce qui est en mon pouvoir pour vous aider.

— En attendant, on peut voir l'unité A ? dit Servaz.

Xavier se leva.

— Je vais vous y conduire.

Elle était assise à son bureau. Immobile. Retenant son souffle…

Les sons et les mots étaient aussi distincts que si on avait parlé dans sa pièce à elle. La voix de ce flic, par exemple… Celle de quelqu'un à la fois épuisé et soumis à un stress énorme. Une pression trop grande. Il faisait face mais pour combien de temps ? Chacun des mots qu'il avait prononcés s'était imprimé dans le cerveau de Diane en lettres de feu. Elle n'avait rien compris à cette histoire de cheval mort mais elle avait bien saisi qu'on avait trouvé l'ADN d'Hirtmann sur les lieux d'un crime. Et que la police soupçonnait quelqu'un à l'Institut d'être mêlé à cette histoire.

Un cheval tué… un pharmacien assassiné… des soupçons sur l'Institut…

L'inquiétude était là mais, désormais, quelque chose d'autre était en train d'éclore… Une irrépressible curiosité… *Le souvenir de l'ombre passant devant sa porte, la nuit, surgit de nouveau…* Quand elle était étudiante, Diane avait surpris à travers la cloison de sa chambre les propos d'un homme en train d'intimider et de menacer la fille qui dormait dans la piaule d'à côté.

Il était revenu plusieurs nuits de suite, au moment où Diane était sur le point de s'endormir, et à chaque fois ça avait été les mêmes menaces proférées à voix basse mais grondante de la tuer, de la mutiler, de transformer sa vie en enfer puis la porte qui claquait, les pas qui s'éloignaient dans le couloir. Ne subsistaient plus alors dans le silence que les sanglots étouffés de sa voisine, comme le triste écho de milliers d'autres solitudes, de milliers d'autres chagrins enclos dans le silence des villes.

Elle ne savait pas qui était cet homme (sa voix ne lui était pas familière) et elle ne connaissait pas non plus vraiment la fille d'à côté, avec qui elle n'échangeait que des « bonjour/bonsoir » et de vagues propos sans importance quand elles se croisaient dans le couloir. Elle savait juste qu'elle s'appelait Ottilie, qu'elle préparait un master en sciences économiques, qu'elle était sortie avec un étudiant barbu à lunettes mais qu'elle était seule la plupart du temps. Pas de bande de copains, pas de coups de fil à maman ou à papa.

Diane n'aurait pas dû s'en mêler, ce n'étaient pas ses oignons, mais elle n'avait pas pu s'empêcher, une nuit, de suivre l'homme lorsqu'il était sorti de la chambre. Elle avait ainsi découvert qu'il vivait dans un joli petit pavillon, elle avait aussi aperçu une femme derrière une baie vitrée. Elle aurait pu s'arrêter là. Mais elle avait continué à le surveiller quand elle en avait le loisir. De fil en aiguille, elle avait glané un tas d'informations le concernant : il était directeur d'un supermarché, il avait deux enfants de cinq et sept ans, il jouait aux courses, il faisait discrètement ses propres achats chez Globus, une chaîne de magasins concurrente. Elle avait fini par comprendre qu'il avait connu sa voisine alors qu'elle finançait ses études en travaillant dans le supermarché qu'il dirigeait et qu'elle était tombée enceinte de lui. D'où l'intimidation, les menaces. Il voulait qu'elle se fasse avorter.

En outre, il avait une autre maîtresse : une caissière de trente ans trop maquillée, qui mastiquait furieusement son chewing-gum en toisant les clients. « *I'm in love with the queen of the supermarket* », comme le chantait Bruce Springsteen. Un soir, Diane avait tapé sur son ordinateur une lettre anonyme et elle l'avait glissée sous la porte de sa voisine. La lettre disait simplement : « Il ne quittera jamais sa femme. » Un mois plus tard, elle avait appris que sa voisine avait subi une IVG dans la douzième semaine de grossesse, soit à quelques jours de l'expiration du délai fixé par la loi suisse.

Elle se demanda une fois de plus si ce besoin de se mêler de la vie des autres n'était pas dû au fait qu'elle avait été élevée dans une famille où les non-dits, les silences et les secrets étaient bien plus nombreux que les moments de partage. Elle se demanda aussi si son père, le rigoureux calviniste, avait déjà trompé sa mère. Elle savait pertinemment que l'inverse était arrivé, que parmi les hommes discrets qui rendaient visite à sa mère, certains avaient abusé de son imagination trop fertile et nourri ses espoirs éternellement déçus.

Elle s'agita sur sa chaise. Que se passait-il ici ? Elle éprouvait un sentiment de malaise grandissant en essayant de relier les informations dont elle disposait.

Le pire était cette histoire à Saint-Martin... Un crime affreux... Le fait qu'il pût être lié d'une manière ou d'une autre à l'Institut augmentait le malaise qu'elle éprouvait depuis son arrivée. Elle regretta de n'avoir personne à qui se confier, quelqu'un avec qui partager ses doutes. Sa meilleure amie... ou Pierre...

Elle repensa à ce flic dont elle ne connaissait que la voix et les intonations. Ce qu'elle percevait chez lui ? Stress. Tension. Inquiétude. Mais, en même temps, une force et une détermination. *Et aussi une vive curiosité…* Quelqu'un de rationnel, de sûr de lui… L'image que ce policier lui avait renvoyée tout à l'heure, c'était la sienne.

— Je vous présente Élisabeth Ferney, notre infirmière chef.

Servaz vit approcher une grande femme dont les talons résonnaient sur le dallage du couloir. Ses cheveux n'étaient pas aussi longs que ceux de Charlène Espérandieu, mais ils tombaient néanmoins librement sur ses épaules. Elle les salua d'un hochement de tête, sans prononcer un mot, sans sourire non plus, et son regard s'attarda un peu plus longtemps que nécessaire sur Irène Ziegler.

Servaz observa que la jeune gendarme baissait les yeux.

Élisabeth Ferney avait l'air de quelqu'un d'autoritaire et de cassant. Servaz lui donna la quarantaine tout en se disant qu'elle en avait peut-être trente-cinq ou cinquante, car sa blouse ample et son air sévère ne permettaient pas d'en dire plus. Il devina une grande énergie et une volonté de fer. *Et si le deuxième homme était une femme ?* se demanda-t-il soudain. Puis il se fit la réflexion que cette question était la preuve de son désarroi : si tout le monde devenait suspect, c'est que personne ne l'était. Ils n'avaient aucune piste solide.

— Lisa est l'âme de cet établissement, dit Xavier. Elle le connaît mieux que quiconque – et aucun des aspects thérapeutiques ou pratiques ne lui échappe. Elle connaît aussi chacun des quatre-vingt-huit pensionnaires. Même les psychiatres doivent lui soumettre leur travail.

L'infirmière chef n'esquissa pas le moindre sourire. Puis elle fit un petit signe à Xavier qui s'interrompit aussitôt pour l'écouter. Elle lui murmura quelque chose à l'oreille. Servaz se demanda s'il ne venait pas d'être mis en présence de la personne qui détenait le véritable pouvoir en ces lieux. Xavier lui répondit de la même façon, tandis que, de leur côté, ils attendaient en silence la fin du petit conciliabule. Enfin, elle acquiesça, les salua d'un bref signe de tête et s'éloigna.

— Continuons, dit le psychiatre.

Tandis qu'ils partaient dans le sens opposé, Servaz s'arrêta et fit volte-face pour regarder Lisa Ferney s'éloigner, son dos large tendant sa blouse, ses hauts talons résonnant sur le carrelage. Au bout du couloir, avant de disparaître à l'angle, elle se retourna elle aussi et leurs regards se croisèrent. Servaz crut la voir sourire.

— L'important, dit Xavier, c'est d'éviter toute attitude qui pourrait générer des conflits.

Ils se tenaient devant l'ultime sas, celui qui donnait accès à l'unité A. Plus de laque sur les murs mais des murailles de pierre brute et l'impression de se trouver dans une forteresse médiévale, n'étaient les portes blindées en acier, les néons blafards et le sol en béton.

Xavier leva la tête vers la caméra fixée au-dessus du chambranle. Une lampe à deux diodes passa du rouge au vert et des verrous claquèrent dans l'épaisseur du blindage. Il tira le lourd battant et les invita à entrer dans l'étroit espace ménagé entre les deux portes blindées. Ils attendirent que la première se referme lentement d'elle-même et se verrouille en claquant, puis que les verrous de la seconde se libèrent à leur tour de leur gâche – non moins bruyamment. L'impression d'être dans la salle des machines d'un navire, dans cette obscurité que seule perçait la lumière des hublots. Une odeur de métal. Xavier les considéra un par un avec solennité et Servaz devina qu'il avait son petit gimmick prêt – qu'il devait servir à chaque visiteur franchissant ce sas :

— Bienvenue en enfer, déclara-t-il en souriant.

Une cage vitrée. Un garde à l'intérieur. Un couloir sur leur gauche. Servaz s'avança et vit un couloir blanc, une haute moquette bleue, une rangée de portes percées de hublots à gauche et des appliques murales à droite.

Le garde posa la revue qu'il lisait et sortit de la cage. Xavier lui serra la main avec cérémonie. C'était un balèze frôlant le mètre quatre-vingt-dix.

— Je vous présente M. Monde, dit Xavier. C'est ainsi que nos pensionnaires de l'unité A l'ont surnommé.

M. Monde rit. Il leur serra la main. Une poigne légère comme une plume, comme s'il craignait de leur briser les os.

— Comment sont-ils ce matin ?

— Calmes, dit M. Monde. Ce sera une bonne journée.

— Peut-être pas, dit Xavier en regardant les visiteurs.

— L'important, c'est de ne pas les provoquer, leur expliqua M. Monde, faisant écho aux paroles du psychiatre. De garder ses distances. Il y a une limite à ne pas franchir. Au-delà, ils pourraient se sentir agressés et réagir violemment.

— J'ai bien peur que ces personnes ne soient là pour la franchir, justement, dit Xavier. Elles sont de la police.

Le regard de M. Monde se durcit. Il haussa les épaules et rentra dans sa cage.

— Allons-y, dit Xavier.

Ils avancèrent le long du corridor, le bruit de leurs pas absorbé par la haute moquette bleue. Le psychiatre désigna la première porte.

— Andreas nous vient d'Allemagne. Il a tué son père et sa mère pendant leur sommeil de deux coups de fusil. Puis, comme il avait peur de la solitude, il leur a coupé la tête et les a placées dans le congélateur. Il les sortait tous les soirs pour regarder la télé en leur compagnie – en les posant sur deux mannequins décapités assis avec lui dans le canapé du séjour.

Servaz écoutait attentivement. Il visualisa la scène et tressaillit : *il venait de penser à la tête du cheval retrouvée derrière le centre équestre.*

— Le jour où le médecin de famille a débarqué pour demander des nouvelles de ses parents, qu'il s'étonnait de ne plus voir à son cabinet, Andreas l'a tué à coups de marteau. Puis il lui a coupé la tête à lui aussi. Il a dit que c'était formidable que ses parents aient de la compagnie, car le docteur était un homme si gentil et avec de la conversation. Bien entendu, la police a enquêté sur la disparition du toubib. Quand elle est venue interroger Andreas et ses parents qui figuraient sur la liste des patients, Andreas a fait entrer les policiers en leur disant : « Ils sont là. » Et effectivement, ils étaient là : dans le congélateur, attendant d'être sortis pour la soirée – trois têtes.

— Charmant, dit Confiant.

— Le problème, poursuivit Xavier, c'est que dans l'hôpital psychiatrique où il a été interné, Andreas a essayé de décapiter une infirmière de nuit. La malheureuse n'est pas morte, mais elle ne pourra plus jamais parler sans l'aide d'un appareil et elle portera toute sa vie des foulards et des cols roulés pour masquer l'horrible cicatrice que le coupe-papier utilisé par Andreas lui a laissée.

Servaz croisa le regard de Ziegler. Il vit que la gendarme pensait la même chose que lui. Voilà quelqu'un qui avait visiblement une vocation de coupeur de têtes. Et dont la cellule se trouvait non loin de celle d'Hirtmann. Il regarda par le hublot. Andreas était un colosse qui devait peser dans les cent cinquante kilos, faire du cinquante-deux de tour de taille et du quarante-six ou du quarante-huit de pointure ; son énorme tête était enfoncée dans ses épaules comme s'il n'avait pas de cou et une expression renfrognée était plaquée sur son visage.

Xavier montra la deuxième porte un peu plus loin.

— Le docteur Jaime Esteban nous vient d'Espagne. Il a tué trois couples en l'espace de deux étés de l'autre côté de la frontière, dans les parcs nationaux d'Ordesa y Monte Perdido et d'Aigüestortes. Auparavant, c'était un citoyen estimé de tous, célibataire mais très respectueux des femmes qu'il recevait dans son cabinet, conseiller municipal de son village, ayant toujours un mot aimable pour chacun.

Il s'approcha du hublot, puis s'écarta et les invita à s'approcher.

— On ne sait toujours pas pourquoi il a fait ça. Il s'en est pris à des randonneurs isolés. Toujours des couples, toujours des jeunes gens. Il fracassait d'abord le crâne des hommes avec une pierre ou un bâton, puis violait et étranglait les femmes avant de jeter leurs corps dans un ravin. Ah oui, et il buvait leur sang. Aujourd'hui, il se prend pour un vampire. Il a mordu dans le cou deux infirmiers dans l'hôpital espagnol où il était placé.

Servaz s'approcha du hublot. Il vit un homme maigre aux cheveux luisants de brillantine, à la barbe noire bien taillée, en combinaison blanche à manches courtes, assis sur un lit. Une télé était allumée au-dessus du lit.

— Et maintenant, notre pensionnaire le plus célèbre, annonça Xavier du ton d'un collectionneur présentant sa plus belle pièce.

Il pianota une combinaison sur le boîtier près de la porte.

— Bonjour, Julian, dit Xavier en entrant.

Pas de réponse. Servaz entra à sa suite.

Il fut surpris par la taille de la pièce. Elle semblait beaucoup plus grande que les cellules précédentes. À part ça, les murs et le sol étaient blancs, comme dans les autres. Un lit vers le fond, une petite table poussée contre un mur avec deux chaises, deux portes à gauche qui ouvraient peut-être sur une douche et un placard et une fenêtre qui donnait sur la cime d'un grand sapin ganté de neige et sur les montagnes.

Servaz fut également surpris par l'ascétisme de la pièce. Il se demanda si c'était un choix ou si cette situation avait été imposée au Suisse. S'il en croyait son dossier, Hirtmann était un homme curieux, intelligent, sociable et sans aucun doute grand dévoreur de livres et de toutes formes de culture au cours de sa vie d'homme libre et d'assassin. Ici, il n'y avait rien. À part un lecteur de CD de mauvaise qualité posé sur la table. Cependant, contrairement aux cellules précédentes, le mobilier n'était ni scellé dans le sol ni cuirassé de plastique. On semblait considérer qu'Hirtmann ne représentait un danger ni pour lui-même ni pour les autres...

Servaz eut un frémissement en reconnaissant la musique qui s'élevait du lecteur. *Gustav Mahler. Quatrième Symphonie...*

Hirtmann gardait les yeux baissés. Il lisait le journal. Servaz se pencha légèrement. Il remarqua que le Suisse avait maigri par rapport aux photos du dossier. Sa peau était devenue plus laiteuse, presque transparente, contrastant avec ses cheveux sombres et drus coupés court où apparaissaient quelques rares fils gris. Il n'était pas rasé et des piquants très noirs pointaient sur son menton. Mais il conservait cet air d'éducation et de savoir-vivre qu'il aurait eu même habillé en clochard sous un pont de Paris – et ce visage un peu sévère, sourcils froncés, qui avait dû impressionner dans les prétoires. À part ça, il était vêtu d'une combinaison à col ouvert et d'un T-shirt blancs qui tiraient sur le gris à force de lavages.

Il avait un peu vieilli aussi, par rapport aux photos.

— Je vous présente le commandant Servaz, dit Xavier, le juge Confiant, le capitaine Ziegler et le professeur Propp.

Dans le contre-jour de la fenêtre, le Suisse leva les yeux et Servaz aperçut pour la première fois l'éclat de ses prunelles. Elles ne reflétaient pas le monde extérieur : elles brûlaient d'un feu intérieur. L'effet ne dura qu'une seconde. Puis il disparut et le Suisse redevint l'ancien procureur de Genève, urbain, poli et souriant.

Il repoussa la chaise et déplia sa grande carcasse. Il était encore plus grand que sur les photos. Pas loin du mètre quatre-vingt-quinze, estima Servaz.

— Bonjour, dit-il.

Il braqua son regard sur Servaz. Pendant un instant, les deux hommes s'observèrent en silence. Puis Hirtmann fit quelque chose de bizarre : il détendit brusquement sa main vers Servaz qui faillit sursauter et reculer. Il prit celle du flic dans la sienne et la serra vigoureusement. Servaz ne put s'empêcher de frémir. La main du Suisse était un peu moite et froide, comme de la chair de poisson – peut-être était-ce l'effet des médicaments.

— Mahler, dit le policier pour se donner une contenance.

Hirtmann leva vers lui un œil étonné.

— Vous aimez ?

— Oui. La *Quatrième*, premier mouvement, ajouta Servaz.

— *Bedächtig… Nicht eilen… Recht gemächlich…*

— Délibéré. Sans hâte. Très à l'aise, traduisit Servaz.

Hirtmann eut l'air surpris mais ravi.

— Adorno a dit que ce mouvement était comme le « il était une fois » des contes de fées.

Servaz se tut, écoutant les cordes.

— Mahler l'a écrit dans des circonstances très difficiles, poursuivit le Suisse. Vous le saviez ?

Et comment que je le sais.

— Oui, répondit Servaz.

— Il était en vacances… Des vacances de cauchemar… Une météo exécrable…

— Sans cesse dérangé par le bruit d'une fanfare municipale.

Hirtmann sourit.

— Quel symbole, non ? Un génie de la musique perturbé par une fanfare municipale.

Sa voix était profonde et bien posée. Agréable. Une voix d'acteur, de tribun. Ses traits avaient quelque chose de féminin, la bouche surtout : grande et mince. Et les yeux. Le nez, lui, était charnu, le front haut.

— Comme vous pouvez le constater, dit Xavier en s'avançant vers la fenêtre, il est impossible de s'évader par là à moins de s'appeler Superman. Il y a quatorze mètres entre le sol et la fenêtre. Et elle est blindée et scellée.

— Qui a la combinaison de la porte ? demanda Ziegler.

— Eh bien, moi, Élisabeth Ferney et les deux gardiens de l'unité A.

— Il reçoit beaucoup de visites ?

— Julian ? dit Xavier en se tournant vers le Suisse.

— Oui ?

— Vous recevez beaucoup de visites ?

Le Suisse sourit.

— Vous, docteur, Mlle Ferney, M. Monde, le coiffeur, l'aumônier, l'équipe thérapeutique, le Dr Lepage…

— C'est notre médecin-chef, précisa Xavier.

— Lui arrive-t-il de sortir d'ici ?

— Il a quitté cette pièce une fois en seize mois. Pour soigner une carie. Nous faisons appel à un dentiste de Saint-Martin, mais nous disposons de tout le matériel nécessaire ici même.

— Et ces deux portes ? dit Ziegler.

Xavier les ouvrit : un placard avec quelques piles de sous-vêtements et des combinaisons blanches de rechange sur des cintres, une petite salle d'eau sans fenêtre.

Servaz observait Hirtmann à la dérobée. Il émanait du Suisse quelque chose d'indiscutablement charismatique mais jamais le flic n'avait vu quelqu'un qui ressemblât aussi peu à un tueur en série. Hirtmann avait l'air de ce qu'il avait été du temps où il était libre : un procureur intraitable, un homme bien élevé, et aussi un jouisseur : il en avait la bouche et le menton. Seul le regard clochait. Noir. Fixe. Des prunelles qui brillaient d'un éclat rusé, paupières plissées, mais qui ne cillaient pas. Un regard aussi électrique qu'un Taser. Il avait connu d'autres criminels avec ce regard-là. Pourtant, jamais il ne s'était senti en présence d'une personnalité si rayonnante et ambiguë. En d'autres temps, se dit-il, un tel homme aurait été brûlé pour sorcellerie. Aujourd'hui, on l'étudiait, on essayait de le comprendre. Mais Servaz avait assez d'expérience pour savoir que le mal n'était pas quantifiable, ni réductible à un principe scientifique, à des considérations biologiques ou à une théorie psychologique. Les esprits soi-disant forts prétendaient qu'il n'existait pas ; ils en faisaient une forme de superstition, une croyance irrationnelle pour esprits faibles. Mais c'était simplement parce qu'ils n'avaient jamais été torturés à mort au fond d'une cave, qu'ils n'avaient jamais regardé des vidéos d'enfants violentés sur Internet, qu'ils n'avaient jamais été enlevés à leur famille, dressés, drogués et violés par des dizaines d'hommes pendant des semaines avant d'être mis sur le trottoir d'une grande ville européenne, ni conditionnés mentalement pour se faire exploser au milieu d'une foule. *Et qu'ils n'avaient jamais entendu les hurlements d'une mère derrière une porte à l'âge de dix ans...*

Servaz se secoua. Il sentit sa nuque se hérisser en constatant qu'Hirtmann l'observait.

— Vous vous plaisez ici ? demanda Propp.

— Je crois que oui. Je suis bien traité.

— Mais, bien sûr, vous préféreriez être dehors ?

Le sourire du Suisse se fit indubitablement sarcastique.

— C'est une drôle de question, répondit-il.

— Oui, en effet, l'approuva Propp en le fixant intensément. Ça ne vous dérange pas que nous parlions un peu ?

— Je ne suis pas contre, répondit doucement le Suisse en regardant par la fenêtre.

— À quoi occupez-vous vos journées ?

— Et vous ? répondit Hirtmann avec un clin d'œil en se retournant.

— Vous ne répondez pas à ma question.

— Je lis le journal, j'écoute de la musique, je bavarde avec le personnel, je regarde le paysage, je dors, je rêve...

— À quoi rêvez-vous ?

— À quoi rêvons-nous ? reprit le Suisse en écho, comme s'il s'agissait d'une question philosophique.

Pendant un bon quart d'heure, Servaz écouta Propp bombarder Hirtmann de questions. Ce dernier y répondait spontanément, avec flegme et sourire. À la fin, Propp le remercia et Hirtmann inclina la tête, l'air de dire : « Pas de problème. » Puis ce fut au tour de Confiant. Manifestement, celui-ci avait préparé ses questions à l'avance. *Le petit juge a fait ses devoirs*, songea Servaz qui était adepte de méthodes plus spontanées. C'est à peine s'il prêta l'oreille à l'échange suivant.

— Vous avez entendu parler de ce qui s'est passé dehors ?

— Je lis les journaux.

— Et qu'en pensez-vous ?

— Comment ça ?

— Avez-vous une idée du genre de personne qui a pu faire ça ?

— Vous voulez dire que... ça pourrait être quelqu'un comme moi ?

— C'est ce que vous pensez ?

— Non, c'est ce que *vous* vous pensez.

— Et vous, qu'en pensez-vous ?

— Je ne sais pas. Je n'en pense rien. C'est peut-être quelqu'un d'ici...

— Qu'est-ce qui vous fait dire ça ?

— Il y a plein de gens ici qui en sont capables, non ?

— Des gens comme vous ?

— Des gens comme moi.

— Et vous croyez que quelqu'un aurait pu sortir d'ici pour commettre ce meurtre ?

— Je ne sais pas. Et vous, vous en pensez quoi ?

— Éric Lombard, vous connaissez ?

— C'est le propriétaire du cheval tué.

— Et Grimm, le pharmacien ?

— Je comprends.

— Vous comprenez quoi ?

— Vous avez trouvé quelque chose là-bas qui a un rapport avec moi.

— Qu'est-ce qui vous fait dire ça ?

— De quoi s'agit-il ? Un message : « C'est moi qui l'ai tué », signé Julian Alois Hirtmann ?

— Pourquoi quelqu'un voudrait-il vous faire porter le chapeau, à votre avis ?

— C'est évident, non ?

— Veuillez développer.

— N'importe lequel des pensionnaires de cet établissement est le coupable idéal.

— Vous croyez ?

— Pourquoi ne prononcez-vous pas le mot ?

— Quel mot ?

— Celui que vous avez en tête.

— Quel mot ?

— Fou.

(Silence de Confiant.)

Marteau.

(Silence de Confiant.)

Cinoque,

Cinglé,

Azimuté,

Braque,

Fêlé,

Dingo...

— *Bon, je crois que ça suffit*, intervint le Dr Xavier. *Si vous n'avez pas d'autres questions, j'aimerais qu'on laisse mon patient tranquille.*

— Une minute, si vous le permettez.

Ils se retournèrent. Hirtmann n'avait pas élevé la voix, mais son ton avait changé.

— J'ai moi aussi quelque chose à vous dire.

Ils se regardèrent puis ils le dévisagèrent d'un air interrogateur. Il ne souriait plus. Son visage affichait une mine sévère.

— Vous êtes là à m'examiner sous tous les angles. Vous vous demandez si j'ai quelque chose à voir avec ce qui se passe dehors – ce qui, évidemment, est absurde. Vous vous sentez purs, honnêtes, lavés de tous vos péchés parce que vous êtes en présence d'un monstre. Ça aussi, c'est absurde.

Servaz échangea un regard surpris avec Ziegler. Il vit que Xavier était perplexe. Confiant et Propp attendaient la suite sans broncher.

— Vous croyez que mes crimes rendent vos mauvaises actions moins condamnables ? Vos petitesses et vos vices moins hideux ? Vous croyez qu'il y a les meurtriers, les violeurs, les criminels d'un côté et vous de l'autre ? C'est cela qu'il vous faut comprendre : il n'y a pas une membrane étanche qui empêcherait le mal de circuler. Il n'y a pas deux sortes d'humanité. Quand vous mentez à votre femme et à vos enfants, quand vous abandonnez votre vieille mère dans une maison de retraite pour être plus libres de vos mouvements, quand vous vous enrichissez sur le dos des autres, quand vous rechignez à verser une partie de votre salaire à ceux qui n'ont rien, quand vous faites souffrir par égoïsme ou par indifférence, vous vous rapprochez de ce que je suis. Au fond, vous êtes beaucoup plus proches de moi et des autres pensionnaires que vous ne le croyez. C'est une question de degré, pas une question de nature. Notre nature est commune : c'est celle de l'humanité tout entière.

Il se pencha et retira un gros livre de sous son oreiller. Une bible…

— L'aumônier m'a donné ça. Il s'imagine qu'avec ça je peux être sauvé. (Il eut un rire bref et grinçant.) Absurde ! Car mon mal n'est pas individuel. La seule chose qui puisse nous sauver, c'est un holocauste nucléaire...

Il avait à présent une voix forte et persuasive et Servaz imagina sans peine l'effet qu'elle devait faire devant les tribunaux. Son visage sévère invitait à la contrition et à la soumission. C'étaient eux, soudain, les pécheurs, et lui l'apôtre ! Ils étaient complètement désorientés. Même Xavier avait l'air surpris.

— J'aimerais m'entretenir en privé avec le commandant, dit brusquement Hirtmann d'une voix plus modérée.

Xavier se tourna vers Servaz, qui haussa les épaules. L'air embarrassé, le psychiatre fronça les sourcils.

— Commandant ? dit-il.

Servaz acquiesça d'un signe de tête.

— Très bien, dit Xavier en se dirigeant vers la porte.

Propp haussa les épaules à son tour, sans doute contrarié qu'Hirtmann n'ait pas choisi de s'entretenir avec lui ; le regard de Confiant était clairement désapprobateur. Ils emboîtèrent cependant le pas au psychiatre. Ziegler fut la dernière à sortir, avec un coup d'œil glacial en direction du Suisse.

— Jolie fille, dit celui-ci quand elle eut refermé la porte.

Servaz garda le silence. Il regarda autour de lui nerveusement.

— Je ne peux pas vous proposer une boisson, un thé ou un café. Je n'ai rien de tout ça ici. Mais le cœur y est.

Servaz eut envie de lui dire d'arrêter son cinoche et d'en venir aux faits mais il s'abstint.

— Quelle est votre symphonie préférée ?

— Je n'ai pas de préférence, répondit Servaz sèchement.

— On en a tous une.

— Disons la 4, la 5 et la 6.

— Quelles versions ?

— Bernstein, bien sûr. Après, Inbal est très bien. Et Haitink sur la *Quatrième*, Wien sur la *Sixième*… Écoutez…

— Mmm… Bons choix… En même temps, ici, ça n'a pas trop d'importance, ajouta Hirtmann en montrant son appareil bas de gamme.

Servaz ne pouvait nier que le son qui sortait de l'appareil fût médiocre. Il lui vint à l'esprit que, depuis le début, c'était Hirtmann qui contrôlait la conversation – même quand les autres le bombardaient de questions.

— Désolé de vous le dire, attaqua-t-il, mais votre petit discours moraliste de tout à l'heure ne m'a pas convaincu, Hirtmann. Je n'ai rien de commun avec vous, que cela soit bien clair.

— Libre à vous de le penser. Mais ce que vous venez de dire est faux : nous avons au moins Mahler en commun.

— De quoi vouliez-vous me parler ?

— Vous avez parlé à Chaperon ? demanda Hirtmann en changeant de nouveau de ton et en fixant Servaz, attentif à la moindre réaction de la part de celui-ci.

Servaz eut un tressaillement. Un chatouillis le long de sa colonne vertébrale. *Il connaît le nom du maire de Saint-Martin…*

— Oui, répondit-il prudemment.

— Chaperon était un ami de ce... Grimm, vous le saviez ?

Servaz fixa Hirtmann, éberlué. Comment savait-il ? D'où lui venaient ses informations ?

— Oui, répondit le flic. Oui. Il me l'a dit. Et vous, comment... ?

— Demandez donc à monsieur le maire de vous parler des suicidés.

— Des quoi ???

— Des *suicidés,* commandant. Parlez-lui des suicidés !

16.

— Les suicidés ? Qu'est-ce que c'est ?

— Je n'en ai aucune idée. Mais il paraît que Chaperon, lui, le sait.

Ziegler lui lança un regard interrogateur.

— C'est Hirtmann qui vous l'a dit ?

— Oui.

— Et vous le croyez ?

— Faut voir.

— Ce type est timbré.

— Possible.

— Et il ne vous a rien dit d'autre ?

— Non.

— Pourquoi vous ?

Servaz sourit.

— À cause de Mahler, je suppose.

— Quoi ?

— La musique… *Gustav Mahler* : nous avons ça en commun.

Ziegler quitta un instant la route des yeux pour lui jeter un regard qui semblait signifier que tous les fous n'étaient peut-être pas enfermés à l'Institut. Mais Servaz était déjà ailleurs. L'impression d'affronter quelque chose de neuf et de terrifiant était plus forte que jamais.

— C'est très habile, ce qu'il essaie de faire, dit Propp un peu plus loin, tandis qu'ils redescendaient vers Saint-Martin.

Autour d'eux, les sapins défilaient. Servaz regardait par la vitre, absorbé dans ses pensées.

— Je ne sais pas comment il a fait, mais il a tout de suite senti qu'il y avait une ligne de démarcation dans le groupe et il essaie de nous diviser en s'attirant la sympathie d'un de ses éléments.

Servaz se retourna brusquement vers l'arrière. Il plongea son regard dans celui du psy.

— « La sympathie d'un de ses éléments », répéta-t-il. Jolie formule... Où voulez-vous en venir, Propp ? Vous croyez que j'oublie ce qu'il est ?

— Ce n'est pas ce que j'ai voulu dire, commandant, corrigea le psy, gêné.

— Vous avez raison, docteur, renchérit Confiant. Nous devons rester unis et mettre enfin au point une stratégie d'enquête cohérente et crédible.

Les mots cinglèrent Ziegler et Servaz comme un coup de fouet. Le flic se sentit de nouveau gagné par la colère.

— « Unis », vous dites ? Vous avez dénigré notre travail à deux reprises devant un tiers ! C'est ça que vous appelez *unis* ? Je croyais que vous aviez pour habitude de laisser la police faire son travail !

Confiant soutint le regard du flic sans ciller.

— Pas quand je vois mes enquêteurs faire si manifestement fausse route, rétorqua-t-il d'un ton sévère.

— Dans ce cas, parlez-en à Cathy d'Humières. « Une stratégie cohérente et crédible. » Et quelle est-elle, selon vous, cette stratégie, monsieur le juge ?

— En tout cas pas celle qui mène à l'Institut.

— Nous ne pouvions pas en être sûrs avant de venir, objecta Irène Ziegler avec un calme qui étonna Servaz.

— D'une manière ou d'une autre, persista celui-ci, l'ADN d'Hirtmann est sorti de cet endroit et s'est retrouvé là-haut. Et ça, ce n'est pas une hypothèse, c'est un fait : quand nous saurons comment, nous ne serons pas loin de tenir le coupable.

— Je vous l'accorde, dit Confiant, quelqu'un dans cet établissement est mêlé à la mort de ce cheval. Mais vous l'avez dit vous-même : il est impossible que ce soit Hirtmann. D'autre part, nous aurions pu agir avec plus de discrétion. Si tout ça vient à se savoir, c'est l'existence même de l'Institut qui risque d'être remise en cause.

— Peut-être, dit Servaz froidement. Mais ce n'est pas mon problème. Et tant que nous n'avons pas examiné les plans de l'ensemble du système, aucune hypothèse ne sera écartée. Demandez à un directeur de prison : il n'existe pas de système infaillible. Certains individus sont très doués pour trouver les failles. Et il y a l'hypothèse d'une complicité au sein du personnel.

Confiant était abasourdi.

— Vous persistez donc à croire qu'Hirtmann est sorti de là ?

— Non, avoua Servaz à contrecœur, ça me paraît de plus en plus improbable. Mais il est encore trop tôt pour l'exclure définitivement. Il nous faut de toute façon répondre à une autre question non moins essentielle : qui a pu se procurer la salive d'Hirtmann et la déposer dans le téléphérique ? Et surtout : *dans quel but ?* Car il ne fait pas de doute que les deux crimes sont liés.

— La probabilité est très faible que les vigiles soient les meurtriers du pharmacien, déclara Espérandieu dans la salle de réunion, son ordinateur portable ouvert devant lui. D'après Delmas, celui qui a fait ça est intelligent, retors, sadique, et il a quelques connaissances en anatomie.

Il leur répéta ce que le légiste avait déduit de la position du nœud coulant en lisant les notes inscrites sur son écran.

— Cela confirme notre première impression, dit Ziegler en les regardant. Grimm a mis longtemps à mourir. Et il a souffert.

— Selon Delmas, il a eu le doigt tranché avant de mourir.

Un silence pesant s'abattit sur la salle.

— De toute évidence, la pendaison, la nudité, la cape et le doigt coupé sont liés, intervint Propp. L'un ne va pas sans les autres. Cette mise en scène a un sens. À nous de trouver lequel. Et tout indique qu'il s'agit d'un plan longuement mûri. Il a fallu rassembler le matériel, choisir le moment, le lieu. Dans cette affaire, rien n'est laissé au hasard. Pas plus que dans le meurtre du cheval.

— Qui s'occupe de remonter la piste des sangles ? demanda Servaz.

— Moi, répondit Ziegler, son stylo levé. Le labo a identifié la marque et le modèle. Je dois appeler le fabricant.

— Très bien. Et la cape ?

— Nos hommes sont dessus. Il faudrait aussi jeter un coup d'œil approfondi à la maison de la victime, dit Ziegler.

Servaz repensa à la veuve Grimm, au regard qu'elle avait posé sur lui et aux cicatrices sur son poignet. Il sentit un spasme le parcourir.

— Je m'en charge, dit-il. Qui s'occupe des vigiles ?

— Nos hommes, répondit encore une fois Ziegler.

— OK.

Il se tourna vers Espérandieu :

— Je veux que tu rentres à Toulouse et que tu rassembles le maximum d'informations sur Lombard. C'est assez urgent. Il faut à tout prix qu'on trouve le lien entre le pharmacien et lui. Demande de l'aide à Samira si nécessaire. Et lancez une recherche officielle sur les vigiles, côté police.

Servaz faisait allusion au fait qu'à ce jour police et gendarmerie utilisaient toujours des bases de données distinctes – ce qui, bien sûr, compliquait la tâche de tout le monde. Mais l'administration française n'était pas spécialement connue pour son goût de la simplicité. Espérandieu se leva et regarda sa montre. Il referma son ordinateur.

— Tout est urgent, comme toujours. Si vous n'avez plus besoin de moi, je file.

Servaz jeta un coup d'œil à l'horloge sur le mur.

— Très bien. Tout le monde a quelque chose à faire. De mon côté, j'ai une petite visite à effectuer. Il est peut-être temps de poser quelques questions à Chaperon.

Elle quitta l'Institut chaudement emmitouflée dans sa doudoune d'hiver, un pull à col roulé, un pantalon de ski et des bottes fourrées. Elle avait mis une deuxième paire de chaussettes par-dessus la première et utilisé un stick de protection pour les lèvres. Le sentier, farci de neige, commençait à l'est des bâtiments et s'enfonçait entre les arbres en prenant plus ou moins la direction de la vallée.

Très vite, ses bottes s'enfoncèrent dans la couche de neige fraîche mais elle progressait tranquillement, à un bon rythme. Son souffle faisait de la buée devant elle. Elle avait besoin de prendre l'air. Depuis la conversation surprise par la bouche d'aération, l'atmosphère de l'Institut était devenue irrespirable. Bon sang ! Comment allait-elle faire pour tenir un an dans cet endroit ?

Marcher lui avait toujours permis de mettre de l'ordre dans ses idées. Et l'air glacé lui fouetta les neurones. Plus elle y réfléchissait, plus elle se disait que rien, à l'Institut, ne se passait comme elle l'avait prévu.

Et puis, il y avait cette suite d'événements à l'extérieur apparemment liés à l'établissement...

Ils rendaient Diane perplexe. Quelqu'un d'autre qu'elle avait-il remarqué le manège nocturne ? Cela n'avait probablement rien à voir avec le reste mais, dans le cas contraire, elle se demanda si elle devait en parler à Xavier. Un corbeau croassa brusquement au-dessus de sa tête avant de s'envoler dans un battement d'ailes et son cœur fit un bond dans sa poitrine. Puis le silence retomba. Elle regretta une fois encore de n'avoir personne à qui se confier. Mais elle était seule ici, et c'était à elle et à elle seule qu'il incombait de prendre les bonnes décisions.

Le sentier ne menait pas bien loin mais la solitude de ces montagnes l'oppressa. La lumière et le silence qui tombaient du haut des arbres avaient quelque chose de funèbre. Les hautes parois de roche qui encadraient la vallée ne disparaissaient jamais complètement de la vue – pas plus que les murs de sa prison ne disparaissent de la vue du prisonnier. Rien à voir avec les paysages si pleins de vie et aériens de sa Suisse natale, autour du Léman. Le chemin avait commencé à descendre selon une pente plus prononcée et elle dut prendre garde où elle mettait ses pas. Les bois s'étaient épaissis. Elle finit par émerger des frondaisons et se retrouva à la lisière de la forêt, devant une grande clairière au milieu de laquelle se dressaient plusieurs bâtiments. Elle les reconnut aussitôt : la colonie de vacances, un peu plus bas dans la vallée, devant laquelle elle était passée en se rendant à l'Institut. Les trois bâtiments avaient ce même air délabré et sinistre qu'elle leur avait trouvé la première fois. L'un d'eux, proche de la forêt, était presque colonisé par elle. Les deux autres n'étaient plus que crevasses, vitres brisées, béton verdi par la mousse et noirci par les intempéries et porches vides. Le vent s'engouffrait par les ouvertures et il mugissait, tantôt grave, tantôt aigu, en un *lamento* lugubre. Des feuilles mortes, racornies et détrempées, s'entassaient au pied des murs de béton, en partie enfouies sous la neige et dégageant une odeur de décomposition végétale.

Elle s'avança lentement par une ouverture. Les couloirs et les halls du rez-de-chaussée étaient couverts de la même lèpre qui fleurit sur les murs des quartiers pauvres : graffitis qui promettaient de « niquer la police », d'« enculer les keufs » et qui revendiquaient ce territoire que, pourtant, personne n'aurait songé à leur contester ; dessins primitifs et obscènes… Il y en avait partout. Elle en conclut que

Saint-Martin aussi devait compter son lot d'artistes en herbe.

Ses pas résonnaient dans le vide sonore des halls. Des courants d'air glaciaux la caressaient et la faisaient grelotter. Son imagination était suffisamment grande pour qu'elle pût envisager des hordes de gamins courant et chahutant un peu partout et des monos bon enfant les encadrant comme des chiens de berger. Néanmoins, sans savoir pourquoi, elle ne pouvait se défaire de l'impression que ces lieux évoquaient plus la contrainte et la tristesse que les joies des vacances. Elle se souvint d'une expertise de crédibilité qu'elle avait effectuée sur un garçon de onze ans lors de son passage dans un cabinet privé de psychologie légale de Genève : cet enfant avait été violé par un animateur de colonies. Elle était bien placée pour savoir que le monde ne ressemblait pas à un roman de Johanna Spyri. Peut-être était-ce parce qu'elle se retrouvait seule dans un lieu qu'elle ne connaissait pas, peut-être était-ce à cause des derniers événements, mais elle ne pouvait s'empêcher de penser au nombre incalculable de viols, de meurtres, de sévices et de brutalités physiques et morales qui étaient commis partout, tout le temps et en tous lieux, chaque jour que Dieu fait – une idée presque aussi insoutenable à contempler que le soleil lui-même – et des vers de Baudelaire lui revinrent en mémoire :

Parmi les chacals, les panthères, les lices,
Les singes, les scorpions, les vautours, les serpents,
Les monstres glapissants, hurlants, grognants, rampants,
Dans la ménagerie infâme de nos vices

Soudain, elle se figea. Un bruit de moteur à l'extérieur… Une voiture ralentit et s'arrêta devant la colonie. Des pneus crissèrent. Immobile dans le hall, elle prêta l'oreille. Et entendit distinctement une portière claquer. *Quelqu'un venait…* Elle se demanda si c'étaient les artistes en herbe qui revenaient terminer leur chapelle Sixtine. Dans ce cas, elle n'était pas sûre que se retrouver seule avec eux en ces lieux fût une bonne idée. Elle fit demi-tour et elle se dirigeait déjà vers l'arrière du bâtiment sans faire de bruit lorsqu'elle s'aperçut qu'elle s'était trompée d'embranchement et que le couloir qu'elle avait emprunté était un cul-de-sac… *Merde !* Son pouls s'accéléra légèrement. Elle revenait déjà sur ses pas quand elle entendit ceux du visiteur, aussi furtifs que des feuilles poussées par le vent, s'avancer sur le béton de l'entrée. Elle sursauta. Il était déjà là ! Elle n'avait pas la moindre raison de se cacher mais cela ne suffit pas à la convaincre de se montrer. D'autant que la personne progressait prudemment et s'était même immobilisée à son tour. Elle ne faisait plus le moindre bruit. Diane s'appuya contre le béton froid, elle sentit l'inquiétude faire naître de petites gouttes de sueur à la racine de ses cheveux. Qui pouvait bien avoir envie de traîner dans un endroit pareil ? Instinctivement, les précautions prises par le visiteur la firent penser à une raison inavouable. Que se passerait-il si elle surgissait à ce moment-là et disait « salut » ?

La personne tourna sur elle-même puis se décida brusquement et marcha dans sa direction. La panique gagna Diane. Pas longtemps cependant : la personne s'était à nouveau arrêtée et Diane l'entendit faire demi-tour, repartant en sens inverse. Elle en profita pour risquer un regard au-delà de l'angle qui la dissimulait. Ce qu'elle vit ne la rassura pas : une longue cape noire avec une capuche, qui battait dans le dos du visiteur comme une aile de chauve-souris. Une cape de pluie – dont le tissu imperméable et rigide crissait à chaque pas.

Vue de dos, avec ce vêtement trop ample, Diane n'aurait pu dire s'il s'agissait d'un homme ou d'une femme... Il y avait cependant dans la façon d'agir de la silhouette quelque chose de dissimulé, de sournois qui lui fit courir comme un doigt froid sur la nuque.

Elle profita de ce que la personne s'éloignait pour sortir de sa cachette mais la pointe de sa botte rencontra un objet métallique, lequel émit un raclement sonore contre le béton. Diane replongea dans l'ombre, le cœur battant. Elle entendit la personne s'immobiliser de nouveau.

— Il y a quelqu'un ?

Un homme... Une voix fluette, haut perchée, mais un homme...

Diane avait l'impression que son cou se gonflait et se dégonflait tant le sang pompé par son cœur affolé pulsait dans ses carotides. Une minute passa.

— Il y a quelqu'un ???

La voix avait quelque chose de singulier. Il y avait une nuance de menace en elle, mais aussi une note plaintive, fragile, écorchée. Sans savoir pourquoi, Diane pensa à un chat qui a peur et qui, en même temps, fait le gros dos.

Ce n'était pas une voix qu'elle connaissait, en tout cas.

Le silence lui parut interminable. L'homme ne bougeait pas. Elle non plus. Tout près d'elle, de l'eau tombait goutte à goutte dans une flaque. Le moindre son prenait une résonance perturbante dans cette bulle de silence qu'entourait le bruissement assourdi des feuillages à l'extérieur. Une voiture passa sur la route, mais c'est à peine si elle y prêta attention. Et, tout à coup, elle tressaillit quand l'homme poussa une longue plainte aiguë et rauque qui se répercuta sur les murs comme une balle de squash.

— Salauds, salauds, salauuuuuds ! l'entendit-elle sangloter. Ordures ! Pourritures ! Vous pouvez crever ! Vous cramerez en enfer ! Ouahhhhhhhhhhh !

Diane osait à peine respirer. Elle avait la chair de poule. L'homme éclata en sanglots. Elle entendit le froissement de sa cape de pluie lorsqu'il tomba à genoux sur le sol. Il pleura et gémit un long moment et elle hasarda un nouveau coup d'œil, mais pas moyen de voir son visage sous la capuche. Puis, tout à coup, il se redressa et partit en courant. L'instant d'après, elle entendit la portière de la voiture, le moteur, et le véhicule s'éloigna sur la route. Elle sortit de sa cachette et s'efforça de respirer normalement. Elle ignorait ce qu'elle avait vu et entendu. Est-ce que cet homme venait souvent ici ? S'était-il passé quelque chose dans ces lieux qui expliquait son comportement ? Un comportement qu'elle se serait plutôt attendue à trouver à l'Institut.

En tout cas, il lui avait flanqué une trouille de tous les diables. Elle décida de rentrer et de se préparer quelque chose de chaud dans la kitchenette mise à la disposition du personnel. Cela lui calmerait les nerfs. Lorsqu'elle sortit des bâtiments, le vent avait encore fraîchi et elle se mit à trembler violemment. Elle savait que ce n'était pas uniquement à cause du froid.

Servaz se rendit directement à la mairie. Une grande place rectangulaire le long de la rivière. Un square avec un kiosque à musique, des terrasses de cafés et, au beau milieu, les drapeaux français et européen pendant mollement à un balcon. Servaz se gara sur un petit parking entre le square et la rivière, qui coulait, large, turbulente et claire, en contrebas d'un mur de béton.

Il contourna les parterres de fleurs, puis se faufila entre les voitures garées devant les terrasses avant de pénétrer dans la mairie. Au premier étage, il apprit que le maire n'était pas là et qu'il se trouvait sans doute à l'usine d'embouteillage d'eau minérale qu'il dirigeait. La secrétaire fit quelques difficultés pour lui donner son téléphone portable et, lorsque Servaz composa le numéro, il tomba sur un répondeur. Il se rendit compte qu'il avait faim, consulta encore une fois sa montre. 15 h 29. Ils avaient passé plus de cinq heures à l'Institut.

En ressortant de la mairie, il s'assit à la première terrasse venue, face au square. De l'autre côté de la rue, des adolescents rentraient du collège, cartable sur le dos ; d'autres passaient sur des deux-roues au pot d'échappement assourdissant.

Un serveur se présenta. Servaz leva la tête. Grand, brun, un type proche de la trentaine qui devait plaire aux femmes avec son début de barbe et ses yeux bruns. Servaz commanda une pression et une omelette.

— Il y a longtemps que vous êtes dans le coin ? demanda-t-il ensuite.

Le serveur le regarda avec défiance. Une défiance amusée. Servaz comprit soudain qu'il se demandait s'il était en train de se faire draguer. Cela avait déjà dû lui arriver.

— Je suis né à vingt kilomètres d'ici, répondit-il.

— Les suicidés, ça vous dit quelque chose ?

Cette fois, la défiance l'emporta sur l'amusement.

— Vous êtes qui ? Un journaliste ?

Servaz exhiba sa plaque.

— Brigade criminelle. J'enquête sur le meurtre du pharmacien Grimm. Vous avez dû en entendre parler ?

Le serveur hocha la tête prudemment.

— Alors ? Les suicidés, ça vous dit quelque chose ?

— Comme à tout le monde ici.

À ces mots, Servaz ressentit un brusque coup d'aiguillon qui le fit se redresser sur son siège.

— C'est-à-dire ?

— C'est une vieille histoire, je ne sais pas grand-chose.

— Dites-moi le peu que vous savez.

L'embarras se peignait de plus en plus sur les traits du serveur qui parcourut la terrasse des yeux en se balançant d'un pied sur l'autre.

— Ça s'est passé il y a longtemps…

— Quand ?

— Il y a une quinzaine d'années.

— « Ça s'est passé »… Qu'est-ce qui s'est passé ?

Le serveur lui jeta un regard étonné.

— Eh bien… la vague de suicides.

Servaz le regarda sans comprendre.

— Quelle vague de suicides ? dit-il, agacé. Expliquez-vous, bon Dieu !

— Plusieurs suicides… Des adolescents… Des garçons et des filles, entre quatorze et dix-huit ans, je crois.

— Ici, à Saint-Martin ?

324

— Oui. Et dans les villages de la vallée.

— Plusieurs suicides ? Combien ?

— Ce qu'j'en sais, moi. J'avais onze ans à l'époque ! Peut-être cinq. Ou bien six. Ou sept. Moins de dix, en tout cas.

— Et ils se sont tous donné la mort en même temps ? demanda Servaz, stupéfait.

— Non. Mais rapprochés. Ça a quand même duré quelques mois.

— Quelques mois, ça veut dire quoi ? Deux ? Trois ? Douze ?

— Plutôt douze. Oui. Peut-être une année. Je sais pas…

Pas une flèche, le *play-boy* du dimanche, se dit Servaz. Ou alors il y mettait de la mauvaise volonté.

— Est-ce qu'on sait pourquoi ils ont fait ça ?

— Je crois pas. Non.

— Ils n'ont pas laissé de messages ?

Le serveur haussa les épaules.

— Écoutez, j'étais un gosse. Vous pouvez sûrement trouver des gens plus âgés pour vous parler de ça. Moi, c'est tout ce que je sais. Désolé.

Servaz le regarda s'éloigner entre les tables et disparaître à l'intérieur. Sans chercher à le retenir. Il l'aperçut à travers une vitre, en train de parler à un homme corpulent qui devait être le patron. L'homme jeta un regard sombre dans sa direction, puis il haussa les épaules et retourna derrière sa caisse.

Servaz aurait pu se lever et l'interroger à son tour, mais il était convaincu que ce n'était pas ici qu'il obtiendrait des informations fiables. Une vague de suicides d'adolescents quinze ans plus tôt… Il se mit à réfléchir intensément. C'était une histoire incroyable ! Qu'est-ce qui avait bien pu pousser plusieurs adolescents de la vallée à se donner la mort ? Et, quinze ans plus tard, un meurtre et un cheval mort... Y avait-il un rapport entre ces deux séries d'événements ? Servaz plissait les yeux, scrutant les sommets au fond de la vallée.

Lorsque Espérandieu surgit dans le couloir du 26, boulevard Embouchure, une voix de stentor jaillit de l'un des bureaux.

— Tiens, revoilà la chérie du patron !

Espérandieu choisit d'ignorer l'insulte. Pujol était un fort en gueule et un imbécile, ce qui va assez souvent de pair. Un grand type costaud à la tignasse grisonnante, avec une vision moyenâgeuse de la société et un répertoire de blagues qui ne faisaient rire que son alter ego : Ange Simeoni – deux inséparables « ténors de la bêtise », comme les chantait Aznavour. Martin les avait recadrés et jamais ils ne se seraient permis une telle sortie en sa présence. Mais Martin n'était pas là.

Espérandieu suivit l'enfilade des bureaux jusqu'au sien, tout au bout du couloir, à côté de celui du patron. Il ferma la porte derrière lui. Samira avait laissé un message sur son bureau : « *J'ai entré les vigiles dans le FPR comme tu me l'as demandé.* » Le FPR était le fichier des personnes recherchées. Il froissa le mot, le jeta dans la corbeille, mit TV on the Radio chantant *Family Tree* sur son iPhone, puis il ouvrit sa messagerie. Martin lui avait demandé de réunir le maximum d'infos sur Éric Lombard et il savait à qui s'adresser pour les obtenir. Espérandieu avait un avantage sur la plupart de ses collègues – Samira exceptée – et sur Martin : il était *moderne*. Il appartenait à la génération du multimédia, de la cyberculture, des réseaux sociaux et des forums. Et on y faisait souvent, pour peu qu'on sût où chercher, des rencontres intéressantes. Mais il ne tenait pas spécialement à ce que Martin ni qui que ce soit d'autre sache comment il avait obtenu ces infos.

— Désolé, on ne l'a pas vu aujourd'hui.

Le directeur adjoint de l'usine d'embouteillage regarda Servaz d'un air impatient.

— Vous savez où je peux le trouver ?

Le gros homme haussa les épaules.

— Non. J'ai essayé de le joindre mais il n'a pas allumé son portable. Normalement, il aurait dû venir travailler. Vous avez essayé chez lui ? Il est peut-être malade.

Servaz le remercia et ressortit de la petite usine. Un haut grillage surmonté d'une spirale de fil de fer barbelé en faisait le tour. Il réfléchit en déverrouillant la Jeep. Il avait déjà appelé Chaperon chez lui. En vain. Personne ne répondait. Servaz sentit une boule d'angoisse se former dans son estomac.

Il remonta dans sa voiture et s'assit au volant.

Encore une fois, le regard effrayé de Chaperon lui revint en mémoire. Qu'avait dit précisément Hirtmann ? *Demandez à monsieur le maire de vous parler des suicidés.* Que savait Hirtmann qu'ils ignoraient ? Et comment diable le savait-il ?

Puis une autre pensée lui vint. Servaz saisit son portable et composa un numéro noté dans son calepin. Une voix de femme lui répondit.

— Servaz, brigade criminelle, dit-il. Votre mari avait une pièce à lui, un bureau, quelque chose où il rangeait ses papiers ?

Il y eut un bref silence, puis le bruit de quelqu'un qui rejette la fumée d'une cigarette près du téléphone.

— Oui.

— Vous permettez que je vienne y jeter un coup d'œil ?

— Ai-je vraiment le choix ?

La question avait fusé, mais sans véritable acrimonie cette fois.

— Vous pouvez refuser. Dans ce cas, je serai obligé de demander une commission rogatoire, je l'obtiendrai et votre mauvaise volonté attirera inévitablement l'attention du magistrat qui instruit cette affaire.

— Quand ? demanda la voix sèchement.

— Tout de suite, si ça ne vous fait rien.

Le bonhomme de neige était toujours là mais les enfants avaient disparu. Tout comme le cadavre du chat. Le soir commençait à tomber. Le ciel s'était rempli de nuages sombres et menaçants et seule une bande rose orangé subsistait au-dessus des montagnes.

Comme la fois précédente, la veuve Grimm l'attendait sur le seuil de sa maison de bois peinte en bleu, une cigarette à la main. Un masque d'indifférence absolue plaqué sur le visage. Elle s'effaça pour le laisser passer.

— Au fond du couloir, la porte à droite. Je n'ai touché à rien.

Servaz longea un couloir encombré de meubles, de tableaux, de chaises, de bibelots et aussi d'animaux empaillés qui le regardèrent passer. Il poussa la dernière porte à droite, après une bibliothèque. Les volets étaient clos, la pièce plongée dans la pénombre. Elle sentait le renfermé. Servaz ouvrit la fenêtre. Un petit bureau de neuf mètres carrés qui donnait sur les bois à l'arrière de la maison. Un désordre indescriptible.

Il eut du mal à se frayer un passage jusqu'au centre de la pièce. Il comprit que Grimm devait passer l'essentiel de son temps dans son bureau quand il était à son domicile. Il y avait même une minitélé posée sur un meuble, face à un vieux canapé défoncé et encombré de classeurs, de chemises cartonnées et de revues de pêche et de chasse, une chaîne stéréo portative et un four micro-ondes.

Pendant quelques secondes, il resta debout au centre de la pièce et parcourut des yeux, interdit, le chaos de cartons, de meubles, de classeurs et d'objets poussiéreux.

Un terrier, un repaire…

Une *niche*.

Servaz frémit. Grimm vivait comme un chien auprès de sa glaciale épouse.

Sur les murs, des cartes postales, un calendrier, des posters représentant des lacs de montagne et des rivières. En haut des armoires, encore des animaux empaillés : un écureuil, plusieurs chouettes, un colvert et même un chat sauvage. Dans un coin, il aperçut une paire de chaussures montantes. Sur l'un des meubles, plusieurs moulinets de pêche. Un amoureux de la nature ? Un taxidermiste amateur ? Servaz essaya un instant de se mettre dans la peau du gros homme qui s'enfermait dans cette pièce avec pour toute compagnie ce bestiaire dont les regards vitreux trouaient fixement la pénombre. De l'imaginer en train de s'empiffrer de plats réchauffés devant sa petite télé avant de s'endormir sur son canapé. Relégué au fond du couloir par le dragon femelle qu'il avait épousé trente ans plus tôt. Il entreprit d'ouvrir les tiroirs. Méthodiquement. Dans le premier, il trouva des stylos, des factures, des listes de médicaments, des relevés de compte, des récépissés de cartes de crédit. Dans le suivant, une paire de jumelles, des paquets de cartes à jouer encore dans leur emballage d'origine, plusieurs cartes IGN.

Puis ses doigts rencontrèrent quelque chose tout au fond du tiroir : des clefs. Il les sortit à la lumière. Un trousseau. Une grosse clef correspondant à une serrure et deux, plus petites, à des cadenas ou des verrous. Servaz les glissa dans sa poche.

Dans le troisième tiroir, une collection de mouches pour la pêche, des hameçons, du fil, et une photo.

Servaz l'approcha de la fenêtre.

Grimm, Chaperon, et deux autres personnages.

Le cliché était déjà ancien : Grimm était presque mince, et Chaperon avait quinze ans de moins. Les quatre hommes étaient assis sur des rochers autour d'un feu de camp et ils souriaient à l'objectif. Derrière eux, sur la gauche, une clairière bordée par une forêt de hauts conifères et d'arbres caducs qui avaient les couleurs de l'automne ; une prairie en pente douce, un lac et des montagnes à droite de la photo. C'était la tombée du jour : de longues ombres s'étiraient des grands arbres vers le lac. La fumée du feu de camp montait en spirale dans la lumière du soir. Servaz aperçut deux tentes sur la gauche.

Une atmosphère bucolique.

Une impression de bonheur simple et de fraternité. Des hommes qui prennent plaisir à se retrouver et à bivouaquer dans la montagne, une dernière fois avant l'hiver.

Servaz comprit soudain comment Grimm pouvait supporter cette vie de reclus auprès d'une épouse qui le méprisait et l'humiliait : grâce à ces moments d'évasion dans la nature en compagnie de ses amis.

Il saisit sa méprise. Cette pièce n'était pas une prison, une niche : c'était au contraire un tunnel ouvert sur l'extérieur. Les animaux empaillés, les posters, le matériel de pêche, les revues : tout le ramenait à ces moments de liberté absolue qui devaient constituer le pivot de son existence.

Sur la photo, les quatre hommes étaient vêtus de chemises à carreaux, de chandails et de pantalons qui témoignaient par leur coupe de la mode des années 1990. L'un d'eux levait une gourde qui contenait peut-être autre chose que de l'eau ; un autre regardait l'objectif avec un demi-sourire absent, l'air d'être ailleurs, comme si ce petit cérémonial ne le concernait pas.

Servaz scruta les deux autres randonneurs. L'un était un colosse barbu et hilare, l'autre un grand type assez maigre avec une épaisse tignasse brune et de grosses lunettes.

Il compara le lac de la photo avec celui du poster sur le mur sans pouvoir établir s'il s'agissait du même pris de deux endroits ou bien de deux lacs différents.

Il retourna la photo.

Lac de l'Oule, octobre 1993.

Une écriture nette, serrée, précise.

Il ne s'était pas trompé. La photo avait quinze ans. Ces hommes avaient alors à peu près son âge. Ils approchaient de la quarantaine. Avaient-ils encore des rêves ou bien avaient-ils déjà dressé le bilan de leur existence ? Et était-ce un bilan positif ou bien négatif ?

Sur la photo, ils souriaient, leurs regards brillant dans la tendre lumière d'une soirée d'automne, leurs visages creusés d'ombres profondes.

Mais qu'en était-il vraiment ? Tout le monde ou presque sourit sur une photo. Tout le monde joue, désormais, sous l'influence de la médiocrité médiatique globale, se dit Servaz. Beaucoup même *surjouent* leur vie comme s'ils se trouvaient sur une scène. L'apparence et le kitsch sont devenus la règle.

Fasciné, il scrutait intensément la photo. *Était-elle importante ?* Confusément, un petit signal familier lui disait que oui.

Il hésita puis la glissa dans sa poche.

Au moment précis où il accomplissait ce geste, il eut la sensation qu'il avait oublié quelque chose. Une sensation puissante. Immédiate. L'impression que son cerveau avait inconsciemment noté un détail et qu'il tirait la sonnette d'alarme.

Il ressortit la photo. La détailla. Les quatre hommes souriants. La tendre lumière du soir. Le lac. L'automne. Les reflets dansants sur l'eau. L'ombre de la montagne s'étendant sur le lac. Non, ce n'était pas ça. Pourtant, la sensation était là. Distincte. Indiscutable. Sans s'en rendre compte, il avait *vu* quelque chose.

Et, tout à coup, il comprit.

Les mains.

Trois des quatre personnages avaient leur main droite visible : *toutes portaient une grosse chevalière en or à l'annulaire.*

Le cliché était pris de trop loin pour en être sûr, mais Servaz aurait juré qu'il s'agissait chaque fois de la même bague.

Celle qui aurait dû se trouver au doigt coupé de Grimm...

Il quitta la pièce. De la musique emplissait la maison. Du jazz. Servaz remonta le couloir bric-à-brac vers la source de la musique et déboucha dans un salon tout aussi encombré. La veuve était assise dans un fauteuil. Elle lisait. Elle leva vers lui un regard suprêmement hostile. Servaz agita les clefs.

— Vous savez ce qu'elles ouvrent ?

Elle hésita un instant, l'air de se demander ce qu'elle risquait à ne rien dire.

— Nous avons une cabane dans la vallée de Sospel, répondit-elle finalement. À dix kilomètres d'ici. Au sud de Saint-Martin... Pas loin de la frontière espagnole. Mais nous y allions... ou plutôt mon mari n'y allait que les week-ends, à partir du printemps.

— Votre mari ? Et vous ?

— C'est un endroit sinistre. Je n'y mets jamais les pieds. Mon mari y allait pour être seul, se reposer, méditer, pêcher.

Se reposer, pensa Servaz. Depuis quand un pharmacien éprouve-t-il le besoin de se reposer ? Ne fait-il pas trimer ses employés ? Puis il se dit qu'il faisait du mauvais esprit : que savait-il, au fond, du métier de pharmacien ? Une chose était sûre : il lui fallait visiter ce chalet.

La réponse à son message parvint à Espérandieu trente-huit minutes plus tard. Une pluie fine zébrait les vitres. La nuit était tombée sur Toulouse et les lumières floues de l'autre côté de la vitre ruisselante ressemblaient aux motifs d'un économiseur d'écran.

Vincent avait expédié le message suivant :

De vincent.esperandieu@hotmail.com à kleim162@lematin.fr, 16:33:54 :
[Sais-tu quelque chose au sujet d'Éric Lombard ?]

De kleim162@lematin.fr à vincent.esperandieu@hotmail.com, 17:12:44 :
[Qu'est-ce que tu veux savoir ?]

Espérandieu sourit et pianota le message suivant :

[S'il y a des cadavres dans les placards, des scandales qui ont été étouffés, des procès en cours en France ou à l'étranger contre le groupe Lombard. Si des rumeurs ont couru à son sujet. N'importe quelle rumeur malveillante.]

De kleim162@lematin.fr à vincent.esperandieu@hotmail.com, 17:25:06 :
[Rien que ça ! Tu peux te connecter sur msn ?]

L'ombre de la montagne avait noyé la vallée et Servaz avait allumé ses phares. La route était déserte. Personne ne se baladait dans cette vallée en cul-de-sac à cette époque de l'année. La vingtaine de chalets et de maisons bâtis le long des douze kilomètres de rivière étaient des résidences secondaires dont les volets s'ouvraient de mai à septembre et plus rarement à Noël. À cette heure, elles n'étaient plus que des ombres basses tassées sur elles-mêmes, au bord de la route, se confondant presque avec l'immense masse noire de la montagne.

Soudain, après un large virage, Servaz vit le départ de la piste que lui avait indiquée la veuve dans la lueur de ses phares. Il ralentit et engagea la Jeep sur la sente forestière. Secoué par les cahots, il se cramponna à son volant en roulant à quinze kilomètres heure. La nuit était tombée et les arbres noirs se profilaient sur un ciel à peine plus clair. Il parcourut encore quelques centaines de mètres, puis le chalet ou la cabane apparut.

Servaz coupa le moteur, laissa les phares allumés et descendit. Aussitôt, le bruit de la rivière toute proche emplit l'obscurité. Il regarda autour de lui, mais il n'y avait pas la moindre lumière à des kilomètres à la ronde.

Il marcha jusqu'à la cabane dans l'incendie de ses phares qui embrasaient les arbres et projetaient son ombre devant lui comme si un géant fait de ténèbres le précédait. Puis il grimpa les marches de la véranda et sortit le trousseau de clefs. Il y avait bien trois serrures – la serrure centrale correspondant à la plus grosse des clefs et deux plus petites, au-dessus et en dessous. Il lui fallut un moment pour trouver quelle clef allait où, d'autant plus que les deux petites avaient la même taille et que le verrou du haut avait été fixé à l'envers. Puis il poussa la porte, qui résista avant de céder en couinant. Servaz chercha l'interrupteur à tâtons près du chambranle. Il le trouva à gauche. Il l'actionna et la lumière jaillit du plafonnier.

Pendant quelques secondes, il demeura immobile sur le seuil, paralysé par ce qu'il voyait.

L'intérieur de la cabane se réduisait à un comptoir sur la droite avec peut-être une kitchenette derrière, une banquette-lit dans le fond, une table en bois et deux chaises droit devant lui. Mais sur le mur de gauche était suspendue une cape de pluie taillée dans un tissu imperméable noir. *Il s'était rapproché du cœur...*

Espérandieu ouvrit sa messagerie instantanée. Il attendit trois minutes avant qu'un message accompagné d'une icône représentant un chien de dessin animé reniflant une piste ne surgisse dans le coin inférieur droit de son écran :

kleim162 vient de se connecter

Une fenêtre de dialogue accompagnée de la même icône s'ouvrit trois secondes plus tard.

kleim162 dit :
pourquoi tu t'intéresses à Éric lombard ?

vince.esp dit :
désolé peux pas en parler pour le moment

kleim162 dit :
je viens de fouiner un peu avant de me connecter. On a tué son cheval. L'information est reprise par plusieurs journaux. Ça a un rapport ??

vince.esp dit :
no comment

kleim162 dit :
vince tu es à la brigade criminelle. Ne me dis pas qu'on vous a chargés d'enquêter sur la mort d'un cheval !!!!!

vince.esp dit :
tu peux m'aider ou pas ???

kleim162 dit :
je gagne quoi dans l'affaire ?

vince.esp dit :
l'affection d'un ami

kleim162 dit :
pour les câlins on verra une autre fois. Et à part ça ?

vince.esp dit :
tu seras le premier informé des résultats de l'enquête

kleim162 dit :
donc il y a enquête. C'est tout ?

vince.esp dit :
le premier informé si cette affaire cache qqchose de plus important

kleim162 dit :
OK je cherche

Espérandieu referma sa messagerie en souriant.

« Kleim162 » était le pseudo cybernétique d'un journaliste d'investigation travaillant en *free lance* pour plusieurs grands hebdomadaires. Un vrai fouineur. Qui adorait mettre le nez là où on ne l'avait pas invité. Espérandieu avait fait sa connaissance dans des circonstances un peu particulières et il n'avait jamais parlé de ce « contact » à quiconque – pas même à Martin. Officiellement, il était comme les autres membres de la brigade : il se défiait de la presse. Mais il estimait secrètement que, comme les hommes politiques, les flics gagnent beaucoup à avoir un ou plusieurs journalistes dans leur manche.

Assis au volant de sa Jeep, Servaz composa le numéro du portable de Ziegler. Il tomba sur son répondeur et il raccrocha. Il composa ensuite celui d'Espérandieu.

— J'ai trouvé une photo chez Grimm, dit-il. J'aimerais que tu la retravailles.

La brigade disposait d'un logiciel de traitement d'images, Espérandieu et Samira étaient les seuls à savoir s'en servir.

— Quel genre de photo ? Numérique ou argentique ?

— Papier. Un vieux cliché. On y voit un groupe d'hommes. L'un d'eux est Grimm, un autre est Chaperon, le maire de Saint-Martin. On dirait que tous ces hommes portent la même chevalière. C'est un peu flou, mais il y a quelque chose de gravé dessus. J'aimerais que tu essaies de voir ce que c'est.

— Tu crois qu'il s'agit d'un genre de club, style Rotary ou francs-maçons ?

— Je ne sais pas mais...

— ... *l'annulaire coupé*..., se souvint brusquement son adjoint.

— Exactement.

— D'accord, tu peux la scanner et me l'envoyer depuis la gendarmerie ? Je regarde ça. Mais le logiciel est surtout fait pour traiter des photos numériques. Il est moins performant avec de vieilles photos scannées.

Servaz le remercia. Il allait démarrer lorsque le téléphone sonna. C'était Ziegler.

— Vous m'avez appelée ?

— J'ai trouvé quelque chose, dit-il d'emblée. Dans une cabane appartenant à Grimm.

— Une cabane ??

— C'est la veuve qui m'en a parlé. J'ai trouvé les clefs dans le bureau de Grimm. Visiblement, elle n'y a jamais mis les pieds. Il faut que vous voyiez ça...

— Que voulez-vous dire ?

— Une cape... Semblable à celle qui se trouvait sur le cadavre de Grimm. Et des bottes. Il est tard, je vais verrouiller la porte et donner les clefs à Maillard. Je veux qu'une équipe de l'identité judiciaire passe l'endroit au peigne fin demain matin à la première heure.

Un silence au bout du fil. Le vent gémit à l'extérieur de la Cherokee.

— Et vous, vous en êtes où ? dit-il.

— Les sangles sont d'un modèle courant, répondit-elle. Fabriquées en grande série et commercialisées dans tout l'ouest et le sud de la France. Il y a un numéro de série sur chaque sangle. Ils vont essayer de remonter jusqu'à l'usine de fabrication et retrouver le magasin où elles ont été vendues.

Servaz réfléchit. À l'extérieur du halo des phares, un hibou se posa sur une branche et se mit à l'observer. Servaz songea au regard d'Hirtmann.

— Si on avait le magasin, on pourrait peut-être mettre la main sur les bandes de vidéosurveillance, dit-il.

Il sentit le scepticisme dans la voix de Ziegler quand elle répondit.

— À supposer qu'ils conservent les bandes, la loi les oblige à les détruire dans un délai d'un mois. Il faudrait que les sangles aient été achetées très récemment.

Servaz était presque sûr que celui qui avait tué Grimm avait préparé son crime pendant des mois. Avait-il acheté les sangles au dernier moment ? Ou les possédait-il déjà ?

— Très bien, dit-il. À demain.

Il remonta la piste forestière jusqu'à la route. Des nuages sombres glissèrent devant la lune. La vallée ne fut plus qu'un lac de ténèbres et le ciel lui-même se confondit avec les montagnes noires. Servaz s'arrêta, jeta un coup d'œil à droite et à gauche puis démarra sur la route.

Machinalement, il donna un coup d'œil dans le rétroviseur.

Pendant une demi-seconde, son cœur suspendit ses battements : *une paire de phares venait de s'allumer derrière lui…* Une voiture garée sur le bas-côté, dans le noir. Un peu plus loin que l'endroit où il avait quitté la piste. Dans le rétroviseur, il vit les phares s'écarter lentement du large accotement et s'engager à sa suite. À en croire leur taille et leur hauteur, un 4 × 4. Servaz sentit les poils de sa nuque se hérisser. Il était évident que ce 4 × 4 était là pour lui. Quelle autre raison aurait-il eue de se trouver à cet endroit, au fond de cette vallée déserte ? Il se demanda qui pouvait être au volant. Les hommes de main de Lombard ? Mais pourquoi, s'ils le surveillaient, les

340

hommes de Lombard se seraient-ils manifestés de cette façon ?

Il sentit la nervosité le gagner.

Il se rendit compte qu'il serrait un peu trop fort ses mains sur le volant et il inspira profondément. Du calme. Pas de panique. *Une voiture te file le train, et après ?* Un sentiment très voisin de la peur le submergea cependant quand il se fit la réflexion qu'il s'agissait peut-être du tueur. En ouvrant la porte de ce chalet, il s'était trop approché de la vérité… Quelqu'un avait décidé qu'il était devenu gênant. Il regarda une nouvelle fois dans son rétroviseur. Il avait laissé un grand virage derrière lui ; les phares de son poursuivant avaient disparu derrière les grands arbres qui bordaient le tournant.

Puis ils surgirent de nouveau – et le cœur de Servaz bondit dans sa poitrine en même temps qu'une clarté aveuglante inondait l'habitacle de la Jeep. *Pleins phares !* Servaz se rendit compte qu'il était couvert de sueur. Il cligna des yeux, aveuglé comme un animal surpris la nuit par une voiture, comme le hibou tout à l'heure. Son cœur battait la chamade.

Le 4 × 4 s'était rapproché. Il était tout près à présent. Calé dans son sillage. Ses phares puissants embrasaient l'intérieur de la Jeep, soulignant chaque détail du tableau de bord d'une traînée brasillante de lumière blanche.

Servaz appuya sur l'accélérateur, sa peur de la vitesse combattue par celle de ce qui était derrière, et son poursuivant le laissa prendre de la distance. Il s'efforça de respirer à fond mais son cœur faisait des bonds de cabri dans sa poitrine et la sueur lui coulait sur le visage comme de l'eau. Chaque fois qu'il jetait un coup d'œil au rétroviseur intérieur, il prenait en pleine face l'explosion de lumière blanche dans la lunette arrière et des points noirs dansaient devant ses yeux.

Soudain, le 4 × 4 accéléra. *Merde, il est cinglé ! Il va me rentrer dedans !*

Avant même qu'il ait pu tenter quoi que ce soit, le véhicule noir l'avait dépassé. Pendant un instant de pure panique, Servaz crut que celui-ci allait l'éjecter de la route, mais le tout-terrain accéléra encore dans la ligne droite et il s'éloigna, ses feux arrière se fondant rapidement dans la nuit. Servaz vit ses feux stop s'allumer avant le virage suivant – quand il freina – puis le bolide disparut. Il ralentit et se gara sur le bas-côté en cahotant, se pencha pour prendre son arme dans la boîte à gants et descendit, les jambes flageolantes. L'air froid de la nuit lui fit du bien. Il voulut vérifier le chargeur de son arme mais sa main tremblait si fort qu'il lui fallut plusieurs secondes pour y parvenir.

L'avertissement était aussi clair que la nuit était obscure : quelqu'un, dans cette vallée, ne voulait pas qu'il enquête plus loin. Quelqu'un ne voulait pas qu'il découvre la vérité.

Mais de quelle vérité s'agissait-il ?

17.

Ziegler et lui assistèrent à l'inhumation de Grimm dans le petit cimetière au sommet de la colline, parmi les sapins et les tombes, le lendemain.

Derrière l'assistance rassemblée autour du trou, les sapins noirs semblaient porter le deuil, eux aussi. Le vent faisait bruire leurs branches en une prière murmurée. Les couronnes et la fosse tranchaient sur la neige. La ville s'étendait en bas, dans la vallée. Et Servaz se dit qu'effectivement on était ici plus près du ciel.

Il avait mal dormi. Plusieurs fois, il s'était réveillé en sursaut, le front baigné de sueur. Il ne pouvait s'empêcher de repenser à ce qui s'était passé cette nuit. Il n'en avait pas encore parlé à Irène. Bizarrement, il craignait, s'il en parlait, qu'on le mette sur la touche, et qu'on charge quelqu'un d'autre de l'enquête. Étaient-ils en danger ici ? *En tout cas, cette vallée n'aimait pas les étrangers qui venaient fouiner.*

Il regarda la colline autour de lui pour se rasséréner un peu. Il devait être agréable de venir ici en été, sur cette colline verdoyante qui s'avançait comme la proue d'un navire – ou comme un dirigeable – au-

343

dessus de la vallée. Cette colline ronde et douce comme le corps d'une femme. Même les montagnes n'avaient plus l'air aussi menaçantes, vues d'ici ; le temps lui-même était agréablement suspendu. Alors qu'ils se dirigeaient vers la sortie du cimetière, Ziegler lui donna un coup de coude. Il regarda dans la direction qu'elle lui indiquait : Chaperon était réapparu. Il discutait avec Cathy d'Humières et avec d'autres notables. Soudain, son téléphone vibra dans sa poche. Servaz répondit. Un type de la direction générale. Servaz reconnut tout de suite l'accent patricien et le ton urbain, comme si le type se gargarisait tous les matins avec de la mélasse.

— Où en êtes-vous pour le cheval ?

— Qui veut le savoir ?

— Le cabinet du directeur général suit cette affaire de près, commandant.

— Est-ce qu'ils savent qu'un homme a été tué ?

— Oui, le pharmacien Grimm, nous sommes au courant, répondit le bureaucrate comme s'il connaissait le dossier sur le bout des doigts, ce qui n'était probablement pas le cas.

— Vous comprendrez donc que le cheval de M. Lombard n'est pas ma priorité.

— Commandant, Catherine d'Humières m'a assuré que vous étiez un bon élément.

Servaz sentit la moutarde lui monter au nez. *Certainement un meilleur élément que toi,* se dit-il. Qui ne passe pas son temps à serrer des paluches dans les couloirs, à débiner ses petits camarades et à faire semblant de connaître les dossiers en réunion.

— Vous avez une piste ?

— Pas la moindre.

— Et les deux vigiles ?

Tiens, il avait quand même pris la peine de lire les rapports. Sans doute en vitesse, juste avant d'appeler – à la manière d'un collégien qui bâcle ses devoirs avant d'entrer en classe.

— Ça n'est pas eux.

— Comment pouvez-vous en être si sûr ?

Parce que je passe mon temps au milieu des victimes et des assassins pendant que tu restes assis le cul sur ta chaise, songea-t-il.

— Ils n'ont pas le profil. Maintenant, si vous voulez vous en assurer par vous-même, je vous invite à descendre jusqu'ici et à vous joindre à nous.

— Allons, commandant, du calme. Personne ne met en doute votre compétence, tempéra son interlocuteur. Menez l'enquête à votre convenance, mais ne perdez pas de vue que nous voulons savoir qui a tué ce cheval.

Le message était clair : on pouvait toujours assassiner un pharmacien et le pendre à poil sous un pont, mais on ne pouvait pas décapiter le cheval d'un des hommes les plus puissants de France.

— Très bien, dit Servaz.

— À bientôt, commandant, dit l'homme avant de raccrocher.

Servaz l'imagina derrière son bureau, souriant de son ascendant sur les petits commis de province, un beau costume et une jolie cravate, une eau de toilette de prix, rédigeant quelque note sans réelle importance mais pleine de mots ronflants puis allant gaiement soulager sa vessie et s'admirer dans la glace avant de descendre refaire le monde à la cantine en compagnie de ses semblables.

— Une belle cérémonie et un bel endroit, dit quelqu'un à côté de lui.

Il tourna la tête. Gabriel Saint-Cyr lui souriait. Servaz serra la main que l'ex-magistrat lui présentait. Une poignée de main franche et sans chichi ni tentative d'intimidation, à l'image du bonhomme.

— J'étais justement en train de me dire que c'était un bel endroit pour y passer l'éternité, dit Servaz en souriant.

Le juge à la retraite l'approuva d'un hochement de tête.

— C'est précisément ce que j'ai l'intention de faire. Il est probable que je vous précéderai mais si le cœur vous en dit, je suis sûr que vous ferez un mort de bonne compagnie : ma place est là-bas.

Saint-Cyr montrait du doigt un coin du cimetière. Servaz éclata de rire et alluma une cigarette.

— Comment le savez-vous ?

— Quoi donc ?

— Que je ferai un mort de bonne compagnie.

— À mon âge et avec mon expérience, on se fait vite une idée des gens.

— Et on ne se trompe jamais ?

— Rarement. Et puis, j'ai confiance dans le jugement de Catherine.

— Elle ne vous a pas demandé votre signe ?

Ce fut au tour de Saint-Cyr de rire.

— Du zodiaque ? C'est la première chose qu'elle a faite quand on a été présentés ! Ma famille a un caveau ici, ajouta-t-il. J'ai acheté il y a trois ans une concession à l'autre bout du cimetière, le plus loin possible.

— Pourquoi ?

— Devoir subir pour l'éternité certains voisinages me terrorisait.

— Grimm, vous le connaissiez ? demanda Servaz.

— On a décidé de recourir à mes services ?

— Peut-être.

— Un type très secret. Vous devriez demander à Chaperon, dit Saint-Cyr en montrant le maire qui s'éloignait. Ils se connaissaient bien.

Servaz se remémora les paroles d'Hirtmann.

— C'est ce qu'il m'a semblé, dit-il. Grimm, Chaperon et Perrault, c'est ça ? La partie de poker du samedi soir...

— Oui. Et Mourrenx. Le même quatuor depuis quarante ans. Inséparables depuis le lycée...

Servaz pensa à la photo dans la poche de sa veste. Il la montra au juge.

— Ce sont eux ?

Gabriel Saint-Cyr sortit une paire de lunettes et les chaussa avant de se pencher sur le cliché. Servaz remarqua que son index était déformé par l'arthrose et qu'il tremblait lorsqu'il le pointa sur les quatre hommes : Parkinson.

— Oui. Là, c'est Grimm... Et là, Chaperon...

Le doigt se déplaça.

— Celui-là, c'est Perrault. (Le grand type maigre à l'épaisse tignasse et aux grosses lunettes.) Il tient un commerce d'équipement sportif à Saint-Martin. Il est aussi guide de haute montagne.

Son doigt glissa ensuite vers le colosse barbu qui tendait sa gourde vers l'objectif en riant dans la lumière de l'automne.

— Gilbert Mourrenx. Il travaillait à l'usine de cellulose de Saint-Gaudens. Mort d'un cancer à l'estomac il y a deux ans.

— Vous dites que ces quatre-là étaient inséparables ?

— En effet, répondit Saint-Cyr en rangeant ses lunettes. Inséparables, oui... on peut dire ça...

Servaz fixa le juge. *Quelque chose dans la voix de Saint-Cyr...* Le vieux juge ne le quittait pas des yeux. L'air de rien, il était en train de lui faire passer un message.

— Il y a eu... des *histoires* les concernant ?

Le regard du retraité avait la même intensité que celui de Servaz. Celui-ci retint sa respiration.

— Plutôt des rumeurs... Et une fois, il y a une trentaine d'années, une plainte... Déposée par une famille de Saint-Martin. Une famille modeste : père ouvrier à la centrale, mère au chômage.

La centrale : les sens de Servaz furent aussitôt en éveil.

— Une plainte contre eux ?

— Oui. Pour *chantage*. Quelque chose comme ça... (Le vieux juge fronça les sourcils, essayant de rassembler ses souvenirs.) Si ma mémoire est bonne, des Polaroid avaient été pris. De la fille de ces pauvres gens, une gamine de dix-sept ans. Des clichés où elle était nue et visiblement ivre. Et, sur l'une des photos, elle était... avec plusieurs hommes, je crois. Apparemment, les jeunes gens menaçaient de faire circuler les photos si la gamine ne leur faisait pas certaines choses... À eux et à leurs copains. Mais les nerfs ont fini par craquer et elle a tout dit à ses parents.

— Et qu'est-ce qui s'est passé ensuite ?

— Rien. Les parents ont retiré leur plainte avant même que les gendarmes aient pu interroger les quatre jeunes gens. Un arrangement a sans doute été trouvé en douce : pas de plainte et en échange plus de chantage. Les parents n'avaient sans doute pas très envie que ces clichés circulent...

Servaz fronça les sourcils.

— C'est bizarre. Maillard ne m'en a pas parlé.

— Il est probable qu'il n'ait jamais entendu parler de cette histoire. Il n'était pas encore en poste.

— Mais vous si.

— Oui.

— Et vous y avez cru ?

Saint-Cyr afficha une moue dubitative.

— Vous êtes flic : vous savez comme moi que tout le monde a des secrets. Et qu'ils sont généralement peu reluisants. Pourquoi cette famille aurait-elle menti ?

— Pour extorquer de l'argent aux familles des quatre jeunes.

— Pour que la réputation de leur fille soit salie à jamais ? Non. Je connaissais le père : il avait fait quelques travaux chez moi du temps où il était au chômage. Un type droit, de la vieille école. Je dirais que ce n'était pas le genre de la maison.

Servaz repensa à la cabane et à ce qu'il avait découvert dedans.

— Vous venez de le dire : tout le monde a des secrets.

Saint-Cyr le regarda avec attention.

— Oui. Quel est le vôtre, commandant ?

Servaz lui servit son sourire de lapin énigmatique.

— *Les suicidés*, enchaîna-t-il. Ça vous dit quelque chose ?

Cette fois, il lut une authentique surprise dans les yeux du juge.

— Qui vous a parlé de ça ?

— Vous ne me croiriez pas si je vous le disais.

— Dites toujours.

— Julian Hirtmann.

Gabriel Saint-Cyr le dévisagea longuement. Il avait l'air perplexe.

— Vous êtes sérieux ?

— Absolument.

Pendant une demi-seconde, le vieux juge resta muet.

— Vous faites quoi ce soir aux alentours de vingt heures ? demanda-t-il.

— Je n'ai rien de prévu.

— Eh bien, dans ce cas, venez dîner. À en croire mes invités, je suis un vrai cordon-bleu. 6, impasse du Torrent. Vous ne pouvez pas vous tromper : c'est un moulin, tout au bout de la rue, juste avant la forêt. À ce soir.

— J'espère que tout va bien, dit Servaz.

Chaperon se retourna avec un geste d'embarras. Il avait déjà la main sur la portière de sa voiture. Il avait l'air tendu et préoccupé. En voyant Servaz, son visage s'empourpra.

— Pourquoi me demandez-vous ça ?

— J'ai essayé de vous joindre toute la journée d'hier, répondit Servaz avec un sourire amical. En vain.

Pendant une fraction de seconde, le maire de Saint-Martin eut l'air contrarié. Il essayait visiblement de conserver son sang-froid, mais sans y parvenir tout à fait.

— La mort de Gilles m'a secoué. Ce meurtre horrible… Cet acharnement… C'est terrible… J'avais besoin de faire une pause, d'être seul. Je suis parti marcher dans la montagne.

— Seul dans la montagne ? Et vous n'avez pas eu peur ?

La question fit tressaillir le maire.

— Pourquoi devrais-je avoir peur ?

En dévisageant le petit homme bronzé, Servaz eut la certitude que non seulement celui-ci avait peur, mais qu'il était littéralement terrifié. Il se demanda s'il devait lui parler des suicidés maintenant, mais il décida que mieux valait éviter d'abattre toutes ses cartes en même temps. À l'issue du dîner chez Saint-Cyr, ce soir, il en saurait davantage. Il sortit néanmoins le cliché de sa poche.

— Cette photo, elle vous dit quelque chose ?

— Où avez-vous trouvé ça ?

— Chez Grimm.

— Une vieille photo, commenta Chaperon en évitant son regard.

— Oui, octobre 1993, précisa Servaz.

Chaperon fit un geste de la main droite, comme pour signifier que ces temps-là étaient très loin. Pendant un court instant, sa main hâlée, au dos piqué de petites taches brunes, flotta devant les yeux de Servaz. La surprise pétrifia le flic. Le maire ne portait plus la chevalière, mais il l'avait ôtée récemment : *une étroite bande de peau plus claire faisait le tour de l'annulaire.*

L'espace d'une seconde, Servaz fut assailli par une tonne de questions.

On avait coupé le doigt de Grimm, Chaperon avait retiré sa chevalière, cette chevalière que portaient les quatre hommes sur la photo. Qu'est-ce que cela voulait dire ? Le tueur, visiblement, le savait. Les deux autres personnages de la photo avaient-ils un lien, eux aussi, avec la mort du pharmacien ? Si oui, comment Hirtmann était-il au courant ?

— Vous les connaissiez bien ? demanda Servaz.

— Oui, assez. Même si, avec Perrault, on se voyait davantage à cette époque qu'aujourd'hui.

— C'étaient aussi vos partenaires de poker.

— Oui. Et de randonnée. Mais je ne vois pas ce que…

— Merci, le coupa Servaz. Je n'ai pas d'autres questions pour le moment.

— Qui est-ce ? demanda Ziegler dans la voiture en désignant l'homme qui se dirigeait à petits pas vers une Peugeot 405 presque aussi fatiguée que lui.

— Gabriel Saint-Cyr, juge d'instruction honoraire à la retraite. Je l'ai croisé hier matin au palais.

— De quoi avez-vous parlé ?

— De Grimm, Chaperon, Perrault et un dénommé Mourrenx.

— Les trois joueurs de poker… Et Mourrenx, c'est qui ?

— Le quatrième membre de la bande. Mort il y a deux ans. Cancer. D'après Saint-Cyr, ils ont fait l'objet d'une plainte pour chantage il y a trente ans. Ils ont saoulé une fille, puis ils l'ont photographiée nue. Ensuite, ils l'ont menacée de faire circuler les photos si…

— … si elle ne faisait pas certaines choses…

— Exact.

Servaz remarqua une lueur fugace dans les yeux de Ziegler.

— Ça pourrait être une piste, dit-elle.

— Quel rapport avec le cheval de Lombard ? et avec Hirtmann ?

— Je ne sais pas.

— C'était il y a trente ans. Quatre jeunes gens ivres et une fille qui l'était aussi. Et après ? Ils étaient jeunes, ils ont fait une connerie. Où ça nous mène ?

— Ce n'est peut-être que la partie émergée de l'iceberg.

Servaz la regarda.

— Comment ça ?

— Eh bien, il y a peut-être eu d'autres « conneries » du même genre. Peut-être qu'ils n'en sont pas restés là. Et l'une d'elles a peut-être mal fini.

— Ça fait beaucoup de « peut-être », observa Servaz. Il y a autre chose : Chaperon a retiré sa chevalière.

— Quoi ?

Servaz lui décrivit ce qu'il venait de voir. Ziegler fronça les sourcils.

— Qu'est-ce que ça veut dire, d'après vous ?

— Aucune idée. En attendant, j'ai quand même quelque chose à vous montrer.

— La cabane ?

— Oui. On y va ?

À 5 heures, la sonnerie du réveil avait retenti sur la table de nuit et Diane s'était traînée en frissonnant jusqu'à la salle d'eau. Comme les autres matins, la douche commença par un jet brûlant avant de s'achever par un filet d'eau froide et Diane s'empressa de se sécher et de s'habiller. Elle passa l'heure suivante à réviser ses notes avant de descendre à la cafétéria du rez-de-chaussée.

La cafétéria était déserte, il n'y avait même pas un employé. Elle avait toutefois repéré le percolateur à dosettes et elle passa derrière le comptoir pour se préparer un *espresso*. Elle reprit la lecture de ses notes jusqu'au moment où elle entendit des pas dans le couloir. Le Dr Xavier entra dans la salle, lui adressa un petit signe de tête puis passa à son tour derrière le comptoir pour se faire un café. Après quoi, sa tasse à la main, il se dirigea vers elle.

— Bonjour, Diane. Vous êtes matinale.

— Bonjour, monsieur. Une vieille habitude…

Elle remarqua qu'il avait l'air de bonne humeur. Il plongea ses lèvres dans son café en la regardant sans cesser de sourire.

— Vous êtes prête, Diane ? J'ai une bonne nouvelle. Ce matin, on va rendre visite aux pensionnaires de l'unité A.

Elle s'efforça de dissimuler son excitation et de garder un ton professionnel.

— Très bien, monsieur.

— Je vous en prie, appelez-moi Francis.

— Très bien, Francis.

— J'espère que je ne vous ai pas trop effrayée la dernière fois. Je voulais simplement vous mettre en garde. Vous allez voir, ça va très bien se passer.

— Je me sens tout à fait prête.

Il lui jeta un regard qui indiquait clairement qu'il en doutait.

— Qui allons-nous voir ?

— Julian Hirtmann…

Les White Stripes chantaient *Seven Nation Army* dans ses écouteurs quand la porte du bureau s'ouvrit. Espérandieu leva les yeux de son écran.

— Salut, dit Samira. Alors, cette autopsie ?

— Beurk, fit Espérandieu en retirant ses écouteurs.

Elle contourna le bureau de Vincent pour rejoindre son poste de travail. Espérandieu respira au passage un parfum frais et agréable avec un arrière-plan de gel pour la douche. Dès ses premiers pas dans le service, il avait ressenti un élan de sympathie spontané pour Samira Cheung. Comme lui, elle était l'objet de sarcasmes et de quolibets à peine voilés de la part de certains membres de la brigade. Mais la petite avait du répondant. Elle avait à plusieurs reprises mouché les vieux cons. Qui la détestaient d'autant plus.

Samira Cheung attrapa une bouteille d'eau minérale et but à même le goulot. Elle portait ce matin-là un blouson de cuir sur une veste en jean et un sweat à capuche, un pantalon de treillis, des boots à talons de huit centimètres et un bonnet à visière.

Elle pencha vers son écran son visage d'une assez extraordinaire laideur. Et son maquillage n'arrangeait rien. Même Espérandieu avait eu envie de se marrer la première fois où il l'avait vue. Mais il avait fini par s'habituer. À présent, il allait jusqu'à lui trouver un étrange charme paradoxal.

— Tu étais où ? demanda-t-il.

— Chez le juge.

Il comprit qu'elle parlait du magistrat chargé d'instruire l'affaire des trois garçons. Il se demanda en souriant quel effet elle avait dû faire dans les couloirs du palais de justice.

— Ça avance ?

— Il semblerait que les arguments de la partie adverse aient trouvé quelque écho dans l'esprit de monsieur le juge…

— Comment ça ?

— Eh bien, la thèse de la noyade fait son chemin.

— Merde alors !

— Tu n'as rien remarqué en arrivant ? demanda-t-elle.

— De quel genre ?

— Pujol et Simeoni.

Espérandieu fit la moue. C'était un sujet qu'il n'aimait pas aborder.

— Si, ils ont l'air en pleine forme, dit-il sinistrement.

— Ils sont comme ça depuis hier, renchérit Samira. J'ai l'impression que l'absence de Martin leur donne des ailes. Tu devrais te méfier.

— Pourquoi moi ?

— Tu le sais bien.

— Non, explique.

— Ils te détestent. Ils croient que tu es homo. Ce qui pour eux équivaut à peu près à être pédophile ou à enculer des chèvres.

— Ils te détestent aussi, fit remarquer Espérandieu sans se formaliser outre mesure du langage de Samira.

— Moins que toi. Ils ne m'aiment pas parce que je suis moitié chinetoque moitié rebeu. Manquerait plus qu'un peu de sang black. En somme, j'appartiens à l'ennemi. Toi, c'est différent. Ils ont mille raisons de te détester : tes manières, tes fringues, le soutien de Martin, ta femme…

— Ma *femme* ?

Samira ne put s'empêcher de sourire.

— Bien sûr. Ils n'arrivent pas à comprendre comment un type comme toi a pu épouser une femme pareille.

Ce fut au tour d'Espérandieu de sourire. Il appréciait le franc-parler de Samira mais, parfois, un peu de diplomatie ne lui aurait pas fait de mal.

— Ce sont des néandertaliens, dit-il.

— Des primates, l'approuva Samira. Mais à ta place, je me méfierais. Je suis sûre qu'ils préparent un mauvais coup.

En descendant de voiture devant la cabane de Grimm, Servaz se demanda s'il n'avait pas eu une hallucination la veille au soir. La vallée n'avait plus du tout le même aspect sombre et hanté. Au moment où il refermait la portière, il sentit que sa gorge était de nouveau irritée. Il avait oublié de prendre son cachet, ce matin.

— Vous n'auriez pas un peu d'eau ? demanda-t-il.

— Il y a une bouteille d'eau minérale dans la boîte à gants, lança Ziegler.

Ils se mirent en marche vers la cabane plantée au bord de la rivière ; celle-ci brillait, argentée, entre les troncs des arbres, tissant un réseau de voix cristallines. Sur les flancs gris de la montagne, les hêtres étaient moins nombreux que les épicéas et les sapins. Il y avait une décharge sauvage un peu plus loin au bord du torrent. Servaz aperçut des bidons rouillés, des sacs-poubelle noirs, un matelas souillé, un réfrigérateur et même un vieil ordinateur traînant ses fils derrière lui comme un poulpe mort ses tentacules. Jusqu'ici, dans cette vallée sauvage, l'homme ne pouvait s'empêcher de mutiler tout ce qu'il touchait.

Il grimpa les marches de la véranda. Un grand ruban « gendarmerie nationale – franchissement interdit » barrait la porte en diagonale. Servaz le souleva et déverrouilla la porte avant de la pousser d'un coup sec. Il s'effaça pour laisser passer Ziegler.

— Le mur de gauche, dit-il.

Elle fit un pas à l'intérieur – et s'arrêta aussitôt.

— Merde !

Servaz s'avança à son tour. Le comptoir et les placards de la cuisine américaine à sa droite, le canapé-lit plein de coussins dans le fond et les tiroirs en dessous, les étagères de livres, le matériel de pêche – cannes, bourriche, bottes, épuisettes – rangé dans un coin : tout avait été minutieusement recouvert de multiples poudres : aluminium, céruse, rouge anglais, poudre magnétique noire, poudre fluorescente rose… Toutes destinées à révéler des empreintes latentes. À certains endroits, de grandes zones bleues indiquaient que les techniciens avaient appliqué du Blue Star : ils avaient cherché d'éventuelles traces de sang, apparemment sans succès. Des cartons numérotés étaient encore épinglés un peu partout. Des morceaux de tissu avaient même été découpés dans le tapis.

Il regarda Ziegler en douce.

Elle avait l'air bouleversée. Elle fixait le mur de gauche : la grande cape noire pendait comme une chauve-souris endormie, ses plis sombres et moirés contrastant avec le bois blond de la cloison. Elle était pourvue d'une capuche accrochée à une patère. Sous la cape, une paire de bottes était posée sur le sol de pin brut. Des traces de poudre brillaient également sur le tissu noir et les bottes.

— Je ne sais pas pourquoi ce truc me file la chair de poule, dit Ziegler. Après tout, il ne s'agit que d'un vêtement de pluie et d'une paire de bottes.

Servaz jeta un coup d'œil par la porte ouverte. À l'extérieur, tout était silencieux. Mais l'image des phares jaillissant dans son rétroviseur était collée à sa rétine. Il tenta de surprendre un éventuel bruit de moteur, mais il ne perçut rien d'autre que la voix de la rivière. Il éprouva à nouveau la peur instinctive qui l'avait submergé cette nuit quand les phares avaient embrasé son tableau de bord. Une peur brute, sans nuances.

— Qu'est-ce qu'il y a ? demanda Ziegler qui avait surpris son regard.

— J'ai été suivi hier, sur cette route… Une voiture m'attendait à la sortie du chemin…

Ziegler le dévisagea. Une ombre inquiète passa sur son visage.

— Vous en êtes sûr ?

— Oui.

Il y eut un instant de silence écrasant.

— Il faut en parler à d'Humières.

— Non. J'aime autant que cela reste entre nous. Pour le moment, en tout cas.

— Pourquoi ?

— Je ne sais pas… Confiant serait capable d'en profiter pour me dessaisir. Sous prétexte de me protéger bien sûr, ajouta-t-il avec un sourire las.

— C'était qui, d'après vous ?

— Les hommes de main d'Éric Lombard ?

— Ou peut-être les tueurs…

Elle le fixait avec des yeux agrandis. Il comprit qu'elle se demandait comment elle réagirait si cela lui arrivait à son tour. *La peur est une maladie contagieuse,* se dit-il. Il y avait dans cette enquête un élément d'une noirceur absolue, une masse critique profondément sinistre qui formait le cœur de cette histoire et dont ils commençaient à s'approcher dangereusement. Pour la seconde fois, il se demanda s'ils mettaient leur vie en danger.

— Il est temps de parler à monsieur le maire, dit-il soudain.

— Ne vous en faites pas, ça va bien se passer.

Diane regarda la haute silhouette de M. Monde, devinant les puissantes masses musculaires sous la combinaison. Il devait passer des heures à pousser sur des machines et à soulever des barres lestées de disques en fonte. Il lui adressa un clin d'œil amical et elle hocha la tête.

Contrairement à ce que tous ces hommes avaient l'air de penser, elle n'éprouvait pas d'appréhension particulière. Plutôt une intense curiosité professionnelle.

Puis ce fut le couloir éclairé par des néons. La moquette bleue qui absorbait leurs pas. Les murs blancs…

Une musique d'ascenseur montait en sourdine – comme dans un supermarché. Un truc New Age, des notes de harpe et de piano aussi impalpables qu'un souffle.

Les portes…

Elle passa devant sans s'approcher des hublots. Xavier marchait d'un pas rapide devant elle. Elle le suivit docilement.

Aucun bruit. À croire qu'ils dormaient tous. On se serait cru dans un hôtel cinq étoiles, du genre moderne, minimal et design. Elle se souvint du long et sinistre hurlement entendu depuis le sas la première fois où elle s'était approchée de cet endroit. Est-ce qu'on les avait chargés pour l'occasion ? Non, Alex le lui avait bien dit : la plupart étaient chimio-résistants.

Devant elle, Xavier s'arrêta face à la dernière porte ; il pianota une combinaison sur un boîtier, puis tourna la poignée.

— Bonjour, Julian.

— Bonjour, docteur.

Une voix grave, posée, urbaine. Diane l'entendit avant de le voir.

— Je vous amène une visiteuse, notre nouvelle *psy* : Diane Berg. Elle est *suisse*, comme vous.

Elle s'avança. Julian Hirtmann était debout près d'une fenêtre qui donnait sur la cime d'un sapin blanc. Il détourna le regard du paysage et le posa sur elle. Il mesurait plus d'un mètre quatre-vingt-dix et le Dr Xavier avait l'air d'un enfant à côté. La quarantaine, cheveux bruns coupés court, des traits fermes et réguliers. Sûr de lui. Plutôt bel homme, se dit-elle, à condition d'aimer le genre coincé. Front haut, bouche pincée, mâchoire carrée.

Mais ce qui la frappa d'emblée, ce furent ses yeux. Perçants. Noirs. Intenses. Des prunelles qui brillaient d'un éclat rusé mais qui ne cillaient pas. Il plissa les paupières et elle sentit son regard l'envelopper.

— Bonjour, Julian, dit-elle.

— Bonjour à vous. Une psy, hein ? dit-il.

Elle vit le Dr Xavier sourire. Un sourire rêveur se dessina aussi sur les lèvres d'Hirtmann.

— Vous habitez quel quartier, à Genève ?

— Cologny, répondit-elle.

Il hocha la tête et s'éloigna de la fenêtre.

— J'avais une très belle maison au bord du lac. Aujourd'hui, ce sont des nouveaux riches qui l'habitent. Le genre ordinateurs, téléphones portables et pas un seul livre dans toute la maison. Bon Dieu ! cette maison a été occupée par Percy Bysshe Shelley lui-même quand il a vécu en Suisse, vous imaginez ça ?

Il la fixait de ses yeux noirs et brillants. Il attendait une réponse.

— Vous aimez lire ? demanda-t-elle maladroitement.

Il haussa les épaules, manifestement déçu.

— Le Dr Berg aimerait s'entretenir avec vous à intervalles réguliers, intervint Xavier.

Il se tourna de nouveau vers elle.

— Vraiment ? Qu'est-ce que ça va m'apporter ? En dehors du plaisir de votre compagnie ?

— Rien, répondit-elle franchement. Absolument rien. Je ne prétends pas soulager en quoi que ce soit votre souffrance. D'ailleurs, vous ne souffrez pas. Je n'ai rien à vous vendre, à part, comme vous le dites, le plaisir de ma compagnie. Mais je vous serai reconnaissante si vous acceptez de vous entretenir avec moi.

Ni flagornerie, ni mensonge – elle se dit qu'elle ne s'en était pas trop mal tirée. Il la fixait intensément.

— Hmm, de la franchise… (Son regard se déplaça de Diane à Xavier.) Une denrée rare ici. Admettons que j'accepte, en quoi consisteront ces… *entretiens* ? J'espère que vous ne comptez pas vous livrer sur moi à une de ces ridicules séances d'analyse. Je vous le dis tout de suite : ça ne fonctionnera pas. Pas avec moi.

— Non, je parle de vraies conversations. Nous aborderons les sujets les plus divers, ceux que vous voudrez.

— Encore faudrait-il que nous ayons des intérêts en commun, ironisa-t-il.

Elle ne releva pas.

— Parlez-moi de vous, dit-il. Quel est votre parcours ?

Elle le lui dit. Elle cita la faculté de psychologie et des sciences de l'éducation de Genève, l'Institut universitaire de médecine légale, le cabinet privé pour lequel elle avait travaillé et la prison de Champ-Dollon où elle avait été psychologue stagiaire.

Il hocha la tête avec le plus grand sérieux, un doigt sur la lèvre inférieure, comme s'il était un examinateur. Elle se retint de sourire devant cette pose. Elle se rappela ce qu'il avait fait à des jeunes femmes de son âge et l'envie disparut.

— Je suppose que, depuis que vous êtes ici, dit-il, dans cet environnement si particulier et nouveau pour vous, vous éprouvez une certaine appréhension ?

Il la testait. Il voulait savoir s'il y aurait réciprocité. Il ne voulait pas d'entretiens à sens unique où il parlerait et où elle se contenterait d'écouter.

— Oui, l'appréhension d'un poste nouveau, d'un endroit nouveau, de responsabilités nouvelles, dit-elle. C'est du stress professionnel. Je le conçois comme quelque chose de positif, qui vous fait avancer.

Il hocha la tête.

— Si vous le dites. Comme vous le savez, tout groupe placé dans une situation d'enfermement a tendance à régresser. Ici, non seulement les pensionnaires régressent, dit-il, mais également le personnel, et même les psys. Vous verrez. Ici, il y a trois enceintes de confinement imbriquées les unes dans les autres : l'enceinte de cet asile de dingos, l'enceinte de cette vallée et l'enceinte de cette ville, en bas – tous ces abrutis affaiblis par des générations de mariages consanguins, d'incestes et de violence intrafamiliale. Vous verrez. Dans quelques jours, quelques semaines, vous vous sentirez infantile, vous vous sentirez redevenir une petite fille, vous aurez envie de sucer votre pouce…

Elle lut dans ses yeux froids l'envie de dire une obscénité, mais il se retint. Il avait reçu une éducation rigide… Tout à coup, elle se rendit compte qu'Hirtmann lui faisait penser à son père avec son air sévère, son allure de bel homme un peu vieillissant et policé et les fils gris dans sa chevelure brune.

Le même dessin ferme des lèvres et de la mâchoire, le même nez un peu long, le même regard intense qui la jaugeait et la jugeait. Elle sentit que, si elle ne chassait pas cette pensée, elle allait perdre ses moyens.

Elle se demanda ensuite comment le même homme avait pu organiser des orgies au caractère notoirement violent. Hirtmann n'était pas fait d'une seule personnalité, mais de plusieurs.

— À quoi pensez-vous ? dit-il.

Rien ne lui échappait. Elle devrait en tenir compte. Elle choisit d'être aussi franche qu'elle pouvait l'être, sans jamais oublier la distance thérapeutique.

— Je pense que vous me rappelez un peu mon père, dit-elle.

Pour la première fois, il parut déstabilisé. Elle le vit sourire. Elle remarqua que ce sourire modifiait totalement son apparence.

— Vraiment ? dit-il, sincèrement surpris.

— On sent chez vous la même éducation bourgeoise typiquement suisse, la même retenue, la même sévérité. Vous respirez le protestantisme, même si vous vous en êtes débarrassé en cours de route. Tous ces grands bourgeois helvètes qui ressemblent à des coffres-forts fermés à double tour. J'étais en train de

me demander s'il avait un secret inavouable, lui aussi
– comme vous.

Xavier lui lança un regard interloqué et un brin
courroucé. Le sourire d'Hirtmann s'élargit.

— Finalement, je crois que nous allons bien nous
entendre, dit-il. Quand est-ce que nous commençons ?
J'ai hâte de reprendre cette conversation.

— Introuvable, dit Ziegler en refermant son téléphone portable. Ni à la mairie, ni chez lui, ni à son
usine. On dirait qu'il s'est à nouveau volatilisé.

Servaz regarda la gendarme puis fixa la rivière à
travers le pare-brise.

— Il va falloir qu'on s'occupe sérieusement de
M. le maire. Quand il aura réapparu. En attendant,
essayons Perrault.

L'employée, une jeune femme d'une vingtaine
d'années, mâchait et remâchait son chewing-gum avec
une telle énergie qu'elle semblait avoir un compte personnel à régler avec lui.

Elle n'avait pas l'air spécialement sportive. Plutôt
le genre à abuser des sucreries et des longues stations devant la télé ou l'ordinateur. Servaz se dit
qu'à la place de Perrault il aurait hésité à lui confier
la caisse. Il regarda autour de lui les rangées de
skis et de *snow-boards*, les étagères pleines de
chaussures montantes, les combinaisons fluo, les
polaires et les accessoires de mode alignés sur les
rayonnages de bois blond ou suspendus en rangs
serrés à des cintres. Il se demanda en fonction de
quels critères Perrault l'avait choisie. Peut-être

était-ce la seule qui avait accepté le salaire qu'il lui proposait.

— Il avait l'air inquiet ? demanda-t-il.

— Ouaip.

Servaz se tourna vers Ziegler. Ils venaient de sonner à la porte du studio que Perrault, le troisième membre du quatuor selon Saint-Cyr, louait au-dessus du magasin. Aucune réponse. L'employée qui tenait le magasin leur avait déclaré qu'elle ne l'avait pas vu depuis la veille. Lundi matin, il s'était présenté en lui disant qu'il devait s'absenter quelques jours – une urgence familiale, avait-il expliqué. Elle lui avait dit de ne pas s'en faire, qu'elle s'occuperait du magasin en attendant.

— Inquiet comment ? demanda Ziegler.

L'employée mastiqua deux ou trois fois avant de répondre.

— Il avait vraiment une sale tête, l'air de quelqu'un qui n'a pas dormi. (Nouvelle mastication.) Et il ne tenait pas en place.

— Et il avait l'air d'avoir peur ?

— Ouaip. Je viens de vous l'dire.

L'employée faillit faire éclater une bulle mais elle y renonça au dernier moment.

— Vous avez un numéro où on peut le joindre ?

La jeune femme ouvrit un tiroir et farfouilla parmi des papiers. Elle en tira une carte de visite qu'elle tendit à la gendarme. Celle-ci jeta un bref coup d'œil au logo représentant une montagne dévalée par un skieur dessinant des zigzags dans la neige, avec écrit en dessous, en lettres fantaisie : *Sport & Nature*.

— Perrault, quel genre de patron c'est ? demanda-t-elle.

L'employée lui jeta un regard méfiant.

— Le genre radin, finit-elle par lâcher.

Sufjan Stevens chantait *Come on Feel the Illinoise* dans ses écouteurs quand Espérandieu eut l'attention attirée par son ordinateur. Sur son écran, le logiciel de traitement d'images venait d'achever la tâche pour laquelle Vincent l'avait programmé.

— Viens voir, dit-il à Samira.

La fliquette se leva. La fermeture Éclair de son sweat était un peu trop descendue, exhibant la naissance de ses seins en plein sous le nez d'Espérandieu quand elle se pencha.

— C'est quoi ?

La bague apparaissait en gros plan. Pas parfaitement nette, mais on distinguait distinctement la chevalière en or grossie deux mille fois avec, sur le sommet, se détachant sur fond rouge, deux lettres dorées.

— Cette bague aurait dû se trouver sur le doigt qu'on a tranché à Grimm, le pharmacien assassiné à Saint-Martin, répondit-il, la gorge sèche.

— Hmm, comment vous le savez – puisque son doigt était coupé, justement ?

— Trop long à expliquer. Tu vois quoi ?

— On dirait deux caractères, deux lettres, dit Samira en fixant l'écran.

Espérandieu se força à garder les yeux rivés sur l'ordinateur.

— Deux C ? dit-il.

— Ou un C et un E…

— Ou un C et un D…

— Ou un O et un C…

— Attends un peu.

Il ouvrit plusieurs fenêtres à droite de l'écran, modifia plusieurs paramètres, déplaça des curseurs. Puis il relança le programme. Ils attendirent le résultat en silence, Samira toujours penchée par-dessus son épaule. Espérandieu rêva à deux seins pleins, doux et fermes. Il y avait un grain de beauté sur celui de gauche.

— À ton avis, ils font quoi là-dedans ? lança une voix goguenarde à l'extérieur.

L'ordinateur annonça que la tâche était terminée. L'image réapparut aussitôt. Nette. Les deux lettres se détachaient distinctement sur le fond rouge de la chevalière :

« C S ».

Servaz trouva le moulin comme indiqué, au bout d'une impasse qui se terminait devant un ruisseau et un bois. Il vit d'abord ses lumières avant d'en distinguer la silhouette noire. Au bout de la rue, bien après les dernières maisons, elles se reflétaient dans le ruisseau. Trois fenêtres éclairées. Au-dessus : des montagnes et des sapins noirs, et un ciel plein d'étoiles. Il descendit de voiture. Une nuit froide, mais moins que les précédentes.

Il se sentait frustré. Après avoir essayé en vain de trouver Chaperon et Perrault, ils avaient pareillement échoué à joindre l'ex-épouse de Chaperon. Elle avait quitté la région pour s'installer du côté de Bordeaux. Le maire était divorcé, il avait une fille quelque part en région parisienne. Quant à Serge Perrault, vérification faite, il n'avait jamais été marié. Si on ajoutait à cela l'étrange paix armée qui régnait entre Grimm et son dragon, une conclusion s'imposait : la vie de famille, ce n'était pas vraiment leur truc à ces trois-là.

Servaz s'engagea sur le petit pont incurvé qui reliait le moulin à la route. Tout près, une roue à aubes tournait dans l'obscurité ; il entendait le bruit de l'eau rebondissant sur les pales, dans le noir.

Il frappa à une porte basse munie d'un heurtoir. Une porte ancienne et lourde. Elle s'ouvrit presque instantanément. Gabriel Saint-Cyr apparut, vêtu d'une chemise blanche, d'un nœud papillon impeccable et d'un cardigan. De l'intérieur montait une musique familière. Un quatuor à cordes : Schubert, *La Jeune Fille et la Mort*.

— Entre.

Servaz nota le tutoiement mais ne releva pas. Une agréable odeur de cuisine chatouilla ses narines dès l'entrée et son estomac réagit aussitôt. Il se rendit compte qu'il était affamé. Il n'avait avalé qu'une omelette depuis le matin. En descendant les marches menant au séjour, sur la droite, il ne put s'empêcher de hausser un sourcil : le juge avait mis les petits plats dans les grands. Il avait dressé la table avec une nappe si blanche qu'elle brillait presque et allumé deux chandelles fichées dans des porte-bougeoirs en argent.

— Je suis veuf, se justifia-t-il en voyant le regard de Servaz. Mon travail était toute ma vie, je ne m'étais pas préparé au jour où je cesserais de l'exercer. Que je vive encore dix ans ou trente ne changera rien. La vieillesse n'est qu'une longue attente inutile. Alors, en attendant, je m'occupe. Je me demande si je ne vais pas ouvrir un restaurant, tout compte fait.

Servaz sourit. Le juge n'était certainement pas homme à rester inactif.

— Mais rassure-toi – tu permets que je te tutoie, à mon âge ? –, je ne pense pas à la mort. Et je profite au moins de ce temps qui n'est rien pour cultiver mon jardin et faire la cuisine. Bricoler. Lire. Voyager…

— Et aller faire un petit tour au palais de justice pour se tenir au courant des affaires en cours.

L'œil de Saint-Cyr étincela brièvement.

— Exact !

Il l'invita à s'asseoir et passa derrière le comptoir de la cuisine, ouverte sur la salle. Martin le vit nouer autour de sa taille un tablier de marmiton. Un feu clair pétillait dans la cheminée, jetant de grandes lueurs entre les poutres du plafond. Le salon était plein de meubles anciens, sans doute chinés dans des brocantes, et de tableaux, grands et petits. Un vrai bric-à-brac d'antiquaire.

— « Cuisiner suppose une tête légère, un esprit généreux et un cœur large » : Paul Gauguin. Tu ne vois pas d'inconvénient à ce que nous sautions l'étape de l'apéritif ?

— Aucun, répondit Servaz. Je suis mort de faim.

Saint-Cyr revint avec deux assiettes et une bouteille de vin, se déplaçant avec la dextérité d'un serveur professionnel.

— Feuilleté de ris de veau aux truffes, annonça-t-il en posant une grande assiette fumante devant Servaz.

L'odeur en était merveilleuse. Servaz planta sa fourchette dedans et porta une bouchée à ses lèvres. Elle lui brûla la langue mais il avait rarement mangé quelque chose d'aussi bon.

— Alors ?

— Si vous étiez aussi bon juge que vous êtes bon cuisinier, le palais de justice de Saint-Martin a perdu gros.

Saint-Cyr prit cette flatterie pour ce qu'elle était. Il connaissait suffisamment ses qualités de cordon-bleu pour savoir que, derrière ce compliment un peu outré, il y avait un éloge sincère. Le petit homme inclina la bouteille de vin blanc vers le verre de Servaz.

— Goûte-moi ça.

Servaz éleva le verre devant ses yeux avant de le porter à ses lèvres. Dans la lumière des bougies placées au centre de la table, le vin avait la couleur de l'or pâle, avec des reflets émeraude. Servaz n'était pas un grand connaisseur mais, dès la première gorgée, il n'eut aucun doute sur le caractère exceptionnel du vin qu'on venait de lui servir.

— Merveilleux. Vraiment. Même si je ne suis pas un spécialiste.

Saint-Cyr hocha la tête.

— Bâtard-montrachet 2001.

Il adressa un clin d'œil à Servaz et fit claquer sa langue.

Dès la deuxième gorgée, celui-ci sentit que la tête lui tournait. Il n'aurait pas dû venir le ventre vide.

— Vous espérez que ma langue va se délier ? demanda-t-il en souriant.

Saint-Cyr rit.

— C'est un plaisir de te voir dévorer. On dirait que tu n'as pas mangé depuis dix jours. Que penses-tu de Confiant ? demanda soudain le juge.

La question prit Servaz au dépourvu. Il hésita.

— Je ne sais pas. Un peu tôt pour le dire…

De nouveau, la lueur astucieuse brilla dans l'œil du juge.

— Bien sûr que non. Tu t'es déjà fait une idée. Et elle est négative. C'est pour ça que tu ne veux pas en parler.

La remarque désarçonna Servaz. Le juge n'avait pas la langue dans sa poche.

— Confiant porte mal son nom, poursuivit Saint-Cyr sans attendre de réponse. Il ne fait confiance à personne et il ne faut pas lui en accorder non plus. Tu l'as peut-être déjà constaté.

Touché. Une nouvelle fois, Servaz se dit que le bonhomme allait lui être utile. Dès qu'il eut terminé, Saint-Cyr enleva les assiettes.

— Un lapin à la moutarde, dit-il en revenant. Ça te va ?

Il avait rapporté une autre bouteille. Du rouge, cette fois. Une demi-heure plus tard, après un dessert aux pommes accompagné d'un verre de sauternes, ils étaient assis dans des fauteuils près de la cheminée. Servaz se sentait repu et un peu gris. Plein d'une sensation de bien-être et de satiété comme il n'en avait pas éprouvé depuis longtemps. Saint-Cyr lui servit un cognac dans un verre ballon et prit un armagnac.

Puis il darda vers Servaz un regard acéré et celui-ci comprit qu'il était l'heure d'en venir aux faits.

— Tu t'occupes aussi de l'affaire du cheval mort, déclara le juge après la première lampée. Tu crois qu'il y a un lien avec le pharmacien ?

— Peut-être.

— Deux crimes atroces à quelques jours et quelques kilomètres d'intervalle.

— Oui.

— Comment as-tu trouvé Éric Lombard ?

— Arrogant.

— Ne te le mets pas à dos. Il a le bras long et il pourrait t'être utile. Mais ne le laisse pas diriger l'enquête à ta place non plus.

Servaz sourit une fois de plus. Le juge était peut-être à la retraite mais il n'avait pas perdu la main.

— Vous deviez me parler des suicidés.

Le juge porta son verre à ses lèvres.

— Comment fait-on pour être flic de nos jours ? demanda-t-il sans répondre à la question. Quand la corruption est générale, quand tout le monde ne pense qu'à s'en mettre plein les poches ? Comment fait-on la part des choses ? Est-ce que ça n'est pas devenu terriblement compliqué ?

— Oh non, c'est très simple au contraire, dit Servaz. Il y a deux sortes de gens : les salauds et les autres. Et tout le monde doit choisir son camp. Si vous ne le faites pas, c'est que vous êtes déjà dans celui des salauds.

— Tu crois ça ? Alors, pour toi, les choses sont simples : il y a les bons et les méchants ? Quelle chance tu as ! Tiens, si tu avais le choix au moment des élections entre trois candidats : le premier à moitié paralysé par la polio, souffrant d'hypertension, d'anémie et de nombreuses autres pathologies lourdes, menteur à l'occasion, consultant une astrologue, trompant sa femme, fumant des cigarettes à la chaîne et buvant trop de martinis ; le deuxième obèse, ayant déjà perdu trois élections, fait une dépression et deux crises cardiaques, fumant des cigares et s'imbibant le soir au champagne, au porto, au cognac et au whisky avant de prendre deux somnifères ; le troisième enfin un héros de guerre décoré, respectant les femmes, aimant les animaux, ne buvant qu'une bière de temps en temps et ne fumant pas, lequel choisirais-tu ?

Servaz sourit.

— Je suppose que vous vous attendez à ce que je réponde le troisième ?

— Eh bien bravo, tu viens de rejeter Roosevelt et Churchill et d'élire Adolf Hitler. Tu vois : les choses ne sont jamais ce qu'elles paraissent.

Servaz éclata de rire. Décidément, le juge lui plaisait. Un homme difficile à prendre en défaut et qui avait les idées aussi claires que le torrent qui coulait devant son moulin.

— C'est d'ailleurs le problème avec les médias d'aujourd'hui, poursuivit le retraité. Ils s'attachent à des détails sans importance qu'ils montent en épingle. Résultat : si les médias d'aujourd'hui avaient existé à leur époque, Roosevelt et Churchill n'auraient probablement pas été élus. Fie-toi à tes intuitions, Martin. Pas aux apparences.

— Les suicidés, répéta Servaz.

— J'y viens.

Le juge se servit un second armagnac, puis il releva la tête et fixa sur Servaz un regard dur.

— C'est moi qui ai instruit cette affaire. La plus pénible de toute ma carrière. Ça s'est passé en une année. De mai 1993 à juillet 1994 pour être exact. Sept suicides. Des adolescents, entre quinze et dix-huit ans. Et je m'en souviens comme si c'était hier.

Servaz retint sa respiration. La voix du juge avait changé. Elle était à présent remplie d'une dureté et d'une tristesse infinies.

— La première à partir a été une enfant d'un village voisin, Alice Ferrand, seize ans et demi. Une gamine brillante, qui avait d'excellents résultats scolaires. Issue d'un milieu cultivé : père prof de lettres, mère institutrice. Alice était considérée comme une enfant sans histoires. Elle avait des amies de son âge. Elle aimait le dessin, la musique. Très appréciée par tout le monde. Alice a été retrouvée pendue le 2 mai 1993 au matin, dans une grange des environs.

Pendue… La gorge de Servaz se noua, mais son attention s'accrut.

— Je sais à quoi tu penses, dit Saint-Cyr en croisant son regard. Mais je peux t'assurer qu'elle s'était pendue elle-même, il n'y a pas le moindre doute là-dessus. Le légiste était formel. C'était Delmas, tu le connais, un type compétent. Et on a retrouvé un seul indice dans le tiroir du bureau de la gamine : un croquis qu'elle avait dessiné de la grange, avec même la longueur exacte de corde entre la poutre et le nœud pour être sûre que ses petits pieds ne toucheraient pas le sol.

La voix du juge s'était brisée sur cette dernière phrase. Servaz vit qu'il était au bord des larmes.

— Cette affaire, c'était un vrai crève-cœur. Une gamine si attachante. Quand un garçon de dix-sept ans s'est à son tour donné la mort cinq semaines plus tard, le 7 juin, on n'y a vu qu'une terrible coïncidence. C'est au troisième, à la fin du mois, qu'on a commencé à se poser des questions. (Il termina son armagnac et posa le verre vide sur le guéridon.) De lui aussi, je me souviens comme si c'était hier. Cet été-là, nous avons eu des mois de juin et de juillet caniculaires, un temps magnifique, des soirées très chaudes qui n'en finissaient pas. On s'attardait dans les jardins, au bord de la rivière ou aux terrasses des cafés pour trouver un peu de fraîcheur. Il faisait trop chaud dans les appartements. On n'avait pas de clim à l'époque – et pas de téléphones portables non plus. Ce soir du 29 juin, j'étais au café avec le prédécesseur de Cathy d'Humières et un substitut. Le cafetier est venu me trouver. Il m'a montré le téléphone sur le comptoir. Un appel pour moi. C'était la gendarmerie. « On en a trouvé un autre », ils ont dit. Va savoir pourquoi, j'ai tout de suite compris de quoi il s'agissait.

Servaz se sentit devenir de plus en plus glacé.

— Celui-là aussi s'était pendu, comme les deux précédents. Dans une grange en ruine, au fond d'un champ de blé. Je me souviens de chaque détail : le soir d'été, les blés mûrs, le jour qui n'en finissait pas de finir, la chaleur qui cuisait les pierres même à dix heures du soir, les mouches, le corps dans l'ombre de la grange. J'ai fait un malaise, ce soir-là. Il a fallu m'hospitaliser. Puis j'ai repris l'instruction. Je te l'ai dit : je n'ai jamais connu d'affaire aussi pénible ; un vrai chemin de croix : la douleur des familles, l'incompréhension, la peur que ça recommence…

— On sait pourquoi ils ont fait ça ? Ils ont donné une explication ?

Le juge posa sur lui un regard encore aujourd'hui plein de perplexité.

— Pas la moindre. On n'a jamais su ce qui leur était passé par la tête. Aucun n'a laissé d'explications. Bien sûr, tout le monde était traumatisé. On se levait chaque matin en craignant d'apprendre qu'un autre adolescent s'était donné la mort. Personne n'a jamais compris pourquoi c'est arrivé ici, chez nous. Bien entendu, les parents qui avaient des enfants du même âge n'avaient qu'une peur : qu'ils en fassent autant. Ils étaient terrorisés. Ils essayaient tant bien que mal de les surveiller à leur insu – ou leur interdisaient de sortir. Ça a duré plus d'un an. Sept en tout. *Sept !* Et puis, un beau jour, ça s'est arrêté.

— C'est une histoire incroyable ! s'exclama Servaz.

— Pas si incroyable que ça. J'ai entendu dire depuis que des événements semblables ont eu lieu dans d'autres pays, au pays de Galles, au Québec, au Japon. Des histoires de pactes suicidaires entre adolescents. Aujourd'hui, c'est pire : ils se contactent sur Internet ; ils s'envoient des messages dans des forums : « Ma vie n'a pas de sens, cherche partenaire pour mourir. » Je n'exagère pas. Dans le cas des suicides au pays de Galles, on a retrouvé au milieu des condoléances et des poèmes d'autres messages qui disaient : « Je vais bientôt te rejoindre »… Qui croirait une telle chose possible ?

— Je crois que nous vivons dans un monde où tout est désormais possible, répondit Servaz. Et surtout le pire.

Une image avait surgi dans son esprit : celle d'un garçon traversant d'un pas lourd un champ de blé, avec dans son dos le soleil couchant, une corde à la main. Autour de lui, les oiseaux chantaient, le long soir d'été éclatait de vie – mais dans sa tête régnait déjà l'obscurité. Le juge le considéra sombrement.

— Oui, c'est aussi mon avis. Au sujet de ces jeunes gens, s'ils n'ont pas laissé d'explication à leur geste, nous avons en revanche la preuve qu'ils se sont encouragés les uns les autres à passer à l'acte.

— Comment ça ?

— La gendarmerie a trouvé des lettres chez plusieurs « suicidés » : une correspondance. Envoyées à l'évidence par d'autres candidats au suicide. Ils y parlaient de leurs projets, de la façon dont ils allaient s'y prendre, de leur impatience même de passer à l'acte. Le problème, c'est que ces lettres n'étaient pas envoyées par la poste et que tous utilisaient des pseudos. Dès qu'on les a découvertes, on a décidé de prendre les empreintes digitales de tous les adolescents des environs ayant entre treize et dix-neuf ans et de les comparer à celles trouvées sur les lettres. On a aussi fait appel à un graphologue. Un travail de fourmi. Une équipe entière d'enquêteurs là-dessus vingt-quatre heures sur vingt-quatre. Certaines de ces lettres avaient été écrites par ceux qui s'étaient déjà donné la mort. Mais, grâce à ce travail, on a pu aussi identifier trois nouveaux candidats. Incroyable, je sais. On les a mis sous surveillance constante et confiés à une équipe de psychologues. Mais l'un d'eux a quand même réussi à s'électrocuter dans sa baignoire avec un sèche-cheveux. La septième victime... Les deux autres ne sont jamais passés à l'acte.

— Ces lettres... ?

— Oui, je les ai gardées. Tu crois vraiment que cette histoire a un rapport avec le meurtre du pharmacien et le cheval de Lombard ?

— Grimm a été trouvé pendu..., avança Servaz prudemment.

— Et le cheval aussi, en quelque sorte...

Servaz sentit un picotement familier : la sensation qu'une étape décisive venait d'être franchie. Mais une étape vers quoi ? Le juge se leva. Il sortit de la pièce et revint au bout de deux minutes avec un lourd carton plein à ras bord de paperasse et de classeurs.

— Tout est là. Les lettres, la copie du dossier d'instruction, des expertises... S'il te plaît, ne l'ouvre pas ici.

Servaz acquiesça en regardant le carton.

— Y avait-il d'autres points communs entre eux ? À part les suicides et les lettres ? Appartenaient-ils à une bande, à un groupe ?

— Tu t'en doutes, nous avons cherché, nous avons fouillé dans toutes les directions, nous avons remué ciel et terre. En vain. La plus jeune avait quinze ans et demi, le plus vieux dix-huit ; ils n'étaient pas dans les mêmes classes ; ils n'avaient pas les mêmes goûts et ils ne participaient pas aux mêmes activités. Certains se connaissaient bien, d'autres à peine. Le seul point commun, c'était leur condition sociale, et encore : ils venaient tous de familles modestes ou moyennes. Aucun enfant issu de la riche bourgeoisie de Saint-Martin parmi eux.

Servaz sentit la frustration du juge. Il devina les centaines d'heures passées à explorer la moindre piste, le plus petit indice, à essayer de comprendre l'incompréhensible. Cette affaire avait beaucoup compté dans la vie de Gabriel Saint-Cyr. Peut-être même avait-elle été à l'origine de ses ennuis de santé et de sa retraite prématurée. Il savait que le juge emporterait ses questions dans la tombe. Jamais il ne cesserait de se les poser.

— Est-ce qu'il y a une hypothèse qui n'est pas là-dedans et que tu as envisagée ? demanda soudain Servaz, recourant à son tour au tutoiement, comme si l'émotion née de ce récit les avait rapprochés. Une hypothèse que tu as abandonnée faute de preuves ?

Le juge parut hésiter.

— Nous avons bien sûr envisagé un grand nombre d'hypothèses, répondit-il prudemment. Mais aucune n'a trouvé le moindre début de confirmation. Aucune ne s'est vraiment détachée. C'est le plus grand mystère de toute ma carrière. Je suppose que tous les juges d'instruction et tous les enquêteurs en ont un. Une affaire non résolue. Qui va revenir les hanter jusqu'à la fin de leurs jours. Une affaire qui leur laissera à jamais le goût de la frustration – et qui effacera celui de toutes les réussites.

— C'est vrai, reconnut Servaz. Tout le monde a son mystère non résolu. Et, dans ces cas-là, nous avons tous une piste plus importante que les autres. Une piste, une idée vague qui n'a débouché sur rien mais dont nous continuons à sentir qu'elle aurait pu nous mener quelque part, si seulement nous avions eu un peu de chance, ou si l'enquête avait tourné autrement. Rien de ce genre, vraiment ? Quelque chose qui ne figure pas là-dedans ?

Le juge inspira profondément, il avait les yeux fixés sur Servaz. De nouveau, il parut hésiter. Il fronça ses sourcils broussailleux, puis il dit :

— Oui, il y a bien eu une hypothèse qui avait ma préférence. Mais je n'ai trouvé aucun élément, aucun témoignage pour l'étayer. Alors, elle est restée là-dedans, ajouta-t-il en se tapotant le crâne de l'index.

— La Colonie des Isards, dit Saint-Cyr. Tu en as peut-être entendu parler ?

Le nom fit son chemin dans l'esprit de Servaz jusqu'au moment où le souvenir tinta dans sa mémoire comme une pièce jetée au fond d'une tirelire : les bâtiments désaffectés et le panneau rouillé sur la route de l'Institut. Il se remémora ce qu'il avait éprouvé à la vue de ce lieu sinistre.

— Nous sommes passés devant en allant à l'Institut. Elle est fermée, non ?

— Exact, dit le juge. Mais cette colonie a fonctionné pendant plusieurs décennies. Elle a ouvert après la guerre, et elle n'a cessé d'accueillir des enfants qu'à la fin des années 1990.

Il marqua un temps d'arrêt.

— La Colonie des Isards était destinée aux enfants de Saint-Martin et des environs qui n'avaient pas les moyens de s'offrir de vraies vacances d'été. Elle était en partie gérée par la municipalité, avec un directeur à sa tête, et accueillait des enfants de huit à quinze ans. Une sorte de camp de vacances estival avec les activités habituelles : randonnées dans la montagne, jeux de ballon, exercices physiques, baignades dans les lacs des environs…

Le juge grimaça légèrement, comme s'il avait un début de carie.

— Ce qui m'a fait m'y intéresser, c'est que cinq des suicidés étaient passés par la colonie. Et qu'ils l'avaient fait au cours des deux années précédant leur suicide. En définitive, c'était presque leur seul point commun. En examinant leurs séjours, j'ai pu constater qu'ils se répartissaient sur deux étés. Et que le directeur de la colonie avait changé l'année précédant le premier de ces étés…

L'attention de Servaz était à son comble. Il devinait où le juge voulait en venir.

— Alors, je me suis mis à fouiller dans la vie de ce directeur – un jeune homme d'une trentaine d'années, mais je n'ai rien trouvé : marié, père de famille d'une petite fille et d'un petit garçon, un type sans histoires…

— Où peut-on le trouver aujourd'hui, tu le sais ? demanda Servaz.

— Au cimetière. Il a fait la bise à un poids lourd avec sa moto il y a une dizaine d'années. Le problème, c'est que je n'ai trouvé aucune trace nulle part que les ados aient subi des violences sexuelles. Et deux des suicidés ne sont pas passés par la colonie. En outre, vu le nombre de gamins de la région qui y ont séjourné, il n'y a rien d'étonnant à ce que plusieurs d'entre eux aient eu ça en commun. Finalement, j'ai abandonné cette piste…

— Mais tu continues à penser que c'était peut-être dans cette direction qu'il fallait chercher ?

Saint-Cyr releva la tête. Ses yeux étincelaient.

— Oui.

— Tu m'as parlé de cette plainte déposée contre Grimm et les trois autres et retirée presque aussitôt. Je suppose que, dans le cadre de l'enquête sur les suicidés, tu les as interrogés ?

— Pourquoi l'aurais-je fait ? Il n'y avait aucun lien.

— Tu es sûr de ne pas avoir pensé à eux à un moment donné ? dit Servaz.

Saint-Cyr eut un nouveau mouvement d'hésitation.

— Si, bien sûr…

— Explique-toi.

— Cette histoire de chantage sexuel, ce n'était pas la première rumeur qui courait sur ces quatre-là. Il y en a eu d'autres, avant et après. Mais jamais rien qui ait débouché sur une plainte officielle, à part cette fois-là.

— Quel genre de rumeurs ?

— Des rumeurs disant que d'autres filles avaient eu droit au même traitement – et que pour certaines ça s'était mal fini, qu'ils avaient tendance à picoler et qu'une fois saouls ils devenaient… *violents*… Ce genre de choses… Mais les filles dont il était question étaient toutes majeures ou presque. Et les suicidés, eux, étaient des enfants. Alors, j'ai écarté cette piste. Et puis, ce n'étaient pas les rumeurs qui manquaient, à l'époque.

— Et c'était vrai ? Pour Grimm et les autres ?

— Peut-être… Mais ne rêve pas : c'est ici comme ailleurs. Il y a un nombre incalculable de commères et de concierges autoproclamés qui sont prêts à répandre les pires histoires sur leurs voisins rien que pour tuer le temps. Et à les inventer au besoin. Ça ne prouve rien. Il y avait du vrai là-dedans, j'en suis convaincu, mais ça a probablement été grossi chaque fois que quelqu'un s'emparait de la rumeur.

Servaz hocha la tête.

— Mais tu as raison de te demander si le meurtre du pharmacien n'est pas lié d'une manière ou d'une autre à d'anciennes affaires, poursuivit le juge. Tout ce qui se passe dans cette vallée prend racine dans le passé. Si tu veux découvrir la vérité, il va te falloir soulever chaque pierre – et regarder ce qu'il y a en dessous.

— Et Hirtmann, quel rôle il joue là-dedans ?

Le juge le fixa, pensif.

— C'est ce que j'appelais du temps où j'étais encore juge d'instruction le « détail qui ne colle pas ». Il y en avait toujours un, dans chaque affaire : une pièce qui refusait obstinément de rentrer dans le puzzle. On l'éliminait et tout prenait sens. Mais elle était là. Elle refusait de s'en aller. Elle signifiait que, quelque part, quelque chose nous avait échappé. Parfois c'était important. Parfois non. Certains juges et certains flics décident carrément de l'ignorer ; c'est souvent comme ça que naissent les erreurs judiciaires. Pour ma part, je ne négligeais jamais ce détail. Mais je ne me laissais pas non plus obnubiler par lui.

Servaz regarda sa montre et se leva.

— Dommage que nous n'ayons pas travaillé ensemble sur ce coup, dit-il. J'aurais préféré avoir affaire à toi plutôt qu'à Confiant.

— Merci, dit Saint-Cyr en se levant à son tour. Je crois que nous aurions fait une bonne équipe.

Il désigna la table, la cuisine et les verres vides sur le guéridon près de la cheminée.

— Je te fais une proposition. Chaque fois que tu seras contraint de dormir et de dîner à Saint-Martin, ce sera table ouverte ici pour toi. Comme ça, tu ne seras pas obligé d'ingurgiter la méchante nourriture de l'hôtel ou de dormir le ventre vide.

Servaz sourit.

— Si c'est toujours aussi copieux, je ne serai bientôt plus en mesure d'enquêter.

Gabriel Saint-Cyr rit de bon cœur, chassant la tension née de l'histoire qu'il venait de raconter.

— Disons que c'était un repas inaugural. J'ai voulu t'impressionner par mes talents culinaires. Les prochains seront plus frugaux. Promis. Il faut maintenir en forme le commandant.

— Dans ce cas, j'accepte.

— En même temps, ajouta le juge avec un clin d'œil, nous pourrons discuter des progrès de ton enquête. Dans les limites de ce que tu pourras m'en dire, bien sûr. Disons, d'un point de vue plus théorique que pratique. C'est toujours une bonne chose d'avoir à justifier ses propres hypothèses et ses conclusions devant un tiers.

Servaz savait que le juge avait raison. Il n'avait cependant pas l'intention de tout dire au magistrat. Mais il était conscient que Saint-Cyr, avec son esprit acéré et sa logique professionnelle, pourrait lui être utile. Et, si l'affaire était liée à celle des suicidés, l'ancien juge aurait beaucoup à lui apprendre.

Ils se serrèrent la main avec chaleur et Servaz ressortit dans la nuit. Sur le petit pont, il constata qu'il s'était remis à neiger. Il respira profondément l'air nocturne pour se dégriser un peu et des flocons mouillèrent ses joues. Il allait atteindre sa voiture lorsque son téléphone vibra dans sa poche.

— Il y a du nouveau, dit Ziegler.

Servaz se raidit. Il regarda le moulin de l'autre côté du ruisseau. La silhouette du juge passa derrière une fenêtre, portant des assiettes et des couverts. Au-dessus du moulin, les flocons descendaient en grand nombre dans la nuit.

— On a trouvé du sang appartenant à quelqu'un d'autre que Grimm sur la scène de crime. Son ADN vient d'être identifié.

Servaz eut l'impression qu'un gouffre s'ouvrait sous ses pieds. Il avala sa salive. *Il savait ce qu'elle allait dire.*

— C'est celui d'Hirtmann.

À l'Institut, il était un peu plus de minuit lorsque le minuscule grincement de porte se fit entendre. Diane ne dormait pas. Allongée sur son lit, les yeux ouverts dans l'obscurité, elle attendait, encore habillée. Elle tourna la tête et vit le rai de lumière sous sa porte. Puis elle perçut les pas feutrés.

Elle se leva.

Pourquoi faisait-elle ça ? Rien ne l'y obligeait. Elle entrouvrit la porte.

Le couloir était de nouveau obscur – mais l'escalier à son extrémité était éclairé. Elle jeta un coup d'œil de l'autre côté et sortit. Elle était en jean, pull-over et chaussons. Comment justifierait-elle sa présence dans les couloirs à cette heure si d'aventure elle tombait nez à nez avec quelqu'un ? Elle atteignit l'escalier. Tendit l'oreille. L'écho de pas furtifs en dessous. Ils ne s'arrêtèrent ni au troisième étage ni au second. Les pas stoppèrent au premier. Diane s'immobilisa. Sans oser se pencher par-dessus la rampe.

Un déclic.

La personne qu'elle suivait venait de pianoter le code d'accès du premier étage sur le boîtier biométrique. Un boîtier par étage. Sauf au dernier, où se trouvait le dortoir du personnel. Elle entendit la porte du premier bourdonner, s'ouvrir puis se refermer. *Est-ce qu'elle était vraiment en train de faire ça ? Se livrer à une filature nocturne sur son nouveau lieu de travail ?*

Elle descendit à son tour les marches jusqu'à la porte sécurisée, hésita, compta jusqu'à dix. Elle allait pianoter le code lorsqu'une pensée l'arrêta.

Les caméras...

Toutes les parties où évoluaient et dormaient les patients étaient couvertes par les caméras de surveillance. Il y en avait dans tous les endroits stratégiques – au rez-de-chaussée comme aux premier, deuxième et troisième étages. Pas de caméras en revanche dans les escaliers de service, qui étaient hors d'atteinte des pensionnaires, ni au quatrième, où se trouvait le dortoir du personnel. Partout ailleurs, les caméras veillaient au grain. Impossible de poursuivre sa filature sans passer à un moment ou à un autre dans leur champ de vision...

La personne devant elle n'avait donc pas peur d'être filmée. Mais si les caméras enregistraient le passage de Diane dans son sillage, *c'est son comportement à elle qui deviendrait suspect...*

Elle en était là de ses réflexions lorsque des pas retentirent de l'autre côté de la porte. Elle eut à peine le temps de se précipiter dans l'escalier et de s'y dissimuler que la sécurité biométrique bourdonnait à nouveau.

Pendant un bref instant, la crainte lui étreignit le cœur. Mais, au lieu de remonter vers les dortoirs, la personne qu'elle avait suivie reprit sa descente. Diane n'hésita qu'un instant.

Tu es dingue !

Parvenue devant la porte du rez-de-chaussée, elle s'arrêta. Personne à l'horizon. *Où est-elle passée ?* Si la personne avait pénétré dans les locaux communs, Diane aurait dû entendre une nouvelle fois le bourdonnement des serrures de sécurité. Elle faillit ne pas remarquer la porte de la cave, sur sa gauche, en bas d'une dernière volée de marches : *elle était en train de se refermer...* N'ayant qu'une poignée fixe de ce côté, la porte ne s'ouvrait qu'avec une clef. Elle se précipita et glissa sa main dans l'intervalle, juste avant que le lourd battant métallique ne se referme.

Elle dut faire un effort pour le tirer à elle.

De nouvelles marches, en béton brut celles-ci. Elles s'enfonçaient dans les profondeurs obscures du sous-sol. Une quinzaine jusqu'à un palier, puis d'autres en sens inverse. Un escalier raide, des murs lépreux.

Elle hésita.

C'était une chose de suivre une personne à travers les couloirs de l'Institut : si on la surprenait, elle pourrait toujours prétexter qu'elle était restée tard à son bureau et qu'elle s'était égarée... *C'en était une tout autre de suivre cette même personne dans les sous-sols.*

Les pas continuaient leur descente...

Se décidant, elle laissa la lourde porte se refermer sur elle : côté sous-sols, le battant métallique s'ouvrait grâce à une barre de sécurité horizontale. Il claqua légèrement en se verrouillant. Une froide humidité minérale l'enveloppa aussitôt, en même temps qu'une odeur de cave. Elle entama sa descente. Elle en était à sa deuxième volée de marches quand, tout à coup, la lumière s'éteignit. Son pied loupa la marche suivante. Elle perdit l'équilibre en poussant un petit cri et son épaule alla heurter durement le mur en dessous. Grimaçant de douleur, Diane porta la main à son épaule. Puis elle retint sa respiration. *Les pas s'étaient arrêtés !* La peur – qui n'était jusqu'à présent qu'une présence vague à la périphérie de son cerveau – l'envahit d'un seul coup. Son cœur bondit dans sa poitrine ; elle n'entendait plus rien sinon le bourdonnement de son sang dans ses tympans. Elle allait faire demi-tour lorsque les pas reprirent. *Ils s'éloignaient...* Diane regarda vers le bas. Ce n'était pas l'obscurité totale : une lueur imprécise, fantomatique, montait dans l'escalier et se répandait sur les murs comme une mince couche de peinture jaune. Elle reprit sa descente, posant chaque pied avec précaution, et déboucha dans un grand couloir faiblement éclairé.

Tuyaux et faisceaux de gaines électriques sous le plafond, traînées de rouille et taches noires d'humidité sur les murs.

Les sous-sols...

Un endroit que peu de membres du personnel devaient connaître.

Air confiné ; le froid terrible et l'humidité lui firent penser à une tombe.

Les bruits – pas qui s'éloignent, goutte-à-goutte de l'eau suintant du plafond, ronflement d'un lointain système d'aération : tout acquérait une présence inquiétante.

Elle frissonna.

Un frisson qui lui caressa l'échine comme une main glacée. *Continuer ou pas ?* Cet endroit avait l'air d'un labyrinthe avec ses intersections et ses couloirs. Maîtrisant ses émotions, elle essaya de repérer la direction prise par les pas. Ils étaient de plus en plus faibles et la lumière aussi diminuait : elle devait faire vite. La lumière et les sons venaient du même côté. Elle gagna l'angle suivant et se pencha. *Une silhouette dans le fond…* Elle eut à peine le temps de l'entrevoir qu'elle avait disparu sur la droite.

Diane se rendit compte que la lumière tremblante et vacillante qui éclairait le couloir dans le sillage de la personne était celle d'une torche électrique.

La gorge serrée, elle s'élança pour ne pas se retrouver seule dans le noir. Elle tremblait – de froid ou de peur. *C'est de la folie ! Qu'est-ce que je fais ici ?* Elle n'avait absolument rien sous la main pour se défendre ! Elle devait aussi faire attention où elle mettait les pieds : à certains endroits, les couloirs, bien que larges, étaient presque entièrement obstrués par un tas de vieilleries – sommiers, matelas, lits de fer dressés contre les murs, lavabos ébréchés, fauteuils et chaises cassés, cartons, ordinateurs et téléviseurs hors d'usage… Par-dessus le marché, la silhouette ne cessait de virer à droite et à gauche, s'enfonçant toujours plus avant dans les entrailles de l'Institut, et Diane ne devait qu'au sillage tremblotant de lumière qu'elle laissait derrière elle de pouvoir deviner de quel côté elle avait tourné. Elle fut tentée de renoncer et de retourner par où elle était venue mais elle comprit qu'il était déjà trop tard. Elle ne retrouverait jamais la sortie dans l'obscurité ! Elle se demanda ce qui se passerait si elle appuyait sur un interrupteur et si tous les sous-sols s'illuminaient. La personne devant comprendrait qu'elle était suivie. Comment réagirait-elle ? Reviendrait-elle sur ses pas ? Diane n'avait d'autre issue que de suivre la lueur mouvante. Autour d'elle, dans l'obscurité presque totale, de minuscules griffes raclaient le sol. *Des rats !* Ils décampaient sur son passage. Diane sentait les ténèbres peser sur ses épaules. La lueur augmentait ou faiblissait selon que la distance qui les séparait grandissait ou diminuait…

Elle prenait de plus en plus conscience qu'elle avait cédé à une impulsion irréfléchie. Pourquoi n'était-elle pas restée dans sa chambre ?

Tout à coup, elle entendit le grincement d'une porte métallique, puis cette même porte se referma – et elle se retrouva plongée dans le noir complet ! Comme si on lui avait brusquement ôté la vue. Totalement déso-rientée… Elle ne voyait plus ni son corps, ni ses pieds, ni ses mains… Rien que du noir sur du noir… Un noir opaque qu'aucun regard n'aurait pu pénétrer. Le sang se mit à battre dans ses oreilles et elle essaya de déglutir mais sa bouche était sèche. Elle tourna sur elle-même, en vain. Il y avait toujours les bruits sourds du système d'aération et de l'eau suintant quelque part mais ils lui parurent aussi lointains et inutiles qu'une corne de brume l'est pour un navire en train de som-brer par une nuit de tempête. Puis elle se souvint de son téléphone portable qui traînait toujours dans la poche arrière de son jean. Elle le sortit d'une main tremblante. La lueur de l'écran était encore plus faible qu'elle ne l'avait craint. C'est à peine s'il éclairait le bout de ses doigts. Elle se mit en marche jusqu'à ce que le pauvre halo entouré de ténèbres trouve autre chose à éclairer que sa propre main : un mur. Ou du moins quelques centimètres carrés de béton. Elle suivit lentement la paroi pendant plusieurs minutes, jusqu'au moment où un commutateur apparut. Les néons clignotèrent avant de répandre leur jour électrique dans le sous-sol et elle se précipita vers l'endroit où elle avait entendu la porte claquer. Elle était identique à celle qu'elle avait franchie précédemment. Elle poussa la barre de sécurité puis elle réfléchit qu'une fois de l'autre côté et la porte refermée elle n'aurait plus aucun moyen de rebrousser chemin. Elle fit quelques pas dans le sous-sol jusqu'au moment où elle repéra une planche qui traînait avec d'autres objets mis au rebut et elle l'intercala entre le battant et le dormant après avoir franchi l'obstacle.

Un escalier et une baie vitrée... Elle les reconnut d'emblée... *Elle était déjà venue ici...* Elle grimpa les premières marches puis elle s'arrêta... Inutile d'aller plus loin... Il y avait une caméra tout là-haut, elle le savait. Et une épaisse porte blindée munie d'un hublot qui donnait sur un sas.

Quelqu'un se rendait nuitamment à l'unité A...

Quelqu'un qui empruntait les escaliers de service et les sous-sols pour éviter les caméras de surveillance. Sauf celle qui se trouvait au-dessus de la porte blindée... Diane avait les mains moites et les tripes nouées. Elle comprit ce que cela impliquait : ce quelqu'un avait un complice parmi les gardes de l'unité A.

Elle se dit que ce n'était peut-être rien. Des membres du personnel qui, au lieu de dormir, jouaient au poker à l'insu de tout le monde ; ou même une liaison clandestine entre M. Monde et une employée. Mais, au fond d'elle-même, elle savait qu'il s'agissait de tout autre chose. Elle en avait trop entendu. Elle avait entrepris un voyage dans un endroit où régnaient la folie et la mort. Sauf que l'une et l'autre n'étaient pas sous contrôle, comme elle s'y était attendue : d'une manière inexplicable, elles avaient réussi à s'échapper de leur boîte. Quelque chose de sinistre était à l'œuvre ici et, qu'elle le veuille ou non, en venant à l'Institut, elle était entrée dans le jeu...

18.

La neige tombait de plus en plus dru et elle commençait à tenir lorsque Servaz se gara devant la gendarmerie. Le planton à l'accueil somnolait. On avait descendu la grille et il dut la relever pour permettre à Servaz de passer. Tenant le lourd carton contre lui, le flic se dirigea vers la salle de réunion ; les couloirs étaient déserts et silencieux. Bientôt minuit.

— Par ici, dit une voix au moment où il passait devant une porte.

Il s'arrêta et jeta un coup d'œil par la porte ouverte. Irène Ziegler s'était installée dans un petit bureau plongé dans la pénombre. Une seule lampe était allumée. À travers les stores, il aperçut des flocons qui tourbillonnaient dans la lueur d'un réverbère. Ziegler bâilla et s'étira. Il comprit qu'elle avait un peu piqué du nez en l'attendant. Elle regarda le carton. Puis elle lui sourit. Tout à coup, à cette heure avancée de la nuit, il trouva ce sourire charmant.

— C'est quoi, ça ?

— Un carton.

— Je vois. Et dedans ?

— Tout ce qui concerne les suicidés.

Une lueur de surprise et d'intérêt passa dans ses yeux verts.

— C'est Saint-Cyr qui vous l'a donné ?

— Un café ? dit-il en posant le lourd carton sur le bureau le plus proche.

— Court, sucré. Merci.

Il ressortit et marcha jusqu'au distributeur au fond du couloir, puis revint avec deux gobelets en polystyrène.

— Tiens, dit-il.

Elle le regarda, surprise.

— Il serait peut-être temps qu'on se tutoie, non ? s'excusa-t-il en pensant à la spontanéité avec laquelle le juge l'avait immédiatement tutoyé. Pourquoi diable n'était-il pas capable d'en faire autant ? Était-ce l'heure tardive ou le sourire qu'elle venait de lui adresser qui l'avait incité à franchir le pas, tout à coup ?

Il vit Ziegler sourire de nouveau.

— D'accord. Alors, ce dîner ? Instructif, on dirait.

— Toi d'abord.

— Non, toi d'abord.

Il posa une fesse sur le bord du bureau et aperçut un jeu de solitaire sur l'écran. Puis il se lança. Ziegler l'écouta avec intérêt, sans l'interrompre une seule fois.

— C'est une histoire incroyable ! dit-elle quand il eut fini.

— Ce qui m'étonne, c'est que tu n'en aies jamais entendu parler.

Elle fronça les sourcils et cligna des yeux.

— Ça me dit vaguement quelque chose. Quelques articles dans les journaux, peut-être. Ou des conversations à table entre mes parents. Je te rappelle que je n'étais pas encore dans la gendarmerie. En fait, j'avais à peu près l'âge de ces adolescents, à l'époque.

Il se rendit compte tout à coup qu'il ne savait rien d'elle. Pas même où elle vivait. Et qu'elle n'en savait pas plus à son sujet. Depuis une semaine, toutes leurs conversations tournaient autour de l'enquête.

— Pourtant, tu vivais pas loin d'ici, insista-t-il.

— Mes parents habitaient à une quinzaine de kilomètres de Saint-Martin, dans une autre vallée. Je ne suis pas allée à l'école ici. Ado, être d'une autre vallée c'était comme être d'un autre monde. Quinze kilomètres pour un enfant, c'est comme mille pour un adulte : chaque ado a son territoire. À l'époque des faits, je prenais le bus scolaire vingt kilomètres plus à l'ouest et j'allais au lycée de Lannemezan, à quarante kilomètres d'ici. Ensuite, j'ai fait la fac de droit à Pau. Maintenant que tu le dis, je me souviens qu'il y avait des conversations dans la cour de récréation au sujet de ces suicides. Il faut croire que j'avais occulté ça.

Il sentit qu'elle répugnait à parler de sa jeunesse et il se demanda pourquoi.

— Il serait intéressant de demander son avis à Propp, dit-il.

— Son avis sur quoi ?

— Sur la raison pour laquelle ta mémoire a occulté ces événements.

Elle lui lança un regard mi-figue mi-raisin.

— Cette histoire, les enfants suicidés : quel rapport avec Grimm ?

— Peut-être aucun.

— Alors pourquoi s'y intéresser ?

— Le meurtre de Grimm ressemble à une vengeance et quelque chose ou quelqu'un a poussé ces enfants à mettre fin à leurs jours. Et puis, il y a cette plainte déposée il y a quelques années contre Grimm, Perrault et Chaperon pour cette histoire de chantage sexuel... Si on assemble ces pièces, qu'est-ce que ça nous donne ?

Servaz sentit tout à coup une décharge électrique le traverser : *ils tenaient quelque chose*. C'était là, à portée de main. Le cœur sombre de l'histoire, la masse critique – d'où tout rayonnait. Quelque part, caché dans un angle mort... Il sentit l'adrénaline lui courir dans les veines.

— Je suggère qu'on commence par examiner ce qu'il y a dans ce carton, dit-il avec un léger tremblement dans la voix.

— On s'y met ? demanda-t-elle – mais c'était à peine une question.

Il lut le même espoir et la même excitation sur son visage. Servaz consulta sa montre, il était presque 1 heure du matin. Il neigeait toujours derrière les stores.

— D'accord. Le sang, ajouta-t-il, changeant brusquement de sujet. On l'a trouvé où exactement ?

Elle lui jeta un regard troublé.

— Sur le pont, près de là où on a accroché le pharmacien.

Ils restèrent quelques instants sans parler.

— Du sang, répéta-t-il. C'est impossible !

— Le labo est formel.

— Du sang... Comme si...

— *Comme si Hirtmann s'était blessé en pendant le corps de Grimm...*

Ziegler prit les choses en main. Elle farfouilla dans le carton plein de chemises, de classeurs, de blocs sténo et de courriers administratifs jusqu'au moment où elle exhuma une chemise intitulée « Synthèse ». Manifestement, Saint-Cyr l'avait rédigée lui-même ; le juge avait une écriture précise, déliée et rapide – tout le contraire d'un gribouillage de toubib. Servaz constata qu'il avait résumé les différentes étapes de l'enquête avec une clarté et une concision remarquables. Ziegler utilisa ensuite cette synthèse pour s'orienter dans le fatras du carton. Elle commença par sortir les pièces du dossier et par les répartir en petits tas : les rapports d'autopsie, les procès-verbaux d'auditions, les interrogatoires des parents, la liste des pièces à conviction, les lettres trouvées au domicile des adolescents… Saint-Cyr avait fait des photocopies de toutes les pièces du dossier pour son usage personnel. En plus des photocopies, il y avait :

des coupures de presse,

des Post-it,

des feuilles volantes,

des plans avec, chaque fois, marqué d'une croix noire, le lieu où tel adolescent s'était donné la mort mais aussi de mystérieux itinéraires faits de flèches et de cercles rouges,

des bulletins scolaires,

des photos de classe,

des notes rédigées sur des bouts de papier,

des tickets de péage…

Servaz en resta médusé. Le vieux juge avait visiblement fait de cette histoire une affaire personnelle. Comme d'autres enquêteurs avant lui, il s'était laissé complètement obséder par ce mystère. Espérait-il vraiment découvrir le fin mot de l'histoire à son domicile, quand il n'aurait rien d'autre à faire qu'y consacrer tout son temps ? Puis ils trouvèrent un document encore plus pénible : la liste des sept victimes avec leur photo et les dates de leur suicide.

2 mai 1993 : Alice Ferrand, 16 ans
7 juin 1993 : Michaël Lehmann, 17 ans
29 juin 1993 : Ludovic Asselin, 16 ans
5 septembre 1993 : Marion Dutilleul, 15 ans
24 décembre 1993 : Séverine Guérin, 18 ans
16 avril 1994 : Damien Llaume, 16 ans
9 juillet 1994 : Florian Vanloot, 17 ans

— Bon Dieu !

Sa main trembla lorsqu'il les étala sur le bureau, dans le halo de la lampe : sept photos agrafées à sept petites fiches cartonnées que lui tendait Ziegler. Sept visages souriants. Les uns regardaient l'objectif ; les autres détournaient le regard. Il considéra sa coéquipière. Debout à côté de lui, elle semblait foudroyée. Les yeux de Servaz revinrent ensuite se poser sur les visages. Il sentit l'émotion lui serrer la gorge.

Ziegler lui tendit la moitié des rapports d'autopsie et se plongea dans l'autre moitié. Pendant un moment, ils lurent en silence. Sans surprise, les rapports concluaient à des morts par pendaison, sauf dans un cas où la victime s'était jetée du haut d'une montagne, et dans celui du garçon sous surveillance qui avait trouvé le moyen de s'électrocuter dans sa baignoire. Les légistes n'avaient décelé aucune anomalie, aucune zone d'ombre : les scènes de « crime » étaient limpides ; tout confirmait que les adolescents étaient venus seuls sur le lieu de leur mort et qu'ils avaient agi seuls. Quatre des autopsies avaient été effectuées par Delmas et par un autre légiste que Servaz connaissait, tout aussi compétent. Après les autopsies, ils passèrent aux enquêtes de voisinage. Elles tentaient de cerner la personnalité des sept victimes, indépendamment des témoignages des parents. Comme toujours, il y avait dans le tas quelques commérages sordides ou malveillants mais, dans l'ensemble, elles dessinaient des portraits d'adolescents classiques, hormis le cas d'un garçon difficile, Ludovic Asselin, connu pour des faits de violence contre ses camarades et de rébellion à l'autorité. Les témoignages les plus émouvants concernaient Alice Ferrand, la première victime, que tout le monde semblait apprécier et qui était unanimement présentée comme une enfant des plus attachantes. Servaz regarda la photo : des cheveux bouclés couleur de blé mûr, une peau de porcelaine ; elle fixait l'objectif de ses beaux yeux graves. Un très joli visage, dont chaque détail paraissait avoir été sculpté avec précision par un miniaturiste ; le visage d'une belle jeune fille de seize ans – mais le regard était celui d'une personne bien plus âgée. Il y avait de l'intelligence en lui. *Mais aussi autre chose…* Ou bien était-ce son imagination ?

Vers 3 heures du matin, ils accusèrent le coup. Servaz décida de s'accorder un peu de repos. Il suivit le couloir, entra dans les toilettes et fit couler de l'eau froide sur son visage. Puis il se redressa et se regarda dans la glace ; l'un des néons clignotait en grésillant, jetant une lueur sinistre sur la rangée de portes derrière lui. Servaz avait trop mangé et trop bu chez Saint-Cyr, il était épuisé et cela se voyait. Il entra dans l'un des cabinets, se soulagea d'un jet puissant, se rinça les mains et les sécha sous le souffleur. En ressortant, il s'arrêta devant le distributeur de boissons chaudes.

— Un café ? lança-t-il vers le couloir désert.

Sa voix résonna dans le silence. La réponse lui parvint par la porte ouverte, de l'autre bout du couloir.

— Court ! Sucré ! Merci !

Il se demanda s'il y avait quelqu'un d'autre dans le bâtiment, à part eux et le planton à l'entrée. Il savait que les gendarmes logeaient dans une autre aile. Son gobelet à la main, il traversa la cafétéria obscure, se faufilant entre les tables rondes colorées en jaune, rouge et bleu. Derrière la baie vitrée protégée par une grille faite de grands losanges de métal, la neige tombait en silence sur un petit jardin. Des haies bien taillées, un bac à sable et un toboggan en plastique pour les enfants des gendarmes qui vivaient là. Au-delà s'étendaient la plaine blanche et puis, dans le fond, découpées sur le ciel noir, les montagnes. Une nouvelle fois, il repensa à l'Institut et à ses pensionnaires. Et à Hirtmann... *Son sang sur le pont*. Qu'est-ce qu'il signifiait ? « Il y a toujours un détail qui ne colle pas », avait dit Saint-Cyr. Parfois c'était important, parfois non...

Il était 5 heures et demie quand Servaz se renversa dans son fauteuil en déclarant que ça suffisait. Ziegler avait l'air épuisée. La frustration se lisait sur son visage. Rien. Il n'y avait absolument rien dans le dossier pour accréditer la thèse des abus sexuels. Pas le moindre embryon d'indice. Dans son dernier rapport, Saint-Cyr était parvenu à la même conclusion. Il avait noté dans la marge, au crayon : « *Abus sexuels ? Aucune preuve.* » Mais il avait quand même souligné la question deux fois. À un moment donné, Servaz avait été tenté de parler de la colonie avec Ziegler mais il avait renoncé. Il était trop fatigué et il ne s'en sentait pas la force.

Ziegler consulta sa montre.

— Je crois qu'on n'arrivera à rien cette nuit. On devrait aller dormir un peu.

— Ça me va. Je rentre à l'hôtel. Rendez-vous dans la salle de réunion à 10 heures. Tu dors où ?

— Ici. On m'a prêté l'appartement d'un gendarme qui est en congé. Ça fait faire des économies à l'administration.

Servaz opina.

— Par les temps qui courent, il n'y a pas de petites économies, hein ?

— Je crois que je n'ai jamais connu une enquête pareille, dit Ziegler en se levant. D'abord, un cheval mort, puis un pharmacien pendu sous un pont. Et, entre les deux, un seul point commun : l'ADN d'un criminel en série… et, à présent, des adolescents qui se suicident à la chaîne. Ça ressemble à un mauvais rêve. Pas de logique, pas de fil conducteur. Je vais peut-être me réveiller en m'apercevant que tout ça n'a jamais existé.

— Il y aura un réveil, dit Servaz fermement. Mais pas pour nous : pour le ou les coupables. Et dans pas longtemps.

Il sortit et s'éloigna d'un pas vif.

Cette nuit-là, il rêva de son père. Dans son rêve, Servaz était un jeune garçon de dix ans. Tout était drapé dans une chaude et agréable nuit d'été et son père n'était qu'une silhouette, tout comme les deux personnes avec qui il discutait devant la maison. En s'approchant, le jeune Servaz constata qu'il s'agissait de deux hommes très âgés, vêtus de grandes toges blanches. Tous deux étaient barbus. Servaz se glissa entre eux et leva la tête mais les trois hommes ne lui prêtèrent aucune attention. En tendant l'oreille, l'enfant comprit qu'ils parlaient en latin. Une discussion très animée mais bon enfant. À un moment donné, son père rit, puis il redevint sérieux. Une musique montait aussi de la maison – une musique familière que, sur le moment, Servaz fut incapable de reconnaître.

Puis un bruit de moteur s'éleva au loin, sur la route, dans la nuit, et les trois hommes se turent brusquement.

— Ils arrivent, dit finalement l'un des deux vieillards.

Son ton était funèbre et, dans son rêve, Servaz se mit à trembler.

Servaz arriva à la gendarmerie avec dix minutes de retard. Il avait eu besoin d'un grand bol de café noir, de deux cigarettes et d'une douche brûlante pour chasser la fatigue qui menaçait de le terrasser. Et sa gorge le brûlait toujours. Ziegler était déjà là. Elle avait de nouveau revêtu sa combinaison de cuir et de titane qui évoquait une armure moderne, et il se rappela avoir aperçu sa moto devant la gendarmerie. Ils se mirent d'accord pour rendre visite aux parents des suicidés et se répartirent les adresses. Trois pour Servaz, quatre pour Ziegler. Servaz décida de commencer par la première de la liste : Alice Ferrand. L'adresse n'était pas à Saint-Martin mais dans un village voisin. Il s'attendait à rencontrer une famille modeste, des parents âgés et brisés par le chagrin. Quelle ne fut pas sa stupeur de se retrouver face à un homme de haute taille encore dans la force de l'âge, souriant, qui le reçut torse et pieds nus – simplement vêtu d'un pantalon de lin écru retenu par un cordon à la taille !

Sous le coup de la surprise, Servaz bafouilla au moment de se présenter et d'expliquer le motif de sa visite.

Le père d'Alice se fit aussitôt soupçonneux.

— Vous avez une carte ?

— La voici.

L'homme l'examina attentivement. Puis il se détendit et la lui rendit.

— Je voulais m'assurer que vous n'étiez pas un de ces journaleux qui, périodiquement, ressortent l'histoire lorsqu'ils sont en mal de copie, s'excusa-t-il. Entrez.

Gaspard Ferrand s'effaça pour laisser passer Servaz. Il était grand et mince. Le flic ne put s'empêcher de noter le torse bronzé, sans un gramme de graisse mais avec quelques poils gris au niveau du sternum, la peau tannée et tendue sur la cage thoracique comme une toile de tente, les mamelons bruns comme ceux d'un vieillard. Ferrand remarqua son regard.

— Veuillez excuser ma tenue : j'étais en train de faire un peu de yoga. Le yoga m'a beaucoup aidé après la mort d'Alice, et aussi le bouddhisme.

D'abord stupéfait, Servaz se souvint que le père d'Alice n'était pas employé ou ouvrier, comme les autres parents, mais prof de lettres. Il imagina aussitôt un homme disposant de nombreuses vacances et épris de destinations exotiques : Bali, Phuket, les Caraïbes, Rio de Janeiro ou les Maldives…

— Je m'étonne que la police s'intéresse encore à cette histoire.

— En vérité, j'enquête sur la mort du pharmacien Grimm.

Ferrand se retourna. Servaz lut la perplexité dans son regard.

— Et vous croyez qu'il y a un rapport entre la mort de Grimm et le suicide de ma fille ou celui de ces malheureux jeunes gens ?

— C'est ce que j'essaie de déterminer.

Gaspard Ferrand le scruta, l'œil aux aguets.

— Le lien n'est pas évident *a priori*. Qu'est-ce qui vous fait l'envisager ?

Pas si bête. Servaz hésitait à répondre. Gaspard Ferrand se rendit compte de son embarras – et aussi du fait qu'ils étaient debout, face à face, dans un couloir étroit, lui torse nu, son visiteur emmitouflé pour l'hiver. Il lui montra la porte ouverte du salon.

— Thé, café ?

— Café, si ça ne vous dérange pas.

— Pas le moins du monde. Pour moi, ce sera un thé. Asseyez-vous en attendant que je le prépare ! lança-t-il en disparaissant dans la cuisine, de l'autre côté du couloir. Mettez-vous à l'aise !

Servaz ne s'était pas attendu à un accueil aussi chaleureux. À l'évidence, le père d'Alice aimait recevoir des visites – même celle d'un flic venu l'interroger sur sa fille qui s'était suicidée quinze ans plus tôt. Servaz regarda autour de lui. Dans le salon régnait un grand désordre. Comme chez Servaz, il y avait des livres et des revues empilés un peu partout : sur la table basse, sur les fauteuils, sur les meubles. Et de la poussière… Un homme seul ? Gaspard Ferrand était-il veuf ou divorcé ? Cela aurait expliqué son empressement à accueillir un visiteur. Une enveloppe d'Action contre la faim traînait sur un meuble ; Servaz reconnut le logo bleu et le papier recyclé gris : il était lui-même membre donateur de l'ONG. Dans un cadre, le père d'Alice apparaissait à plusieurs reprises en compagnie de personnes qui ressemblaient à des paysans tantôt sud-américains, tantôt asiatiques, sur fond de jungles ou de rizières. Servaz devina que les voyages de Gaspard Ferrand ne consistaient pas uniquement à bronzer sur une plage des Antilles, à faire de la plongée et à boire des daiquiris.

Il se laissa tomber dans le canapé. Près de lui, d'autres livres empilés sur un beau tabouret-éléphant en bois sombre. Servaz essaya de retrouver le nom africain de cet objet : *esono dwa…*

L'odeur du café monta du couloir. Ferrand réapparut avec un plateau portant deux mugs fumants, du sucre et une pince à sucre, ainsi qu'un album photo qu'il tendit à Servaz après avoir posé le plateau sur la table basse.

— Tenez.

Servaz l'ouvrit. Comme il s'y attendait, des photos d'Alice : Alice à quatre ans dans une voiture à pédales ; Alice arrosant les fleurs à l'aide d'un arrosoir presque aussi grand qu'elle ; Alice avec sa mère, une femme mince et songeuse avec un grand nez à la Virginia Woolf ; Alice à dix ans, jouant au football en culottes courtes avec des garçons de son âge, se précipitant balle au pied vers les cages adverses, l'air crâne et déterminé… Un vrai garçon manqué. Et une petite fille ravissante, lumineuse. Gaspard Ferrand se laissa tomber à côté de lui. Il avait passé une chemise à col Mao, de la même couleur écrue que le pantalon, sur son torse bronzé.

— Alice était une enfant merveilleuse. Facile à vivre, toujours gaie, serviable. C'était notre rayon de soleil.

Ferrand continuait de sourire, comme si évoquer le souvenir d'Alice lui était agréable et non pénible.

— C'était aussi une enfant très intelligente. Douée pour un tas de choses : le dessin, la musique, les langues, le sport, l'écriture… Elle dévorait les livres. À douze ans, elle savait déjà ce qu'elle voulait faire plus tard : devenir milliardaire, puis redistribuer l'argent à ceux qui en avaient le plus besoin.

Gaspard Ferrand éclata d'un rire grinçant, bizarre.

— Nous n'avons jamais compris pourquoi elle avait fait ça.

Cette fois, la fêlure était bien là. Mais Ferrand se reprit.

— Pourquoi faut-il qu'on nous arrache le meilleur de nous-mêmes et qu'on nous laisse ensuite vivre avec ça ? Je me suis posé cette question pendant quinze ans ; aujourd'hui, j'ai trouvé la réponse.

Ferrand lui lança un coup d'œil si étrange que, pendant un instant, Servaz se demanda si le père d'Alice n'avait pas perdu la raison.

— Mais c'est une réponse que chacun doit trouver à l'intérieur de soi. Je veux dire par là que personne ne peut vous l'enseigner ou répondre à votre place.

Gaspard Ferrand sonda Servaz de son regard acéré pour voir si celui-ci avait compris. Servaz se sentit extrêmement mal à l'aise.

— Mais je vous mets dans l'embarras, constata son hôte. Pardonnez-moi. Voilà ce que c'est que de vivre seul. Ma femme est morte d'un cancer foudroyant deux ans après le départ d'Alice. Donc, vous vous intéressez à cette vague de suicides d'il y a quinze ans alors même que vous enquêtez sur le meurtre du pharmacien. Pourquoi ?

— Aucun des enfants n'a laissé de lettre d'explication ? demanda Servaz sans répondre.

— Aucun. Mais ça ne veut pas dire qu'il n'y en avait pas. D'explication, je veux dire. Il y a une raison à tous ces suicides, ces gosses ont mis fin à leurs jours pour une raison très précise. Pas simplement parce qu'ils trouvaient que la vie ne valait pas d'être vécue.

Ferrand regardait fixement Servaz. Celui-ci se demanda s'il était au courant des rumeurs qui avaient couru au sujet de Grimm, Perrault, Chaperon et Mourrenx.

— Alice avait-elle changé quelque temps avant son suicide ?

Ferrand hocha la tête.

— Oui. On ne s'en est pas aperçus tout de suite. C'est petit à petit qu'on a constaté ces changements : Alice ne riait plus autant qu'avant, elle se mettait plus souvent en colère, elle passait plus de temps dans sa chambre… Des détails comme ça… Un jour, elle a voulu arrêter le piano. Elle ne nous parlait plus de ses projets comme auparavant.

Servaz sentit la glace couler dans ses veines. Il se souvint de l'appel d'Alexandra à son hôtel. Il revit aussi le bleu sur la pommette de Margot.

— Et vous ne savez pas exactement quand ça a commencé ?

Ferrand hésita. Servaz eut le sentiment bizarre que le père d'Alice avait une idée précise du moment où cela avait commencé mais qu'il répugnait à en parler.

— Plusieurs mois avant son suicide, je dirais. Ma femme a mis ces changements sur le compte de la puberté.

— Et vous ? c'est votre avis : c'étaient des changements naturels ?

Ferrand lui jeta un nouveau regard étrange.

— Non, répondit-il fermement après un moment.

— Qu'est-ce qui lui est arrivé, d'après vous ?

Le père d'Alice garda le silence si longtemps que Servaz faillit l'attraper par le bras pour le secouer.

— Je ne sais pas, répondit-il sans quitter Servaz des yeux, mais je suis sûr que quelque chose s'est passé. *Quelqu'un, dans cette vallée, sait pourquoi nos enfants se sont suicidés.*

La réponse, tout comme le ton employé, avait quelque chose d'énigmatique qui mit aussitôt la puce à l'oreille de Servaz. Celui-ci s'apprêtait à lui demander de préciser sa pensée quand son téléphone portable vrombit au fond de sa poche.

— Excusez-moi, dit Servaz en se levant.

C'était Maillard. L'officier de gendarmerie avait une voix tendue.

— On vient de recevoir un appel très bizarre. Un type qui masquait sa voix. Il voulait vous parler. Il a dit que c'était urgent, qu'il avait des informations sur le meurtre de Grimm. Mais il ne voulait parler qu'à vous. Ce n'est pas le premier coup de fil de ce genre qu'on reçoit, bien sûr, mais… *je ne sais pas*… celui-là avait l'air… *sérieux*. On aurait dit aussi que ce type avait peur.

Servaz sursauta violemment.

— Peur ? Comment ça « peur » ? Vous en êtes sûr ?

— Oui. J'en mettrais ma main à couper.

— Vous lui avez donné mon numéro ?

— Oui. On n'aurait pas dû ?

— Si, vous avez bien fait. Vous avez le sien ?

— Il s'agit d'un portable. Il a raccroché dès qu'on lui a donné le vôtre. On a essayé de le rappeler, mais on tombe chaque fois sur sa messagerie.

— Vous avez pu l'identifier ?

— Non, pas encore. Il nous faudrait solliciter l'opérateur téléphonique.

— Appelez Confiant et le capitaine Ziegler ! Je n'ai pas le temps de m'en occuper ! Expliquez-leur la situation ; il nous faut l'identité de ce type. Faites-le tout de suite !

— D'accord. Il va sans doute vous rappeler, fit observer le gendarme.

— Cet appel, il y a combien de temps que vous l'avez reçu ?

— Moins de cinq minutes.

— Très bien. Il va sans doute m'appeler dans les minutes qui viennent. En attendant, joignez Confiant. Et Ziegler ! Peut-être que ce type n'aura pas envie de me dire qui il est, peut-être que c'est un appel bidon. Mais il nous faut son identité !

Servaz raccrocha, tendu comme un arc. Qu'est-ce qui se passait ? Qui essayait de le joindre ? Chaperon ? Quelqu'un d'autre ? Quelqu'un qui avait peur...

Quelqu'un qui craignait aussi que les gendarmes de Saint-Martin ne le reconnaissent. Qui masquait sa voix...

— Des ennuis ? dit Ferrand.

— Plutôt des questions, répondit-il, l'air absent. Et peut-être des réponses.

— Vous faites un métier difficile.

Servaz ne put s'empêcher de sourire.

— Vous êtes le premier professeur que j'entends dire ça.

— Je n'ai pas dit un métier honorable.

Servaz fut fouetté par le sous-entendu.

— Pourquoi ne le serait-il pas ?

— Vous êtes au service du pouvoir.

Servaz sentit sa colère revenir.

— Il y a des milliers d'hommes et de femmes qui n'ont que faire du pouvoir, comme vous dites, et qui sacrifient leur vie de famille, leurs week-ends, leur sommeil pour être le dernier rempart, la dernière digue face à...

— La barbarie ? suggéra Ferrand.

— Oui. Vous pouvez les détester, les critiquer ou les mépriser, mais vous ne pouvez pas vous passer d'eux.

— Pas plus qu'on ne peut se passer de ces profs qu'on critique, qu'on déteste ou qu'on méprise, dit Ferrand en souriant. Message reçu.

— Je voudrais visiter sa chambre.

Ferrand déplia son long corps bronzé vêtu de lin clair.

— Suivez-moi.

Servaz remarqua les moutons de poussière dans l'escalier, et la rampe qui n'avait pas été cirée depuis longtemps. Un homme seul. Comme lui. Comme Gabriel Saint-Cyr. Comme Chaperon. Comme Perrault... La chambre d'Alice ne se trouvait pas sur le palier du premier étage mais tout en haut, sous les combles.

— C'est là, dit Ferrand en lui montrant une porte blanche à poignée de cuivre.

— Est-ce que... est-ce que vous avez jeté ses affaires, refait la pièce depuis ?

Cette fois, le sourire de Gaspard Ferrand s'effaça pour faire place à une grimace presque désespérée.

— Nous n'avons touché à rien.

Il lui tourna le dos et redescendit. Servaz resta là un long moment, sur le minuscule palier du deuxième étage. Il entendit des bruits de vaisselle en bas, dans la cuisine. Au-dessus de sa tête, une lucarne éclairait le petit palier. En levant les yeux, Servaz vit qu'une fine pellicule de neige translucide s'était collée à la vitre. Il prit une profonde inspiration. Puis il entra.

La première chose qui le frappa fut le silence.

Sans doute était-il accentué par la chute des flocons à l'extérieur, qui étouffait les bruits. Mais ce silence avait une qualité spéciale. La seconde fut le froid. Le chauffage avait été coupé ici. Malgré lui, cette chambre silencieuse et glaciale comme une tombe le fit frissonner. Car il était évident que quelqu'un avait vécu ici. Une jeune fille bien de son âge…

Des photos sur les murs. Un bureau, des étagères, une penderie. Une commode surmontée d'un grand miroir. Un lit avec deux tables de chevet. Le mobilier semblait avoir été chiné dans des brocantes puis repeint de couleurs vives – où dominaient l'orange et le jaune, contrastant avec le violet des murs et le blanc de la moquette.

Les abat-jour des petites lampes et les tables de chevet étaient orange, le lit et le bureau étaient orange ; la commode et le cadre du miroir jaunes. Sur un des murs, un grand poster d'un chanteur blond avec KURT écrit en grosses lettres. Un foulard, des bottes, des magazines, des livres et des CD jonchaient la moquette blanche. Pendant un long moment, il ne fit rien d'autre que s'imprégner de ce chaos. D'où venait l'impression d'atmosphère raréfiée ? Cela tenait sans doute au fait que tout était demeuré intact, comme suspendu. Tout hormis la poussière. Personne n'avait pris la peine de ranger le moindre objet – comme si ses parents avaient

411

voulu arrêter le temps et faire de cette pièce un musée, un mausolée. Même après toutes ces années, sa chambre donnait l'impression qu'Alice allait surgir d'un moment à l'autre et demander à Servaz ce qu'il faisait là. Combien de fois le père d'Alice était-il entré ici et avait-il éprouvé la même sensation que lui, durant toutes ces années ? Servaz se fit la réflexion qu'il serait sans doute devenu fou à sa place, avec cette chambre demeurée intacte au-dessus de sa tête et la tentation quotidienne de monter les marches et de pousser la porte encore une fois – la dernière… Il s'approcha de la fenêtre et regarda dehors. La rue blanchissait à vue d'œil. Puis il prit une nouvelle inspiration, se retourna et commença sa fouille.

Sur le bureau, en vrac : des livres scolaires, des élastiques pour les cheveux, une paire de ciseaux, plusieurs pots à crayons, des mouchoirs en papier, des paquets de bonbons, un Post-it rose sur lequel Servaz lut le message suivant : *Biblio, 12 h 30* ; l'encre avait pâli avec le temps. Un mémo/agenda fermé par un élastique, une calculette, une lampe. Il ouvrit l'agenda. Le 25 avril, une semaine avant sa mort, Alice avait écrit : *Rendre livre Emma*. Le 29, *Charlotte*. Le 30, trois jours avant de se pendre, *Contrôle maths*. Une écriture ronde, nette. Sa main ne tremblait pas… Servaz tourna les pages. Le 11 août, la mention : *Anniversaire Emma*. À ce moment-là, Alice était morte depuis plus de trois mois. Une date inscrite longtemps à l'avance… Où était Emma aujourd'hui ? Qu'était-elle devenue ? Il calcula qu'elle devait avoir dans les trente ans. Même après toutes ces années, elle devait repenser de temps à autre à cette terrible année 1993. *Tous ces morts…* Au-dessus du bureau, punaisés au mur, un emploi du temps de la semaine et un calendrier. Les vacances scolaires étaient soulignées au marqueur jaune. Le regard de Servaz s'arrêta sur la date fatidique : 2 mai. Rien qui la distinguât des autres… Encore au-dessus, une étagère en bois avec des livres, des coupes de judo qui prouvaient qu'elle avait brillé dans cette discipline et un lecteur de cassettes.

Il se tourna vers les tables de chevet. Dessus, hormis les deux lampes à abat-jour orange, un réveille-matin, encore des mouchoirs, une petite console de jeu Game Boy, une pince à cheveux, du vernis à ongles, un roman en édition de poche avec un marque-page. Il ouvrit les tiroirs. Du papier à lettres fantaisie, un petit coffre rempli de bijoux de pacotille, un paquet de chewing-gums, un flacon de parfum, un stick de déodorant, des piles.

Il tâta le dessous des tiroirs.

Rien.

À l'intérieur du bureau, des classeurs, des cahiers et des livres scolaires, des tonnes de stylos, de feutres et de trombones. Un cahier à spirale plein de croquis dans le tiroir du milieu. Servaz l'ouvrit : il constata qu'Alice avait un vrai talent. Ses dessins au crayon ou au feutre témoignaient d'une main sûre et d'un œil aiguisé – même si la plupart souffraient encore d'un certain académisme. Dans celui du bas, à nouveau des élastiques et une brosse à laquelle étaient restés accrochés quelques cheveux blonds, un coupe-ongles, plusieurs bâtons de rouge à lèvres, mais aussi un tube d'aspirine, des cigarettes mentholées, un briquet en plastique transparent… Il ouvrit les classeurs et les cahiers du premier tiroir : des devoirs, des dissertations, des brouillons… Il les mit de côté et s'approcha de la petite chaîne stéréo posée sur la moquette, dans un coin. Elle faisait office à la fois de lecteur de CD et de radio. Recouverte d'une épaisse couche de poussière, elle aussi. Servaz souffla dessus, soulevant un nuage gris, puis ouvrit les compartiments un par un. Rien. Puis il marcha vers le grand miroir et le mur de photos. Certaines étaient prises de si près que leurs sujets semblaient avoir collé le nez sur l'objectif. D'autres laissaient apparaître des paysages derrière les personnes photographiées : des montagnes, une plage ou même les colonnes du Parthénon. Des filles de l'âge d'Alice, la plupart du temps. Toujours les mêmes visages. Quelquefois, un ou deux garçons se mêlaient au groupe. Mais aucun ne semblait privilégié par le photographe. Des voyages scolaires ? Servaz scruta ces clichés un long moment. Tous avaient jauni et s'étaient racornis avec le temps.

Que cherchait-il au juste ? Soudain, il s'arrêta sur l'une des photos. Une dizaine de jeunes gens, dont Alice, debout près d'un panneau rouillé. Colonie des Isards… *Alice faisait partie de ceux qui avaient séjourné à la colonie…* Il remarqua aussi que, sur les photos où elle apparaissait, Alice était toujours au centre. La plus jolie, la plus lumineuse : le centre de l'attention.

Le miroir.

Il était fêlé.

Quelqu'un avait lancé un objet dessus, le projectile avait laissé un impact étoilé et une longue fissure en diagonale. *Alice ? Ou son père dans un moment de désespoir ?*

Des cartes postales coincées entre le cadre et la glace. Jaunies elles aussi. Expédiées de destinations comme l'île de Ré, Venise, la Grèce ou Barcelone.

Avec le temps, quelques-unes avaient fini par tomber sur la commode et la moquette. Son attention se porta sur l'une d'elles. *Temps pourri, tu me manques.* Signé Emma. Un foulard palestinien sur la commode, ainsi que des colifichets, des cotons à démaquiller et une boîte à chaussures bleue. Servaz l'ouvrit. *Des lettres…* Un petit tremblement le parcourut en pensant aux lettres des suicidés, celles qui se trouvaient dans le carton de Saint-Cyr. Il les examina une par une. Des lettres naïves ou drôles écrites à l'encre mauve ou violette. Toujours les mêmes signatures. Il ne trouva pas la moindre allusion à ce qui allait bientôt se passer. Il faudrait qu'il compare les écritures avec celles du carton, puis il se dit que cela avait déjà dû être fait… Les tiroirs de la commode… Il souleva les piles de T-shirts, de sous-vêtements, de draps et de couvertures. Puis il s'agenouilla sur la moquette et regarda sous le lit. D'énormes moutons de poussière avec lesquels on aurait pu bourrer un édredon et un étui à guitare.

Il le tira à la lumière et l'ouvrit. Des éraflures sur le vernis de l'instrument, la corde *si* était cassée. Servaz jeta un coup d'œil à l'intérieur de la caisse : rien. Une couette faite de losanges de couleur recouvrait le lit. Il s'attarda sur les CD qui la jonchaient : Guns N'Roses, Nirvana, U2… Rien que des titres anglais. Cette chambre ressemblait à un musée des années 1990. Pas d'Internet, pas d'ordinateur, pas de téléphone portable : *Le monde change trop vite désormais pour une seule vie d'homme*, se dit-il. Il retourna oreillers, draps et couette, passa une main sous le matelas. Aucun parfum, aucune odeur particulière ne se dégageait du lit – sinon celle de la poussière qui le recouvrait et qui s'éleva jusqu'au plafond.

Un petit fauteuil Voltaire près du lit. Quelqu'un (Alice ?) l'avait repeint en orange, lui aussi. Une vieille veste militaire était jetée sur le dossier. Il tapota le siège et ne réussit qu'à accoucher d'un nouveau nuage de poussière, puis il s'assit et regarda autour de lui, en essayant de laisser ses pensées vagabonder.

Que voyait-il ?

La chambre d'une jeune fille bien de son temps mais aussi en avance sur son âge.

Servaz avait aperçu *L'Homme unidimensionnel* de Marcuse, *Les Démons* et *Crime et Châtiment* parmi les livres. Qui lui avait conseillé ces lectures ? Certainement pas ses petits camarades au visage poupin. Puis il se souvint que son père était prof de lettres. Son regard fit encore une fois le tour de la pièce.

Ce qui domine dans cette pièce, se dit-il, *c'est les* textes, *les* mots. Ceux des livres, des cartes postales, des lettres... Tous écrits par d'autres. Où étaient les mots d'Alice ? Se pouvait-il qu'une fille qui dévorait les livres et qui s'exprimait avec une guitare ou par le dessin n'eût jamais éprouvé le besoin de le faire aussi par les mots ? La vie d'Alice s'était arrêtée le 2 mai, les derniers jours de sa vie n'avaient laissé aucune trace nulle part. *Impossible*, se dit-il. Pas de journal intime, rien : quelque chose ne collait pas. Une fille de cet âge, intelligente et curieuse, avec sans doute un réservoir presque inépuisable de questions existentielles, et surtout désespérée au point de mettre fin à ses jours, qui n'aurait pas tenu le moindre journal ? Pas même jeté quelques états d'âme dans un carnet ou sur des feuilles volantes ? Aujourd'hui, les adolescents avaient des blogs, des messageries, des pages perso sur des réseaux communautaires – mais auparavant seuls le papier et l'encre pouvaient accueillir leurs interrogations, leurs doutes et leurs secrets.

Il se releva et examina un par un tous les cahiers et les tiroirs d'Alice. Rien d'autre que des écrits scolaires. Il jeta un coup d'œil aux dissertations. 18/20, 17/20, 15/20, 19/20... Les appréciations étaient aussi élogieuses que les notes... *Mais toujours pas d'écrits personnels.*

Le père d'Alice avait-il fait le ménage ?

Il avait spontanément accueilli Servaz, il lui avait dit être convaincu que les enfants avaient mis fin à leurs jours pour une raison précise. Pourquoi aurait-il caché des éléments qui auraient pu aider à découvrir la vérité ? Servaz n'avait trouvé aucune mention d'un quelconque journal dans les rapports officiels. Rien n'indiquait qu'Alice en ait tenu un. Malgré tout, l'impression était plus forte que jamais : dans cette chambre, quelque chose manquait.

Une *cachette*... Toutes les jeunes filles en avaient une, non ? Où était celle d'Alice ?

Servaz se leva et ouvrit la penderie. Des manteaux, des robes, des blousons, des jeans et un kimono blanc avec une ceinture marron suspendus à des cintres. Il les écarta, fit les poches. Une rangée de chaussures et de bottes dans le fond, Servaz en scruta l'intérieur dans le faisceau de sa petite lampe électrique. Au-dessus des cintres, une étagère avec plusieurs valises et un sac à dos. Il les posa sur la moquette en libérant une véritable tornade pulvérulente et les fouilla méthodiquement.

Rien... Il réfléchit...

Cette chambre avait dû être épluchée par des enquêteurs chevronnés – et peut-être par les parents d'Alice eux-mêmes. Se pouvait-il qu'ils n'aient pas trouvé la cachette s'il y en avait une ? L'avaient-ils seulement cherchée ? De l'avis de tous, Alice était une fille brillante. Avait-elle découvert une planque insoupçonnable ? Ou bien était-il en train de faire fausse route ?

Que savait-il de ce que pensait et rêvait une jeune fille de seize ans ? Sa propre fille avait eu dix-sept ans quelques mois plus tôt et il aurait été incapable de dire à quoi ressemblait sa chambre. Pour la simple raison qu'il n'y avait jamais mis les pieds. À cette pensée, il se sentit mal à l'aise. À la périphérie de son cerveau, un détail le chatouillait, comme une démangeaison. Il avait loupé quelque chose dans son exploration de la chambre. Ou plutôt quelque chose aurait dû s'y trouver, qui ne s'y trouvait pas. *Réfléchis !* C'était là, tout près, il le sentait. Son instinct lui soufflait que quelque chose manquait. Quoi ? Quoi ? Son regard fit de nouveau le tour de la chambre. Il passa toutes les possibilités en revue. Il avait tout examiné, même les plinthes et les lames du parquet sous la moquette blanche. Il n'y avait rien. Pourtant, son inconscient avait décelé quelque chose, il en était sûr – même s'il n'arrivait pas à mettre le doigt dessus.

Il éternua à cause de toute la poussière qui flottait dans l'air, sortit un mouchoir.

Soudain, Servaz repensa au téléphone.

Pas d'appel ! Une heure écoulée et pas d'appel ! Il sentit son estomac se nouer. Bon sang, qu'est-ce qu'il foutait ? Pourquoi n'appelait-il pas ?

Servaz sortit son téléphone de sa poche et le regarda. Il réprima un mouvement de panique : *l'appareil était éteint !* Il essaya de l'allumer : *déchargé ! Merde !*

Il se précipita hors de la chambre et se rua dans l'escalier, dévalant bruyamment les marches. Gaspard Ferrand sortit la tête par la porte de la cuisine lorsqu'il passa en courant dans le couloir.

— Je reviens ! lança-t-il en ouvrant la porte de la rue à la volée.

Dehors, la tempête faisait rage. Le vent avait forci. La chaussée était blanche et les flocons tourbillonnaient.

Il se dépêcha de déverrouiller la Jeep garée de l'autre côté de la rue, fouilla dans la boîte à gants pour récupérer le chargeur. Puis il revint au pas de course vers la maison.

— Ce n'est rien ! dit-il à un Ferrand abasourdi.

Il chercha des yeux une prise, en trouva une dans le couloir et brancha l'adaptateur.

Il attendit cinq secondes et alluma le portable. *Quatre messages !*

Il allait lire le premier lorsque la sonnerie retentit.

— Servaz ! cria-t-il.

— Qu'est-ce que vous foutiez, merde ?

Une voix totalement paniquée ; Servaz l'était à peine moins. Ses oreilles bourdonnaient à cause du sang qui battait à ses tempes. L'homme ne dissimulait pas sa voix, cette fois – mais elle ne lui était pas familière.

— Qui êtes-vous ?

— Je m'appelle Serge Perrault, je suis un ami de… *Perrault !*

— Je sais qui vous êtes ! le coupa-t-il.

Il y eut un bref silence.

— Il faut que je vous parle, tout de suite ! lança Perrault.

La voix était hystérique.

— Où ça ? gueula Servaz. *Où ?*

— En haut des œufs, dans un quart d'heure. Faites vite !

Servaz sentit la panique s'emparer de lui.

— En haut des quoi ??

— Des télécabines, merde ! Là-haut, à Saint-Martin 2000, près des remonte-pentes ! J'y serai. Magnez-vous, bordel ! Vous ne comprenez donc pas : c'est mon tour ! Venez seul !

19.

Le ciel était sombre et les rues blanches lorsque Servaz mit le contact. Dehors, la neige continuait de tourbillonner. Il mit en route les essuie-glaces. Puis il joignit Ziegler sur son portable.

— Où es-tu ? demanda-t-il dès qu'elle eut décroché.

— Chez les parents, répondit-elle en baissant la voix – et il comprit qu'elle n'était pas seule.

— Où ça ?

— À la sortie de la ville, pourquoi ?

En quelques mots, il lui résuma l'appel au secours de Perrault.

— Tu es plus près que moi, conclut-il. Fonce là-bas ! Il n'y a pas une minute à perdre ! Il nous attend là-haut.

— Pourquoi ne pas avertir la gendarmerie ?

— Pas le temps ! Fonce !

Servaz raccrocha. Il rabattit le pare-soleil marqué « POLICE », colla le gyrophare aimanté sur le toit et mit la sirène. Combien de temps pour monter là-haut ? Gaspard Ferrand n'habitait pas à Saint-Martin, mais dans un village à cinq kilomètres. Les rues étaient pleines de neige. Servaz compta un bon quart d'heure pour parvenir au parking des télécabines, en plein centre-ville. Combien de minutes les cabines mettaient-elles pour effectuer le trajet ? Quinze ? Vingt ?

Il démarra sur les chapeaux de roues, sirène hurlante, devant un Ferrand stupéfait debout sur le pas de sa porte. Il y avait un feu au bout de la rue. Il était rouge. Il avait l'intention de le griller lorsqu'il vit surgir sur sa droite la silhouette d'un énorme camion. Il écrasa la pédale de frein. Sentit aussitôt qu'il perdait le contrôle. La Jeep se mit en travers en plein milieu du carrefour ; le mastodonte d'acier la frôla en faisant barrir son avertisseur. Le mugissement déchira les tympans de Servaz en même temps que la peur le heurtait comme un coup de poing au plexus. Il en eut le souffle coupé. Ses jointures étaient blanches sur le volant. Puis il passa la première et repartit. Pas le temps de réfléchir ! Après tout, cela valait peut-être mieux. Ce n'étaient pas seulement trente-huit tonnes d'acier qui venaient de le frôler : c'était la mort dans une coque de métal !

Au carrefour suivant, il vira à droite et sortit du village. La plaine s'étendait, blanche, devant lui ; le ciel était toujours aussi menaçant mais il avait cessé de neiger. Il accéléra.

Il entra à Saint-Martin par l'est. Au premier rond-point, il se trompa de direction. Il fit demi-tour en pestant et en frappant le volant, s'attirant des regards incrédules de la part des autres conducteurs. Heureusement, il y avait peu de circulation. Deux nouveaux ronds-points. Il passa devant une église et se retrouva avenue d'Étigny, le cœur commercial et culturel de la ville avec ses hôtels, ses boutiques chic, ses platanes, son cinéma et ses terrasses de cafés. Des voitures garées des deux côtés. La neige se changeait en boue noirâtre au milieu, dans les ornières laissées par des dizaines de véhicules. Juste avant le cinéma, il vira à droite. Une flèche marquée : « TÉLÉCABINES ».

Le grand parking au bout de la rue. Une vaste esplanade dominée par la montagne. Face à lui, son flanc se dressait jusqu'au ciel et la longue tranchée blanche des télécabines montait au milieu des sapins. Il roula à toute vitesse entre les rangées de voitures jusqu'à la gare inférieure et freina brutalement, dérapant de nouveau. L'instant d'après, il était dehors en train de courir puis gravissait les marches du bâtiment posé sur deux gros piliers en béton, se précipitant vers les guichets. Un couple achetait des billets. Servaz brandit sa carte.

— Police ! Combien de temps il faut pour monter là-haut ?

L'homme derrière la vitre lui jeta un regard réprobateur.

— Neuf minutes.

— Il y a moyen d'accélérer un peu ?

L'homme le fixa comme si sa demande était insensée.

— Pour quoi faire ? dit-il.

Servaz s'efforça de garder son calme.

— J'ai pas le temps de discuter avec un petit malin dans ton genre. Alors ?

— La vitesse maximale de l'installation est de cinq mètres par seconde, dit l'homme en se renfrognant. Dix-huit kilomètres à l'heure.

— Alors, vas-y, vitesse maxi ! lança Servaz en sautant dans une cabine, une coque en matériau composite avec de grandes vitres de Plexiglas et quatre sièges minuscules.

Un bras pivotant referma la porte sur lui. Servaz avala sa salive. La cabine tangua un peu en quittant le rail de guidage et se retrouva dans les airs. Il jugea préférable de s'asseoir plutôt que de rester debout dans cette coquille instable qui s'élevait rapidement vers le premier pylône, laissant les toits blancs de Saint-Martin en dessous d'elle. Servaz jeta un bref coup d'œil derrière lui et, comme dans l'hélicoptère, il le regretta immédiatement. L'inclinaison du câble était telle qu'elle lui apparut comme une de ces audaces dont les hommes sont coutumiers et qui témoignent de leur irresponsabilité ; quant à son diamètre, il était beaucoup trop petit pour le rassurer. Les toits et les rues rapetissaient rapidement. Les cabines qui le précédaient étaient séparées les unes des autres par une trentaine de mètres et elles se balançaient sous l'effet du vent.

Il vit qu'en bas le couple avait renoncé à monter et qu'il retournait à sa voiture. Il était seul. Personne ne montait, personne ne descendait. Les cabines étaient vides. Tout était silencieux, hormis le vent qui gémissait de plus en plus fort.

Il s'était remis à neiger. Subitement, le brouillard apparut à mi-pente et, avant même d'avoir compris ce qui se passait, Servaz se retrouva plongé dans un univers irréel, aux contours imprécis, avec pour seule compagnie les sapins dressés dans la brume comme une armée de revenants et le blizzard qui faisait virevolter les flocons autour de la cabine.

Il avait oublié son arme ! Dans sa précipitation, il l'avait laissée dans sa boîte à gants. Que se passerait-il s'il se retrouvait nez à nez avec le tueur, là-haut ? Sans compter que si le tueur l'attendait en haut des télécabines et qu'il était armé, Servaz offrirait une cible parfaite. Aucun endroit où se cacher. Ce n'était pas cette coque de plastique qui allait arrêter les balles.

Il se surprit à prier pour que Ziegler l'eût devancé. Normalement, elle devait être devant. *Elle n'est pas du genre à oublier son calibre.* Comment allait réagir Perrault en la voyant ? Il avait demandé à Servaz de venir seul.

Il aurait dû demander au petit malin du guichet s'il l'avait vue. Trop tard. Il avançait dans l'inconnu au rythme exaspérant de cinq mètres par seconde. Il sortit son portable et composa le numéro de Perrault. Il tomba sur le répondeur.

Merde ! Pourquoi a-t-il coupé son portable ?

Il aperçut deux silhouettes sombres qui descendaient dans une cabine à environ deux cents mètres en amont. C'était la première présence humaine depuis qu'il avait quitté la gare en bas. Il composa le numéro de Ziegler.

— Ziegler.

— Tu es là-haut ? demanda-t-il.

— Non, je suis en route. (Elle marqua un temps d'arrêt.) Je suis désolée, Martin, mais ma moto a dérapé sur la neige et je me suis pris un trottoir. Rien que des égratignures, mais j'ai dû emprunter un autre véhicule. Où es-tu ?

Merde !

— À peu près à mi-parcours.

À mesure qu'elle se rapprochait, la cabine avec les deux occupants à son bord semblait avancer de plus en plus rapidement. Servaz se fit la réflexion que si les deux cabines avançaient l'une vers l'autre à dix-huit kilomètres heure, cela équivalait à une vitesse totale de… trente-six kilomètres heure.

— Tu sais que c'est la tempête à la station ?

— Non, dit-il. Je l'ignorais. Perrault ne répond pas…

— Tu es armé ?

Même à cette distance, il voyait que l'un des occupants l'observait fixement – tout comme il les regardait.

— J'ai oublié mon arme dans la voiture.

Le silence qui suivit lui parut accablant.

— Sois prud…

Coupé ! Il regarda son portable. Plus rien ! Il composa à nouveau le numéro. « Pas de couverture réseau. » Il ne manquait plus que ça ! Il fit deux nouvelles tentatives. Sans résultat. Servaz n'en croyait pas ses yeux. Lorsqu'il les releva, il vit que la cabine occupée s'était encore rapprochée. L'un des occupants portait une cagoule noire. Servaz ne distinguait que ses yeux et sa bouche. L'autre était tête nue, il portait des lunettes. Tous deux le fixaient à travers la vitre et le brouillard. L'un durement, lui sembla-t-il. L'autre…

… *l'autre avait peur…*

En une fraction de seconde, Servaz comprit – et la situation lui apparut dans toute son horreur.

Perrault ! Le grand type maigre sur la photo, avec les cheveux en broussaille et des lunettes de myope.

Servaz sentit son cœur bondir dans sa poitrine. La cabine s'avançait comme dans un rêve, avec une effrayante rapidité à présent. Moins de vingt mètres. Elle croiserait la sienne dans deux secondes. Un autre détail attira son attention : du côté opposé au sien, une vitre manquait…

Perrault fixait Servaz, bouche grande ouverte, les yeux écarquillés par la peur. Il hurlait. À présent, Servaz pouvait entendre le hurlement même à travers les vitres – malgré le vent, le bruit des poulies et celui des câbles. Il n'avait jamais lu une telle terreur sur un visage. C'était comme s'il allait se craqueler, se fendre d'un instant à l'autre.

Servaz eut un mouvement de déglutition involontaire. Au moment où la cabine croisait la sienne, puis s'éloignait dans l'autre sens, tous les détails lui apparurent : Perrault avait une corde passée autour du cou, et cette corde passait ensuite par la fenêtre dont on avait retiré le Plexiglas – dans une sorte de crochet qui se trouvait à l'extérieur, juste au-dessus. Un crochet peut-être prévu pour descendre des blessés en rappel jusqu'au sol à partir d'une cabine immobilisée, se dit Servaz en un éclair. L'autre bout de la corde était tenu par l'homme cagoulé. Servaz tenta de voir ses yeux. Mais l'homme s'était jeté derrière sa victime au croisement des deux cabines. Une pensée surgit :

Je le connais ! Il a peur que je le reconnaisse, même avec une cagoule !

Il pianota désespérément sur son cellulaire. « Pas de couverture réseau »... Pris de panique, il chercha des yeux un signal d'alarme, un interphone, quelque chose... Rien ! Putain de merde ! On pouvait crever dans ces cabines à la vitesse de cinq mètres seconde ! Servaz se retourna vers la cabine qui s'éloignait. Son regard croisa une dernière fois celui, terrifié, de Perrault. S'il avait eu un flingue, il aurait au moins pu... Pu quoi ? Qu'aurait-il fait ? Il était nul en tir de toute façon. Lors des tests qui avaient lieu une fois l'an, il suscitait chaque fois le découragement incrédule de son moniteur devant l'incroyable médiocrité de ses résultats. Il vit la cabine et les deux hommes se fondre dans le brouillard.

Un rire nerveux l'étrangla. Puis il eut envie de hurler.

De rage, il donna un grand coup de poing dans l'une des vitres. Les minutes qui suivirent furent parmi les plus longues de sa vie. Il en fallut encore cinq – cinq interminables minutes ponctuées par le défilement fantomatique des sapins alignés comme des fantassins dans la brume – pour que la gare supérieure apparaisse. Un petit bâtiment trapu. Posé sur de gros piliers en béton, comme celui du bas. Au-delà, Servaz aperçut des pistes de ski désertées, des remonte-pentes immobilisés et des édifices noyés dans le brouillard. Sur la plate-forme, un type le regardait approcher. Dès que la porte s'ouvrit, Servaz bondit. Il manqua s'étaler sur le béton. Il se rua vers l'homme en uniforme, sa carte à la main.

— Stoppez tout ! Tout de suite ! Bloquez les cabines !

L'employé lui jeta un regard abasourdi sous sa casquette.

— Quoi ?

— Vous pouvez bloquer les télécabines, oui ou non ?

Le vent hurlait. Servaz était contraint de hurler encore plus fort. Sa rage et son impatience semblèrent impressionner l'homme.

— Oui, mais…

— Alors, stoppez tout ! Et appelez en bas ! Vous avez une ligne téléphonique ?

— Oui, bien sûr !

— Stoppez tout ! Tout de suite ! Et passez-moi le téléphone ! Vite !

L'employé se précipita à l'intérieur. Il parla fébrilement dans un micro, jeta une œillade inquiète à

Servaz puis abaissa une manette. Les cabines s'immobilisèrent sur leur erre avec un dernier grincement. Après coup, Servaz se rendit compte du vacarme qui régnait sur la plate-forme auparavant. Il attrapa le téléphone et composa le numéro de la gendarmerie. Un planton lui répondit.

— Passez-moi Maillard ! De la part du commandant Servaz ! Vite !

Une minute plus tard, Maillard était en ligne.

— Je viens de croiser le tueur ! Il descend à bord d'une télécabine avec sa prochaine victime ! J'ai fait stopper les œufs. Prenez des hommes et foncez à la gare des télécabines ! Dès que vous serez en position, on les remettra en route.

Il y eut un instant d'absolu saisissement au bout du fil.

— Vous êtes sûr ? bafouilla Maillard.

— Certain ! La victime, c'est Perrault. Il m'a appelé au secours il y a vingt-cinq minutes. Il m'a donné rendez-vous là-haut. Je viens de le croiser dans une cabine qui descendait avec une corde autour du cou et il y avait un type cagoulé avec lui !

— Seigneur ! Je donne l'alerte ! Dès qu'on est prêts, on vous rappelle !

— Essayez aussi de joindre le capitaine Ziegler. Mon portable ne passe pas !

Maillard revint en ligne au bout de douze minutes. Servaz les avait passées à piétiner de long en large sur la plate-forme en regardant sa montre et en fumant cigarette sur cigarette.

— On est prêts, annonça le gendarme dans le téléphone.

— Très bien ! Je fais repartir les œufs. Perrault et l'assassin sont dans une des cabines ! Je vous rejoins !

Il fit signe au machiniste, puis il sauta dans une cabine. Au moment où elle s'éloignait, il lui vint à l'esprit que quelque chose clochait. Le tueur avait prévu de pousser Perrault dans le vide et de le regarder pendre au bout d'une corde. Mais il n'avait certainement pas l'intention d'atteindre la gare du bas en si voyante compagnie. Servaz se demanda s'il y avait un endroit où le tueur pouvait sauter de la cabine en marche et à peine se fut-il posé la question qu'il eut la certitude que oui.

Maillard et ses hommes avaient-ils prévu cette éventualité ? Contrôlaient-ils tous les accès à la montagne ?

Il tenta de composer une nouvelle fois le numéro de Ziegler mais obtint la même réponse que précédemment. Comme à l'aller, il avançait à travers le brouillard, sans distinguer autre chose que les silhouettes des sapins et les cabines vides qui croisaient sa route. Il entendit soudain le *flap-flap* des pales d'un hélicoptère, mais l'appareil demeura invisible. Il lui sembla cependant que le bruit ne provenait pas d'au-dessus mais *d'en dessous* de lui.

Que se passait-il en bas ? Le nez collé à la vitre, il essayait de percer le brouillard. Mais il n'y voyait pas à vingt mètres. Tout à coup, les cabines s'immobilisèrent. Ce fut si brutal qu'il perdit l'équilibre. Bon Dieu ! Il s'était cogné le nez dans la vitre, la douleur lui fit monter les larmes aux yeux. Qu'est-ce qu'ils foutaient en bas ? Il regarda autour de lui. Les cabines se balançaient doucement le long de leurs câbles, comme des lampions dans une fête foraine ; le vent était un peu tombé et les flocons descendaient presque à la verticale, à présent. Le manteau neigeux était très épais au pied des sapins. Une fois de plus, il tenta d'appeler avec son portable. Sans plus de résultat.

Pendant les trois quarts d'heure qui suivirent, il demeura prisonnier de sa coque de plastique à scruter le cercle des sapins et le brouillard. Au bout d'une demi-heure, la cabine eut une brusque embardée, avança de trois mètres et s'immobilisa de nouveau. Servaz jura. À quoi jouaient-ils ? Il se levait, se rasseyait, se relevait... Il n'y avait même pas assez d'espace pour se dégourdir les jambes ! Quand enfin les télécabines se remirent en marche, il y avait beau temps qu'il s'était assis et résigné à attendre.

Alors qu'il approchait de la gare inférieure, le brouillard se dissipa d'un coup et les toits de la ville apparurent. Servaz vit le clignotement des gyrophares et les nombreux véhicules de gendarmerie sur le parking. Des gendarmes en uniforme allaient et venaient. Il distingua aussi les silhouettes vêtues de blanc des techniciens en identification criminelle et le corps étendu sur une civière roulante, sous une bâche argentée, près d'une ambulance au hayon ouvert.

Il se figea.

Perrault était mort.

Ils avaient immobilisé les cabines pour pouvoir faire les premières constatations. Ensuite, ils l'avaient décroché et avaient remis les cabines en marche. Il eut aussitôt la conviction que le tueur avait réussi à s'enfuir. Dès que le bras pivotant eut retiré la porte, il jaillit de la cabine et prit pied sur le béton. Il découvrit Ziegler, Maillard, Confiant et d'Humières en bas des marches. Ziegler était en combinaison de cuir, mais le cuir était déchiré en plusieurs endroits, laissant voir un genou et un coude tuméfiés, couverts d'hématomes et de croûtes de sang séché. Visiblement, elle n'avait pas eu le temps de panser ses plaies. Elle tenait encore son casque à la main, la visière était fendue.

— Que s'est-il passé ? demanda-t-il.

— C'est à vous qu'il faudrait le demander, rétorqua Confiant.

Servaz le foudroya du regard. L'espace d'un instant, il rêva que le jeune juge était une fragile porcelaine et lui un marteau. Puis il se tourna vers Cathy d'Humières.

— C'est Perrault ? dit-il en désignant le corps sous la bâche.

Elle hocha la tête affirmativement.

— Il m'a appelé sur mon portable, expliqua-t-il. Il voulait me parler de toute urgence. De toute évidence, il avait peur, il se sentait menacé. Il m'a donné rendez-vous là-haut. J'ai prévenu le capitaine Ziegler et j'ai foncé.

— Et vous n'avez pas jugé bon de demander des renforts ? dit Confiant.

— Le temps pressait. Il voulait que je vienne seul. Il ne voulait parler qu'à moi.

Confiant le fixait avec des yeux étincelant de fureur. Cathy d'Humières était pensive. Servaz jeta un nouveau coup d'œil à la forme bâchée allongée sur la civière roulante : des techniciens étaient en train de replier les roues de la civière et de la charger à bord de l'ambulance. Il ne vit pas le légiste. À l'évidence, celui-ci était déjà reparti. Il aperçut des badauds au-delà du ruban de sécurité, à l'autre bout du parking. Soudain, l'éclair d'un flash explosa. Puis un deuxième. L'hélicoptère avait dû se poser, on ne l'entendait plus.

— Et le tueur ? dit-il.

— Il a filé.

— Comment ?

— Quand la cabine est apparue, il manquait une vitre et Perrault était pendu en dessous, dit Maillard. C'est à ce moment-là que nous avons tout bloqué. Il y a un endroit où les télécabines croisent un sentier qui monte à la station. Il est assez large et, l'hiver, il sert de piste pour ceux qui veulent redescendre à skis jusqu'à Saint-Martin. Il y a une hauteur d'environ quatre mètres entre les cabines et le sentier. Mais votre type s'est probablement servi pour descendre de l'autre bout de la corde qu'il a utilisée pour pendre Perrault. Ensuite, un bon skieur est en bas en trois minutes.

— Où aboutit le sentier ?

— Derrière les thermes. (Maillard désigna la montagne.) Le quartier des thermes se trouve à l'est de cette montagne. Le sentier s'enroule autour et vient déboucher juste derrière le bâtiment, à l'abri des regards.

Servaz revit le grand édifice, il était passé devant à deux reprises. Une vaste esplanade rectangulaire, fermée sur un côté par les thermes adossés à la montagne boisée ; ils dataient du XIXᵉ siècle mais ils avaient été rénovés et on leur avait adjoint une partie moderne entièrement vitrée. Les trois autres côtés de l'esplanade étaient occupés par des hôtels et des cafés. Au milieu, un parking. Et, par conséquent, des dizaines de voitures…

— C'est là qu'on perd sa trace, dit Maillard.

— Vous avez intégré le sentier à la scène de crime ?

— Oui, nous avons fermé le périmètre et une équipe de techniciens est en train d'examiner chaque mètre depuis les télécabines jusqu'au parking des thermes.

— Il a bien calculé son coup, fit remarquer Ziegler.

— Pourtant, il n'a pas eu beaucoup de temps.

— Comment a-t-il fait pour être au courant de l'appel au secours de Perrault ? demanda la gendarme.

Ils méditèrent un instant cette question, mais personne n'avait de réponse satisfaisante.

— La corde utilisée est une corde dynamique, dit Maillard. Du bon matériel d'alpinisme. Il l'avait peut-être en permanence dans sa voiture, tout comme les skis. Ensuite, il a pu la planquer dans un sac à dos.

— Quelqu'un de sportif, commenta Ziegler. Et qui n'a pas froid aux yeux.

Servaz acquiesça.

— Il devait être armé. Perrault n'aurait jamais accepté de monter avec lui sans ça. Mais je n'ai vu ni l'arme ni les skis ni le sac. Tout ça s'est passé très vite. Et je n'ai pas vraiment fait attention à ce qu'il y avait dans la cabine.

Le visage de Perrault... Défiguré par la peur... Il ne parvenait pas à le chasser de son esprit...

— Dans quelle position était-il par rapport à Perrault ? demanda Ziegler.

— Perrault était le plus proche, le tueur se tenait derrière lui.

— Perrault avait peut-être le canon de l'arme sur les reins. Ou bien une lame...

— Possible... Une mise en scène, encore une fois... Malgré le manque de temps. Il est rapide... et arrogant... Trop arrogant, peut-être... Quand les cabines ont été proches, il s'est planqué derrière Perrault, ajouta soudain Servaz en fronçant les sourcils.

— Pour quoi faire puisqu'il portait une cagoule ?

— Pour que je ne voie pas ses yeux.

Ziegler l'observait intensément.

— Tu veux dire qu'il avait peur que tu le reconnaisses ?

— Oui. C'est donc quelqu'un que j'ai déjà vu. *Et que j'ai vu de près.*

— Il faut interroger le guichetier, dit-il. Lui demander s'il a vu quelqu'un.

— C'est déjà fait. Il a reconnu Perrault. Ensuite, il est formel : personne n'est monté… *jusqu'à toi…*

— Comment est-ce possible ?

— Saint-Martin 2000 est aussi accessible par la route. Dix minutes environ à partir de la sortie sud de la ville. Il a largement eu le temps de monter par là.

Servaz réfléchit à la topographie. La sortie sud de la ville partait de la place des Thermes et finissait en cul-de-sac douze kilomètres plus loin, à quelques jets de pierre de la frontière espagnole. C'était cette vallée qu'il avait empruntée pour se rendre à la cabane de Grimm. De cette route en partait une autre qui montait à la station.

— Dans ce cas, il faut deux voitures, dit-il. Une en haut, une en bas.

— Oui. Et probablement quelqu'un qui l'attendait en bas, enchaîna Ziegler. Devant les thermes. À moins qu'il n'ait eu un deuxième véhicule garé depuis longtemps sur le parking.

— Le premier véhicule est peut-être encore là-haut. Vous avez placé un barrage sur la route de la station ? demanda-t-il à Maillard.

— Oui, on est en train de contrôler toutes les voitures qui en descendent. Et on va contrôler toutes celles qui sont restées là-haut.

— Ils sont deux, dit Ziegler.

Servaz la dévisagea.

— Oui. Ils étaient déjà deux à la centrale, et ils étaient deux cette fois encore.

Brusquement, il pensa à autre chose.

— Il faut appeler l'Institut – tout de suite.

— Ça aussi, c'est fait : Hirtmann est dans sa cellule. Il ne l'a pas quittée de la matinée. Deux personnes de l'Institut se sont entretenues avec lui et Xavier lui-même est allé vérifier.

Confiant fixait Servaz, l'air de dire « je vous l'avais bien dit ».

— Cette fois, la presse va se déchaîner, dit d'Humières. Nous allons avoir droit aux gros titres, et pas seulement ceux de la presse locale. Pas question que chacun fasse des déclarations intempestives de son côté.

Servaz et Ziegler ne dirent rien.

— Je propose que le juge Confiant et moi, nous nous chargions des rapports avec la presse. Pour les autres, silence radio. L'enquête suit son cours, nous avons plusieurs pistes. Rien d'autre. S'ils veulent des détails, ils s'adressent à moi ou à Martial.

— À condition que les déclarations de M. le juge ne consistent pas à démolir le travail des enquêteurs, dit Servaz.

Le regard de Cathy d'Humières se refroidit de plu-sieurs degrés.

— Qu'est-ce que c'est que cette histoire ?

— Le commandant Servaz s'en est pris au Dr Propp et à moi-même en rentrant de l'Institut avant-hier, se défendit Confiant. Il a perdu son sang-froid, il en avait après tout le monde.

La proc se tourna vers Servaz.

— Martin ?

— « Perdre son sang-froid »… l'expression est un peu exagérée, dit Servaz sur le ton du sarcasme. Ce qui est sûr, c'est que M. le juge a prévenu le Dr Xavier de notre visite sans vous en faire part, ni à nous, alors que nous nous étions mis d'accord pour une visite surprise.

— C'est vrai ? demanda d'Humières, glaciale, à Confiant.

Le visage du jeune juge se décomposa.

— Xavier est un ami, je ne pouvais décemment pas débarquer là-bas avec la police sans l'avertir.

— Dans ce cas, pourquoi ne pas nous avoir prévenus nous aussi ? lui assena d'Humières, dont la voix vibrait de colère.

Confiant baissa la tête d'un air penaud.

— Je ne sais pas… Ça ne m'a pas semblé… important.

— Écoutez ! Nous allons être sous le feu des projecteurs. (Elle montra les journalistes rassemblés derrière le ruban d'un coup de menton furieux.) Je ne veux pas que nous donnions le spectacle de la division. Puisque c'est comme ça, nous parlerons d'une seule voix : la mienne ! J'ose espérer que cette enquête va bientôt aboutir, lança-t-elle en s'éloignant. Et je veux une réunion dans trente minutes pour faire le point !

Le regard que Martial Confiant jeta à Servaz en partant aurait pu être celui d'un taliban contemplant une star du X.

— Eh bien, tu as l'art de te faire des amis, dit Ziegler en les regardant s'éloigner. Tu as dit qu'ils étaient l'un derrière l'autre dans la cabine ?

— Perrault et le tueur ? Oui.

— Par rapport à Perrault, était-il plus grand ou plus petit ?

Servaz réfléchit.

— Plus petit.

— Homme ou femme ?

Servaz médita un instant. Combien de témoins avait-il interrogés au cours de sa carrière ? Il se souvint de leurs difficultés à répondre à ce genre de questions. À présent, c'était son tour. Il réalisa à quel point la mémoire est déloyale.

— Un homme, dit-il après avoir hésité.

— Pourquoi ?

Ziegler avait perçu son hésitation.

— Je ne sais pas… (Il marqua un temps d'arrêt.) À cause de sa façon de se déplacer, de son attitude…

— Est-ce que ça ne serait pas plutôt à cause du fait que tu as du mal à imaginer une femme en train de faire ça ?

Il la considéra avec un léger sourire.

— Peut-être. Pourquoi Perrault a-t-il éprouvé le besoin de monter là-haut ?

— De toute évidence, il fuyait quelqu'un.

— En tout cas, encore une pendaison.

— Mais pas de doigt coupé, cette fois.

— Peut-être tout simplement parce qu'il n'a pas eu le temps.

— Un chanteur blond avec une barbe et des grands yeux fiévreux qui se prénomme Kurt en 1993, ça te dit quelque chose ?

— Kurt Cobain, répondit Ziegler sans hésiter. C'était dans la chambre d'un des jeunes ?

438

— Dans celle d'Alice.

— Officiellement, Kurt Cobain s'est suicidé, dit la gendarme en boitant jusqu'à la voiture de Servaz.

— Quand ? demanda celui-ci en s'arrêtant net.

— En 1994, je crois. Il s'est tiré une balle.

— Tu crois ou tu en es sûre ?

— J'en suis sûre. Pour la date, en tout cas. Pour le reste, j'étais fan à l'époque – et des rumeurs de meurtre ont couru.

— 1994... Dans ce cas, il ne s'agit pas de mimétisme, conclut-il en se remettant en marche. Tu as vu un docteur ?

— Plus tard.

Son téléphone sonna au moment où il allait mettre le contact.

— Servaz.

— C'est Vincent. Qu'est-ce que tu fous avec ton téléphone ? J'ai essayé de te joindre toute la matinée !

— Qu'est-ce qui se passe ? demanda-t-il sans répondre.

— La chevalière : on a trouvé ce qui est gravé dessus.

— Et ?

— Deux lettres : un C et un S.

— « C S » ?

— Oui.

— Et ça veut dire quoi, d'après toi ?

— Aucune idée.

Servaz réfléchit un instant. Puis il pensa à autre chose.

— Tu n'as pas oublié le service que je t'ai demandé ? dit-il.

— Quel service ?

— Au sujet de Margot…

— Ah zut, merde, crotte. Si, j'avais oublié.

— Et on en est où avec le SDF ?

— Ah oui, on a le résultat des empreintes : les trois gosses ont laissé les leurs. Mais ça ne change pas grand-chose : d'après Samira, le juge croit à la théorie de la noyade.

Le regard de Servaz s'assombrit.

— Il doit subir des pressions. L'autopsie tranchera. Le père de Clément a des appuis, on dirait.

— Pas les autres, en tout cas : le juge veut réinterroger le plus âgé, le fils du chômeur. Il pense que c'est lui l'instigateur.

— Ben voyons. Et Lombard, tu as trouvé quelque chose ?

— Je cherche.

Une grande pièce sans fenêtre. Divisée en plusieurs allées par de hautes étagères métalliques couvertes de dossiers poussiéreux et éclairée par des néons. Près de l'entrée, deux bureaux, l'un avec un ordinateur qui avait au moins cinq ans d'âge, l'autre supportant un antique lecteur de microfiches – une lourde et encombrante machine. Des boîtes de microfiches étaient aussi rangées sur les étagères.

Toute la mémoire de l'Institut Wargnier.

Diane avait demandé si tous les dossiers étaient aujourd'hui informatisés et c'est tout juste si l'employé ne lui avait pas ri au nez.

Elle savait que ceux des occupants de l'unité A l'étaient. Mais elle avait depuis la veille huit autres patients sur lesquels Xavier avait décidé de la laisser

« se faire les dents ». Visiblement, ils n'étaient pas assez importants pour que quelqu'un ait pris la peine d'entrer dans le système informatique les données contenues dans leurs dossiers. Elle s'avança dans l'une des allées et commença par examiner les reliures. En tentant de comprendre quel système présidait au rangement. De par son expérience, elle savait que la méthodologie choisie n'était pas toujours évidente. Certains archivistes, bibliothécaires et autres concepteurs d'applications informatiques avaient parfois l'esprit tortueux.

Mais elle se réjouit de constater que l'employé avait eu l'esprit suffisamment logique pour tout classer par ordre alphabétique. Elle attrapa les classeurs correspondants et revint s'installer à la petite table de consultation. En s'asseyant dans la grande salle silencieuse, loin du tumulte de certaines parties de l'Institut, elle repensa soudain à ce qui s'était passé la nuit dernière dans les sous-sols et un grand froid l'envahit. Depuis qu'elle s'était réveillée, elle ne cessait de revoir les couloirs sinistres, de se remémorer l'odeur de cave et l'humidité glaciale et de revivre le moment où elle s'était retrouvée plongée dans le noir.

Qui se rendait la nuit à l'unité A ? Qui était l'homme hurlant et sanglotant de la colonie ? Qui était impliqué dans les crimes commis à Saint-Martin ? Trop de questions… L'une après l'autre, elles battaient les rivages fiévreux de son cerveau comme une marée revient à heure fixe. Et elle brûlait de leur trouver des réponses…

Elle ouvrit le premier dossier. Chaque patient faisait l'objet d'un suivi précis, depuis les premières manifestations de sa pathologie et les premiers diagnostics jusqu'aux différents séjours hospitaliers qu'il avait effectués avant d'atterrir à l'Institut, la prise en charge médicamenteuse, les éventuels effets iatrogènes des traitements… L'accent était mis sur la dangerosité et les précautions à observer en sa présence, ce qui rappela à Diane, au cas où elle l'aurait oublié, qu'il n'y avait pas d'enfants de chœur à l'Institut.

Elle prit quelques notes dans son bloc et poursuivit sa lecture. Venaient ensuite les traitements proprement dits… Sans surprise, Diane constata que neuroleptiques et calmants étaient administrés à doses massives. Des doses très supérieures aux normes en vigueur. Cela confirmait ce que lui avait dit Alex. *Une sorte d'Hiroshima pharmaceutique*, songea-t-elle en frémissant. Elle n'aurait pas aimé voir son cerveau bombardé par ces substances… Elle connaissait les terribles effets secondaires de ces molécules… Rien que l'idée la rendit toute froide. Chaque dossier disposait d'une fiche annexe de distribution des médicaments : dosages, heures de distribution, changements dans le traitement, livraisons des produits dans le service concerné… Chaque fois que le service dont dépendait le patient recevait une nouvelle livraison de médicaments de la pharmacie de l'Institut, le bon de livraison était signé par l'infirmier responsable du service et contresigné par le gérant des produits pharmaceutiques.

Des neuroleptiques, des somnifères, des anxiolytiques… mais pas de psychothérapies – du moins jusqu'à son arrivée… *Boum-boum-boum-boum*… Elle eut l'image fugitive de gros marteaux s'abattant rythmiquement sur des crânes qui s'aplatissaient de plus en plus à chaque impact.

Elle ressentit un soudain besoin de caféine en attaquant son quatrième dossier mais elle décida d'aller au bout de sa lecture. Pour finir, elle parcourut la fiche annexe. Comme dans les dossiers précédents, les dosages lui firent courir un frisson glacé le long de l'échine :

Clozapine : 1 200 mg/j (3 cp 100 mg 4 fois/j).
Acétate de zuclopenthixol : 400 mg IM/j.
Tiapride : 200 mg toutes les heures.
Diazépam : Amp. IM 20 mg/j.
Méprobamate : cp sec. 400 mg.

Bon sang ! quelle sorte de légumes allait-elle récupérer comme patients ? Mais elle se souvint là encore de ce qu'Alex lui avait dit : après des décennies de traitements médicamenteux très lourds, la plupart des pensionnaires de l'Institut étaient chimio-résistants. Ces types se baladaient dans les couloirs avec dans leurs veines assez de substances pour faire planer un T-Rex et c'est à peine s'ils manifestaient quelques signes de torpeur. Alors qu'elle allait refermer le dossier, son œil tomba sur une brève note manuscrite dans la marge :

À quoi correspond ce traitement ? Interrogé Xavier.
Pas de réponse.

L'écriture était penchée et hâtive. Rien qu'en lisant, elle devina la frustration et l'agacement de celui qui avait rédigé la note. Elle fronça les sourcils et examina de nouveau la liste des médicaments et les dosages. Elle comprit aussitôt l'étonnement de la personne qui avait écrit ces mots. Elle se souvint que la clozapine était utilisée quand les autres neuroleptiques s'avéraient inefficaces. Dans ce cas, pourquoi prescrire du zuclopenthixol ? Et qu'il n'y avait pas lieu, dans le traitement de l'anxiété, d'associer deux anxiolytiques ou deux hypnotiques. Or, c'était le cas ici. Il y avait peut-être d'autres anomalies qui lui échappaient – elle n'était ni médecin ni psychiatre – mais elles n'avaient pas échappé à l'auteur de la note. Apparemment, Xavier n'avait pas daigné répondre. Perplexe, Diane se demanda si cela la concernait. Puis elle se dit que, désormais, ce dossier était celui d'un de ses patients. Avant d'entreprendre une quelconque psychothérapie, elle devait savoir pourquoi on lui avait prescrit ce cocktail démentiel. Le dossier parlait de psychose schizophrénique, d'états délirants aigus, de confusion mentale – mais il manquait singulièrement de précision.

Interroger Xavier ? La personne l'avait déjà fait. Sans succès. Elle reprit les dossiers précédents et examina une par une les signatures des chefs de service et du gérant de la pharmacie. Elle finit par trouver ce qu'elle cherchait. Au-dessus de l'une d'elles, quelqu'un avait inscrit : « *livraison retardée cause grève transports* ». Elle compara les mots « transports » et « traitement ». La forme des lettres était identique : la note dans la marge avait été rédigée par l'infirmier qui gérait le stock des médicaments.

C'était lui qu'elle devait interroger en premier.

Elle prit l'escalier pour monter au deuxième étage, le dossier sous le bras. La pharmacie de l'Institut était tenue par un infirmier d'une trentaine d'années en jean délavé, blouse blanche et baskets usagées. Il ne s'était pas rasé depuis trois jours et ses cheveux se dressaient sur sa tête en épis rebelles. Il avait aussi des cernes sous les yeux et Diane le soupçonna d'avoir une vie nocturne intense et amusante en dehors de l'Institut.

La pharmacie était constituée de deux pièces, l'une servant de réception avec un comptoir et une sonnette et encombrée de paperasses et de cartons vides, l'autre où étaient entreposés les stocks de médicaments dans des armoires vitrées sécurisées. L'infirmier qui, à en croire l'étiquette brodée sur sa poche de poitrine, se prénommait Dimitri, la regarda entrer avec un sourire un peu trop large.

— Salut, dit-il.

— Salut, répondit-elle, j'aimerais avoir quelques renseignements sur la gestion des produits pharmaceutiques.

— Bien sûr. Vous êtes la nouvelle psy, c'est ça ?

— C'est ça.

— Qu'est-ce que vous voulez savoir ?

— Eh bien, comment ça marche.

— Bon, bon, dit-il en jouant avec le stylo glissé dans sa poche de poitrine. Venez par ici.

Elle passa derrière le comptoir. Il attrapa un grand cahier à couverture cartonnée qui ressemblait à un livre de comptes.

— Ça, c'est le livre-journal. On y note toutes les entrées et toutes les sorties de médicaments. Les activités de la pharmacie consistent à recenser les besoins de l'Institut et à établir les commandes d'une part, à réceptionner et à stocker les médicaments puis à les distribuer dans les différents services d'autre part. La pharmacie a un budget propre. Les commandes sont renouvelées en gros tous les mois, mais il peut y avoir des commandes exceptionnelles.

— Qui à part vous est au courant de ce qui entre et de ce qui sort ?

— N'importe qui peut consulter le livre-journal. Mais tous les bons de livraison et toutes les commandes doivent être obligatoirement contresignés soit par le Dr Xavier lui-même, soit la plupart du temps par Lisa ou par le Dr Lepage, le médecin-chef. En outre, chaque produit fait l'objet d'une fiche individuelle de stock. (Il attrapa un gros classeur et l'ouvrit.) Tous les médicaments utilisés à l'Institut sont là-dedans et, grâce à ce système, on sait exactement quels sont les stocks disponibles. Ensuite, on distribue les produits dans les différents services. Chaque distribution de médicaments est contresignée à la fois par l'infirmier à la tête du service et par moi.

Elle ouvrit le dossier qu'elle avait à la main et lui montra la note manuscrite en marge de la fiche annexe.

— C'est votre écriture, n'est-ce pas ?

Elle le vit froncer les sourcils.

— C'est exact, répondit-il après un temps d'hésitation.

— Vous n'avez pas l'air d'accord avec le traitement que suit ce patient…

— Eh bien… je… euh, je ne voyais pas l'utilité de… lui prescrire deux anxiolytiques ou de l'acétate de zuclopenthixol et de la clozapine en même temps… Je… hum… c'est un peu… technique…

— Et vous avez posé la question au Dr Xavier.

— Oui.

— Qu'est-ce qu'il a répondu ?

— Que j'étais gestionnaire du stock, pas psychiatre.

— Je vois. Tous les patients ont des traitements aussi lourds ?

— La plupart, oui. Vous savez, après des années de traitements, presque tous sont devenus…

— *Chimio-résistants*… oui, je sais… Ça vous ennuie si je jette un coup d'œil à ça ? (Elle désignait le livre-journal et le classeur contenant les fiches individuelles des produits.)

— Non, bien sûr. Allez-y. Tenez : asseyez-vous là.

Il disparut dans la pièce voisine et elle l'entendit téléphoner à voix basse. Sans doute à sa petite amie. Il ne portait pas d'alliance. Elle ouvrit le livre-journal et se mit à tourner les pages. Janvier… février… mars… avril…

L'inventaire du mois de décembre tenait sur deux pages. En page 2, elle eut l'œil attiré par une ligne au milieu : « Livraison commande Xavier », en date du 7 décembre. La ligne était complétée par trois noms de médicaments. Ils ne lui étaient pas familiers. Elle était sûre qu'il ne s'agissait pas de psychotropes. Elle les nota par curiosité dans son bloc et elle appela Dimitri. Elle l'entendit qui murmurait « je t'aime » puis il réapparut.

— C'est quoi ça ?

Il haussa les épaules.

— Aucune idée. Ce n'est pas moi qui ai écrit ça. J'étais en congé à ce moment-là.

Il fouilla dans le classeur des fiches-produits et fronça les sourcils.

— Tiens, c'est bizarre… Il n'y a pas de fiches individuelles de stock pour ces trois produits. Il y a juste les factures… Probable que celui qui a rempli le livre-journal ne savait pas qu'il fallait en faire…

Ce fut au tour de Diane de hausser les épaules.

— Laissez tomber. Ça n'a pas d'importance.

20.

Ils s'installèrent dans la même salle que la dernière fois. Étaient présents Ziegler, Servaz, le capitaine Maillard, Simon Propp, Martial Confiant et Cathy d'Humières. À l'invitation de Servaz, Ziegler résuma brièvement les faits. Il remarqua qu'elle les présentait sous un jour qui le lavait de toute erreur de jugement et qu'elle se reprochait au contraire d'avoir été négligente en prenant sa moto ce matin-là sans tenir compte de la météo. Elle attira ensuite l'attention sur le détail qui reliait ce meurtre au précédent : la pendaison. Mais elle ne mentionna pas les suicidés. Elle souligna en revanche que Grimm et Perrault avaient fait l'objet d'une plainte pour une histoire de chantage sexuel en compagnie de Chaperon et d'un quatrième homme décédé deux ans plus tôt.

— Chaperon ? dit Cathy d'Humières, incrédule. Je n'ai jamais entendu parler de ça.

— D'après Saint-Cyr, cette histoire date de plus de vingt ans, précisa Servaz. Bien avant que M. le maire ne se présente aux élections. Et la plainte a été retirée presque aussitôt.

Il lui répéta ce que lui avait dit Saint-Cyr. La proc leur jeta un regard sceptique.

— Vous croyez vraiment qu'il y a un rapport ? Une fille ivre, des jeunes gens qui l'étaient aussi, quelques photos compromettantes… Je ne voudrais pas avoir l'air de défendre ce genre de choses – mais il n'y a pas de quoi fouetter un chat.

— Selon Saint-Cyr, il y a eu d'autres rumeurs autour de ces quatre-là, dit Servaz.

— Quel genre de rumeurs ?

— Des histoires plus ou moins similaires, des histoires d'abus sexuels, des rumeurs disant qu'une fois ivres ils avaient tendance à devenir mauvais et violents avec les femmes. Cela dit, aucune plainte officielle à part celle-là – qui, je le répète, a été retirée très vite. Et puis, il y a ce que nous avons trouvé dans la cabane de Grimm. Cette cape et ces bottes… Les mêmes ou peu s'en faut que celles trouvées sur son cadavre…

Servaz savait par expérience qu'il valait mieux ne pas trop en dire aux procureurs et aux magistrats instructeurs tant qu'on ne disposait pas d'éléments solides, car ils avaient tendance à émettre des objections de principe dans le cas contraire. Cependant, il ne résista pas à la tentation d'aller plus loin.

— Selon Saint-Cyr, Grimm, Perrault, Chaperon et leur ami Mourrenx formaient depuis le lycée un quatuor inséparable. Nous avons aussi découvert que les quatre hommes portaient tous la même chevalière : *celle qui aurait dû se trouver sur le doigt coupé de Grimm…*

Confiant posa sur eux un regard perplexe, sourcils froncés.

— Je ne comprends pas ce que cette histoire de bagues vient faire là-dedans, dit-il.

— Eh bien, on peut supposer qu'il s'agit d'une sorte de signe de reconnaissance, suggéra Ziegler.

— Un signe de reconnaissance ? De reconnaissance de quoi ?

— À ce stade, c'est difficile à dire, admit Ziegler avec un œil noir en direction du juge.

— Perrault n'a pas eu le doigt coupé, objecta d'Humières sans cacher son scepticisme.

— Exact. Mais la photo trouvée par le commandant Servaz prouve qu'il a bien porté cette chevalière à un moment donné. Si l'assassin n'a pas jugé bon de lui trancher le doigt, c'est peut-être parce que Perrault ne la portait plus à ce moment-là.

Servaz les regarda. Au plus profond de lui-même, il savait qu'ils étaient sur la bonne voie. Quelque chose était en train de remonter à la surface, comme des racines sortant de terre. Quelque chose de noir et de glaçant.

Et dans cette géographie de l'horreur, les capes, les bagues, les doigts coupés ou non, étaient comme des petits cailloux laissés par l'assassin sur son passage.

— Il est évident que nous n'avons pas assez fouillé dans la vie de ces hommes, intervint soudain Confiant. Si nous l'avions fait au lieu de nous focaliser sur l'Institut, peut-être aurions-nous trouvé quelque chose qui nous aurait alertés à temps – pour Perrault.

Tout le monde comprit que ce « nous » était purement rhétorique. C'était bel et bien « vous » qu'il voulait dire – et ce « vous » s'adressait à Ziegler et à Servaz. En même temps, Servaz se demanda si, pour une fois, Confiant n'avait pas raison.

— En tout cas, deux des victimes ont fait l'objet de cette plainte et elles portaient cette bague, insista-t-il. On ne peut pas ignorer ces coïncidences. Et la troisième personne visée par la plainte encore vivante n'est autre que Roland Chaperon…

Il vit la proc pâlir.

— Dans ce cas, il y a une priorité, s'empressa-t-elle de dire.

— Oui. Nous devons tout mettre en œuvre pour retrouver le maire et le mettre sous protection policière – sans perdre une minute. (Il consulta sa montre.) Aussi, je suggère que nous levions la séance.

Le premier adjoint à la mairie de Saint-Martin leur adressa un regard où l'inquiétude perçait comme un clou dans une chaussure. Assis dans son bureau du premier étage, il était livide et il tripotait nerveusement son stylo.

— Il est injoignable depuis hier matin, déclara-t-il d'emblée. Nous sommes très préoccupés. Surtout après ce qui s'est passé.

Ziegler acquiesça d'un signe de tête.

— Et vous n'avez pas une idée de l'endroit où il pourrait se trouver ?

L'édile avait l'air aux abois.

— Pas la moindre.

— Quelqu'un chez qui il aurait pu se rendre ?

— Sa sœur à Bordeaux. Je l'ai appelée. Elle n'a pas de nouvelles. Son ex-femme non plus…

Le regard de l'adjoint passait de l'un à l'autre, à la fois indécis et effrayé, comme s'il était le prochain sur la liste. Ziegler lui tendit une carte de visite.

— Si vous avez la moindre information, appelez tout de suite. Même si ça ne vous semble pas important.

Seize minutes plus tard, ils se garaient devant l'usine d'embouteillage que Servaz avait déjà visitée deux jours plus tôt, celle dont Roland Chaperon était à la fois le patron et le propriétaire. Un bâtiment bas et moderne entouré de hauts grillages surmontés de spirales de fil de fer barbelé. Sur le parking, des camions attendaient leurs chargements de bouteilles. À l'intérieur régnait un vacarme infernal. Comme la dernière fois, Servaz aperçut une chaîne automatique où les bouteilles étaient rincées dans un tourbillon d'eau pure avant d'être dirigées vers les robinets qui les remplissaient, puis vers les automates qui les bouchaient et les étiquetaient sans la moindre intervention humaine. Les ouvriers ne faisaient que contrôler chaque opération. Ils escaladèrent l'escalier métallique qui menait à la cage vitrée insonorisée de la direction. Le même gros homme hirsute et mal rasé qui avait reçu Servaz la dernière fois les regarda entrer avec méfiance, en décortiquant des pistaches.

— Il se passe quelque chose, dit-il en crachant une coque dans la corbeille. Roland n'est pas venu à l'usine, ni hier ni aujourd'hui. Ce n'est pas son genre de s'absenter sans prévenir. Avec tout ce qui s'est passé, je ne comprends pas qu'il n'y ait pas plus de barrages sur les routes. Vous attendez quoi ? Moi, si j'étais flic ou gendarme…

Ziegler avait pincé le nez à cause de l'odeur de transpiration qui flottait dans la cage vitrée. Elle observa les grandes auréoles sombres qui maculaient la chemise bleue de l'homme au niveau des aisselles.

— Mais vous ne l'êtes pas, répliqua-t-elle d'un ton cinglant. À part ça, vous n'avez pas une idée de l'endroit où il pourrait se trouver ?

Le gros homme la fusilla du regard. Servaz ne put s'empêcher de sourire. Ils étaient un certain nombre comme lui par ici à penser que les gens de la ville étaient incapables d'agir de manière sensée.

— Non. Roland n'était pas du genre à s'étaler sur sa vie privée. Il y a quelques mois, on a appris son divorce du jour au lendemain. Il ne nous avait jamais parlé des difficultés que rencontrait son couple.

— « Les difficultés que rencontrait son couple », répéta Ziegler d'un ton ouvertement sarcastique. Comme c'est bien dit.

— On file chez lui, dit Servaz en remontant dans la voiture. S'il n'y est pas, il faudra fouiller la maison de fond en comble. Appelle Confiant et demande une commission rogatoire.

Ziegler décrocha le téléphone de voiture et composa un numéro.

— Ça ne répond pas.

Servaz quitta un instant la route des yeux. Des nuages gonflés de pluie ou de neige voguaient dans le ciel sombre comme des présages funestes – et le jour déclinait.

— Tant pis. On n'a plus le temps. On s'en passera.

Espérandieu écoutait les Gutter Twins chanter *The Stations* lorsque Margot Servaz émergea du lycée. Assis dans l'ombre de la voiture banalisée, il parcourut des yeux la foule des adolescents qui se répandait à la sortie de l'établissement. Il ne lui fallut pas dix secondes pour la repérer. En plus d'un blouson de cuir et d'un short rayé, la fille de Martin arborait ce jour-là des extensions capillaires violettes dans ses cheveux noirs, des leggings en résille sur ses longues jambes et d'énormes guêtres en fourrure autour des chevilles qui donnaient l'impression qu'elle se rendait au lycée en après-skis. Elle était aussi aisément repérable qu'un indigène coupeur de têtes dans un dîner en ville. Espérandieu pensa à Samira. Il vérifia la présence de son appareil photo numérique sur le siège passager et lança l'application « dictaphone » sur son iPhone, qui diffusait en boucle l'album *Saturnalia*.

« *17 heures. Sortie du lycée. Parle avec ses camarades de classe.* »

À dix mètres de là, Margot riait et bavardait. Puis elle tira de son blouson une blague à tabac. *Pas bon ça*, pensa Espérandieu. Elle entreprit de se rouler une cigarette en écoutant les propos de ses voisines. *Tu fais ça avec dextérité*, constata-t-il. *Apparemment, tu as l'habitude.* Tout à coup, il se fit l'effet d'un putain de voyeur reluquant des minettes à la sortie de l'école. *Merde, Martin, tu fais chier !* Vingt secondes plus tard, un scooter se garait devant le petit groupe.

Espérandieu fut immédiatement en alerte.

Il vit le pilote ôter son casque et parler directement à la fille de son patron. Celle-ci jeta sa cigarette sur le trottoir et l'écrasa sous son talon. Puis elle enfourcha le tansad du scooter.

Tiens, tiens… « *Part en scooter avec individu dix-sept/dix-huit ans. Cheveux noirs. Pas du lycée.* »

Espérandieu hésitait à prendre une photo. Trop près. Il risquait de se faire repérer. Vu d'ici, le garçon avait une belle petite gueule et des cheveux dressés en l'air avec du gel extra-fort. Il remit son casque et en tendit un deuxième à Margot. Était-ce lui le petit salaud qui la frappait et lui brisait le cœur ? Le scooter démarra. Espérandieu déboîta pour se lancer à sa poursuite. Le garçon conduisait vite – et dangereusement. Il slalomait entre les voitures, faisait décrire à sa bécane des zigzags intempestifs tout en tournant la tête et en gueulant pour se faire entendre de sa passagère. *Un jour ou l'autre, la réalité va se rappeler méchamment à toi, amigo...*

À deux reprises, Espérandieu crut l'avoir perdu, mais il le rattrapa un peu plus loin. Il se refusait à utiliser le gyrophare ; d'abord pour ne pas se faire repérer, ensuite parce que cette mission n'avait absolument rien d'officiel et qu'il ne se considérait pas comme en service.

Finalement, le scooter s'immobilisa devant une villa entourée par un jardin et une haute haie touffue. Espérandieu reconnut tout de suite l'adresse : il était déjà venu ici en compagnie de Servaz. C'était là qu'habitaient Alexandra, l'ex-femme de Martin, et son connard de pilote de ligne.

Et, par conséquent, Margot.

Laquelle descendit du scooter et retira son casque. Les deux jeunes gens discutèrent calmement pendant un moment, elle debout sur le bord du trottoir, lui assis sur sa bécane, et Espérandieu se dit qu'il allait finir par se faire repérer : il était garé dans la rue déserte à moins de cinq mètres des adolescents. Heureusement pour lui, ils étaient bien trop absorbés par leur conversation. Espérandieu constata que tout se passait dans le calme. Pas de cris, pas de menaces. Au contraire, des éclats de rire et des hochements de tête complices. *Et si Martin s'était planté ?* Peut-être que le métier de flic l'avait rendu parano, après tout. Puis la fille de Martin se pencha et embrassa son pilote sur les deux joues. Celui-ci fit pétarader son engin avec un entrain qui donna envie à Espérandieu de descendre le verbaliser, puis il disparut.

Et merde ! Pas le bon ! Vincent songea qu'il venait de perdre une heure de son temps. Il lança contre son patron une imprécation silencieuse, fit demi-tour et repartit par où il était venu.

Servaz regardait la façade éteinte entre les arbres. Blanche, imposante, toute en hauteur, avec des balcons de bois ouvragé et des volets façon chalet à tous les étages. Un toit pentu terminé par une pointe et un fronton de bois triangulaire sous l'avant-toit. Typique de l'architecture montagnarde. Enfouie tout en haut du jardin en pente, à l'ombre de grands arbres, dans ce quartier résidentiel, elle ne recevait pas la lumière de la rue. Il y avait en elle quelque chose de subtilement menaçant. Ou bien était-ce son imagination ? Il se souvint d'un passage de *La Chute de la maison Usher* : « Je ne sais comment ça se fait, mais au premier coup d'œil que je jetai sur le bâtiment, un sentiment d'insupportable tristesse pénétra mon âme. »

Il se tourna vers Ziegler.

— Confiant ne répond toujours pas ?

Ziegler remit son cellulaire dans sa poche et fit signe que non. Servaz poussa le portail rouillé, qui grinça sur ses gonds. Ils remontèrent l'allée. Des traces de pas dans la neige, personne n'avait pris la peine de la balayer. Servaz grimpa les marches du perron. Sous la marquise de verre, il tourna la poignée. Verrouillée. Pas la moindre lumière à l'intérieur. Il se retourna : la ville, en bas, s'étalait ; les décorations de Noël palpitaient comme le cœur vivant de la vallée. Une lointaine rumeur de voitures et de klaxons, mais ici, tout était très silencieux. Dans ce vieux quartier résidentiel perché sur les hauteurs régnaient l'insondable tristesse et le calme écrasant des existences bourgeoises claquemurées. Ziegler le rejoignit en haut du perron.

— Qu'est-ce qu'on fait ?

Servaz regarda autour de lui. De chaque côté du perron, la maison reposait sur un soubassement en pierre meulière percé de deux soupiraux. Impossible d'entrer par là : chaque soupirail était protégé par des barreaux de fer. Mais les volets des deux grandes fenêtres du rez-de-chaussée étaient ouverts. Il avisa un petit abri de jardin en forme de chalet dans un coin, derrière un buisson. Redescendit du perron et marcha jusqu'à lui. Pas de cadenas. Il ouvrit la porte de l'abri. Un parfum de terre remuée. Dans l'ombre, des râteaux, des pelles, des bacs à fleurs, un arrosoir, une brouette, une échelle… Servaz revint vers la maison, l'échelle d'aluminium sous le bras. Il la posa contre la façade et grimpa à hauteur de fenêtre.

— Qu'est-ce que tu fais ?

Sans répondre, il tira sur sa manche et donna un coup de poing dans l'un des carreaux. Il dut s'y reprendre à deux fois.

Puis, le poing toujours enfoui dans sa manche, il écarta les morceaux de verre, tourna la poignée de la crémone et poussa la fenêtre. Il s'attendait à entendre le hurlement strident d'un système d'alarme, mais rien ne vint.

— Tu sais qu'un avocat pourrait annuler toute la procédure à cause de ce que tu viens de faire ? lança Ziegler en bas de l'échelle.

— Pour l'instant, l'urgence c'est de trouver Chaperon vivant. Pas de le faire condamner. Disons qu'on a trouvé cette fenêtre comme ça et qu'on en a profité…

— NE BOUGEZ PAS !

Ils se retournèrent comme un seul homme. Plus bas dans l'allée, entre les deux sapins, une ombre braquait un fusil sur eux.

— Levez les mains ! Pas un geste !

Au lieu d'obtempérer, Servaz plongea la sienne dans sa veste et brandit sa carte avant de redescendre de l'échelle.

— Te fatigue pas, mon vieux : police.

— Depuis quand la police entre par effraction chez les gens ? demanda l'homme en abaissant son fusil.

— Depuis qu'on est pressés, dit Servaz.

— Vous cherchez Chaperon ? Il n'est pas là. On l'a pas vu depuis deux jours.

Servaz avait reconnu le personnage : le « concierge autoproclamé » cher au juge Saint-Cyr. Il y en avait un comme ça dans chaque rue ou presque. Le type qui se mêlait de la vie des autres du seul fait qu'ils étaient venus s'installer à côté de chez lui. À cause de ça, il s'estimait en droit de les surveiller, de les espionner par-dessus sa haie, surtout s'ils présentaient un profil *suspect*. Étaient considérés comme suspects aux yeux du concierge autoproclamé les couples homosexuels, les mères célibataires, les vieux garçons timides et renfermés et, plus généralement, tous ceux qui le regardaient de travers et qui ne partageaient pas ses idées fixes. Très utile dans les enquêtes de voisinage. Même si Servaz n'éprouvait pour cette sorte d'individu que le plus profond mépris.

— Tu ne sais pas où il est parti ?

— Non.

— Quel genre de type c'est ?

— Chaperon ? Un bon maire. Et un type réglo. Poli, souriant, toujours un mot aimable. Toujours prêt à s'arrêter pour discuter. Carré dans sa tête. Pas comme l'autre coco, là-bas.

Il désignait l'une des maisons, un peu plus bas dans la rue. Servaz devina que « l'autre coco là-bas » était devenu la cible préférée du concierge autoproclamé. L'un n'allait pas sans l'autre. Il eut presque envie de dire que « l'autre coco là-bas » n'avait sûrement jamais fait l'objet d'une plainte pour chantage sexuel. C'était le problème avec les concierges autoproclamés : c'était à la tête du client, ils se trompaient souvent de cible. Et ils allaient généralement par deux : mari et femme – un duo redoutable.

— Qu'est-ce qui se passe ? dit l'homme sans cacher sa curiosité. Après ce qui est arrivé, tout le monde se barricade. Sauf moi. Qu'il y vienne ce cinglé, je l'attends de pied ferme.

— Merci, dit Servaz. Rentre chez toi.

L'homme grommela quelque chose et fit demi-tour.

— Si vous avez besoin d'autres renseignements, j'habite au numéro 5 ! lança-t-il par-dessus son épaule. Lançonneur, c'est mon nom !

— Je n'aimerais pas l'avoir comme voisin, dit Ziegler en le regardant s'éloigner.

— Tu devrais t'intéresser un peu plus à tes voisins, répliqua-t-il. Il y en a sûrement un comme ça. Des types comme lui, il y en a partout. Allons-y.

Il remonta sur l'échelle et pénétra dans la maison.

Le verre cassé craqua sous ses semelles. Un canapé en cuir, des tapis sur le parquet, des murs lambrissés, un bureau, le tout plongé dans la pénombre. Servaz trouva le commutateur et alluma le lustre du plafond. Ziegler apparut en haut de l'échelle, devant la fenêtre qu'elle enjamba. Derrière elle, les lumières de la vallée étaient visibles entre les arbres. Elle regarda autour d'elle. Selon toute évidence, ils se trouvaient dans le bureau de Chaperon ou de son ex-épouse. Des étagères, des livres, des photos anciennes sur les murs. Elles représentaient des paysages de montagne, des bourgades pyrénéennes au début du siècle précédent, des rues où passaient des hommes coiffés de chapeaux et des fiacres. Servaz se souvint qu'il fut un temps où les stations thermales des Pyrénées attiraient la fine fleur des curistes parisiens, où elles étaient parmi les plus élégantes villégiatures de montagne, au même titre que Chamonix, Saint-Moritz ou Davos.

— D'abord, essayer de trouver Chaperon, dit-il. En espérant qu'il ne soit pas pendu quelque part. Ensuite, on fouille tout.

— Et on cherche quoi ?

— On le saura quand on l'aura trouvé.

Il sortit du bureau.

Un couloir.

Un escalier dans le fond.

Il ouvrit les portes, une par une. Salon. Cuisine. Toilettes. Salle à manger.

Un vieux tapis maintenu par des tringles étouffa ses pas dans l'escalier. Comme le bureau, la cage d'escalier était lambrissée de bois blond. Il y avait, sur les murs, d'anciens piolets, des crampons à pointes de métal pour la glace, des souliers en cuir, des skis rudimentaires : du vieux matériel d'alpinisme et de montagne, datant de l'époque des pionniers. Servaz s'arrêta pour observer un cliché : un alpiniste debout au sommet d'un éperon rocheux, vertical et étroit comme une colonne de stylite. Il sentit aussitôt son ventre se nouer. Comment faisait cet homme pour n'éprouver aucun vertige ? Il était là, debout au bord du vide, et il souriait vers le photographe qui se tenait sur une autre hauteur, comme si de rien n'était. Puis il s'aperçut que l'alpiniste défiant les cimes n'était autre que Chaperon lui-même. Sur un autre cliché, il était suspendu sous un surplomb, assis tranquillement dans un baudrier, tel un oiseau sur une branche, au-dessus de centaines de mètres de vide. Retenu d'une chute fatale par un filin dérisoire. On devinait une vallée avec une rivière et des villages en dessous.

Servaz aurait aimé demander au maire ce que cela faisait de se retrouver dans cette situation. Et, accessoirement, ce que cela faisait d'être la cible d'un tueur. Était-ce le même genre de vertige ? Tout l'intérieur de la maison était un temple dédié à la montagne et au dépassement de soi. Le maire n'était visiblement pas de la même trempe que le pharmacien. Il était taillé dans un tout autre bois. Cette image confirmait la première impression que Servaz avait eue à la centrale : un homme de petite taille mais solide comme un roc, amateur de nature et d'activité physique, avec sa crinière blanche et léonine et son teint perpétuellement mordoré.

Puis il revit Chaperon sur le pont et dans la voiture : un type mort de trouille, aux abois. Entre les deux images : le meurtre du pharmacien. Servaz réfléchit. La mort du cheval, malgré son caractère atroce, ne l'avait pas mis dans le même état. *Pourquoi ?* Parce qu'il s'agissait d'un cheval ? Ou bien parce qu'il ne se sentait pas visé à ce moment-là ? Il reprit son exploration, tenaillé par le sentiment d'urgence qui l'habitait depuis l'épisode des télécabines. À l'étage, une salle de bains, un WC, deux chambres. L'une d'elles était la chambre principale. Il en fit le tour et fut aussitôt assailli par une sensation bizarre. Servaz parcourut la pièce du regard en fronçant les sourcils. Une idée le préoccupait.

Une armoire. Une commode. Un lit à deux places. Mais, à en croire la forme prise par le matelas, une seule personne dormait dedans depuis longtemps. Et aussi une seule chaise, une seule table de nuit.

La chambre d'un homme divorcé, vivant seul. Il ouvrit l'armoire…

Des robes, des chemisiers, des jupes, des pulls et des manteaux de femme. Et, en dessous, des paires de chaussures à talons…

Puis il passa un doigt sur la table de nuit : une épaisse couche de poussière – comme dans la chambre d'Alice…

Chaperon ne dormait pas dans cette chambre.

C'était celle qu'avait occupée l'ex-Mme Chaperon avant son divorce.

Comme les Grimm, les Chaperon avaient fait chambre à part…

Il se sentit perturbé par cette idée. D'instinct, il sentit qu'il tenait quelque chose. La tension était de nouveau là. Elle ne le quittait pas. Toujours cette impression de danger. De catastrophe à venir. Il revit Perrault hurlant comme un damné dans la télécabine et la tête lui tourna. Il dut s'agripper à l'angle du lit. Soudain, un cri :

— MARTIN !

Il se précipita sur le palier. La voix de Ziegler. Elle venait d'en bas. Il descendit l'escalier presque en courant. La porte de la cave sous l'escalier, elle était ouverte. Servaz s'y engouffra. Il déboucha sur un vaste sous-sol aux murs de parpaings bruts. Une pièce qui servait de chaufferie et de buanderie. Plongée dans le noir. *Il y avait de la lumière plus loin…* Il se dirigea vers elle. Une grande pièce éclairée par une ampoule nue. Son halo vaporeux laissait les recoins dans l'ombre. Un établi, du matériel d'escalade accroché à de grands panneaux de liège. Ziegler se tenait devant une armoire métallique ouverte. Un cadenas pendait sur la porte.

— Qu'est-ce que… ?

Il s'interrompit. S'avança. À l'intérieur de l'armoire : une cape noire imperméable avec une capuche et des bottes.

— Et ce n'est pas tout, dit Ziegler.

Elle lui tendit un carton à chaussures. Servaz l'ouvrit, le tint sous la clarté faiblarde de l'ampoule. Il la reconnut aussitôt : la bague. Marquée « C S ». Et un seul cliché racorni et jauni. Une photo ancienne. Dessus, on voyait quatre hommes debout côte à côte et revêtus de la même cape qui se trouvait pendue à un cintre dans l'armoire métallique, la même cape noire à capuche trouvée sur le cadavre de Grimm, la même cape qui était suspendue dans la cabane au bord de la rivière… Les quatre hommes avaient tous une partie du visage dissimulée dans l'ombre des capuches, mais Servaz crut néanmoins reconnaître le menton flasque de Grimm et la mâchoire carrée de Chaperon. Le soleil brillait sur les quatre formes noires, ce qui rendait les capes encore plus sinistres et déplacées. On distinguait un paysage estival, une vision bucolique tout autour – on pouvait presque entendre les oiseaux chanter. Mais le mal était là, songea Servaz. Presque palpable : dans ce paysage boisé inondé de soleil, sa présence matérialisée dans ces quatre silhouettes était encore plus évidente. Le mal existe, songea-t-il, et ces quatre hommes en étaient l'une des innombrables incarnations.

Il commençait à entrevoir un schéma, une structure possible.

Selon lui, ces hommes avaient une passion commune : la montagne, la nature, les randonnées et les bivouacs. *Mais aussi une autre, plus secrète et plus sinistre.* Isolés au fond de ces vallées, bénéficiant d'une impunité totale, exaltés par les sommets grandioses qu'ils tutoyaient, ils avaient fini par se croire intouchables. Il comprit qu'il s'approchait de la source – celle d'où tout le reste découlait. Au fil des ans, ils étaient devenus une sorte de minisecte, vivant en vase clos dans ce coin des Pyrénées où le bruit du monde n'arrivait qu'à travers la télé et les journaux, isolés non seulement géographiquement mais psychologiquement du reste de la population, et même de leurs conjoints – d'où ces divorces et ces haines recuites.

Jusqu'à ce que la réalité les rattrape.

Jusqu'au premier sang.

Là, la bande s'était égaillée, apeurée, comme un vol d'étourneaux. Et elle était apparue pour ce qu'elle était : de pauvres types terrifiés, des lâches, des minables. Brutalement chus de leur piédestal.

Désormais, les montagnes n'étaient plus les témoins grandioses de leurs crimes impunis, mais le théâtre de leur châtiment. Qui était le justicier ? De quoi avait-il l'air ? Où se cachait-il ?

Gilles Grimm.

Serge Perrault.

Gilbert Mourrenx – et Roland Chaperon.

Le « club » de Saint-Martin.

Une question le tourmentait. Quelle était la nature exacte de leurs crimes ? Car, pour Servaz, il ne faisait plus de doute que Ziegler avait raison : le chantage exercé sur cette fille ne représentait que la partie émergée d'un iceberg dont il redoutait à présent de découvrir toute la sinistre nature. En même temps, il sentait quelque part un obstacle, un détail qui n'entrait pas dans le schéma. Trop simple, trop évident, se dit-il. Il y avait un écran qu'ils ne voyaient pas – derrière se cachait la vérité.

Servaz s'approcha du soupirail qui donnait sur le jardin obscur. Dehors, il faisait nuit noire.

Le ou les justiciers étaient là. Dans la nuit. Prêts à frapper. Cherchant sans doute comme eux à retrouver Chaperon. Où le maire se planquait-il ? Loin d'ici – ou tout près ?

Soudain, une autre question le frappa. *Le club des salauds se réduisait-il aux quatre hommes présents sur la photo ou comptait-il d'autres membres ?*

Espérandieu trouva la baby-sitter dans le salon en rentrant chez lui. Elle se leva à regret, visiblement absorbée par un épisode de *Dr House*. À moins qu'elle n'eût espéré se faire plus d'argent. Une étudiante en première année de droit qui portait un prénom exotique comme Barbara, Marina ou peut-être Olga, se souvint-il. *Ludmilla ? Stella ? Vanessa ?* Il renonça à l'appeler par son prénom et lui régla les deux heures de présence. Il trouva aussi un mot de Charlène maintenu par un magnet sur le frigo : *Vernissage. Je rentrerai tard. Bisous.* Il sortit un cheeseburger du congélateur, le mit dans le micro-ondes, puis brancha son ordinateur portable sur le plan de travail. Il constata qu'il avait plusieurs mails dans sa messagerie. L'un d'eux émanait de Kleim162. Le mail s'intitulait « Re : Diverses questions au sujet de L. » Espérandieu ferma la porte de la cuisine, mit de la musique (The Last Shadow Puppets chantant *The Age of the Understatement*), tira une chaise et commença sa lecture :

« Salut Vince.

Voici les premiers résultats de mon enquête. Pas de scoop mais quelques petites choses qui dessinent une image d'Éric Lombard un tantinet différente de celle qu'a de lui le grand public. Il n'y a pas si longtemps, lors d'un forum entre milliardaires à Davos, notre homme a fait sienne la définition de la mondialisation de Percy Barnevik, l'ancien président suédois d'ABB : "Je définis la mondialisation comme la liberté pour mon groupe d'investir où il veut, le temps qu'il veut, pour produire ce qu'il veut, en s'approvisionnant et en vendant où il veut, et en ayant à supporter le moins de contraintes possible en matière de droit du travail et de conventions sociales." Ce qui est le credo de la plupart des dirigeants de multinationale.

» Pour comprendre les pressions de plus en plus fortes qu'elles exercent sur les États, il faut savoir qu'il y avait au début des années 1980 environ 7 000 multinationales dans le monde, qu'elles étaient 37 000 en 1990 et plus de 70 000 contrôlant 800 000 filiales et 70 % des flux commerciaux quinze ans plus tard. Et ce mouvement ne cesse de s'accélérer. Résultat, il ne s'est jamais créé autant de richesses et ces richesses n'ont jamais été aussi inégalement réparties : le P-DG de Disney gagne 300 000 fois le salaire d'un ouvrier haïtien fabriquant des T-shirts pour sa société. Les treize membres du directoire d'AIR, dont Éric Lombard fait partie, ont touché l'année dernière dix millions d'euros d'appointements, soit deux fois le salaire cumulé des six mille ouvriers d'une usine du groupe en Asie. »

Espérandieu fronça les sourcils. Est-ce que Kleim162 allait lui refaire toute l'histoire du libéralisme ? Il savait que son contact éprouvait une défiance viscérale envers la police, les politiques et les multinationales, qu'il n'était pas seulement journaliste mais aussi membre de Greenpeace et de Human Rights Watch – et qu'il était à Gênes et à Seattle lors des contre-sommets altermondialistes en marge des réunions du G8. À Gênes, en 2001, il avait vu les carabiniers italiens faire irruption dans l'école Diaz transformée en dortoir pour les manifestants et matraquer avec une brutalité inouïe hommes et femmes jusqu'à ce que les murs et le sol soient couverts de sang. Après quoi ils avaient fini par appeler les ambulances. Bilan : 1 mort, 600 blessés et 281 personnes arrêtées.

« Éric Lombard a fait ses premières armes chez l'équipementier sportif du groupe familial : une marque bien connue de tous les gamins grâce aux nombreux champions qui la portent. Il a réussi à doubler les bénéfices de la branche en cinq ans. Comment ? En développant un véritable "art" de la sous-traitance. Les chaussures, les T-shirts, les shorts et autres équipements sportifs étaient déjà fabriqués en Inde, en Indonésie et au Bangladesh par des femmes et des enfants. Éric Lombard s'est rendu là-bas et il a modifié les accords passés. Désormais, pour obtenir la licence de fabrication, le fournisseur doit remplir des conditions draconiennes : pas de grèves, une qualité irréprochable et des coûts de production si bas qu'il ne peut verser à ses ouvriers que des salaires de misère. Et pour maintenir la pression, la licence est révisée chaque mois. Un truc déjà utilisé par la concurrence. Depuis le début de cette politique, la branche n'a jamais été aussi prospère. »

Espérandieu baissa les yeux. Il regarda son T-shirt sur lequel était inscrit : « JE SUIS À CÔTÉ D'UN CON », avec une flèche dirigée vers la gauche.

« Un autre exemple ? En 1996, la branche pharmacie du groupe a racheté la firme américaine qui avait mis au point l'éflornithine, le seul médicament connu contre la trypanosomiase africaine, plus connue sous le nom de *maladie du sommeil*. Laquelle touche aujourd'hui 450 000 personnes en Afrique et conduit sans traitement à une encéphalite, au coma et à la mort. Le groupe Lombard a aussitôt abandonné la fabrication de ce médicament. Motif ? *Pas assez rentable*. Certes, cette maladie concerne des centaines de milliers de personnes – mais qui sont sans véritable pouvoir d'achat. Et lorsque, à cause de l'urgence humanitaire, des pays comme le Brésil, l'Afrique du Sud ou la Thaïlande ont décidé de fabriquer par eux-mêmes des traitements contre le sida ou la méningite en passant outre les brevets détenus par les grandes compagnies pharmaceutiques, Lombard s'est associé à ces mêmes compagnies pour attaquer ces pays devant l'Organisation mondiale du commerce. À cette époque, le vieux Lombard était déjà mourant : c'était Éric qui, à vingt-quatre ans, avait pris les rênes du groupe. Alors, est-ce que tu commences à voir notre bel aventurier et chéri des médias d'un autre œil ? »

Conclusion, se dit Vincent, Lombard ne devait pas manquer d'ennemis. Pas vraiment une bonne nouvelle. Il zappa les pages suivantes, à peu près du même tonneau, en se disant qu'il y reviendrait plus tard. Il s'arrêta toutefois sur un paragraphe qui se trouvait un peu plus loin :

« L'élément le plus intéressant pour toi, c'est peut-être le conflit très dur qui a opposé le groupe Lombard aux ouvriers de l'usine Polytex, près de la frontière belge, en juillet 2000. Au début des années 1950, Polytex fabriquait une des premières fibres synthétiques françaises et employait un millier d'ouvriers. À la fin des années 1990, ils n'étaient plus que cent soixante. En 1991, l'usine a été rachetée par une multinationale qui l'a cédée presque aussitôt à des repreneurs : elle n'était plus rentable, à cause de la concurrence d'autres fibres moins coûteuses. Pourtant, ce n'était pas tout à fait vrai : la qualité supérieure du produit le rendait très intéressant pour l'usage chirurgical. Il y avait là un marché. Finalement, plusieurs repreneurs se sont succédé jusqu'à ce qu'une filiale du groupe Lombard se présente.

» Pour les ouvriers, une multinationale de la taille de Lombard, déjà implantée dans la pharmacie, le médical et le chirurgical, c'était inespéré. Ils ont voulu y croire. Les repreneurs précédents avaient déjà tous pratiqué le chantage habituel à la fermeture : blocage des salaires, davantage d'heures de travail, y compris les week-ends et les jours fériés… Lombard n'a pas dérogé à la règle : dans un premier temps, il a demandé encore plus d'efforts. En réalité, le groupe avait racheté l'usine dans un seul but : acquérir les brevets de fabrication. Le 5 juillet 2000, le tribunal de commerce de Charleville-Mézières a prononcé la liquidation judiciaire. Pour les ouvriers, ce fut une terrible désillusion. Cela voulait dire licenciements secs, cessation immédiate de l'activité et liquidation du matériel. Sous le coup de la colère, les ouvriers de Polytex ont pris l'usine en otage et annoncé qu'ils étaient prêts à la faire sauter avec tout ce qu'elle contenait et à déverser 50 000 litres d'acide sulfurique dans la Meuse si personne ne prenait en compte leurs revendications. Ils étaient parfaitement conscients de l'arme qu'ils détenaient : l'usine était classée Seveso. Elle contenait un tas de produits chimiques très toxiques qui, en cas d'incendie ou d'explosion, auraient provoqué une catastrophe pire qu'AZF.

» Les autorités ordonnèrent aussitôt l'évacuation de la ville voisine, des centaines de policiers prirent position autour du site et il fut demandé au groupe Lombard d'entamer immédiatement des négociations avec l'aide des syndicats. L'affaire dura cinq jours. Comme les discussions n'avançaient pas, le 17 juillet les ouvriers déversèrent 5 000 litres d'acide sulfurique symboliquement colorés en rouge dans un ruisseau se jetant dans la Meuse. Ils menacèrent de recommencer toutes les deux heures.

» Politiciens, syndicalistes et dirigeants dénoncèrent alors un "écoterrorisme indéfendable". Un grand journal du soir titra même, sans rire : "L'avènement du social-terrorisme" et parla de "talibans suicidaires". D'autant plus ironique que, pendant des décennies, Polytex avait été un des plus gros pollueurs de la Meuse et de sa région. Finalement, l'usine fut reprise par le GIGN et les CRS trois jours plus tard. Les ouvriers rentrèrent chez eux la queue basse, sans avoir rien obtenu. Il est probable qu'un certain nombre d'entre eux n'aient toujours pas digéré l'épisode.

» C'est tout ce que j'ai pour le moment. Je continue à chercher. Bonne nuit, Vince. »

Espérandieu fronça les sourcils. Dans ce cas, pourquoi maintenant ? Huit ans après ? *Certains de ces ouvriers s'étaient-ils retrouvés en prison ? Ou*

avaient-ils mis fin à leurs jours après plusieurs années
de chômage et laissé derrière eux des familles rem-
plies de haine ? Il nota qu'il faudrait répondre à ces
questions dans son bloc sténo.

Espérandieu regarda l'heure dans le coin de son
écran : 19 h 03. Il éteignit l'appareil et s'étira sur sa
chaise. Il se leva et sortit une bouteille de lait du frigo.
La maison était silencieuse. Mégan jouait dans sa
chambre, Charlène ne rentrerait pas avant plusieurs
heures, la baby-sitter était partie. S'appuyant contre
l'évier, il avala un anxiolytique, qu'il fit passer en
buvant à même le goulot de la bouteille. Mû par un
réflexe soudain, il chercha le nom du laboratoire sur
la boîte. Il constata qu'il venait d'avaler une drogue
fabriquée par le groupe Lombard pour apaiser les
angoisses que venaient de lui causer les agissements
de ce même groupe !

Puis il réfléchit à la façon d'obtenir d'autres infos
sur Lombard et il pensa soudain à une personne à
Paris – une jeune femme brillante, qu'il avait connue
à l'école de police, et qui sans nul doute était la
mieux placée pour obtenir des révélations crous-
tillantes.

— Martin, viens voir.

Ils étaient retournés fouiller les étages. Servaz
s'était attaqué à une petite chambre qui, à en croire
la couche de poussière, n'avait pas servi depuis des
siècles – ouvrant armoire et tiroirs, soulevant les
oreillers et le matelas, essayant même de démonter la
plaque de métal qui obstruait le foyer de la cheminée,
lorsque la voix d'Irène lui parvint à nouveau par la
porte ouverte.

Il ressortit sur le palier du dernier étage. En face de lui, de l'autre côté du couloir, une échelle inclinée avec une rampe, comme dans un navire. Et une trappe ouverte au-dessus. Une bande lumineuse tombait du trou béant et perçait l'obscurité du palier.

Servaz grimpa les degrés. Passa la tête dans l'ouverture.

Debout au milieu de la pièce, Ziegler lui faisait signe de la rejoindre.

Les combles étaient formés d'une seule vaste pièce. Une belle pièce sous charpente – qui servait à la fois de chambre et de bureau. Il émergea du trou et prit pied sur le plancher. L'ameublement et le décor évoquaient un chalet de haute montagne : du bois brut, une armoire, un lit avec des tiroirs sous une fenêtre, une table en guise de bureau. Sur l'un des murs, une immense carte des Pyrénées – avec vallées, villages, routes et sommets… Depuis le début, Servaz se demandait où Chaperon dormait, aucune des chambres ne semblant actuellement occupée. Il avait la réponse devant les yeux.

Le regard de Ziegler balaya l'espace, Servaz l'imita… L'armoire était ouverte…

Des cintres vides pendaient à l'intérieur,

un tas de vêtements gisait sur le plancher.

Sur le bureau, des papiers en vrac

et, sous la couchette, un tiroir béant laissant voir des sous-vêtements d'homme en désordre.

— C'était comme ça, murmura Ziegler. Que se passe-t-il ici ?

Servaz remarqua un détail qui lui avait d'abord échappé :

sur le bureau,

parmi les papiers,

une boîte de balles, ouverte...

Dans sa précipitation, Chaperon en avait laissé tomber une

sur le plancher.

Ils se regardèrent...

Le maire avait fui
comme s'il avait le diable à ses trousses.
Et il craignait pour sa vie...

21.

19 heures. Diane eut tout à coup très faim et elle fila vers la petite cantine où, le soir, était assuré un menu unique pour la poignée de membres du personnel qui ne rentraient pas chez eux. Elle salua en passant deux gardes qui dînaient à une table près de l'entrée et elle prit un plateau.

Elle grimaça en jetant un coup d'œil à travers les vitres du comptoir des plats chauds : « Poulet/Frites ». Elle allait devoir s'organiser si elle voulait manger équilibré et ne pas se retrouver avec dix kilos de plus à la fin de son séjour. Comme dessert, elle choisit une salade de fruits. Elle mangea près de la vitre en contemplant le paysage nocturne. De petites lampes disposées autour du bâtiment éclairaient la neige au ras du sol, sous les sapins. L'effet était féerique.

Les deux gardes partis, elle se retrouva seule dans la salle silencieuse et déserte – même l'employée derrière les comptoirs avait disparu – et une vague de tristesse et de doute s'abattit sur elle. Elle avait pourtant été plus d'une fois seule dans sa chambre d'étudiante, à réviser et à travailler pendant que les autres désertaient l'université pour se répandre dans les pubs et les dancings de Genève. Mais jamais elle ne s'était sentie aussi loin de chez elle. Aussi isolée. Aussi perdue. C'était pareil tous les soirs, ici, lorsque la nuit tombait.

Elle se secoua, en colère contre elle-même. Où étaient passées sa lucidité, ses connaissances humaines, psychologiques, physiologiques ? Est-ce qu'elle ne pouvait pas pousser l'auto-observation un peu plus loin au lieu de se laisser aller à ses émotions ? Était-elle tout simplement *inadaptée* ici ? Elle connaissait l'équation de base : inadaptation = tiraillement = angoisse. Elle balaya cet argument d'un revers de manche. Elle n'ignorait pas l'origine de son malaise. Cela n'avait rien à voir avec elle. C'était dû à ce qui se passait ici. Elle n'aurait pas l'esprit en paix tant qu'elle n'en saurait pas davantage. Elle se leva et déposa son plateau sur le petit tapis roulant. Les couloirs étaient tout aussi déserts que la cantine elle-même.

Elle tournait l'angle de celui menant à son bureau lorsqu'elle s'immobilisa. Elle eut l'impression qu'on lui versait un fluide réfrigérant dans l'estomac. Xavier était dans le couloir. Il refermait lentement la porte de son bureau – son bureau *à elle*… Il jeta un coup d'œil rapide à droite et à gauche et elle se rejeta vivement derrière le mur. À son grand soulagement, elle l'entendit partir dans l'autre sens.

Des cassettes audio…

Ce fut le détail qui attira ensuite son attention. Parmi les papiers en vrac sur le bureau du maire se trouvaient des cassettes audio, des cassettes comme plus personne n'en utilisait mais que, semble-t-il, Chaperon avait conservées. Il les prit et regarda les étiquettes : CHANTS D'OISEAUX 1, CHANTS D'OISEAUX 2, CHANTS D'OISEAUX 3… Servaz les reposa. Il remarqua aussi, dans un coin, une mini-chaîne stéréo avec un compartiment pour cassettes.

L'alpinisme, les oiseaux… Cet homme avait vraiment une passion pour la nature.

Et pour les choses anciennes : vieilles photos, vieilles cassettes… Des vieilleries dans une vieille maison, quoi de plus normal ?

Pourtant, Servaz sentait qu'un signal l'alertait dans un coin de son cerveau. Cela avait quelque chose à voir avec ce qu'il y avait dans cette pièce. *Et plus précisément avec ces chants d'oiseaux.* Qu'est-ce que ça voulait dire ? Il avait tendance à faire confiance à son instinct en général, celui-ci l'avertissait rarement en vain.

Il réfléchit intensément, mais rien ne vint. Ziegler était en train d'appeler la gendarmerie pour qu'on mette la maison sous scellés et qu'on fasse venir la police scientifique.

— On s'approche de la vérité, dit-elle quand elle eut raccroché.

— Oui, confirma-t-il gravement. Mais nous ne sommes visiblement pas les seuls.

L'inquiétude lui serrait de nouveau les tripes. Il ne doutait plus à présent que le nœud de l'enquête fût le quatuor Grimm-Perrault-Chaperon-Mourrenx et leurs « exploits » passés. Mais le ou les tueurs avaient au moins deux longueurs d'avance. Contrairement à Ziegler et à lui, ils savaient tout ce qu'il y avait à savoir – et ils le savaient depuis longtemps… Et que venaient faire le cheval de Lombard et Hirtmann là-dedans ? De nouveau, Servaz se dit qu'il y avait une partie du problème qu'il ne voyait pas.

Ils redescendirent et émergèrent sur le perron éclairé. La nuit était froide et humide. Les arbres brassaient des ombres et peignaient le jardin de ténèbres et quelque part dans cette obscurité un volet grinçait. En s'attardant sur le perron, il se demanda pourquoi les chants d'oiseaux le préoccupaient à ce point. Il sortit les cassettes de sa poche et les tendit à Ziegler.

— Fais écouter ça à quelqu'un. Pas juste quelques secondes. Dans leur intégralité.

Elle lui jeta un regard surpris.

— Je veux savoir si c'est bien des chants d'oiseaux qu'on entend là-dessus. Ou s'il y a autre chose…

Le téléphone vibra dans sa poche. Il le sortit et regarda l'origine de l'appel : Antoine Canter, son patron.

— Excuse-moi, dit-il en descendant les marches. Servaz, répondit-il en piétinant la neige du jardin.

— Martin ? C'est Antoine. Vilmer veut te voir.

Le commissaire divisionnaire Vilmer, patron de la police judiciaire toulousaine. Un homme que Servaz n'aimait pas et qui le lui rendait bien. Aux yeux de Vilmer, Servaz était le type même du flic qui a fait son temps : rétif aux innovations, individualiste, fonctionnant à l'instinct, refusant de suivre à la lettre les nouvelles consignes venues du ministère. Vilmer rêvait de fonctionnaires lisses, formatés, dociles et interchangeables.

— Je passerai demain, dit-il en jetant un coup d'œil vers Ziegler qui l'attendait devant le portail.

— Non. Vilmer te veut dans son bureau ce soir. Il t'attend. Pas d'entourloupe, Martin. Tu as deux heures pour rappliquer.

Servaz quitta Saint-Martin peu après 20 heures. Une demi-heure plus tard, il laissait la D 825 et s'élançait sur l'A 64. La fatigue lui tomba dessus alors qu'il filait sur l'autoroute, feux de croisement allumés, ébloui par les phares des voitures qui venaient en face. Il se gara sur une aire, entra dans la supérette et se servit un café aux distributeurs. Après quoi il prit une canette de Red Bull dans un grand frigo, la paya à la caisse, la décapsula et la but entièrement en regardant les couvertures des magazines et la une des journaux sur les présentoirs avant de rejoindre sa voiture.

Quand il parvint à Toulouse, il tombait une pluie fine. Il salua le planton, se gara sur le parking et fila vers les ascenseurs. Il était 21 h 30 quand il pressa le bouton du dernier étage. D'ordinaire, Servaz l'évitait. Ses couloirs lui rappelaient un peu trop le séjour qu'il avait effectué, à ses débuts, à la direction générale de la police nationale – laquelle était pleine de gens qui ne connaissaient d'autre police que celle qui concernait les caractères de leur traitement de texte et qui accueillaient toute demande émanant des policiers de base comme s'il s'agissait d'une nouvelle souche du virus Ebola. À cette heure, la plupart des employés étaient rentrés chez eux et les couloirs étaient déserts. Il fit le rapprochement entre ces couloirs feutrés et l'atmosphère chaotique de tension permanente qui régnait à l'étage de sa brigade. Bien sûr, Servaz avait aussi croisé un grand nombre de gens compétents et efficaces à la direction générale. Ceux-là se mettaient rarement en avant. Et ils arboraient encore plus rarement la dernière mode en matière de cravates. Il se remémora en souriant la théorie d'Espérandieu : son adjoint estimait qu'à partir d'un certain taux de costards-cravates au mètre carré on entrait dans ce qu'il appelait la « zone de compétence raréfiée », encore nommée par lui « zone des décisions absurdes », « zone du tirage de couverture à soi » ou « zone des parapluies ouverts ».

Il consulta sa montre et décida de faire attendre Vilmer cinq minutes de plus. Ce n'était pas tous les jours qu'on avait l'occasion de faire patienter un type qui passait son temps à se regarder le nombril. Il en profita pour entrer dans le local où se trouvaient les distributeurs de boissons et glissa une pièce dans la machine à café. Trois personnes – deux hommes et une femme – bavardaient autour d'une table. À son entrée, les conversations baissèrent de quelques décibels ; quelqu'un fit une blague à voix basse. *L'humour*, se dit Servaz. Son ex-femme lui avait dit un jour qu'il en manquait. Peut-être était-ce vrai. Était-ce pour autant la preuve d'un manque d'intelligence ? Pas s'il en croyait le nombre d'imbéciles qui excellaient dans ce domaine. Mais c'était certainement le signe d'une faille psychologique. Il poserait la question à Propp. Servaz commençait à trouver le psy sympathique, malgré son côté pontifiant. Son énième café avalé, il ressortit du local où les conversations reprirent. La femme éclata de rire derrière lui. Un rire artificiel, sans grâce, qui lui mit les nerfs à vif.

Le bureau de Vilmer se trouvait quelques mètres plus loin. Sa secrétaire accueillit Servaz avec un sourire affable.

— Entrez. Il vous attend.

Servaz se dit que ça n'augurait rien de bon tout en se demandant si la secrétaire de Vilmer récupérait ses heures supplémentaires. Vilmer était un type mince, avec un bouc bien taillé, une coupe de cheveux impeccable et un sourire de commande perpétuellement collé aux lèvres comme un herpès tenace. Il arborait toujours le *nec plus ultra* en matière de chemises, de cravates, de costumes et de chaussures, avec un penchant pour les tons chocolat, marron glacé et violet. Servaz le considérait comme la preuve vivante qu'un imbécile peut grimper haut s'il a d'autres imbéciles au-dessus de lui.

— Asseyez-vous, dit-il.

Servaz se laissa tomber dans le fauteuil de cuir noir. Vilmer paraissait mécontent. Il joignit les doigts sous son menton et le regarda un moment sans rien dire, d'un air qui se voulait à la fois profond et réprobateur. Il n'aurait pas décroché le moindre oscar à Hollywood et Servaz lui rendit son regard avec un petit sourire. Ce qui eut le don d'exaspérer le divisionnaire.

— Vous trouvez que la situation prête à rire ?

Comme tout le monde au SRPJ, Servaz savait que Vilmer avait fait toute sa carrière planqué derrière un bureau. Il ne connaissait rien au terrain, à part un bref passage aux mœurs à ses débuts. Il se murmurait qu'il était alors la risée et la tête de Turc de ses collègues.

— Non, monsieur.

— Trois meurtres en huit jours !

— Deux, rectifia Servaz. Deux et un cheval.

— Où en est l'enquête ?

— Huit jours d'investigation. Et nous avons failli coincer le tueur ce matin, mais il a réussi à s'échapper.

— *Vous* l'avez laissé s'échapper, précisa le directeur. Le juge Confiant s'est plaint de vous, ajouta-t-il aussitôt.

Servaz tressaillit.

— Comment ça ?

— Il s'est plaint à moi et à la chancellerie. Laquelle a aussitôt transmis au directeur de cabinet du ministre de l'Intérieur. Lequel m'a appelé *moi*.

Il marqua une brève pause.

— Vous me mettez dans une situation très embarrassante, commandant.

Servaz était abasourdi. Confiant était passé par-dessus la tête de d'Humières ! Le petit juge n'avait pas perdu de temps !

— Vous me dessaisissez ?

— Bien sûr que non, répondit Vilmer comme si l'idée ne l'avait même pas effleuré. Et puis, Catherine d'Humières a pris votre défense avec une certaine éloquence, je dois dire. Elle estime que le capitaine Ziegler et vous faites du bon travail.

Vilmer renifla, comme s'il lui en coûtait de répéter de telles inepties.

— Mais je vous mets en garde : cette affaire est suivie par des gens haut placés. Nous sommes dans l'œil du cyclone. Pour l'instant, tout est calme. Mais si vous échouez, attendez-vous à des retombées.

Servaz ne put s'empêcher de sourire. L'air de rien, dans son petit costume chic, Vilmer faisait dans son froc. Car il savait pertinemment que les « retombées » n'affecteraient pas que les enquêteurs.

— C'est un dossier sensible, ne l'oubliez pas.

À cause d'un cheval, pensa Servaz. *C'est le cheval qui les intéresse.* Il refoula sa colère.

— C'est tout ? demanda-t-il.

— Non. Ce type, la victime, Perrault, il vous a appelé au secours ?

— Oui.

— Pourquoi vous ?

— Je ne sais pas.

— Vous n'avez pas essayé de le dissuader de monter là-haut ?

— Je n'en ai pas eu le temps.

— Et qu'est-ce que c'est que cette histoire de suicidés ? Qu'est-ce que ça vient faire là-dedans ?

— Pour l'instant, nous n'en savons rien. Mais Hirtmann y a fait allusion quand nous avons été le voir.

— Comment ça ?

— Eh bien, il m'a… *conseillé* de m'intéresser aux suicidés.

Le directeur le considéra avec un ahurissement non feint, cette fois.

— *Vous voulez dire que c'est ce Hirtmann qui vous dit comment mener votre enquête ?*

Le front de Servaz se plissa.

— C'est une façon de voir les choses un peu… réductrice.

— *Réductrice ?* (Vilmer avait élevé le ton.) J'ai l'impression que cette enquête part dans tous les sens, commandant ! Vous avez l'ADN d'Hirtmann, non ? Que vous faut-il de plus ? Puisqu'il n'a pas pu quitter l'Institut, c'est qu'il a un complice à l'intérieur. Trouvez-le !

Merveilleux comme les choses ont l'air simples quand on les regarde de loin, quand on omet les détails et quand on n'y connaît rien, se dit Servaz. Mais, sur le fond, Vilmer avait raison.

— Qu'est-ce que vous avez comme piste ?

— Il y a quelques années une plainte a été déposée contre Grimm et Perrault pour un chantage… un chantage sexuel.

— Et alors ?

— Ils n'en étaient sûrement pas à leur coup d'essai. Il se peut même qu'ils aient été plus loin que ça avec d'autres femmes. Ou avec des adolescents… Ça pourrait être le mobile que nous cherchons.

Servaz était conscient qu'il avançait sur un terrain mouvant, pour lequel ils disposaient de fort peu d'éléments, mais il était un peu tard pour faire machine arrière.

— Une vengeance ?

— Quelque chose comme ça.

Son attention fut attirée par une affiche derrière Vilmer. Un urinoir. Servaz le reconnut : Marcel Duchamp. L'expo dada du Centre Georges-Pompidou en 2006. Bien en évidence. Comme pour démontrer aux visiteurs que celui qui travaillait ici était un homme à la fois cultivé, passionné d'art et plein d'humour.

Le directeur réfléchit une seconde.

— Quel rapport avec le cheval de Lombard ?

Servaz hésita.

— Eh bien, si nous partons de l'hypothèse d'une vengeance, il faut croire que ces gens – les victimes – ont fait quelque chose de très moche, dit-il, répétant presque mot pour mot les paroles d'Alexandra. Et surtout qu'ils l'ont fait ensemble. Dans le cas de Lombard, ne pouvant l'atteindre directement, le ou les assassins s'en seraient pris à son cheval.

Vilmer avait pâli d'un coup.

— Ne me dites pas… Ne me dites pas… que vous soupçonnez Éric Lombard de s'être livré lui aussi à des… à des…

— À *des abus sexuels*, l'aida Servaz, tout en ayant conscience qu'il poussait l'enquête et le bouchon un peu loin, mais la peur qu'il lut pendant un instant dans les yeux de son patron lui fit l'effet d'un aphrodisiaque. Non, pour le moment rien de tel. Mais il y a forcément un lien entre lui et les autres, un lien qui l'a rangé parmi les victimes.

Il avait au moins réussi une chose : il avait cloué le bec à Vilmer.

En sortant du SRPJ, Servaz prit la direction du cœur ancien de la ville. Il n'avait pas envie de rentrer chez lui. Pas tout de suite. Il avait besoin d'évacuer la tension et la rage que les types comme Vilmer faisaient naître en lui. Il tombait une pluie fine et il n'avait pas de parapluie, mais il accueillit cette pluie comme une bénédiction. Il lui sembla qu'elle le lavait de l'ordure dans laquelle il baignait depuis plusieurs jours.

Sans qu'il s'en rende compte, ses pas le portèrent vers la rue du Taur et il se retrouva devant l'entrée vitrée et brillamment éclairée de Charlène's, la galerie d'art que dirigeait l'épouse de son adjoint. La galerie, étroite et toute en profondeur, se déployait sur deux niveaux, dont les intérieurs modernes et blancs étaient visibles à travers les baies vitrées et contrastaient avec les vieilles façades de brique rose voisines. Il y avait beaucoup de monde à l'intérieur. *Un vernissage.* Il allait s'éclipser lorsqu'en levant la tête il vit Charlène Espérandieu qui lui faisait signe depuis le premier étage. À contrecœur, il entra dans la longue salle – vêtements et cheveux ruisselants, chaussures trempées couinant et laissant des traces humides sur le plancher de bois clair, attirant cependant moins les regards qu'il ne l'aurait cru. Tous ces visages cultivaient l'excentricité, la modernité et l'ouverture d'esprit, du moins le croyaient-ils. En surface, ils étaient ouverts et modernes mais qu'en était-il en profondeur ? Un conformisme chasse l'autre, songea-t-il. Il se dirigea vers l'escalier d'acier en colimaçon, dans le fond, les yeux blessés par la lumière trop vive des rails de spots et par la blancheur des lieux. Il allait mettre le pied sur la première marche lorsqu'il fut frappé par un immense tableau contre le mur du fond.

En vérité, il ne s'agissait pas véritablement d'un tableau mais d'une photographie de quatre mètres de haut.

Une immense crucifixion dans des tons bleuâtres maladifs. Derrière la croix, on devinait un ciel d'orage où bouillonnaient des nuages cisaillés par des éclairs livides. Sur la croix, une femme enceinte avait remplacé le Christ. La tête inclinée sur le côté, elle pleurait des larmes de sang. Des gouttes d'un sang très rouge coulaient également de la couronne d'épines sur son front bleuté. Non seulement elle était crucifiée mais on lui avait arraché les seins, remplacés par deux plaies sanguinolentes du même rouge vif, et ses iris étaient d'un blanc translucide et laiteux comme si un voile de cataracte les recouvrait.

Servaz eut un mouvement de recul. Cette image était d'un réalisme et d'une violence insoutenables. Quel cinglé avait eu l'idée de cette représentation ?

D'où venait cette fascination pour la violence ? se demanda-t-il. Cette avalanche d'images choquantes à la télé, au cinéma, dans les livres. Était-ce une façon de conjurer la peur ? Pour la plupart, tous ces artistes ne connaissaient la violence qu'indirectement, de manière abstraite. Autrement dit, ils ne la connaissaient pas. Si des flics confrontés à d'insoutenables scènes de crime, des pompiers désincarcérant chaque semaine des accidentés de la route, des magistrats ayant connaissance jour après jour de faits divers atroces s'étaient mis à peindre, à sculpter ou à écrire, qui sait ce qu'ils auraient représenté, ce qui en serait sorti ? La même chose ou quelque chose de radicalement différent ?

Les degrés d'acier vibrèrent sous ses pas quand il grimpa à l'étage. Charlène bavardait avec un homme élégant, vêtu d'un costume très coûteux, le cheveu blanc et soyeux. Elle s'interrompit pour lui faire signe d'approcher, puis elle fit les présentations. Servaz crut comprendre que l'homme, un banquier, était un des meilleurs clients de la galerie.

— Bien, je vais redescendre admirer cette très belle exposition, dit-il. Encore bravo pour votre goût si sûr, ma chère. Je ne sais comment vous faites pour dénicher chaque fois des artistes aussi talentueux.

L'homme s'éloigna. Servaz se demanda s'il l'avait regardé une seule fois, il ne semblait même pas avoir remarqué son état. Pour ce genre d'homme, Servaz n'existait pas. Charlène embrassa Servaz sur la joue et il sentit le parfum de framboise et de vodka dans son haleine. Elle resplendissait dans sa robe de grossesse rouge sous une courte veste de vinyle blanc et ses yeux comme son collier brillaient d'un éclat un peu trop vif.

— Il pleut, on dirait, dit-elle en le regardant et en souriant tendrement. (Elle montra la galerie.) C'est rare que tu viennes ici. Ça me fait très plaisir que tu sois là, Martin. Tu aimes ?

— C'est un peu… *déstabilisant*, répondit-il.

Elle rit.

— L'artiste se fait appeler Mentopagus. Le thème de l'expo, c'est : *Cruauté*.

— Dans ce cas, c'est très réussi, plaisanta-t-il.

— Tu as une sale tête, Martin.

— Désolé, je n'aurais pas dû entrer dans cet état.

Elle balaya ses excuses d'un geste.

— Le meilleur moyen de ne pas se faire remarquer ici c'est d'avoir un troisième œil au milieu du front. Tous ces gens pensent qu'ils sont à la pointe de l'avant-garde, de la modernité, de l'anticonformisme – qu'ils sont *beaux* intérieurement – et qu'ils sont meilleurs que les autres…

Il fut surpris par l'amertume qui perçait dans sa voix et il considéra son verre plein de glaçons. Peut-être était-ce l'alcool.

— Le cliché de l'artiste égocentrique, dit-il.

— Si les clichés deviennent des clichés, c'est justement parce qu'ils contiennent plus de vérité, rétorqua-t-elle. En réalité, je crois que je ne connais que deux personnes ayant une véritable beauté intérieure, poursuivit-elle comme si elle se parlait à elle-même. Vincent et toi. Deux flics… Et pourtant, en ce qui te concerne, elle est bien cachée…

Il fut surpris par cet aveu. Il ne s'y attendait pas du tout.

— Je hais les artistes, lâcha-t-elle soudain avec un tremblement dans la voix.

Le geste suivant le surprit encore plus. Elle se pencha et déposa un nouveau baiser sur sa joue, mais au coin de sa bouche, cette fois. Puis elle effleura furtivement les lèvres de Servaz du bout des doigts – un double geste d'une surprenante retenue et d'une stupéfiante intimité –, avant de s'éloigner. Il entendit ses talons résonner sur les degrés de métal tandis qu'elle redescendait.

Le cœur de Servaz battait au même rythme. La tête lui tournait. Une partie du plancher était recouverte d'un tas de gravats, de plâtre et de pavés, et il se demanda s'il s'agissait d'une œuvre d'art ou d'un chantier en cours. Face à lui, sur le mur blanc, un tableau carré sur lequel grouillait une multitude de petits personnages composant une foule compacte et colorée. Il y en avait des centaines – peut-être des milliers. Apparemment, l'expo *Cruauté* avait épargné le premier étage.

— Magistral, n'est-ce pas ? dit une femme à côté de lui. Ce côté pop art, bande dessinée. On dirait du Lichtenstein miniaturisé !

Il faillit sursauter. Absorbé dans ses pensées, il ne l'avait pas entendue approcher. Elle parlait comme si elle faisait des vocalises, sa voix montant et descendant.

— *Quos vult perdere Jupiter prius dementat*, dit-il.

La femme le regarda sans comprendre.

— C'est du latin : « Ceux que Jupiter veut perdre, il les rend d'abord fous. »

Il fila en direction de l'escalier.

En rentrant chez lui, il mit *Le Chant de la terre* dans la version moderne d'Eiji Oué avec Michelle De Young et Jon Villars sur sa chaîne stéréo et passa directement au bouleversant *Adieu*. Il n'avait pas sommeil et il choisit un livre dans sa bibliothèque. *Les Éthiopiques* d'Héliodore.

« L'enfant est ici avec moi. C'est ma fille ; elle porte mon nom ; toute ma vie repose sur elle. Accomplie en tous points, elle me donne satisfaction au-delà de ce que je pouvais souhaiter. Comme elle a eu vite fait d'atteindre un plein épanouissement, semblable à un vigoureux rejeton d'une belle venue ! Elle surpasse en beauté toutes les autres, à ce point que nul, grec ou étranger, ne peut se retenir de la regarder. »

Assis dans son fauteuil devant la bibliothèque, il s'arrêta de lire et pensa à Gaspard Ferrand, père brisé. Ses pensées tournèrent ensuite autour des suicidés et d'Alice comme un vol de corbeaux autour d'un champ. Comme la jeune Chariclée d'Héliodore, Alice attirait à elle tous les regards. Il avait relu les témoignages des voisins : Alice Ferrand était une enfant idéale, belle, précoce, d'excellents résultats scolaires – y compris en sport – et toujours prête à rendre service. *Mais elle avait changé les derniers temps*, à en croire son père. Que lui était-il arrivé ? Puis il pensa au quatuor Grimm-Perrault-Chaperon-Mourrenx. Alice et les autres suicidés avaient-ils croisé le chemin du quatuor ? À quelle occasion ? À la colonie ? Mais deux des sept suicidés n'y avaient jamais séjourné.

De nouveau, il était parcouru de frissons. Il avait l'impression que la température de l'appartement avait chuté de plusieurs degrés. Il voulut aller jusqu'à la cuisine pour y prendre une petite bouteille d'eau minérale mais, tout à coup, le salon se mit à tourner. Les livres sur les rayonnages se mirent à onduler tandis que la lumière de la lampe lui parut éclatante et vénéneuse. Servaz se laissa retomber dans son fauteuil.

Il ferma les yeux. Quand il les rouvrit, le vertige avait cessé. *Qu'est-ce qu'il avait, bon sang ?*

Il se releva et fila dans la salle de bains. Il sortit un des cachets de Xavier. Sa gorge était en feu, l'eau fraîche lui fit du bien pendant une demi-seconde puis la sensation de brûlure revint. Il massa ses globes oculaires et regagna le salon. Il sortit sur le balcon respirer un peu. Il jeta un coup d'œil aux lumières de la ville et il songea à la façon dont les villes modernes, avec leurs éclairages irréels et leur bruit permanent, transforment leurs habitants en insomniaques et en fantômes somnolents lorsque le jour se lève.

Puis sa pensée revint encore une fois à Alice. Il revit la chambre sous les toits, le mobilier orange et jaune, les murs violets et la moquette blanche. Les photos et les cartes postales, les CD et les affaires scolaires, les vêtements et les livres. *Un journal... Il manquait un journal...* Servaz était de plus en plus persuadé qu'une adolescente comme Alice ne pouvait pas ne pas en avoir tenu un.

Il y avait forcément un journal quelque part...

Il repensa à Gaspard Ferrand, prof de lettres, globe-trotter, yogi... Il le compara instinctivement à son père. Prof de lettres lui aussi, de latin et de grec. Un homme brillant, secret, excentrique – colérique aussi parfois. *Genus irritabile vatum* : « La race irritable des poètes ».

Servaz savait très bien qu'une telle pensée allait en entraîner une autre, mais il était déjà trop tard pour endiguer le flot et il laissa le souvenir l'envahir, s'emparer de lui avec une précision cauchemardesque.

Les faits. Rien que les faits.

Les faits étaient les suivants : par une tiède soirée de juillet, le jeune Martin Servaz, dix ans, était en train de jouer dans la cour de la maison familiale quand les phares d'une voiture s'étaient approchés sur la longue route droite. La maison des Servaz était une ancienne ferme isolée, à trois kilomètres du village le plus proche. 10 heures du soir. Une douce semi-obscurité régnait, dans les champs voisins la stridulation des grillons serait bientôt remplacée par le bruit des grenouilles, un bruit sourd de tonnerre roulait à l'horizon des montagnes et des étoiles de plus en plus nettes apparaissaient dans le ciel encore pâle. Puis il y avait eu, dans le silence du soir, l'imperceptible chuintement de cette voiture au loin, approchant sur la route. Le chuintement était devenu un bruit de moteur et la voiture avait ralenti. Elle avait tourné ses phares vers la maison et remonté lentement le chemin, secouée par les cahots. Ses pneus avaient crissé sur le gravier lorsqu'elle avait franchi le portail et freiné dans la cour. Un coup de vent avait fait bruire les peupliers au moment où les deux hommes en étaient descendus. Il distinguait mal leur visage à cause de l'obscurité qui commençait à tomber sous les arbres, mais il avait entendu distinctement la voix de l'un d'eux dire :

— Salut petit, tes parents sont là ?

Au même moment, la porte de la maison s'était ouverte et sa mère s'était encadrée dans la lumière sur le seuil. L'homme qui avait parlé s'était alors approché de sa mère en s'excusant pour le dérangement et en s'exprimant d'une voix rapide tandis que le second posait une main amicale sur son épaule. Il y avait quelque chose dans cette main qui avait immédiatement déplu au jeune Servaz. Comme une infime perturbation dans la paix de cette soirée. Comme une sourde menace que le jeune garçon était seul à percevoir, bien que l'autre homme s'exprimât avec amabilité et qu'il vît sa mère sourire. En levant la tête, il avait aperçu son père, sourcils froncés, à la fenêtre de son bureau, au premier étage, là où il corrigeait les copies de ses élèves. Il avait eu envie de crier à sa mère de faire attention, de ne pas les laisser pénétrer dans la maison – mais on lui avait appris la politesse et aussi à se taire quand les adultes parlaient.

Il avait entendu sa mère dire : « Entrez. »

Puis l'homme derrière lui l'avait doucement poussé en avant, ses gros doigts brûlant son épaule à travers le fin tissu de sa chemisette, et il avait trouvé ce geste moins amical qu'autoritaire. Encore aujourd'hui, il se souvenait que chacun de leurs pas sur le gravier résonnait dans sa tête comme un avertissement. Il se souvenait de l'odeur forte d'eau de toilette et de sueur derrière lui. Il se souvenait que la stridulation des grillons lui avait paru gagner en intensité et retentir elle aussi comme une alarme. Même son cœur pulsait comme un tam-tam maléfique. C'était au moment où ils arrivaient en haut du perron que l'homme avait plaqué quelque chose sur sa bouche et sur son nez. Un bout de tissu humide. En un instant un trait de feu avait brûlé sa gorge et ses poumons et il avait vu des points blancs danser devant ses yeux avant de sombrer dans un trou noir.

Lorsqu'il avait repris conscience, il se trouvait dans le cagibi sous l'escalier, nauséeux et hébété, et la voix suppliante de sa mère à travers la porte l'avait inondé de peur. En entendant les voix grondantes des deux hommes la menacer, la rassurer et se moquer d'elle tour à tour, sa peur était devenue incontrôlable et il s'était mis à trembler. Il se demandait où était passé son père. D'instinct, il avait su ce qu'étaient ces hommes : des êtres pas tout à fait humains, des méchants de cinéma, des créatures malfaisantes, des super-vilains de bande dessinée : le Bricoleur et le Bouffon vert… Il avait deviné que son père devait être ligoté quelque part, impuissant, comme souvent le héros dans les bandes dessinées, sans quoi il serait déjà intervenu pour les sauver. Bien des années plus tard, il s'était dit que ni Sénèque ni Marc Aurèle n'avaient été d'un grand secours à son père au moment de raisonner les deux visiteurs. Mais peut-on raisonner deux loups affamés ? Ce n'était pas de viande, cependant, que ces loups avaient faim ; c'était une autre chair qu'ils convoitaient. Si le jeune Martin avait eu une montre, il aurait pu constater qu'il était minuit vingt quand il avait repris connaissance et qu'il devait encore s'écouler près de cinq heures avant que l'horreur ne cesse, cinq heures au cours desquelles sa mère avait hurlé, sangloté, hoqueté, juré et supplié presque sans discontinuer. Et tandis que les hurlements maternels se muaient petit à petit en sanglots, en hoquets puis en murmures inintelligibles, tandis que la morve lui coulait du nez en une traînée visqueuse et que l'urine coulait chaude entre ses cuisses, tandis que les premiers bruits de l'aube franchissaient la porte du cagibi – un coq s'égosillant prématurément, un chien aboyant au loin, une voiture passant sur la route à cent mètres de là – et qu'une vague clarté grise filtrait au ras du sol, progressivement le silence s'était fait dans la maison – un silence total, définitif et bizarrement rassurant.

Servaz était dans la police depuis trois ans lorsqu'il avait réussi à se procurer le rapport d'autopsie, quinze ans après les faits. Avec le recul, il savait qu'il avait commis là une erreur des plus funestes. Il avait cru que les années lui donneraient la force nécessaire. Il s'était trompé. Il avait découvert avec une indicible horreur et en détail ce que sa mère avait subi cette nuit-là. Après quoi le jeune policier avait refermé le rapport, s'était précipité aux toilettes et avait vomi son déjeuner.

Les faits. Rien que les faits.

Les faits étaient les suivants : son père avait survécu – mais il avait quand même passé deux mois à l'hôpital pendant lesquels le jeune Martin avait été placé chez sa tante. À sa sortie d'hôpital, son père avait repris son métier de professeur. Mais il était très vite apparu qu'il n'était plus apte à l'exercer : il s'était plusieurs fois présenté ivre, barbu et échevelé devant ses élèves, qu'il avait en outre copieusement insultés. L'administration l'avait finalement mis en congé illimité et son père en avait profité pour s'enfoncer davantage. Le jeune Martin avait de nouveau été placé chez sa tante... Les faits, rien que les faits... Deux semaines après avoir rencontré à l'université celle qui deviendrait sa femme six mois plus tard, alors que l'été approchait, Servaz était retourné voir son père. En descendant de voiture, il avait jeté un bref coup d'œil à la maison. Sur le côté, l'ancienne grange tombait en ruine ; le corps d'habitation lui-même semblait inhabité, la moitié au moins des volets étaient clos. Servaz avait frappé à la vitre de la porte d'entrée. Pas de réponse. Il l'avait ouverte. « Papa ? » Seul le silence lui avait répondu. Le vieux devait encore une fois être étendu ivre mort quelque part. Après avoir jeté sa veste et sa besace sur un meuble et s'être servi un verre d'eau dans la cuisine, il avait, sa soif étanchée, grimpé l'escalier, sachant que son père devait se trouver dans son bureau, probablement en train de cuver. Le jeune Martin avait raison : il s'y trouvait – dans son bureau. Une musique assourdie montait à travers la porte close, qu'il avait reconnue aussitôt : Gustav Mahler, le compositeur préféré de son père.

Et il avait tort : il ne cuvait pas. Il ne lisait pas non plus un de ses auteurs latins favoris. Il gisait, immobile, dans son fauteuil, les yeux grands ouverts et vitreux, une écume blanche aux lèvres. Poison.

Comme Sénèque, comme Socrate. Deux mois plus tard, Servaz passait le concours d'officier de police.

À 22 heures, Diane éteignit la lumière de son bureau. Elle emporta un travail qu'elle voulait terminer avant de se coucher et remonta dans sa chambre du quatrième étage. Il y faisait toujours aussi froid et elle passa son peignoir par-dessus ses vêtements avant de s'asseoir à la tête du lit et d'attaquer sa lecture. En consultant ses notes, elle revit son premier patient du jour : un petit homme de soixante-quatre ans à l'air inoffensif et à la voix aiguë et éraillée comme si on lui avait limé les cordes vocales. Un ancien prof de philo. Il l'avait saluée avec une politesse extrême quand elle était entrée. Elle s'était entretenue avec lui dans un salon équipé de tables et de fauteuils scellés dans le sol. Il y avait une télé grand écran enfermée dans une coque de Plexiglas et tous les angles et arêtes du mobilier étaient caparaçonnés de plastique. Personne d'autre dans le salon, mais un aide-soignant montait la garde depuis le seuil de la pièce.

— Victor, comment vous vous sentez aujourd'hui ? avait-elle demandé.

— *Comme un putain de sac de merde…*

— Que voulez-vous dire ?

— *Comme un gros étron, un excrément, une crotte, un gros cigare, un caca, un…*

— Victor, pourquoi êtes-vous si grossier ?

— *Je me sens comme ce qui vous sort des fesses, doc, quand vous allez à la…*

— Vous ne voulez pas me répondre ?

— *Je me sens comme…*

Elle s'était dit que jamais plus elle ne lui demanderait comment il se sentait. Victor avait tué sa femme, son beau-frère et sa belle-sœur à coups de hache. D'après son dossier, sa femme et sa belle famille le traitaient comme un moins-que-rien et se moquaient de lui en permanence. Dans sa vie « normale », Victor avait été quelqu'un d'une grande éducation et d'une grande culture. Au cours de sa précédente hospitalisation, il s'était jeté sur une infirmière qui avait eu le malheur de rire devant lui. Heureusement, il ne pesait que cinquante kilos.

Elle avait beau essayer de se concentrer sur son cas, elle n'y parvenait pas complètement. Quelque chose d'autre rôdait à la lisière de sa conscience. Elle était pressée de terminer ce travail pour revenir à ce qui se passait à l'Institut. Elle ne savait pas ce qu'elle allait trouver mais elle était bien décidée à pousser ses investigations plus loin. Et, désormais, elle savait par où commencer. L'idée lui était venue après avoir surpris Xavier sortant de son bureau.

En ouvrant le dossier suivant, elle revit aussitôt le patient en question. Un homme de quarante ans au regard fiévreux, aux joues creuses mangées par la barbe et aux cheveux sales. Un ancien chercheur spécialisé dans la faune marine, d'origine hongroise. Qui parlait un excellent français avec un fort accent slave. György.

— Nous sommes reliés aux grands fonds, lui avait-il dit d'emblée. Vous ne le savez pas encore, docteur, mais nous n'existons pas vraiment, nous n'existons qu'à l'état de pensées, nous sommes des émanations de l'esprit des créatures abyssales, celles qui vivent au fond des océans par plus de deux mille mètres de profondeur. C'est le royaume des ténèbres éternelles, la lumière du jour n'arrive jamais en bas. Il y fait *noir* tout le temps. (En entendant ce mot, elle avait senti passer sur elle l'aile glacée de la peur.) Et froid, très très froid. Et la pression : elle y est colossale. Elle augmente d'une atmosphère tous les dix mètres. Insupportable sauf pour ces créatures. Elles ressemblent à des monstres, vous savez. Comme nous. Elles ont des yeux énormes, des mâchoires pleines de dents acérées et des organes lumineux tout le long du corps. Ce sont soit des charognards, des nécrophages, qui se nourrissent des cadavres tombés des couches supérieures de l'océan, soit d'affreux prédateurs capables de ne faire qu'une seule bouchée de leurs proies. En bas, tout n'est que ténèbres et cruauté. Comme ici. Il y a le poisson-vipère ou *Chauliodus sloani*, dont la tête ressemble à un crâne hérissé de dents longues comme des couteaux et transparentes comme du verre et dont le corps de serpent est hérissé de points lumineux. Il y a le *Linophryne lucifer* et le *Photostomias guernei*, plus laids et effrayants que des piranhas. Il y a les *pycnogonides,* qui ressemblent à des araignées, et les haches d'argent, qui ont l'air de poissons morts et qui sont pourtant vivantes. Ces créatures ne voient jamais la lumière du jour, elles ne remontent jamais vers la surface. Comme nous, docteur. Ne voyez-vous pas l'analogie ? C'est parce qu'ici nous n'existons pas vraiment, contrairement à vous. Nous sommes sécrétés par l'esprit de ces créatures. Chaque fois qu'au fond l'une d'elles meurt, ici l'un de nous meurt aussi.

Ses yeux s'étaient voilés tandis qu'il parlait, comme s'il était parti là-bas, au fond des ténèbres océaniques. Ce discours absurde avait glacé Diane par sa cauchemardesque beauté. Elle avait eu du mal à évacuer les images qu'il avait enfantées.

Tout, à l'Institut, fonctionnait par antinomies, s'était-elle dit. Beauté/cruauté. Silence/hurlements. Solitude/promiscuité. Peur/curiosité. Depuis qu'elle était ici, elle ne cessait d'être agitée par des sentiments contradictoires.

Elle referma la chemise concernant le patient nommé György et elle se concentra sur autre chose. Elle avait repensé toute la soirée au traitement que Xavier infligeait à certains de ses patients. Cette camisole chimique. Et à la visite clandestine qu'il avait effectuée dans son bureau. Dimitri, le gérant de la pharmacie, avait-il raconté à Xavier qu'elle s'intéressait d'un peu trop près à sa façon de soigner les malades ? Peu probable. Elle avait senti dans les propos de Dimitri une sourde hostilité à l'égard du psychiatre. Il ne fallait pas oublier qu'il n'était arrivé que depuis quelques mois, en remplacement de l'homme qui avait fondé cet endroit. Avait-il des problèmes relationnels avec le personnel ?

Elle fouilla dans son bloc jusqu'au moment où elle retrouva le nom des trois mystérieux produits commandés par Xavier. Pas plus que la première fois ces noms ne lui parurent familiers.

Elle ouvrit son ordinateur portable et lança Google. Entra les deux premiers mots-clefs de sa recherche...

Diane sursauta en découvrant que l'Hypnosal était l'une des formes commerciales du thiopental sodique, un anesthésique qui faisait partie des trois produits administrés aux condamnés à mort par injection létale aux États-Unis, aussi employé dans les euthanasies aux Pays-Bas ! Une autre forme commercialisée portait un nom bien connu : Penthotal. Il avait été utilisé un temps en narcoanalyse. La narcoanalyse consistait à injecter un anesthésique pour aider le patient analysé à faire ressurgir de prétendus souvenirs réprimés. Une technique depuis longtemps abandonnée et critiquée, l'existence de traumatismes inconsciemment refoulés n'ayant jamais été scientifiquement prouvée.

À quoi jouait Xavier ?

La deuxième entrée la laissa encore plus perplexe. La xylazine était aussi un anesthésique – mais *vétérinaire*. Diane se demanda si elle avait loupé quelque chose et elle poursuivit ses investigations dans les différentes entrées fournies par le moteur de recherche, mais elle ne trouva pas d'autres applications connues. Elle se sentait de plus en plus perplexe. Que venait faire un produit vétérinaire dans la pharmacie de l'Institut ?

Elle passa rapidement au troisième produit. Là, ses sourcils formèrent un accent circonflexe. Comme les deux autres, l'halothane était un agent anesthésique. Sa toxicité pour le cœur et le foie l'avait toutefois fait disparaître des blocs opératoires, sauf dans les pays en voie de développement. La commercialisation à usage humain avait cependant été stoppée partout à partir de 2005. Comme la xylazine, l'halothane n'était plus destiné qu'à un usage vétérinaire.

Diane se renversa en arrière, calée contre les oreillers, et réfléchit. À sa connaissance, il n'y avait pas d'animaux à l'Institut – même pas un chien ou un chat (elle avait cru comprendre que certains pensionnaires éprouvaient une terreur phobique des animaux domestiques). Elle attrapa son ordinateur et reprit une par une les informations dont elle disposait. Tout à coup, son œil s'arrêta sur quelque chose. Elle avait failli louper le plus important : les trois produits n'étaient employés *concomitamment* que dans un seul cas. *Pour anesthésier un cheval...* L'information se trouvait dans un site spécialisé à destination des vétérinaires. Le rédacteur, lui-même spécialiste de médecine équine, recommandait une prémédication à la xylazine à raison de 0,8 mg/kg suivie d'une injection IV de thiopental sodique et enfin d'halothane au taux de 2,5 % pour un cheval d'environ 490 kilos.

Un cheval...

Dans son estomac, quelque chose qui ressemblait aux créatures décrites par György commença à se réveiller. *Xavier...* Elle revint en pensée à la conversation surprise par la bouche d'aération. Il avait paru si désemparé ce jour-là, si perdu, lorsque ce flic lui avait annoncé que quelqu'un à l'Institut était mêlé à la mort de ce cheval. Elle ne pouvait pas imaginer une seule raison pour laquelle le psychiatre se serait rendu là-haut et aurait tué cet animal. D'ailleurs, le flic avait parlé de deux personnes. En revanche, elle commençait à entrevoir autre chose... Si c'était bien Xavier qui avait fourni les drogues ayant permis d'anesthésier le cheval avant de le tuer, c'était sans aucun doute lui aussi qui avait sorti l'ADN d'Hirtmann.

Cette idée fit s'agiter la chose vivante au creux de son estomac. Dans quel but ? Quel était le rôle de Xavier dans tout ça ?

Le psychiatre savait-il à ce moment-là qu'après un cheval un homme serait tué ? Quelle raison avait-il de se rendre complice de crimes commis dans ces vallées, lui qui n'était ici que depuis quelques mois ?

Elle n'arriva pas à fermer l'œil après ça. Elle tourna et retourna dans son lit, roulant tantôt sur le dos tantôt sur le ventre et contemplant la faible lueur grise de l'autre côté de la fenêtre contre laquelle le vent sifflait. Trop de questions désagréables maintenaient son cerveau en éveil. Vers 3 heures, elle prit un demi-somnifère.

Assis dans son fauteuil, Servaz écoutait le commentaire de la flûte dans le premier récitatif de l'*Adieu*. Quelqu'un l'avait un jour comparé à un « rossignol de rêve ». Ensuite venaient, comme des battements d'ailes, la harpe et la clarinette. *Les chants d'oiseaux*, se souvint-il soudain. Pourquoi était-il de nouveau perturbé par le souvenir de ces chants ? Chaperon aimait la nature, l'alpinisme. Et après ? En quoi ces enregistrements pouvaient-ils revêtir la moindre importance ?

Servaz avait beau réfléchir, il ne voyait pas. Pourtant, il en était sûr : quelque chose était là, tapi dans l'ombre, qui attendait un nouvel éclairage. Et ce quelque chose avait un rapport avec ces enregistrements trouvés chez le maire. Il avait hâte de savoir si c'étaient bien des chants d'oiseaux qui se trouvaient sur les cassettes. Mais ce n'était pas seulement ça qui le tracassait. *Il y avait autre chose...*

Il se leva et marcha jusqu'au balcon. Il avait cessé de pleuvoir mais une légère brume collait aux trottoirs mouillés et entourait les éclairages de la ville de halos vaporeux. Une humidité froide montait de la rue. Il repensa à Charlène Espérandieu. À l'étonnante intimité du baiser qu'elle avait déposé sur sa joue et, de nouveau, il eut les boyaux noués.

En franchissant la porte-fenêtre, il comprit son erreur : ce n'étaient pas les chants d'oiseaux, c'étaient les cassettes qui avaient attiré son attention. Le nœud dans ses boyaux durcit comme si on lui avait versé du ciment à prise rapide dans l'œsophage. Son pouls s'accéléra. Il fouilla dans son calepin jusqu'à trouver le numéro et le composa.

— Allô ? dit une voix d'homme.

— Je peux passer chez vous dans une heure et demie environ ?

Un silence.

— Mais il sera plus de minuit !

— Je voudrais jeter un nouveau coup d'œil à la chambre d'Alice.

— À cette heure-ci ? Ça ne peut pas attendre demain ?

La voix au bout du fil était franchement atterrée. Servaz pouvait se mettre à la place de Gaspard Ferrand : sa fille était morte depuis quinze ans. Quelle urgence pouvait-il bien y avoir, tout à coup ?

— J'aimerais quand même y jeter un coup d'œil cette nuit, insista-t-il.

— Très bien. Je ne me couche jamais avant minuit, de toute façon. Je vous attends jusqu'à minuit trente. Après, je vais me coucher.

Vers minuit vingt-cinq, il atteignit Saint-Martin mais, au lieu d'entrer dans la ville, il emprunta la rocade et prit la direction du village endormi à cinq kilomètres de là.

Gaspard Ferrand ouvrit au premier coup de son-nette. Il avait l'air intrigué et curieux au plus haut point.

— Il y a du nouveau ?

— Je voudrais revoir la chambre d'Alice, si ça ne vous dérange pas.

Ferrand darda sur lui un regard interrogatif. Il portait une robe de chambre sur un pull et un vieux jean. Il était pieds nus dans des pantoufles. Il montra l'escalier. Servaz le remercia et grimpa rapidement les marches. Dans la chambre, il se dirigea droit sur la tablette de bois au-dessus du petit bureau peint en orange.

Le lecteur de cassettes audio.

Cet appareil ne faisait ni radio ni lecteur de CD, contrairement à la chaîne stéréo sur le sol ; c'était un antique lecteur de cassettes qu'Alice avait dû récupérer quelque part.

Sauf que Servaz n'avait pas vu de cassettes lors de sa première visite. Il le soupesa. Le poids de l'appareil semblait normal – mais cela ne voulait rien dire. Il ouvrit à nouveau tous les tiroirs du bureau et des tables de nuit, un par un. Pas de cassettes. Nulle part. Peut-être y en avait-il eu à un moment donné et Alice les avait-elle jetées lorsqu'elle était passée aux CD ?

Alors, pourquoi avoir conservé cet appareil encombrant ? La chambre d'Alice ressemblait à un musée des années 1990 – avec ses posters, ses CD, sa Game Boy et ses couleurs…

Un seul anachronisme : le lecteur…

Servaz l'attrapa par la poignée qui se trouvait sur le dessus et l'examina sous toutes les coutures. Puis il appuya sur le bouton d'ouverture du compartiment. Vide. Il redescendit au rez-de-chaussée. Le son de la télé montait du salon. Une émission littéraire et culturelle à l'horaire tardif.

— Il me faudrait un petit tournevis cruciforme, dit Servaz sur le seuil de la pièce. Vous auriez ça ?

Ferrand était assis dans le sofa. Cette fois, le professeur de lettres lui décocha un regard franchement inquisiteur.

— Qu'est-ce que vous avez découvert ?

Sa voix était impérieuse, impatiente. Il voulait savoir.

— Rien, absolument rien, répondit Servaz. Mais si je trouve quelque chose, je vous le dirai.

Ferrand se leva et sortit de la pièce. Une minute plus tard, il était de retour avec un tournevis. Servaz remonta sous les combles. Il n'eut aucune difficulté à défaire les trois vis. *Comme si elles avaient été serrées par une main d'enfant…*

Retenant son souffle, il retira le panneau avant.

J'ai trouvé…

Cette gamine avait du génie. Une partie de l'appareil avait été soigneusement évidée de ses composants électroniques. Maintenus contre la coque de plastique par un gros ruban adhésif brun se trouvaient trois petits carnets à couverture bleue.

Servaz les contempla un long moment sans réagir. Est-ce qu'il ne rêvait pas ? *Le journal d'Alice…* Il était resté là pendant des années, à l'insu de tous. Encore une chance que Gaspard Ferrand eût conservé la chambre de sa fille intacte. Avec d'infinies précautions, il détacha le ruban adhésif qui s'était desséché et racorni et il extirpa les carnets de l'appareil.

— Qu'est-ce que c'est ? dit une voix derrière lui.

Servaz se retourna. Ferrand fixait les carnets. Son œil étincelait comme celui d'un rapace. Il brûlait d'une curiosité presque malsaine. Le policier ouvrit le premier carnet et y jeta un coup d'œil. Il lut les premiers mots. Son cœur s'emballa : *Samedi 12 août… C'est bien ça…*

— On dirait un journal.

— C'était là-dedans ? dit Ferrand, stupéfait. Pendant toutes ces années, c'était là-dedans ?!

Servaz hocha la tête. Il vit les yeux du professeur s'emplir de larmes, son visage se tordre en une grimace de désolation et de douleur. Servaz se sentit tout à coup très mal à l'aise.

— Je dois les examiner, dit-il. Il y a peut-être l'explication à son geste dans ces pages, qui sait ? Ensuite, je vous les rendrai.

— Vous y êtes arrivé, murmura Ferrand d'une voix blanche. Vous avez réussi là où nous avons tous échoué... C'est incroyable... Comment... comment avez-vous deviné ?

— Pas encore, le tempéra Servaz. C'est trop tôt.

22.

Il était près de 8 heures du matin et le ciel pâlissait au-dessus des montagnes lorsqu'il acheva sa lecture. Les carnets refermés, il sortit sur le balcon et respira l'air froid et vif de l'aube. Exténué. Physiquement malade. Au bord de la rupture. D'abord le garçon nommé Clément et maintenant ça…

Il ne neigeait plus. La température était même un peu remontée, mais des couches empilées de nuages défilaient au-dessus de la ville et, en haut des pentes, le profil des sapins à peine sortis de la nuit se fondait dans le brouillard. Les toits et les rues se mirent à briller d'un éclat argenté et Servaz sentit les premières gouttes de pluie sur son visage. Elles criblèrent la neige accumulée dans l'angle du balcon et il rentra dans la chambre. Il n'avait pas faim – mais il lui fallait au moins avaler un café chaud. Il descendit dans la grande véranda Art déco qui surplombait la ville brouillée par la pluie. La serveuse lui apporta des tartines de pain frais, un café, un verre de jus d'orange, du beurre et des petits pots de confiture. À sa grande surprise, il dévora. Manger ressemblait à un exorcisme ; manger signifiait qu'il était vivant, que l'enfer contenu entre les pages de ces carnets ne le concernait pas. Ou du moins qu'il pouvait le tenir à distance encore un moment.

Je m'appelle Alice, j'ai quinze ans. Je ne sais pas ce que je vais faire de ces pages, ni si quelqu'un les lira un jour. Peut-être que je vais les déchirer ou les brûler sitôt après les avoir écrites. Peut-être que non. Mais si je ne les écris pas maintenant, putain je vais devenir dingue. J'ai été violée. Pas par un seul salopard, non – mais par plusieurs immondes pourritures. Une nuit d'été. Violée...

Le journal d'Alice était l'une des choses les plus pénibles qu'il lui eût été donné de lire. Une lecture atroce... Le journal intime d'une adolescente fait de dessins, de poèmes, de phrases sibyllines. Au cours de la nuit, alors que l'aube s'approchait avec la lenteur d'un animal craintif, il avait été tenté de le jeter dans la corbeille. Il y avait pourtant peu d'informations concrètes dans ces carnets – plutôt des allusions et des sous-entendus. Cependant, quelques faits apparaissaient clairement. Au cours de l'été 1992, Alice Ferrand avait séjourné au camp de vacances aujourd'hui désaffecté des Isards. Celui-là même devant lequel Servaz était passé en se rendant à l'Institut Wargnier, celui qu'avait évoqué Saint-Cyr, celui dont la photo était épinglée dans sa chambre. Du temps où elle fonctionnait, la Colonie des Isards accueillait, l'été venu, les enfants de Saint-Martin et des vallées voisines appartenant à des familles trop modestes pour leur offrir des vacances. C'était une tradition locale. Alice, qui avait quelques-unes de ses meilleures amies envoyées au camp cette année-là, avait demandé à ses parents la permission de se joindre à elles. Ils avaient d'abord hésité, puis accepté. Alice faisait remarquer qu'ils n'avaient pas pris cette décision dans le seul but de lui faire plaisir, mais aussi parce qu'elle était conforme en fin de compte à leur idéal d'égalité et de justice sociale. Elle ajoutait qu'ils avaient pris ce jour-là « la décision la plus tragique de leur existence ». Alice n'en voulait pas à ses parents. Ni à elle-même. Elle en voulait aux « PORCS », aux « SALAUDS », aux « NAZIS » (ces mots en grosses capitales à l'encre rouge) qui avaient dévasté sa vie. Elle aurait voulu « les castrer, les émasculer, leur trancher la bite avec un couteau rouillé et les obliger à la manger – et ensuite les tuer ».

Il pensa soudain qu'il y avait plus d'un point commun entre le garçon nommé Clément et Alice : tous deux étaient intelligents et en avance sur leur âge. Tous deux pouvaient aussi faire preuve d'une violence verbale inouïe. *Et physique aussi*, se dit Servaz. Sauf que le premier l'avait retournée contre un SDF, l'autre contre elle-même.

Par chance pour Servaz, le journal d'Alice ne décrivait pas dans le détail ce qu'elle avait enduré. Ce n'était pas un journal à proprement parler : il ne racontait pas une expérience au jour le jour. C'était plutôt un réquisitoire. Un cri de douleur. Néanmoins, Alice étant une enfant intelligente, à l'esprit pénétrant, les mots étaient terribles. Les dessins étaient pires encore. Certains auraient été remarquables si le sujet n'en avait pas été aussi macabre. Parmi eux, il eut l'attention immédiatement attirée par celui qui représentait les quatre hommes capés et bottés. Alice avait du talent. Elle avait dessiné le moindre pli des capes noires et les visages des membres du quatuor dissimulés par l'ombre sinistre des capuches. D'autres dessins représentaient les quatre hommes étendus *nus*, yeux et bouches grands ouverts, *morts… Un fantasme*, songea Servaz.

En les examinant, il constata, déçu, que si les capes étaient fidèlement reproduites et les corps nus très réalistes, les visages en revanche n'évoquaient aucun des hommes qu'il connaissait. Ni Grimm, ni Perrault, ni Chaperon… C'étaient des faces boursouflées, monstrueuses, des caricatures du vice et de la cruauté qui évoquaient ces démons grimaçants sculptés au fronton des cathédrales. Alice les avait-elle intentionnellement défigurés ? Ou devait-il en conclure qu'elle et ses amis n'avaient jamais vu le visage de leurs tortionnaires ? Que ceux-ci n'avaient jamais retiré leur capuche ? Il pouvait cependant déduire de ces dessins et de ces textes un certain nombre d'informations. D'abord, sur les dessins, les hommes étaient toujours *quatre* : de toute évidence, les violeurs se réduisaient aux membres du quatuor. Ensuite, le journal répondait à une autre question posée par la mise en scène de la mort de Grimm : *les bottes*. Leur présence aux pieds du pharmacien était jusque-là une énigme, elle trouvait une explication un peu plus loin :

Ils arrivent toujours les nuits d'orage, les dégueulasses, quand il pleut. Sans doute pour être sûrs que personne ne vienne à la colonie pendant qu'ils y sont. Car qui aurait l'idée de venir dans cette vallée après minuit quand il pleut à seaux renversés ?

Ils pataugent avec leurs bottes immondes dans la boue du chemin et puis ils laissent leurs traces boueuses dans les couloirs et ils souillent tout ce qu'ils touchent, ces gros porcs.

Ils ont des rires gras, des voix fortes : j'en connais au moins une.

En lisant cette dernière phrase, Servaz avait tressailli. Il avait parcouru les carnets en tous sens, en tournant fébrilement les pages – mais nulle part il n'avait trouvé une autre allusion à l'identité des bourreaux. À un moment donné, il était également tombé sur ces mots : « *Ils ont fait ça chacun leur tour.* » Des mots qui l'avaient laissé comme tétanisé, incapable de pousser plus loin. Il avait dormi quelques heures puis il avait repris sa lecture. En relisant certains passages, il en avait conclu qu'Alice avait été violée une seule fois – ou plutôt une seule nuit –, qu'elle n'avait pas été la seule à l'être cette nuit-là, et que les hommes étaient venus au camp une demi-douzaine de fois au cours de ce même été. Pourquoi n'avait-elle rien dit ? Pourquoi aucun des enfants n'avait donné l'alerte ? À certaines mentions, Servaz crut comprendre qu'un enfant était mort, tombé dans un ravin, cet été-là. *Un exemple, un avertissement pour les autres ?* Était-ce pour cela qu'ils s'étaient tus ? Parce qu'ils avaient été menacés de mort ? Ou bien parce qu'ils avaient honte et qu'ils se disaient qu'on ne les croirait pas ? En ces temps-là, les dénonciations étaient rarissimes. À toutes ces questions, le journal n'apportait pas de réponse.

Il y avait aussi des poèmes qui témoignaient du même talent précoce que les dessins même si elle avait moins cherché à parer son texte de qualités littéraires qu'à exprimer l'horreur de ce qu'elle avait subi :

C'était MOI ce petit CORPS plein de LARMES ?
Cette Souillure, cette tache sur le sol, ce bleu : c'était Moi ? – et je

Regardai le sol tout près de mon visage, l'ombre
Du bourreau étendu ;
Peu importe ce qu'ils ont fait, ce qu'ils ont dit,
Ils ne peuvent atteindre en moi le noyau dur
l'amande pure.
« Papa, qu'est-ce que ça veut dire CATIN ? »
Ces mots quand j'avais six ans. Voilà leur réponse :
PORCS PORCS PORCS PORCS

Un détail – sinistre entre tous – avait attiré l'attention de Servaz : dans son exposition des faits, Alice
évoquait à plusieurs reprises *le bruit des capes*, le crissement du tissu imperméable noir lorsque ses agres-
seurs bougeaient ou se déplaçaient. « Ce bruit,
écrivait-elle, je ne l'oublierai jamais. Il veut dire pour
toujours une chose : le mal existe, et il est bruyant. »
Cette dernière phrase avait plongé Servaz dans un
abîme de réflexion. En poursuivant sa lecture, il
comprit pourquoi il n'avait trouvé aucun journal dans
la chambre d'Alice, aucun écrit d'aucune sorte qui fût
de sa main :

*J'ai tenu un journal. J'y racontais ma petite vie
d'avant, jour après jour. Je l'ai déchiré et jeté. Quel
sens cela aurait de tenir un journal après* ÇA ? *Non
seulement ces pourritures ont bousillé mon futur, mais
ils ont aussi salopé à jamais mon passé.*

Il comprit qu'Alice n'avait pu se résoudre à jeter
les carnets : c'était peut-être le seul endroit où la vérité
sur ce qui s'était passé apparaîtrait jamais. Mais, en
même temps, elle voulait être sûre que ses parents ne
tomberaient pas dessus. *D'où la cachette…* Elle savait
probablement que ses parents ne toucheraient pas à

sa chambre après sa mort. Du moins devait-elle l'espérer. Comme elle devait espérer, secrètement, que quelqu'un trouverait un jour les carnets... Elle était sans doute loin d'imaginer qu'il faudrait toutes ces années et que l'homme qui les exhumerait serait un parfait inconnu. En tout cas, elle n'avait pas choisi de « castrer les salauds », elle n'avait pas choisi la vengeance. *Mais quelqu'un d'autre l'avait fait pour elle... QUI ?* Son père, qui pleurait aussi la mort de sa mère ? Un autre parent ? Ou bien un enfant violenté qui ne s'était pas suicidé mais qui était devenu un adulte plein de rage, rempli à jamais d'une soif de vengeance impossible à étancher ?

Parvenu au terme de sa lecture, Servaz avait repoussé les carnets loin de lui et il était sorti sur le balcon. Il étouffait. Cette chambre, cette ville, ces montagnes. Il aurait voulu se trouver loin d'ici.

Son petit déjeuner avalé, il remonta dans sa chambre. Dans la salle de bains, il fit couler de l'eau dans le verre à dents et prit deux des cachets que lui avait donnés Xavier. Il se sentait fiévreux et nauséeux. Une fine sueur perlait à son front. Il avait l'impression que le café qu'il venait de boire lui restait sur l'estomac. Il se doucha longuement sous le jet brûlant, s'habilla, prit son téléphone portable et sortit.

La Cherokee était garée un peu plus bas, devant un magasin de liqueurs et de souvenirs. Il tombait une pluie lourde et froide, qui criblait la neige, et le bruit de l'eau s'écoulant dans les canalisations envahissait les rues. Assis au volant de la Jeep, il appela Ziegler.

512

Ce matin-là, Espérandieu décrocha son téléphone à peine arrivé à la brigade. Son appel retentit dans un building de dix étages en forme d'arc de cercle sis au 122, rue du Château-des-Rentiers (un nom prédestiné), dans le XIIIe arrondissement de Paris. Une voix dotée d'un léger accent lui répondit.

— Comment va, Marissa ? demanda-t-il.

Le commandant Marissa Pearl appartenait à la BRDE, la brigade de répression de la délinquance économique, sous-direction des Affaires économiques et financières. Sa spécialité : la délinquance en col blanc. Marissa était incollable sur les paradis financiers et fiscaux, le blanchiment d'argent, la corruption active et passive, les appels d'offres truqués, les détournements de fonds, les trafics d'influence, les multinationales et les réseaux mafieux. Elle était aussi une excellente pédagogue et Espérandieu s'était passionné pour le cours qu'elle avait donné à l'école de police. Il avait posé de nombreuses questions. Après le cours, ils avaient pris un verre et s'étaient découvert d'autres centres d'intérêt communs : le Japon, la BD indépendante, le rock indie… Espérandieu avait ajouté Marissa dans ses contacts et elle avait fait de même : dans leur métier, un bon réseau de correspondants permettait souvent de relancer une enquête en panne. De temps à autre, ils se rappelaient au bon souvenir l'un de l'autre par un petit mail ou par un coup de fil, en attendant peut-être le jour où l'un des deux aurait besoin des services de l'autre.

— Je me fais les crocs sur un grand patron du CAC 40, répondit-elle. Ma première affaire de cette envergure. Autant dire qu'on me met pas mal de bâtons dans les roues. Mais chut !

— Tu vas devenir la terreur du CAC 40, Marissa, la rassura-t-il.

— Qu'est-ce qui t'amène, Vincent ?

— Tu as quelque chose sur Éric Lombard ?

Un silence à l'autre bout.

— Ça alors ! Qui t'a rencardé ?

— À quel sujet ?

— Ne me dis pas que c'est un hasard : le type sur qui je travaille, c'est Lombard. Comment tu as eu l'info ?

Il sentit qu'elle devenait soupçonneuse. Les 380 flics de la financière évoluaient dans un univers légèrement paranoïaque : ils étaient trop habitués à croiser des politiciens corrompus, des hauts fonctionnaires achetés, mais aussi des condés et des avocats ripoux, dans l'ombre des grandes firmes transnationales.

— On a tué le cheval préféré de Lombard il y a une dizaine de jours. Ici, dans les Pyrénées. Pendant qu'il était en voyage d'affaires aux États-Unis. Ce crime a été suivi de deux meurtres dans le coin. On pense que ces affaires sont liées. Qu'il s'agit d'une vengeance. Alors, on cherche à en savoir le plus possible sur Éric Lombard. Et surtout à savoir s'il a des ennemis.

Il la sentit se détendre un peu quand elle reprit la parole.

— On peut dire que t'es un petit veinard, toi alors ! (Il devina qu'elle souriait.) On est en train de remuer la vase. Suite à une dénonciation. Et tu ne peux pas imaginer tout ce qui remonte à la surface.

— Je suppose que c'est strictement confidentiel ?

— Exact. Mais si je vois quelque chose qui pourrait avoir un rapport quelconque avec ton affaire, je te le

fais savoir, d'accord ? Deux meurtres et un cheval ?
Quelle histoire bizarre ! En attendant, je n'ai pas beaucoup de temps, là. Faut que j'y aille.

— Je peux compter sur toi ?

— Tu peux. Dès que j'ai un truc pour toi, je te le
transmets. À charge de revanche, bien sûr. Mais on
est bien d'accord : je ne t'ai rien dit et tu ne sais pas
sur quoi je travaille. En attendant, tu veux savoir la
meilleure ? Lombard a payé moins d'impôts en 2008
que le boulanger en bas de chez moi.

— Comment ça ?

— Très simple : il a les meilleurs avocats fiscalistes.
Et ils connaissent par cœur chacune des 486 niches
fiscales qui existent dans ce merveilleux pays, essen-
tiellement sous forme de crédits d'impôt. La principale
étant évidemment celle d'outre-mer. En gros, les
investissements effectués outre-mer permettent des
réductions d'impôt allant jusqu'à 60 % dans le secteur
industriel et même 70 % pour la rénovation d'hôtels
et les bateaux de plaisance. En plus, il n'y a pas de
limites aux montants des investissements et donc pas
de plafonds pour les réductions. Des investissements
qui, bien entendu, privilégient la rentabilité à court
terme et absolument pas la viabilité économique des
projets. Et, bien sûr, Lombard n'investit pas à perte :
il récupère ses billes d'une manière ou d'une autre.
Si on ajoute à ça des crédits d'impôt au titre de
conventions internationales qui évitent la double
imposition, l'achat d'œuvres d'art et tout un tas
d'astuces comptables comme la souscription
d'emprunts pour racheter des actions de son propre
groupe, plus besoin d'aller se planquer en Suisse ou
aux Caïmans. Au finish, Lombard paie moins
d'impôts qu'un contribuable qui gagne le millième de

sa fortune. Pas mal, non, pour l'une des dix plus grosses fortunes de France ?

Espérandieu se souvint de ce que Kleim162 lui avait dit un jour : le mot d'ordre des institutions financières internationales comme le FMI et des gouvernements était de « créer un environnement propice à l'investissement », autrement dit de déplacer la charge fiscale des plus riches vers les classes moyennes. Ou, comme l'avait cyniquement déclaré une milliardaire américaine emprisonnée pour fraude fiscale : « *Only little people pay taxes.* » Il devrait peut-être présenter Marissa à son contact : ils étaient faits pour s'entendre.

— Merci, Marissa, de m'avoir plombé le moral pour le reste de la journée.

Il resta un moment à contempler son économiseur d'écran. Un scandale se préparait… Il impliquait Lombard et son groupe… Est-ce que ça pouvait avoir un rapport avec leur enquête ?

Ziegler, Propp, Marchand, Confiant et d'Humières écoutèrent Servaz sans broncher. Ils avaient tous devant eux des croissants et des petits pains : un gendarme avait été les chercher à la boulangerie la plus proche. Et du thé, du café, des canettes de soda et des verres d'eau. Ils avaient aussi autre chose en commun : la fatigue, qui se peignait sur tous les visages.

— Le journal d'Alice Ferrand nous ouvre une nouvelle voie, conclut Servaz. Ou plutôt il confirme une de nos hypothèses. Celle d'une vengeance. Selon Gabriel Saint-Cyr, l'une des pistes qu'il avait envisagées après les suicides était celle d'abus sexuels. Piste abandonnée faute d'éléments probants. Or, si l'on en croit ce journal, des viols et des sévices ont bien été commis sur des ados de la Colonie des Isards à plusieurs reprises. Sévices qui auraient conduit certains d'entre eux au suicide.

— Journal que vous êtes seul à avoir lu jusqu'ici, fit observer Confiant.

Servaz se tourna vers Maillard. Celui-ci fit le tour de la table en distribuant plusieurs liasses de photocopies qu'il déposa entre les gobelets, les verres et les croissants. Certains avaient mangé les leurs et mis des miettes partout, d'autres n'y avaient pas touché.

— En effet. Pour la simple raison que ce journal n'était pas destiné à être lu. Il était très bien caché. Et je ne l'ai découvert, comme je vous l'ai dit, que cette nuit. Grâce à un concours de circonstances.

— Et si cette fille avait affabulé ?

Servaz écarta les mains.

— Je ne crois pas... Vous jugerez par vous-mêmes... C'est trop réel, trop... précis. Et puis, dans ce cas, pourquoi l'avoir aussi bien dissimulé ?

— Où est-ce que tout ça nous mène ? demanda le juge. Un enfant devenu adulte qui se venge ? Un parent ? Dans ce cas que vient faire l'ADN d'Hirtmann sur les scènes de crime ? Et le cheval de Lombard ? Je n'ai jamais vu une enquête aussi embrouillée !

— Ce n'est pas l'enquête qui est embrouillée, répliqua Ziegler d'une voix coupante, ce sont les faits.

Cathy d'Humières fixa longuement Servaz, son gobelet vide à la main.

— Gaspard Ferrand a un très bon mobile pour ces meurtres, fit-elle observer.

— Comme tous les parents des suicidés, répondit celui-ci. Et, en effet, sans doute aussi comme les jeunes gens violés par cette bande qui ne se sont pas suicidés et qui sont devenus adultes.

— C'est une découverte très importante, dit finalement la proc. Que suggérez-vous, Martin ?

— L'urgence reste la même : retrouver Chaperon. C'est la priorité. Avant que le ou les assassins ne le fassent... Mais, désormais, nous savons que les membres du quatuor ont sévi à la Colonie des Isards. C'est sur celle-ci que nous devons concentrer nos recherches – et sur les suicidés. Puisqu'il est maintenant établi qu'il y a un lien entre eux et les deux victimes et que ce lien passe par la colonie.

— Même si deux des jeunes gens n'y ont jamais séjourné ? objecta Confiant.

— Il me semble que ces carnets ne laissent guère de doutes sur ce qui s'est passé. Les deux autres ados ont peut-être été violés ailleurs qu'à la colonie. Par ailleurs, les membres du quatuor doivent-ils être considérés comme des pédophiles ? Je n'en sais rien... Il n'y a aucun signe qu'ils s'en soient pris à de jeunes enfants, plutôt à des ados et à de jeunes adultes. Est-ce que cela fait une différence ? Ce n'est pas à moi de le dire.

— Garçons et filles indifféremment, si on en juge par la liste des suicidés, commenta Propp. Mais vous avez raison : ces hommes n'ont pas vraiment le profil de pédophiles – plutôt celui de prédateurs sexuels ayant un penchant extrême pour les jeux les plus pervers et le sadisme. Attirés cependant par la jeunesse de leurs proies, sans l'ombre d'un doute.

— Putains de dépravés, dit Cathy d'Humières d'une voix très froide. Comment comptez-vous vous y prendre pour retrouver Chaperon ?

— Je ne sais pas, avoua Servaz.

— Nous n'avons jamais affronté une situation pareille, dit-elle. Je me demande si nous ne devrions pas demander des renforts.

La réponse de Servaz surprit tout le monde.

— Je ne suis pas contre. Il nous faut retrouver et interroger tous les enfants qui sont passés par la colonie et qui sont aujourd'hui devenus des adultes. Et tous les parents encore en vie. Une fois qu'on aura réussi à en établir la liste. Un vrai travail de fourmi. Il faut du temps et des moyens. Mais du temps, nous n'en avons pas. Il faut avancer vite. Donc, restent les moyens. Ce travail peut être effectué par du personnel supplémentaire.

— Très bien, dit d'Humières. Je crois savoir que la PJ de Toulouse croule déjà sous les enquêtes, je vais donc faire appel à la gendarmerie, dit-elle en regardant Ziegler et Maillard. Quoi d'autre ?

— Les sangles qui ont servi à pendre Grimm sous le pont, dit Ziegler. L'usine qui les fabrique m'a contactée. Elles ont été vendues par un magasin de Tarbes… il y a plusieurs mois.

— Autrement dit, pas de bandes vidéo à espérer, dit d'Humières. Ils en vendent beaucoup ?

— C'est une grande surface spécialisée dans le matériel sportif. Les caissières voient passer des dizaines de clients chaque jour, surtout le week-end. Rien à attendre de ce côté.

— D'accord. Quoi d'autre ?

— La société qui s'occupe de la sécurité de l'Institut, poursuivit la gendarme, elle nous a fourni la liste de son personnel là-bas. J'ai commencé à l'éplucher : pour l'instant, rien à signaler.

— L'autopsie de Perrault a lieu cet après-midi, dit d'Humières. Qui s'en charge ?

Servaz leva la main.

— Ensuite, j'irai voir Xavier à l'Institut, ajouta-t-il. Il nous faut la liste exacte de tous ceux qui sont en contact avec Hirtmann. Et il faut appeler la mairie de Saint-Martin. Voir s'ils peuvent nous procurer la liste de tous les enfants qui sont passés par la colonie. Apparemment, la Colonie des Isards dépendait d'eux financièrement et administrativement. Il faut creuser en priorité ces deux aspects : *l'Institut et la colonie.* Cherchons s'il y a un lien entre les deux.

— Quel genre de lien ? demanda Confiant.

— Imaginez qu'on découvre qu'un des jeunes de la colonie, une des victimes, est devenu un membre du personnel de l'Institut.

Cathy d'Humières le fixa intensément.

— C'est une hypothèse intéressante, dit-elle.

— Je me charge de contacter la mairie, lança Ziegler.

Servaz lui jeta un regard surpris. Elle avait élevé la voix. Ce n'était pas dans ses habitudes. Il hocha la tête.

— Très bien. Mais la priorité, c'est de retrouver Chaperon là où il se cache. Il faut interroger son ex : elle sait peut-être quelque chose. Fouiller ses papiers. Il y a peut-être dedans des factures, des quittances de loyer, quelque chose qui nous mènera à sa cachette. Tu avais rendez-vous avec l'ex-Mme Chaperon ce matin, va à ton rendez-vous. Ensuite, tu iras à la mairie.

— Bien. Quoi d'autre ? dit d'Humières.

— Le profil psychologique, dit Propp. J'avais commencé à dresser un portrait assez précis qui tenait compte des éléments trouvés sur les scènes de crime : la pendaison, les bottes, la nudité de Grimm, etc. Mais ce que raconte ce journal modifie radicalement mes hypothèses. Il va falloir que je revoie ma copie.

— Combien de temps vous faut-il ?

— Nous avons à présent suffisamment d'éléments pour avancer vite. Je vous remettrai mes conclusions dès lundi.

— *Dès* lundi ? En espérant que les tueurs ne travaillent pas le week-end, eux, répliqua d'Humières assez sèchement.

Le sarcasme fit monter le rouge aux joues du psy.

— Une dernière chose : c'est du beau travail, Martin. Je n'ai jamais douté que j'avais fait le bon choix en vous désignant.

Ce disant, elle déplaça son regard du policier vers Confiant – qui préféra regarder ses ongles.

Espérandieu écoutait The Raconteurs chanter *Many Shades of Black* quand le téléphone sonna. Son attention s'accrut sensiblement en entendant la voix de Marissa, sa correspondante à la brigade financière.

— Tu m'as bien dit que tu voulais savoir s'il s'était passé des choses bizarres récemment autour d'Éric Lombard ?

— En gros oui, confirma-t-il, bien qu'il se souvînt d'avoir formulé les choses différemment.

— J'ai peut-être quelque chose. Je ne sais pas si ça peut t'aider : *a priori* ça ne présente aucun rapport avec ton histoire. Mais ça a eu lieu récemment et ça a provoqué un certain remue-ménage, semble-t-il.

— Dis toujours.

Elle le lui dit. L'explication prit un certain temps. Espérandieu eut quelque difficulté à comprendre de quoi il retournait : il était plus ou moins question d'une somme de 135 000 dollars reprise dans les livres de comptes de Lombard Média pour un reportage télé commandé à une société de production. Vérification faite auprès de ladite société, aucun reportage ne lui avait été commandé. La ligne comptable cachait à l'évidence un détournement de fonds. Quand Marissa eut terminé, Espérandieu était déçu : il n'était pas sûr d'avoir tout compris et il ne voyait pas en quoi cela pouvait les aider. Il avait cependant pris quelques notes sur son bloc.

— Alors, ça t'aide ou pas ?

— Pas vraiment, répondit-il. Mais merci quand même.

L'humeur qui régnait à l'Institut avait quelque chose d'électrique : Diane avait épié Xavier toute la matinée, scruté ses moindres faits et gestes. Il avait l'air inquiet, tendu, et pour tout dire au bord de l'épuisement. À plusieurs reprises, leurs regards s'étaient croisés. *Il savait…* Ou plus précisément, *il savait qu'elle savait*. Mais peut-être se faisait-elle des illusions. Projection, transfert : elle connaissait le sens de ces mots.

Devait-elle prévenir la police ? Toute la matinée, cette question l'avait hantée.

Elle n'était pas convaincue que la police verrait un lien aussi direct qu'elle entre cette commande de médicaments et la mort de ce cheval. Elle avait posé la question à Alex pour savoir si quelqu'un à l'Institut possédait des animaux et celui-ci avait paru surpris avant de répondre par la négative. Elle se souvenait aussi qu'elle avait passé la matinée avec Xavier lors de son arrivée – *le matin où le cheval avait été décou-*

vert – et qu'il n'avait certainement pas la tête de quelqu'un qui a passé une nuit blanche à décapiter un animal, à le transporter et à le suspendre à deux mille mètres d'altitude par dix degrés en dessous de zéro. Il lui avait paru frais et reposé ce jour-là – et surtout insupportable d'arrogance et de condescendance.

En tout cas, ni épuisé ni stressé...

Elle se demanda avec une angoisse soudaine si elle n'allait pas un peu vite dans ses conclusions, si l'isolement et l'étrange humeur qui régnait dans cet endroit n'étaient pas en train de la rendre parano. En d'autres termes, si elle n'était pas en train de se faire un film. Et si elle n'allait pas se rendre totalement ridicule en contactant la police quand on découvrirait la véritable raison d'être de ces médicaments et qu'elle perdrait définitivement tout crédit auprès de Xavier et du reste du personnel. Sans parler de sa réputation à son retour en Suisse.

Cette perspective la refroidit nettement.

— Ça ne vous intéresse pas ce que je vous raconte ?

Diane revint au présent. Le patient assis en face d'elle la regardait sévèrement. Encore aujourd'hui, il avait de grandes mains calleuses de travailleur. Un ancien ouvrier qui avait attaqué son patron avec un tournevis après un licenciement abusif. En lisant son dossier, Diane était persuadée que quelques semaines en hôpital psychiatrique auraient suffi à ce malheureux. Mais il était tombé entre les mains d'un psychiatre zélé. Il en avait pris pour dix ans. On lui avait en outre imposé des doses massives et prolongées de psychotropes. À l'arrivée, cet homme probablement atteint d'une simple déprime avait fini complètement fou.

— Bien sûr que si, Aaron. Ça m'intéresse...

— Je vois bien que non.

— Je vous assure…

— Je vais dire au Dr Xavier que ça ne vous intéresse pas ce que je vous dis.

— Pourquoi voulez-vous faire une chose pareille, Aaron ? Si ça ne vous ennuie pas, nous pourrions revenir à…

— Bla-bla-bla-bla, vous essayez de gagner du temps.

— Gagner du temps ?

— Vous n'êtes pas obligée de répéter tout ce que je dis.

— Qu'est-ce qui vous prend, Aaron ?

— « Qu'est-ce qui vous prend, Aaron ? » Ça fait une heure que je parle à un mur.

— Mais non ! Pas du tout, je…

— « Mais non, pas du tout je… » Toc-toc-toc, qu'est-ce qui ne va pas dans votre tête, docteur ?

— Pardon ?

— Qu'est-ce qui ne tourne pas rond chez vous ?

— Pourquoi dites-vous ça, Aaron ?

— « Pourquoi dites-vous ça, Aaron ? » Des questions, toujours des questions !

— Je crois que nous allons remettre cet entretien à plus tard…

— Je ne crois pas, non. Je vais dire au Dr Xavier que vous me faites perdre mon temps. Je ne veux plus d'entretiens avec vous.

Malgré elle, elle ne put s'empêcher de rougir.

— Allons, Aaron ! C'est simplement notre troisième entretien. Je…

— Vous êtes ailleurs, docteur. Vous n'êtes pas concernée. Vous pensez à autre chose.

— Aaron, je…

— Vous savez quoi, docteur ? Vous n'êtes pas à votre place, ici. Retournez d'où vous venez. Retournez dans votre Suisse natale.

Elle sursauta.

— Qui vous a dit que j'étais suisse ? Nous n'en avons jamais parlé.

Il renversa sa tête en arrière et éclata d'un rire disgracieux. Puis il plongea son regard lisse et terne comme de l'ardoise dans le sien.

— Qu'est-ce que vous croyez ? Tout se sait, ici. Tout le monde sait que vous êtes suisse, *comme Julian*.

— Pas de doute, dit Delmas. Il a bien été jeté dans le vide, la sangle autour du cou. Contrairement au pharmacien, on observe des lésions bulbaires et médullaires significatives, et aussi des lésions des cervicales dues au choc.

Servaz évitait de regarder le corps de Perrault couché sur le ventre, la nuque et l'arrière du crâne ouverts. Les circonvolutions de la matière grise et la moelle épinière luisaient comme de la gelée sous les lampes de la salle d'autopsie.

— Pas de traces d'hématomes ni de piqûres, poursuivit le légiste, mais puisque vous l'avez vu conscient dans la cabine juste avant… En somme, il a suivi son assassin de son plein gré.

— Plus vraisemblablement sous la menace d'une arme, dit Servaz.

— Ça, ce n'est pas de mon ressort. On va quand même faire un examen sanguin. Le sang de Grimm vient de révéler la présence de traces infimes de flunitrazépam. C'est un dépresseur dix fois plus puissant que le Valium, réservé aux troubles du sommeil sévères et commercialisé sous le nom de Rohypnol. Il est aussi utilisé comme anesthésique. Grimm étant pharmacien, peut-être avait-il recours à ce médicament pour soigner ses insomnies. Possible… Seulement, ce médicament est classé parmi les « drogues du viol » parce qu'il provoque des amnésies et diminue fortement l'inhibition, surtout s'il est associé à de l'alcool, et aussi parce qu'il est inodore, incolore et sans saveur et qu'il se retrouve rapidement dans les urines et très peu dans le sang, ce qui le rend quasiment indétectable : toute trace chimique a disparu au bout de vingt-quatre heures.

Servaz émit un petit sifflement.

— Le fait qu'on n'en ait trouvé que des traces très faibles est d'ailleurs dû au laps de temps écoulé entre l'absorption et le moment où le prélèvement sanguin a été effectué. Le Rohypnol peut être administré par voie orale ou intraveineuse, avalé, mâché, dissous dans une boisson… Il est probable que l'agresseur a utilisé ce produit pour rendre sa victime plus malléable et plus facile à contrôler. Le type que vous cherchez est un fanatique du contrôle, Martin. Et il est très très malin.

Delmas retourna le corps et le mit sur le dos. Perrault n'avait plus cette expression terrifiée que Servaz lui avait vue dans la télécabine. À la place, il tirait la langue. Le légiste s'empara d'une scie électrique.

— Bon, je crois que j'en ai assez vu, dit le flic. De toute façon, on sait déjà ce qui s'est passé. Je lirai votre rapport.

— Martin, l'appela Delmas au moment où il s'apprêtait à quitter la salle.

Il se retourna.

— Vous avez une sale tête, lança le légiste, la scie à la main, tel un bricoleur du dimanche. Ne faites pas de cette histoire une affaire personnelle.

Servaz hocha la tête et sortit. Dans le couloir, il regarda le cercueil capitonné qui attendait Perrault à la sortie de la chambre mortuaire. Il émergea des sous-sols de l'hôpital sur la rampe en béton et aspira à grandes goulées l'air pur du dehors. Mais le souvenir de l'odeur composite de formol, de désinfectant et de cadavre resterait longtemps collé à ses narines. Son portable sonna au moment où il déverrouillait la Jeep. C'était Xavier.

— J'ai la liste, annonça le psychiatre. De ceux qui ont été en contact avec Hirtmann. Vous la voulez ?

Servaz regarda les montagnes.

— Je passe la prendre, répondit-il. À tout de suite.

Le ciel était sombre mais il ne pleuvait plus lorsqu'il prit la direction de l'Institut et des montagnes. Sur le bord de la route, dans chaque virage, des feuilles jaunes et rousses, derniers vestiges de l'automne, se détachaient de la neige et s'envolaient au passage de la Jeep. Un vent aigre agitait les branches nues, qui griffaient la carrosserie comme des doigts décharnés. Au volant de la Cherokee, il repensa à Margot. Est-ce que Vincent s'était occupé de la suivre ? Il pensa ensuite à Charlène Espérandieu, au garçon nommé Clément, à Alice Ferrand… Tout tournait, tout se mélangeait dans sa tête à mesure qu'il enfilait les virages.

Son téléphone bourdonna une fois de plus. Il décrocha. C'était Propp.

— J'ai oublié de vous dire une chose : le blanc est important, Martin. Le blanc des cimes pour le cheval, le blanc du corps mis à nu de Grimm, à nouveau la

527

neige pour Perrault. Le blanc est pour le tueur. Il y voit un symbole de pureté, de purification. *Cherchez le blanc*. Je crois qu'il y a du blanc dans l'entourage de l'assassin.

— Blanc comme l'Institut ? dit Servaz.

— Je ne sais pas. Nous avons écarté cette piste, non ? Désolé, je ne peux pas vous en dire plus. *Cherchez le blanc*.

Servaz le remercia et raccrocha. Une boule dans la gorge. Une menace était dans l'air, il le sentait.

Ce n'était pas fini.

III

BLANC

23.

— Onze, dit Xavier. (Il tendit la feuille par-dessus le bureau.) Onze personnes ont été en contact avec Hirtmann au cours des deux derniers mois. Voici la liste.

Le psychiatre avait l'air préoccupé et ses traits étaient tirés.

— Je me suis longuement entretenu avec chacun d'eux, dit-il.

— Et ?

Le Dr Xavier ouvrit les mains en signe d'impuissance.

— Rien.

— Comment ça, rien ?

— Ça n'a rien donné. Aucun ne semble avoir quelque chose à cacher. Ou alors tous. Je ne sais pas.

Il capta le regard en forme de point d'interrogation de Servaz et il eut un geste d'excuses.

— Je veux dire : nous vivons en vase clos ici, loin de tout. Il se noue toujours dans ce genre de circonstances des intrigues qui apparaîtraient incompréhensibles vues de l'extérieur. Il y a des petits secrets, des manœuvres en coulisse qui s'ourdissent au détriment de tel ou tel, des clans qui se forment, tout un jeu de relations interpersonnelles dont les règles pourraient sembler surréalistes à quelqu'un venu du dehors... Vous devez vous demander de quoi je parle.

Servaz sourit.

— Pas du tout, dit-il en pensant à la brigade. Je vois très bien de quoi vous voulez parler, docteur.

Xavier se détendit un peu.

— Vous voulez un café ?

— Volontiers.

Xavier se leva. Il y avait dans un coin une petite machine à dosettes et un tas de capsules dorées dans un panier. Il était bon, Servaz le fit durer. Dire que cet endroit le mettait mal à l'aise était un doux euphémisme. Il se demanda comment on pouvait travailler ici sans devenir fou à lier. Ce n'étaient pas seulement les pensionnaires. C'était aussi ce lieu : ces murailles, ces montagnes dehors.

— Bref, il est difficile de faire la part des choses, continua Xavier. Ici, tout le monde a ses petits secrets. Dans ces conditions, personne ne joue franc jeu.

Le Dr Xavier lui adressa un petit sourire d'excuse derrière ses lunettes rouges. *Toi non plus, mon ami*, se dit Servaz, *tu ne joues pas franc jeu*.

— Je comprends.

— Bien entendu, je vous ai dressé la liste de tous ceux qui ont été en contact avec Julian Hirtmann, mais ça ne veut pas dire que je les considère tous comme suspects.

— Ah non ?

— Notre infirmière chef, par exemple. C'est l'un des plus anciens membres de notre personnel. Elle était déjà là du temps du Dr Wargnier. Une bonne partie du fonctionnement de cet établissement repose sur sa connaissance des pensionnaires et sur ses compétences. J'ai la plus grande confiance en elle. Inutile de vous attarder sur son cas.

Servaz regarda la liste.

— Hmm. Élisabeth Ferney, c'est ça ?

Xavier hocha la tête.

— Une personne de confiance, insista-t-il.

Servaz leva la tête et scruta le psychiatre – qui rougit.

— Merci, dit-il en pliant la feuille et en la mettant dans sa poche. (Il hésita.) J'ai une question à vous poser, qui n'a rien à voir avec l'enquête. Une question à poser au psychiatre et à l'homme, pas au témoin.

Xavier haussa un sourcil intrigué.

— *Croyez-vous à l'existence du Mal, docteur ?*

Le silence du psychiatre dura plus longtemps que prévu. Pendant tout ce temps, derrière ses étranges lunettes rouges, il garda son regard fixé sur Servaz, comme s'il cherchait à deviner où le flic voulait en venir.

— En tant que psychiatre, répondit-il finalement, ma réponse est que cette question n'est pas du ressort de la psychiatrie. Elle est du ressort de la philosophie. Et plus spécifiquement de la morale. De ce point de vue-là, nous voyons que le Mal ne peut être pensé sans le Bien, l'un ne va pas sans l'autre. Vous avez entendu parler de l'échelle du développement moral de Kohlberg ? demanda le psy.

Servaz fit signe que non.

— Lawrence Kohlberg est un psychologue américain. Il s'est inspiré de la théorie de Piaget sur les paliers d'acquisition pour postuler l'existence de six stades de développement moral chez l'homme.

Xavier fit une pause, se rejeta dans son fauteuil et croisa ses mains sur son ventre en rassemblant ses idées.

— Selon Kohlberg, le sens moral d'un individu s'acquiert par paliers successifs au cours du développement de sa personnalité. Aucune de ces étapes ne peut être sautée. Une fois un stade moral atteint, l'individu ne peut revenir en arrière : il a acquis ce niveau pour la vie. Cependant, tous les individus n'atteignent pas le dernier niveau, loin s'en faut. Beaucoup s'arrêtent à un stade moral inférieur. Enfin, ces étapes sont communes à l'ensemble de l'humanité, elles sont les mêmes quelles que soient les cultures, elles sont *transculturelles*.

Servaz sentit qu'il avait éveillé l'intérêt du psychiatre.

— Au niveau 1, commença Xavier avec enthousiasme, est bien ce qui fait l'objet d'une récompense et mal ce qui fait l'objet d'une punition. Comme quand on tape sur les doigts d'un enfant avec une règle pour lui faire comprendre que ce qu'il a fait est mal. L'obéissance est perçue comme une valeur en soi, l'enfant obéit parce que l'adulte a le pouvoir de le punir. Au niveau 2, l'enfant n'obéit plus seulement pour obéir à une autorité mais pour obtenir des gratifications : il commence à y avoir échange…

Xavier eut un petit sourire.

— Au niveau 3, l'individu arrive au premier stade de la morale conventionnelle, il cherche à satisfaire les attentes des autres, de son milieu. C'est le jugement de la famille, du groupe, qui importe. L'enfant apprend le respect, la loyauté, la confiance, la gratitude. Au niveau 4, la notion de groupe s'élargit à la société tout entière. C'est le respect de la loi et de

534

l'ordre. On est toujours dans le domaine de la morale conventionnelle, c'est le stade du conformisme : le bien consiste à accomplir son devoir, le mal est ce que la société réprouve.

Xavier se pencha en avant.

— À partir du niveau 5, l'individu s'affranchit de cette morale conventionnelle et la dépasse. C'est la morale post-conventionnelle. D'égoïste, l'individu devient altruiste. Il sait aussi que toute valeur est relative, que les lois doivent être respectées mais qu'elles ne sont pas forcément bonnes. Il pense avant tout à l'intérêt collectif. Au niveau 6, enfin, l'individu adopte des principes éthiques librement choisis qui peuvent entrer en contradiction avec les lois de son pays s'il juge celles-ci immorales. C'est sa conscience et sa rationalité qui l'emportent. L'individu moral de niveau 6 a une vision claire, cohérente et intégrée de son propre système de valeurs. C'est un acteur engagé dans la vie associative, dans le caritatif, un ennemi déclaré de l'affairisme, de l'égoïsme et de la cupidité.

— C'est très intéressant, dit Servaz.

— N'est-ce pas ? Inutile de vous dire qu'un grand nombre d'individus restent bloqués aux stades 3 et 4. Il existe aussi pour Kohlberg un niveau 7. Fort rares sont ceux qui l'atteignent. L'individu de niveau 7 baigne dans l'amour universel, la compassion et le sacré, bien au-dessus du commun des mortels. Kohlberg ne cite que quelques exemples : Jésus, Bouddha, Gandhi... D'une certaine manière, on pourrait dire que les psychopathes, eux, restent coincés au niveau 0. Même si ce n'est pas une notion très académique pour un psychiatre.

— Et vous pensez qu'on pourrait établir, de la même façon, *une échelle du mal* ?

535

À cette question, les yeux du psychiatre étincelèrent derrière ses lunettes rouges. Il passa une langue gourmande sur ses lèvres.

— C'est une question très intéressante, dit-il. J'avoue me l'être déjà posée. Sur une telle échelle, quelqu'un comme Hirtmann serait à l'autre bout du spectre, une sorte de miroir inversé des individus de niveau 7, en somme…

Le psychiatre le fixait droit dans les yeux, à travers le verre de ses lunettes. Il avait l'air de se demander à quel niveau Servaz s'était arrêté. Celui-ci sentit qu'il se remettait à suer, que de nouveau son pouls s'accélérait. Quelque chose était en train d'éclore dans sa poitrine. Une peur panique… Il revit les phares dans son rétroviseur, Perrault hurlant dans la cabine, le cadavre nu de Grimm pendu sous le pont, le cheval décapité, le regard du géant suisse posé sur lui, celui de Lisa Ferney dans les couloirs de l'Institut… La peur était là depuis le début, au fond de lui… Comme une graine… Qui ne demandait qu'à germer et à s'épanouir… Il eut envie de prendre ses jambes à son cou, de fuir cet endroit, cette vallée, ces montagnes…

— Merci docteur, dit-il en se levant précipitamment.

Xavier se leva en souriant et tendit une main au-dessus du bureau.

— Je vous en prie. (Il retint un instant la main de Servaz dans la sienne.) Vous avez l'air très fatigué, vous avez vraiment une sale tête, commandant. Vous devriez vous reposer.

— C'est la deuxième fois aujourd'hui qu'on me dit ça, répondit Servaz en souriant.

Mais ses jambes tremblaient quand il marcha vers la porte.

15 h 30. L'après-midi d'hiver tirait déjà à sa fin. Les sapins noirs se profilaient sur la neige du sol, l'ombre s'épaississait sous les arbres et la silhouette de la montagne cisaillait le ciel gris et menaçant qui semblait se refermer sur cette vallée comme un couvercle. Il s'assit dans la Jeep et regarda la liste. *Onze noms...* Il en connaissait au moins deux. Lisa Ferney et le Dr Xavier lui-même... Puis il démarra et manœuvra pour repartir. La neige avait presque totalement fondu sur la route, remplacée par une pellicule noire, grasse, molle et luisante. Il ne croisa personne sur la petite route noyée d'ombre mais, quelques kilomètres plus loin, en débouchant au niveau de la colonie, il découvrit une voiture garée à l'entrée du chemin. Une vieille Volvo 940 rouge. Servaz ralentit et tenta de lire l'immatriculation dans la lueur de ses phares. La voiture était si sale que la moitié des chiffres disparaissaient sous la boue et les feuilles collées à la plaque. Hasard ou maquillage ? Il sentit un début de nervosité le gagner.

Il jeta un coup d'œil à l'intérieur en passant. Personne. Servaz se gara cinq mètres plus loin et descendit. Personne aux alentours non plus. Le vent dans les branches produisait un son lugubre, comme celui de vieux papiers bruissant au fond d'une impasse. À quoi s'ajoutait la psalmodie du torrent. La lumière déclinait de plus en plus. Il attrapa une lampe dans la boîte à gants et marcha jusqu'à la Volvo en piétinant la neige sale au bord de la route. L'intérieur ne lui révéla rien de particulier, sinon le même degré de saleté que la carrosserie. Il tenta d'ouvrir la portière : elle était verrouillée.

Servaz n'avait pas oublié l'épisode des télécabines. Cette fois, il retourna récupérer son arme. Quand il franchit le petit pont rouillé, la fraîcheur du torrent l'enveloppa. Il regretta de ne pas avoir mis des bottes dès qu'il commença à patauger dans la boue du sentier et il se souvint du passage du journal d'Alice à ce sujet ; en quelques pas, ses chaussures de ville furent dans le même état pitoyable que la Volvo. La pluie recouvrait de nouveau la forêt. Au départ, il marcha sous le couvert des arbres mais, dès que le chemin s'aventura dans la clairière où les hautes herbes et les orties perçaient à travers la neige, la pluie se mit à lui tambouriner sur le crâne comme des dizaines de petits doigts battant un rythme endiablé. Servaz remonta son col sur sa nuque dégoulinante. Battue par l'averse, la colonie avait l'air totalement déserte.

En approchant des bâtiments, là où le sentier amorçait une pente légère, il dérapa dans la boue et faillit s'étaler de tout son long. Il lâcha son arme, qui atterrit dans une flaque d'eau. Il jura en la ramassant. Il se dit que si quelqu'un était planqué quelque part à l'observer, ce quelqu'un devait beaucoup s'amuser de sa maladresse.

Les bâtiments semblaient l'attendre. Son pantalon et ses mains étaient maculés de boue, le reste de ses vêtements trempés par la pluie.

Servaz cria, mais personne ne répondit. Son pouls caracolait, à présent. Tous ses signaux d'alarme passaient au rouge les uns après les autres. Qui pouvait se balader dans cette colonie déserte – et pour quel motif ? Et surtout, pourquoi ne répondait-il pas ? Il avait forcément entendu l'appel de Servaz porté par l'écho.

Les trois bâtiments étaient du style chalet mais construits en béton avec juste quelques ornements en bois, de grands toits d'ardoise, des rangées de fenêtres aux étages et de grandes baies vitrées au rez-de-chaussée. Ils étaient reliés entre eux par des galeries ouvertes à tous les vents. Pas de lumière derrière les fenêtres. La moitié des vitres étaient cassées. Quelques-unes avaient été remplacées par des panneaux de contreplaqué. Les gouttières percées vomissaient des cataractes qui éclaboussaient le sol. Servaz promena le pinceau de sa torche sur la façade du bâtiment central et découvrit une devise peinte au-dessus de l'entrée en lettres délavées : *« L'école de la vie n'a point de vacances. » Celle du crime non plus*, pensa-t-il.

Soudain, un mouvement à la limite de son champ de vision, sur sa gauche. Il pivota vivement. L'instant d'après, il n'était plus tout à fait aussi sûr de ce qu'il avait vu. Peut-être des branches secouées par le vent. Pourtant, il était quasiment certain d'avoir aperçu une ombre dans cette direction. Une ombre parmi les ombres…

Cette fois, il vérifia que le cran de sûreté était bien ôté et il fit monter une balle dans le canon. Puis il s'avança, en alerte. Passé l'angle du chalet le plus à gauche, il dut prendre garde où il mettait les pieds, car le sol s'inclinait brusquement, instable et glissant avec toute cette boue gluante. De part et d'autre, les grands fûts droits de plusieurs hêtres s'élevaient jusqu'à atteindre leurs ramures noires, tout là-haut, entre lesquelles il distingua, en levant la tête, des pans de ciel gris et la pluie qui lui tombait droit dessus. La pente boueuse dévalait entre les troncs vers un ruisseau qui coulait quelques mètres en contrebas.

Brusquement, il aperçut quelque chose.

Une lueur...

Aussi petite et vacillante qu'un feu follet. Il cligna des yeux pour chasser la pluie de ses cils : la lueur était toujours là.

Merde, qu'est-ce que c'est que ça ?

Une flamme... Elle dansait, fragile et minuscule, à un mètre du sol, contre l'un des troncs verticaux.

Son alarme intérieure ne cessait de retentir. Cette flamme avait été allumée par quelqu'un – et ce quelqu'un ne pouvait être loin. Servaz regarda autour de lui. Puis il descendit la pente jusqu'à l'arbre et faillit déraper une nouvelle fois dans la boue. *Une bougie...* Le genre de petite bougie qu'on utilisait comme chauffe-plat ou pour réchauffer l'ambiance d'une pièce. Elle reposait sur un petit plateau de bois fixé au tronc. Le pinceau de sa lampe balaya l'écorce rugueuse et, soudain, il découvrit quelque chose qui le figea sur place. C'était à quelques centimètres au-dessus de la flamme. Un grand cœur. Tracé avec la pointe d'un couteau dans l'écorce. À l'intérieur, cinq noms :

Ludo + Marion + Florian + Alice + Michaël...

Les suicidés... Servaz fixait le cœur, pétrifié, interdit.

La pluie éteignit la flamme.

Alors, l'attaque vint. Féroce. Brutale. Terrifiante. Soudain, il sentit qu'il n'était plus seul. Une fraction de seconde plus tard, quelque chose de souple et de froid s'abattait sur sa tête. Paniqué, il rua et se débattit comme un beau diable mais son agresseur tint bon. Il sentit la chose froide se coller à son nez et à sa bouche. Son cerveau affolé hurla silencieusement : *sac plastique !* L'homme lui donna ensuite un coup ter-

540

rible derrière les genoux et Servaz plia les jambes malgré lui sous l'effet de la douleur. Il se retrouva à terre, le visage dans la boue, tout le poids de l'homme sur lui. Le sac l'asphyxiait. Il sentait le contact mou et gluant de la boue à travers le plastique. Son assaillant lui appuyait la tête dans le sol tout en serrant le sac autour de son cou et en bloquant ses bras avec les genoux. Servaz se souvint en suffoquant de la boue dans les cheveux de Grimm et une peur glacée, incontrôlable, l'inonda. Il agita frénétiquement les jambes et le torse pour essayer de déséquilibrer l'homme sur son dos. En vain. Celui-ci ne relâchait pas sa prise. Avec un bruit atroce et crissant de va-et-vient, le plastique du sac se décollait de son visage à chaque expiration pour adhérer de nouveau à ses narines, à sa bouche et à ses dents dès qu'il inspirait. Coupant presque totalement sa respiration. Lui instillant un horrible sentiment de suffocation et de panique. Manquant cruellement d'air, la tête enfermée dans cette prison de plastique, il avait l'impression que son cœur allait cesser de battre d'un instant à l'autre. Puis, tout à coup, il fut violemment tiré en arrière et une corde se referma sur sa gorge, emprisonnant par la même occasion le sac plastique. Une douleur terrible lui traversa le cou tandis qu'on le traînait sur le sol.

Ses pieds s'agitaient dans tous les sens, ses semelles dérapaient dans la boue pour tenter de diminuer l'horrible pression sur son cou. Ses fesses s'élevaient, retombaient et glissaient sur le sol flasque et ses mains tentaient en vain d'agripper la corde et de dénouer l'étreinte mortelle. Il ignorait où son arme était tombée. Il fut ainsi traîné sur plusieurs mètres, disloqué, pantelant, asphyxié, comme un animal qu'on mène à l'abattoir.

Dans moins de deux minutes, il serait mort.

Déjà, l'air lui manquait.

Sa bouche s'ouvrait convulsivement mais le plastique l'obstruait à chaque inspiration.

À l'intérieur du sac, l'oxygène se raréfiait, remplacé par le gaz carbonique qu'il rejetait.

Il allait subir le même sort que Grimm !

Le même sort que Perrault !

Le même sort qu'Alice !

Pendu !

Il était au bord de la perte de connaissance quand, tout à coup, l'air entra de nouveau dans ses poumons comme si on avait ouvert une vanne. Un air pur, non vicié. Il sentit aussi la pluie ruisseler sur son visage. Il aspira l'air et la pluie à grandes goulées rauques et salvatrices qui firent le bruit d'un soufflet dans ses poumons.

— Respirez ! Respirez !

La voix du Dr Xavier. Il tourna la tête, mit une seconde à accommoder et vit le psychiatre penché sur lui, le soutenant. Le psy avait l'air aussi terrifié que lui.

— *Où... où est-il ?*

— Il a filé. J'ai même pas eu le temps de le voir. Taisez-vous et respirez !

Soudain, un bruit de moteur s'éleva et Servaz comprit.

La Volvo !

— Merde, trouva-t-il la force de dire.

Servaz était assis contre un arbre. Il laissait la pluie rincer son visage et ses cheveux. Accroupi à côté de lui, le psychiatre semblait tout aussi indifférent à la pluie qui trempait son costume et à la boue sur ses chaussures cirées.

— Je descendais à Saint-Martin quand j'ai vu votre voiture. J'étais curieux de savoir ce que vous faisiez là-dedans. Alors, j'ai décidé de venir jeter un coup d'œil.

Le psy lui décocha un regard pénétrant et un demi-sourire.

— Je suis comme les autres : cette enquête, ces meurtres… Tout ça est terrifiant, mais aussi très intrigant. Bref, je vous ai cherché et, tout à coup, je vous ai vu là, allongé sur le sol, avec ce sac sur la tête et cette… corde ! Le type a dû entendre ma voiture et il s'est tiré vite fait. Il n'avait sûrement pas prévu qu'il serait dérangé.

— Un pi… piège, bégaya Servaz en se frottant le cou. Il m'a ten… tendu un piège.

Il tira sur sa cigarette humide, qui grésilla. Tout son corps était agité de tremblements. Le psy écarta délicatement le col de sa veste.

— Laissez-moi voir ça… C'est plutôt moche… Je vais vous conduire à l'hôpital. Il faut soigner ça tout de suite. Et faire une radio des cervicales et du larynx.

— Merci d'être pa… passé par là…

— Bonjour, dit M. Monde.

— Bonjour, répondit Diane. Je viens voir Julian.

M. Monde l'examina, une moue sur les lèvres, ses mains comme des battoirs sur la ceinture de sa combinaison. Diane soutint le regard du colosse sans ciller. Elle s'efforçait de conserver son sang-froid.

— Le Dr Xavier n'est pas avec vous ?

— Non.

Une ombre passa sur le visage du colosse. De nouveau, elle le regarda dans les yeux. M. Monde haussa les épaules et lui tourna le dos.

Elle le suivit le cœur battant.

— De la visite, lança le grand garde après avoir ouvert la porte de la cellule.

Diane s'avança. Ses yeux rencontrèrent ceux étonnés d'Hirtmann.

— Bonjour Julian.

Le Suisse ne répondit pas. Il semblait dans un mauvais jour. Sa bonne humeur de la dernière fois s'était envolée. Diane dut faire appel à toute sa volonté pour ne pas tourner les talons et ressortir avant qu'il ne soit trop tard.

— Je ne savais pas que j'avais de la visite aujourd'hui, dit-il finalement.

— Je ne le savais pas non plus, répliqua-t-elle. Du moins jusqu'à il y a cinq minutes.

Cette fois, il parut sincèrement décontenancé et elle en éprouva presque de la satisfaction. Elle s'assit à la petite table et étala ses papiers devant elle. Elle attendit qu'il vienne s'asseoir sur la chaise, de l'autre côté de la table, mais il n'en fit rien, se contentant d'aller et venir près de la fenêtre comme un fauve en cage.

— Comme nous allons être amenés à nous rencontrer régulièrement, commença-t-elle, j'aimerais préciser un certain nombre de choses, histoire de fixer un cadre à nos échanges et d'avoir une idée de la façon dont les choses se passent dans cet établissement…

Il s'arrêta pour lui lancer un long regard suspicieux, puis il reprit ses allers-retours sans un mot.

— Cela ne vous ennuie pas ?

Pas de réponse.

— Eh bien… pour commencer… vous recevez beaucoup de visites, Julian ?

De nouveau, il s'arrêta pour la fixer avant de reprendre nerveusement ses allers-retours, les mains nouées dans le dos.

— Des visites en dehors de l'Institut ?

Pas de réponse.

— Et ici, qui vous rend visite : le Dr Xavier ? Élisabeth Ferney ? Qui d'autre ?

Pas de réponse.

— Vous arrive-t-il de parler avec eux de ce qui se passe à l'extérieur ?

— Le Dr Xavier a-t-il autorisé cette visite ? demanda-t-il soudain en s'arrêtant pour se planter devant elle.

Diane s'efforça de lever les yeux. Lui debout et elle assise, il la dominait de toute sa hauteur.

— Eh bien, je…

— Je parie que non. Que venez-vous faire ici, docteur Berg ?

— Euh… je viens de vous le dire, je…

— Tssst-tssst. C'est incroyable comme vous les psys vous pouvez manquer de psychologie parfois ! Je suis quelqu'un de bien élevé, docteur Berg, mais je n'aime pas qu'on me prenne pour un imbécile, ajouta-t-il d'une voix tranchante.

— Êtes-vous au courant de ce qui se passe à l'extérieur ? demanda-t-elle, abandonnant le ton professionnel de la psy.

Il baissa les yeux vers elle, parut réfléchir. Puis il se décida à s'asseoir, penché en avant, avant-bras sur la table, doigts croisés.

— Vous voulez parler de ces meurtres ? Oui, je lis les journaux.

— Donc, toutes les informations dont vous disposez sont celles qui figurent dans les journaux, c'est bien ça ?

— Où voulez-vous en venir ? Qu'est-ce qui se passe au-dehors qui vous a mise dans cet état ?

— Quel état ?

— Vous avez l'air… *effrayée*. Mais pas seulement. Vous avez l'air de quelqu'un qui cherche quelque chose… ou même… d'un petit animal, un petit animal fouisseur ; c'est la tête que vous avez en ce moment : une tête de sale petit rat… Si vous pouviez voir votre regard ! Bon sang, docteur Berg, qu'est-ce qui vous arrive ? Vous ne supportez pas cet endroit, c'est ça ? Vous n'avez pas peur de perturber la bonne marche de cet établissement avec toutes vos questions ?

— On croirait entendre le Dr Xavier, persifla-t-elle.

Il sourit.

— Ah non, s'il vous plaît ! Écoutez, la première fois que vous êtes entrée ici, j'ai tout de suite senti que vous n'étiez pas à votre place. Cet endroit… Vous pensiez trouver quoi, en venant ici ? Des *génies du mal* ? Il n'y a que de malheureux psychotiques, des schizophrènes, des paranoïaques, des pauvres types et des malades, ici, docteur Berg. Et je me permets de m'inclure dans le lot. La seule différence avec ceux qu'on trouve ailleurs, c'est la violence… Et croyez-moi, il n'y a pas que parmi les patients…

Il écarta les mains.

— Oh, je sais que le Dr Xavier a une vision… disons *romantique* des choses… Qu'il nous voit comme des êtres malfaisants, des émanations de la Némésis et autres conneries. Qu'il se croit investi d'une mission. Pour lui, cet endroit est un peu comme le Saint-Graal des psychiatres. Foutaises !

Tandis qu'il parlait, son regard se fit plus sombre, plus dur – et elle ne put s'empêcher de reculer sur sa chaise.

— Ici comme ailleurs, tout n'est que crasse, médiocrité, mauvais traitements et drogues à hautes doses. La psychiatrie est la plus grande escroquerie du XXe siècle. Regardez les médicaments qu'ils utilisent : ils ne savent même pas pourquoi ça fonctionne ! La plupart ont été découverts par hasard dans d'autres disciplines !

Elle le fixait intensément.

— Parlez-moi de vos informations, dit-elle. Elles viennent toutes des journaux ?

— Vous n'écoutez pas ce que je vous dis.

Il avait prononcé cette phrase d'une voix forte, cassante, autoritaire. Elle sursauta. Elle sentit qu'elle allait le perdre. Elle avait commis un impair, loupé quelque chose. Il allait se refermer...

— Si, je vous écoute, je...

— *Vous n'écoutez pas ce que je vous dis.*

— Pourquoi dites-vous ça ? Je...

Tout à coup, elle comprit.

— Qu'est-ce que vous avez voulu dire par : *il n'y a pas que parmi les patients* ?

Un sourire mince et féroce s'élargit sur sa face.

— Vous voyez, quand vous voulez.

— Ça veut dire quoi : « il n'y a pas que parmi les patients » ? De quoi parlez-vous ? De fous ? De pauvres types ? De criminels ? De meurtriers ? *Il y en a dans le personnel, c'est ça* ?

— J'aime bien causer avec vous, en fin de compte.

— De qui parlez-vous, Julian ? De *qui* s'agit-il ?

— Que savez-vous, Diane ? Qu'est-ce que vous avez découvert ?

— Si je vous le dis, qu'est-ce qui me garantit que vous n'allez pas le répéter ?

Il éclata d'un rire affreux, désagréable.

— Oh, allons, Diane ! On dirait un foutu dialogue de cinéma ! Qu'est-ce que vous croyez ? Que ça m'intéresse vraiment ? Regardez-moi : je ne sortirai jamais d'ici. Alors, il pourrait y avoir un tremblement de terre là-dehors que ça ne me ferait ni chaud ni froid, du moins tant qu'il ne fend pas ces murs en deux…

— Votre ADN, il a été trouvé là où on a tué ce cheval, dit-elle. Vous le saviez ?

Il l'observa un long moment.

— Et vous, comment le savez-vous ?

— Peu importe. Alors, vous le saviez ou pas ?

Il eut un petit rictus qui était peut-être un sourire.

— Je sais ce que vous cherchez, dit-il. Mais vous ne le trouverez pas ici. Et la réponse à votre question est : JE SAIS TOUT, DIANE. Tout ce qui se passe à l'extérieur comme à l'intérieur. Rassurez-vous : je ne dirai rien à personne de votre visite. Pas sûr que M. Monde en fasse autant, en revanche. Contrairement à moi, il n'est pas libre de ses mouvements. C'est ça le paradoxe. Et maintenant, allez-vous-en. L'infirmière chef devrait être là d'ici un quart d'heure. Allez-vous-en ! Fuyez cet endroit. Fuyez loin d'ici, Diane. Vous êtes en danger ici.

Assis à son bureau, Espérandieu réfléchissait. Une idée lui était venue après l'appel de Marissa. Il n'avait cessé de repenser à la somme évoquée le matin même au téléphone : 135 000 dollars. À quoi pouvait-elle bien correspondre ? À première vue, ces

135 000 dollars n'avaient rien à voir avec leur enquête. À première vue… Et puis, il avait eu cette idée.

Une idée si farfelue qu'au début il la repoussa.

Mais elle avait tenu bon. Elle s'obstinait. Qu'est-ce qu'il lui en coûtait de vérifier ? À 11 heures, il s'était décidé et il avait cherché une information sur son ordinateur. Puis il avait décroché son téléphone. La première personne qu'il avait eue au bout du fil s'était d'abord montrée très réticente à lui fournir une réponse claire. On ne discutait pas de ces questions au téléphone, même avec un flic. Lorsqu'il cita le chiffre de 135 000 dollars, il reçut cependant confirmation que c'étaient à peu près les tarifs qu'ils pratiquaient pour la distance considérée.

Espérandieu sentit son excitation croître asymptotiquement.

Il passa une demi-douzaine de coups de fil au cours de la demi-heure suivante. Les premiers ne donnèrent rien. Chaque fois, il obtenait la même réponse : non, il n'y avait rien eu de tel à la date indiquée. De nouveau, son idée lui parut ridicule. Ces 135 000 dollars pouvaient correspondre à un tas de choses. Et puis il venait de passer un dernier coup de fil et là : bingo ! Il écouta la réponse de son interlocuteur avec, de nouveau, un mélange d'incrédulité et d'excitation croissante. *Et s'il avait mis dans le mille ?* Était-ce possible ? Une petite voix essayait de tempérer son enthousiasme : il pouvait s'agir, bien sûr, d'une coïncidence. Mais il n'y croyait pas. Pas à cette date-là, précisément. Quand il raccrocha, il n'en revenait toujours pas. Incroyable ! En quelques coups de fil, il venait de faire faire à l'enquête un prodigieux bond en avant.

Il regarda sa montre : 16 h 50. Il songea à en parler à Martin puis il changea d'avis : il lui fallait une confirmation définitive. Il saisit son téléphone et composa fébrilement un nouveau numéro. *Cette fois, il tenait une piste.*

— Comment tu te sens ?

— Pas terrible.

Ziegler le fixait. Elle avait l'air presque aussi bouleversée que lui. Des infirmières entraient et sortaient de la chambre. Un médecin l'avait examiné et on lui avait fait passer plusieurs radios avant de le ramener dans sa chambre sur une civière roulante bien qu'il fût parfaitement en état de marcher.

Xavier attendait dans le couloir de l'hôpital, assis sur une chaise, que Ziegler prenne sa déposition. Il y avait aussi un gendarme devant sa porte. Laquelle s'ouvrit soudain en grand.

— Qu'est-ce qui s'est passé, bon Dieu ? lança Cathy d'Humières en entrant dans la chambre d'un pas vif et en s'approchant du lit.

Servaz essaya de la faire aussi brève que possible.

— Et vous n'avez pas vu son visage ?

— Non.

— Vous en êtes certain ?

— Tout ce que je peux dire, c'est qu'il est costaud. Et qu'il sait s'y prendre pour immobiliser quelqu'un.

Cathy d'Humières lui lança un long regard sombre.

— Là, ça ne peut plus durer, dit-elle. (Elle se tourna vers Ziegler.) Vous me suspendez toutes les missions non urgentes et vous me collez tout le personnel disponible sur cette affaire. On en est où pour Chaperon ?

— L'ex-femme de Chaperon n'a aucune idée de l'endroit où il se trouve, répondit Ziegler.

Servaz se souvint que la gendarme devait se rendre à Bordeaux pour rencontrer l'ex du maire.

— À quoi elle ressemble ? demanda-t-il.

— Le genre bourge. Snob, bronzée aux UV et trop maquillée.

Il ne put s'empêcher de sourire.

— Tu l'as interrogée sur son ex ?

— Oui. C'est intéressant : dès que j'ai abordé le sujet, elle s'est fermée comme une huître. Elle n'a émis que des banalités : l'alpinisme, la politique et les amis qui accaparaient son mari, leur divorce par consentement mutuel, leurs vies qui avaient fini par prendre des chemins divergents, etc. Mais j'ai senti qu'elle passait le principal sous silence.

Servaz repensa soudain à la maison de Chaperon : *ils faisaient chambre à part... Comme Grimm et son épouse... Pourquoi ?* Leurs épouses avaient-elles découvert leur terrible secret ? Servaz eut tout à coup la conviction que, d'une manière ou d'une autre, c'est ce qui s'était passé. Peut-être, sans doute même, n'avaient-elles fait que soupçonner une partie de la vérité. Mais le mépris de la veuve Grimm pour son mari et sa tentative de suicide, la répugnance de l'ex-Mme Chaperon à évoquer sa vie privée avaient une source commune : ces femmes connaissaient la profonde perversion et la noirceur de leurs époux, même si elles ignoraient sans doute l'étendue de leurs crimes.

— Tu lui as parlé de ce qu'on a trouvé dans la maison ? demanda-t-il à Ziegler.

— Non.

— Fais-le. Il n'y a plus une minute à perdre. Appelle-la et dis-lui que si elle cache quelque chose et que son ex est retrouvé mort, elle sera la première suspectée.

— D'accord. J'ai trouvé autre chose d'intéressant, ajouta-t-elle.

Servaz attendit.

— Dans sa jeunesse, l'infirmière chef de l'Institut, Élisabeth Ferney, a eu maille à partir avec la justice. Des problèmes de délinquance, des infractions et des délits. Vols de scooters, insultes à agent, drogue, coups et blessures, racket... Elle a quand même été plusieurs fois en correctionnelle, à l'époque.

— Et elle est entrée à l'Institut malgré ça ?

— C'était il y a longtemps. Elle est rentrée dans le rang, elle a suivi une formation. Elle a ensuite travaillé dans plusieurs hôpitaux psychiatriques avant que Wargnier, le prédécesseur de Xavier, ne la prenne sous son aile. Tout le monde a droit à une seconde chance.

— Intéressant.

— Et puis, Lisa Ferney est aussi une assidue d'un club de musculation de Saint-Lary, à vingt kilomètres d'ici. Et elle est inscrite dans un club de tir.

L'attention de Servaz et de d'Humières s'accrut subitement. Une pensée frappa Servaz : sa première intuition à l'Institut était peut-être la bonne. Lisa Ferney avait le profil... Ceux qui avaient accroché le cheval là-haut étaient très costauds. Et l'infirmière chef l'était plus que certains hommes.

— Continue à creuser, dit-il. Tu tiens peut-être quelque chose.

— Ah oui, j'oubliais : les cassettes...

— Oui ?

— C'étaient juste des chants d'oiseaux.

— Ah.

— Bon, je file à la mairie voir s'il existe une liste des enfants passés par la colonie, conclut-elle.

— Messieurs dames, j'aimerais que vous laissiez le commandant se reposer, lança une voix puissante depuis la porte.

Ils se retournèrent. Un médecin en blouse blanche d'une trentaine d'années venait de faire son entrée. Il avait le teint mat, d'épais sourcils noirs qui se rejoignaient presque à la racine d'un nez charnu et Servaz lut sur sa blouse : « Dr Saadeh ». Il s'approcha d'eux en souriant. Mais son regard ne souriait pas, et ses gros sourcils étaient froncés en un air volontairement intransigeant qui leur signifiait qu'en ces lieux juges et gendarmes devaient s'incliner devant une autorité supérieure : celle du corps médical. Servaz, de son côté, avait déjà commencé à repousser les draps.

— Pas question que je reste ici, dit-il.

— Pas question que je vous laisse partir comme ça, rétorqua le Dr Saadeh en posant une main amicale mais ferme sur son épaule. Nous n'avons pas fini de vous examiner.

— Alors, faites vite, dit Servaz, résigné, en se rejetant contre les oreillers.

Mais dès qu'ils furent tous sortis, il ferma les yeux et s'endormit.

Au même moment, un officier de police décrochait son téléphone dans l'immeuble forteresse du secrétariat général d'Interpol, 200 quai Charles-de-Gaulle, à Lyon. L'homme se tenait au beau milieu d'un vaste *open space* plein d'ordinateurs, de téléphones, d'imprimantes et de machines à café, avec vue panoramique sur le Rhône. Il y avait aussi un grand sapin décoré dont la cime couronnée d'une étoile émergeait au milieu des cloisons.

Il fronça les sourcils en reconnaissant la voix de son interlocuteur.

— Vincent ? C'est toi ? Ça fait combien de temps, mon vieux ? Qu'est-ce que tu deviens ?

Deuxième organisation par le nombre de ses membres après l'ONU, Interpol regroupe 187 pays. Ses services centraux ne constituent cependant pas une police à proprement parler – plutôt un service de renseignement consulté par les polices des pays membres pour son expertise et ses bases de données – dont un fichier de 178 000 malfaiteurs et 4 500 fugitifs. Un service qui émet chaque année plusieurs milliers de mandats d'arrêt internationaux : les fameuses « notices rouges ». L'homme qui venait de décrocher son téléphone s'appelait Luc Damblin. Comme Marissa, Espérandieu avait connu Damblin à l'école de police. Les deux hommes échangèrent quelques propos polis puis Espérandieu entra dans le vif du sujet.

— J'ai besoin d'un service.

Damblin posa machinalement les yeux sur les portraits affichés devant lui sur la cloison, au-dessus de la photocopieuse : mafieux russes, proxénètes albanais, gros bonnets de la drogue mexicains et colombiens, braqueurs de bijouteries serbes et croates ou encore pédophiles internationaux sévissant dans les pays pauvres. Quelqu'un leur avait ajouté des bonnets rouges et des barbes blanches de père Noël. Ça ne les rendait pas sympathiques pour autant. Il écouta patiemment les explications de son collègue.

— On peut dire que tu as de la chance, répondit-il. Il y a un type au FBI de Washington qui me doit un renvoi d'ascenseur. Suite à un sérieux coup de pouce que je lui ai donné dans une de ses enquêtes. Je vais l'appeler et voir ce qu'on peut faire. Mais pourquoi tu as besoin de cette information ?

— Une enquête en cours.

— En rapport avec les États-Unis ?

— Je t'expliquerai. Je t'envoie la photo, dit Espérandieu.

L'homme d'Interpol consulta sa montre.

— Ça peut prendre un peu de temps. Mon contact est assez occupé. Il te faut l'information pour quand ?

— C'est assez urgent, désolé.

— C'est toujours urgent, répondit Damblin du tac au tac. Ne t'en fais pas : je mets ta demande sur le dessus de la pile. En souvenir du passé. Et puis, c'est bientôt Noël : ce sera mon cadeau.

Il se réveilla deux heures plus tard. Servaz mit une seconde à reconnaître le lit d'hôpital, la chambre blanche, la grande fenêtre avec les stores bleus. Quand il eut compris où il se trouvait, il chercha des yeux ses affaires, les découvrit en vrac dans un sac plastique transparent posé sur une chaise, sauta du lit et entreprit de se rhabiller le plus rapidement possible. Trois minutes plus tard, il émergeait à l'air libre et sortait son téléphone.

— Allô ?

— C'est Martin. L'auberge est ouverte, ce soir ?

À l'autre bout du fil, le vieil homme rit.

— Tu as bien fait d'appeler. J'allais me préparer à dîner.

— J'aurai aussi quelques questions à te poser.

— Et moi qui croyais que tu m'appelais uniquement pour ma cuisine. Quelle déception ! Tu as trouvé quelque chose ?

— Je t'expliquerai.

— Très bien, à tout à l'heure.

La nuit était tombée mais la rue devant le lycée était bien éclairée. Assis dans la voiture banalisée garée dix mètres plus loin, Espérandieu vit Margot Servaz émerger de l'établissement. Il faillit ne pas la reconnaître : les cheveux noirs avaient disparu au profit d'un blond scandinave. Elle avait deux petites couettes sur les côtés qui lui donnaient l'air d'une caricature de *Mädchen*. Et un curieux bonnet sur la tête.

Lorsqu'elle se retourna, il vit aussi, même à cette distance, qu'elle avait un nouveau tatouage sur la nuque, entre les couettes. Un énorme tatouage polychrome. Vincent pensa à sa fille. Comment réagirait-il si Mégan se livrait plus tard à ce genre de modifications corporelles ? S'assurant que l'appareil photo était bien en place sur le siège passager, il mit le contact. Comme la veille, Margot papota un moment sur le trottoir avec ses petits camarades et se roula une cigarette. Puis le chevalier servant au scooter refit son apparition.

Espérandieu soupira. Au moins, cette fois, s'il les perdait de vue, il saurait où les retrouver. Il n'aurait pas à effectuer les mêmes manœuvres hasardeuses que la veille. Il déboîta et se lança à leurs trousses. Sur le scooter, le pilote se livrait à ses acrobaties habituelles. Dans son iPhone, les Gutter Twins chantaient : « Oh Père, je ne peux pas croire que tu t'en vas. »

Au feu suivant, Espérandieu ralentit et s'immobilisa. La voiture qui le précédait était à l'arrêt, le scooter se trouvait quatre voitures plus loin. Espérandieu savait déjà qu'ils allaient continuer tout droit au carrefour ; il se détendit.

La voix rauque dans ses écouteurs déclarait : « *My mother, she don't know me / And my father, he can't own me* » quand, au feu vert, le scooter vira brusquement à droite en pétaradant. Espérandieu s'agita. *Qu'est-ce qui leur prend, bordel ?* Ce n'était pas le chemin de la maison, ça. Devant lui, le bouchon créé par le feu s'écoulait avec une lenteur exaspérante. Espérandieu devint nerveux. Le feu passa à l'orange, puis au rouge. Il le grilla. Juste à temps pour apercevoir le scooter qui obliquait à gauche au feu suivant, deux cents mètres plus loin. *Putain de merde !* Où filaient-ils comme ça ? Il franchit le carrefour suivant à l'orange et entreprit de réduire sérieusement la distance.

Ils se dirigent vers le centre.

Il était pratiquement installé dans leur sillage, à présent. La circulation était devenue beaucoup plus dense, il pleuvait et les phares des voitures giclaient sur l'asphalte mouillé. Dans ces conditions, c'était beaucoup moins évident de suivre la silhouette zigzagante. Il attrapa fissa son iPhone et brancha l'application « infos trafic » puis zooma sur le prochain bouchon en écartant le pouce et l'index au contact de l'écran tactile. Seize minutes plus tard, le scooter larguait sa passagère rue d'Alsace-Lorraine et repartait aussitôt. Espérandieu se gara sur un emplacement interdit, rabattit le pare-soleil marqué « POLICE » et descendit. Son instinct lui disait que, cette fois, quelque chose se passait. Il se souvint qu'il avait laissé son appareil photo sur le siège passager, jura, retourna le récupérer et courut ensuite pour rattraper sa cible.

No panic : Margot Servaz marchait tranquillement devant lui dans la foule. Tout en trottinant, il alluma son appareil et vérifia qu'il fonctionnait.

Elle tourna place Esquirol. Les vitrines illuminées et les guirlandes réveillaient les arbres et les vieilles façades. À quelques jours de Noël, il y avait foule. Cela lui convenait parfaitement : il ne risquait pas d'être repéré. Soudain, il la vit s'arrêter net, regarder autour d'elle puis pivoter et entrer dans la brasserie du Père Léon. Espérandieu sentit tous ses signaux d'alarme s'allumer : ce n'était pas le comportement de quelqu'un qui n'a rien à cacher, ça. Il pressa le pas et marcha jusqu'à la hauteur du troquet dans lequel elle avait disparu. Il se trouvait devant un dilemme : il avait déjà croisé Margot une demi-douzaine de fois. Comment réagirait-elle si elle le voyait entrer juste derrière elle ?

Il regarda par la fenêtre au moment précis où elle se laissait tomber sur une chaise après avoir déposé un baiser sur les lèvres de son vis-à-vis, de l'autre côté de la table. Elle semblait radieuse. Espérandieu la vit rire joyeusement aux propos de celui qui lui faisait face.

Après quoi, il déplaça son regard vers celui-ci. *Oh, merde !*

En cette froide soirée de décembre, il contempla le semis d'étoiles au-dessus des montagnes et les lumières du moulin se reflétant dans l'eau, annonciatrices de la douce chaleur qui régnait à l'intérieur. Un vent piquant lui cinglait les joues, la pluie tournait de nouveau à la neige. Quand la porte du moulin s'ouvrit sur son propriétaire, Servaz vit le visage de celui-ci se figer.

— Bon Dieu ! Qu'est-ce qui t'est arrivé ?

Pour s'être regardé dans une glace à l'hôpital, Servaz savait qu'il avait une tête à faire peur. Pupilles noires dilatées et yeux rouges injectés dignes de Christopher Lee dans *Dracula*, cou bleu jusqu'aux oreilles, le pourtour des lèvres et des narines irrité par le frottement du sac plastique et une horrible cicatrice violacée là où la corde avait entaillé sa gorge. Ses yeux larmoyaient, à cause du froid ou de la tension nerveuse.

— Je suis en retard, dit-il d'une voix éraillée. Si tu permets, je vais commencer par entrer. Il fait froid ce soir.

Il tremblait encore de tous ses membres. À l'intérieur, Saint-Cyr le scruta avec inquiétude.

— Seigneur ! Viens par ici te réchauffer, dit le vieux juge en descendant les marches vers le grand séjour.

Comme la dernière fois, la table était dressée. Un feu clair pétillait dans la cheminée. Saint-Cyr tira une chaise pour que Servaz s'assoie. Il attrapa une bouteille et lui servit un verre.

— Bois. Et prends ton temps. Tu es sûr que ça va aller ?

Servaz fit signe que oui. Il but une gorgée. Le vin avait une robe rouge foncé, presque noire. Il était fort mais excellent. Du moins pour Servaz qui n'était pas un grand connaisseur.

— Somontano, dit Saint-Cyr. Je vais le chercher de l'autre côté des Pyrénées, dans le haut Aragon. Alors, qu'est-ce qui s'est passé ?

Servaz le lui dit. Son esprit ne cessait de revenir à la colonie et, chaque fois, une longue décharge d'adrénaline le traversait de part en part comme une arête de poisson qu'on enfoncerait dans la gorge d'un chat. Qui avait tenté de l'étrangler ? Il se repassait le film de la journée. Gaspard Ferrand ? Élisabeth Ferney ? Xavier ? Mais Xavier s'était porté à son secours. À moins que le psychiatre n'eût reculé au dernier moment devant le meurtre d'un flic ? L'instant d'avant, Servaz était terriblement malmené ; l'instant d'après, Xavier était là à côté de lui. Et s'il s'agissait de la même personne ? Mais non, puisqu'ils avaient entendu la Volvo démarrer ! Il résuma ensuite les événements de la journée et de la veille, la fuite précipitée de Chaperon, sa maison vide, la découverte de la cape et de la bague, la boîte de balles sur le bureau…

— Tu t'approches de la vérité, conclut Saint-Cyr d'un air soucieux. Tu es tout près. Mais ça, ajouta-t-il en regardant le cou de Servaz, ce qu'il t'a fait, c'est… c'est d'une violence inouïe – il ne recule plus devant rien désormais. Il est prêt à tuer des policiers s'il le faut.

— Il ou ils, dit Servaz.

Saint-Cyr lui lança un regard aigu.

— C'est inquiétant pour Chaperon.

— Tu n'as pas une idée de l'endroit où il peut se cacher ?

Le magistrat prit le temps de réfléchir.

— Non. Mais Chaperon est un fou de montagne et d'alpinisme. Il connaît tous les sentiers, tous les refuges, côté français comme côté espagnol. Tu devrais t'adresser à la gendarmerie de montagne.

Bien sûr. Pourquoi n'y avait-il pas pensé plus tôt ?

— J'ai préparé quelque chose de léger, dit Saint-Cyr. Comme tu voulais. Une truite avec une sauce aux amandes. C'est une recette espagnole. Tu m'en diras des nouvelles.

Il retourna en cuisine et revint avec deux assiettes fumantes. Servaz but encore une gorgée de vin puis s'attaqua à la truite. Son assiette dégageait un fumet succulent. La sauce était légère mais délicieusement parfumée, avec un goût d'amande, d'ail, de citron et de persil.

— Tu crois donc que quelqu'un est en train de venger ces ados ?

Servaz acquiesça en grimaçant. Sa gorge lui faisait mal à chaque bouchée. Très vite, il n'eut plus faim. Il repoussa l'assiette.

— Désolé, je ne peux pas, dit-il.

— Bien sûr, je vais te préparer un café.

Brutalement, Servaz repensa au cœur gravé dans l'écorce. Aux cinq noms à l'intérieur. Cinq des sept suicidés.

— Ainsi donc les rumeurs étaient fondées, dit Saint-Cyr en revenant avec une tasse. C'est incroyable que nous soyons passés à côté de ce journal. Et que nous n'ayons pas réussi par ailleurs à trouver le moindre indice pour confirmer cette hypothèse.

Servaz comprit. D'un côté, le juge était soulagé que la vérité éclate enfin ; de l'autre, il ressentait ce que ressent toute personne qui court après un objectif pendant des années et qui, tout à coup, au moment où elle s'est enfin résignée à ne jamais l'atteindre, voit quelqu'un d'autre le faire à sa place : la sensation d'être passé à côté de l'essentiel, d'avoir gaspillé son temps en pure perte.

— Ton intuition était la bonne, en fin de compte, fit valoir Servaz. Et, apparemment, les membres du quatuor ne quittaient jamais leur cape quand ils passaient à l'acte et ne montraient jamais leur visage à leurs victimes.

— Tout de même : qu'aucune de leurs victimes ne se soit jamais plainte !

— C'est souvent le cas dans ce genre d'affaires, tu le sais aussi bien que moi. La vérité est découverte bien des années plus tard, quand les victimes ont grandi, qu'elles ont pris de l'assurance et qu'elles n'ont plus autant peur de leurs bourreaux.

— Je suppose que tu as déjà examiné la liste des enfants passés par la colonie ? souleva Saint-Cyr.

— Quelle liste ?

Le juge lui jeta un regard étonné.

— Celle que j'ai établie de tous les enfants passés par la colonie, celle qui est dans le carton que je t'ai donné.

— Il n'y avait pas de liste dans le carton, répondit Servaz.

Saint-Cyr parut offusqué.

— Bien sûr que si ! Tu crois que je perds la boule ? Tous les documents y sont, j'en suis sûr. Y compris celui-là. À l'époque, j'ai cherché à établir une corrélation entre les suicidés et les enfants passés par la colonie, comme je te l'ai dit. Je me suis dit qu'il y avait peut-être eu d'autres suicides avant, qui étaient passés inaperçus parce qu'isolés, d'autres enfants de la colonie qui se seraient donné la mort. Cela aurait confirmé mon intuition que ces suicides avaient un lien avec les Isards. J'ai donc été à la mairie et j'ai obtenu la liste de tous les enfants passés par la colonie depuis sa création jusqu'aux événements. Cette liste est dans le carton.

Saint-Cyr n'aimait pas qu'on mette sa parole en doute. Ni ses facultés intellectuelles, remarqua Servaz. Et le bonhomme semblait sûr de lui.

— Désolé, mais on n'a rien trouvé dans le carton qui ressemble à cette liste.

Le juge le fixa et secoua la tête.

— Ce que tu as, ce sont des photocopies. J'étais méticuleux à l'époque. Pas comme maintenant. Je faisais des photocopies de toutes les pièces du dossier. Je suis sûr que la liste y était. (Il se leva.) Suis-moi.

Ils longèrent un couloir avec un beau dallage en pierre grise d'aspect ancien. Le juge poussa une porte basse, tourna un commutateur. Servaz découvrit un véritable chaos, un petit bureau poussiéreux dans un désordre indescriptible. Des bibliothèques, des chaises et des guéridons – tous recouverts de livres de droit rangés n'importe comment, de piles de dossiers et de chemises vomissant des amas de feuilles précairement maintenues ensemble. Il y en avait même sur le sol et dans les coins. Saint-Cyr fouilla dans une pile de trente centimètres de haut posée sur une chaise en grommelant. Sans succès. Puis dans une autre. Finalement, au bout de cinq minutes, il se redressa avec une liasse de feuilles agrafées qu'il tendit à Servaz d'un air triomphant.

— Et voilà.

Servaz consulta la liste. Des dizaines de noms sur deux colonnes et trois pages. Son regard glissa le long des colonnes sans qu'au début aucun nom ne l'arrête. Puis un nom familier apparut : *Alice Ferrand…* Il poursuivit sa lecture. *Ludovic Asselin…* Encore un suicidé. Il trouva le troisième un peu plus loin : *Florian Vanloot…* Il cherchait les noms des deux autres adolescents ayant séjourné à la colonie avant de se donner la mort lorsque ses yeux en rencontrèrent un, parfaitement inattendu celui-là...

Un nom qui n'aurait jamais dû se trouver là.

Un nom qui lui donna le vertige. Servaz tressaillit comme s'il venait de recevoir une décharge électrique. Sur le moment, il se crut victime d'une hallucination. Il ferma les yeux, les rouvrit. Mais le nom était toujours là, parmi ceux des autres enfants. Irène Ziegler.

Merde, ce n'est pas possible !

24.

Il resta un long moment assis au volant de la Cherokee, le regard perdu à travers le pare-brise. Il ne voyait pas les flocons qui descendaient de plus en plus nombreux ni la couche de neige qui s'épaississait sur la route. Un cercle de lumière s'étalait sur la neige, sous un lampadaire ; les lumières du moulin s'éteignirent les unes après les autres – sauf une. Sans doute celle de la chambre. Servaz se dit que le vieux juge devait lire dans son lit. Il ne fermait pas ses volets. C'était inutile : un cambrioleur aurait dû nager à travers le courant puis grimper le long du mur pour atteindre les fenêtres. C'était au moins aussi efficace qu'un chien ou une alarme.

Irène Ziegler... Son nom était dans la liste... Il se demanda ce que cela signifiait. Il se revit après sa première visite chez Saint-Cyr, revenant à la gendarmerie, le carton sous le bras. Il la revit s'emparant d'autorité du carton et sortant une par une toutes les pièces de l'enquête sur les suicidés. Saint-Cyr était formel : la liste des enfants ayant séjourné à la colonie était dedans à ce moment-là. Et si le vieux était gâteux ? Il perdait peut-être la mémoire et ne voulait pas l'admettre. Il avait peut-être rangé la liste ailleurs.

Mais il y avait une autre hypothèse, plus dérangeante celle-là. Celle selon laquelle Servaz ne l'avait jamais vue *parce que Irène Ziegler l'avait subtilisée*. Il se remémora le peu d'empressement qu'elle avait mis à se souvenir des suicidés quand il les avait évoqués pour la première fois, cette nuit-là, à la gendarmerie. Soudain, une autre image surgit : il était prisonnier des télécabines et il essayait de la joindre. Elle aurait dû arriver bien avant lui, elle était plus près, mais elle n'était pas là quand il était monté à bord de la cabine. Au téléphone, elle lui avait expliqué qu'elle avait eu un accident de moto, qu'elle était en route. Il ne l'avait revue *qu'après* : Perrault était mort à ce moment-là.

Il se rendit compte que ses jointures étaient blanches à force de serrer le volant. Il se frotta les paupières. Il était épuisé, à bout de nerfs, son corps n'était plus qu'un nœud de douleur et le doute se répandait dans son esprit tel un poison mortel. D'autres pensées surgirent : elle s'y connaissait en chevaux, elle pilotait sa voiture et son hélico comme un homme, elle connaissait la région comme sa poche. Il se remémora la façon dont, le matin même, elle avait élevé la voix pour se charger de la visite à la mairie. Elle savait déjà ce qu'elle allait y trouver. C'était la seule trace qui pouvait mener jusqu'à elle. Avait-elle aussi fouillé dans les papiers de Chaperon dans l'espoir de remonter jusqu'à lui ? *Était-ce elle qui avait tenté de le tuer à la colonie ? qui tenait la corde et le sac ?* Il n'arrivait pas à y croire.

La fatigue ralentissait ses pensées. Il ne parvenait plus à raisonner correctement. Que devait-il faire ? Il n'avait aucune preuve de la culpabilité de la jeune gendarme.

Il regarda l'horloge du tableau de bord, décrocha le téléphone et appela Espérandieu.

— Martin ? Qu'est-ce qui se passe ?

Servaz lui parla du juge à la retraite et de ses dossiers, puis il lui expliqua la découverte qu'il venait de faire. Il y eut un long silence au bout du fil.

— Tu crois que c'est elle ? dit finalement Espérandieu, sceptique.

— Elle n'était pas avec moi quand j'ai vu Perrault dans la cabine avec l'assassin. Celui qui portait une cagoule. Celui qui s'est planqué derrière Perrault quand on s'est croisés pour que je ne voie pas ses yeux. Elle aurait dû arriver la première, mais elle n'y était pas. Elle n'est arrivée sur les lieux que bien après. (Tout à coup, une autre pensée lui vint.) Elle est passée par la colonie et elle n'en a rien dit. Elle connaît les chevaux, elle connaît ces montagnes, elle est sportive et elle sait sans doute se servir d'une corde d'alpinisme…

— Bon sang ! s'exclama Espérandieu, ébranlé cette fois.

Il parlait à voix basse et Servaz se dit qu'il devait être au lit avec Charlène et que celle-ci devait dormir.

— Qu'est-ce qu'on fait ? demanda-t-il.

Un silence. Il devina la stupeur d'Espérandieu, malgré la distance. Celui-ci n'était pas habitué à ce que son patron lui abandonne les rênes.

— Tu as une drôle de voix.

— Je suis épuisé. Je crois aussi que j'ai de la fièvre.

Il n'évoqua pas l'agression à la colonie ; il n'avait pas envie d'en parler maintenant.

— Tu es où, là ?

Servaz regarda une nouvelle fois la rue déserte.

— Devant chez Saint-Cyr.

Machinalement, il jeta un coup d'œil dans son rétroviseur. De ce côté aussi, la rue était déserte et sans vie. Les volets des dernières maisons, à une centaine de mètres, étaient clos. Seuls les flocons descendaient en silence et en nombre.

— Rentre à l'hôtel, dit Espérandieu. Ne fais rien pour l'instant. J'arrive.

— Quand ? Ce soir ?

— Oui, je m'habille et je pars. Et Ziegler, tu sais où elle est ?

— Chez elle, je suppose.

— Ou à la recherche de Chaperon. Tu pourrais peut-être l'appeler, histoire de vérifier.

— Pour lui dire quoi ?

— Je ne sais pas. Que tu ne te sens pas bien, que tu es malade. Tu es épuisé, tu l'as dit toi-même. Ça s'entend jusque dans ta voix. Dis-lui que tu resteras couché demain, que tu n'en peux plus. On va voir comment elle réagit.

Servaz sourit. Après ce qui s'était passé, elle n'aurait aucun mal à le croire.

— Martin ? Qu'est-ce qui se passe ?

Il tendit l'oreille. Le bruit d'un téléviseur en sourdine à l'arrière-plan. Ziegler était chez elle. Ou chez quelqu'un d'autre. Un appartement ? Une maison ? Il n'arrivait pas à visualiser l'endroit où elle vivait. En tout cas, elle n'était pas dehors, à rôder comme un loup affamé sur les traces du maire. *Ou sur ses traces à lui*… Il la revit avec sa combinaison de cuir, ses hautes bottes, sa machine puissante ; il la revit aux commandes de l'hélicoptère. Il fut tout à coup certain que c'était elle.

— Rien, dit-il. Je t'appelle pour te dire que je fais un break. Il faut que je dorme.

— Ça ne va pas mieux ?

— Je ne sais pas. Je n'arrive plus à avoir les idées claires. Je n'arrive plus à penser. Je suis épuisé et j'ai atrocement mal au cou. (Aucun mensonge n'était meilleur que celui qui contenait une part de vérité.) Tu crois que tu pourras continuer seule demain ? Il faut à tout prix retrouver Chaperon.

— D'accord, dit-elle après une hésitation. Tu n'es plus en état de continuer, de toute façon. Repose-toi. Je t'appelle dès que j'ai du nouveau. En attendant, je vais aller me coucher, moi aussi. Tu l'as dit : il faut garder les idées claires.

— Bonne nuit, Irène.

Il coupa la communication et composa le numéro de son adjoint.

— Espérandieu, dit Espérandieu.

— Elle est chez elle. En tout cas, il y avait une télé qui marchait.

— Mais elle ne dormait pas.

— Comme des tas de gens qui se couchent tard. Et toi, tu es où ?

— Sur l'autoroute. Je m'arrête pour prendre de l'essence et j'arrive. Jamais vu une campagne aussi noire. Je serai là dans cinquante minutes. Que dirais-tu d'aller planquer devant chez elle ?

Il hésita. En aurait-il la force ?

— Je ne sais même pas où elle habite.

— Tu plaisantes ?

— Non.

— On fait quoi alors ?

— J'appelle d'Humières, décida Servaz.

— À cette heure ?

Servaz reposa son portable sur le lit, passa dans la salle de bains et s'aspergea le visage à l'eau froide. Il aurait volontiers bu un café mais il ne fallait pas y compter. Puis il revint dans la chambre et il appela Cathy d'Humières.

— Martin ? Bon sang ! Vous savez l'heure qu'il est ? Vous devriez dormir dans l'état où vous êtes !

— Désolé, dit-il. Mais il y a urgence.

Il devina que la proc se redressait dans son lit.

— Une autre victime ?

— Non. Mais une grosse tuile. On a un nouveau suspect. Mais je ne peux en parler à personne pour l'instant. À part vous.

— QUI ? dit d'Humières, subitement réveillée.

— Le capitaine Ziegler.

Un long silence au bout du fil.

— Racontez-moi tout.

Il le fit. Il lui parla de la liste de Saint-Cyr, de l'absence d'Irène au moment de la mort de Perrault, de sa réticence à évoquer son enfance et de son séjour à la colonie, de ses mensonges par omission concernant sa vie personnelle.

— Ça ne prouve pas qu'elle est coupable, dit d'Humières.

Un point de vue de juriste, se dit-il. De son point de vue à lui, Irène Ziegler devenait la suspect n° 1. Il ne lui parla même pas de son instinct de flic.

— Mais vous avez raison, c'est troublant. Cette histoire de liste, ça ne me plaît pas du tout. Qu'attendez-vous de moi ? Je suppose que vous ne m'appelez pas à cette heure pour me dire quelque chose qui pouvait attendre demain.

— Nous avons besoin de son adresse. Je ne l'ai pas.

— *Nous ?*

— J'ai demandé à Espérandieu de me rejoindre.

— Vous avez l'intention de la surveiller ? Cette nuit ??

— Peut-être.

— Bon sang ! Martin ! Vous devriez dormir ! Vous vous êtes regardé dans une glace ?

— J'aime mieux pas.

— Je n'aime pas beaucoup ça. Soyez prudent. Si c'est elle, ça peut devenir dangereux. Elle a déjà tué deux hommes. Et elle manie les armes sans doute au moins aussi bien que vous.

Un doux euphémisme, se dit-il. Il était nul en tir. Quant à son adjoint, il le voyait mal en inspecteur Harry.

— Rappelez-moi dans cinq minutes, j'ai un ou deux coups de fil à passer, lui dit-elle. À tout de suite.

Espérandieu cogna à la porte quarante minutes plus tard. Servaz ouvrit. Son adjoint avait des flocons sur son anorak et dans ses cheveux.

— Tu as un verre d'eau et un café ? dit-il, un tube d'aspirine à la main. (Puis il leva les yeux et regarda son patron.) Putain de merde !

À peu près à l'heure où Servaz sortait de chez Saint-Cyr, Diane était encore à son bureau.

Elle se demandait ce qu'elle allait faire maintenant. Elle s'apprêtait à passer à l'action. Mais jusqu'à quel point en avait-elle envie ? La tentation était toujours là de faire comme si de rien n'était et d'oublier ce qu'elle avait découvert. En parler à Spitzner ? Au départ cela lui avait semblé la chose à faire, mais, après réflexion, elle n'en était plus aussi sûre. En vérité, elle ne voyait pas vers qui se tourner.

Elle était seule, livrée à elle-même. Elle regarda l'heure dans le coin de son écran.

23 h 15.

L'Institut était totalement silencieux, à part le vent qui soufflait en rafales contre la fenêtre. Elle avait fini d'alimenter le tableur Excel avec les données qu'elle avait recueillies au cours de ses entretiens du jour. Xavier avait quitté son bureau depuis longtemps. *C'était le moment ou jamais…* Elle sentit une boule dans son estomac. Que se passerait-il si quelqu'un la surprenait ? Mieux valait ne pas y penser.

— Je la vois.

Espérandieu lui passa les jumelles. Servaz les dirigea vers le petit immeuble de trois étages au bas de la pente. Irène Ziegler se tenait au milieu du salon, un téléphone cellulaire à l'oreille. Elle parlait volubilement. Elle était habillée comme quelqu'un qui va sortir – *pas comme quelqu'un qui passe la soirée devant la télé avant d'aller se coucher.*

— Elle n'a pas l'air de vouloir aller au lit, commenta Espérandieu en reprenant les jumelles.

Ils se tenaient sur une petite hauteur, à la lisière d'un parking pourvu d'une table d'orientation, à une vingtaine de kilomètres de Saint-Martin. Une haie entourait le parking. Ils s'étaient glissés dans l'espace ménagé entre deux arbustes. Un vent glacial agitait la haie. Servaz avait remonté le col de sa veste et Espérandieu s'abritait sous le capuchon de son anorak, qui commençait à blanchir. Servaz était parcouru de tremblements, et il claquait des dents. Il était minuit passé de quarante-deux minutes.

— Elle sort ! annonça Espérandieu en la voyant attraper un blouson de motard près de l'entrée.

L'instant d'après, elle avait claqué la porte de l'appartement. Il abaissa les jumelles vers l'entrée de l'immeuble. Ziegler apparut vingt secondes plus tard. Elle descendit les marches et se dirigea vers sa moto, malgré la neige.

— Merde ! C'est pas croyable !

Ils coururent vers la voiture. Les roues arrière chassèrent un peu quand ils prirent le virage en bas de la côte, au pied de l'immeuble. À temps pour voir la moto tourner à droite tout en haut de la rue qui remontait vers le centre du bourg. Lorsqu'ils arrivèrent à leur tour au carrefour, le feu était passé au rouge. Ils le grillèrent. Peu de chances de rencontrer quelqu'un à cette heure et par ce temps. Ils se retrouvèrent sur une longue avenue blanchie par la neige. Au loin, Ziegler roulait très lentement. Ce qui leur facilitait la tâche mais risquait aussi de les faire repérer, car ils étaient totalement seuls, elle et eux, sur la longue avenue blanche.

— Elle va nous loger si ça continue, dit Espérandieu en ralentissant.

Ils quittèrent la petite ville et roulèrent pendant une dizaine de minutes à allure réduite, traversant deux villages déserts et des prairies toutes blanches avec toujours, à droite et à gauche, les montagnes. Espérandieu l'avait laissée prendre le large, au point qu'ils n'apercevaient plus que le feu arrière de sa machine brillant aussi faiblement que le bout incandescent d'une cigarette à travers la nuit et les flocons.

— Où elle va comme ça ?

La même stupéfaction qui habitait son patron perçait dans sa voix. Servaz ne répondit pas.

— Tu crois qu'elle a trouvé Chaperon ?

À cette idée, Servaz se raidit. Il sentit la tension monter ; il était plein d'appréhension à l'idée de ce qui allait se passer. Tout confirmait qu'il avait vu juste : elle lui avait menti ; elle n'était pas allée se coucher mais elle sortait au beau milieu de la nuit, à l'insu de tous. Il ne cessait de revenir aux différentes étapes de l'enquête, à chaque détail qui la désignait.

— Elle a tourné à droite.

Servaz tendit son regard vers l'avant. Elle venait de quitter la route pour s'engager sur un parking éclairé, devant un bâtiment bas et rectangulaire qui ressemblait à un de ces innombrables entrepôts commerciaux qui bordent les nationales. À travers les flocons, ils virent un néon briller dans la nuit. Son trait lumineux dessinait un visage de femme de profil, fumant une cigarette et coiffée d'un chapeau melon. La fumée de la cigarette formait les mots : « PINK BANANA ». Espérandieu ralentit encore. Ils virent Ziegler stopper sa machine et mettre pied à terre.

— C'est quoi ça ? demanda Servaz. Une boîte de nuit ?

— Un bar à touffes, répondit Espérandieu.

— Quoi ?

— Un dancing pour lesbiennes.

Ils s'engagèrent sur le parking en première, au moment où elle saluait le vigile qui portait une épaisse veste à col de fourrure sur son smoking. Elle passa entre deux palmiers en plastique et disparut à l'intérieur. Espérandieu roula tout doucement devant l'entrée de la discothèque. Il y avait d'autres bâtiments parallélépipédiques un peu plus loin. Comme des boîtes à chaussures géantes. Une zone commerciale. Il vira et se gara en marche arrière dans une flaque de ténèbres, loin des lampadaires et des néons, le capot tourné vers l'entrée de la discothèque.

— Tu voulais en savoir plus sur sa vie privée, te voilà servi, dit-il.

— Qu'est-ce qu'elle fait là-dedans ?

— À ton avis ?

— Je veux dire : elle traque Chaperon, elle sait que le temps presse et elle prend celui de venir ici ? À une heure du matin ?

— À moins qu'elle n'ait rendez-vous avec quelqu'un susceptible de la rencarder.

— Dans une boîte pour lesbiennes ?

Espérandieu haussa les épaules. Servaz regarda l'horloge du tableau de bord. 1 h 08.

— Ramène-moi là-bas, dit-il.

— Où ça ?

— Chez elle.

Il fouilla dans sa poche et en sortit un petit trousseau de passe-partout. Espérandieu fronça les sourcils.

— Holà, holà ! C'est pas une bonne idée, ça. Elle peut ressortir d'un instant à l'autre.

— Tu me laisses là-bas et tu reviens ici t'assurer qu'elle est toujours à l'intérieur. Je n'entrerai pas avant que tu m'aies donné le feu vert. Ton portable est chargé ?

Servaz sortit le sien. Pour une fois, il fonctionnait. Espérandieu fit de même en secouant la tête.

— Attends, attends. Tu as vu ta tronche ? Tu tiens à peine debout ! Si Ziegler est bien l'assassin, c'est quelqu'un d'extrêmement dangereux.

— Si tu la surveilles, j'ai largement le temps de décamper. On n'a plus le temps de finasser.

— Et si un voisin te voit et donne l'alerte ? Confiant va ruiner ta carrière ! Ce type te déteste.

— Personne n'en saura rien. Allons-y. On a assez perdu de temps.

Diane regarda autour d'elle. Personne. Le couloir était désert. Il n'y avait pas de caméras de surveillance dans cette partie de l'Institut à laquelle les patients n'avaient pas accès. Elle tourna la poignée : la porte n'était pas fermée. Elle consulta sa montre. Minuit douze. Elle entra. La pièce était baignée par le clair de lune qui traversait la fenêtre : *le bureau de Xavier...*

Elle referma la porte derrière elle. Tous les sens en éveil. Ses sens réagissaient avec une acuité inouïe – comme si la tension faisait d'elle un animal à l'ouïe et à la vision plus aiguisées. Son regard balaya le bureau vide à l'exception de la lampe, de l'ordinateur et du téléphone, la petite bibliothèque à droite, les classeurs métalliques à gauche, le frigo dans un coin et les plantes en pot sur le rebord de la fenêtre. La tempête faisait rage au-dehors et, par moments, sans doute quand des nuages passaient devant la lune, la lumière baissait à tel point qu'elle ne voyait plus rien à part le rectangle gris-bleu de la fenêtre puis la pièce s'éclairait à nouveau suffisamment pour qu'elle puisse distinguer chaque détail.

Sur le sol, dans un coin, une paire de petits haltères. Petits mais lourds, constata-t-elle en s'approchant. Chacun portait quatre disques noirs de deux kilos. Elle voulut ouvrir le premier tiroir mais il était fermé à clef. *Zut.* Le deuxième en revanche ne l'était pas. Elle hésita puis alluma la lampe sur le bureau. Elle fouilla parmi les chemises et les papiers du tiroir mais rien ne retint son attention. Le troisième tiroir était presque vide à l'exception de quelques feutres et stylos.

Elle se dirigea vers les classeurs métalliques. Ils étaient pleins de dossiers suspendus. Diane en retira quelques-uns et les ouvrit. *Les dossiers du personnel...* Elle constata qu'il n'y en avait pas au nom d'Élisabeth Ferney mais il y en avait un au nom d'Alexandre Barski. Comme il n'y avait pas d'autre Alexandre, elle en conclut qu'il s'agissait bien de l'infirmier. Elle le rapprocha de la lampe pour mieux lire.

Le CV d'Alex indiquait qu'il était né en Côte-d'Ivoire en 1980. Il était plus jeune qu'elle ne pensait. Célibataire. Il habitait dans une ville appelée Saint-Gaudens, Diane crut se souvenir d'avoir aperçu ce nom sur sa carte de la région. Employé à l'Institut depuis quatre ans. Auparavant, il avait travaillé à l'EPSM (Établissement public de santé mentale) d'Armentières. Pendant ses années d'études, il avait effectué de nombreux stages dont un dans un service de pédo-psychiatrie et Diane se dit que c'était quelque chose dont ils pourraient parler à l'avenir. Elle avait envie de se rapprocher d'Alex – et peut-être de s'en faire un ami ici. Bien noté. Au fil des ans, Wargnier puis Xavier avaient inscrit des appréciations telles que : « à l'écoute », « compétent », « fait preuve d'initiative », « esprit d'équipe », « bons rapports avec les patients »...

Bon, tu n'as pas toute la nuit...

Elle referma le dossier et le remit à sa place. Avec un petit pincement au cœur, elle chercha le sien. « Diane Berg ». Elle l'ouvrit. À l'intérieur, son CV et des impressions des courriers électroniques qu'elle avait échangés avec le Dr Wargnier. Elle sentit son estomac se nouer en découvrant une annotation de la main de Xavier en bas de page : « *Sujet à problèmes ?* » Les autres dossiers suspendus de la rangée ne lui apprirent rien de plus. Elle ouvrit brièvement les autres tiroirs. Des dossiers de patients. De la paperasse administrative… Le fait qu'il n'y en eût aucun au nom de Lisa Ferney confirmait ce que Diane soupçonnait : c'était peut-être bien elle la véritable détentrice du pouvoir en ces lieux. Ni Wargnier ni Xavier n'avaient osé faire un dossier sur l'infirmière chef.

Son regard se posa ensuite sur la bibliothèque, de l'autre côté de la pièce. Puis de nouveau sur le bureau et l'ordinateur. Diane hésita. Elle s'assit finalement dans le fauteuil de Xavier. Une odeur tenace de savon et d'eau de toilette un peu trop boisée et épicée imprégnait le cuir du dossier. Elle tendit l'oreille, puis elle appuya sur le bouton « Marche » de l'ordinateur. Dans les entrailles de l'appareil, quelque chose s'ébroua et vagit comme un nourrisson qui s'éveille.

Le fond d'écran s'afficha – un banal paysage d'automne – et des icônes apparurent les unes après les autres.

Diane passa en revue les icônes mais là non plus rien ne retint son attention. Elle ouvrit la messagerie. Rien à signaler. Le dernier mail datait du matin, il était adressé à tout le personnel et intitulé : « Calendrier réunions fonctionnelles équipes thérapeutiques ». Il y avait 550 messages dans la boîte de réception dont douze non lus et Diane n'avait pas le temps de les ouvrir tous mais elle jeta un rapide coup d'œil aux quarante derniers sans trouver quoi que ce soit d'anormal.

Elle examina ensuite les mails envoyés. RAS.

Elle referma la messagerie et chercha la liste des favoris. Plusieurs sites attirèrent son attention parmi lesquels un site de rencontres pour célibataires, un autre intitulé « la séduction par un psychologue-sexologue », un troisième d'images pornographiques « ultimes » et un quatrième qui annonçait « douleurs thoraciques et détresses cardio-circulatoires ». Elle se demanda si Xavier avait des problèmes cardiaques ou s'il était tout simplement hypocondriaque puis elle passa à autre chose. Au bout de dix-sept minutes, elle éteignit l'ordinateur, déçue.

Son regard tomba sur le premier tiroir, celui qui était fermé à clef.

Elle se demanda si Xavier ne conservait pas un disque dur externe ou une clef USB à l'intérieur. À part les sites porno, son ordinateur était un peu trop clean pour quelqu'un qui a quelque chose à cacher.

Elle regarda autour d'elle, attrapa un trombone, le déplia et le glissa dans la petite serrure en tentant de faire comme elle avait vu dans les films.

Sa tentative était évidemment vouée à l'échec et, quand le trombone se brisa et qu'un bout resta coincé à l'intérieur, elle jura tout doucement. Elle saisit un coupe-papier et parvint difficilement à extraire le bout de métal après plusieurs minutes d'efforts. Après ça, elle passa mentalement toutes les possibilités en revue et, tout à coup, une idée lui vint. Elle fit pivoter le fauteuil vers la fenêtre et se leva. Souleva les pots de fleurs un par un. Rien. Puis elle plongea à tout hasard ses doigts dans le terreau.

Au troisième pot, ses doigts rencontrèrent quelque chose. De la toile avec quelque chose de dur à l'intérieur… Elle tira et un petit sachet apparut. La clef se trouvait à l'intérieur. Son pouls s'accéléra. Elle fut cependant déçue en ouvrant le tiroir. Pas de disque dur ni de clef USB. Mais une pile de papiers concernant l'Institut. Des rapports, des courriers échangés avec des collègues – rien de confidentiel. Pourquoi Xavier avait-il fermé le tiroir à clef dans ce cas ? Pourquoi ne pas l'avoir laissé ouvert comme les autres ? En écartant les feuilles, elle remarqua une chemise cartonnée moins épaisse que le reste des dossiers. Diane la sortit du tiroir et la posa sur le sous-main, dans le halo de la lampe. Il y avait à peine quelques feuillets à l'intérieur, parmi lesquels une liste de noms sur plusieurs colonnes. Diane remarqua qu'elle portait le cachet de la mairie de Saint-Martin et qu'il s'agissait d'une photocopie. Comme la liste occupait deux feuillets, elle souleva le premier.

Un Post-it jaune à l'intérieur. Elle le détacha et l'approcha de la lampe. Xavier y avait inscrit plusieurs noms suivis chaque fois d'un point d'interrogation :

Gaspard Ferrand ?
Lisa ?
Irène Ziegler ?
Colonie ?
Vengeance ?
Pourquoi cheval ???

Elle se demanda ce qu'elle était en train de regarder mais elle le savait déjà. Ces questions faisaient écho aux siennes. Deux des noms lui étaient inconnus et le mot « colonie » la ramena inévitablement à sa désagréable expérience au milieu des bâtiments abandonnés deux jours plus tôt. Ce qu'elle avait sous les yeux, c'était une liste de suspects. Soudain, elle se remémora la conversation surprise à travers la bouche d'aération : Xavier s'était engagé auprès de ce flic à mener sa propre enquête parmi les membres du personnel. Et ces questions jetées sur un bout de papier prouvaient qu'il avait commencé à le faire. Or, bien évidemment, si Xavier enquêtait en secret, cela signifiait qu'il n'était pas le complice que la police cherchait. Dans ce cas, que signifiait la commande de médicaments qu'il avait passée ?

Perplexe, Diane remit la liste dans la chemise et la chemise dans le tiroir avant de refermer celui-ci à clef. Elle n'avait jamais entendu parler des deux autres personnes – mais il y avait au moins un nom sur la liste vers lequel elle pouvait à présent tourner ses recherches. En plaçant le mot « colonie » à la fin de la liste, Xavier sous-entendait-il que toutes ces personnes étaient liées d'une manière ou d'une autre à cet endroit ? Elle revit l'homme hurlant et sanglotant. Que s'était-il passé là-bas ? Et quel rapport avec les crimes commis aux environs de Saint-Martin ? La réponse était de toute évidence dans le mot inscrit juste en dessous par le psychiatre. *Vengeance…* Diane se rendit compte qu'il lui manquait beaucoup trop d'éléments pour espérer approcher la vérité. Apparemment, Xavier avait pris de l'avance, mais il se posait encore pas mal de questions.

Brusquement, elle s'immobilisa, la main encore sur la clef qui fermait le tiroir. *Des bruits de pas dans le couloir…* Elle s'enfonça inconsciemment dans son fauteuil, sa main glissant lentement et silencieusement vers la lampe de bureau et l'éteignant. Elle se retrouva dans la semi-obscurité gris-bleu dispensée par le clair de lune et son cœur se mit à palpiter dangereusement. Les pas s'étaient arrêtés devant sa porte… Un des vigiles faisant sa ronde ? Avait-il aperçu la lumière sous la porte ? Les secondes s'égrenèrent interminablement. Puis le vigile reprit sa ronde et les pas s'éloignèrent.

Le sang battant dans ses oreilles, elle retrouva peu à peu une respiration normale. Elle n'avait plus qu'une envie : remonter dans sa chambre et se glisser dans les draps. Elle brûlait aussi d'interroger Xavier sur son enquête. Mais elle savait qu'à la seconde où elle lui avouerait avoir fouillé son bureau, elle perdrait sa place et tout espoir de carrière. Elle devait trouver un autre moyen de l'amener à se livrer...

— Sa moto est là. Elle est toujours à l'intérieur.

Servaz referma le portable et alluma la minuterie sur le palier. Il regarda sa montre. 1 h 27. Puis la porte du second appartement. Pas un bruit. Tout le monde dormait. Il s'essuya longuement les pieds sur le paillasson, puis il sortit les passes et commença à les introduire dans la serrure. Trente secondes plus tard, il était à l'intérieur. Elle n'avait ajouté ni verrou supplémentaire ni serrure trois points.

Un couloir devant lui, avec deux portes à droite. La première donnait sur un nouveau couloir, la seconde sur le séjour. La clarté provenant des lampadaires de la rue éclairait la pièce obscure. Il neigeait de plus en plus derrière les baies vitrées. Servaz s'avança dans le séjour sombre et silencieux. Chercha un interrupteur. La lumière jaillit, révélant un intérieur spartiate. Il s'immobilisa, le cœur battant.

Cherchez le blanc, avait dit Propp.

Il fit lentement du regard le tour de la pièce. Les murs étaient blancs. Un séjour meublé dans un style froid et désincarné. Moderne. Il essaya de se faire une image de la personne qui vivait là, indépendamment de celle qu'il connaissait déjà. Rien ne lui vint. Il avait l'impression de contempler l'appartement d'un fantôme. Il s'approcha de la douzaine de livres posés sur une étagère entre des coupes sportives et il tressaillit violemment. Tous les livres avaient des sujets connexes : les crimes sexuels, la violence faite aux femmes, l'oppression des femmes, la pornographie et le viol. Un vertige. *Il approchait de la vérité...* Il passa dans la cuisine. Brusquement, un mouvement sur sa droite. Avant qu'il ait pu réagir il sentit qu'on lui touchait la jambe. Paniqué, il fit un bond en arrière, son cœur explosa. Un long miaulement, le matou fila se réfugier dans un autre coin de l'appartement. *Bon sang ! tu m'as flanqué une de ces frousses !* Servaz attendit que les battements de son cœur s'apaisent puis il ouvrit les placards. Rien à signaler. Il remarqua juste qu'Irène Ziegler avait une hygiène alimentaire stricte, contrairement à lui. Il retraversa le séjour en direction des chambres. L'une d'elles, celle dont la porte était ouverte, comportait un bureau, un lit au carré et un classeur métallique. Il ouvrit les tiroirs un par un. Des dossiers. Impôts, électricité, cours de l'école de gendarmerie, loyer, santé, abonnements divers... Sur la table de nuit, des livres en anglais. *The Woman-Identified Woman*, *Radical Feminism a Documentary History*. Il fit un bond lorsque son téléphone vibra dans sa poche.

— Tu en es où ? demanda Espérandieu.

— Rien pour l'instant. Du mouvement ?

— Non, elle est toujours à l'intérieur. Tu as pensé qu'elle ne vit peut-être pas seule ? On ne sait rien d'elle, bon sang !

Le sang de Servaz ne fit qu'un tour. Espérandieu avait raison. Il ne s'était même pas posé la question ! Il y avait trois portes fermées dans l'appartement. *Qu'y avait-il derrière ?* Au moins l'une d'elles devait être une chambre. Celle dans laquelle il se trouvait ne semblait pas occupée. Il n'avait pas fait de bruit en entrant et il était presque 2 heures du matin, l'heure où l'on dort profondément en général. Une crampe à l'estomac, il sortit de la chambre et resta planté devant la porte voisine. Il prêta l'oreille. Aucun bruit. Il colla son oreille au battant. Le silence. À part le bourdonnement de son propre sang. Finalement, il posa la main sur la poignée et la tourna très lentement.

Une chambre... Un lit défait...

Il était vide. Son cœur était à nouveau monté dans le rouge. Il se dit que c'était peut-être lié à sa piètre condition physique. Il devait envisager sérieusement de faire un peu de sport s'il ne voulait pas crever un jour d'une crise cardiaque.

Les deux dernières portes étaient celles de la salle de bains et des WC. Il en eut la confirmation après les avoir ouvertes. Il revint dans la chambre où se trouvait le bureau. Ouvrit les trois tiroirs de celui-ci. Rien à part des stylos et des relevés de carte bancaire. Puis son œil fut attiré par une tache de couleur sous le bureau. Une carte routière. Elle avait dû glisser du bureau sur le plancher. De nouveau, son téléphone vrombit dans sa poche.

— Elle est sortie !

— D'accord. Suis-la. Et appelle-moi quand vous serez à un kilomètre.

— Qu'est-ce que tu fous ? dit Espérandieu. Tire-toi de là, bon Dieu !

— J'ai peut-être trouvé quelque chose.

— Elle a déjà démarré ! Elle s'en va !

— Rattrape-la. Fonce ! Il me faut cinq minutes.

Il raccrocha.

Il alluma la lampe sur le bureau et se pencha pour attraper la carte.

Il était 2 h 02 quand Espérandieu avait vu Irène Ziegler sortir du *Pink Banana* en compagnie d'une autre femme. Si Ziegler, dans sa combinaison de motarde et ses bottes de cuir noir, avait l'air d'une fascinante amazone, sa voisine arborait un blouson blanc satiné à col de fourrure sur un jean moulant et des bottes blanches à talons lacées de haut en bas. Elle semblait sortir d'un magazine. Elle était aussi brune que Ziegler était blonde, ses longs cheveux retombant sur la fourrure de son col. Les deux jeunes femmes s'approchèrent de la moto de Ziegler, que la gendarme enfourcha. Elles échangèrent encore quelques mots. Puis la brune se pencha vers la blonde. Espérandieu avala sa salive en voyant les deux jeunes femmes s'embrasser à pleine bouche.

La vache, se dit-il, la gorge soudain sèche.

Ziegler fit ensuite rugir le moulin de sa bécane, amazone de cuir soudée à l'acier de sa machine. *Cette femme est peut-être une tueuse,* se dit-il pour doucher ses ardeurs naissantes.

Soudain, une pensée lui vint. *Ceux qui avaient massacré le cheval d'Éric Lombard étaient deux.* Il shoota la brune avec son petit appareil photo numérique juste avant qu'elle ne disparaisse à l'intérieur de la discothèque. Qui était-elle ? *Était-il possible que les assassins soient deux femmes ?* Il sortit son portable et appela Servaz.

Merde ! jura-t-il après avoir raccroché. Martin voulait cinq minutes ! C'était de la folie !

Il aurait dû décamper sans attendre ! Espérandieu démarra et passa en trombe devant le videur. Il prit le virage à la sortie du parking un peu sèchement et, de nouveau, il dérapa sur la neige avant d'accélérer le long de la grande ligne droite. Il ne leva le pied que lorsqu'il aperçut le feu arrière de la moto et regarda, machinalement, l'horloge de la voiture : 2 h 07.

Martin, pour l'amour du ciel, tire-toi !

Servaz retournait la carte dans tous les sens.

Une carte détaillée du haut Comminges. Au 1/50 000. Il avait beau la scruter, la déplier et l'approcher de la lampe, il ne voyait rien. Pourtant, Ziegler avait consulté cette carte récemment. Sans doute avant de sortir. *C'est là, quelque part, mais tu ne le vois pas*, songea-t-il. Mais quoi ? Qu'est-ce qu'il faut chercher ? Et soudain, un éclair dans son esprit : la planque de Chaperon !

Elle était là, bien sûr – quelque part sur cette carte…

Il y avait un endroit où la route décrivait plusieurs virages. Comme ils arrivaient après une longue ligne droite, il fallait nettement ralentir. La route serpentait dans un paysage de sapins et de bouleaux chargés de neige et de petits tertres tout blancs au milieu desquels se faufilait un ruisseau. Un paysage de carte postale le jour et presque fantastique la nuit, dans la lueur des phares.

Espérandieu vit Ziegler décélérer et freiner, puis incliner très prudemment sa puissante machine à l'entrée du premier virage, avant de disparaître derrière les grands sapins. Il leva le pied. Il aborda le tournant avec la même prudence et contourna la première colline à une allure modérée. Il parvint presque au ralenti à l'endroit où coulait le ruisseau. Mais cela ne suffit pas…

Sur le moment, il aurait été incapable de dire ce que c'était. *Une ombre noire…*

Elle jaillit de l'autre côté de la route et bondit dans la lueur des phares. Instinctivement, Espérandieu écrasa la pédale de frein. Mauvais réflexe. Sa voiture partit en travers tout en se précipitant à la rencontre de l'animal. Le choc fut violent. Cramponné au volant, il réussit à redresser la voiture mais trop tard. Il stoppa son véhicule, mit les warnings, défit sa ceinture de sécurité, attrapa la torche électrique dans la boîte à gants et se précipita dehors. Un chien ! Il avait heurté un chien ! L'animal était couché au beau milieu de la chaussée, dans la neige. Il regardait Espérandieu dans le faisceau de la torche. L'air implorant. Une respiration trop rapide soulevait son flanc et enveloppait son museau d'une buée blanche, une de ses pattes tremblait convulsivement.

Ne bouge pas, mon vieux ! Je reviens ! pensa Espérandieu presque à voix haute.

Il plongea sa main dans son anorak. *Son portable ! Il n'y était plus !* Espérandieu jeta un regard désespéré en direction de la route. La moto avait disparu depuis longtemps. *Merde, merde et remerde !* Il se précipita vers la voiture, se pencha à l'intérieur, alluma le plafonnier. Il passa une main sous les sièges. Rien ! Pas de trace de ce foutu téléphone ! Ni sur les sièges ni sur le sol. *OÙ ÉTAIT CE PUTAIN DE TÉLÉPHONE, BOR-DEL ?*

Servaz avait beau examiner chaque recoin de la carte, il n'y avait aucun signe, aucun symbole qui lui permît de penser que Ziegler y avait inscrit l'emplacement de l'endroit où se cachait Chaperon. Mais peut-être n'avait-elle pas eu besoin de le faire. Peut-être s'était-elle contentée d'y jeter un coup d'œil pour vérifier quelque chose qu'elle savait déjà. Servaz avait sous les yeux Saint-Martin, sa station de ski, les vallées et les sommets environnants, la route par laquelle il était arrivé et celle menant à la centrale, la colonie et l'Institut, et tous les villages environnants…

Il regarda autour de lui. Une feuille attira son attention. Sur le bureau. Un papier parmi d'autres.

Il le tira vers lui et se pencha. *Un titre de propriété…* Son pouls s'emballa. Un titre au nom de Roland Chaperon, domicilié à Saint-Martin-de-Comminges. Il y avait une adresse : chemin 12, secteur 4, vallée d'Aure, commune de Hourcade… Servaz jura. Il n'avait pas le temps d'aller consulter le cadastre ou le bureau des hypothèques. Puis il s'aperçut que Ziegler avait inscrit une lettre et un chiffre au feutre rouge en bas de la feuille. *D4.* Il comprit. Les mains moites, il rapprocha la feuille de la carte, son index courant fiévreusement sur cette dernière…

Espérandieu fit volte-face et découvrit le téléphone cellulaire sur la route. Il se rua dessus. L'appareil était en deux morceaux, la coque de plastique éclatée.

Merde ! Il tenta quand même de joindre Servaz. En vain. La peur s'empara de lui sur-le-champ. *Martin !* Le chien émit un gémissement à fendre l'âme. Espérandieu le regarda. *Pas possible ! C'est quoi ce putain de cauchemar ?*

Il ouvrit la portière arrière à la volée, retourna vers l'animal et le prit par en dessous. Il était lourd. Le chien grogna, menaçant, mais se laissa faire. Espérandieu le déposa sur la banquette arrière, claqua la portière et remonta au volant. Il jeta un coup d'œil à l'horloge. 2 h 20 ! Ziegler n'allait pas tarder à arriver chez elle ! *Martin, dégage !* DÉGAGE ! DÉGAGE ! *Pour l'amour du ciel !* Il démarra sur les chapeaux de roues, partit en travers, se rétablit *in extremis* et fonça sur la route blanche, dérapant à plusieurs reprises dans les virages, cramponné à son volant comme un pilote de rallye. Son cœur battait à cent soixante pulsations par minute.

Une croix… Une croix minuscule à l'encre rouge qui avait d'abord échappé à son examen. En plein milieu du carré D4. Servaz exulta. À cet endroit, il y avait sur la carte un tout petit carré noir au milieu d'une zone déserte de forêts et de montagnes. Un chalet, une cabane ? Peu importait. Servaz savait désormais où Ziegler allait se rendre en sortant de la discothèque.

Soudain, il regarda sa montre. 2 h 20… *Quelque chose n'allait pas…* Espérandieu aurait dû l'appeler depuis longtemps. Ziegler avait quitté la discothèque depuis maintenant seize minutes ! Bien plus de temps qu'il n'en fallait pour… Une sueur froide descendit le long de son échine. *Il devait s'en aller…* TOUT DE

SUITE ! Il jeta un regard paniqué en direction de la porte, remit la carte là où il l'avait trouvée, éteignit la lampe du bureau puis tourna le commutateur de la chambre et passa dans le séjour. Un grondement au-dehors… Servaz se précipita vers la baie vitrée. Juste à temps pour voir apparaître la moto de Ziegler à l'angle du bâtiment. Un grand froid le parcourut. *Elle est déjà là !*

Il se rua sur l'interrupteur et éteignit la lumière du séjour.

Puis il fonça vers l'entrée, sortit de l'appartement et referma doucement la porte derrière lui. Sa main tremblait tellement qu'il faillit laisser tomber le passe. Il verrouilla la porte de l'extérieur, s'élança dans l'escalier mais s'arrêta net au bout de quelques marches. Où allait-il ? Cette issue était condamnée. S'il sortait par là, il allait se retrouver nez à nez avec elle. Il eut un choc en entendant la porte du hall s'ouvrir en grinçant deux étages plus bas. Il était piégé ! Il remonta les marches deux par deux, le plus silencieusement possible. Se retrouva à son point de départ : le palier du second. Il regarda autour de lui. Pas d'issue, pas de cachette : Ziegler habitait au dernier étage.

Son cœur cognait dans sa poitrine comme s'il voulait y creuser un tunnel. Il essaya de réfléchir. Elle allait apparaître d'un instant à l'autre et le trouver là. Comment réagirait-elle ? Il était censé être malade et alité et il était presque 2 h 30 du matin. *Réfléchis !* Mais il n'y arrivait pas. Il n'avait pas le choix. Il sortit le passe une nouvelle fois et le glissa dans la serrure, ouvrit la porte et la referma sur lui. *Verrouille-la !* Puis il fonça vers le séjour. Ce maudit appartement était trop dépouillé, trop spartiate. Pas d'endroit où se planquer ! L'espace d'un instant, il envisagea d'allumer la lumière, de s'asseoir dans le sofa et de l'accueillir comme ça, l'air dégagé. Il lui dirait qu'il était entré avec son passe. Qu'il avait quelque chose d'important à lui dire. Non ! C'était stupide ! Il était en sueur, essoufflé ; et elle lirait tout de suite la peur dans ses yeux. Il aurait dû l'attendre sur le palier. Quel imbécile ! Maintenant, il était trop tard ! Était-elle capable de le tuer ?

Il songea avec un frisson glacé qu'elle avait déjà essayé. À la colonie… Le jour même… Cette pensée le réveilla. *Cache-toi !* Il marcha à grands pas vers la chambre. Se glissa sous le lit au moment précis où on introduisait une clef dans la serrure.

Il rampa sous le lit, juste à temps pour voir, par la porte ouverte, une paire de bottes s'encadrer dans le vestibule. Le menton contre le plancher, le visage dégoulinant de sueur, il eut tout à coup la sensation de faire un cauchemar. Il lui semblait vivre quelque chose qui n'était pas tout à fait réel – quelque chose qui ne pouvait pas arriver.

Ziegler posa bruyamment ses clefs sur le meuble de l'entrée. Du moins entendit-il le bruit du trousseau, car il ne la vit pas faire le geste. Pendant une seconde de terreur absolue, il crut qu'elle allait entrer directement dans la chambre.

Mais il vit les bottes disparaître vers le séjour en même temps qu'il percevait les craquements de sa combinaison de cuir. Il allait essuyer d'un revers de manche la sueur qui lui coulait sur le visage quand il se figea soudain : son téléphone portable ! Il avait oublié de l'éteindre !

Le chien gémissait sur la banquette arrière. Mais au moins il ne bougeait pas. Espérandieu amorça le dernier virage comme il avait pris tous les autres : à l'extrême limite de la perte de contrôle. L'arrière de la voiture sembla vouloir échapper à la trajectoire initiale mais il débraya, contrebraqua puis donna un coup d'accélérateur et parvint à la redresser.

L'immeuble de Ziegler.

Il se gara devant, attrapa son arme et bondit dehors. En levant les yeux, il vit qu'il y avait de la lumière dans le salon. La moto de Ziegler était là, elle aussi. Mais pas de trace de Martin. Il prêta l'oreille mais aucun son ne lui parvint à part les gémissements flûtés du vent.

Putain, Martin, montre-toi !

Espérandieu parcourut désespérément les environs de l'immeuble du regard quand une idée lui vint. Il se remit au volant et redémarra. Le chien protesta faiblement.

— Je sais, mon vieux. T'en fais pas, je vais pas te laisser tomber.

Il grimpa la petite côte raide qui menait au parking et à la table d'orientation, attrapa les jumelles et se faufila dans l'espace ménagé à travers la haie. À temps pour voir Ziegler qui ressortait de sa cuisine, une bouteille de lait à la main. Elle avait jeté son blouson de moto sur le canapé. Il la vit boire au goulot puis défaire la ceinture de son pantalon de cuir et retirer ses bottes. Puis elle quitta le séjour. Une lumière s'alluma ensuite derrière une fenêtre plus petite sur la gauche, une fenêtre au verre dépoli. *La salle de bains…* Elle prenait une douche. Où était passé Martin ? Avait-il eu le temps de décamper ? Dans ce cas, où se cachait-il, bon sang ? Espérandieu avala sa salive. Il y avait une autre fenêtre entre celle de la salle de bains et la grande baie vitrée du séjour. Comme les stores étaient levés et la porte de la pièce ouverte, il devina, grâce à la clarté provenant de l'entrée, un lit, une chambre. Soudain, une silhouette émergea de sous le lit. L'ombre se redressa, hésita une seconde, puis sortit de la chambre et se dirigea à pas de loup vers l'entrée. *Martin !* Espérandieu eut envie de hurler de joie, mais il se contenta d'abaisser les jumelles vers l'entrée de l'immeuble jusqu'au moment où Servaz apparut enfin. Un sourire illumina la face de son adjoint. Servaz regardait à droite et à gauche, à sa recherche, quand Espérandieu mit deux doigts dans sa bouche et siffla.

Servaz leva la tête et le vit. Il pointa un doigt vers le haut et Espérandieu comprit. Il balaya les fenêtres avec ses jumelles, Irène Ziegler était toujours sous la douche. Il fit signe à Servaz de se diriger vers l'angle de l'immeuble et remonta dans la voiture. Une minute plus tard, son patron ouvrait la portière côté passager.

— Merde, où étais-tu passé ? demanda-t-il, un panache de vapeur devant la bouche. Pourquoi t'as pas…

Il s'interrompit en voyant le chien allongé sur la banquette arrière.

— Qu'est-ce que c'est que ça ?

— Un chien.

— Je vois bien. Qu'est-ce qu'il fait là ?

Espérandieu lui narra l'accident en quelques mots. Servaz se glissa sur le siège passager et claqua la portière.

— Tu m'as laissé tomber pour un… *chien* ?

Espérandieu fit mine de s'excuser.

— C'est mon côté Brigitte Bardot. Et puis mon téléphone était en morceaux, de toute façon. Tu m'as flanqué une de ces frousses ! On a vraiment merdé sur ce coup-là.

Servaz secoua la tête dans l'ombre de l'habitacle.

— C'est entièrement ma faute. Tu avais raison : ce n'était pas une très bonne idée.

C'était une des choses qu'Espérandieu appréciait chez Martin. Contrairement à de nombreux chefs, il savait admettre ses erreurs et les assumer.

— Mais j'ai quand même trouvé quelque chose, ajouta-t-il.

Il lui parla de la carte. Et du titre de propriété. Il sortit un bout de papier où il avait eu le temps de noter les coordonnées. Puis ils restèrent quelques instants sans parler.

— Il faut appeler Samira et les autres. On a besoin de renforts.

— Tu es sûr que tu n'as pas laissé de traces ?

— Je ne crois pas. À part un litre de sueur sous le lit.

— Bon, d'accord, dit Espérandieu. Mais il y a plus urgent.

— Ah bon, quoi ?

— Le chien. Il faut trouver un véto. Tout de suite.

Servaz regarda son adjoint en se demandant s'il plaisantait. Vincent avait l'air on ne peut plus sérieux. Servaz se retourna. Il fixa l'animal. Il semblait très mal en point et abattu. Le chien leva péniblement le museau de la banquette et les observa de ses yeux tristes, résignés et doux.

— Ziegler prend une douche, dit son adjoint, elle ne ressortira pas cette nuit. Elle sait qu'elle a toute la journée de demain pour coincer Chaperon puisque tu es censé rester chez toi. Elle fera ça en plein jour.

Servaz hésita.

— D'accord, dit-il. J'appelle la gendarmerie pour savoir où il y a un vétérinaire. En attendant, tu sors Samira du lit et tu lui dis de rappliquer ici avec deux autres personnes.

Espérandieu regarda sa montre – 2 h 45 – et décrocha le téléphone suspendu au tableau de bord. Il resta en ligne avec Samira une bonne dizaine de minutes. Puis il raccrocha et se tourna vers son patron. À côté de lui, la tête appuyée contre le montant de la portière, Servaz dormait.

25.

Le lit de camp craqua quand il se redressa et jeta ses jambes hors des couvertures, pieds nus sur le carrelage froid. Une petite pièce sans mobilier. Tout en bâillant et en allumant la lampe de chevet posée à même le sol, Servaz se souvint qu'il avait rêvé de Charlène Espérandieu : ils étaient nus, allongés sur le sol d'un couloir d'hôpital et ils... *faisaient l'amour* pendant que des médecins et des infirmières passaient autour d'eux sans les voir ! *Sur un sol d'hôpital ?* Il baissa les yeux sur son érection matinale. Éclatant de rire à cause de l'incongruité de la situation, il récupéra sa montre glissée sous le lit de camp. 6 heures du matin... Il se leva, s'étira et attrapa les vêtements propres qu'on avait déposés pour lui sur une chaise. La chemise était trop large mais le pantalon à la bonne longueur. Il attrapa également les sous-vêtements, la serviette et le gel douche mis à sa disposition. Servaz attendit d'avoir retrouvé toute sa dignité pour sortir – bien qu'il eût peu de chances de croiser quelqu'un à cette heure – et pour se diriger vers les douches au fond du couloir. Ils avaient mis Ziegler sous surveillance constante et il préférait dormir à la gendarmerie pour superviser les opérations en temps réel plutôt qu'à l'hôtel.

Les douches étaient désertes. Un méchant courant d'air les traversait, ruinant les efforts d'un radiateur poussif. Servaz savait que les gendarmes dormaient dans l'autre aile, où ils disposaient de logements individuels, et que ce local ne devait pas servir très souvent. Il jura cependant quand il tourna le robinet d'eau chaude et qu'une eau à peine tiède daigna couler de la pomme de douche sur son crâne.

Sous le jet, chaque mouvement qu'il fit pour se savonner lui arracha une grimace de douleur. Il se mit à réfléchir. Il n'avait plus de doutes sur la culpabilité d'Irène Ziegler mais il restait quelques zones d'ombre, quelques portes à ouvrir dans le long couloir qui menait à la vérité. Comme d'autres femmes de la région, Ziegler avait été violée par les quatre hommes. Les livres aperçus dans son appartement prouvaient que le traumatisme n'était pas refermé. Grimm et Perrault avaient été tués pour les viols qu'ils avaient commis. Mais pourquoi pendus ? À cause des suicidés ? Ou bien y avait-il autre chose ? Un détail ne cessait de le hanter : Chaperon fuyant et abandonnant sa maison comme s'il avait le diable à ses trousses. Savait-il qui était l'assassin ?

Il essaya de se rassurer : Ziegler était sous surveillance, ils savaient où se cachait Chaperon – ils avaient toutes les cartes en main.

Mais peut-être était-ce dû au courant d'air glacial, ou bien à cette eau de plus en plus froide, ou au souvenir de sa tête emprisonnée dans un sac plastique ? Toujours est-il qu'il était parcouru de tremblements, ce matin-là, et que le sentiment qu'il éprouvait dans ces douches désertes s'appelait la peur.

Il était déjà attablé devant un café, dans la salle de réunion vide, quand ils arrivèrent les uns après les autres. Maillard, Confiant, Cathy d'Humières, Espérandieu et deux autres membres de la brigade : Pujol et Simeoni, les deux beaufs qui s'en étaient pris à Vincent. Chacun s'assit et consulta ses notes avant de commencer et le bruit des papiers remués envahit la salle. Servaz observa ces visages pâles, fatigués, à cran. La tension était palpable. Il inscrivit quelques mots dans son bloc en attendant que tout le monde soit prêt, puis il leva la tête et se lança.

Il fit le point. Quand il parla de ce qui lui était arrivé à la colonie, un silence se fit. Pujol et Simeoni le dévisageaient. L'un comme l'autre semblaient penser qu'une telle chose n'aurait jamais pu leur arriver. C'était peut-être vrai. Ils avaient beau représenter le pire côté du métier de flic, c'étaient malgré tout des policiers expérimentés, sur qui on pouvait compter en cas de coup dur.

Puis il évoqua la culpabilité de Ziegler et, cette fois, ce fut au tour de Maillard de pâlir et de serrer les dents. L'atmosphère s'alourdit. Une gendarme soupçonnée de meurtre par des flics, c'était la garantie de frictions en tous genres.

— Sale histoire, commenta sobrement d'Humières.

Il l'avait rarement vue aussi pâle. Ses traits creusés par la fatigue donnaient à la proc un air maladif. Il jeta un coup d'œil à sa montre. 8 heures. Ziegler n'allait pas tarder à se réveiller. Comme pour confirmer ses pensées, son portable sonna.

— Ça y est, elle se lève ! dit Samira Cheung dans l'appareil.

— Pujol, dit-il aussitôt, tu files rejoindre Samira. Ziegler vient de se réveiller. Et je veux une troisième voiture en soutien. Elle est de la maison, il ne faudrait pas qu'elle vous repère. Simeoni, tu prends la troisième bagnole. Ne la serrez pas de trop près. De toute façon, on sait où elle va. Il vaut mieux que vous la perdiez plutôt qu'elle découvre que vous la suivez.

Pujol et Simeoni quittèrent la salle sans un mot. Servaz se leva et alla jusqu'au mur où se trouvait une grande carte des environs. Pendant quelques instants, son regard fit l'aller-retour entre son bloc-notes et la carte, puis son index se posa sur un endroit précis. Sans retirer son doigt, il se retourna et son regard fit le tour de la table.

— Là.

Un tortillon de fumée s'élevait au-dessus de la cabane dont le toit couvert de mousse était traversé par le tuyau d'un poêle. Servaz regarda autour de lui. Des nuages gris enlaçaient les versants boisés de leurs volutes. L'air sentait l'humidité, le brouillard, la moisissure des sous-bois et la fumée. À leurs pieds, entre les arbres, la cabane se dressait au creux d'un petit vallon rempli de neige, au centre d'une clairière cernée par les bois. Un seul sentier. Invisibles, trois gendarmes et un garde-chasse en contrôlaient l'accès. Servaz se tourna vers Espérandieu et Maillard, qui répondirent par un hochement de tête, et, accompagnés d'une dizaine d'hommes, ils se mirent à descendre lentement vers le vallon.

Soudain, ils s'arrêtèrent. Un homme venait de sortir de la cabane. Il s'étira dans le jour tout neuf, huma l'air, cracha par terre et, de là où ils étaient, ils l'entendirent émettre un pet aussi sonore qu'une corne de berger. Bizarrement, un oiseau dont le cri ressemblait à un ricanement moqueur lui répondit dans la forêt. L'homme jeta un dernier coup d'œil autour de lui puis disparut à l'intérieur.

Servaz l'avait immédiatement reconnu, malgré le début de barbe.

Chaperon.

Ils atteignirent la clairière à l'arrière de la cabane. Ici, l'humidité évoquait un bain turc. En nettement moins torride. Servaz regarda les autres, ils échangèrent quelques signaux et se divisèrent en deux groupes. Ils avançaient lentement, enfonçant dans la neige jusqu'aux genoux, puis ils se courbèrent pour se glisser sous les fenêtres et s'approcher de la porte à l'avant. Servaz avait pris la tête du premier groupe. Au moment où il dépassait l'angle avant de la cabane, la porte s'ouvrit brusquement. Servaz se plaqua derrière, son arme à la main. Il vit Chaperon faire trois pas, défaire sa braguette et pisser voluptueusement dans la neige en poussant la chansonnette.

— Finis de pisser et lève les mains, Pavarotti, dit Servaz dans son dos.

Le maire jura : il venait d'éclabousser ses chaussures.

Diane avait passé une putain de nuit. Par quatre fois, elle s'était réveillée baignant dans sa transpiration avec un sentiment d'oppression tel qu'elle avait l'impression d'avoir un corset autour de la poitrine. Les draps aussi étaient trempés de sueur. Elle se demanda si elle n'avait pas attrapé quelque chose.

Elle se souvenait également d'avoir fait un cauche-mar dans lequel elle était ligotée dans une camisole de force et attachée à un lit dans une des cellules de l'Institut, entourée d'une foule de patients qui la regar-daient et touchaient son visage de leurs mains rendues moites par les drogues. Elle secouait la tête et hurlait jusqu'au moment où la porte de sa cellule s'ouvrait et où Julian Hirtmann entrait, un vilain sourire sur les lèvres. L'instant d'après, Diane n'était plus dans sa cellule mais dans un espace beaucoup plus vaste, un espace extérieur : il faisait nuit, il y avait un lac et des incendies, il y avait des milliers de gros insectes à tête d'oiseau qui rampaient sur le sol noir et des corps nus d'hommes et de femmes qui baisaient par centaines à la lueur rougeoyante des flammes. Hirt-mann était l'un d'eux et Diane comprit que c'était lui qui avait organisé cette gigantesque orgie. Elle pani-qua quand elle se rendit compte qu'elle était nue, elle aussi, sur son lit, toujours ligotée mais sans camisole – et elle se débattit jusqu'au moment où elle se réveilla.

Elle avait passé un long moment sous la douche après ça pour essayer de chasser la sensation vis-queuse laissée par le rêve.

À présent, elle s'interrogeait sur la conduite à tenir. Chaque fois qu'elle envisageait de parler à Xavier, elle se souvenait de la commande d'anesthésiques vétéri-naires et elle se sentait mal à l'aise. Et si elle allait se jeter dans la gueule du loup ? Comme dans ces pho-tos en 3D où le sujet photographié change d'expres-sion selon la façon dont vous tenez la photo, elle n'arrivait pas à stabiliser l'image. Quel rôle jouait le psychiatre dans tout ça ?

Au vu des éléments dont elle disposait, Xavier semblait dans la même situation qu'elle : il savait par la bouche des flics que quelqu'un à l'Institut était mêlé aux assassinats et il essayait de découvrir qui. Sauf qu'il avait de l'avance et un tas d'infos qu'elle n'avait pas. D'un autre côté, il avait reçu des produits destinés à endormir un cheval quelques jours à peine avant la mort de cet animal. Elle en revenait toujours au même point : deux hypothèses totalement contradictoires et pourtant chacune était étayée par des faits. Se pouvait-il que Xavier eût fourni les anesthésiques à quelqu'un sans savoir ce qui allait se passer ? Dans ce cas, le nom de cette personne aurait dû apparaître dans ses recherches. Diane n'y comprenait rien.

Qui étaient Irène Ziegler et Gaspard Ferrand ? Selon toute évidence, deux personnes liées à la Colonie des Isards. Tout comme Lisa Ferney... C'était par là qu'elle devait commencer. La seule piste concrète dont elle disposât : l'infirmière chef.

Servaz entra dans la cabane. Un toit très bas, en pente : le sommet de son crâne touchait le plafond. Dans le fond, une couchette aux draps blancs et à la couverture marron défaite, un oreiller taché. Un grand poêle – son tuyau noir disparaissait dans le toit, des bûches empilées à côté. Un évier et un petit plan de travail sous une des fenêtres ; un brûleur, relié sans doute à une bouteille de gaz. Un livre de mots croisés ouvert sur une table près d'une bouteille de bière et d'un cendrier plein de mégots ; une lampe-tempête accrochée au-dessus. Ça sentait la fumée de bois, le tabac, la bière et surtout la sueur aigre. Il n'y avait pas de douche. Il se demanda comment faisait Chaperon pour se laver.

Voilà ce qui reste de ces salauds : deux cadavres et un pauvre type qui se terre comme un rat et qui pue.

Il ouvrit les placards, glissa une main sous le matelas, fouilla les poches du blouson suspendu derrière la porte. À l'intérieur, des clefs, un porte-monnaie et un portefeuille. Il l'ouvrit : une carte d'identité, un chéquier, une carte Vitale, une Visa, une American Express... Dans le porte-monnaie, il trouva huit cents euros en coupures de vingt et de cinquante. Puis il ouvrit un tiroir, trouva l'arme et les balles.

Il ressortit.

En moins de cinq minutes, le dispositif fut en place. Dix hommes autour de la cabane, dans les bois ; six autres à des points stratégiques au-dessus du vallon et en surplomb du sentier pour la voir arriver, tous aussi trapus que des Playmobil dans leurs gilets pare-balles en Kevlar ; Servaz et Espérandieu à l'intérieur de la cabane en compagnie de Chaperon.

— Allez vous faire foutre, dit le maire. Si vous n'avez rien contre moi, je me tire. Vous ne pouvez pas me retenir contre mon gré.

— À votre guise, dit Servaz. Si vous voulez finir comme vos copains, vous êtes libre de partir. Mais on confisque l'arme. Et, dès que vous aurez fait un pas hors d'ici, vous vous retrouverez sans protection – les espions qui perdent leur couverture appellent ça « dans le froid ».

Chaperon lui lança un regard haineux, pesa le pour et le contre, haussa les épaules et se laissa retomber sur la couchette.

À 9 h 54, Samira l'appela pour prévenir que Ziegler partait de chez elle. *Elle prend son temps*, pensa-t-il. Elle sait qu'elle a toute la journée devant elle. Elle a dû préparer son coup. Il attrapa le talkie-walkie et prévint toutes les unités que la cible était en mouvement. Puis il se servit un café.

À 10 h 32, Servaz se servit le troisième café de la matinée et fuma sa cinquième cigarette malgré les protestations d'Espérandieu. Chaperon faisait des réussites sur la table, en silence.

À 10 h 43, Samira rappela pour leur annoncer que Ziegler s'était arrêtée pour prendre un café dans un bar, qu'elle avait aussi acheté des cigarettes, des timbres et des fleurs.

— Des fleurs ? Chez un fleuriste ?

— Oui, pas chez le boucher.

Elle les a repérés…

À 10 h 52, il apprit qu'elle avait enfin pris la direction de Saint-Martin. Pour atteindre le vallon où se trouvait la cabane, il fallait emprunter la route reliant Saint-Martin à la petite ville où résidait Ziegler, puis la quitter pour une route secondaire qui filait droit vers le sud, s'enfonçant dans un paysage de gorges, de falaises et de forêts profondes, et enfin laisser cette dernière pour une piste forestière, d'où partait le chemin conduisant au vallon.

— Qu'est-ce qu'elle fout ? demanda Espérandieu à 11 heures passées. Ils n'avaient pas prononcé trois phrases depuis plus d'une heure, hormis les échanges de Samira et Servaz au téléphone.

Bonne question, songea ce dernier.

À 11 h 09, Samira appela pour annoncer qu'elle avait dépassé la route du vallon sans ralentir et qu'elle filait désormais vers Saint-Martin. *Elle ne vient pas ici…* Servaz jura et sortit respirer l'air frais du dehors. Maillard sortit des bois et le rejoignit.

— Qu'est-ce qu'on fait ?

— On attend.

— Elle est au cimetière, dit Samira dans le téléphone à 11 h 45.

— Quoi ? Qu'est-ce qu'elle fout au cimetière ? Elle est en train de vous balader : elle vous a repérés !

— Peut-être pas. Elle a fait quelque chose de bizarre…

— Comment ça ?

— Elle est entrée dans un caveau et elle y est restée cinq bonnes minutes. Ses fleurs, c'était pour ça. Elle est ressortie sans.

— Un caveau de famille ?

— Oui, mais pas la sienne. J'ai été voir. C'est le caveau des Lombard.

Servaz sursauta. Il ignorait que les Lombard eussent leurs sépultures à Saint-Martin… Tout à coup, il sentit que la situation était en train de lui échapper. *Il y avait un angle mort qu'il ne voyait pas…* Tout avait commencé avec le cheval d'Éric Lombard, puis l'enquête l'avait provisoirement mis sur la touche pour se concentrer sur le trio Grimm-Perrault-Chaperon et sur les suicidés. Et voilà que la carte Lombard revenait soudain dans le jeu. Qu'est-ce que ça voulait dire ? Qu'allait faire Irène Ziegler dans ce caveau ? Il n'y comprenait plus rien.

— Où es-tu ? demanda-t-il.

— Je suis encore au cimetière. Elle m'a vue, alors Pujol et Simeoni ont pris le relais.

— J'arrive.

Il sortit de la cabane, marcha le long du sentier jusqu'à la piste forestière puis s'enfonça dans les fourrés sur sa droite. Après avoir écarté les branchages lourds de neige qui la camouflaient, il se glissa au volant de sa Jeep.

Il était midi douze quand Servaz se gara devant le cimetière. Samira Cheung l'attendait à l'entrée. Malgré le froid, elle portait un simple blouson de cuir, un short ultra-court sur des collants opaques et des rangers usagés en cuir marron. La musique dans ses écouteurs était si forte que Servaz la perçut dès qu'il descendit de la Jeep. Sous son bonnet, son visage rougi lui fit penser à cette étrange créature que Servaz avait vue dans un film, un film pour lequel Margot l'avait traîné au cinéma – plein d'elfes, de magiciens et d'anneaux magiques. Il fronça les sourcils en découvrant que Samira portait aussi une tête de mort sur son sweat-shirt. Plutôt de circonstance, se dit-il. Elle avait moins l'air d'un flic que d'une profanatrice de sépultures.

Ils remontèrent la petite colline entre les sapins et les tombes, se rapprochant du bois de conifères qui barrait le fond du cimetière. Une vieille femme leur jeta un regard sévère. Le tombeau des Lombard tranchait sur tous ceux qui l'entouraient. Par sa taille, c'était presque un mausolée, une chapelle. Deux ifs bien taillés l'encadraient. Il était précédé de trois marches de pierre. Une belle grille en fer forgé en interdisait l'accès. Samira jeta sa cigarette, contourna le monument et fouilla une minute avant de revenir avec une clef.

— J'ai vu Ziegler faire pareil, dit-elle. Elle était cachée sous une pierre descellée.

— Elle ne t'a pas repérée ? demanda Servaz, sceptique, en considérant la tenue de sa subordonnée.

La Franco-Sino-Marocaine se rembrunit.

— Je connais mon travail. Quand elle m'a aperçue, j'étais en train d'arranger un bouquet de fleurs sur une tombe, un type qui s'appelait Lemeurt. Marrant, non ?

Servaz leva la tête mais il n'y avait aucune indication sur le fronton triangulaire au-dessus de la porte. Samira introduisit la clef et tira sur la grille, qui s'ouvrit en grinçant. À son tour, Servaz entra dans l'ombre profonde du tombeau. Un faible jour pénétrait par une ouverture sur leur droite, insuffisant pour distinguer autre chose que les formes vagues de trois tombes. Une nouvelle fois, il se demanda pourquoi toute cette pesanteur, toute cette tristesse, toute cette ombre – comme si la mort ne suffisait pas. Il y avait des pays pourtant où la mort était presque légère, où elle était presque gaie, où on faisait la fête, on mangeait et on riait au lieu de ces églises tristes et mornes, de tous ces requiem, tous ces lacrimosa, tous ces kaddish et toutes ces prières pleines de vallées de larmes. Comme si le cancer, les accidents de la route, les cœurs qui lâchent, les suicides et les meurtres ne suffisaient pas, se dit-il. Il remarqua un bouquet solitaire posé sur l'une des tombes : il faisait une tache claire dans la pénombre. Samira sortit son iPhone et le brancha sur l'application « lampe torche ». L'écran devint blanc, dispensant une faible clarté, et elle le promena au-dessus des trois sépultures : *ÉDOUARD LOMBARD...* *HENRI LOMBARD...* Le grand-père et le père... Servaz se dit que la troisième tombe devait être celle de la mère d'Éric, l'épouse d'Henri – l'ex-actrice ratée, l'ex-*call-girl*, la *pute* selon Henri Lombard... Pourquoi diable Irène avait-elle fleuri cette tombe-là ?

Il se pencha pour lire l'inscription. Et fronça les sourcils.

Il pensa qu'il venait de s'approcher encore plus de la vérité. Mais aussi que tout se compliquait une fois de plus.

Il regarda Samira, puis considéra de nouveau l'inscription dans le halo de l'appareil :

MAUD LOMBARD, 1976-1998.

— Qui est-ce ?

— La sœur d'Éric Lombard, née quatre ans après lui. J'ignorais qu'elle était morte.

— Est-ce important ?

— Peut-être.

— Pourquoi Ziegler fleurit-elle sa tombe à ton avis ? Tu as une idée ?

— Pas la moindre.

— Elle t'en avait parlé ? Elle t'avait dit qu'elle la connaissait ?

— Non.

— Quel rapport avec les meurtres ?

— Je ne sais pas.

— En tout cas, tu as au moins un lien, cette fois, dit Samira.

— Comment ça ?

— Un lien entre Lombard et le reste de l'affaire.

— Quel lien ? dit-il, interloqué.

— Ziegler n'est pas venue fleurir cette tombe par hasard. Il y a un lien. Et si toi tu l'ignores, elle sait lequel. Il suffira de le lui demander quand on l'interrogera.

Oui, songea-t-il. Irène Ziegler en savait beaucoup plus que lui sur toute l'affaire. Servaz calcula que Maud Lombard et elle devaient avoir à peu près le même âge. Étaient-elles amies ? Comme pour son séjour à la colonie, encore un pan de son passé qui venait se mêler à l'enquête. Décidément, Irène Ziegler avait plus d'un secret.

Pas de traces en tout cas de l'épouse d'Henri Lombard, la mère d'Éric. Elle n'avait pas été autorisée à partager l'éternité lamentable de la famille ; elle avait été répudiée jusque dans la mort. En revenant vers l'entrée du cimetière, Servaz songea que *Maud Lombard était morte à l'âge de vingt et un ans*. Il sentit instantanément qu'il touchait là un point crucial. De quoi était-elle morte ? D'un accident ? De maladie ? *Ou bien d'autre chose ?*

Samira avait raison, Ziegler avait la clef. Une fois sous les verrous, elle se mettrait peut-être à table mais il en doutait. Il avait eu plus d'une fois l'occasion de constater qu'Irène Ziegler avait une forte personnalité.

En attendant, où était-elle passée ?

Il sentit brusquement l'inquiétude le gagner. Il consulta sa montre. Cela faisait un moment qu'il n'avait plus de nouvelles. Il allait appeler Pujol quand son portable sonna.

— On l'a perdue ! gueula Simeoni dans l'appareil.

— *Quoi ?*

— La gouine, cette salope, je crois qu'elle nous a repérés ! Avec sa putain de bécane, elle n'a eu aucun mal à nous larguer !

Merde ! Servaz sentit l'adrénaline gicler dans ses veines et un trou se creuser dans son estomac. Il chercha le nom de Maillard sur le répertoire de son portable.

— Pujol et Simeoni ont perdu la cible ! cria-t-il. Elle est dans la nature ! Prévenez le lieutenant Espérandieu et tenez-vous prêts !

— OK. Pas de problème. On l'attend.

Servaz raccrocha. Il aurait bien voulu partager le calme du gendarme.

Soudain, il pensa à autre chose. Il ressortit son portable et composa le numéro de Saint-Cyr.

— Allô ?

— Maud Lombard, ça te dit quelque chose ?

Une hésitation au bout du fil.

— Évidemment que ça me dit quelque chose. La sœur d'Éric Lombard.

— Elle est morte à vingt et un ans. C'est un peu jeune, non ? Tu sais de quelle façon ?

— Suicidée, répondit le juge, sans l'ombre d'une hésitation cette fois.

Servaz retint son souffle. Ce qu'il avait espéré entendre. *Un schéma se dessinait. De plus en plus nettement...*

Son pouls s'accéléra.

— Que s'est-il passé ?

Nouvelle hésitation.

— Une histoire tragique, dit la voix au bout du fil. Maud était une personne fragile, idéaliste. Pendant ses études aux États-Unis, elle a aimé passionnément un certain jeune homme, je crois. Le jour où celui-ci l'a plaquée pour une autre, elle ne l'a pas supporté. Ça plus la mort de son père l'année d'avant… Elle est rentrée ici pour se donner la mort.

— Et c'est tout ?

— Tu t'attendais à quoi ?

— Les topiaires dans le parc des Lombard, c'est en souvenir d'elle ?

Encore une hésitation.

— Oui. Comme tu le sais, Henri Lombard était un homme cruel et tyrannique, mais il avait parfois des attentions comme celle-là. Des moments où l'amour paternel reprenait le dessus. Il a fait tailler ces animaux quand Maud avait six ans, si mes souvenirs sont bons. Et Éric Lombard les a gardés. En souvenir de sa sœur, comme tu dis.

— Elle n'a jamais fréquenté la Colonie des Isards ?

— Une Lombard aux Isards, tu plaisantes ! La colonie des Isards était réservée aux enfants de familles pauvres n'ayant pas les moyens de leur offrir des vacances.

— Je sais.

— Dans ce cas, comment peux-tu imaginer qu'une Lombard ait pu y mettre les pieds ?

— Un suicide de plus. Tu n'as pas été tenté de l'inclure dans la liste ?

— Cinq ans après ? La série avait cessé depuis longtemps. Et Maud était une femme, pas une ado.

— Une dernière question : comment s'est-elle suicidée ?

Saint-Cyr marqua une pause.

— Elle s'est ouvert les veines.

Servaz fut déçu : pas de pendaison.

À 12 h 30, Espérandieu reçut un message sur son talkie-walkie. *Manger…* Il regarda Chaperon allongé sur sa couchette, haussa les épaules et sortit. Les autres l'attendaient à l'orée de la forêt. En tant qu'« invité » de la maréchaussée, on lui donna le choix entre un sandwich parisien baguette-jambon-emmental, un pan-bagnat et un sandwich oriental kebab-tomates-poivrons-salade.

Oriental, décida-t-il.

En remontant dans la Cherokee, Servaz sentit une pensée émerger lentement du magma des questions sans réponse. *Maud Lombard s'était suicidée… Le cheval de Lombard avait été le premier de la liste…* Et si le cœur de l'enquête se trouvait là et non à la colonie ? Instinctivement, il sentit que cela lui ouvrait de nouvelles perspectives. Il y avait une porte qui n'avait pas encore été ouverte et le nom « Lombard » était inscrit dessus. Qu'est-ce qui avait rangé Éric Lombard parmi les cibles du justicier ? Il comprit qu'il n'avait pas accordé assez d'attention à cette question. Il se remémora la pâleur de Vilmer lorsqu'il avait suggéré dans le bureau du divisionnaire qu'il y avait un lien entre les abuseurs sexuels et Lombard. À ce moment-là, c'était une boutade, destinée à déstabiliser l'arrogant directeur de la PJ toulousaine. Mais derrière la boutade, il y avait une vraie question. La présence de Ziegler dans le tombeau des Lombard faisait de cette question un point crucial : quelle était la nature exacte du lien qui reliait Lombard aux autres victimes ?

— Elle arrive.
— Bien reçu.
Espérandieu se redressa d'un coup. Il relâcha le bouton de son talkie-walkie et regarda sa montre. 13 h 46. Il attrapa son arme.

— Base 1 à autorité, je l'ai en visuel. Elle vient de laisser sa moto à l'entrée du chemin. Elle marche vers vous. À vous, base 2…
— Ici base 2. OK, elle vient de passer…

Un temps puis :
— Ici base 3, elle est pas passée devant moi. Je répète : la cible n'est pas passée par ici.
— Merde, elle est où ? glapit Espérandieu dans le talkie-walkie. L'un de vous la voit ? Répondez !
— Ici base 3, non, toujours pas là…
— Base 4, je vois rien non plus…
— Base 5, personne en vue…
— On l'a perdue, autorité. je répète : on l'a perdue !

Où était Martin, putain ? Espérandieu pressait encore le bouton de son talkie-walkie quand la porte de la cabane s'ouvrit à la volée et alla rebondir contre la cloison. Il fit volte-face, l'arme pointée… et se retrouva face au canon d'une arme réglementaire. L'œil noir le fixait. Espérandieu déglutit.

— Qu'est-ce que vous foutez là ? lança Ziegler.

— Je vous arrête, répondit-il avec une voix qui lui parut manquer singulièrement de conviction.

— Irène ! Baissez votre arme ! cria Maillard à l'extérieur.

Il y eut une terrible seconde d'incertitude. Puis elle obtempéra et abaissa son arme.

— C'est Martin qui a eu cette idée ?

Espérandieu lut une profonde tristesse dans ses yeux, en même temps qu'il sentit un immense soulagement l'envahir.

À 16 h 35, alors qu'un crépuscule glacial s'emparait des montagnes et que de nouveaux flocons commençaient à tourbillonner, portés par le vent, Diane se glissa hors de sa chambre et avança dans le couloir désert du quatrième étage. Pas le moindre bruit. À cette heure, tout le personnel était sur le pont dans les étages inférieurs. Diane elle-même aurait dû se trouver avec l'un de ses patients ou dans son bureau mais elle était discrètement remontée un quart d'heure plus tôt. Après avoir laissé sa porte entrouverte et épié le moindre bruit, elle était parvenue à la conclusion que le dortoir était vide.

Elle coula un regard de chaque côté et n'hésita qu'une demi-seconde avant de tourner la poignée. Lisa Ferney n'avait pas verrouillé sa porte. Diane y vit un mauvais présage : si l'infirmière chef avait eu quoi que ce soit à cacher, elle aurait certainement fermé sa porte à clef. La petite chambre, exactement semblable à la sienne, était plongée dans la pénombre. Les montagnes s'obscurcissaient derrière la fenêtre, leurs flancs harcelés par une nouvelle tempête. Diane tourna le commutateur et une clarté poussive et jaune baigna la pièce. Comme un vieux détective versé dans l'art de la fouille, elle glissa une main sous le matelas, ouvrit le placard, la table de nuit, regarda sous le lit, examina l'armoire à pharmacie dans la salle d'eau. Il n'y avait pas beaucoup de cachettes possibles et il ne lui fallut qu'une dizaine de minutes pour ressortir bredouille.

26.

— Vous ne pouvez pas l'interroger, dit d'Humières.

— Pourquoi ça ? demanda Servaz.

— Nous attendons deux officiers de l'inspection de la gendarmerie. Pas d'interrogatoire tant qu'ils ne sont pas là. Nous devons éviter tout faux pas. L'interrogatoire du capitaine Ziegler se fera en présence de sa hiérarchie.

— Je ne veux pas l'interroger, je veux juste lui parler !

— Allons, Martin… C'est non. On attend.

— Et ils vont arriver dans combien de temps ?

Cathy d'Humières consulta sa montre.

— Ils devraient être là dans deux heures. Environ.

— On dirait que notre Lisa sort ce soir.

Diane tourna la tête vers la porte de la cafétéria. Elle découvrit Lisa Ferney qui se dirigeait vers le comptoir et commandait un café. La psy constata que l'infirmière chef n'était pas en tenue de travail. Elle avait troqué sa blouse pour un manteau blanc à col de fourrure, un long pull rose pâle, un jean et des bottes au-dessus du genou. Ses cheveux cascadaient librement sur la fourrure soyeuse et elle avait eu la main lourde sur le fard à paupières, le mascara, le gloss et le rouge à lèvres.

— Tu sais où elle va ? demanda-t-elle.

Alex hocha la tête avec un sourire entendu. L'infirmière chef ne leur accorda même pas un regard. Elle avala son café avant de disparaître. Ils l'entendirent s'éloigner dans les couloirs d'un pas pressé.

— Elle va retrouver son « homme mystère », dit-il.

Diane le fixa. À ce moment, il avait l'air d'un jeune garçon espiègle s'apprêtant à livrer son plus grand secret à son meilleur pote.

— C'est quoi, cette histoire ?

— Tout le monde sait que Lisa a un amant à Saint-Martin. Mais personne ne sait qui c'est. Personne ne l'a jamais vu avec elle. Quand elle sort comme ça, en général elle ne revient pas avant le matin. Quelques-uns ont déjà essayé de la taquiner là-dessus et de la faire parler, mais chaque fois elle les a envoyés sur les roses. Le plus étrange, c'est que personne ne les a jamais vus ensemble, à Saint-Martin ou ailleurs.

— C'est probablement un homme marié.

— Dans ce cas, sa femme doit avoir un boulot de nuit.

— Ou un métier qui l'amène à effectuer des déplacements loin de chez elle.

— À moins que ce ne soit quelque chose de beaucoup plus inavouable, suggéra Alex en se penchant par-dessus la table et en prenant un air démoniaque.

Diane s'efforçait d'avoir l'air détachée. Mais elle ne parvenait pas à faire abstraction de ce qu'elle savait et la tension ne la quittait pas.

— Comme quoi, par exemple ?

— Elle participe peut-être à des soirées libertines…
Ou bien c'est elle l'assassin que tout le monde cherche…

Elle sentit un grand froid dans son ventre. Elle avait de plus en plus de mal à dissimuler l'inquiétude qui l'habitait. Son rythme cardiaque s'accéléra : *Lisa Ferney dehors toute la nuit…* C'était l'occasion ou jamais…

— Pas vraiment pratique le manteau blanc et le pull rose pâle pour trucider les gens, essaya-t-elle de plaisanter. Un peu salissant, non ? Et puis se maquiller comme ça pour…

— Elle les séduit peut-être avant de les zigouiller. Tu sais : le genre mante religieuse.

Alex avait l'air de beaucoup s'amuser. Diane aurait préféré en finir avec cette conversation. Son estomac ressemblait à un bloc de ciment.

— Et après elle va pendre sa victime sous un pont ? C'est plus une mante religieuse, c'est Terminator.

— Le problème avec vous les Suisses, c'est votre sens pratique, la taquina-t-il.

— Je croyais que tu appréciais notre sens de l'humour typiquement helvétique ?

Il rit. Diane se leva.

— Il faut que j'y aille, dit-elle.

Il hocha la tête en levant les yeux vers elle. Son sourire était un tout petit peu trop chaleureux.

— D'accord. Moi aussi, j'ai du boulot. À plus tard, j'espère.

À 18 h 30, Servaz avait bu tellement de mauvais café et fumé tant de cigarettes qu'il commença à se sentir carrément malade. Il fila dans les toilettes se rincer le visage à l'eau froide et il faillit vomir dans la cuvette des WC puis la nausée s'éloigna sans disparaître complètement.

— Putain, qu'est-ce qu'ils foutent ? demanda-t-il en revenant dans la petite salle d'attente pourvue de sièges en plastique où patientaient les membres de la brigade.

Diane referma la porte derrière elle et s'y adossa, le cœur battant.

La pièce baignait dans la même clarté gris-bleu que le bureau de Xavier la veille.

Un parfum entêtant. Diane le reconnut. Lolita Lempicka. Sur la surface lisse du bureau, un flacon accrochait la lueur pâle venue de la fenêtre.

Par où commencer ?

Il y avait des classeurs métalliques, comme dans la pièce de Xavier, mais d'instinct Diane décida de s'attaquer au bureau proprement dit.

Aucun tiroir n'était verrouillé. Elle alluma la lampe afin d'en examiner les contenus et découvrit un très curieux objet sur le sous-main – une salamandre en or jaune sertie de pierres précieuses : rubis, saphirs et émeraudes. Posé au vu et au su de tous, l'objet servait de presse-papiers et Diane se dit que, vu sa taille, il ne pouvait s'agir que de fausses pierres et de plaqué. Elle s'intéressa ensuite au contenu des tiroirs. Des classeurs de couleurs différentes. Elle les ouvrit. Tous concernaient le travail de l'infirmière chef à l'Institut. Notes, factures, rapports d'entretiens, suivis de traitements… Rien ne détonnait. Du moins jusqu'au troisième tiroir.

Une chemise cartonnée dans le fond…

Diane la sortit et l'ouvrit. *Des coupures de presse…* Toutes parlaient des meurtres de la vallée. Lisa Ferney avait soigneusement collecté les informations les concernant.

Simple curiosité – ou autre chose ?

Le vent mugit sous la porte et, pendant un instant, Diane interrompit ses recherches. La tempête se renforçait à l'extérieur. Un frisson la parcourut puis elle se remit au travail.

Les classeurs métalliques… Les mêmes dossiers suspendus que chez Xavier… Tandis qu'elle les ramenait dans la lumière et les examinait un par un, Diane se dit qu'elle perdait son temps. Elle ne trouverait rien parce qu'il n'y avait rien à trouver. Qui serait assez fou ou assez idiot pour laisser dans son bureau des traces de ses crimes ?

Tout en compulsant les papiers, son regard tomba de nouveau sur le bijou, la salamandre qui brillait de mille feux dans le halo de la lampe… Diane n'était pas une spécialiste mais c'était quand même une très belle imitation.

Elle fixa l'objet. *Et si le bijou était authentique ?*

À supposer qu'il le fût, qu'est-ce que cela lui disait au sujet de l'infirmière chef ? D'une part, que son pouvoir et son autorité étaient tels en ces lieux qu'elle savait que personne n'oserait pénétrer à son insu dans son bureau. D'autre part, que son amant était un homme riche, car, si ce bijou était authentique, il valait une petite fortune.

Diane médita ces deux aspects. Elle sentit instinctivement qu'elle tenait quelque chose.

Les deux représentants de l'inspection de la gendarmerie étaient en civil et leurs visages auraient pu être des masques de cire tant leurs traits étaient dépourvus d'expression. Ils saluèrent Cathy d'Humières et Confiant d'une brève et formelle poignée de main et demandèrent à interroger le capitaine Ziegler en priorité et seuls. Servaz allait protester mais la proc le devança en satisfaisant immédiatement à leur requête. Une demi-heure s'écoula avant que la porte de la pièce où était enfermée Ziegler ne s'ouvre à nouveau.

— À mon tour d'interroger le capitaine Ziegler seul, intervint Servaz à leur sortie. Je n'en ai pas pour longtemps. Ensuite, nous confronterons nos points de vue.

Cathy d'Humières se tourna vers lui et elle s'apprêtait à dire quelque chose lorsqu'elle croisa son regard. Elle se tut. Mais une des deux statues de cire s'anima.

— Un représentant de la gendarmerie n'a pas à être interrogé par un…

La proc leva une main pour l'interrompre.

— Vous avez eu votre temps, non ? Vous avez dix minutes, Martin. Pas une de plus. Après ça, l'interrogatoire se poursuivra en présence de tout le monde.

Il poussa la porte. La gendarme était seule dans un petit bureau, une lampe éclairait son visage de côté. Comme la dernière fois où ils s'étaient trouvés tous les deux dans cette pièce, des flocons descendaient derrière les stores dans la lueur d'un lampadaire. Il faisait nuit noire dehors. Il s'assit et la regarda. Avec ses cheveux blonds, sa combinaison de cuir sombre pleine de zips, de boucles et de protections renforçant les épaules et les genoux, elle ressemblait à une héroïne de science-fiction.

— Ça va ?

Elle hocha la tête, lèvres serrées.

— Je ne crois pas que tu sois coupable, dit-il d'emblée avec conviction.

Elle le regarda plus intensément mais ne dit rien. Il attendit quelques secondes avant de continuer. Il ne savait pas par où commencer.

— Ce n'est pas toi qui as tué Grimm et Perrault. Et pourtant, toutes les apparences sont contre toi, tu en es consciente ?

De nouveau, elle acquiesça.

Il énuméra les faits sur le bout de ses doigts : elle avait menti – ou caché la vérité – au sujet de la colonie et des suicidés, elle avait caché qu'elle savait où se trouvait Chaperon…

— Et tu n'étais pas là quand Perrault est mort. Or, tu étais la plus proche, tu aurais dû arriver la première.

— J'ai eu un accident de moto.

— Tu avoueras que c'est un peu mince. Un accident sans témoin.

— C'est comme ça.

— Je ne te crois pas, répliqua-t-il.

Les yeux de Ziegler s'entrouvrirent légèrement.

— Il faudrait savoir. Tu me crois innocente ou tu me crois coupable ?

— Innocente. Mais tu mens pour l'accident.

Elle eut l'air étonnée par sa perspicacité. Mais, cette fois, ce fut elle qui le surprit : elle venait de sourire.

— J'ai tout de suite su que tu étais bon, dit-elle.

— La nuit dernière, continua-t-il sur sa lancée, quand tu t'es rendue dans cette discothèque après minuit, j'étais planqué sous ton lit à ton retour. J'en suis ressorti pendant que tu prenais ta douche. Tu devrais fermer ta porte avec autre chose qu'une serrure standard. Qu'allais-tu faire là-bas ?

Elle accusa le coup et le fixa, songeuse, pendant un long moment.

— Voir une amie, répondit-elle finalement.

— Au beau milieu de la nuit et d'une enquête en cours ? Une enquête proche de son dénouement et qui demandait toute notre énergie ?

— C'était urgent.

— Qu'y avait-il de si urgent ?

— C'est difficile à expliquer.

— Pourquoi ? dit-il. Parce que je suis un homme, un macho de flic, et que tu es amoureuse d'une femme ?

Elle le défia du regard.

— Que sais-tu de ces choses-là ?

— Rien, en effet. Mais ce n'est pas moi qui risque d'être accusé d'un double meurtre. Et je ne suis pas ton ennemi, Irène. Ni le premier connard venu, borné, macho et homophobe. Alors, fais un effort.

Elle soutint son regard sans ciller.

— J'ai trouvé un mot en rentrant chez moi, la nuit dernière. Un mot de Zuzka, mon amie. Elle vient de Slovaquie. Elle avait décidé de prendre ses distances. Elle me reprochait d'être trop absorbée par mon travail, de la négliger, d'être là sans être là… Ce genre de choses. Tu es passé par là, j'imagine, puisque tu es divorcé – alors tu sais de quoi je parle. Il y a beaucoup de divorces et de séparations chez les flics, même chez les flics homosexuels. J'avais besoin d'une explication. Tout de suite. Je ne voulais pas qu'elle s'en aille comme ça, sans qu'on ait l'occasion de s'expliquer. Ça m'a paru insupportable, sur le moment. Alors, j'ai foncé au *Pink Banana* sans réfléchir. Zuzka est gérante là-bas.

— Il y a longtemps que vous êtes ensemble ?

— Dix-huit mois.

— Et tu es très amoureuse ?

— Oui.

— Revenons à l'accident. Ou plutôt au prétendu accident. Car il n'y a pas eu d'accident, n'est-ce pas ?

— Bien sûr que si ! Tu n'as pas vu ma tenue ? Et mes égratignures ? Où est-ce que tu crois que je me suis fait ça ?

— J'ai cru un moment que tu t'étais fait ça en sautant de la cabine du téléphérique, répondit-il. Après avoir poussé Perrault dans le vide, précisa-t-il.

Elle se tortilla sur sa chaise.

— Et tu ne le crois plus ?

— Non, puisque tu es innocente.

— Comment le sais-tu ?

— Parce que je crois que je sais qui c'est. Mais je crois aussi que, même si tu as bien eu un accident, tu ne me dis pas toute la vérité à son sujet.

Encore une fois, elle parut sidérée par sa perspicacité.

— Après l'accident, j'ai fait exprès d'arriver en retard, lâcha-t-elle. J'ai pris mon temps.

— Pour quelle raison ?

— Perrault : je voulais qu'il meure, ou plutôt je voulais laisser à l'assassin une petite chance de l'avoir.

Servaz resta un moment à la dévisager. Il hocha la tête.

— À cause de ce qu'ils t'ont fait, dit-il. Grimm, Chaperon, Mourrenx et lui.

Elle ne répondit pas mais elle acquiesça d'un hochement de tête.

— À la colonie, poursuivit-il.

Elle leva les yeux d'un air surpris.

— Non… bien plus tard… Je faisais mon droit à Pau, je suis tombée sur Perrault dans une fête de village, un week-end. Il… il s'est proposé pour me raccompagner… Grimm et Mourrenx nous attendaient au bout d'un chemin, à quelques kilomètres de la fête…

Chaperon était absent cette nuit-là, je ne sais pas pourquoi. Pour cette raison, je n'ai fait le lien entre lui et les autres que quand tu as trouvé cette photo. Quand… quand j'ai vu que Perrault quittait la route et qu'il prenait ce chemin, j'ai tout de suite compris. J'ai voulu descendre mais il m'a frappée, encore et encore, en roulant puis à l'arrêt, en me traitant d'allumeuse, de salope. Je pissais le sang. Ensuite…

Elle se tut. Il hésita longtemps avant de poser la question :

— Pourquoi tu n'as pas… ?

— Porté plainte ? Je… je couchais avec pas mal de monde à l'époque. Des hommes, des femmes… Y compris une de mes profs à la fac, une femme mariée avec des gosses. Et mon père était gendarme. Je savais ce qui allait se passer : l'enquête, la boue, le scandale… J'ai pensé à mes parents, à la façon dont ils réagiraient, à mon frère et à ma belle-sœur aussi, qui ignoraient tout de ma vie privée…

C'était comme ça qu'ils avaient réussi à garder le secret si longtemps, se dit-il. Sa première intuition dans la maison de Chaperon était la bonne. Ils devaient tabler sur le fait que 90 % des victimes de viol ne portent pas plainte et, en dehors des ados de la colonie qui n'avaient jamais vu leur visage, ils choisissaient des proies exposées, que leur mode de vie non conformiste dissuaderait de toute façon de le faire. Des prédateurs intelligents… Mais transparents cependant aux yeux de leurs femmes, qui avaient fini par soupçonner quelque chose, par faire chambre à part, ou par les quitter.

Il repensa au directeur de la colonie, mort dans un accident de moto. Une mort qui tombait à pic, elle aussi.

— Tu te rends compte que tu as mis ma vie en danger ?

— Je suis désolée, Martin. Vraiment. Mais, pour l'instant, je suis surtout accusée de meurtre, corrigea-t-elle avec un petit sourire triste.

Elle avait raison. Il allait devoir jouer serré. Confiant ne lâcherait pas le morceau si facilement, maintenant qu'il avait une coupable idéale. Et c'était Servaz lui-même qui la lui avait servie !

— Là où ça se complique, dit-il, c'est quand tu profites de mon absence pour remonter la piste de Chaperon sans rien dire à personne.

— Je ne voulais pas le tuer… Je voulais juste… lui faire peur. Je voulais voir la terreur dans ses yeux comme il avait vu la terreur dans ceux de ses victimes et s'en était délecté. Je voulais mettre le canon d'une arme dans sa bouche, seuls tous les deux dans cette forêt, et qu'il croie jusqu'à l'ultime seconde sa dernière heure arrivée. Ensuite, je l'aurais arrêté.

Sa voix n'était plus qu'un mince filet de glace et, l'espace d'un instant, il se demanda s'il ne s'était pas trompé.

— Encore une question, dit-il. À quel moment as-tu compris ce qui se passait ?

Elle plongea son regard dans le sien.

— Dès le premier meurtre, j'ai eu un doute. Ensuite, quand Perrault est mort et que Chaperon s'est évanoui dans la nature, j'ai su que quelqu'un était en train de leur faire payer leurs crimes. Mais j'ignorais qui.

— Pourquoi avoir volé la liste des enfants ?

— Un réflexe idiot. J'étais dessus, j'étais dans ce carton. Et tu avais l'air de beaucoup t'intéresser à tout ce qui se trouvait dans ce fichu carton. Je ne voulais pas qu'on m'interroge, qu'on fouille dans mon passé.

— Une dernière question : pourquoi es-tu allée fleurir la tombe de Maud Lombard aujourd'hui ?

Irène Ziegler garda le silence un moment. Cette fois, elle n'afficha aucune surprise. Elle avait déjà compris qu'elle avait été filée toute la journée.

— Maud Lombard s'est suicidée elle aussi.

— Je sais.

— J'ai toujours su que, d'une manière ou d'une autre, elle avait été victime de ces prédateurs. Moi aussi, j'ai été tentée par cette solution à un moment donné. Pendant un temps, Maud et moi, nous avons fréquenté les mêmes soirées – avant que je parte à la fac, avant qu'elle ne croise la route de ces ordures. Nous étions assez proches, pas vraiment des amies, juste des connaissances, mais je l'aimais bien. C'était une fille indépendante et secrète, qui parlait peu mais qui essayait d'échapper à son milieu. Alors, chaque année, à la date anniversaire, je mets des fleurs sur sa tombe. Et là, avant d'arrêter le dernier de ces salauds encore vivant, j'ai voulu lui envoyer un petit signe.

— Pourtant Maud Lombard n'a jamais séjourné à la colonie.

— Et après ? Maud avait fugué plusieurs fois. Elle traînait souvent avec des gens pas très nets. Elle rentrait parfois tard. Elle a dû tomber sur eux, quelque part, comme moi.

Servaz réfléchissait à toute vitesse. Son hypothèse se précisait. *Une solution inouïe…* Il n'avait plus de questions. La tête lui tournait de nouveau. Il se massa les tempes et se leva péniblement.

— Il y a peut-être une hypothèse que nous n'avons pas envisagée, dit-il.

D'Humières et Confiant l'attendaient dans le couloir. Servaz marcha vers eux en luttant contre cette sensation que les murs et le sol bougeaient et qu'il allait perdre l'équilibre. Il se massa la nuque et respira un grand coup – mais cela ne suffit pas à chasser l'impression étrange que ses chaussures étaient remplies d'air.

— Alors ? dit la procureur.

— Je ne crois pas que ce soit elle.

— Quoi ? s'exclama Confiant. Vous plaisantez, j'espère !

— Je n'ai pas le temps de vous expliquer maintenant : il faut aller vite. En attendant, gardez-la au chaud si vous voulez. Où est Chaperon ?

— On essaye de lui faire avouer les viols des ados de la colonie, répondit d'Humières d'un ton glacé. Mais il refuse de dire quoi que ce soit.

— Il n'y a pas prescription ?

— Pas dans la mesure où des éléments nouveaux nous amènent à rouvrir l'enquête. Martin, j'espère que vous savez ce que vous faites.

Ils échangèrent un regard.

— Je l'espère aussi, dit-il.

La tête lui tournait de plus en plus, il avait mal au crâne. Il se dirigea vers l'accueil et demanda une bouteille d'eau, puis il avala l'un des comprimés que lui avait donnés Xavier avant de rejoindre sa Jeep sur le parking.

Comment leur parler de son hypothèse sans s'attirer les foudres du jeune juge et mettre la proc dans l'embarras ? Une question le préoccupait. Il voulait en avoir le cœur net avant d'abattre ses cartes. Et il avait besoin de l'avis de quelqu'un – quelqu'un qui lui dirait s'il était sur la bonne voie, quelqu'un qui lui dirait surtout jusqu'où il pouvait aller sans se brûler les ailes. Il regarda sa montre. 21 h 12.

L'ordinateur…

Elle l'alluma. Contrairement à celui de Xavier, il était verrouillé. *Tiens, tiens…* Elle consulta sa montre. Cela faisait déjà presque une heure qu'elle était dans ce bureau.

Problème : elle était loin d'avoir les compétences d'une pirate informatique. Durant dix bonnes minutes, elle se creusa la cervelle pour trouver un mot de passe et elle essaya d'écrire Julian Hirtmann et Lisa Ferney dans tous les sens mais aucune de ses piteuses tentatives ne voulut fonctionner. Elle replongea dans le tiroir où elle avait aperçu une chemise contenant des documents personnels et elle entra d'abord numéros de téléphone et de Sécurité sociale, à l'endroit et à l'envers, puis date de naissance, combinaison du premier et du deuxième prénom (le nom complet de l'infirmière chef était Élisabeth Judith Ferney), association des trois initiales et de la date de naissance… Sans succès. *Merde !*

Son regard tomba encore une fois sur la salamandre…

Elle tapa « salamandre », puis « erdnamalas ».

Rien…

Diane tourna son regard vers l'horloge dans le coin de l'écran. 21 h 28.

Elle regarda encore une fois l'animal. Prise d'une impulsion subite, elle le souleva et le retourna. Sur son ventre, il y avait une inscription : « Van Cleef & Arpels, New York ». Elle entra les noms dans l'ordinateur. Rien… *Merde ! C'est ridicule ! On dirait un de ces foutus films d'espionnage à la con !* Elle les inversa… Pas ça non plus… *Tu t'attendais à quoi, ma vieille ? On n'est pas au cinéma !* En désespoir de cause, elle essaya rien que les initiales : VC&ANY. Rien. À l'envers donc : YNA&CV…

Tout à coup, l'écran se mit à clignoter avant de lui donner accès au système d'exploitation. *Bingo !* Diane n'en croyait pas ses yeux. Elle attendit que le fond d'écran et toutes les icônes s'affichent.

La partie peut commencer… Mais l'heure tournait. 21 h 32.

Elle pria pour que Lisa Ferney fût vraiment sortie toute la nuit.

Les mails…

Une bonne centaine d'entre eux émanaient d'un mystérieux Démétrius.

Chaque fois, dans la colonne *Subject* s'affichait la mention : *Encrypted e-mail…*

Elle en ouvrit un mais elle ne récolta qu'une suite de signes incompréhensibles. Diane comprit ce qui se passait, cela lui était déjà arrivé à l'université : le certificat utilisé pour crypter le message avait expiré et, par conséquent, il n'était plus possible pour le destinataire de le décrypter.

Elle réfléchit à toute vitesse.

En général, pour éviter ce genre de problèmes, on conseillait au destinataire de sauvegarder tout de suite le contenu du message quelque part, par exemple en l'enregistrant au format HTML. C'est ce qu'elle aurait fait si elle avait été à la place de Lisa Ferney. Elle ouvrit « Mes documents » puis « Mes fichiers reçus » et elle le vit aussitôt. Un dossier baptisé « Démétrius ».

Lisa Ferney n'avait pas pris beaucoup de précautions : son ordinateur était déjà verrouillé et elle savait que personne n'aurait osé s'amuser à fouiller dedans, de toute façon.

Lisa,
Suis à New York jusqu'à dimanche. Central Park est tout blanc et il fait un froid polaire. C'est magnifique. Je pense à toi. Parfois, je me réveille au milieu de la nuit en sueur et je sais que j'ai rêvé de ton corps et de ta bouche. J'espère être à Saint-Martin dans dix jours.
Éric.

Lisa,
Je pars vendredi pour Kuala-Lumpur. Est-ce qu'on pourrait se voir avant ça ? Je ne bouge pas du château. Viens.
Éric.

Où es-tu Lisa ?
Pourquoi tu ne donnes pas de tes nouvelles ? Tu m'en veux encore pour la dernière fois ? J'ai un cadeau pour toi. Je l'ai acheté chez Boucheron. Très cher. Tu vas adorer.

Des lettres d'amour... Ou plutôt des mails... Il y en avait des dizaines... Peut-être même des centaines... Étalés sur plusieurs années...

Lisa Ferney les avait méticuleusement sauvegardés. Tous. Et tous étaient signés du même prénom. « Éric ». Éric voyageait beaucoup, Éric était riche, les désirs d'Éric étaient plus ou moins des ordres. Éric aimait les images frappantes et était un amant maladivement jaloux :

Les vagues de la jalousie déferlent sur moi et chacune me laisse plus pantelant que la précédente. Je me demande avec qui tu baises. Je te connais, Lisa : combien de temps tu peux rester sans un morceau de viande à te fourrer entre les cuisses ? Jure-moi qu'il n'y a personne.

Et parfois, quand ni les menaces ni les doléances ne fonctionnaient, Éric versait dans l'automortification complaisante :

Tu dois penser que je suis un sale con. Un sale enfoiré et un fumier. Je ne te mérite pas, Lisa. J'ai eu tort de croire que je pouvais t'acheter avec mon sale fric. Pourras-tu me pardonner ?

Diane fit défiler la liste vers la fin, avançant dans le temps jusqu'à aujourd'hui. Elle s'aperçut que, dans les derniers mails, le ton avait changé. Il ne s'agissait plus seulement d'une histoire d'amour. Quelque chose d'autre était en train de se passer :

Tu as raison. Le moment est venu de passer à l'action. J'ai trop attendu : si nous ne le faisons pas maintenant, nous ne le ferons jamais. Je n'ai pas oublié notre pacte, Lisa. Et tu sais que je suis un homme de parole. Oh oui, tu le sais...

Te voir si forte et si résolue me donne le courage, Lisa. Je crois que tu as raison : aucune justice au

*monde ne pourra nous rendre la paix. C'est à nous
de le faire.*

*Nous avons attendu si longtemps. Et pourtant je
crois que c'est le bon moment.*

Brusquement, son doigt s'immobilisa sur la souris.
Des pas dans le couloir… Elle retint sa respiration.
Si la personne qui venait savait que Lisa était sortie,
elle allait s'étonner de voir de la lumière sous sa porte.

Mais les pas passèrent sans s'arrêter…

Elle respira et continua de faire défiler les mails.
Jurant à mi-voix. Elle se sentait de plus en plus
frustrée. Jusqu'à présent, elle n'avait absolument
rien de concret à part des allusions et des sous-
entendus.

Encore cinq minutes et elle se tirerait d'ici. Elle
ouvrit systématiquement les trente derniers mails.

*Il faut qu'on parle, Lisa. J'ai un plan. Un plan ter-
rible. Tu sais ce que c'est qu'un gambit, Lisa ? Aux
échecs, un gambit est un sacrifice d'une pièce en
début de partie pour obtenir un avantage stratégique.
C'est ce que je m'apprête à faire. Le gambit d'un cheval. Mais ce sacrifice me brise le cœur.*

Le cheval, pensa-t-elle, le souffle court.

Elle eut l'impression que son cœur allait jaillir de
sa poitrine, qu'elle s'enfonçait dans les ténèbres tandis
qu'elle ouvrait le mail suivant.

*Tu as reçu la commande ? Tu es sûre qu'il ne va
pas s'apercevoir que tu l'as passée en son nom ?*

Les yeux écarquillés et la bouche sèche, Diane chercha la date. *6 décembre…* La réponse ne figurait pas dans le dossier, pas plus que pour les autres mails, mais c'était inutile : la dernière pièce du puzzle venait de se mettre en place. Les deux hypothèses n'en faisaient plus qu'une désormais. Xavier enquêtait pour la bonne raison qu'il était innocent et qu'il ne savait rien : ce n'était pas lui qui avait passé la commande d'anesthésiques. C'était Lisa Ferney qui l'avait fait – *en son nom…*

Diane se rejeta dans son fauteuil et réfléchit à ce que cela signifiait. La réponse était évidente. Lisa et un homme prénommé Éric avaient tué le cheval – et probablement aussi le pharmacien…

Au nom d'un pacte passé entre eux il y a longtemps – un pacte qu'ils avaient finalement décidé d'honorer…

Elle poursuivit à la hâte sa réflexion. Le temps pressait.

Avec ce qu'elle savait maintenant, elle avait assez d'éléments pour prévenir la police. Comment s'appelait ce flic qui était venu à l'Institut ? Servaz. Elle lança une impression du dernier mail sur la petite imprimante qui se trouvait sous le bureau, puis elle sortit son téléphone portable.

Dans la lueur des phares, les arbres surgissaient de la nuit comme une armée hostile. Cette vallée aimait les ténèbres, le secret ; elle détestait les fouineurs venus de l'extérieur. Servaz cligna des yeux, les globes oculaires douloureux, en fixant à travers le pare-brise la route étroite qui serpentait dans les bois. La migraine avait encore empiré, il avait l'impression que ses tempes allaient exploser. La tempête faisait rage, ses rafales chassaient les flocons en tous sens et la vitesse les précipitait vers la voiture, au passage de laquelle ils s'illuminaient comme de brèves comètes. Il avait mis Mahler à fond dans l'habitacle. La *Sixième Symphonie*. Elle accompagnait les hurlements du blizzard de ses accents pessimistes et terriblement prémonitoires.

Combien de temps avait-il dormi au cours des dernières quarante-huit heures ? Il était épuisé. Sans raison apparente, il repensa à Charlène. La pensée de Charlène, de sa tendresse dans la galerie, le réchauffa un peu. Son téléphone de voiture bourdonna...

— J'ai besoin de parler au commandant Servaz.

— De la part de qui ?

— Je m'appelle Diane Berg. Je suis psychologue à l'Institut Wargnier et je...

— On ne peut pas le joindre en ce moment, l'interrompit le gendarme à l'autre bout du fil.

— Mais je dois lui parler !

— Laissez-moi vos coordonnées, il vous rappellera.

— C'est urgent !

— Désolé, mais il est sorti.

— Vous pouvez peut-être me communiquer son numéro.

— Écoutez, je...

— Je travaille à l'Institut, dit-elle d'une voix aussi raisonnable et ferme que possible, *et je sais qui a sorti l'ADN de Julian Hirtmann*. Vous comprenez ce que ça signifie ?

Il y eut un long silence à l'autre bout.

— Vous pouvez répéter ?

Elle s'exécuta.

— Une minute. Je vous passe quelqu'un…

Trois sonneries puis :

— Capitaine Maillard, j'écoute…

— Écoutez, déclara-t-elle, je ne sais pas qui vous êtes mais j'ai besoin de parler de toute urgence au commandant Servaz. C'est extrêmement important.

— Qui êtes-vous ?

Elle se présenta pour la deuxième fois.

— Que lui voulez-vous, docteur Berg ?

— Cela concerne l'enquête sur ces morts à Saint-Martin. Comme je viens de vous le dire, je travaille à l'Institut – *et je sais qui a sorti l'ADN d'Hirtmann…*

Cette dernière information rendit son interlocuteur muet. Diane se demanda s'il avait raccroché.

— Très bien, dit-il finalement. Vous avez de quoi noter ? Je vous donne son numéro.

— Servaz, dit Servaz.

— Bonsoir, dit une voix féminine à l'autre bout de la ligne. Je m'appelle Diane Berg, je suis psychologue à l'Institut Wargnier. Vous ne me connaissez pas mais moi je vous connais : j'étais dans la pièce d'à côté quand vous vous êtes trouvé dans le bureau du Dr Xavier. Et j'ai entendu toute votre conversation.

Servaz faillit lui dire qu'il était pressé mais quelque chose dans le ton de cette femme et l'information comme quoi elle travaillait à l'Institut le retinrent de l'interrompre.

— Vous m'entendez ?

— Je vous écoute, dit-il. Que voulez-vous, madame Berg ?

— Mademoiselle. Je sais qui a tué le cheval. Et c'est très probablement la même personne qui a sorti l'ADN de Julian Hirtmann. Cela vous intéresse de savoir qui c'est ?

— Une minute, dit-il.

Il ralentit et se gara sur le bas-côté, au milieu des bois. Le vent tordait les arbres autour de lui. Des branches griffues s'agitaient dans la lueur des phares comme dans un vieux film expressionniste allemand.

— Allez-y. Racontez-moi tout.

— Vous dites que l'auteur des mails s'appelle Éric ?

— Oui. Vous savez qui c'est ?

— Je crois que oui.

Garé au bord de la route, au milieu de la forêt, il songeait à ce que cette femme venait de lui apprendre. L'hypothèse qu'il avait commencé à entrevoir après le cimetière, celle qui s'était précisée à la gendarmerie lorsque Irène Ziegler lui avait révélé que Maud avait sûrement été violée venait de trouver une nouvelle confirmation. Et quelle confirmation… *Éric Lombard*… Il repensa aux vigiles de la centrale, à leurs silences, à leurs mensonges. Dès le début, il avait eu la conviction qu'ils cachaient quelque chose. À présent, il savait qu'ils ne mentaient pas parce qu'ils étaient coupables – mais parce qu'on les avait forcés à le faire. Par un chantage ou parce qu'on avait acheté leur silence. Et vraisemblablement par les deux moyens à la fois. Ils avaient vu quelque chose mais ils avaient préféré se taire et mentir, au risque d'attirer les soupçons sur eux, *parce qu'ils savaient qu'ils ne faisaient pas le poids.*

— Il y a longtemps que vous fouinez comme ça, mademoiselle Berg ?

Elle mit un certain temps à répondre.

— Il n'y a que quelques jours que je suis à l'Institut, dit-elle.

— Ça pourrait être dangereux.

Nouveau silence. Servaz se demanda à quel point elle prenait des risques. Elle n'était pas flic, elle avait sûrement commis des erreurs. Et elle se trouvait dans un environnement intrinsèquement violent où tout pouvait arriver.

— Vous en avez parlé à quelqu'un d'autre ?

— Non.

— Écoutez-moi attentivement, dit-il, voilà ce que vous allez faire : vous avez une voiture ?

— Oui.

— Très bien. Quittez immédiatement l'Institut, prenez votre voiture et descendez à Saint-Martin avant que la tempête de neige ne vous en empêche. Rendez-vous à la gendarmerie et demandez à parler à Mme le procureur. Dites que vous venez de ma part. Et racontez-lui tout ce que vous venez de me dire. Vous avez compris ?

— Oui.

Il avait raccroché quand elle se souvint que sa voiture était en panne.

Les bâtiments du centre équestre apparurent dans la lueur des phares. Le centre était désert, obscur. Pas de chevaux ni de palefreniers à l'horizon. On avait fermé les box pour la nuit – ou pour l'hiver. Il se gara devant le grand bâtiment en brique et en bois, et descendit.

Il fut aussitôt cerné par les flocons, le vent gémissait de plus en plus fort dans les arbres. Servaz remonta son col et se dirigea vers l'entrée. Des chiens se mirent à aboyer et à tirer sur leurs chaînes dans le noir. Il y avait de la lumière derrière une fenêtre et il vit une silhouette s'en approcher et jeter un coup d'œil dehors.

Servaz pénétra dans le bâtiment dont la porte était entrebâillée et le couloir central éclairé. Une odeur de crottin l'assaillit aussitôt. Il aperçut sur sa droite un cheval et un cavalier qui évoluaient dans le grand manège, sous des rangées de lampes, malgré l'heure tardive. Marchand émergea de la première porte à gauche.

— Qu'est-ce qui se passe ? dit-il.

— J'ai quelques questions à vous poser.

Le régisseur lui montra une autre porte un peu plus loin. Servaz entra. Le même bureau plein de trophées, de livres sur le cheval et de classeurs que la dernière fois. Sur l'écran de l'ordinateur portable, une photo de cheval. Une bête magnifique au pelage bai. Peut-être Freedom. Marchand repassa devant lui et Servaz sentit une haleine parfumée au whisky. Une bouteille de Label 5 bien entamée traînait sur une étagère.

— C'est au sujet de Maud Lombard, dit-il.

Marchand lui lança un regard étonné et méfiant. Il avait les yeux un peu trop brillants.

— Je sais qu'elle s'est suicidée.

— Oui, dit le vieux patron d'écurie. Une sale histoire.

— De quelle façon ?

Il vit Marchand hésiter. Pendant un instant, l'homme regarda ailleurs avant de déplacer son regard vers Servaz. *Il s'apprêtait à mentir.*

— Elle s'est ouvert les veines…

— Conneries ! gueula Servaz très fort en empoignant brusquement le régisseur par le col. Vous mentez, Marchand ! Écoutez : une personne innocente vient d'être accusée des meurtres de Grimm et de Perrault ! Si vous ne me dites pas la vérité tout de suite, je vous inculpe pour complicité de meurtre ! Dépêchez-vous de réfléchir, je n'ai pas toute la nuit ! ajouta-t-il en attrapant ses menottes, blême de fureur.

Le régisseur parut effrayé par cette colère aussi inattendue que violente. Puis il pâlit en entendant le cliquetis des bracelets. Ses yeux s'ouvrirent grand. Il sonda néanmoins le flic.

— C'est du bluff !

Un bon joueur de poker. Qui ne s'en laissait pas conter. Servaz l'attrapa par le poignet et le fit brutalement pivoter.

— Qu'est-ce que vous faites ? demanda Marchand, abasourdi.

— Je vous avais prévenu.

— Vous n'avez aucune preuve !

— Combien d'accusés sans preuves croupissent dans les prisons en préventive, d'après vous ?

— Attendez ! Vous ne pouvez pas faire ça ! protesta le régisseur, soudain paniqué. Vous n'avez pas le droit !

— Je vous préviens : il y a des photographes devant la gendarmerie, mentit Servaz en l'entraînant vivement vers la porte. Mais on vous mettra une veste sur la tête en sortant de la voiture. Vous n'aurez qu'à regarder le sol et vous laisser guider.

— Attendez, attendez ! Merde, attendez !

Mais Servaz l'entraînait fermement, à présent. Ils étaient déjà dans le couloir. Le vent hurlait dehors, des flocons entraient par la porte ouverte.

— D'accord ! D'accord ! J'ai menti. Enlevez-moi ça !

Servaz s'interrompit. Le cavalier les observait depuis le manège, à l'arrêt.

— La vérité d'abord, murmura Servaz à son oreille.

— ELLE S'EST PENDUE ! À la balançoire qui se trouvait dans le parc du château, putain !

Servaz retint son souffle. *Pendue… On y était…* Il défit les menottes. Par réflexe, Marchand se frotta les poignets.

— Je n'oublierai jamais ça, dit-il, la tête basse. C'était un crépuscule d'été… Elle avait mis une robe blanche presque transparente. Elle flottait comme un fantôme au-dessus de la pelouse, la nuque brisée, dans le soleil couchant… J'ai encore cette image devant les yeux… Presque chaque soir…

Un été… Comme les autres, elle avait choisi cette saison pour mettre fin à ses jours… Une robe blanche : *Cherchez le blanc*, avait dit Propp…

— Pourquoi avoir menti ?

— À la demande de *quelqu'un*, bien sûr, dit Marchand en baissant les yeux. Ne me demandez pas quelle différence ça fait, je n'en sais rien. Le patron voulait pas que ça se sache.

— Une grande différence, répondit Servaz en se dirigeant vers la sortie.

Espérandieu venait d'éteindre son ordinateur quand le téléphone sonna. Il soupira, regarda l'heure – 22 h 40 – et décrocha. Il se redressa imperceptiblement en reconnaissant la voix de Luc Damblin, son contact à Interpol. Il avait attendu ce coup de fil depuis qu'il était rentré à Toulouse et il commençait à désespérer.

— Tu avais raison, dit Damblin sans préambule. C'était bien lui. Tu travailles sur quoi au juste ? J'ignore ce qui se passe mais, bon sang, j'ai l'impression que tu as ferré un gros poisson. Tu ne veux pas m'en dire plus ? Qu'est-ce qu'un type comme lui a à voir avec une enquête de la crim ?

Espérandieu faillit en tomber de sa chaise. Il avala sa salive et se redressa.

— Tu en es sûr ? Ton type au FBI a confirmé ? Raconte-moi comment il a eu l'information.

Au cours des cinq minutes qui suivirent, Luc Damblin le lui expliqua en détail. *Putain de Dieu !* songea Espérandieu quand il eut raccroché. Cette fois, il fallait qu'il prévienne Martin. *Tout de suite !*

Servaz avait l'impression que les éléments se liguaient contre lui. Les flocons tourbillonnaient dans la lueur des phares et les troncs des arbres commençaient à blanchir côté nord. Une vraie tempête de neige… Justement cette nuit-là… Il se demanda avec appréhension si cette psy avait réussi à descendre à Saint-Martin, si la route n'était pas déjà trop mauvaise là-haut. Quelques minutes plus tôt, en sortant du centre équestre, il avait passé un ultime coup de fil.

— Allô ? avait dit la voix au bout du fil.

— Il faut que je te voie. Ce soir. Et j'ai un peu faim. Il n'est pas trop tard ?

Un rire à l'autre bout. Mais le rire s'était arrêté brusquement.

— Il y a du nouveau ? avait demandé Gabriel Saint-Cyr sans cacher son intense curiosité.

— *Je sais qui c'est.*

— Vraiment ?

— Oui. Vraiment.

Un silence à l'autre bout.

— Et tu as une commission rogatoire ?

— Pas encore. Je voudrais ton avis d'abord.

— Qu'as-tu l'intention de faire ?

— D'abord éclaircir certains points légaux avec toi. Ensuite passer à l'action.

— Tu ne veux pas me dire qui c'est ?

— D'abord on dîne, ensuite nous parlerons.

De nouveau, le petit rire à l'autre bout du fil.

— J'avoue que tu me mets l'eau à la bouche. Viens. Il me reste du poulet, si j'ose dire.

— J'arrive, dit Servaz, et il raccrocha.

Les fenêtres du moulin ruisselaient de chaleur et de lumière dans la tempête quand il gara sa Jeep près du torrent. Servaz n'avait pas croisé le moindre véhicule en venant, ni un seul piéton. Il verrouilla la Cherokee et se hâta vers le petit pont, courbé en deux contre les bourrasques chargées de flocons. La porte s'ouvrit aussitôt. Une bonne odeur de poulet rôti, de feu, de vin et d'épices. Saint-Cyr lui prit sa veste et l'accrocha au portemanteau, puis il lui montra le salon en contrebas.

— Un verre de vin chaud pour commencer ? Le poulet sera cuit dans vingt minutes. Comme ça, on va pouvoir parler.

Servaz regarda sa montre. 22 h 30. Les heures à venir allaient être décisives. Il devait avancer chaque pion en pensant plusieurs coups à l'avance, mais avait-il seulement les idées assez claires ? Le vieux juge, avec son expérience, allait l'aider à ne pas commettre d'impair. L'adversaire était redoutable. Il s'engouffre-rait dans la moindre faille juridique. Il avait aussi terriblement faim ; l'odeur du poulet en train de cuire lui donnait des crampes d'estomac.

Une grande flambée crépitait dans la cheminée. Comme la dernière fois, les flammes peuplaient les murs et les poutres du plafond d'ombres et de lueurs. Le craquement des bûches, les miaulements du vent dans le conduit de la cheminée et le bruit du torrent emplissaient la pièce. Pas de Schubert, cette fois. De toute évidence, Saint-Cyr ne voulait pas perdre une miette de ce que Servaz avait à lui dire.

Il y avait deux verres ballon à moitié pleins d'un vin couleur rubis sur un guéridon, entre deux fauteuils à oreilles poussés devant la cheminée. Le vin fumait.

— Assieds-toi, dit le juge en lui montrant l'un des fauteuils.

Servaz prit le verre le plus proche. Il était chaud. Il le fit tourner dans sa main et huma les effluves aromatiques qui s'en dégageaient. Il crut sentir de l'orange, de la cannelle et de la noix muscade.

— Vin chaud aux épices, dit Saint-Cyr. Revigorant et calorifique par une soirée comme celle-ci. Et surtout excellent contre la fatigue. Ça va te donner un coup de fouet. La nuit risque d'être longue, pas vrai ?

— Ça se voit tant que ça ? demanda Servaz.

— Quoi donc ?

— La fatigue.

Le regard du juge s'attarda sur lui.

— Tu as l'air épuisé.

Servaz but. Il fit la grimace en se brûlant la langue. Mais un puissant goût de vin et d'herbes emplit sa bouche et son gosier. Saint-Cyr avait disposé de petits morceaux de pain d'épice dans une coupelle sur le guéridon pour accompagner le vin chaud. Servaz en avala un, puis un autre. Il était affamé.

— Alors ? dit Saint-Cyr. Tu me racontes ? *Qui est-ce ?*

— Vous êtes sûr ? demanda Cathy d'Humières dans le haut-parleur.

Espérandieu regarda le bout de ses Converse posées sur son bureau du boulevard Embouchure.

— La personne qui m'a transmis l'information est formelle. Elle travaille au siège d'Interpol à Lyon. Il s'agit de Luc Damblin. Il a pu joindre un de ses contacts au FBI. Et il est sûr à 200 %.

— Bonté divine ! s'exclama la procureur. Et vous n'avez pas réussi à joindre Martin, c'est ça ?

— J'ai essayé deux fois. Chaque fois, il était en ligne. Je tombe sur son répondeur. Je vais réessayer dans quelques minutes.

Cathy d'Humières consulta la montre Chopard en or jaune que lui avait offerte son communicant de mari pour leurs vingt ans de mariage : 22 h 50. Elle soupira.

— Je voudrais que vous fassiez quelque chose pour moi, Espérandieu. Rappelez-le. Encore et encore. Quand vous l'aurez, dites-lui que j'aimerais bien retrouver mon lit avant l'aube et que nous n'allons pas passer la nuit à l'attendre !

À l'autre bout du fil, Espérandieu exécuta un salut militaire.

— Très bien, madame.

Irène Ziegler écoutait le vent de l'autre côté de la fenêtre à barreaux. Une vraie tempête de neige. Elle décolla l'oreille de la cloison. La voix de d'Humières. Sans doute pour des questions de coûts de construction, les cloisons étaient aussi minces que du carton à l'intérieur de cette gendarmerie – comme dans des centaines d'autres.

Ziegler avait tout entendu. Apparemment, Espérandieu avait reçu une information capitale. Une information qui changeait radicalement le cours de l'enquête. Ziegler avait cru comprendre de quoi il s'agissait. Quant à Martin, il s'était évanoui dans la nature. Elle crut deviner où il se trouvait, il était allé quérir quelques conseils avant de passer à l'action... Elle cogna à la porte, qui s'ouvrit presque aussitôt.

— J'ai besoin d'aller aux toilettes, dit-elle.

Le planton referma la porte. Elle se rouvrit sur une jeune femme en uniforme, qui lui lança un coup d'œil suspicieux.

— Suivez-moi, capitaine. Pas de blague.

Ziegler se leva, ses poignets menottés devant elle.

— Merci, dit-elle. Je voudrais aussi parler au procureur. Dites-le-lui. Dites-lui que c'est important.

Le vent mugissait dans le conduit de la cheminée et il rabattait les flammes. Servaz était au bord de l'épuisement. Il reposa le verre et s'aperçut que sa main tremblait. Il la ramena vers lui de peur que Saint-Cyr ne surprenne le tremblement. Le goût du vin et des herbes était agréable dans sa bouche mais il avait un arrière-goût amer. Il se sentait gris, ce n'était pas le moment. Il se dit qu'il n'allait boire que de l'eau pendant la demi-heure à venir et qu'il demanderait ensuite un café serré.

— Ça n'a pas l'air d'aller fort, dit le juge en reposant son verre et en l'observant attentivement.

— J'ai connu mieux mais ça ira.

En vérité, il ne se souvenait pas d'avoir jamais été dans un tel état d'épuisement et de nervosité : brisé de fatigue, la tête dans du coton, en proie à des vertiges – et pourtant sur le point de résoudre l'enquête la plus bizarre de toute sa carrière.

— Donc, tu ne penses pas qu'Irène Ziegler soit coupable ? reprit le juge. Pourtant, toutes les apparences sont contre elle.

— Je sais. Mais il y a un élément nouveau.

Les sourcils du juge formèrent un accent circonflexe.

— J'ai reçu un coup de fil d'une psy qui travaille à l'Institut Wargnier ce soir.

— Et ?

— Elle s'appelle Diane Berg, elle vient de Suisse. Elle n'est pas là-haut depuis longtemps. Apparemment, elle a trouvé qu'il se passait des choses bizarres et elle a mené sa petite enquête dans son coin, à l'insu de tout le monde. C'est comme ça qu'elle a découvert que l'infirmière chef de l'Institut s'est procuré des anesthésiques pour chevaux… et aussi qu'elle est la maîtresse d'un certain Éric, un homme très riche et qui voyage beaucoup si l'on en croit les mails qu'il lui écrit.

— Comment cette psy a-t-elle fait pour découvrir tout ça ? demanda le juge, sceptique.

— C'est une longue histoire.

— Et donc, cet Éric, tu crois que c'est… ? Mais il était aux États-Unis la nuit où le cheval a été tué…

— Un alibi parfait, commenta Servaz. Et puis, qui aurait soupçonné la victime d'être aussi le coupable ?

— Cette psy… c'est elle qui t'a contacté ? Et tu la crois ? Tu es sûr qu'elle est digne de confiance ?

L'Institut, ça doit être un endroit très usant pour les nerfs quand on n'est pas habitué.

Servaz regarda Saint-Cyr. Il eut un instant de doute. Et si le juge avait raison ?

— Tu te rappelles quand tu m'as dit que tout ce qui se passait dans cette vallée prenait racine dans le passé ? dit le policier.

Le juge hocha la tête en silence.

— Tu m'as dit toi-même que la sœur d'Éric Lombard, Maud, s'est suicidée à l'âge de vingt et un ans.

— C'est exact, dit Saint-Cyr, sortant de son mutisme. Tu crois donc que ce suicide a un rapport avec les suicidés de la colonie ? Elle n'y a jamais séjourné.

— Tout comme deux des suicidés, répondit Servaz. Comment a-t-on retrouvé Grimm et Perrault ? demanda-t-il, tandis que son cœur se mettait à palpiter sans raison.

— Pendus.

— Exact. Quand je t'ai demandé comment la sœur d'Éric Lombard s'était suicidée, tu m'as répondu qu'elle s'était ouvert les veines. Ça, c'est la version officielle. Or j'ai découvert ce soir qu'en vérité elle s'est pendue, elle aussi. Pourquoi Lombard a-t-il menti là-dessus ? Sinon pour éviter qu'on établisse un rapport direct entre le suicide de Maud et les meurtres ?

— Cette psy, elle en a parlé à quelqu'un d'autre ?

— Non, je ne crois pas. Je lui ai conseillé de se rendre à Saint-Martin et de contacter Cathy d'Humières.

— Tu crois donc… ?

— Je crois qu'Éric Lombard est l'auteur des meurtres de Grimm et de Perrault, articula Servaz. (Il eut l'impression que sa langue collait à son palais, que les muscles de ses mâchoires durcissaient.) Je crois qu'il se venge de ce qu'ils ont fait à sa sœur, une sœur qu'il adorait, et qu'il leur impute, à juste titre, le suicide de celle-ci et de sept autres jeunes gens victimes du quatuor Grimm-Perrault-Chaperon-Mourrenx. Je crois qu'il a élaboré un plan machiavélique pour faire justice lui-même tout en éloignant les soupçons de sa personne, avec l'aide d'une complice à l'Institut Wargnier, et peut-être d'un autre au centre équestre.

Il regarda sa main gauche. Elle tressautait sur l'accoudoir. Il essaya de l'immobiliser. En vain. En relevant la tête, il surprit le regard de Saint-Cyr posé dessus.

— Lombard est un homme extrêmement intelligent : il a compris que, tôt ou tard, ceux qui enquêteraient sur les meurtres risquaient de faire le lien avec la vague de suicides d'adolescents quinze ans plus tôt, y compris celui de sa sœur. Il a dû se dire que le meilleur moyen d'éloigner les soupçons de sa personne était de s'inclure lui-même dans le rang des victimes. Il fallait donc que d'emblée le premier crime le prenne pour cible. Mais comment faire ? Il n'était pas question pour lui de tuer un innocent. À un moment donné, il a dû avoir une illumination : tuer un être auquel il tenait plus que tout, un crime dont personne ne pourrait le soupçonner : son cheval favori. Il est probable qu'il ne s'y soit résolu que la mort dans l'âme. Mais quel meilleur alibi que ce massacre survenu pendant qu'il était soi-disant aux États-Unis ? C'est pour ça que les chiens du centre n'ont pas aboyé. Que le cheval n'a pas henni. Peut-être même qu'il a un autre complice au centre, en plus de l'infirmière chef à l'Institut. Car il a fallu au moins deux personnes pour transporter le cheval là-haut. Et l'alarme du centre n'a pas fonctionné. Cependant, comme pour Grimm et Perrault, et aussi pour être sûr que Freedom ne souffrirait pas, il n'aurait laissé à personne d'autre le soin de tuer l'animal. Ce n'est pas le genre de la maison : Éric Lombard est un athlète, un aventurier, un guerrier – habitué aux défis les plus extrêmes et à prendre ses responsabilités. Et il n'a pas peur de se salir les mains.

Était-ce l'épuisement ? le manque de sommeil ? Il lui sembla que sa vue commençait à se brouiller, comme s'il portait tout à coup des lunettes à la correction inadaptée.

— Je crois aussi que Lombard ou un de ses hommes de main ont fait chanter les deux vigiles de la centrale. Sans doute en les menaçant de les renvoyer en prison ou en achetant leur silence. Par ailleurs, Lombard a dû très vite comprendre que l'hypothèse Hirtmann ne tiendrait pas longtemps. Mais cela ne devait pas le gêner : ce n'était qu'un premier rideau de fumée. À la limite, le fait que nous remontions à la vague de suicides quinze ans auparavant ne le gênait pas non plus, au contraire : cela multipliait les pistes. Le coupable pouvait être n'importe lequel des parents, voire même un des ados que les membres du quatuor avaient violés devenu adulte. Je me demande s'il savait pour Ziegler : qu'elle avait séjourné elle aussi à la colonie. Et qu'elle pouvait faire un suspect idéal. Ou si c'est une simple coïncidence.

Saint-Cyr se taisait, concentré et morne. Servaz essuya la sueur qui lui coulait dans les yeux d'un revers de manche.

— En définitive, il devait se dire que même si tout ce qu'il avait imaginé ne fonctionnait pas exactement comme il l'avait prévu, il avait tellement embrouillé les cartes qu'il serait presque impossible de démêler la vérité, et de remonter jusqu'à lui.

— Presque, dit Saint-Cyr avec un sourire triste. Mais c'était sans compter avec quelqu'un comme toi, bien entendu.

Servaz remarqua que le ton du juge avait changé. Il remarqua aussi que le vieil homme lui souriait d'une façon à la fois admirative et ambiguë. Il essaya de bouger sa main, elle ne tremblait plus. Mais son bras lui parut tout à coup *lourd comme du plomb*.

— Tu es un enquêteur remarquable, apprécia Saint-Cyr d'une voix glacée. Si j'avais eu quelqu'un comme toi sous mes ordres, qui sait combien d'affaires classées faute d'éléments probants j'aurais résolues ?

Le portable se mit à sonner dans la poche de Servaz. Il voulut l'attraper mais son bras était comme moulé dans du ciment à prise rapide. Il mit un temps infini à déplacer sa main de quelques centimètres à peine ! Le portable sonna longuement, déchirant le silence qui s'était installé entre les deux hommes – puis la messagerie se déclencha et il se tut. Le regard du juge était braqué sur lui.

— Je... je... me... sens... BIZARRE..., bafouilla Servaz en laissant retomber son bras.

Merde ! Qu'est-ce qui lui arrivait ? Ses mâchoires durcissaient ; il avait le plus grand mal à articuler. Il essaya de se lever, se hissant à bout de bras sur les accoudoirs. La pièce se mit aussitôt à tanguer. Vidé de ses forces, il s'effondra dans son fauteuil. Il crut entendre Saint-Cyr dire : « *Mettre Hirtmann dans le coup a été une erreur...* » Il se demanda s'il avait bien entendu. Il tendit son cerveau embrumé, essayant de se concentrer sur les mots qui sortaient de la bouche du juge :

— … prévisible : l'*ego* du Suisse a pris le dessus, comme il fallait s'y attendre. Il a tiré les vers du nez à Élisabeth en échange de son ADN et il t'a ensuite aiguillé sur la piste de ces adolescents rien que pour le plaisir de montrer que c'était lui qui menait le jeu. Cela flattait son orgueil. Son immense vanité. Il faut croire que tu lui as tapé dans l'œil.

Servaz fronça vaguement les sourcils. Était-ce bien Saint-Cyr qui était en train de parler ? L'espace d'un instant, il crut voir Lombard en face de lui. Puis il cligna des paupières pour chasser la sueur qui lui brûlait les yeux et il vit que c'était bien le juge, toujours assis à la même place. Saint-Cyr sortit un téléphone portable de sa poche et il composa un numéro.

— Lisa ? C'est Gabriel… Apparemment, ta petite fouineuse n'en a parlé à personne d'autre. Elle a juste eu le temps de prévenir Martin. Oui, j'en suis sûr… Oui, j'ai la situation bien en main…

Il raccrocha et reporta son attention sur Servaz.

— Je vais te raconter une histoire, dit-il (Servaz eut l'impression que sa voix lui parvenait depuis le fond d'un tunnel). L'histoire d'un petit garçon qui était le fils d'un homme tyrannique et violent. Un petit garçon très intelligent, un merveilleux petit garçon. Quand il venait nous voir, il avait toujours avec lui un bouquet de fleurs cueillies sur le bord du chemin ou des galets ramassés au bord du torrent. Nous n'avions pas d'enfants, ma femme et moi. Autant dire que l'arrivée d'Éric dans notre vie fut un don du ciel, un rayon de soleil.

Saint-Cyr eut un geste qui sembla destiné à tenir le souvenir à distance, à ne pas céder à l'émotion.

— Mais il y avait un nuage dans ce ciel bleu. Le père d'Éric, le célèbre Henri Lombard, faisait régner la terreur autour de lui, dans ses usines comme dans sa maison : le château que tu connais. Autant par moments il pouvait se montrer aimant et affectueux avec ses enfants, autant à d'autres il les terrorisait par ses crises de fureur, ses cris – et les coups qu'il faisait pleuvoir sur leur mère. Inutile de dire qu'Éric comme Maud étaient profondément perturbés par l'atmosphère qui régnait au château.

Servaz tenta de déglutir sans y parvenir. Il essaya de bouger. De nouveau, le téléphone sonna longuement dans sa poche puis se tut.

— À cette époque, nous habitions une maison dans les bois non loin du manoir, au bord de ce même torrent, ma femme et moi, poursuivit Saint-Cyr sans s'en préoccuper. Henri Lombard avait beau être tyrannique, soupçonneux, paranoïaque et pour tout dire fou, il n'a jamais entouré le domaine de clôtures, de barbelés et de caméras comme il l'est aujourd'hui. Ce n'était pas dans les mœurs de l'époque. Il n'y avait pas toutes ces menaces et tous ces crimes. Quoi qu'on dise, on vivait dans un monde encore humain. Bref, notre maison était un refuge pour le jeune Éric et il y passait souvent des après-midi entiers. Quelquefois, il amenait Maud, une belle enfant au regard triste, qui ne souriait presque jamais. Éric l'aimait beaucoup. À dix ans déjà, il semblait s'être mis en tête de la protéger.

Il observa une courte pause.

— J'avais une vie professionnelle accaparante et je n'étais pas souvent là mais, à partir du moment où Éric est entré dans nos vies, j'ai essayé de m'octroyer des moments de liberté chaque fois que je le pouvais. J'étais toujours heureux quand je le voyais apparaître sur le chemin qui menait du château à la maison, seul ou traînant sa sœur derrière lui. En vérité, j'ai rempli le rôle que son père n'a pas rempli. J'ai élevé cet enfant comme le mien. C'est ma plus grande fierté. Ma plus grande réussite. Je lui ai tout appris de ce que je savais. C'était un enfant extraordinairement réceptif. Et qui vous rendait au centuple ce que vous lui donniez. Vois ce qu'il est devenu aujourd'hui ! Pas seulement grâce à l'empire dont il a hérité. Non. Grâce à mes leçons, grâce à notre *amour*.

Servaz s'aperçut avec stupeur que le vieux juge pleurait, les larmes ruisselaient sur ses joues ravinées.

— Et puis, il y a eu cette histoire. Je me souviens du jour où on a trouvé Maud pendue à cette balançoire. À partir de là, Éric n'a plus jamais été le même. Il s'est refermé sur lui-même, il est devenu plus sombre, plus dur. Il s'est blindé. J'imagine que cela a dû le servir dans ses affaires. Mais ce n'était plus le Éric que j'avais connu.

— Qu'est-ce… qui… est arrivé… à… ?

— À Maud ? Éric ne m'a pas tout dit, mais je crois qu'elle a croisé le chemin de ces ordures.

— Non… ensuite…

— Les années ont passé. Quand Maud s'est tuée, Éric venait d'hériter de l'empire, son père était mort l'année précédente. Il s'est retrouvé accaparé par son travail, un jour à Paris, l'autre à New York ou à Singapour. Il n'avait plus une minute à lui. Puis, les interrogations et les doutes sur la mort de sa sœur sont revenus. Je l'ai compris quand il est venu me voir et qu'il a commencé à me poser des questions, il y a quelques années. Il s'était mis en tête de découvrir la vérité. Il a engagé un cabinet d'enquêteurs privés. Des gens pas trop regardants sur la méthode et sur l'éthique – et dont il pouvait acheter très cher le silence. Ils ont dû refaire peu ou prou le chemin que tu as parcouru, et découvrir la vérité sur les quatre hommes… À partir de là, Éric pouvait aisément imaginer ce qui était arrivé à sa sœur et à d'autres femmes avant elle. Il a décidé de faire justice lui-même. Il en avait les moyens. Il était bien placé pour n'avoir qu'une confiance limitée dans la justice de son pays. Il a aussi trouvé une aide précieuse en la personne d'Élisabeth Ferney. Sa maîtresse. Il se trouve que Lisa a grandi dans la région et qu'elle n'est pas seulement amoureuse d'Éric Lombard. Elle aussi a été la victime du quatuor.

La lueur des chandelles et des lampes blessait les yeux de Servaz. Il était trempé de sueur.

— Je suis vieux, mon temps tire à sa fin, dit Saint-Cyr. Un an, cinq ans, dix ans : qu'est-ce que ça change ? Ma vie est derrière moi. Le temps qui me reste ne sera de toute façon qu'une longue attente de la fin. Pourquoi ne pas l'écourter si ma mort peut servir à quelque chose ou à quelqu'un ? Quelqu'un d'aussi brillant et d'aussi important qu'Éric Lombard.

Servaz sentit la panique le gagner. Son cœur palpitait si fort qu'il était persuadé qu'il allait faire une crise cardiaque. Mais il n'arrivait toujours pas à bouger. Et la pièce était complètement floue, à présent, autour de lui.

— Je vais laisser une lettre disant que c'est moi qui ai commis ces crimes, annonça Saint-Cyr d'une voix étonnamment calme et ferme. Pour que justice soit enfin rendue. Beaucoup de gens savent à quel point l'affaire des suicidés m'a obsédé. Cela n'étonnera donc personne. Je dirai que j'ai tué le cheval parce que je croyais qu'Henri, le père d'Éric, avait aussi participé aux viols. Et que je t'ai tué toi parce que tu m'avais démasqué. Après quoi, j'ai compris que la situation était sans issue et, pris de remords, j'ai jugé préférable de me dénoncer avant de me donner la mort. Une très belle lettre, émouvante et digne : je l'ai déjà rédigée.

Il l'agita sous le nez de Servaz. Pendant un instant, la terreur qui s'était emparée de celui-ci chassa les brumes de son cerveau et le réveilla un peu.

— Ça ne... ser... SER... VIRA à rien... Diane BERG... a preuves... cul... pabi... lité... PAR-LE... à Ca-THY... D'HU... D'UMIÈRES...

— D'autre part, poursuivit Gabriel Saint-Cyr imperturbablement, cette psy va être trouvée morte cette nuit. Après enquête, on découvrira dans ses papiers la preuve formelle qu'elle n'est venue de Suisse que dans un seul but : aider son compatriote Julian Hirtmann, son ancien amant, à s'évader.

— Pour... QUOI... FAIS... tu... ça ?

— Je te l'ai dit : Éric est ma plus grande fierté. C'est moi qui l'ai élevé. Moi qui l'ai fait ce qu'il est aujourd'hui. Un homme d'affaires brillant mais aussi un homme droit, exemplaire... Le fils que je n'ai jamais eu...

— Est... impliqué... dans des... des... malversations... de la... corr... COR-RUPTION... ex... ploite... des enf... EN-FANTS...

— TU MENS ! cria Saint-Cyr en se dressant d'un bond hors de son fauteuil.

Une arme dans sa main... Un pistolet automatique...

Servaz écarquilla les yeux. Aussitôt, la sueur coulant de ses sourcils lui brûla la cornée. Il lui sembla que la voix de Saint-Cyr, les sons et les odeurs étaient beaucoup trop nets. Tous ses sens étaient submergés par des sensations paroxystiques qui mettaient ses nerfs à vif.

— Les hallucinogènes, dit Saint-Cyr en souriant de nouveau. Tu n'imagines pas toutes les possibilités qu'ils offrent. Rassure-toi : la drogue que tu as avalée à chacun des repas que je t'ai préparés n'était pas mortelle. Son but était juste d'affaiblir tes capacités intellectuelles et physiques et de rendre tes réactions suspectes aux yeux d'un certain nombre de gens comme à tes propres yeux. Quant à celle que j'ai mise dans le vin, elle va te paralyser pendant un moment. Mais tu n'auras pas l'occasion de te réveiller : tu seras mort avant. Vraiment navré d'en venir à cette extrémité, Martin : tu es certainement la personne la plus intéressante que j'ai rencontrée depuis longtemps.

Servaz avait la bouche ouverte comme un poisson sorti de l'eau. Il fixa Saint-Cyr stupidement, de ses grands yeux écarquillés. Soudain, la colère le prit : à cause de cette foutue drogue, il allait mourir avec une tête d'idiot !

— Moi qui ai passé ma vie à lutter contre le crime, je vais la finir dans la peau d'un meurtrier, dit le juge d'un ton amer. Mais tu ne me laisses pas le choix : Éric Lombard doit rester libre. Cet homme a plein de projets. Grâce aux associations qu'il finance, des enfants peuvent manger à leur faim, des artistes peuvent travailler, des étudiants reçoivent des bourses... Je ne vais pas laisser un petit flic briser la vie d'un des hommes les plus brillants de son temps. Qui n'a fait de surcroît que rendre la justice à sa façon, dans un pays où ce mot a été depuis longtemps vidé de son sens.

Servaz se demanda s'ils parlaient bien du même homme : celui qui avait tout fait avec les autres grandes firmes pharmaceutiques pour empêcher les pays d'Afrique de fabriquer des médicaments contre le sida ou la méningite, celui dont les sous-traitants avaient été encouragés à exploiter les femmes et les enfants d'Inde ou du Bangladesh, celui dont les avocats avaient racheté Polytex pour ses brevets avant de licencier ses ouvriers. Qui était le vrai Éric Lombard ? L'homme d'affaires cynique et sans scrupules ou le mécène et le philanthrope ? Le jeune garçon qui protégeait sa petite sœur ou le requin exploiteur de la misère humaine ? Il n'était plus capable de penser clairement.

— Moi… cette PSY… articula-t-il. MEUR-TRES… Tu… re-NIES… tous… tes… princip… finir ta vie… dans peau d'un… MEUR-TRIER…

Il vit l'ombre d'un doute passer sur le visage du juge. Saint-Cyr secoua la tête énergiquement, comme pour le chasser.

— Je pars sans regrets. C'est vrai : je n'ai jamais transigé avec certains principes, tout au long de ma vie. Or, ces principes sont aujourd'hui foulés aux pieds. La médiocrité, la malhonnêteté et le cynisme sont devenus la règle. Les hommes d'aujourd'hui veulent être comme des enfants. Irresponsables. Stupides. Criminels. Des imbéciles sans aucune moralité… Bientôt, nous serons balayés par une vague de barbarie sans précédent. On en voit déjà les prémices. Et franchement, qui viendra pleurer sur notre sort ? Nous gaspillons par égoïsme et par cupidité l'héritage de nos aïeux. Seuls quelques hommes comme Éric surnagent encore au milieu de cette fange…

Il agita l'arme devant le nez de Servaz. La colère montait dans le corps de celui-ci cloué à son fauteuil, comme un antidote au poison qui passait de son estomac à ses veines. Servaz s'élança. À peine eut-il réussi à décoller du fauteuil qu'il comprit que sa tentative serait vaine. Ses jambes se dérobèrent sous lui, Saint-Cyr s'écarta et le regarda tomber et heurter un guéridon, renversant au passage un vase et une lampe – dont l'éclair aveuglant lui fouetta les nerfs optiques, tandis que le vase se fracassait sur le sol. Servaz se retrouva allongé à plat ventre sur le tapis persan ; la lumière de la lampe qui gisait près de son visage lui brûlait la rétine. Il s'était ouvert le front contre le guéridon et le sang coulait dans ses sourcils.

— Allons, Martin, c'est inutile, dit Saint-Cyr d'un ton indulgent.

Il se remit péniblement sur les coudes. La rage brûlait en lui comme une braise. La lumière l'aveuglait. Des taches noires dansaient devant ses yeux. Il ne voyait plus que des ombres et des lueurs.

Il rampa lentement vers le juge et tendit une main vers la jambe de son pantalon mais Saint-Cyr recula. Servaz voyait les flammes dans la cheminée entre les jambes du juge. Elles l'éblouissaient. Puis tout alla très vite.

— Posez cette arme ! dit sur sa gauche une voix qu'il se souvint d'avoir déjà entendue sans être capable de mettre un nom dessus, le cerveau paralysé par la drogue.

Servaz entendit une première déflagration, puis une seconde. Il vit Saint-Cyr tressauter et s'effondrer contre la cheminée. Son corps rebondit sur le manteau de pierre et retomba sur Servaz, qui baissa la tête. Lorsqu'il la releva, quelqu'un dégageait le corps lourd comme celui d'un cheval.

— MARTIN ! MARTIN ! ÇA VA ?

Il écarquilla les paupières comme pour en chasser un cil. Un visage flou dansait devant ses yeux larmoyants. *Irène…* Quelqu'un se tenait derrière elle… Maillard…

— De… l'EAU…, dit-il.

Irène Ziegler se précipita vers la cuisine américaine et remplit un verre d'eau qu'elle revint porter à ses lèvres. Servaz avala lentement, les muscles des mâchoires douloureux.

— Aide… moi… SALLE… de… BAINS…

Les deux gendarmes le prirent sous les aisselles et le soutinrent. Servaz avait l'impression qu'il allait s'effondrer à chaque pas.

— LOM-BARD…, bégaya-t-il.

— Quoi ?

— Ba… BA-R-RAGES…

— C'est fait, s'empressa de répondre Irène. Toutes les routes de la vallée ont été barrées après l'appel de ton adjoint. Impossible de quitter la vallée par la route.

— VIN-CENT… ?

— Oui. Il a obtenu la preuve qu'Éric Lombard a menti et qu'il n'était pas aux États-Unis la nuit où Freedom a été tué.

— L'héli…

— Impossible. Il ne pourrait pas décoller avec ce temps.

Il se pencha sur le lavabo. Ziegler ouvrit le robinet et l'aspergea d'eau froide. Servaz s'inclina davantage et mit son visage sous le jet. L'eau glacée lui fit l'effet d'une décharge électrique. Il toussa, cracha. Combien de temps resta-t-il incliné sur le lavabo à reprendre sa respiration et ses esprits ? Il n'aurait su le dire.

Quand il se redressa, il se sentait déjà beaucoup mieux. Les effets de la drogue commençaient à se dissiper. Surtout, l'urgence lui fouettait les sangs, combattant sa torpeur. *Ils devaient agir... Vite...*

— Où sont... CATH... ?

— Ils nous attendent. À la gendarmerie.

Ziegler le regarda.

— OK. On y va, dit-elle. Il ne faut pas perdre de temps.

Lisa Ferney referma son téléphone portable. Dans l'autre main, elle brandissait une arme de poing. Diane n'y connaissait rien en armes, mais elle avait vu assez de films pour savoir que le gros cylindre au bout du canon était un silencieux.

— J'ai bien peur que personne ne vienne à votre secours, Diane, dit l'infirmière chef. Dans moins d'une demi-heure, ce policier à qui vous avez parlé sera mort. C'est une chance que ma soirée soit tombée à l'eau par la faute de ce flic.

— Vous savez vous servir de ça ? demanda la psy en désignant l'arme.

Lisa Ferney esquissa un sourire.

— J'ai appris. Je suis membre d'un club de tir. C'est Éric qui m'a initiée. Éric Lombard.

— Votre amant, commenta Diane. Et votre complice.

— Ce n'est pas bien de fouiller dans les affaires des autres, ironisa l'infirmière chef. Je sais que ça paraît difficile à croire, Diane, mais Wargnier avait le choix entre plusieurs candidatures quand il s'est mis en tête qu'il lui fallait un adjoint – soit dit en passant, il m'a offensée en considérant que je n'avais pas les qualifications requises – et c'est moi qui vous ai choisie, moi qui ai fait le forcing auprès de lui pour que vous ayez le poste.

— Pourquoi ?

— *Parce que vous êtes suisse.*

— Quoi ?

Lisa Ferney ouvrit la porte, jeta un coup d'œil dans le couloir silencieux sans cesser de braquer l'arme sur Diane.

— *Comme Julian…* Quand j'ai vu votre candidature parmi les autres, je me suis aussitôt dit que c'était un signe très favorable pour nos projets.

Diane commençait à entrevoir une explication. Et elle lui faisait froid dans le dos.

— Quels projets ?

— Tuer ces salopards, répondit Lisa.

— Qui ?

— Grimm, Perrault et Chaperon.

— À cause de ce qu'ils ont fait à la colonie, dit Diane en se souvenant du Post-it dans le bureau de Xavier.

— Exact. À la colonie et ailleurs… Cette vallée était leur terrain de chasse…

— J'ai vu quelqu'un à la colonie… Quelqu'un qui sanglotait et qui criait… Une de leurs anciennes victimes ?

Lisa lui jeta un regard pénétrant, elle semblait se demander ce que Diane savait, en fin de compte.

— Oui, Mathias. Le pauvre ne s'en est jamais remis. Il a perdu les pédales. Mais il est inoffensif.

— Je ne vois toujours pas le rapport avec moi.

— Peu importe, dit Lisa Ferney. Vous allez être celle qui est venue de Suisse pour aider Hirtmann à s'évader, Diane. Celle qui a mis le feu à l'Institut et qui l'a guidé vers la sortie. Manque de bol, une fois dehors, cet ingrat de Julian n'aura pas résisté à ses pulsions si longtemps retenues ; il n'aura pas résisté à la tentation de tuer sa compatriote et complice : *vous*. Fin de l'histoire.

Diane s'immobilisa, en proie à une terreur pure comme de l'eau.

— Au début, nous avons songé à plusieurs façons de brouiller les pistes. Mais moi, j'ai tout de suite pensé à Julian. C'était une erreur, en fin de compte. Avec quelqu'un comme Julian, c'est toujours donnant-donnant. En échange de sa salive et de son sang, il a voulu savoir pourquoi nous en avions besoin. Mais ses exigences ne se sont pas arrêtées là. Il a fallu que je lui promette autre chose. Et c'est là que vous intervenez, Diane…

— C'est absurde. Beaucoup de gens me connaissent en Suisse. Personne ne croira une histoire pareille.

— Mais ce n'est pas la police suisse qui va mener l'enquête. Et puis, tout le monde sait que cet endroit peut être très *perturbant* pour des psychés fragiles. Le Dr Wargnier avait un doute vous concernant. Il discernait dans votre voix et dans vos mails une « vulnérabilité ». Je ne manquerai pas de le faire remarquer à la police, le moment venu – qui ne manquera pas à son tour d'interroger Wargnier. Et ce n'est pas Xavier, qui ne voulait pas de votre présence ici, qui me contredira. Vous voyez : cela fait beaucoup de témoignages contre vous, en fin de compte… Vous n'auriez pas dû vous mettre en travers de mon chemin, Diane. J'étais décidée à vous laisser la vie sauve. Vous auriez juste passé quelques années en prison.

— Mais vous ne pouvez pas me faire porter le chapeau pour l'ADN, hasarda Diane en désespoir de cause.

— C'est vrai. C'est pourquoi nous avons prévu un autre candidat pour ça. Nous versons depuis plusieurs mois de l'argent à M. Monde. En échange, il ferme les yeux sur mes allées et venues dans l'unité A et sur mes petites combines avec Hirtmann. Seulement, cet argent va se retourner contre lui quand la police va découvrir que les versements ont été effectués de Suisse et quand on découvrira chez lui une seringue contenant encore des traces du sang de Julian.

— Vous allez le tuer, lui aussi ? demanda Diane avec une sensation de vertige et de chute dans un puits sans fond.

— À votre avis ? Vous croyez que j'ai envie de passer le restant de mes jours en prison ? Allons-y, ajouta Lisa. Assez perdu de temps.

27.

— Vous m'attendiez ?

Cathy d'Humières eut un sursaut en entendant la voix. Elle se retourna vers la porte. Son regard s'attarda longuement sur Servaz avant de se déplacer vers Ziegler et Maillard puis de revenir sur lui.

— Juste ciel ! Qu'est-ce qui vous est arrivé ?

Il y avait une photo sous verre près de la porte. Servaz y surprit son reflet : des cernes noirs, des yeux injectés et hagards.

— Explique-leur, dit-il à Ziegler en se laissant tomber sur une chaise – car le sol tanguait encore un peu.

Irène Ziegler raconta ce qui venait de se passer. D'Humières, Confiant et les deux masques de cire de la gendarmerie écoutèrent en silence. C'était le procureur qui avait décidé d'élargir la gendarme juste après l'appel d'Espérandieu. Et l'intuition de Ziegler que Servaz se trouvait chez son mentor l'avait sauvé. Ça et le fait qu'il n'y avait que cinq minutes en voiture entre la gendarmerie et le moulin.

— Saint-Cyr ! lâcha d'Humières en secouant la tête. Je n'arrive pas à y croire !

Servaz était en train de dissoudre une aspirine effervescente dans un verre d'eau. Tout à coup, les brumes dans son cerveau finirent de se dissiper et il revit la scène du moulin dans son intégralité. Il écarquilla ses yeux rouges en les regardant.

— MERDE ! rugit-il. Pendant que j'étais dans le cirage, Saint-Cyr a appelé cette... Lisa à l'Institut... Pour lui dire que la psy n'avait parlé à personne d'autre qu'à moi... qu'il avait la situation bien en main... Juste avant qu'il essaie de me...

La proc pâlit.

— Ça veut dire que cette fille est en danger ! Maillard, vous avez toujours une équipe là-haut qui surveille l'Institut ? Dites à vos hommes d'intervenir, tout de suite !

Cathy d'Humières sortit son téléphone et composa un numéro. Elle le referma au bout de quelques secondes.

— Le Dr Xavier ne répond pas.

— Il faut interroger Lombard, dit Servaz péniblement. Et le mettre en garde à vue. Reste à savoir comment s'y prendre. Il peut être n'importe où : à Paris, à New York, dans un îlot quelconque lui appartenant ou ici – mais je doute qu'on nous le dise spontanément.

— Il est ici, dit Confiant.

Tous les regards se tournèrent vers lui.

— Avant de venir, je me suis rendu au château à sa demande pour l'informer des dernières avancées de l'enquête. Juste avant que votre adjoint n'appelle, dit-il à Servaz. Je n'ai pas eu... hum... le temps d'en parler. Trop de choses se sont passées ensuite...

Servaz se demanda combien de fois depuis le début de l'enquête le jeune juge s'était rendu au château.

— On parlera de ça plus tard, dit d'Humières d'un ton sévère. Toutes les routes de la vallée sont barrées ?

Fort bien. Nous allons contacter la direction de la police. Je veux une perquisition au domicile parisien de Lombard au moment même où nous perquisitionnerons le château. Le dispositif doit être parfaitement coordonné. Et discret. Seules les personnes absolument nécessaires seront mises dans la confidence. Il a eu tort de s'en prendre à l'un de mes hommes, ajouta-t-elle en regardant Servaz. Lombard ou pas, il a franchi une limite. Et quiconque la franchit a affaire à moi. (Elle se leva.) Il faut que j'appelle la chancellerie. Nous avons très peu de temps pour mettre le dispositif en place et régler les détails. Ensuite, nous passerons à l'action. Il n'y a pas une minute à perdre.

Une discussion s'engagea instantanément autour de la table. Tout le monde n'était pas de cet avis. Les gradés de la gendarmerie tergiversaient : Lombard, c'était un gros poisson. Il y avait des carrières en jeu, des questions hiérarchiques, des aspects collatéraux…

— Comment Vincent a-t-il su que Lombard n'était pas aux États-Unis ? demanda Servaz.

Ziegler le lui dit. Ils avaient eu de la chance. À la suite d'une dénonciation anonyme, la brigade financière de Paris vérifiait les comptabilités d'un certain nombre de filiales du groupe. Apparemment, un gros scandale se préparait. Quelques jours plus tôt, alors qu'ils examinaient les livres de comptes de Lombard Média, ils étaient tombés sur une nouvelle irrégularité : un virement de 135 000 dollars de Lombard Média vers une société de production de reportages télé et des factures. Après vérification automatique auprès de la société de production, il s'était avéré que ce reportage n'avait jamais été tourné et que les factures étaient bidons. Certes, cette société de production travaillait régulièrement pour Lombard Média mais, en l'occurrence, aucun reportage correspondant à cette somme ne leur avait été commandé. La brigade financière s'était alors demandé à quoi correspondait cette somme et surtout pourquoi on avait cherché à la dissimuler. Un pot-de-vin ? Un détournement de fonds ? Ils avaient obtenu une nouvelle commission rogatoire, cette fois pour la banque qui avait effectué le virement, et demandé qu'on leur communique le vrai bénéficiaire. Malheureusement, les auteurs de cette manipulation avaient pris toutes leurs précautions : la somme avait été virée en quelques heures vers un compte à Londres, de là vers un autre compte aux Bahamas, puis vers un troisième compte dans les Caraïbes… Ensuite, on perdait sa trace. Dans quel but ? 135 000 dollars, c'était à la fois une somme rondelette et une goutte d'eau pour l'empire Lombard. Ils avaient alors convoqué le président exécutif de Lombard Média et l'avaient menacé de l'inculper pour faux en écriture. L'homme avait pris peur et avait fini par lâcher le morceau : ce faux avait été effectué à la demande d'Éric Lombard lui-même, dans l'urgence. Il avait aussi juré qu'il ignorait à quoi cette somme était destinée. Comme Vincent avait demandé à la brigade financière de lui signaler toute irrégularité ayant eu lieu dans une période récente, son contact à la financière lui avait transmis l'information, bien qu'elle n'eût en apparence rien à voir avec la mort d'un cheval.

— Quel rapport, en effet ? demanda l'un des hauts pontes de la gendarmerie.

— Eh bien, dit Ziegler, le lieutenant Espérandieu a pensé à quelque chose. Il a téléphoné à une compagnie aérienne affrétant des jets pour de riches hommes d'affaires et il s'est avéré qu'une telle somme pourrait parfaitement correspondre à un vol transatlantique aller-retour effectué à bord d'un jet privé.

— Éric Lombard a ses propres avions et ses propres pilotes, objecta le gradé. Pourquoi irait-il se servir d'une autre compagnie ?

— Pour que ce vol ne laisse aucune trace, pour qu'il n'apparaisse nulle part dans les comptabilités du groupe, répondit Ziegler. Restait à dissimuler la dépense elle-même.

— D'où le reportage bidon, intervint d'Humières.

— Exactement.

— Intéressant, dit le gradé. Mais ce ne sont que des supputations.

— Pas vraiment. Le lieutenant Espérandieu s'est dit que si Éric Lombard était rentré secrètement des États-Unis la nuit où le cheval est mort, il avait dû atterrir pas trop loin d'ici. Il a donc appelé les différents aérodromes de la zone, en commençant par le plus proche et en s'éloignant progressivement : Tarbes, Pau, Biarritz... Au troisième, bingo : un jet privé d'une compagnie aérienne américaine a bien atterri à Biarritz-Bayonne le soir du mardi 9 décembre. À en croire les informations dont nous disposons, Éric Lombard est entré sur le territoire sous un faux nom et avec de faux papiers. Personne ne l'a vu. L'avion est resté une douzaine d'heures et est reparti au petit matin. Bien assez pour effectuer le trajet Bayonne-Saint-Martin en voiture, se rendre au centre équestre, tuer Freedom, l'accrocher en haut du téléphérique et repartir.

Tout le monde fixait la gendarme intensément à présent.

— Et ce n'est pas fini, dit-elle. L'aéroport de Biarritz a gardé trace de la compagnie aérienne américaine dans son registre des vols de nuit et dans l'imprimé des mouvements de l'aéroport. Vincent Espérandieu a fait alors appel à un de ses contacts à Interpol, lequel a contacté le FBI américain. Ils ont rendu visite au pilote aujourd'hui. Il a formellement reconnu Éric Lombard. Et il est prêt à témoigner.

Ziegler tourna son regard vers Servaz.

— Lombard est peut-être déjà au courant de nos intentions, dit-elle. Il a probablement ses propres contacts au FBI ou au ministère de l'Intérieur.

Servaz leva la main.

— J'ai deux de mes hommes qui montent la garde devant le château depuis le début de la soirée, les prévint-il. Depuis que j'ai commencé à soupçonner ce qui se passait. Si M. le juge a raison, Lombard est toujours là-dedans. Où est Vincent, à propos ?

— Il arrive. Il sera là dans quelques minutes, répondit Ziegler.

Servaz se leva, ses jambes le portaient à peine.

— Ta place est dans une unité antipoison, intervint Ziegler. Tu n'es pas en état de participer à une intervention. Il te faut un lavage d'estomac et une surveillance médicale. On ne sait même pas quelle drogue Saint-Cyr t'a fait avaler.

— J'irai à l'hôpital quand tout sera terminé. Cette enquête est aussi la mienne. Je resterai en retrait, ajouta-t-il. Sauf si Lombard accepte de nous laisser entrer sans faire de difficultés – ce qui m'étonnerait.

— À supposer qu'il soit encore là-bas, fit observer d'Humières.

— Quelque chose me dit qu'il y est.

Hirtmann écoutait le vent cribler la fenêtre de ses petits flocons glacés. Une vraie tempête de neige, se dit-il en souriant. Ce soir, assis à la tête du lit, il se posait la question de savoir ce qu'il ferait en premier si un jour il recouvrait la liberté. C'était une hypothèse qu'il envisageait régulièrement et, à chaque fois, elle l'entraînait dans de longues et délicieuses rêveries.

Dans un de ses scénarios préférés, il récupérait l'argent et les papiers qu'il avait cachés dans un cimetière savoyard, près de la frontière suisse. Détail amusant : l'argent, cent mille francs suisses en coupures de cent et deux cents, et les faux papiers se trouvaient enfermés dans une boîte isotherme étanche, elle-même planquée dans le cercueil où reposait la mère d'une de ses victimes – cercueil et cimetière dont lui avait parlé sa victime avant qu'il la tue. Avec cet argent, il réglerait les honoraires d'un chirurgien esthétique varois qui avait autrefois honoré de sa présence ses « soirées genevoises » – Hirtmann détenait dans une autre cachette quelques vidéos accablantes pour la réputation du praticien, qu'il avait eu la présence d'esprit d'épargner au cours de son procès. Pendant qu'il attendrait, la tête bandée, dans la clinique du bon docteur, dans une chambre à mille euros dont les fenêtres donnaient sur la Méditerranée, il exigerait une chaîne haute-fidélité pour écouter son cher Mahler et la présence nocturne d'une *call-girl* spécialisée.

Tout à coup, son sourire rêveur disparut. Il porta une main à son front en grimaçant. CE PUTAIN DE TRAITEMENT LUI DONNAIT D'AFFREUSES MIGRAINES. Ce crétin de Xavier et TOUS CES CONNARDS DE PSYS... Arghhhh !! Tous les mêmes avec leur religion de charlatans !

Il sentit la colère le gagner. La fureur se fraya un chemin à travers son cerveau, déconnectant petit à petit toute pensée rationnelle pour n'être plus qu'un nuage d'encre noire se répandant dans l'océan de ses pensées, une murène avide jaillissant de son trou et dévorant sa lucidité. Il eut envie de donner un coup de poing dans le mur – ou de faire mal à quelqu'un. Il grinça des dents et roula de la tête dans tous les sens en gémissant et en geignant comme un chat qu'on ébouillante, puis il se calma enfin. Il avait un mal fou à se contrôler parfois – mais il y était parvenu à force de discipline. Au cours de ses différents séjours en hôpitaux psychiatriques, il avait passé des mois à lire les livres de ces imbéciles de psychiatres, il avait appris leurs petits trucs de prestidigitateurs mentaux, leurs combines d'illusionnistes, il avait répété et répété et répété au fond de sa cellule comme seul un obsessionnel est capable de le faire. Il connaissait leur principale faiblesse : il n'existait pas un seul psy au monde qui n'eût une haute opinion de lui-même. Il y en avait pourtant un qui avait deviné son petit manège et qui lui avait retiré ses livres. Un parmi les dizaines qu'il avait rencontrés.

Tout à coup, un son strident lui vrilla les oreilles. Il se redressa sur son séant. La sirène venue du couloir était assourdissante. Elle envoyait des flèches sonores déchirantes qui lui faisaient mal aux tympans, augmentant sa migraine.

Il eut à peine le temps de s'interroger sur ce qui se passait que la lumière s'éteignit. Il se retrouva assis dans une semi-obscurité trouée par la clarté grise de la fenêtre et par une lueur orangée qui transperçait le hublot de la porte par intermittence. *L'alarme incendie !*

Son cœur monta à cent soixante pulsations par minute. Un incendie dans l'Institut ! C'était peut-être l'occasion ou jamais…

Soudain, la porte de sa cellule s'ouvrit et Lisa Ferney entra d'un pas pressé, sa silhouette découpée en ombre chinoise par la violente lueur orange et tournoyante qui pénétrait par la porte.

Elle avait un coupe-vent en polaire, une blouse et un pantalon blancs et une paire de chaussures montantes à la main. Elle les lui lança.

— Habille-toi. Vite !

Elle déposa aussi un masque de protection antifumée avec filtre facial et lunettes en Plexiglas sur la table.

— Mets aussi ça. Dépêche-toi !

— Qu'est-ce qui se passe dehors ? dit-il en enfilant les vêtements à la hâte. Les choses tournent mal ? Vous avez besoin de quelqu'un pour faire diversion, c'est ça ?

— Tu n'y as jamais cru, pas vrai ? dit-elle en souriant. Tu as fait ça parce que ça t'amusait. Tu pensais que je ne remplirais pas ma part du contrat. (Elle le fixa sans ciller ; Lisa était une des rares personnes qui en étaient capables.) Qu'est-ce que tu avais prévu pour moi, Julian ? Pour me punir ?

Elle jeta un coup d'œil par la fenêtre.

— Accélère ! dit-elle. On n'a pas toute la nuit.

— Où sont les gardes ?

— J'ai neutralisé M. Monde. Les autres courent un peu partout pour empêcher les pensionnaires de prendre la poudre d'escampette. L'incendie a désactivé les systèmes de sécurité. Cette nuit, c'est portes ouvertes. Dépêche-toi ! Il y a une équipe de gendarmes en bas ; l'incendie et les autres pensionnaires vont les occuper un moment.

Il passa le masque sur son visage puis les sangles derrière sa tête. Lisa fut satisfaite du résultat. Avec sa blouse, son masque et le manque d'éclairage, il était presque méconnaissable – à part la taille…

— Descends l'escalier droit jusqu'aux sous-sols. (Elle lui tendit une petite clef.) Une fois en bas, tu n'as qu'à suivre les flèches peintes sur les murs, ça te mènera tout droit jusqu'à une sortie dérobée. J'ai rempli ma part du marché. À toi maintenant de remplir la tienne.

— Ma part du marché ? (Sa voix résonna d'une manière bizarre dans le masque.)

Elle sortit une arme de sa poche et la lui tendit.

— Tu trouveras Diane Berg dans les sous-sols, attachée. Emmène-la avec toi. Et tue-la. Abandonne-la quelque part là-dehors et disparais.

Dès qu'il fut sorti dans le couloir, il sentit l'odeur de la fumée. Les flashes aveuglants de l'alarme incendie lui cisaillèrent les nerfs optiques et le hurlement de la sirène toute proche lui déchira les tympans. Le couloir était désert, toutes les portes ouvertes. En passant devant, Hirtmann constata que les cellules étaient vides.

M. Monde gisait sur le sol de la cage vitrée, une vilaine plaie derrière la tête. Du sang sur le sol... Beaucoup de sang... Ils franchirent le sas béant et, cette fois, ils virent la fumée qui montait de l'escalier.

— Il faut faire vite ! dit Lisa Ferney avec un début de panique dans la voix.

La lueur de l'alarme incendiait ses longs cheveux châtains et peignait son visage d'une grotesque couleur orange, creusant l'ombre de ses arcades sourcilières et de son nez, soulignant sa mâchoire carrée, lui conférant un caractère un peu masculin.

Ils dévalèrent les marches. La fumée était de plus en plus dense. Lisa toussa. Parvenue au rez-de-chaussée, elle s'arrêta et lui montra la dernière volée de marches vers le sous-sol.

— *Frappe-moi*, dit-elle.

— Quoi ?

— Cogne ! Donne-moi un coup de poing ! Sur le nez. Vite !

Il n'hésita qu'une seconde. Elle partit en arrière quand le poing la heurta. Elle poussa un cri et porta les mains à son visage. Il contempla une seconde avec satisfaction le sang qui jaillissait puis il disparut.

Elle le regarda s'enfoncer dans la fumée. La douleur était forte mais surtout elle était inquiète. Elle avait vu les gendarmes en planque dans la montagne prendre la direction de l'Institut avant même qu'elle ait déclenché l'incendie. Que faisaient-ils ici si ce flic était mort, et Diane toujours ligotée et inanimée en bas ?

Quelque chose ne s'était pas passé comme prévu...

Elle se releva. Elle avait du sang sur sa blouse et sur son menton. Elle se dirigea en titubant vers l'entrée de l'Institut.

Servaz se tenait devant les grilles du château. Étaient aussi présents Maillard, Ziegler, Confiant, Cathy d'Humières, Espérandieu, Samira, Pujol et Simeoni. Derrière eux, trois fourgons de gendarmerie. Des hommes en armes à l'intérieur. Servaz avait sonné deux fois. En vain.

— Alors ? dit Cathy d'Humières en battant dans ses mains gantées pour se réchauffer.

675

— Pas de réponse.

Ils avaient tellement piétiné la neige devant le portail que les empreintes de pas se croisaient et se chevauchaient.

— Il est impossible qu'il n'y ait personne, dit Ziegler. Même si Lombard n'est pas là, il y a toujours des gardiens et du personnel au château. Ça veut dire qu'ils refusent de répondre.

Leurs souffles se matérialisaient en buée blanche ; le vent qui soufflait en tempête la dispersait rapidement.

La procureur consulta sa montre en or. 0 h 36.

— Tout le monde est en place ? demanda-t-elle.

Dans moins de cinq minutes, la perquisition allait débuter dans un appartement du VIIIe arrondissement de Paris proche de l'Étoile. Deux civils frigorifiés battaient la semelle dans un coin : le Dr Castaing et maître Gamelin, le notaire, requis en tant que témoins neutres en cas d'absence du propriétaire des lieux. Comme il s'agissait d'une perquisition de nuit, la proc avait également fait valoir qu'il y avait urgence et risque de disparition de preuves et estimé le flagrant délit constitué après la tentative d'assassinat de Saint-Cyr sur Servaz.

— Maillard, demandez à Paris s'ils sont prêts. Martin, comment vous sentez-vous ? Vous avez l'air épuisé. Vous pourriez peut-être attendre ici, non ? Et laisser au capitaine Ziegler la direction des opérations. Elle s'en tirera très bien.

Maillard fila vers un des fourgons. Servaz observait Cathy d'Humières en souriant. Ses cheveux teints en blond et son écharpe tourbillonnaient dans la tempête. Apparemment, la colère et l'indignation l'avaient emporté sur son sens de la carrière.

— Ça va aller, dit-il.

Des éclats de voix leur parvinrent de l'intérieur du fourgon. Maillard s'emportait :

— Puisque je vous dis qu'on ne peut pas ! Quoi ? Où ça ?... Oui, JE LES PRÉVIENS TOUT DE SUITE !

— Qu'est-ce qui se passe ? demanda d'Humières en le voyant rappliquer ventre à terre.

— Un incendie à l'Institut ! C'est la panique là-bas ! Nos hommes sont sur place, avec les gardes ils essaient d'empêcher les pensionnaires de se tirer ! Tous les systèmes de sécurité sont désactivés ! Nous devons envoyer toutes nos forces là-bas, de toute urgence.

Servaz réfléchit. *Ça ne pouvait être un hasard...*

— C'est une diversion, dit-il.

Cathy d'Humières le regarda gravement.

— Je sais. (Elle se tourna vers Maillard.) Qu'est-ce qu'ils vous ont dit exactement ?

— Que l'Institut est en train de brûler. Tous ses pensionnaires sont dehors, sous la surveillance de quelques gardes et de notre équipe là-haut. La situation peut dégénérer d'une minute à l'autre. Apparemment, plusieurs en ont déjà profité pour filer. Ils essaient de les rattraper.

Servaz pâlit.

— Les pensionnaires de l'unité A ?

— Je ne sais pas.

— Avec cette neige et ce froid, ils n'iront pas loin.

— Désolé, Martin, mais il y a urgence, trancha d'Humières. Je vous laisse votre équipe mais j'envoie le maximum d'hommes là-bas. Et je demande des renforts.

Servaz regarda Ziegler.

— Laissez-moi aussi le capitaine, dit-il.

— Vous voulez rentrer là-dedans sans soutien ? Il y a peut-être des hommes armés.

— Ou bien personne…

— Je vais avec le commandant Servaz, intervint Ziegler. Je ne crois pas qu'il y ait un quelconque danger. Lombard est un assassin, pas un gangster.

D'Humières regarda les membres de la brigade à tour de rôle.

— Très bien. Confiant, vous restez avec eux. Mais pas d'imprudences. À la moindre alerte, vous attendez les renforts, c'est compris ?

— Vous restez en retrait, dit Servaz à Confiant. Je vous appellerai pour la perquise dès que la voie sera libre. Nous n'entrerons que s'il n'y a pas de danger.

Confiant hocha la tête d'un air sombre, Cathy d'Humières regarda une nouvelle fois sa montre.

— Bon, on file à l'Institut, dit-elle en se dirigeant vers sa voiture.

Ils regardèrent Maillard et les autres gendarmes remonter dans les fourgons. Une minute plus tard, ils étaient partis.

Le gendarme qui surveillait la sortie de secours côté sous-sols mit la main sur son arme lorsque la porte métallique s'ouvrit. Il vit un homme de haute taille, vêtu d'une blouse d'infirmier, un masque pourvu d'un filtre à air sur le visage, grimper les marches en portant une femme inanimée dans ses bras.

— Elle a fait un malaise, dit l'homme à travers le masque. La fumée… Vous avez un véhicule ? Une ambulance ? Il faut qu'elle voie un médecin. Vite !

Le gendarme hésita. La plupart des pensionnaires et des gardes étaient rassemblés de l'autre côté du bâtiment. Il ignorait s'il y avait un médecin parmi eux. Et il avait ordre de surveiller cette issue.

— Il faut faire vite, insista l'homme. J'ai déjà essayé de la ranimer. Chaque minute compte ! Vous avez une voiture, oui ou non ?

La voix de l'homme était grave, caverneuse et pleine d'autorité dans le masque.

— Je vais chercher quelqu'un, dit le gendarme avant de partir en courant.

Une voiture se présenta une minute plus tard sur le terre-plein. Le gendarme en descendit côté passager, le chauffeur – un autre gendarme – fit signe à Hirtmann de monter à l'arrière. Dès que celui-ci eut installé Diane sur la banquette, la voiture redémarra. Ils contournèrent le bâtiment et le Suisse aperçut des visages familiers – pensionnaires et personnel – massés à l'écart de l'incendie. Les flammes dévoraient déjà une bonne partie de l'Institut. Des pompiers étaient en train de dérouler une lance à incendie d'un camion rouge qui semblait flambant neuf. Une autre était déjà en action. Bien trop tard. Cela ne suffirait pas à sauver les bâtiments. Devant l'entrée, des ambulanciers dépliaient une civière roulante après l'avoir extraite par le hayon d'une ambulance.

Tandis que les bâtiments en feu s'éloignaient derrière eux, Hirtmann contempla la nuque du chauffeur à travers le masque en palpant le métal froid de l'arme dans sa poche.

— Comment fait-on pour franchir ces grilles ?

Servaz les examina. Le fer forgé avait l'air robuste, seul un véhicule-bélier aurait pu en venir à bout. Il se retourna vers Ziegler. Elle désigna le lierre qui colonisait l'un des piliers.

— Par là.

En plein sous l'œil de la caméra, se dit-il.

— Est-ce qu'on sait combien ils sont là-dedans ? demanda Samira.

Elle était en train de vérifier le magasin de son arme.

— Peut-être qu'il n'y a personne, qu'ils ont tous filé, dit Ziegler.

— Ou bien ils sont dix, vingt ou trente, dit Espérandieu.

Il sortit son Sig Sauer et un chargeur tout neuf.

— Dans ce cas, il faut espérer qu'ils soient respectueux des lois, plaisanta Samira. Des assassins qui se font la belle en même temps dans deux endroits différents : c'est une situation inédite.

— Rien ne prouve que Lombard a eu le temps de se faire la belle, répondit Servaz. Il est sans doute là-dedans. C'est pour ça qu'il aimerait nous voir tous filer à l'Institut.

Confiant ne disait rien. Il observait Servaz d'un air sinistre. Ils virent Ziegler empoigner le lierre et s'élancer sans attendre à l'assaut du pilier, s'agripper à la caméra de surveillance, se rétablir au sommet et se laisser retomber de l'autre côté. Servaz fit signe à Pujol et Simeoni de monter la garde avec le jeune juge. Puis il respira un bon coup et imita la gendarme, avec plus de difficulté toutefois, gêné de surcroît par le gilet pare-balles sous son pull. Espérandieu fermait la marche.

Servaz sentit une douleur fulgurante quand il se réceptionna. Il poussa un petit cri. Lorsqu'il voulut faire un pas, il ressentit de nouveau la douleur. Il s'était tordu la cheville !

— Ça ne va pas ?

— C'est bon, répondit-il sèchement.

À l'appui de ses dires, il se mit en marche en claudiquant. La douleur à chaque pas. Il serra les dents. Il vérifia qu'il n'avait pas oublié son arme, pour une fois.

— Elle est chargée ? demanda Ziegler à côté de lui. Fais monter une balle dans le canon. *Maintenant.* Et garde-la en main.

Il avala sa salive. La remarque de la gendarme lui avait mis les nerfs à fleur de peau.

Il était 1 h 05.

Servaz alluma une cigarette et contempla le château au bout de la longue allée asphaltée encadrée de chênes centenaires. La façade et les pelouses blanches étaient illuminées. Les animaux en topiaire également. De petits projecteurs qui brillaient dans la neige. Quelques fenêtres étaient allumées au niveau du corps central. *Comme si on les attendait...*

À part ça, rien ne bougeait. Pas un mouvement derrière les fenêtres. Ils avaient atteint le bout du chemin, se dit-il. Un château... Comme dans les contes de fées. Un conte de fées pour adultes...

Il est là-dedans. Il n'est pas parti, c'est ici que tout va se jouer.

C'était écrit. Depuis le début.

Sous cet éclairage artificiel, le château revêtait un aspect fantasmagorique. Il avait vraiment fière allure avec sa façade blanche. Encore une fois, Servaz pensa à ce qu'avait dit Propp.

« *Cherchez le blanc.* »
Comment n'y avait-il pas pensé plus tôt ?

— Arrêtez-vous.
Le chauffeur tourna légèrement la tête vers l'arrière sans quitter la route des yeux.
— Pardon ?
Hirtmann posa le métal froid du silencieux sur la nuque du gendarme.
— Stop, dit-il.
L'homme ralentit. Hirtmann attendit que la voiture fût immobilisée puis il tira. Le crâne de l'homme explosa et une purée de sang, d'os et de cervelle éclaboussa l'angle supérieur gauche du pare-brise avant que l'homme ne s'effondre sur le volant. Une âcre odeur de poudre emplit l'habitacle. De longues coulures brunes se mirent à dégouliner sur le pare-brise et Hirtmann se dit qu'il allait devoir nettoyer avant de repartir.
Le Suisse se tourna vers Diane : elle dormait encore. Il ôta son masque, ouvrit la portière et sortit dans le blizzard puis il ouvrit la portière côté chauffeur et tira l'homme dehors. Il abandonna le corps dans la neige et fouilla les portières pour y trouver un chiffon. Hirtmann essuya tant bien que mal la buée sanglante puis retourna à l'arrière attraper Diane par les aisselles. Elle était molle, mais il sentit qu'elle ne tarderait pas à sortir des brumes du chloroforme. Il l'installa sur le siège passager, boucla sa ceinture serré puis retourna se mettre au volant, l'arme entre les cuisses. Dans la neige et la nuit froide, le corps encore chaud du gendarme se mit à fumer comme s'il était en train de se consumer.

Au bout de la longue allée bordée de chênes, à la lisière de la grande esplanade semi-circulaire qui précédait le château, Ziegler s'arrêta. Le vent était glacial. Ils étaient frigorifiés. Les grands animaux en topiaire, les parterres de fleurs recouverts de neige comme des confiseries, la façade blanche... *Tout semblait si irréel.*

Et calme. Un calme trompeur, songea Servaz, tous les sens en éveil.

À l'abri du vent, derrière le tronc du dernier chêne, Ziegler tendit un talkie-walkie à Servaz et un autre à Espérandieu. Elle donna ses instructions avec autorité :

— On se sépare. Deux équipes. Une à droite, une à gauche. Dès que vous serez en position pour nous couvrir, on entre (elle désigna Samira). En cas d'opposition, on se replie et on attend l'unité d'intervention.

Samira acquiesça et elles traversèrent rapidement l'allée centrale en direction de la seconde rangée d'arbres, entre lesquels elles disparurent. Sans lui laisser le temps de réagir. Servaz regarda Espérandieu qui haussa les épaules. Ils se glissèrent à leur tour entre les arbres, dans l'autre sens, pour faire le tour de l'esplanade semi-circulaire. Tout en progressant, Servaz ne quittait pas la façade des yeux.

Soudain, il eut un tressaillement.

Un mouvement... Il lui avait semblé voir une ombre bouger derrière une fenêtre.

Le talkie-walkie grésilla.

— Vous êtes en position ?

La voix de Ziegler. Il hésita. Avait-il vu quelque chose, oui ou non ?

— J'ai peut-être vu quelqu'un à l'étage, dit-il. Je n'en suis pas sûr.

— OK, on y va de toute façon. Couvrez-nous.

L'espace d'un court instant, il faillit lui dire d'attendre.

Trop tard. Elles se glissaient déjà entre les parterres enneigés, courant sur le gravier. Au moment où elles passaient entre les deux grands lions en topiaire, Servaz sentit son sang se figer : une fenêtre venait de s'ouvrir au premier étage. Il aperçut une arme au bout d'un bras tendu ! Sans hésiter, il visa et tira. À sa grande surprise, un carreau vola en éclats. Mais pas à la bonne fenêtre ! L'ombre disparut.

— Qu'est-ce qui se passe ? lança Ziegler dans le talkie-walkie.

Il la vit qui s'abritait derrière un des animaux géants. Pas vraiment une protection. Une seule rafale à travers l'arbuste et elle resterait sur le carreau.

— Attention ! cria-t-il. Il y a au moins un type armé là-dedans ! Il allait vous tirer dessus !

Elle fit un signe à Samira et elles s'élancèrent vers la façade. Elles disparurent à l'intérieur. *Bon Dieu !* Chacune des deux avait plus de testostérone qu'Espérandieu et lui réunis !

— À vous, lança Ziegler dans l'appareil.

Servaz grogna. Ils auraient dû rebrousser chemin. Et attendre les renforts. Il s'élança néanmoins, suivi d'Espérandieu. Ils couraient vers l'entrée du château quand plusieurs détonations retentirent à l'intérieur. Ils gravirent les marches du perron trois par trois et s'engouffrèrent par la grande porte ouverte. Ziegler était en train de faire feu vers le fond, planquée derrière une statue. Samira était au sol.

— Qu'est-ce qui s'est passé ? gueula Servaz.

— On nous a tiré dessus !

Servaz considéra avec défiance l'enfilade des salons obscurs. Ziegler se pencha sur Samira. Une plaie à la jambe. Elle saignait abondamment. Elle avait laissé une longue traînée sanglante sur le marbre du sol. La balle avait lacéré la cuisse, sans toucher l'artère fémorale. Allongée sur le sol, Samira appliquait déjà sa main gantée sur la plaie pour stopper le saignement. Il n'y avait rien d'autre à faire en attendant les secours. Ziegler sortit son talkie-walkie pour réclamer une ambulance.

— On ne bouge plus ! décréta Servaz quand elle eut terminé. On attend les renforts !

— Ils n'arriveront pas avant une bonne heure !

— Tant pis !

Elle hocha la tête.

— Je vais te faire un pansement compressif, dit-elle à Samira. On ne sait jamais : tu pourrais avoir besoin de te servir de ton calibre.

En quelques secondes, à l'aide d'une bande sortie de sa poche et d'un paquet de mouchoirs en papier laissés dans leur emballage, elle confectionna un pansement compressif, en serrant suffisamment fort pour arrêter le saignement. Servaz savait qu'une fois le saignement stoppé le blessé pouvait rester ainsi sans véritable danger pour son intégrité physique. Il attrapa son talkie-walkie.

— Pujol, Simeoni, vous rappliquez !

— Qu'est-ce qui se passe ? demanda Pujol.

— On a essuyé des coups de feu. Samira est blessée. On a besoin de soutien, on est dans le hall du château. Situation dégagée.

— Bien reçu.

Il tourna la tête – et sursauta.

Plusieurs têtes d'animaux empaillées le regardaient depuis les murs du hall. Ours. Isard. Cerf. L'une d'elles lui était familière. *Freedom... Le cheval le fixait de ses yeux d'or.*

Soudain, il vit Irène se lever et s'élancer vers les profondeurs de la bâtisse. *Merde !*

— Tu restes avec elle ! lança-t-il à son adjoint en s'élançant à son tour.

Diane avait l'impression d'avoir dormi des heures. En ouvrant les yeux, elle discerna d'abord la route qui défilait à travers le pare-brise, dans la lueur des phares, et les flocons qui se précipitaient par milliers à leur rencontre. Elle perçut les chapelets de messages grésillants qui montaient du tableau de bord, légèrement sur sa gauche.

Puis elle tourna la tête et elle le vit.

Elle ne se demanda pas si elle rêvait. Elle savait que ce n'était malheureusement pas le cas.

Il remarqua qu'elle s'était réveillée et il attrapa l'arme entre ses cuisses. Tout en conduisant, il la braqua sur elle.

Il ne prononça pas un mot : c'était inutile.

Diane ne put s'empêcher de se demander où et quand il allait la tuer. Et de quelle façon. Allait-elle finir comme les autres, comme les dizaines d'autres jamais retrouvées – au fond d'un trou quelque part dans des bois ? À cette idée, elle sentit la terreur la paralyser. Elle était comme un animal pris au piège dans cette voiture. Cette perspective lui parut si insupportable qu'après la peur elle sentit progressivement la colère et la détermination prendre le dessus. Et une froide résolution, aussi glaciale que l'atmosphère dehors : quitte à mourir, elle ne mourrait pas en victime. Elle allait se battre, vendre chèrement sa peau. Ce salopard ne savait pas encore ce qui l'attendait. Elle devait guetter le moment le plus propice. Il y en aurait forcément un. L'important était de se tenir prête…

MAUD, MA PETITE SŒUR BIEN-AIMÉE. Dors, petite sœur. Dors. Tu es si belle quand tu dors. Si paisible. Si radieuse.

J'ai échoué, Maud. J'ai voulu te protéger, tu me faisais confiance, tu croyais en moi. J'ai échoué. Je n'ai pas réussi à te préserver du monde, petite sœur ; je n'ai pu empêcher le monde de te salir et de te blesser.

— Monsieur ! Il faut y aller ! Venez !

Éric Lombard se retourna, le bidon d'essence à la main. Otto avait une arme au bout de son bras, son autre bras pendait inerte le long de son corps ; la manche était trempée de sang.

— Attends, dit-il. Laisse-moi encore un peu, Otto. Ma petite sœur… Que lui ont-ils fait ? Que lui ont-ils fait, Otto ?

Il se retourna vers le cercueil. Autour de lui, une vaste pièce circulaire brillamment éclairée par des appliques. Tout, dans cette salle, était blanc : murs, sol, mobilier… Une estrade carrée au centre du cercle. Chacun de ses côtés était constitué de deux marches. Un grand cercueil blanc ivoire reposait dessus. Il y avait aussi deux guéridons avec des fleurs dans des vases. Les fleurs étaient blanches, les vases et les guéridons également.

Éric Lombard agita le bidon d'essence au-dessus du catafalque. Le cercueil était ouvert. À l'intérieur, allongée au creux du capiton ivoirin, Maud Lombard paraissait dormir dans sa robe blanche. Yeux clos. Souriante. Immaculée. Immortelle…

Plastination. On remplaçait les liquides biologiques par du silicone. Comme dans ces expos où on montrait de vrais cadavres parfaitement conservés. Éric Lombard fixa le jeune visage angélique, à présent ruisselant d'essence.

Ma violence s'est dressée, bâton de la méchanceté. Il ne reste rien d'eux, rien de leur grondement ; plus de répit pour eux. Le temps vient, le jour est imminent. Chacun vivra dans son crime ; ils ne pourront reprendre force. Ézéchiel, XVII, 11-14.

— Monsieur ! Est-ce que vous m'entendez ? Il faut partir !

— Regarde comme elle dort. Regarde comme elle est paisible. Elle n'a jamais été plus belle qu'en cet instant.

— Elle est morte, bon Dieu ! MORTE ! Ressaisissez-vous !

— Père nous lisait la Bible, tous les soirs, Otto. Tu t'en souviens ? L'Ancien Testament. Pas vrai, Maud ? Il nous apprenait ses leçons, il nous apprenait à faire justice nous-mêmes – à ne jamais laisser un affront ou un crime impunis.

— Réveillez-vous, monsieur ! Il faut partir !

— Mais lui-même était un homme injuste et cruel. Et lorsque Maud a commencé à sortir avec des garçons, il l'a traitée comme il avait traité sa mère. *Les rescapés s'enfuiront ; ils iront dans les montagnes, tous comme de plaintives colombes des vallées, chacun à cause de son péché. Leurs mains trembleront ; leurs genoux fondront en eau. Un frisson les saisira. Ézéchiel, VII, 16-18.*

Des détonations là-haut. Otto se retourna et s'approcha de l'escalier, l'arme brandie. Son bras blessé le faisait grimacer.

L'homme avait surgi d'un angle. Tout alla très vite. La balle passa si près que Servaz l'entendit siffler comme un frelon. Il n'eut pas le temps de réagir. Ziegler tirait déjà et il vit l'homme s'effondrer contre une statue de marbre. Son arme rebondit sur le sol avec un bruit de ferraille.

Ziegler s'approcha de l'homme, son pistolet toujours brandi. Elle se pencha sur lui. Une grosse tache rouge s'élargissait à l'épaule. Il était vivant mais en état de choc. Elle passa un message dans le talkie-walkie, puis elle se redressa.

En s'avançant à leur tour, Servaz, Pujol et Simeoni découvrirent derrière la statue une porte qui donnait sur un escalier, lequel s'enfonçait dans le sol.

— Par là, dit Pujol.

Un escalier blanc. Du marbre blanc. Un mur en hélice. De larges marches en colimaçon qui s'enfonçaient dans les entrailles de l'immense bâtisse. Ziegler descendait la première, l'arme pointée. Soudain, une détonation retentit et elle remonta en hâte se mettre à l'abri.

— Merde ! Il y a un autre tireur là en bas !

Ils la virent décrocher quelque chose de sa ceinture. Servaz sut aussitôt de quoi il s'agissait.

Otto vit l'objet noir rebondir comme une balle de tennis sur les marches en bas de l'escalier puis rouler sur le sol de la salle près de lui. Toc-toc-toc… Il comprit trop tard… *Grenade incapacitante*… Lorsque l'objet explosa, un flash aveuglant de plusieurs millions de candelas paralysa littéralement sa vision. Une épouvantable détonation suivit, secouant la salle, et une onde de choc traversa son corps et ses tympans, lui donnant l'impression que la pièce tournait autour de lui. Il perdit l'équilibre.

Le temps qu'il reprenne ses esprits et deux silhouettes apparaissaient dans son champ de vision. Il reçut un coup de pied dans la mâchoire et il lâcha son arme puis il fut retourné sur le sol et il sentit l'acier froid des menottes se refermer sur ses poignets. C'est à ce moment-là qu'il vit les flammes. Elles avaient commencé à dévorer le catafalque. Son patron avait disparu. Otto se laissa faire. Très jeune, il avait été mercenaire en Afrique sous les ordres de Bob Denard et de David Smiley, dans les années 1960. Il avait connu les atrocités des guerres postcoloniales, il avait torturé et été torturé. Puis il était entré aux ordres d'Henri Lombard, un homme aussi dur que lui, avant de servir son fils. Il en fallait beaucoup pour l'impressionner.

— Allez tous vous faire enculer, dit-il simplement.

La chaleur du brasier leur brûlait le visage. Les flammes occupaient le centre de la pièce, noircissant le haut plafond. L'atmosphère serait bientôt irrespirable.

— Pujol et Simeoni, lança Ziegler en montrant l'escalier, ramenez-le au fourgon !

Elle se tourna vers Servaz, qui contemplait l'estrade en flammes. Le feu dévorait le corps à l'intérieur du cercueil mais ils avaient eu le temps d'entrevoir le visage juvénile et les longs cheveux blonds.

— Nom de Dieu ! souffla Ziegler.

— J'ai vu sa tombe au cimetière, dit Servaz.

— Il faut croire qu'elle est vide. Comment ont-ils réussi à la conserver aussi longtemps ? En l'embaumant ?

— Non, ça ne suffirait pas. Mais Lombard a les moyens. Et il y a des techniques.

Servaz fixait le jeune visage angélique transformé en un amas de chairs brûlées, d'os et de silicone en fusion. L'impression d'irréalité était totale.

— Où est Lombard ? demanda Ziegler.

Servaz sortit de la torpeur provoquée par le spectacle des flammes dévorant le cercueil et montra du menton la petite porte ouverte de l'autre côté de la pièce. Ils firent le tour de la salle en rasant le mur circulaire pour fuir la chaleur du brasier, puis la franchirent.

Un nouvel escalier. Il remontait vers la surface. Plus étroit et moins bien entretenu que le précédent. De la pierre grise, suintante, maculée de traînées noires.

Ils débouchèrent à l'arrière du château.

Vent. Neige. Tempête. Nuit.

Ziegler s'arrêta et prêta l'oreille. Tout était silencieux. À part le vent. La pleine lune apparaissait et disparaissait derrière les nuages. Servaz scruta les ombres mouvantes de la forêt.

— Là, dit-elle.

Le triple sillon d'une motoneige dans le clair de lune. Il suivait un sentier qui creusait une trouée entre les arbres. Le plafond nuageux se referma et les sillons disparurent.

— Trop tard. Il a filé, dit Servaz.

— Je sais où mène cette piste : il y a un cirque glaciaire à deux kilomètres d'ici. La piste va jusque-là puis grimpe dans la montagne, elle franchit un col et redescend dans une autre vallée. Il y a une route qui se dirige vers l'Espagne à cet endroit.

— Pujol et Simeoni peuvent filer là-bas.

— Il leur faudra faire un détour de cinquante kilomètres. Lombard y sera avant eux ! Il y a probablement déjà une voiture qui l'attend de l'autre côté !

Elle marcha jusqu'à une petite construction adossée à la forêt : les traces de la motoneige partaient de là. Ziegler ouvrit la porte et tourna un commutateur. À l'intérieur, deux autres motoneiges, un tableau de clefs, des skis, des bottes, des casques et des combinaisons noires au mur : les bandes réfléchissantes jaunes de ces dernières accrochaient la lumière.

— Bonté divine ! s'écria Ziegler. Je serais curieuse de savoir quelle sorte de dérogation il a !

— Comment ça ?

— L'usage de ces engins est strictement réglementé, dit-elle en décrochant l'une des combinaisons.

Servaz avala sa salive en voyant Irène la passer.

— Qu'est-ce que tu fais ?

— Enfile ça !

Elle lui en montrait une deuxième et une paire de bottes. Servaz hésita. Il y avait sans doute un autre moyen... Des barrages par exemple... Mais toutes les forces de l'ordre étaient mobilisées à l'Institut... Et, une fois de l'autre côté, Lombard avait sûrement prévu la parade... Irène farfouilla dans le tableau des clefs, mit en route l'un des longs engins fuselés et le fit glisser à l'extérieur. Elle alluma le phare puis elle retourna à l'intérieur et attrapa deux casques et deux paires de gants. Servaz se débattait avec sa combinaison trop grande, gêné par son gilet pare-balles de surcroît.

— Mets ça et monte, lança-t-elle par-dessus le bruit du moteur quatre temps.

Il passa le casque rouge et blanc et eut aussitôt une sensation d'étouffement. Il rabattit la capuche de la combinaison par-dessus et sortit. Les bottes lui donnaient une démarche d'astronaute – ou de manchot.

Dehors, la tempête s'était un peu calmée. Le vent avait molli et les flocons étaient moins nombreux dans le tunnel de lumière creusé par le phare de la moto-neige. Il appuya sur le bouton de son talkie-walkie.

— Vincent ? Comment va Samira ?

— Elle est OK. Mais l'autre type est mal en point. Les ambulances seront là dans cinq minutes. Et vous ?

— Pas le temps de t'expliquer ! Reste avec elle.

Il coupa la communication, rabattit la visière de son casque et enfourcha maladroitement le siège sur-élevé derrière Ziegler. Puis il cala ses reins contre le dossier. Elle démarra aussitôt. Dans le faisceau unique, les flocons se précipitèrent vers eux comme des étoiles filantes. Les troncs blanchis d'un seul côté se mirent à défiler à grande vitesse. L'engin glissait avec aisance sur le sentier damé, en chuintant sur la neige et en grondant comme une moto de grosse cylindrée. Les nuages s'écartèrent une nouvelle fois et il vit les montagnes toutes proches au-dessus des arbres, dans le clair de lune, à travers la visière de son casque.

— Je sais à quoi vous pensez, Diane.

Sa voix éraillée et profonde la fit sursauter. Elle était plongée dans ses pensées.

— Vous vous demandez de quelle façon je vais vous tuer. Et vous cherchez désespérément une issue.

Vous guettez le moment où je vais faire une erreur. Je suis au regret de vous dire que je n'en commettrai pas. Et que, par conséquent, oui : vous allez mourir cette nuit.

À ces mots, elle sentit un froid immense descendre en elle et se répandre de sa tête à son estomac et à ses jambes. Elle crut un instant qu'elle allait s'évanouir. Elle déglutit mais une boule douloureuse obstruait sa gorge.

— Ou peut-être pas… Peut-être que je vais vous laisser la vie sauve, après tout. Je n'aime pas être manipulé. Élisabeth Ferney pourrait bien regretter de s'être servie de moi. Elle qui aime avoir toujours le dernier mot pourrait éprouver une cruelle déception, cette fois. Vous tuer me priverait de cette petite victoire : *c'est peut-être votre chance, Diane*. À vrai dire, je n'ai pas encore décidé.

Il mentait… Il avait déjà décidé. Toute son expérience de psychologue le lui criait. C'était juste un de ses petits jeux tordus, une de ses ruses : donner une lueur d'espoir à sa victime pour mieux la lui retirer ensuite. Mieux l'anéantir. Oui, c'était ça : encore un de ses plaisirs pervers. La terreur, l'espoir insensé, et puis, au dernier moment, la déception et le désespoir le plus noir.

Il se tut tout à coup, prêtant une oreille attentive aux messages qui s'échappaient de la radio. Diane tenta d'en faire autant, mais son esprit était en proie au chaos et elle fut incapable de se concentrer sur les appels grésillants.

— On dirait que nos amis gendarmes ont fort à faire là-haut, dit-il. Ils sont un peu débordés.

Diane regarda le paysage qui défilait à travers les vitres : l'étroite route était blanche mais ils roulaient à bonne allure ; le véhicule devait être équipé de pneus neige. Rien ne venait rompre la blancheur immaculée hormis les troncs sombres des arbres et quelques rochers gris qui affleuraient par-ci, par-là. Au fond, de hautes montagnes se découpaient sur le ciel nocturne et Diane apercevait une brèche entre les sommets droit devant eux. C'était peut-être par là que passait la route.

Elle le regarda encore une fois. Elle observa l'homme qui allait la tuer. Une pensée se fraya un chemin dans son esprit, aussi nette qu'une stalactite de glace dans la clarté de la lune. Il avait menti en disant qu'il ne commettrait pas d'erreur. Il voulait seulement qu'elle s'en convainque. Qu'elle abandonne toute espérance et qu'elle s'en remette à lui, dans l'espoir qu'il lui laisserait la vie sauve.

Il se trompait. Ce n'était pas ce qu'elle avait l'intention de faire...

Ils émergèrent de la forêt, filant entre deux congères glacées. Servaz aperçut l'entrée du cirque : une gorge de dimensions cyclopéennes. Il repensa à l'architecture de géants qu'il avait découverte en arrivant. Tout, ici, était démesuré. Les paysages, les passions, les crimes... Brutalement, la tempête reprit de la vigueur. Ils se retrouvèrent cernés par les flocons. Ziegler se cramponnait au guidon, arc-boutée contre le vent derrière le dérisoire abri de Plexiglas. Servaz se baissait pour profiter de la maigre protection que lui offrait sa coéquipière. Ses gants et sa combinaison ne suffisaient pas à le réchauffer. Le vent coupant traversait ses vêtements ; seul le gilet pare-balles arrêtait un peu le froid. Par moments, l'engin rebondissait à droite et à gauche contre les congères à la manière d'un bobsleigh et à plusieurs reprises il crut qu'ils allaient verser.

Bientôt, malgré les rafales, il vit qu'ils se rapprochaient de l'immense amphithéâtre creusé de gradins, strié d'éboulis et de coulées de glace. Plusieurs chutes d'eau s'étaient figées avec l'hiver, le gel les avait changées en hautes chandelles blanches collées à la paroi, ressemblant à cette distance à des coulées de cire le long d'un cierge. Lorsque la pleine lune émergea entre les nuages et illumina le site, sa beauté fut à couper le souffle. Un sentiment d'attente, de temps suspendu régnait sur ce lieu.

— Je le vois ! cria-t-il.

La forme fuselée de la motoneige escaladait la pente, de l'autre côté du cirque. Servaz crut distinguer le vague tracé d'un sentier qui se dirigeait vers une grande faille ouverte entre les parois rocheuses. L'engin était déjà à mi-hauteur. Soudain, les nuages s'ouvrirent largement et la lune surgit de nouveau, comme flottant au milieu d'un étang noir et inversé. Son lait nocturne inonda le cirque, découpant chaque détail de la roche et de la glace. Servaz leva les yeux. La silhouette venait de disparaître dans l'ombre de la falaise ; elle réapparut de l'autre côté, dans le clair de lune. Il se pencha en avant et s'accrocha tant bien que mal tandis que leur machine surpuissante mordait la pente avec aisance.

Une fois franchie la faille, ils se retrouvèrent à nouveau au milieu des sapins. Lombard avait disparu. La piste grimpait toujours en décrivant des zigzags dans la forêt, le vent soufflait en rafales soudaines, un rideau blanc et gris qui les aveuglait. Le faisceau du phare rebondissait dessus. Servaz eut l'impression qu'un dieu furibard et rugissant leur crachait son haleine glacée dans la figure. Il tremblait de froid dans sa combinaison mais il sentit aussi un filet de sueur couler entre ses omoplates.

— Où est-il ? gueula Ziegler devant lui. Merde ! Où est-il passé ?

Il devina la tension qui l'habitait, tous les muscles tendus pour maîtriser sa machine. Et la rage aussi. Lombard avait failli l'envoyer en prison à sa place. Lombard s'était servi d'eux. L'espace d'un fugitif instant, Servaz se demanda si Irène avait toute sa lucidité, si elle n'allait pas les entraîner tous les deux dans un piège mortel.

Puis la forêt s'entrouvrit. Ils franchirent un petit col et entamèrent la descente sur l'autre versant. La tempête se calma brusquement et les montagnes apparurent autour d'eux, telle une armée de géants venus assister à un duel nocturne. Et soudain, ils le virent. À une centaine de mètres en contrebas. Il avait quitté la piste et abandonné son engin dans la neige. Plié en deux, il tendait ses mains vers le sol.

— Il a un surf ! hurla Ziegler. Le salopard ! Il va nous filer entre les doigts !

Servaz vit que Lombard se tenait au sommet d'une pente très abrupte semée de gros rochers. Il se souvint de tous les articles vantant ses exploits sportifs. Il se demanda si la motoneige était capable de le suivre là-dedans et il se fit aussitôt la réflexion que Lombard n'aurait pas abandonné la sienne si tel avait été le cas. Ziegler dévalait le sentier à tombeau ouvert à présent. Elle bifurqua en suivant la trace laissée par l'engin de Lombard et Servaz crut un instant qu'ils allaient partir dans le décor. Il vit l'homme d'affaires tourner vivement la tête vers eux et lever un bras dans leur direction.

— Attention ! Il a une arme !

Il n'aurait su dire exactement ce que Ziegler avait fait mais leur engin se mit brutalement en travers et Servaz se retrouva cul par-dessus tête dans la neige. Un éclair jaillit devant eux, aussitôt suivi du fracas d'une détonation. La détonation rebondit contre la montagne, renvoyée et amplifiée par l'écho. Une deuxième la suivit. Puis une troisième… Les coups de feu et leur écho produisaient un tonnerre assourdissant. Puis les tirs cessèrent. Servaz attendit, le cœur battant, enseveli dans la poudreuse. Ziegler était couchée à côté de lui, elle avait sorti son arme mais pour une raison mystérieuse elle avait décidé de ne pas s'en servir. Le dernier écho était encore dans l'air quand un deuxième bruit sembla naître du premier, un énorme craquement…

Un bruit inconnu… Servaz était incapable de dire ce que c'était…

Encore couché dans la neige, il sentit le sol vibrer sous son ventre. Un court instant, il crut qu'il faisait un malaise. Il n'avait jamais rien entendu ni senti de pareil.

Le craquement fut suivi d'un bruit plus rauque, plus profond, plus ample et plus sourd. Et de nature tout aussi inconnue.

Le grondement, assourdi et grave, enfla – comme s'il était couché sur des rails et qu'un train approchait… Non : pas un, mais plusieurs trains à la fois.

Il se redressa et vit Lombard lever les yeux vers la montagne, immobile, comme paralysé.

Et soudain, il comprit.

Il suivit le regard terrifié de Ziegler vers le sommet de la pente sur leur droite. Elle l'attrapa par le bras pour le relever.

— Vite ! Il faut courir ! Vite !!!

Elle l'entraîna vers le sentier, enfonçant dans la neige jusqu'aux genoux. Il la suivit, lourd et emprunté dans sa combinaison et ses bottes. Il s'arrêta un instant pour se retourner et regarder Lombard à travers la visière du casque. Celui-ci avait cessé de tirer et il se débattait avec les fixations de sa planche de surf. Servaz le vit jeter un coup d'œil inquiet vers le haut de la pente. Il l'imita et ce fut comme si un poing lui tordait les entrailles. Là-haut, dans le clair de lune, un pan entier du glacier bougeait comme un géant endormi qui se réveille. La peur au ventre, Servaz se hâta et sautilla tout en battant l'air de ses bras pour aller plus vite sans quitter le glacier des yeux.

Un gigantesque nuage s'éleva et se mit à dévaler la montagne entre les sapins. *C'est fini*, pensa-t-il. *C'est fini !* Il tenta d'accélérer. Sans plus regarder ce qui se passait au-dessus de lui. L'énorme vague les heurta quelques secondes plus tard. Il fut soulevé de terre, catapulté, soufflé comme un fétu de paille. Il poussa un faible cri, aussitôt étouffé par la neige. Se retrouva emporté dans le tambour d'une machine à laver. Il ouvrit la bouche, toussa à cause de la neige, hoqueta, battit des bras et des jambes. Il suffoquait. Il se noyait. Il croisa le regard d'Irène, tête en bas, qui le fixait un peu plus loin avec une expression d'horreur absolue sur le visage. Puis elle disparut de son champ de vision. Il fut ballotté, secoué, retourné.

Il n'entendait plus rien…
Ses oreilles sifflaient…
L'air lui manquait…
Il allait mourir étouffé… enseveli…
C'EST FINI…

Diane vit l'immense nuage qui dévalait la montagne avant lui.

— Attention ! hurla-t-elle, autant pour lui faire peur et le déstabiliser qu'à cause du danger.

Hirtmann jeta un coup d'œil surpris de son côté et Diane vit ses yeux s'écarquiller de stupeur. Au moment où la déferlante de neige, de débris et de pierres parvenait à hauteur de la route et allait l'ensevelir, il donna un brusque coup de volant qui lui fit perdre le contrôle du véhicule. La tête de Diane cogna contre le montant, elle sentit l'arrière de la voiture partir en travers. Au même instant, ils furent heurtés de plein fouet par l'avalanche.

Le ciel et la terre s'inversèrent. Diane vit la route tournoyer comme un manège dans une fête foraine. Son corps fut ballotté en tous sens et sa tête heurta la vitre et le métal de la portière. Un brouillard blanc les enveloppa avec un grondement sourd, terrifiant. La voiture fit plusieurs tonneaux sur la pente en contrebas, à peine freinée par les arbustes. Diane perdit très brièvement connaissance à deux ou trois reprises, si bien que toute cette séquence lui sembla une série de flashes irréels et de brefs trous noirs. Quand la voiture s'immobilisa enfin, avec un grincement lugubre du métal, elle était hébétée mais consciente. Devant elle, le pare-brise avait volé en éclats ; le capot de la voiture était entièrement recouvert par un amas de neige ; de petits ruisseaux de neige et de cailloux coulaient sur le tableau de bord à l'intérieur de l'habitacle et tombaient sur ses jambes. Elle regarda Hirtmann. Sans ceinture de sécurité, il avait perdu connaissance. Il avait le visage en sang. *L'arme...* Diane tenta désespérément de défaire sa propre ceinture et elle y parvint difficilement. Puis elle se pencha et chercha l'arme des yeux. Elle finit par la découvrir entre les pieds du tueur, presque coincée sous les pédales. Elle dut se pencher encore plus et, avec un frémissement glacé, passer un bras entre les jambes du Suisse pour la récupérer. Elle la regarda longuement en se demandant si le cran de sûreté était mis ou ôté. *Il y avait un bon moyen de le savoir...* Elle pointa l'arme vers Hirtmann, le doigt sur la détente. Elle comprit immédiatement qu'elle n'était pas une tueuse. Quoi que ce monstre eût fait, elle était incapable de presser la détente. Elle abaissa le canon du pistolet.

Alors seulement, elle se rendit compte d'une chose : le silence.

À part le vent dans les branches défeuillées des arbres, plus rien ne bougeait.

Elle guetta une réaction sur le visage du Suisse, un signe qu'il allait se réveiller, mais il restait parfaitement inerte. *Il était peut-être mort...* Elle n'avait pas envie de le toucher pour vérifier. La peur était toujours là – et serait toujours là tant qu'elle serait enfermée dans cette coque de métal avec lui. Elle fouilla ses poches à la recherche de son téléphone portable et constata qu'on le lui avait enlevé. Hirtmann l'avait peut-être sur lui mais, là encore, elle n'avait pas la force de lui faire les poches.

L'arme toujours au poing, elle entreprit de grimper par-dessus le tableau de bord. Elle passa à quatre pattes à travers le pare-brise et émergea sur la neige qui recouvrait le capot. Elle ne sentait même plus le froid. La poussée d'adrénaline la réchauffait. Elle descendit de la voiture et s'enfonça aussitôt jusqu'aux cuisses dans la neige qui l'entourait. La progression était difficile. Maîtrisant un début de panique, elle entama sa remontée vers la route. L'arme dans sa main la rassurait. Elle jeta un dernier coup d'œil vers la voiture. Hirtmann n'avait pas bougé. Il était peut-être mort.

On diraiiiiit qu'iiiill se rééééveilleee
Vous nous entennnnnndez ????

Des voix. Lointaines. Elles s'adressaient à lui. Et puis la douleur. *Les* douleurs… L'épuisement, l'envie de se reposer, les médicaments… Un sursaut de lucidité pendant lequel il entraperçut des visages et des lumières – puis, de nouveau, l'avalanche, la montagne, le froid et, finalement, l'obscurité…

Maaartiin tuuu m'entennds ????

Il ouvrit les yeux – lentement. D'abord ébloui par le cercle lumineux au plafond. Puis une silhouette entra dans son champ de vision et se pencha sur lui. Servaz tenta de fixer le visage qui lui parlait doucement, mais le cercle de lumière derrière, qui lui dessinait une auréole, lui faisait mal aux yeux. Le visage était tantôt flou tantôt net. Il lui sembla cependant que c'était un beau visage.
Une main de femme prit la sienne.

Martin, tu m'entends ?

Il hocha la tête. Charlène lui sourit. Elle se pencha et déposa un baiser sur sa joue. Un contact agréable.

Un léger parfum. Puis la porte de la chambre s'ouvrit et son adjoint entra.

— Il est réveillé ?

— On dirait. Il n'a encore rien dit.

Elle se tourna vers lui pour lui adresser un clin d'œil complice et Servaz se sentit tout à coup très réveillé. Espérandieu traversa la chambre en brandissant deux gobelets fumants. Il en tendit un à son épouse. Servaz tenta à son tour de tourner la tête, il sentit aussitôt une gêne au niveau du cou : *une minerve*…

— Putain, quelle histoire ! dit Espérandieu.

Servaz voulut s'asseoir, mais la douleur le fit grimacer et il y renonça. Espérandieu s'en aperçut.

— Le médecin a dit que tu ne devais pas bouger. Tu as trois côtes fêlées, divers petits bobos au niveau du cou et à la tête et des engelures. Et… on t'a amputé de trois orteils.

— Quoi ??

— Non, je blague.

— Et Irène ?

— Elle s'en est tirée. Elle est dans une autre chambre. Elle est un peu plus amochée que toi mais ça va. Plusieurs fractures, mais c'est tout.

Servaz sentit le soulagement l'envahir. Mais déjà une autre question se pressait sur ses lèvres.

— Lombard ?

— On n'a pas retrouvé son corps, il fait trop mauvais là-haut pour lancer des recherches. Demain. Il est sans doute mort sous l'avalanche. Vous avez eu de la chance, tous les deux : elle n'a fait que vous frôler.

Servaz fit de nouveau la grimace. Il aurait aimé voir son adjoint être *frôlé* de la sorte.

— Soif…, dit-il.

Espérandieu acquiesça et ressortit. Il revint avec une infirmière et un toubib. Charlène et lui quittèrent un moment la chambre et Servaz fut questionné et examiné sous toutes les coutures. L'infirmière lui tendit ensuite un gobelet avec une paille. De l'eau. Sa gorge était atrocement desséchée. Il but et en redemanda. Puis la porte s'ouvrit de nouveau et Margot apparut. Il devina à son regard qu'il devait avoir une sale tête.

— Tu pourrais jouer dans un film d'horreur ! Tu fais vraiment peur ! rigola-t-elle.

— Je me suis permis de te l'amener, dit Espérandieu, la main sur la poignée de la porte. Je vous laisse.

Il referma la porte.

— Une avalanche, dit Margot sans oser le regarder trop longtemps. Brrrr, ça fout les jetons. (Elle grimaça un sourire gêné, puis le sourire disparut.) Tu te rends compte que tu aurais pu crever. Putain, papa, ne me fais plus jamais un coup comme ça, merde !

C'est quoi ce langage ? se demanda-t-il une fois de plus. Puis il se rendit compte qu'elle avait les larmes aux yeux. Elle devait être là bien avant qu'il reprenne connaissance et ce qu'elle avait vu l'avait remuée. Il eut tout à coup des papillons dans l'estomac. Il lui montra le bord du lit.

— Assieds-toi, dit-il.

Il lui prit la main. Elle se laissa faire, cette fois. Il y eut un long moment de silence, il allait dire quelque chose lorsqu'on frappa à la porte. Il tourna son regard dans cette direction et vit une jeune femme d'une trentaine d'années entrer dans la chambre. Il était sûr de ne jamais l'avoir vue auparavant, elle avait quelques plaies au visage – arcade sourcilière et pommette droites, une vilaine entaille au front et des yeux rouges et cernés : une autre victime de l'avalanche ?

— Commandant Servaz ?

Il hocha la tête.

— Je suis Diane Berg. La psychologue de l'Institut. On s'est parlé au téléphone.

— Qu'est-ce qui vous est arrivé ?

— J'ai eu un accident de voiture, répondit-elle en souriant comme si cela avait quelque chose de drôle. Je pourrais vous retourner la question, mais je connais déjà la réponse. (Elle lança un regard en direction de Margot.) Je peux vous parler une minute ?

Servaz regarda Margot qui fit la moue, toisa la jeune femme, se leva et sortit. Diane s'approcha du lit. Servaz lui montra la chaise libre.

— Vous savez qu'Hirtmann a disparu ? demanda-t-elle en s'asseyant.

Servaz la fixa un instant. Il secoua négativement la tête, malgré la minerve. *Hirtmann libre...* Tout à coup, son visage s'assombrit et elle vit son regard devenir noir et dur comme si quelqu'un avait éteint la lumière à l'intérieur. En fin de compte, pensa-t-il, toute cette nuit n'avait été qu'un immense gâchis. Lombard avait beau être un assassin, il ne représentait un danger que pour une poignée d'individus malfaisants. Mais ce qui animait Hirtmann était très différent. Une fureur incontrôlée, brûlant sans répit comme une flamme sombre dans son cœur et le séparant à jamais du reste des vivants. Une cruauté sans limites, une soif de sang et une absence de remords. Servaz sentit un picotement parcourir son épine dorsale. Qu'allait-il se passer maintenant que le Suisse était dans la nature ? Dehors, sans médicaments, son comportement psychopathique, ses pulsions et ses instincts de chasseur allaient se réveiller. Cette idée le glaça. Il n'y avait pas la moindre trace d'humanité chez les grands pervers psychopathes du genre d'Hirtmann, la jouissance que leur procuraient la torture, le viol et le meurtre était bien trop grande : dès qu'il en aurait l'occasion, le Suisse récidiverait.

— Que s'est-il passé ? demanda-t-il.

Elle lui raconta la nuit qu'elle avait vécue depuis le moment où Lisa Ferney l'avait surprise dans son bureau jusqu'à celui où elle s'était mise en marche sur cette route glacée en abandonnant un Hirtmann inanimé dans la voiture. Elle avait marché pendant près de deux heures avant de trouver âme qui vive et elle était frigorifiée et même en hypothermie lorsqu'elle avait atteint la première maison à l'entrée d'un village. Quand la gendarmerie était arrivée sur les lieux de l'accident, la voiture était vide ; il y avait des traces de pas et de sang qui remontaient jusqu'à la route, puis plus rien.

— Quelqu'un l'a ramassé, commenta Servaz.

— Oui.

— Une voiture qui passait par là ou bien… un autre complice.

Il tourna son regard vers la fenêtre. Il faisait nuit noire derrière la vitre.

— Comment avez-vous fait pour découvrir que c'était Lisa Ferney la complice de Lombard ? demanda-t-il.

— C'est une longue histoire, vous voulez vraiment l'entendre ?

Il la regarda en souriant. Il sentit qu'elle, la psy, avait besoin de parler à quelqu'un. Il fallait que ça sorte. *Maintenant*… C'était le bon moment, pour elle et pour lui. Il comprit qu'en cet instant elle éprouvait le même sentiment d'irréalité que lui – un sentiment né de cette étrange nuit pleine de terreurs et de violence mais aussi des jours précédents. En cet instant, seuls dans le silence de cette chambre d'hôpital, avec la nuit plaquée contre la vitre, bien qu'ils fussent deux étrangers ils étaient très proches.

— J'ai toute la nuit, répondit-il.

Elle lui sourit.

— Eh bien, commença-t-elle, je suis arrivée à l'Institut le matin où on a trouvé ce cheval mort là-haut. Je m'en souviens très bien. Il neigeait et...

ÉPILOGUE

Crimen extinguitur mortalite
[La mort éteint le crime.]

Lorsque César s'en aperçut, il donna le signal convenu à la quatrième ligne qu'il avait formée avec six cohortes. Ces troupes s'élancèrent en avant à grande vitesse, et firent, en formation d'assaut, une charge si vigoureuse contre les cavaliers de Pompée que personne ne put résister.

— Les voilà, dit Espérandieu.

Servaz leva les yeux de *La Guerre des Gaules*. Il abaissa sa vitre. Il ne vit d'abord qu'une foule compacte se pressant sous les illuminations de Noël – puis, comme s'il zoomait sur une photo de groupe, deux silhouettes émergèrent de la cohue. Une vision qui lui comprima la poitrine. Margot. Elle n'était pas seule. *Un homme marchait à ses côtés. Grand, vêtu de noir, élégant, la quarantaine…*

— C'est bien lui, dit Espérandieu en retirant ses écouteurs dans lesquels Portishead chantait *The Rip*.

— Tu es sûr ?

— Oui.

Servaz ouvrit la portière.

— Attends-moi ici.

— Pas de bêtises, hein ? dit son adjoint.

Sans répondre, il se fondit dans la foule. À cent cinquante mètres devant lui, Margot et l'homme tournèrent à droite. Servaz se dépêcha d'atteindre le coin de la rue au cas où ils auraient la mauvaise idée de disparaître dans une rue adjacente mais, une fois le carrefour franchi, il constata qu'ils filaient droit vers le Capitole et son marché de Noël. Il ralentit puis s'élança vers la vaste esplanade où s'élevaient une centaine de chalets en bois. Margot et son amant faisaient du lèche-vitrine devant les stands. Sa fille, remarqua-t-il, avait l'air parfaitement heureuse. Par moments, elle entourait le bras de l'homme et lui montrait quelque chose. L'homme riait et lui montrait autre chose en retour. Bien qu'ils évitassent de l'afficher, leurs gestes trahissaient une évidente proximité physique. Servaz sentit un pincement de jalousie. Depuis combien de temps n'avait-il pas vu Margot aussi joyeuse ? Il en vint à admettre qu'Espérandieu avait peut-être raison : que l'homme pouvait être inoffensif.

Puis ils traversèrent l'esplanade en direction des cafés sous les arcades et il les vit s'asseoir en terrasse malgré la température hivernale. L'homme commanda pour lui seul, Servaz en conclut que Margot n'allait pas rester. Il se dissimula derrière un chalet et attendit. Cinq minutes plus tard, ses soupçons se confirmèrent : sa fille se leva, déposa un baiser léger sur les lèvres de l'homme et s'éloigna. Servaz attendit encore quelques minutes. Il en profita pour détailler l'amant de Margot. Bel homme, sûr de lui, le front haut et des vêtements de prix qui témoignaient de sa surface sociale. Bien conservé mais Servaz lui donnait quelques années de plus que lui. *Une alliance à l'annulaire gauche.* La colère revint. *Sa fille de dix-*

sept ans sortait avec un homme marié plus âgé que lui...

Il prit une inspiration, franchit les derniers mètres d'un pas décidé et s'assit à la place libre.

— Bonjour, dit-il.

— Cette place est prise, dit l'homme.

— Je ne crois pas, la jeune fille est partie.

L'homme tourna vers lui un regard surpris et l'examina. Servaz lui rendit son regard, sans trahir la moindre émotion. Un sourire amusé illumina le visage de l'homme.

— Il y a des tables libres, vous savez. J'aimerais assez rester seul, si ça ne vous gêne pas.

C'était joliment dit et le ton ironique prouvait une belle assurance. L'homme n'était pas facile à déstabiliser.

— Elle est mineure, non ? dit Servaz.

Cette fois, son voisin cessa de sourire. Le regard se durcit.

— En quoi est-ce que ça vous regarde ?

— Vous ne répondez pas à ma question.

— Je ne sais pas qui vous êtes mais vous allez me foutre le camp d'ici !

— Je suis le père.

— Quoi ?

— Je suis le père de Margot.

— Vous êtes le flic ? demanda l'amant de sa fille, incrédule.

Servaz eut l'impression de recevoir un coup de sabot de mule.

— C'est comme ça qu'elle m'appelle ?

— Non, c'est comme ça que *moi* je vous appelle, répondit l'homme. Margot, elle, dit « papa ». Elle vous aime beaucoup.

Servaz ne se laissa pas attendrir.

— Et votre femme, qu'est-ce qu'elle en pense ?

L'homme retrouva aussitôt sa froideur.

— Ce ne sont pas vos oignons, riposta-t-il.

— Vous en avez parlé à Margot ?

Il vit avec satisfaction qu'il avait réussi à l'énerver.

— Écoutez, père ou pas père, ceci ne vous regarde pas. Mais oui : j'ai tout dit à Margot. Ça lui est égal. Maintenant, je vous demanderai de partir.

— Et si je n'en ai pas envie, vous allez faire quoi : appeler la police ?

— Vous ne devriez pas jouer ce jeu-là avec moi, dit l'homme d'une voix basse mais menaçante.

— Ah bon ? Et si j'allais voir votre femme pour lui parler de tout ça ?

— Pourquoi faites-vous ça ? demanda l'amant de sa fille – mais, au grand étonnement de Servaz, il avait l'air moins effrayé que perplexe.

Servaz hésita.

— Je n'aime pas l'idée que ma fille de dix-sept ans serve de jouet pour adulte à un type de votre âge qui n'en a rien à foutre.

— Qu'en savez-vous ?

— Vous divorceriez pour une fille de dix-sept ans ?

— Ne soyez pas ridicule.

— Ridicule ? Vous ne trouvez pas ridicule un type de votre âge qui se tape une gamine ? Qu'en pensez-vous ? Est-ce qu'il n'y a pas là-dedans quelque chose de *profondément pathétique* ?

— J'en ai assez de cet interrogatoire, dit l'homme. Ça suffit. Arrêtez vos manières de flic.

— Qu'est-ce que vous avez dit ?

— Vous m'avez très bien entendu.

— Elle est mineure, je pourrais vous embarquer.

— Foutaises ! La majorité sexuelle est fixée à quinze ans dans ce pays. Et c'est vous qui pourriez avoir de gros ennuis si vous persistez dans cette voie.

— Oh, vraiment ? dit Servaz, sarcastique.

— Je suis avocat, dit l'homme.

Merde, pensa Servaz. Il ne manquait plus que ça.

— Oui, confirma l'amant de sa fille. Inscrit au barreau de Toulouse. Margot redoutait que vous ne découvriez notre… *liaison.* Elle a beaucoup d'estime pour vous mais, bien entendu, sur certains aspects, elle vous trouve un peu… *vieux jeu…*

Servaz garda le silence, il regardait droit devant lui.

— Sous ses dehors rebelles, Margot est une fille formidable, brillante et indépendante. Et beaucoup plus mature que vous ne semblez le penser. Cela dit, vous avez raison : je n'ai pas l'intention de quitter ma famille pour elle. Margot le sait bien. D'ailleurs, de son côté, il lui arrive de fréquenter des jeunes gens de son âge.

Servaz eut envie de lui dire de la fermer.

— Il y a longtemps que ça dure ? demanda-t-il d'une voix qu'il trouva lui-même étrange.

— Dix mois. On s'est rencontrés dans une queue de cinéma. Et c'est elle qui a fait le premier pas, si vous voulez savoir.

Elle avait donc seize ans quand c'était arrivé… Le sang bourdonnait dans ses oreilles. Il avait l'impression que la voix de l'homme était couverte par le vacarme d'un millier d'abeilles.

— Je comprends votre inquiétude, dit l'avocat, mais elle est sans objet : Margot est une fille saine, équilibrée, bien dans sa peau – et capable de prendre des décisions toute seule.

— Bien dans sa peau ? trouva-t-il la force de réagir. Vous l'avez vue, ces derniers temps, cette… *tristesse* ? C'est à cause de vous ?

L'homme eut l'air sincèrement embarrassé, mais il soutint le regard de Servaz.

— Non, dit-il, c'est à cause de *vous*. Elle vous sent perdu, désemparé, solitaire. Elle sent bien que la solitude vous mine, que vous aimeriez qu'elle passe plus de temps avec vous, que votre métier vous ronge, que sa mère vous manque. Et ça lui brise le cœur. Je vous le répète : Margot vous aime énormément.

Il y eut un moment de silence. Quand Servaz reprit la parole, ce fut d'une voix très froide.

— Joli plaidoyer, dit-il. Mais tu devrais garder ce genre de baratin pour les prétoires. Tu perds ton temps avec moi.

Du coin de l'œil, il nota avec satisfaction que l'homme s'était cabré devant le tutoiement.

— Maintenant, écoute-moi bien. Tu es avocat, tu as une réputation et sans cette réputation tu es professionnellement mort. Que ma fille soit sexuellement majeure au regard de la loi ou pas ne change strictement rien à l'affaire. Si demain la rumeur se répand que tu te tapes des gamines, c'est fini pour toi. Tu vas perdre tes clients les uns après les autres. Et peut-être que ta femme ferme les yeux sur tes écarts de conduite, mais elle sera beaucoup moins encline à le faire quand l'argent cessera de rentrer dans les caisses, crois-moi. Alors, tu vas dire à Margot que c'est fini entre vous, tu vas y mettre les formes, tu vas lui raconter ce que tu veux : le baratin, ça te connaît. Mais je ne veux plus jamais entendre parler de toi. Au fait, j'ai enregistré cette conversation, sauf la fin. Au cas où. Bonne journée.

Il se leva et s'éloigna en souriant, sans même vérifier l'effet de ses paroles. Il savait déjà. Puis il pensa à la douleur qu'éprouverait Margot et il eut une brève bouffée de remords.

Le jour de Noël, Servaz se leva tôt. Il descendit sans faire de bruit au rez-de-chaussée. Il se sentait plein d'énergie. Il était pourtant resté à discuter jusqu'au petit matin avec Margot, après que tout le monde fut parti se coucher : le père et la fille dans ce salon qui n'était pas le leur, assis au bout du canapé près du sapin décoré.

Parvenu en bas de l'escalier, il jeta un coup d'œil au thermomètre intérieur/extérieur. Un degré au-dessus de zéro. Et quinze degrés au-dedans : ses hôtes ayant baissé le chauffage pour la nuit, il faisait froid jusque dans la maison.

Servaz resta quelques secondes à écouter la maison silencieuse. Ils les imagina sous la couette : Vincent et Charlène, Mégan, Margot… C'était la première fois depuis longtemps qu'il se réveillait ailleurs que chez lui un matin de Noël. Un sentiment persistant d'étrangeté, pas désagréable pour autant. Au contraire. Sous un même toit dormaient à présent son adjoint et meilleur ami, une femme qui lui inspirait un désir violent et sa propre fille. Bizarre ? Le plus bizarre étant qu'il acceptait la situation telle qu'elle se présentait. Lorsqu'il avait dit à Espérandieu qu'il passait le réveillon avec sa fille, celui-ci les avait aussitôt invités. Servaz s'apprêtait à refuser mais, à sa grande surprise, il avait accepté.

— Je ne les connais même pas ! avait protesté Margot dans la voiture. Tu m'avais dit qu'on serait tous les deux, pas qu'on passerait une soirée entre flics !

Mais Margot s'était très bien entendue avec Charlène, Mégan et surtout avec Vincent. À un moment donné, passablement ivre, elle avait même brandi une bouteille de champagne en s'exclamant : « Je n'aurais jamais cru qu'un keuf pouvait être aussi sympa ! » C'était la première fois que Servaz voyait sa fille ivre. Vincent, presque aussi saoul qu'elle, en avait pleuré de rire, allongé sur le tapis au pied du canapé. De son côté, Servaz s'était senti gêné au début en présence de Charlène, il ne pouvait s'empêcher de penser à son geste dans la galerie. Mais, l'alcool et l'atmosphère aidant, il avait fini par se détendre.

Il se dirigeait pieds nus vers la cuisine lorsque ses orteils rencontrèrent un objet qui se mit à clignoter et à émettre des sons stridents. Un robot japonais. Ou chinois. Il se demanda s'il n'y avait pas plus de produits chinois que français en circulation dans ce pays désormais. Ensuite, une forme noire jaillit du salon et vint se jeter dans ses jambes. Servaz se pencha et frotta vigoureusement les flancs du chien qu'Espérandieu avait renversé sur la route de la discothèque et qu'un vétérinaire tiré de son lit à 3 heures du matin avait sauvé. L'animal s'étant révélé très affectueux et doux, Espérandieu avait décidé de le garder. En souvenir de cette glaciale nuit d'angoisse, il l'avait baptisé Ombre.

— Salut mon gros, dit-il. Et joyeux Noël. Qui sait où tu serais en ce moment si tu n'avais pas eu la bonne idée de traverser cette route, hein ?

Ombre lui répondit par quelques jappements approbateurs, sa queue noire battant les jambes de Servaz, qui s'immobilisa à l'entrée de la cuisine. Contrairement à ce qu'il pensait, il n'était pas le premier levé : Charlène Espérandieu était déjà debout. Elle avait mis la bouilloire et la cafetière en route et elle glissait des tranches de pain dans le toaster. Elle lui tournait le dos et il la contempla un instant, ses longs cheveux roux retombant sur son peignoir. Il allait faire demi-tour, la gorge nouée, quand elle pivota vers lui, une main posée sur son ventre rond.

— Bonjour, Martin.

Une voiture passa très lentement dans la rue, derrière la fenêtre. Au bord du toit, une guirlande clignotait comme elle avait dû le faire tout au long de la nuit. *Une vraie nuit de Noël*, se dit-il. Il fit un pas en avant et marcha sur une peluche, qui couina sous son pied. Charlène rit et se pencha pour la ramasser. Puis elle se redressa, l'attira à elle, une main sur sa nuque, et l'embrassa sur la bouche. Servaz sentit aussitôt le rouge lui monter aux joues. Que se passerait-il si quelqu'un survenait ? En même temps, il sentit le désir s'éveiller instantanément, malgré le ventre rond qui les séparait. Ce n'était pas la première fois qu'il était embrassé par une femme enceinte – mais c'était la première fois qu'il l'était par une femme qui n'était pas enceinte de lui.

— Charlène, je...

— Chutttt... Ne dis rien. Tu as bien dormi ?

— Très bien. Je... je peux avoir un café ?

Elle lui caressa la joue affectueusement et se dirigea vers la machine.

— Charlène...

— Ne dis rien, Martin. Pas maintenant. Nous en parlerons plus tard : c'est Noël.

Il prit la tasse de café, l'avala sans même s'en rendre compte, la tête vide. Il avait la bouche pâteuse. Il regretta soudain de ne pas s'être lavé les dents avant de descendre. Quand il se retourna, elle avait disparu. Servaz appuya ses cuisses contre le plan de travail avec l'impression que des termites lui rongeaient le ventre. Il ressentait aussi dans ses os et dans ses muscles les stigmates de son expédition dans la montagne. C'était le Noël le plus étrange qu'il eût jamais connu. Et aussi le plus effrayant. Il n'oubliait pas qu'Hirtmann était là-dehors. Le Suisse avait-il quitté la région ? Se trouvait-il à des milliers de kilomètres ? Ou rôdait-il dans les parages ? Servaz pensait sans cesse à lui. Et aussi à Lombard : on avait finalement retrouvé son cadavre. Gelé. Servaz frissonnait chaque fois qu'il y songeait. Une agonie horrible… *qui avait failli être la sienne.*

Il repensait souvent à cette parenthèse glacée et sanglante qu'avait représentée l'enquête : *c'était si irréel.* Et déjà si lointain. Servaz songea qu'il y avait des choses dans cette histoire qu'on n'expliquerait probablement jamais. Comme ces initiales « CS » sur les bagues. À quoi correspondaient-elles ? Quand et en quelle occasion la série des innombrables crimes du quatuor avait-elle démarré ? Et lequel d'entre eux avait été l'initiateur des autres, le leader ? Les réponses demeureraient à jamais enfouies. Chaperon s'était enfermé dans son mutisme. Il attendait en prison son jugement mais il n'avait rien lâché. Puis Servaz pensa à autre chose. Il aurait quarante ans dans quelques jours. Il était né un 31 décembre – et, selon les dires de sa mère, à minuit pile : elle avait entendu des bouchons de champagne sauter dans une pièce voisine au moment où il poussait son premier cri.

Cette pensée le frappa comme une gifle. *Il allait avoir quarante ans... Qu'avait-il fait de sa vie ?*

— Au fond, c'est toi qui as fait la découverte la plus importante dans cette enquête, déclara Kleim162, péremptoire, le lendemain de Noël. Pas ton commandant, comment s'appelle-t-il, déjà ?

Kleim162 était descendu passer les fêtes de fin d'année dans le Sud-Ouest. Il avait débarqué la veille dans la ville rose par le TGV Paris-Bordeaux-Toulouse.

— Servaz.

— Enfin bref, ton Monsieur Je-cite-des-proverbes-latins-pour-faire-le-malin, c'est peut-être le roi des enquêteurs mais n'empêche que tu lui as brûlé la politesse.

— N'exagérons rien. J'ai eu de la chance. Et Martin a fait un boulot remarquable.

— Il est comment, sexuellement, ton Dieu vivant ?

— Hétéro à 150 %.

— Dommage.

Kleim162 jeta ses jambes hors des draps et s'assit au bord du lit. Il était nu. Vincent Espérandieu en profita pour admirer son dos large et musclé en tirant sur sa cigarette, un bras derrière la nuque, le dos contre les oreillers. Une légère pellicule de sueur brillait sur sa poitrine. Quand Kleim162 se leva et marcha vers la salle de bains, le flic ne put s'empêcher de mater les fesses du journaliste. Derrière les stores, il neigeait enfin, ce 26 décembre.

— Tu serais pas amoureux de lui, des fois ? lança Kleim162 par la porte ouverte de la salle de bains.

— C'est ma femme qui l'est.

La tête blonde ressurgit aussitôt.

— Comment ça ? Ils couchent ensemble ?

— Pas encore, dit Vincent en soufflant la fumée vers le plafond.

— Mais je croyais qu'elle était enceinte ? Et que c'était lui le futur parrain ?

— Exact.

Kleim162 le considéra avec un ahurissement non feint.

— Et tu n'es pas jaloux ?

Espérandieu sourit derechef en levant les yeux au plafond. Le jeune journaliste secoua la tête d'un air profondément choqué et disparut de nouveau dans la salle de bains. Espérandieu remit ses écouteurs. La voix merveilleusement rauque de Mark Lanegan répondit aux murmures diaphanes d'Isobel Campbell dans *The False Husband*.

Par un beau matin d'avril, Servaz passa prendre sa fille chez son ex-femme. Il sourit en la voyant sortir de la maison avec son sac sur le dos et ses lunettes de soleil.

— Prête ? demanda-t-il quand elle fut assise à côté de lui.

Ils prirent l'autoroute en direction des Pyrénées et empruntèrent (non sans une démangeaison à la base du crâne et un froncement de sourcils de la part de Servaz) la sortie Montréjeau/Saint-Martin-de-Comminges. Puis ils roulèrent plein sud, cap sur les montagnes. Il faisait remarquablement beau. Le ciel était bleu, les cimes blanches. Par la vitre entrouverte, l'air pur faisait tourner la tête comme de l'éther. Seul bémol, Margot avait mis sa musique préférée à tue-tête dans son casque et elle chantait par-dessus – mais même cela ne parvint pas à altérer la bonne humeur de Servaz.

Il avait eu l'idée de cette sortie une semaine plus tôt, quand Irène Ziegler l'avait appelé pour demander de ses nouvelles, après des mois de silence. Ils traversèrent des villages pittoresques, les montagnes se rapprochèrent jusqu'au moment où elles furent si près qu'ils ne les virent plus et que la route s'éleva. À chaque virage, ils découvraient des panoramas grandioses au bas des prairies verdoyantes : des hameaux nichés au fond des vallées, des rivières étincelant dans le soleil, des nappes de brume noyant les troupeaux et nimbées de lumière. Le paysage, songea-t-il, n'avait plus du tout le même aspect. Puis ils parvinrent au petit parking. Le soleil matinal, caché derrière les montagnes, ne le baignait pas encore. Ils n'étaient pas les premiers. Une moto était garée dans le fond. Deux personnes les attendaient, assises sur les rochers. Elles se levèrent.

— Bonjour, Martin, dit Ziegler.

— Bonjour, Irène. Irène, je te présente Margot, ma fille. Margot, Irène.

Irène serra la main de Margot et se tourna pour présenter la jolie brune qui l'accompagnait. Zuzka Smatanova avait une poignée de main ferme, de longs cheveux de jais et un sourire étincelant. Ils échangèrent à peine quelques mots avant de se mettre en route, comme s'ils s'étaient quittés la veille. Ziegler et Martin ouvraient la marche, Zuzka et Margot se laissèrent tranquillement distancer. Servaz les entendit rire dans son dos. Irène et lui se mirent à bavarder un peu plus loin, dans la longue ascension. Les cailloux du chemin craquaient sous les épaisses semelles de leurs chaussures et le murmure de l'eau montait du ruisseau en contrebas. Le soleil était déjà chaud sur leurs visages et sur leurs jambes.

— J'ai continué mes recherches, dit-elle soudain alors qu'ils venaient de franchir un petit pont en dosses de sapin.

— Tes recherches à propos de quoi ?

— Du quatuor, répondit-elle.

Il lui jeta un coup d'œil circonspect. Il ne voulait pas gâcher cette belle journée en remuant la vase.

— Et ?

— J'ai découvert qu'à l'âge de quinze ans Chaperon, Perrault, Grimm et Mourrenx ont été envoyés par leurs parents en colonie de vacances. Au bord de la mer. Tu sais comment s'appelait la colonie ?

— Je t'écoute.

— La Colonie des Sternes.

— Et alors ?

— Tu te souviens des lettres sur la bague ?

— C S, dit Servaz en s'arrêtant brusquement.

— Oui.

— Tu crois que… ? Que c'est là-bas qu'ils ont commencé à… ?

— Possible.

La lumière du matin jouait à travers les feuilles d'un bosquet de trembles qui bruissaient dans la brise légère, au bord du sentier.

— Quinze ans… L'âge où l'on découvre qui on est vraiment… l'âge des amitiés pour la vie… l'âge de l'éveil sexuel aussi, dit Servaz.

— Et l'âge des premiers crimes, ajouta Ziegler en le regardant.

— Oui, ça pourrait être ça.

— Ou bien autre chose, dit Ziegler.

— Ou bien autre chose.

— Qu'est-ce qui se passe ? lança Margot en arrivant à leur hauteur. Pourquoi on s'arrête ?

Zuzka leur lança un regard pénétrant.

— Débranchez, dit-elle. Merde, débranchez !

Servaz regarda autour de lui. C'était vraiment une magnifique journée. Il eut une pensée pour son père. Il sourit :

— Oui, *débranchons*, dit-il en se remettant en marche.

PRÉCISIONS

Certaines informations et certains faits exposés dans ce livre pourraient paraître issus d'une imagination excessive ; il n'en est rien. L'usine souterraine perchée à deux mille mètres d'altitude existe, je l'ai simplement déplacée de quelques dizaines de kilomètres. De même, certaines techniques psychiatriques décrites ici, comme le traitement aversif ou la pléthysmographie pénienne, sont, hélas, pratiquées dans certains hôpitaux d'Europe et du monde. Tout comme les électrochocs qui, s'ils ont certes changé depuis l'époque de Lou Reed et de *Kill Your Sons*, sont toujours d'actualité dans ce pays au XXIe siècle. Quant à la musique écoutée par Espérandieu, vous pouvez toujours la télécharger.

REMERCIEMENTS

En matière de remerciements, le suspect numéro 1 s'appelle Jean-Pierre Schamber. Coupable idéal alliant la sûreté du goût, la passion du polar et des autres littératures et des connaissances musicales qui me font cruellement défaut. C'est lui qui, dès les premières pages, m'a fait comprendre qu'il aurait été inconvenant de m'arrêter là. Merci l'ami !

Les autres suspects ont, quel que soit leur degré de culpabilité, une part de responsabilité dans ce crime : ma femme, qui sait ce que vivre à côté d'un écrivain veut dire et qui rend la vie infiniment plus facile ; ma fille, globe-trotteuse pour qui la planète elle-même est un bien trop exigu terrain de jeu – il me faudrait trois vies pour la rattraper ; mon fils, qui en sait bien plus long que moi sur les nouvelles technologies et qui, je l'espère, les délaissera le temps de lire ceci.

Dominique Matos Ventura représente assurément une autre piste : sans ses encouragements, son talent et notre complicité, ce livre n'existerait pas. Ses chansons ont en outre été la BO de ce livre pendant que je l'écrivais.

Peut-être pas coupable mais indiscutablement louche : Greg Robert, infatigable dénicheur d'anomalies, relecteur patient, qui a pour seul défaut d'adorer la fantasy. Greg est d'abord un ami avant d'être mon neveu.

Viennent ensuite des complicités avérées : toute l'équipe des éditions XO, à commencer par Bernard Fixot lui-même, intraitable faiseur de rois, Édith Leblond, pour sa compétence et son soutien, Jean-Paul Campos, pour s'être déclaré fan numéro 1, Valérie Taillefer, pour son savoir-faire et son faire-savoir, Florence Pariente, Gwenaëlle Le Goff, et, bien sûr, *last but not least,* Caroline Lépée, qui transformerait le vil métal en or.

Et puis, merci à Gaëlle pour ses photos, à Patrick pour son humour spécial, à Claudine et à Philippe pour avoir mis de l'huile dans les rouages, à ma sœur et à Jo pour être toujours là, et à tout le reste du clan K : Loïc pour sa Bretagne, Christian pour sa cave (et ses outils), Didier pour être une sorte de pote idéal, Dominique, Ghislaine, Patricia, Nicole pour leurs éclats de rire…

En définitive, contrairement à ce que je croyais, l'écriture n'est pas une activité si solitaire que cela.

POCKET N° 15696

« Le Cercle
confirme le talent
de Bernard Minier »

Le Parisien

Bernard MINIER
LE CERCLE

Pourquoi la mort s'acharne-t-elle sur Marsac, petite ville universitaire du Sud-Ouest ?

Une prof assassinée, un éleveur dévoré par ses propres chiens... et un mail énigmatique, peut-être signé par le plus retors des serial killers.

Confronté dans son enquête à un univers terrifiant de perversité, le commandant Servaz va faire l'apprentissage de la peur...

Composé par Nord Compo
à Villeneuve-d'Ascq (Nord)

Imprimé en Allemagne par
GGP Media GmbH, Pößneck
en février 2018

POCKET – 12, avenue d'Italie – 75627 Paris cedex 13

N° d'impression : 187748
Dépôt légal : mai 2012
Suite du premier tirage : mai 2017
S21997/17